**El sello HCBS identifica los títulos que en su edición original figuraron en las listas de best sellers de los Estados Unidos y que por lo tanto:**

- Las ventas se sitúan en un rango de entre 100.000 y 2.000.000 de ejemplares.

- El presupuesto de publicidad puede llegar hasta los u$s 150.000.

- Son seleccionados por un Club del libro para su catálogo.

- Los derechos de autor para la edición de bolsillo pueden llegar hasta los u$s 2.000.000.

- Se traducen a varios idiomas.

# el ESTIGMA del ARRECIFE

## Títulos de la autora
## publicados por Editorial Atlántida

# NORA ROBERTS

# el ESTIGMA del ARRECIFE

Traducción:
**NORA WATSON**

**EDITORIAL ATLANTIDA**
BUENOS AIRES • MEXICO

Diseño de tapa: Peter Tjebbes
Diseño de interior: Natalia Marano

*Para Ruth Langan y Marianne Willman,
por el pasado, el presente y el futuro.*

# PRIMERA PARTE

# EL PASADO

*El presente no contiene nada más que el pasado,
y lo que se encuentra
en el efecto ya estaba en la causa.*
*–Henri Bergson*

# Prólogo

James Lassiter tenía cuarenta años y era un hombre apuesto, de cuerpo atlético y fuerte y salud espléndida.

Pero una hora después estaba muerto.

Desde la cubierta del barco sólo veía el azul sedoso, los verdes luminosos y los marrones más oscuros del gran arrecife que brillaba en forma tenue como islas debajo de la superficie del Mar de Coral. Lejos, hacia el oeste, la espuma y las olas se elevaban y rompían contra la falsa costa de coral.

Desde su lugar en la cubierta de babor alcanzaba a divisar las formas y sombras de los peces que se desplazaban a gran velocidad como flechas vivientes por el mundo que él había nacido para compartir con ellos.

La costa de Australia estaba perdida en la distancia y allí sólo reinaba la vastedad.

El día era perfecto, el resplandor brillante del agua estaba salpicado por facetas blancas de luz procedentes de los rayos dorados de sol. El esbozo de brisa no llevaba en sí la amenaza de lluvia.

Debajo de los pies de Lassiter la cubierta se mecía con suavidad como una cuna en ese mar calmo. Pequeñas olas lamían rítmicamente el casco. Abajo, mucho más abajo, estaba el tesoro que esperaba ser descubierto.

Trabajaban en el naufragio del *Sea Star*, un buque mercante inglés que dos siglos antes había encontrado su destino en la Gran Barrera de Coral. Durante más de un año, a pesar del mal tiempo, las fallas de los equipos y otros inconvenientes, lo habían hecho trabajar a menudo como un perro, para cosechar los tesoros que el *Star* había dejado atrás.

James sabía que todavía quedaban más. Pero sus pensamientos se desplazaron más allá del *Star*, al norte de ese arrecife espectacular y peligroso, hacia las aguas suaves de las Antillas. Hacia otro naufragio, otro tesoro.

Hacia la Maldición de Angelique.

Se preguntó ahora si lo que estaba maldito era el amuleto enjoyado o la mujer, la bruja Angelique, cuyo poder —se decía— perduraba con fuerza en los rubíes, los diamantes y el oro. Según la leyenda, Angelique usó ese amuleto —regalo del marido que supuestamente ella había asesinado— el día que la quemaron en la hoguera.

La idea lo fascinaba: la mujer, el collar, la leyenda. La búsqueda de ese amuleto, que se iniciaría muy pronto, estaba tomando un cariz personal. James no quería sólo la riqueza, la gloria; deseaba tener la Maldición de Angelique y la leyenda que la acompañaba.

Lo habían desalentado con relatos de barcos hundidos y el precio que el mar se cobraba. Durante toda su vida había buceado y había soñado. Esos sueños le costaron una esposa y le dieron un hijo.

James se apartó de la barandilla para estudiar la boya. Matthew tenía ahora casi dieciséis años. Había crecido mucho pero todavía tenía que echar cuerpo. James pensó que en esa estructura delgada y en esos músculos nada desarrollados había mucho potencial. Compartía con su hijo el mismo pelo oscuro e inmanejable, aunque el muchacho se negaba a tenerlo bien corto, de modo que ahora, al revisar el equipo de buceo, le caía hacia adelante y le tapaba la cara.

El rostro de Matthew era enjuto. En el último par de años había perdido su redondez infantil. Cara de ángel, era la forma en que una camarera la había descripto en una oportunidad, algo que avergonzó al muchacho y le tiñó las mejillas de rojo.

Esa cara tenía ahora una expresión menos angelical, y la mirada de los ojos azules que había heredado de su padre era más apasionada que fría. Es el mal genio de los Lassiter, la suerte de los Lassiter, pensó James y sacudió la cabeza. Legados nada fáciles para un muchacho en pleno desarrollo.

Un día, pensó, un día cercano, él podría darle a Matthew todas las cosas que un padre desea para su hijo. La clave de todo lo esperaba en los mares tropicales de las Antillas.

Un collar de rubíes y diamantes de precio incalculable, pleno de historia, cargado de oscuras leyendas, teñido con sangre.

La Maldición de Angelique.

En la boca de James se dibujó una leve sonrisa. Cuando lo tuviera, la mala suerte que había perseguido a los Lassiter cambiaría. Sólo debía ser paciente.

—Apresúrate con esos tanques, Matthew. Se nos acaba el día.

Matthew levantó la vista y se apartó el pelo de los ojos. El sol brillaba detrás de la espalda de su padre y le dibujaba una aureola luminosa alrededor. Matthew pensó que tenía el aspecto de un rey que se prepara para una batalla. Como de costumbre, sintió una oleada de afecto y admiración cuya intensidad lo sorprendió.

—Ya reemplacé el manómetro. Quiero echarle una mirada al viejo.

—Cuidas mucho a tu padre —dijo James—. Hoy traeré de allí abajo una fortuna para ti.

—Permíteme que baje contigo. Que tome el turno de la mañana en lugar de él.

James reprimió un suspiro. Matthew no había aprendido todavía a controlar sus emociones. En particular, sus antipatías.

—Ya sabes cómo funciona el equipo. Tú y Buck bajarán esta tarde. VanDyke y yo lo haremos por la mañana.

—No quiero que bajes con él —le advirtió Matthew—. Anoche los oí discutir. Él te odia. Se lo noté en la voz.

Es mutuo, pensó James, pero guiñó un ojo.

—Es frecuente que los socios no estén de acuerdo con respecto a algo. Pero lo cierto es que VanDyke es el que pone la mayor parte del dinero en esta aventura. Deja que se divierta, Matthew. Para él, la búsqueda de un tesoro es sólo el pasatiempo de un hombre de negocios rico y aburrido.

—No sabe bucear —afirmó Matthew. Y, en su opinión, ésa era la medida de un hombre.

—Lo hace bastante bien. Lo que pasa es que no tiene muy buen estilo cuando está a una profundidad de más de diez metros.

Cansado de discutir, James comenzó a ponerse su traje de neoprene.

—¿Buck revisó el compresor? —preguntó.

—Sí, solucionó las fallas. Papá...

—Olvídalo, Matthew.

—Sólo por hoy —insistió Matthew con empecinamiento—. No confío en ese hijo de puta remilgado.

—Tu lenguaje sigue empeorando. —Silas VanDyke, elegante y pálido a pesar del sol fuerte, sonrió al salir de la cabina detrás de Matthew. El desprecio del muchacho lo divertía tanto como lo fastidiaba. —Tu tío necesita tu ayuda allá abajo, Matthew.

—Hoy quiero bajar con mi padre.

—Me temo que eso no me conviene. Como ves, ya tengo puesto el traje de neoprene.

—Matthew. —En la voz de James había un dejo de impaciencia—. Ve a ver qué necesita Buck.

—Sí, señor. —Con ojos desafiantes, obedeció a su padre.

—Ese muchacho tiene una mala actitud y peores modales, Lassiter.

—Ese muchacho te detesta —le aclaró James con voz animada—. Diría que tiene buenos instintos.

—Esta expedición ya llega a su fin —le retrucó VanDyke—. Lo mismo que mi paciencia y mi generosidad. Sin mí, se te hubiera acabado el dinero en una semana.

—Quizá sí —dijo James y levantó el cierre de su traje—. Y quizá no.

—Quiero ese amuleto, Lassiter. Sabes que está allá abajo y creo que también sabes dónde. Yo lo quiero. Lo he comprado. Te he comprado a ti.

—Compraste mi tiempo y mi habilidad. Pero no me compraste a mí. Son las reglas de esta tarea, VanDyke. El hombre que encuentre la Maldición de Angelique será el dueño de la Maldición de Angelique.

—Y estaba seguro de que no se la encontraría en la cubierta del *Sea Star*.

13

Le puso a VanDyke una mano en el pecho. —Ahora, mantente lejos de mi cara.

Su control, afianzado en las salas de reuniones, impidió que VanDyke le propinara un golpe. Siempre había ganado sus encuentros con paciencia, dinero y poder. Sabía que el éxito en los negocios dependía de quién conservaba el control.

—Lamentarás haber tratado de traicionarme. —Lo dijo con voz serena y con un atisbo de sonrisa en los labios—. Te lo juro.

—Demonios, Silas, lo estoy disfrutando. —Riendo por lo bajo, James entró en la cabina. —¿Ustedes están leyendo revistas para chicas o qué? A ver si ponen manos a la obra.

VanDyke se ocupó de los tanques. Cuando los Lassiter volvieron a cubierta, él se estaba poniendo su equipo.

VanDyke consideraba a los tres de un nivel notablemente más bajo que él. Era obvio que habían olvidado quién era él. Era nada menos que un VanDyke, un hombre que había recibido o se había ganado o había tomado todo lo que quiso. Un hombre que se proponía seguir haciéndolo, siempre que implicara una ganancia. ¿Acaso creían que le importaba que hubieran estrechado filas en ese pequeño trío y lo hubieran excluido? Ya era hora de que se librara de ellos y tomara un equipo de gente nueva.

Buck, regordete, con una calvicie incipiente, era un material maleable para su apuesto hermano. Fiel como un cachorrito abandonado y así de inteligente.

Matthew, joven e impaciente, insolente y desafiante. Un odioso gusanito que a él le encantaría pisotear.

Y James, por supuesto, pensó VanDyke, mientras los tres Lassiter, de pie y juntos, mantenían una conversación intrascendente. Duro y más astuto de lo que él había supuesto. Más que la sencilla herramienta que él esperaba. El hombre que creía ser más listo que Silas VanDyke.

James Lassiter estaba convencido de que encontraría la Maldición de Angelique y se adueñaría de ese amuleto de poder y de leyenda. Usado por una bruja, deseado por muchos. Y eso lo convertía en un tonto. VanDyke había invertido en esa aventura tiempo, dinero y esfuerzo, y Silas VanDyke jamás hacía malas inversiones.

—Hoy habrá buena caza. —James se ajustó las correas de sus tanques. —Lo puedo oler. ¿Silas?

—Estoy contigo.

James se ajustó el cinturón con pesas, se puso el visor y se zambulló al agua.

—Papá, espera...

Pero James lo saludó y desapareció debajo de la superficie.

Allí, el mundo era silencioso y asombroso. El azul profundo estaba quebrado por rayos de luz que cortaban la superficie y producían un brillo de color blanco plateado. Cuevas y castillos de coral se proyectaban de mundos secretos.

Un tiburón del arrecife, con ojos negros y aburridos, torció el cuerpo y se alejó.

Más cómodo allí que en la superficie, James se zambulló más hondo seguido por VanDyke. El barco hundido estaba bien a la vista, con zanjas cavadas alrededor por los que buscaban el tesoro. El coral había reclamado la proa destruida y convertido la madera en una fantasía de color y forma que parecía engarzada con amatistas, esmeraldas y rubíes.

Ése era el tesoro viviente, el milagro de un arte creado por el agua de mar y el sol.

Como siempre, era un placer contemplarlo.

Cuando comenzaron a trabajar, la sensación de bienestar que James sentía aumentó. La suerte de los Lassiter lo acompañaba, pensó como entre sueños. Pronto sería rico, famoso. Sonrió para sí. Después de todo, había dado con la clave; había pasado días y horas investigando y abriéndose paso hacia el amuleto.

Hasta sentía un poco de lástima por el imbécil de VanDyke, porque serían los Lassiter los que encontrarían ese amuleto, pero en otras aguas y en su propia expedición.

De pronto se encontró extendiendo la mano para acariciar un coral como si fuera un gato.

Aunque sacudió la cabeza, no logró despejarla. En una parte lejana de su cerebro sonó una campana de alarma. Pero él era un buzo experimentado y reconocía las señales. Ya antes había sentido una leve narcosis de nitrógeno. Aunque nunca a tan poca profundidad, pensó. Estaba a poco más de treinta metros.

De todos modos, golpeó sus tanques. VanDyke lo observaba con expresión fría y crítica detrás de su visor. James le hizo señas de subir a la superficie. Cuando VanDyke lo empujó hacia abajo y le indicó el barco hundido, se sentía apenas un poco confundido. Volvió a hacer la señal de subir y una vez más VanDyke se lo impidió.

James no entró en pánico. No era su costumbre asustarse con facilidad. Sabía que había sido víctima de un sabotaje, aunque tenía la mente demasiado embotada para saber de qué manera. Se recordó que VanDyke era un aficionado en ese mundo, que no se daba cuenta de la gravedad del peligro. De modo que tendría que demostrárselo. Entrecerró los ojos, balanceó un brazo y le erró apenas a la manguera de aire de VanDyke.

Debajo del agua, la lucha era lenta, decidida y pavorosamente silenciosa. Los peces se dispersaron como bandas coloridas de seda y después volvieron a reunirse para observar el drama del predador y su presa. James sintió que se obnubilaba y se desorientaba cada vez más a medida que el nitrógeno iba entrando en su cuerpo. Luchó y logró subir otros tres metros hacia la superficie.

Entonces se preguntó por qué había deseado partir. Comenzó a reír y las burbujas subieron con velocidad mientras el éxtasis lo reclamaba. Abrazó a VanDyke en un lento baile en círculos, para que compartiera su felicidad. Era un lugar tan hermoso, con esa luz azul dorada, donde piedras preciosas y joyas de miles de colores imposibles aguardaban ser tomadas.

Él había nacido para bucear en las profundidades.

Muy pronto, la alegría de James Lassiter derivaría hacia la inconsciencia y una muerte serena y consoladora.

VanDyke extendió un brazo en el momento en que James comenzaba a perder el control. La falta de coordinación era sólo un síntoma más. Uno de los últimos. VanDyke le arrancó el tubo de aire y James parpadeó con sorpresa mientras se ahogaba.

# Capítulo Uno

Tesoro. Doblones de oro y monedas de plata. Con suerte, se los podría tomar del lecho del mar con la misma facilidad con que se toman duraznos de un árbol. Al menos eso decía su padre, pensó Tate al zambullirse.

Ella sabía que hacía falta mucho más que suerte, como diez años de búsqueda ya le habían demostrado. Requería dinero y tiempo y un esfuerzo titánico. Exigía habilidad y meses de investigación y de equipamiento.

No le costó demasiado pasarse el verano de sus veinte años buceando cerca de la costa de St. Kitts, jugueteando en aguas gloriosamente cálidas entre peces de colores increíbles y esculturas de coral arco iris. Cada inmersión tenía su propio misterio. ¿Qué podía haber debajo de esa arena blanca, oculto entre la fauna y la flora marinas, sepultado entre esas formaciones caprichosas de coral?

Ella sabía que lo importante no era el tesoro sino la cacería.

Y, cada tanto, había suerte.

Recordaba muy bien la primera vez que levantó una cuchara de plata de su lecho de lodo; la emoción y la maravilla de tener eso en la mano, mientras se preguntaba quién la habría usado para tomar sopa. Tal vez el capitán de algún rico galeón. O la mujer del capitán.

Y la vez que su madre con alegría picaba un trozo de conglomerado, ese conjunto de materiales formados por siglos de reacciones químicas en el fondo del mar. El sonido de sus gritos y después el de su risa gozosa cuando Marla Beaumont descubrió un anillo de oro.

Ese golpe ocasional de suerte les permitió a los Beaumont pasar varios meses tratando de encontrar más. Más suerte y más tesoros.

Mientras nadaban lado a lado, Raymond Beaumont tocó el brazo de su hija y le señaló una tortuga de agua que nadaba con pereza.

La expresión feliz en los ojos de su padre le dijo todo. Había trabajado mucho durante toda su vida, y ahora cosechaba la recompensa a esos esfuerzos. Para Tate, un momento como ése valía tanto como el oro.

Siguieron nadando juntos, unidos por el amor al mar, el silencio, los colores. Un conjunto de pececillos con rayas negras y doradas brillando al sol pasó junto a ella. Por puro gusto, Tate giró, quedó boca arriba y contempló los rayos de sol que golpeaban sobre la superficie del agua.

Se zambulló a mayor profundidad y siguió a su padre. La arena podía guardar muchos secretos. Cualquier montoncito podía ser una tabla de madera carcomida por los gusanos, procedente de un galeón español. Aquel manchón oscuro podía ocultar el botín de plata de un pirata. Se recordó que debía prestar atención, no a los peces ni a las formaciones de coral sino a las señales de algún tesoro hundido.

Estaban en las aguas cálidas de las Antillas, en busca de los tesoros con que cada buceador sueña. Un barco hundido e intacto que contenía el tesoro de un rey. Esa primera zambullida era para acostumbrarse al territorio que con tanta meticulosidad habían investigado en libros, mapas y cartas de navegación. Testearían las corrientes y calibrarían las mareas. Y quizá —sólo quizá— tuvieran suerte.

Después de dirigirse hacia un montículo, Tate comenzó a abanicar la arena. Su padre le había enseñado ese método sencillo de excavar el fondo cuando ella demostró gran interés por ese nuevo pasatiempo del buceo.

A lo largo de los años él le había enseñado también muchas otras cosas: un respeto por el mar y por todo lo que allí moraba, y también por lo que en él yacía, oculto. Su mayor deseo era descubrir alguna vez algo para su padre.

Lo miró, observó cómo examinaba un saliente bajo de coral. Por mucho que soñara con los tesoros hechos por los hombres, Raymond Beaumont amaba los tesoros fabricados por el mar.

Como no encontró nada en el montículo, Tate nadó en busca de una bonita concha listada. Por el rabillo del ojo vio que una forma oscura se acercaba hacia ella, veloz y sigilosamente. Lo primero que pensó, aterrada, era que se trataba de un tiburón. Giró, tal como le habían enseñado; con una mano buscó su cuchillo de buceador y se preparó para defenderse y defender a su padre.

La forma se transformó en un buceador. Veloz y estilizada como un tiburón, quizá, pero un hombre. La respiración de Tate brotó en un conjunto de burbujas antes de que ella recordara regularla. El buzo le hizo señas, primero a ella y después al hombre que nadaba detrás de él.

Tate se encontró de pronto visor a visor con un rostro sonriente de ojos tan azules como el mar que los rodeaba. Su pelo oscuro se integraba con la corriente. Se dio cuenta de que él se reía de ella, sin duda por haber adivinado cuál había sido su reacción a esa compañía inesperada. Él levantó las manos en gesto de paz, hasta que Tate volvió a poner el cuchillo en su vaina. Después le guiñó un ojo y envió un saludo hacia Ray.

Todos intercambiaron saludos silenciosos y Tate estudió a los recién llegados. Sus equipos eran buenos e incluían todo lo necesario para un cazador de tesoros: la bolsa, el cuchillo, la brújula de muñeca y el reloj de buceador. El primer hombre era joven y flaco en su traje de neoprene negro. Las manos con que se comunicaba por gestos eran anchas, con dedos largos, y exhibían los cortes y las cicatrices de un cazador veterano.

El segundo hombre era pelado y tenía cintura gruesa, pero era tan ágil como un pez. Tate comprendió que estaba llegando a una suerte de acuerdo tácito con su padre. Ella quería protestar: ese lugar les pertenecía. Después de todo, habían llegado allí primero.

Pero no pudo hacer otra cosa que fruncir el entrecejo mientras su padre curvaba los dedos en un gesto de "está bien". Los cuatro se abrieron para seguir explorando.

Tate se dirigió a otro montículo para abanicar la arena. Las investigaciones de su padre indicaban que cuatro barcos de la flota española habían naufragado al norte de Nevis y St. Kitts durante el huracán que se desató el 11 de julio de 1733. Dos, el *San Cristóbal* y el *Vaca* habían sido descubiertos y recuperados años antes, en los arrecifes cercanos a la bahía de Dieppe. Esto dejaba, no descubiertos e intactos, al *Santa Margarita* y el *Isabella*.

Los documentos y los manifiestos aseguraban que esos barcos llevaban mucho más que cargamentos de azúcar de las islas; había joyas y porcelana y más de diez millones de pesos en oro y plata. Y sin duda además, tal como lo indicaba la tradición, estarían las posesiones que llevaban escondidas pasajeros y tripulantes.

Con seguridad, los dos barcos hundidos tendrían una gran riqueza. Más que eso, localizarlos representaría uno de los mayores descubrimientos del siglo.

Como no encontró nada, Tate siguió nadando hacia el norte. La competitividad que existía en ella con respecto a los otros buceadores la hicieron mantenerse alerta. Un cardumen de peces de colores brillantes la rodeó y formó una V perfecta, una flecha de color dentro del color. Feliz, ella nadó por entre sus burbujas.

Competitividad o no, lo cierto era que Tate disfrutaba de las cosas pequeñas como ésa. Incansablemente siguió explorando, abanicando la arena y estudiando los peces con idéntico entusiasmo.

A primera vista parecía una roca, pero su adiestramiento la hizo nadar hacia ella. Estaba a menos de un metro, cuando algo se movió a su lado y, con una leve irritación, vio que esa mano con dedos largos y cicatrices bajaba y se cerraba sobre la roca.

"Qué tarado", pensó y estaba por girar y alejarse cuando lo vio liberarla. En realidad lo que él extrajo de la vaina del mar no era para nada una roca sino la empuñadura de una espada. Él sonrió alrededor de la boquilla y la levantó.

Tuvo el descaro de saludarla con la espada y de hendir con ella el agua. Cuando él inició su ascenso, Tate lo siguió e irrumpieron en la superficie uno detrás del otro.

Ella escupió la boquilla.

—Yo la vi primero —dijo.

—No me parece. —Sin dejar de sonreír, se levantó el visor. —De todos modos, estuviste lenta y yo no. ¿No conoces el dicho de que quien lo encuentra se lo queda?

—No respetas las leyes de la recuperación de restos de un naufragio —lo reprendió ella, luchando por conservar la calma—. Estabas en mi espacio.

—En mi opinión, tú estabas en el mío. Te deseo mejor suerte la próxima vez.

—Tate, querida. —Desde la cubierta del *Adventure,* Marla Beaumont agitó las manos y le gritó: —El almuerzo está listo. Invita a tu amigo y sube a bordo.

—Me parece muy bien. —Con un par de fuertes brazadas, él llegó a la popa del *Adventure.* La espada golpeó en forma sonora sobre la cubierta, seguida por las aletas del buceador.

Maldiciendo el mal comienzo de lo que prometía ser un verano maravilloso, Tate nadó hacia el barco. Sin prestar atención a la mano que él con galantería le ofrecía, se izó a cubierta en el momento en que su padre y el otro buceador salían a la superficie.

—Mucho gusto en conocerla —dijo el individuo, se pasó una mano por el pelo empapado y le sonrió con encanto a Marla—. Soy Matthew Lassiter.

—Marla Beaumont. Bienvenido a bordo. —La madre de Tate le sonrió a Matthew por debajo de la amplia ala de su sombrero florido. Era una mujer muy atractiva, con piel de porcelana y un cuerpo flexible cubierto por una camisa suelta y un par de pantalones. Se bajó los anteojos oscuros a modo de saludo.

—Veo que ya conoce a mi hija Tate y a mi marido Ray.

—En cierto modo, sí. —Matthew se soltó el cinturón con pesas y lo apartó junto con su visor. —Qué bueno que está esto.

—Sí, gracias. —Marla paseó con orgullo la vista por cubierta. No era fanática de la limpieza, pero nada le gustaba más que mantener limpio y brillante al *Adventure.* —Y aquél es el barco de ustedes —dijo y señaló hacia la proa—. El *Sea Devil.*

Tate soltó una risotada frente a ese nombre. Pensó que se adecuaba a la perfección a ese hombre y a ese barco. A diferencia del *Adventure,* el *Sea Devil* no brillaba precisamente. Ese viejo barco de pesca necesitaba con urgencia una mano de pintura. A lo lejos, parecía más una bañera que flotaba sobre la superficie resplandeciente del mar.

—No tiene nada de elegante —decía en ese momento Matthew—, pero funciona. —Se acercó a la borda para ofrecerles una mano a los otros buceadores.

—Tienes muy buen ojo. —Buck Lassiter palmeó a Matthew en la espalda. —Este muchacho nació con esa habilidad —se dirigió a Ray con una voz tan ronca como vidrio roto, y después, con cierto retraso, le tendió la mano—. Soy Buck Lassiter y éste es Matthew, mi sobrino.

Sin prestar atención a las presentaciones, Tate guardó su equipo y se sacó el traje de neoprene. Mientras los otros admiraban la espada, ella entró en la caseta sobre cubierta y se dirigió a su cabina.

No era nada fuera de lo normal, pensó mientras buscaba una camiseta bien holgada. Sus padres siempre se las ingeniaban para hacerse amigos de desconocidos, invitarlos a subir al barco y prepararles comida. Su padre nunca había desarrollado la actitud desconfiada y recelosa de un veterano cazador de tesoros. Sus padres, en cambio, eran modelos de hospitalidad sureña.

En circunstancias normales, ese rasgo le resultaba cautivante. Sólo deseaba que fueran un poco más selectivos.

Oyó que su padre felicitaba calurosamente a Matthew por su hallazgo, y eso la hizo rechinar los dientes.

Maldición, ella la había visto primero.

"Una malhumorada", decidió Matthew cuando le pasó la espada a Ray para que la examinara. Una peculiaridad femenina típica. Y no cabía ninguna duda de que esa muchacha pelirroja era una mujer, a pesar de que llevaba el pelo tan corto como un varón.

Y muy bonita. Quizá su rostro era muy anguloso, con pómulos muy afilados, pero tenía enormes y deliciosos ojos verdes. Ojos que lo habían mirado con furia debajo del agua y también fuera de ella.

Eso sólo hacía que fastidiarla resultara aún más interesante.

Puesto que iban a bucear en las mismas aguas durante un tiempo, más le valía que resultara divertido.

Se encontraba sentado, cruzado de piernas, en la cubierta superior de proa cuando Tate salió. Lo miró de reojo, ya casi sin rabia. La piel de Matthew era bronceada, y en su pecho brillaba un trozo de una moneda de plata que colgaba de una cadena. Tate tuvo ganas de preguntarle dónde la había hallado y cómo.

Pero él la miraba con una sonrisa afectada. La cortesía, el orgullo y la curiosidad chocaban con una pared que la hizo quedar callada mientras a su alrededor se desarrollaba una conversación.

Matthew comió un bocado de uno de los generosos sándwiches de jamón de Marla.

—Maravilloso, señora Beaumont. Mucho más sabroso que la bazofia que Buck y yo solemos comer.

—Sírvase un poco más de esta ensalada de papas. —Halagada, ella le sirvió una enorme porción en su plato de papel. —Y llámeme Marla, por favor. Tate, ven y sírvete algo de almorzar.

—Tate. —Matthew entrecerró los ojos contra el sol y la observó. —Un nombre nada común.

—Es el apellido de soltera de mi esposa.

Ray pasó un brazo alrededor de los hombros de su mujer. Tenía puestos pantalones de baño mojados y disfrutaba de la calidez y la compañía. Su pelo plateado se mecía con esa leve brisa.

—Tate bucea desde que era chiquita. No podía pedir una compañera mejor. A Marla le encanta el mar, le encanta navegar, pero no sabe dar ni una brazada.

Marla sonrió y volvió a llenar los vasos altos con té helado.

—Me gusta contemplar el agua. Pero estar dentro de ella es algo por completo diferente. —Se echó plácidamente hacia atrás en su silla con el vaso de té. —Cuando me llega más arriba de las rodillas tengo un ataque de pánico. Siempre me pregunto si habré muerto ahogada en una vida anterior. De modo que, en ésta, me alegra ocuparme del barco.

—Un barco muy lindo, por cierto. —Buck ya había evaluado el *Adventure*. Tenía doce metros de eslora, cubiertas de madera de teca, detalles metálicos elegantes. Calculó que tenía dos cabinas y una cocina bien provista. A pesar de no tener puesto su visor con cristales recetados, igual pudo divisar las imponentes ventanas de la timonera. Le habría gustado recorrer la sala de máquinas y la de control.

Se imponía echarle un vistazo al barco más tarde, cuando tuviera puestos sus anteojos. Incluso sin ellos, calculó que el diamante que Marla llevaba en un dedo era de por lo menos cinco quilates, y que el anillo de oro que usaba en la mano derecha era una antigüedad.

Allí se olía dinero.

—Así que, Ray... —Con aire casual inclinó su vaso. —Matthew y yo hemos estado buceando por esta zona en las últimas semanas. Pero no los vimos a ustedes.

—Hoy fue nuestra primera inmersión. Venimos de Carolina del Norte. Zarpamos el día en que Tate terminó su semestre de primavera.

O sea que era una estudiante universitaria. Matthew bebió un buen trago de té helado. Deliberadamente apartó la vista de las piernas de la muchacha y se concentró en su almuerzo. Decidió que las posibilidades eran inexistentes: él tenía casi veinticinco años y no se mezclaba con una chiquilina universitaria que se las daba de importante.

—Pasaremos aquí el verano —prosiguió Ray—. O quizá más tiempo. El invierno pasado buceamos algunas semanas cerca de la costa de México. Allí hay un par de barcos hundidos interesantes, pero ya bastante desmantelados. Igual conseguimos subir una o dos cosas. Algunas lindas cerámicas, algunas pipas de arcilla.

—Y esos hermosos frascos de perfume —acotó Marla.

—De modo que están en esto desde hace bastante tiempo —comentó Buck.

—Diez años. —Los ojos de Ray brillaron. —Quince desde la primera vez que bajamos. —Se inclinó hacia adelante, de cazador a cazador. —Un amigo mío me convenció de que tomara clases de buceo. Cuando recibí mi certificado fui con él a Diamond Shoals. Bastó una única inmersión para que quedara atrapado.

—Ahora pasa cada minuto libre buceando, planeando una inmersión o hablando de la última —comentó Marla y rió. Sus ojos, del mismo color verde intenso que los de su hija, se iluminaron. —Así que tuve que aprender a manejar un barco.

—Yo estoy en esto de la caza de tesoros desde hace más de cuarenta años —dijo Buck mientras comía lo que quedaba de ensalada de papas en su plato. Hacía más de un mes que no comía tan bien. —Lo llevo en la sangre. Mi padre era igual. Recuperamos cosas de barcos hundidos cerca de la costa de Florida, antes de que el gobierno se pusiera tan riguroso. Mi padre, mi hermano y yo. Los Lassiter.

—Sí, por supuesto. —Ray se golpeó la rodilla con una mano. —He leído sobre ustedes. Su padre era el gran Matt Lassiter. Encontró a *El Diablo* cerca de Conch Key en el sesenta y cuatro.

—En el sesenta y tres —lo corrigió Buck con una sonrisa—. Encontró no sólo el barco sino también la fortuna que contenía. La clase de oro con que un hombre sueña, joyas, lingotes de plata. Yo tuve en la mano una cadena de oro con la figura de un dragón. Un dragón de oro —dijo.

Fascinada con la imagen, Marla le ofreció otro sándwich.

—¿Cómo era? —preguntó.

—Como nada que usted pueda imaginar. —Buck le pegó un mordisco al sándwich. —Tenía ojos de rubíes, cola de esmeraldas. —Miró sus manos y las encontró ahora vacías. —Valía como cinco fortunas.

Fascinado, Ray lo observó.

—Sí. He visto fotografías del Dragón del Diablo. Usted lo extrajo de las profundidades. Increíble.

—El Estado lo reclamó —continuó Buck—. Nos tuvo en los tribunales durante cuatro años. Alegó que el límite de tres millas comenzaba en el extremo del arrecife, no en la costa. Los muy canallas nos exprimieron hasta que la cosa terminó. Al final ellos se quedaron con todo. Son peores que piratas —afirmó y terminó su cerveza.

—Qué terrible para ustedes —murmuró Marla—. Haber trabajado, descubierto todo eso, para que después se los quitaran.

—Le rompió el corazón al viejo. Nunca volvió a bucear. —Buck movió los hombros. —Bueno, hay otros barcos hundidos. Otros tesoros. —Buck juzgó a su hombre y decidió apostar. —Como el *Santa Margarita* y el *Isabella*.

—Sí, aquí están. —Ray le sostuvo la mirada. —De eso estoy seguro.

—Podría ser. —Matthew levantó la espada y la hizo girar en sus manos. —O podría ser que los dos barcos hubieran sido arrastrados mar adentro. No hay ningún registro de sobrevivientes. Sólo se sabe que dos barcos chocaron contra el arrecife.

Ray levantó un dedo.

—Ah, pero varios testigos afirmaron que vieron hundirse al *Isabella* y al *Santa Margarita*. Los sobrevivientes de los otros barcos vieron cómo las olas se elevaron y los echaron a pique.

Matthew levantó la vista, miró a Ray y asintió.

—Tal vez.

—Matthew es un cínico —comentó Buck—. Le diré una cosa, Ray. —Se inclinó hacia adelante y la mirada de sus ojos celestes fue intensa. —Yo he estado haciendo investigaciones por mi cuenta. Durante cinco años más o menos. Hace tres, mi muchacho y yo pasamos más de seis meses peinando estas aguas, en particular la franja de unos tres kilómetros entre St. Kitts y Nevis y el sector de la península. Encontramos esto y aquello pero no localizamos a esos dos barcos. Pero sé que están aquí.

—Bueno. —Ray se tironeó el labio inferior, un gesto que Tate sabía que significaba que lo estaba pensando. —Creo que buscaban en el lugar equivocado, Buck. Y con esto no quiero dar a entender que yo sé más al respecto. Los barcos zarparon de Nevis, pero por los datos que he logrado reunir, los dos barcos avanzaron un poco más al norte y pasaron la punta de Saint Kitts antes de naufragar.

Los labios de Buck se curvaron.

—Yo opino lo mismo. Es un mar grande, Ray. —Miró a Matthew y se vio recompensado con una encogida de hombros. —Tengo cuarenta años de experiencia y mi muchacho bucea desde que empezó a caminar. Lo que no tengo es respaldo financiero.

Como un hombre que ha ascendido todos los escalones laborales hasta llegar a ser Gerente General de una firma importante de agentes de Bolsa antes de su retiro temprano del mundo de los negocios, Ray reconocía un negocio cuando se lo ponían sobre la mesa.

—O sea que está buscando un socio, Buck. Tendríamos que conversarlo un poco. Discutir términos y porcentajes. —Al levantarse, Ray sonrió. —¿Por qué no pasamos a mi oficina?

—Muy bien. —Marla sonrió cuando su marido y Buck entraron en la caseta sobre cubierta. —Creo que iré a sentarme a la sombra y descansar un rato con mi libro. Ustedes, chicos, entreténganse por su cuenta. —Se corrió debajo de un toldo a rayas y se sentó con su té helado y una novela en rústica.

—Supongo que me iré a limpiar mi botín. —Matthew tomó una bolsa de plástico. —¿Te importa si me llevo esto prestado? —Sin esperar una respuesta, puso su equipo adentro y después levantó sus tanques. —¿Quieres darme una mano?

—No.

Él se limitó a enarcar una ceja.

—Pensé que te gustaría ver cómo queda esto bien limpio. —Hizo un gesto con la espada y esperó a ver si la curiosidad de Tate le ganaba la partida a su irritación. No tuvo que esperar mucho.

Con un rezongo, Tate le arrancó la bolsa de plástico, bajó con ella algunos peldaños de la escalerilla y se zambulló.

El aspecto del *Sea Devil* era aún peor de cerca. Tate calculó a la perfección el movimiento de las olas y se izó por encima de la barandilla. Percibió un leve olor a pescado.

Los equipos estaban guardados y asegurados con prolijidad, pero la cubierta necesitaba un buen lavado y una buena mano de pintura. Las ventanas de la pequeña timonera donde colgaba una hamaca estaban sucias con sal y humo. Un par de baldes invertidos y otra hamaca servían de asientos.

—No es el *Queen Mary* —comentó Matthew mientras guardaba sus tanques—. Pero tampoco es el *Titanic*. No será un barco bonito, pero es muy marinero.

Tomó la bolsa de las manos de Tate y guardó su traje de buceo en un gran tacho plástico de basura.

—¿Quieres beber algo?

Tate paseó la vista por el lugar con lentitud.

—¿Tienes algo que esté esterilizado?

Él abrió la tapa de una heladera y sacó un refresco. Tate lo tomó y se sentó sobre un balde.

—Están viviendo a bordo —dijo.

—Así es —respondió él y entró en la timonera. Cuando Tate oyó que Matthew revolvía cosas allí, extendió la mano y acarició la espada que él había colocado sobre el otro balde.

¿Habría colgado alguna vez del cinturón de algún capitán español con puños de encaje y corazón temerario? ¿Habría matado bucaneros con ella, o sólo la usaba porque le quedaba bien? Quizá la había empuñado con una mano con nudillos blancos mientras el viento y las olas golpeaban contra su barco.

Y, desde entonces, ninguna otra persona la había sopesado.

Levantó la vista y vio que Matthew, de pie junto a la puerta que daba a la timonera, la observaba. Avergonzada, Tate apartó enseguida la mano y bebió un trago de su refresco.

—En casa tenemos una espada —comentó ella—. Del siglo XVI. —No agregó que tenían sólo la empuñadura, y que estaba rota.

—Me alegro por ustedes. —Matthew tomó la espada y se instaló con ella sobre cubierta. Lamentaba ya esa invitación compulsiva. No le servía de mucho repetirse todo el tiempo que Tate era demasiado joven. Sobre todo, al verla con esa remera mojada y pegada al cuerpo y esas

25

piernas color crema apenas besadas por el sol y más largas de lo que tenían derecho a ser. Y esa voz —mitad whisky y mitad limonada— no pertenecía a una criatura sino a una mujer. O, al menos, debería ser así.

Ella frunció el entrecejo y observó cómo él con paciencia trataba de eliminar la corrosión del metal. No había esperado que esas manos toscas y con cicatrices fueran pacientes.

—¿Por qué quieren tener socios?

Él no levantó la vista.

—Yo no dije eso.

—Pero tu tío...

—Ése es Buck. —Matthew levantó un hombro. —Él maneja los negocios.

Ella apoyó los codos sobre las rodillas y el mentón en las manos.

—¿Qué manejas tú?

Él entonces sí levantó la vista y cruzó la mirada con ella.

—La cacería.

Ella lo entendió y le sonrió.

—Es maravillosa, ¿no? Pensar en lo que podría haber allá abajo, y en que uno podría ser la persona que lo encontrara. ¿Dónde encontraste la moneda? —Ante la mirada de desconcierto de Matthew, Tate sonrió y estiró el brazo para tocar el disco de plata que él llevaba sobre el pecho.

—En mi primer buceo auténtico en busca de restos de un barco hundido —respondió y deseó que Tate no fuera tan atractiva y cordial con él—. En California. Vivimos allí un tiempo. ¿Qué haces tú buceando en busca de un tesoro en lugar de volver loco a algún muchacho universitario?

Tate sacudió la cabeza.

—Manejar a los muchachos es fácil. A mí me gustan los desafíos.

—Cuidado, jovencita —murmuró él.

—Tengo veinte años —dijo ella con orgullo. O los tendría, se corrigió mentalmente, cuando finalizara el verano. —¿Por qué estás tú aquí, buceando en busca de tesoros, en lugar de trabajar para ganarte la vida?

Ahora le tocó a él sonreír.

—Porque soy bueno en esto. Si tú fueras mejor, esta espada estaría en tus manos y no en las mías.

En lugar de darle el gusto con una respuesta, Tate bebió otro sorbo de refresco.

—¿Por qué tu padre no está con ustedes? ¿Ya no sigue buceando?

—Bueno, más o menos. Murió.

—Ah, lo siento.

—Hace nueve años —continuó Matthew sin dejar de limpiar la espada. —Estábamos buceando cerca de Australia.

—¿Un accidente de buceo?

—No. Era demasiado bueno para tener un accidente. —Levantó la lata que ella había apoyado en el piso y bebió un trago. —Fue asesinado.

Tate tardó un momento en asimilar esas palabras. Matthew lo había dicho en forma tan desapasionada que ella no había registrado la palabra "asesinato".

—Por Dios. ¿Cómo...?

—No lo sé con exactitud. —Tampoco sabía por qué se lo había dicho a Tate. —Él bajó con vida y después lo subimos muerto. Alcánzame ese trapo.

—Pero...

—Y allí terminó todo —dijo él y tomó el trapo—. No tiene sentido vivir en el pasado.

Ella sintió la fuerte necesidad de cubrir esa mano llena de cicatrices con la suya, pero con tino pensó que él enseguida la apartaría.

—Un comentario extraño en boca de un cazador de tesoros.

—Lo que cuenta es lo que lo atrae a uno ahora. Y esto no está nada mal.

Distraída, ella dirigió la vista a la empuñadura. Mientras Matthew la frotaba, alcanzó a ver el brillo.

—Plata —murmuró—. Es de plata. Una marca de jerarquía. Lo sabía.

—Es una pieza muy linda.

Olvidando todo lo que no fuera ese hallazgo, ella se acercó más y pasó un dedo por el brillo.

—Creo que es del siglo XVIII.

Los ojos de él sonrieron.

—¿Ah, sí?

—Estoy haciendo la licenciatura en arqueología marina. Podría haber pertenecido al capitán.

—O a cualquier otro oficial —dijo secamente Matthew—. Pero me permitirá estar a cerveza y camarones por un tiempo.

Atónita, ella pegó un salto.

—¿La vas a vender? ¿Por dinero?

—No la venderé por almejas.

—Pero, ¿no quieres saber de dónde es, a quién perteneció?

—No demasiado. —Giró la porción limpia de la empuñadura hacia el sol y la observó brillar con esa luz. —En Saint Bart hay un anticuario que me pagará un buen precio por ella.

—Es terrible. Es... —Tate buscó el peor insulto que conocía. —Eres un ignorante. —Y se puso de pie de un salto. —Venderla de esa manera. Por lo que sabes, puede haber pertenecido al capitán del *Isabella* o del *Santa Margarita*. Sería entonces un hallazgo histórico. Podría pertenecer a un museo.

"Estos aficionados", pensó Matthew con irritación.

—Pertenece al lugar donde yo la ponga. —Se puso de pie. —Yo la encontré.

A Tate se le encogió el corazón ante la idea de que ese tesoro permaneciera oculto en alguna polvorienta tienda de antigüedades o, peor aún, fuera comprado por algún turista indiferente que la colgara en la pared de su estudio.

—Te daré cien dólares por ella.

Él sonrió.

—Red, conseguiría más que eso fundiendo la empuñadura.

Ella palideció de sólo pensarlo.

—No lo harías. No podrías. —Cuando él se limitó a asentir con la cabeza, ella se mordió un labio. El equipo estéreo con que ella soñaba para poner en su cuarto de la universidad tendría que esperar. —Doscientos, entonces. Es todo lo que tengo ahorrado.

—Prefiero arriesgarme a lo que me den en Saint Bart.

Las mejillas de Tate se tiñeron de rojo.

—Eres un oportunista.

—Tienes razón. Y tú eres una idealista. —Sonrió al verla parada frente a él, los puños cerrados, los ojos echando llamas. Por encima del hombro de Tate alcanzó a ver movimiento en la cubierta del *Adventure*. —Y, para mejor o para peor, Red, todo parece indicar que somos socios.

—Por sobre mi cadáver.

Él la tomó por los hombros. Por un instante, Tate pensó que la iba a arrojar por la borda. Pero sencillamente la hizo girar hasta enfrentar su propio barco.

El alma se le cayó a los pies cuando vio que su padre y Buck Lassiter se estrechaban la mano.

# Capítulo dos

Un ocaso maravilloso derramaba dorado y rosado sobre el cielo y se derretía en el mar. A este espectáculo glorioso siguió la penumbra tan habitual en los trópicos. Por sobre el agua en calma llegaba el sonido estridente de una radio portátil a bordo del *Sea Devil*, que hacía poca justicia al ritmo reggae. El aire podía estar impregnado con el aroma de pescado saltado, pero Tate estaba de muy mal humor.

—No veo por qué necesitamos socios. —Tate apoyó los codos en la angosta mesa de la cocina y frunció el entrecejo detrás de la espalda de su madre.

—Buck le cayó muy bien a tu padre. —Marla echó romero picado en la sartén. —Para él es bueno tener cerca un hombre de su edad que sea su camarada.

—Nos tiene a nosotras —se quejó Tate.

—Desde luego que sí. —Marla la miró y sonrió por encima del hombro. —Pero los hombres necesitan hombres, querida. Cada tanto necesitan escupir y eructar.

Tate sonrió al imaginar a su padre, de modales impecables, haciendo algunas de esas dos cosas.

—Lo cierto es que no sabemos nada de ellos. Quiero decir, sólo que se aparecieron en nuestro espacio. —Todavía estaba fastidiada por lo de la espada. —Papá pasó meses investigando estos barcos hundidos. ¿Por qué tenemos que confiar en los Lassiter?

—Porque son Lassiter —dijo Ray al entrar en la cocina. Se inclinó y estampó un beso sonoro sobre la cabeza de Tate. —Nuestra hija es muy desconfiada, Marla. —Le guiñó un ojo a su esposa y después, porque era su turno de ocuparse de las tareas en la cocina, comenzó a poner la mesa.

—Eso es bueno, pero sólo hasta cierto punto. No es prudente creer en todo lo que se ve o lo que se oye. Pero a veces hay que guiarse un poco por la intuición. La mía me dice que los Lassiter son justo lo que necesitamos para llevar adelante esta pequeña aventura.

—¿Cómo? —preguntó Tate y apoyó el mentón sobre un puño—. Matthew Lassiter es arrogante, falto de perspicacia y...

—Joven —completó la frase Ray y guiñó un ojo—. Marla, eso tiene un aroma maravilloso. —Le rodeó la cintura con los brazos y le acarició la nuca con la nariz. Olía a loción bronceadora y a Chanel.

—Entonces sentémonos y veamos qué sabor tiene.

Pero Tate no estaba dispuesta a dejar así las cosas.

—Papá, ¿sabes qué piensa hacer él con la espada? Venderla en una tienda.

Ray tomó asiento y frunció los labios.

—La mayoría de los buscadores de tesoros venden su botín, querida. Es la forma en que se ganan la vida.

—Bueno, de acuerdo. —Tate tomó la fuente que su madre le ofrecía y eligió una porción. —Pero primero debería estimarse a qué época pertenece y qué valor tiene. A él ni siquiera le importa qué es o quién era su dueño. Para él es sólo algo que puede cambiar por un cajón de cerveza.

—Es una lástima. —Marla suspiró cuando Ray sirvió vino en su copa.

—Y sé cómo te sientes, querida. Los Tate siempre han sido defensores de la historia.

—Y también los Beaumont —acotó su marido—. Es algo propio del espíritu sureño. En eso tienes razón, Tate, y comparto tus sentimientos. Pero también entiendo la posición de Matthew. Una ganancia rápida por su trabajo. Si su abuelo hubiera hecho lo mismo, habría muerto convertido en un hombre rico. En cambio, eligió compartir sus descubrimientos y terminó sin nada.

—Existe un término medio —insistió Tate.

—No para algunos. Pero creo que Buck y yo lo hemos encontrado. Si damos con el *Isabella* o el *Santa Margarita*, solicitaremos registrar nuestros derechos sobre el barco, si no estamos fuera de los límites. Sea como fuere, compartiremos lo que recuperemos con el gobierno de Saint Kitts y Nevis, algo que él aceptó de mala gana. —Ray levantó su copa y observó el vino. —Pero lo aceptó porque nosotros tenemos algo que él necesita.

—¿Qué cosa? —preguntó Tate.

—Una fuerte base financiera para continuar con esta operación durante algún tiempo, con o sin resultados. Podemos darnos ese lujo, de la misma manera en que aceptamos que postergaras el semestre de estudios de otoño. Y si tenemos éxito, podremos comprar el equipo necesario para una extensa operación de recuperación de barcos hundidos.

—De modo que nos están usando. —Exasperada, Tate apartó su plato. —Eso no hace más que confirmar mi posición, papá.

—En una sociedad, es inevitable que una mitad use a la otra.

Lejos de estar convencida, Tate se levantó para servirse un vaso de limonada. En teoría, no tenía nada contra una sociedad. Desde su infancia le habían enseñado el valor del trabajo en equipo. Lo que la preocupaba era este equipo en particular.

—¿Qué aportarán ellos a esta sociedad?

—En primer lugar, son profesionales. Nosotros somos aficionados. —Ray movió una mano cuando Tate comenzaba a protestar. —Por mucho que me gustaría soñar que no es así, yo nunca descubrí un barco hundido; sólo exploré los que otros encontraron y recuperaron. Sí, es verdad que algunas veces tuve suerte. —Tomó la mano de Marla y pasó el pulgar sobre el anillo de oro que ella usaba. —Traje a la superficie algunas chucherías que a ellos se les pasaron por alto. Desde la primera vez que buceé, he soñado con descubrir un barco hundido que no haya sido encontrado por nadie.

—Y lo harás —dijo Marla con total convencimiento.

—Ésta podría ser esa primera vez. —Tate se pasó una mano por el pelo. Por mucho que amara a sus padres, su falta de sentido práctico la irritaba. —Papá, todas las investigaciones que hiciste, los archivos, los manifiestos, las cartas. La forma en que trabajaste en los registros de tormenta, las mareas, todo. Has puesto en esto tanto empeño y tanto tiempo.

—Así es –ratificó él—. Y precisamente por eso, me interesa tanto que las investigaciones de Buck se sumen a las mías. Es tanto lo que puedo aprender de él. ¿Sabías que trabajó tres años en el Atlántico Norte, a más de ciento cincuenta metros de profundidad? En aguas heladas y oscuras. Ha recuperado objetos del lodo, del coral, en zonas de tiburones. Imagínatelo.

Por la falta de foco de los ojos de su padre y por la curvatura de sus labios, Tate se dio cuenta de que él sí se lo imaginaba. Con un suspiro, le apoyó una mano en el hombro.

—Papá, sólo porque él ha tenido más experiencia...

—La experiencia de toda una vida —dijo Ray y le acarició la mano—. Eso es lo que nos aporta. Experiencia, perseverancia, la mente de un cazador. Y algo tan básico como potencial humano. Dos equipos son más eficaces que uno. —Hizo una pausa. —Tate, para mí es importante que entiendas mi decisión. Si no puedes aceptarla, le diré a Buck que el negocio queda cancelado.

Tate sabía lo mucho que eso le costaría a su padre. Más que nada sería una herida en su orgullo, porque él ya había dado su palabra. Y afectaría también su esperanza, porque Ray contaba con el éxito de este nuevo equipo.

—La entiendo —dijo ella, haciendo a un lado su disgusto personal—. Puedo hacerlo. Pero tengo una pregunta más.

—Adelante —dijo Ray.

—¿Cómo podemos estar seguros de que, cuando el equipo de ellos baje, no se quedarán con lo que encuentren?

31

—Porque haremos una rotación en los equipos. —Se puso de pie para levantar la mesa. —Yo bucearé con Buck y tú, con Matthew.

—¿No es una idea espléndida? —Marla rió por lo bajo al ver la expresión horrorizada de su hija. —¿Quién quiere una porción de torta?

El amanecer se desparramó sobre el agua en listas de color bronce y rosado que reflejaban el cielo. El aire era puro y deliciosamente cálido. A lo lejos, los altos farallones de St.Kitts despertaban a la luz en verdes y marrones brumosos. Un poco más al sur, el cono del volcán que dominaba la pequeña isla de Nevis estaba rodeado de nubes. Las playas de arena blanca se encontraban desiertas.

Un trío de pelícanos pasó a baja altura y después se zambulló levantando una cascada de gotas individuales. Emergieron de nuevo, sobrevolaron la zona y volvieron a zambullirse al unísono lanzando gotas de agua sobre el casco del barco.

Lenta y bellamente, la luz se intensificó y el agua adoptó un color zafiro.

Ese espectáculo no modificó el ánimo a Tate, quien en ese momento se ponía su equipo de buceo. Verificó su reloj, su brújula de muñeca, los indicadores de presión de sus tanques. Mientras su padre y Buck compartían un café y conversaban en la cubierta de proa, ella se sujetó el cuchillo de buceador en la pierna.

Junto a ella, Matthew observaba esa rutina.

—A mí, esto no me hace más feliz que a ti —murmuró. Levantó los tanques de Tate y la ayudó a colocárselos.

—Eso me levanta el ánimo.

Se pusieron los cinturones con pesas mientras se observaban con mutuo recelo.

—Tú ocúpate de lo tuyo y manténte fuera de mi camino, y todo marchará bien.

—Realmente. —Ella escupió en su visor, lo frotó y lo enjuagó. —¿Por qué no te mantienes fuera de mi camino? —Sonrió cuando Buck y su padre se acercaron.

—¿Lista? —preguntó Ray y le revisó los tanques. Observó la botella plástica color anaranjado que servía de marca y que se mecía con serenidad en el mar calmo. —Recuerda tu dirección.

—Nor noroeste. —Tate le pellizcó la mejilla y olió su loción para después de afeitarse. —No te preocupes.

No me preocupo, se dijo Ray. Por supuesto que no. Pero le resultaba raro que su pequeña bajara sin él.

—Diviértete.

Buck metió los pulgares en la cintura de sus shorts. Sus piernas eran macizas y sus rodillas, prominentes. Sobre su cabeza calva llevaba una gorra de béisbol con manchas de aceite. Usaba anteojos oscuros con aumento.

Tate pensó que parecía un gnomo gordo y mal vestido. Por alguna razón, eso le pareció atractivo.

—Yo vigilaré a su sobrino, Buck.

Él se echó a reír.

—Sí, hazlo, muchacha. Y buena cacería.

Tate asintió, se dejó caer hacia atrás desde la barandilla y desapareció debajo de la superficie. Como compañera responsable, aguardó a que Matthew se zambullera. Tan pronto lo vio entrar en el agua, giró y nadó hacia el fondo.

Anémonas de mar de color lila ondearon grácilmente en la corriente. Y algunos peces, sorprendidos por esa aparición, se alejaron a toda velocidad formando una corriente colorida de vida y movimiento. Si ella hubiera estado con su padre, tal vez se habría demorado en disfrutar de ese momento: la siempre asombrosa transición de ser una criatura del aire a convertirse en una del mar.

Podría haberse tomado tiempo para recoger algunas caracolas bonitas para su madre o haber permanecido inmóvil a esperar que algún pez se acercara a inspeccionar a la recién llegada.

Pero con Matthew acortando la distancia que los separaba, a Tate la dominaba más la competitividad que las ganas de maravillarse frente a ese espectáculo.

Veamos cómo trata de mantenerse a la par conmigo, decidió, y con patadas fuertes nadó hacia el oeste. Al descender, la temperatura del agua se volvió más fría, pero siguió siendo cómoda. Pensó que era una lástima que estuvieran lejos de arrecifes y jardines de coral más interesantes, pero igual había allí suficiente para complacer los sentidos: el agua misma, el balanceo de las actinias, el colorido de los peces.

Se mantuvo alerta a los montículos o los sectores descoloridos de la arena. No se le pasaría algo por alto ni permitiría que Matthew volviera a subir a la superficie con un nuevo triunfo.

Tomó un trozo roto de coral, lo examinó y lo descartó. Matthew nadó junto a ella y se le adelantó. Aunque Tate se recordó que esa rotación del que llevaba la delantera era un procedimiento básico en el buceo, ella se apuró para poder ganarle la posición.

Los dos se comunicaban sólo cuando era estrictamente necesario. Después de ponerse de acuerdo en separarse, igual cada uno se mantenía en el campo visual del otro. Según Tate, era tanto por seguridad como por desconfianza.

Durante una hora peinaron la zona en la que habían encontrado la espada. El entusiasmo de Tate comenzó a desvanecerse cuando no descubrieron nada más.

Desalentada, nadó un poco más hacia el norte. Allí, de pronto, encontró un inmenso jardín acuático de caracolas y coral, cruzado por peces de colores. Trozos de coral, demasiado frágiles para sobrevivir a la acción de las olas de aguas poco profundas, se desplegaban en una mezcla de rubí, esmeralda y amarillo mostaza. Era el hogar de docenas de seres que allí se escondían, comían o eran comidos.

Tate contempló, fascinada, a una voluta que, con su caparazón color zapallo, se desplazaba trabajosamente sobre una piedra. Un pez payaso iba y venía a toda velocidad por entre los tentáculos color púrpura de una anémona de mar, inmune a sus picaduras. Tres imponentes angelotes avanzaban en formación en busca del desayuno.

"Es como una criatura en una tienda de golosinas", pensó Matthew al observarla. Tate mantenía su posición con movimientos lentos y con los ojos trataba de asimilar todo a la vez.

A él le habría gustado desvalorizarla por ser una tonta, pero apreciaba ese teatro que era el mar. Tanto el drama como la comedia se desplegaban todo el tiempo alrededor de ellos: los lábridos amarillos se atareaban en limpiar a la exigente reina de los peces ballesta. Allí, veloz y letal, la peligrosa morena asomaba de su cueva para cerrar las mandíbulas sobre ese grupo descuidado.

Tate no se acobardó frente a esa muerte súbita que contemplaba tan de cerca, sino que la estudió. Y Matthew tuvo que reconocer que era una buceadora excelente. Fuerte, hábil y sensata. Aunque no le gustara trabajar con él, cumplía con su parte.

Él sabía que la mayoría de los aficionados se desalentaba si a lo largo de una hora no encontraban aunque sólo fuera una moneda. Pero Tate era sistemática en su búsqueda y, al parecer, era también incansable. Otros dos rasgos que él apreciaba en un compañero de buceo.

Si no tenían más remedio que trabajar juntos, al menos durante un par de meses, más le valía sacar partido de la situación.

En lo que Matthew consideraba un gesto de tregua, nadó hacia ella y le tocó el hombro. Ella lo miró. Él señaló detrás de ellos y vio que los ojos de Tate se iluminaban al observar el cardumen de pequeños peces plateados de la familia de las carpas. En una suerte de ola, viraron en masa a apenas centímetros de la mano extendida de Tate y desaparecieron.

Ella seguía sonriendo cuando vio la barracuda. Estaba a alrededor de un metro y acechaba, inmóvil, con su sonrisa llena de dientes y su mirada fija. Esta vez fue Tate la que la señaló. Cuando Matthew notó que ella parecía más divertida que asustada, reanudó su búsqueda.

Cada tanto Tate miraba hacia atrás para asegurarse de que los movimientos de ellos no atrajeran la atención del animal, pero la barracuda permaneció plácidamente a distancia. Un rato después, cuando ella volvió a mirar hacia atrás, la barracuda había desaparecido.

Tate vio el conglomerado justo cuando Matthew cerraba la mano sobre él. Disgustada y convencida de que su falta de atención le había impedido ser ella la que lo encontrara primero, nadó algunos metros más hacia el norte.

La irritaba la forma en que él parecía trabajar encima de ella. Si no lo vigilaba, lo tenía prácticamente junto a su hombro. Maldito si quería que él pensara que ese trozo de roca le interesaba, por prometedora que fuera su superficie.

Y fue entonces cuando encontró la moneda.

Ese pequeño sector de arena más oscura la atrajo. La abanicó más por hábito que por entusiasmo, y pensó que era probable que desenterrara alguna moneda sin valor o una lata oxidada arrojada de alguna embarcación. El disco oscuro estaba apenas unos tres centímetros debajo del sedimento. En cuanto la tomó supo que tenía una leyenda en las manos.

Una moneda de plata, pensó, borracha con el descubrimiento. El cántico de un pirata, el botín de un bucanero.

Al darse cuenta de que estaba conteniendo la respiración, un error peligroso, comenzó a respirar con lentitud mientras frotaba la moneda con el pulgar. Apareció un resplandor opaco de plata en un borde de esa moneda de forma irregular.

Miró con cautela por encima del hombro para asegurarse de que Matthew estuviera ocupado y se la calzó en la manga de su traje de neopreno. Entonces comenzó a buscar más señales.

Cuando su manómetro y su reloj le indicaron que el tiempo de inmersión había finalizado, marcó su posición y giró hacia su compañero. Él asintió e indicó hacia arriba con el pulgar. Y comenzaron a nadar hacia el este y a ascender lentamente.

El bolso de Matthew estaba lleno de ese conglomerado que él le señaló antes de indicarle que ella tenía su bolso vacío. Ella se encogió de hombros y salió a la superficie un instante antes que él.

—Mala suerte, Red —le dijo, bautizándola por el color de su pelo.

Ella soportó su sonrisa de superioridad.

—Tal vez sí. —Tomó la escalerilla del *Adventure* y arrojó las aletas hacia arriba, donde su padre la esperaba. —Y tal vez no.

—¿Cómo te fue? —Una vez que su hija estuvo en cubierta, Ray le sacó el cinturón con pesas y los tanques. Al advertir que tenía la bolsa vacía, trató de ocultar su decepción. —¿No había nada que valiera la pena?

—Yo no diría eso —comentó Matthew. Le entregó a Buck su bolsa llena antes de abrir el cierre de su traje. —Tal vez sea algo valioso cuando lo desmenucemos.

—El muchacho tiene un sexto sentido con respecto a estas cosas. —Buck puso la bolsa sobre un banco. Estaba ya impaciente por martillar ese conglomerado.

—Yo me ocuparé —se ofreció Marla. Usaba su sombrero floreado y un solero color amarillo canario que destacaba su pelo rojizo. —Pero primero quiero tomar algunos vídeos. Tate, tú y Matthew pueden beber algo fresco y comer un bocado. Sé que estos dos quieren bajar y probar su suerte.

—Por supuesto. —Tate se apartó el pelo mojado de la cara. —Ah, y hablando de suerte. —Se abrió los puños de su traje de neoprene y una media docena de monedas cayeron sobre cubierta. —Yo también tuve un poco.

—Hija de puta. —Matthew se agachó y se puso en cuclillas. Por el peso y la forma supo qué había encontrado ella. Mientras los otros daban muestras de alborozo, él frotó una moneda entre los dedos y miró a Tate, que sonreía con satisfacción.

Él no desvalorizó el hallazgo de Tate, pero odió que ella se las hubiera ingeniado para hacerlo quedar como un tonto.

—¿Dónde las encontraste?

—Algunos metros hacia el norte de donde tú recogías tus rocas. —Decidió que la furia que vio en los ojos de Matthew casi la compensaba por lo de la espada. —Estabas tan ocupado que no quise interrumpirte.

—Sí, me lo imagino.

—Son españolas. —Ray contempló la moneda que tenía en la palma de la mano. —Mil setecientos treinta y tres. Podría ser lo que buscamos. La fecha coincide.

—También podría ser de otros barcos —respondió Matthew—. El tiempo, las corrientes, las tormentas... diseminan las cosas.

—Bien podrían ser del *Isabella* o del *Santa Margarita*. —Había fiebre en los ojos de Buck. —Ray y yo nos concentraremos en el sector donde encontraste éstas. —Se incorporó y extendió una moneda hacia Tate. —Las monedas irán al pozo, pero me parece que deberías quedarte con una. ¿Estás de acuerdo, Matthew?

—Sí, claro. —Él se encogió de hombros antes de acercarse a la heladera. —No tiene importancia.

—Para mí sí que la tiene —murmuró Tate al aceptar la moneda de Buck—. Es la primera vez que encuentro monedas. Monedas de plata. —Rió y se inclinó hacia adelante para darle un beso a Buck—. ¡Dios, qué sensación!

El rojo de las mejillas de Buck se intensificó. Las mujeres siempre habían sido un misterio para él y siempre las había mantenido a distancia.

—Conserva esa sensación. A veces pasa bastante tiempo hasta que uno la vuelve a tener. —Palmeó a Ray en la espalda. —Pongámonos el equipo, compañero.

Treinta minutos después, el segundo equipo ya se había sumergido. Marla había extendido una tela de funda y estaba absorta en la tarea de desmenuzar el conglomerado. Tate postergó el almuerzo para limpiar las monedas de plata.

Cerca, sentado en cubierta, Matthew terminaba su segundo sándwich de tocino, lechuga y tomate.

—Le digo, Marla, que tengo ganas de secuestrarla. Vaya si sabe preparar cosas ricas.

—Cualquiera puede hacer un sándwich. Tienes que cenar con nosotros, Matthew. Entonces sabrás lo que es cocinar.

Él estaba seguro de que había oído el rechinar de dientes de Tate.

—Me encantaría. Puedo darme una vuelta por Saint Kitts si necesita algunas provisiones.

—Muy dulce de tu parte. —Ella se había puesto unos shorts de trabajo y una camisa inmensamente grande, y transpiraba. De alguna manera se las había ingeniado para seguir teniendo el aspecto de una beldad sureña que planea una reunión social. —Me vendría bien un poco de leche fresca para preparar bizcochos.

—¿Bizcochos? Marla, por bizcochos caseros soy capaz de nadar de vuelta de la isla con la vaca.

Lo recompensó la risa contagiosa de Marla.

—Me conformaré con cuatro litros. No, no en este minuto —dijo y le hizo señas de que volviera cuando él comenzó a levantarse. —Hay mucho tiempo. Disfruta del almuerzo y del sol.

—Deja de tratar de conquistar a mi madre —le advirtió Tate en voz baja.

Matthew se le acercó.

—Tu madre me gusta. Tú tienes su pelo —murmuró—. Y también sus ojos. —Tomó otro trozo de sándwich y lo mordió. —Una pena que no hayas salido a ella en otros sentidos.

—También tengo su delicada estructura ósea —agregó Tate con una sonrisa forzada.

Matthew se tomó su tiempo para comprobarlo.

—Sí, supongo que sí.

De pronto incómoda, ella retrocedió un poco.

—Me estás acosando —se quejó—. Igual que cuando buceamos.

—Toma un trozo de este sándwich. —Él se lo acercó y prácticamente se lo metió en la boca, de modo que Tate no tuvo más remedio que aceptar. —He decidido que eres mi amuleto de la buena suerte.

Ella tragó fuerte.

—¿Cómo dices?

—Sí, eres mi amuleto de la buena suerte —repitió él—. Porque estabas cerca cuando encontré la espada.

—Tú estabas cerca cuando yo la encontré.

—Como sea. Hay un par de cosas a las que no le doy nunca la espalda: un hombre con codicia en los ojos y una mujer con fuego en los suyos. —Le ofreció a Tate más sándwich. —Y suerte. Buena o mala.

—Creo que sería más prudente apartarse de la mala suerte.

—Me parece que lo mejor es enfrentarla. Los Lassiter hemos tenido una racha muy larga de mala suerte. —Se encogió de hombros y terminó el sándwich. —Y tengo la impresión de que tú me trajiste algo de la buena.

—Yo soy la que encontró las monedas.

—Es posible que también yo te dé buena suerte.

—Tengo algo —canturreó Marla—. Vengan a ver.

Matthew se puso de pie y, después de vacilar un momento, le ofreció una mano a Tate. Con idéntica cautela, ella la tomó y permitió que él la ayudara a ponerse de pie.

—Clavos —dijo Marla e indicó con una mano mientras, con la otra, se secaba la cara húmeda—. Parecen viejos. Y esto... —levantó un pequeño disco de entre los escombros—. Parece un botón. Tal vez de cobre o de bronce.

Matthew se puso en cuclillas. Había dos clavos largos de hierro, una pila de fragmentos de arcilla, un trozo roto de metal que podía haber sido una hebilla o algo parecido. Pero lo que más le interesaba eran los clavos.

Marla estaba en lo cierto. Eran viejos. Tomó uno, lo hizo girar entre los dedos e imaginó que en alguna época lo habían martillado en planchas que estaban condenadas a ser carcomidas por tormentas y gusanos marinos.

—Es bronce —anunció Tate muy complacida cuando eliminó la corrosión con solvente y un trapo—. Es un botón. Tiene algo grabado, una flor. Una pequeña rosa. Lo más probable es que perteneciera al vestido de una pasajera.

La sola idea la entristeció. A diferencia del botón, la mujer no había sobrevivido.

—Quizá. —Matthew observó el botón. —Es probable que hayamos dado con un lugar de rebote.

Tate buscó sus anteojos oscuros para protegerse del resplandor del sol.

—¿Qué es eso?

—Lo que suena. Es posible que hayamos encontrado el lugar donde un barco golpeó cuando fue arrastrado por las olas. El barco está en otra parte. —Levantó la vista y la paseó por el horizonte. —En alguna otra parte —repitió.

Pero Tate sacudió la cabeza.

—No pienso permitir que me desalientes después de esto. No subimos con las manos vacías, Matthew. Una sola inmersión y tenemos todo esto. Monedas y clavos...

—Cerámica rota y un botón de bronce. —Matthew arrojó a la pila el clavo que tenía en la mano. —Bagatelas, Red. Incluso para un aficionado.

Ella extendió el brazo y tomó la moneda que colgaba del cuello de Matthew.

—Donde hay algunas, hay más. Mi padre cree que es posible que nos enfrentemos a un hallazgo importante. Y yo coincido con él.

Matthew advirtió que ella estaba lista para pelear: el mentón levantado, los ojos encendidos.

Dios, ¿por qué tenía que ser una muchacha universitaria?

Él movió un hombro y en forma deliberada le palmeó una mejilla.

—Bueno, nos mantendrá entretenidos. Pero es más frecuente que cuando hay algunas, no haya más. —Se puso de pie. —Yo limpiaré esto para usted, Marla.

—Vaya si eres optimista, Lassiter —dijo Tate y tiró su camiseta. Por alguna razón, la forma en que él la había mirado, aunque sólo fuera por un instante, le había encendido la piel. —Voy a nadar un rato. —Se acercó a la barandilla y se zambulló.

—Es la hija de su padre —comentó Marla con una sonrisa—. Siempre convencida de que el trabajo duro, la perseverancia y un buen corazón darán frutos. La vida es más difícil para ellos que para los que sabemos que esas cosas no bastan. —Palmeó el brazo de Matthew. —Yo ordenaré esto, Matthew. Tengo mi propio sistema para hacerlo. Tú ve a conseguirme esa leche.

# Capítulo tres

Para Tate, el pesimismo era una cobardía, una simple excusa para no enfrentar nunca la decepción.

Pero era incluso peor cuando el pesimismo ganaba la partida.

Después de dos semanas en que los dos equipos bucearon desde el amanecer hasta el ocaso, no se encontró nada salvo algunos trozos más de metal oxidado. Tate se dijo que no se sentía descorazonada y, cuando era su turno, buceaba con más cuidado y más entusiasmo de lo que la situación merecía.

Por las noches tomó la costumbre de examinar las cartas marinas que su padre confeccionó gracias a sus investigaciones. Cuanto más arrogante se mostraba Matthew, más decidida estaba ella a demostrarle que estaba equivocado. Ahora deseaba con desesperación encontrar esos barcos hundidos. Aunque sólo fuera para ganarle.

Tuvo que reconocer que esas semanas no habían representado una pérdida total. El clima era hermoso; el buceo, espectacular. El tiempo pasado en la isla cuando su madre insistía en que se tomara un descanso estaba lleno de compras de souvenirs, de recorridas de exploración, de picnics en la playa. Tate recorría cementerios y antiguas iglesias con la esperanza de descubrir otra pista para el secreto de los naufragios de 1733.

Pero, más que nada, le gustaba ver a su padre con Buck. Eran una pareja extraña: uno gordo y pelado; el otro, aristocráticamente flaco y con una mata de pelo rubio entrecano.

Su padre hablaba con el acento sureño, al tiempo que la conversación de Buck tenía todas las características de los yanquis. Sin embargo, los dos se fusionaban como viejos amigos reunidos después de una larga ausencia.

Con frecuencia, después de una inmersión, reían como muchachos por alguna travesura. Y siempre uno tenía una anécdota que contar del otro.

A Tate le complacía ver cómo esa amistad florecía y crecía con rapidez. En tierra, los compañeros de su padre eran hombres de negocios, una brigada de individuos exitosos de saco y corbata, riqueza moderada y un sólido patrimonio sureño.

Ahora lo veía broncearse al sol con Buck, con quien compartía una cerveza y sueños de fortuna.

Marla les tomaba fotografías o esgrimía su videocámara y los llamaba viejos marineros.

Cuando Tate se preparaba para su inmersión de la mañana, notó que discutían de béisbol mientras tomaban café y comían medialunas.

—Lo que Buck sabe de béisbol podría beberse de un trago —comentó Matthew—. Ha estado estudiando el tema para poder pelear con Ray.

Tate se sentó para ponerse las aletas.

—A mí me parece agradable.

—No dije que no lo fuera.

—Tú nunca dices que nada es agradable.

Él se sentó junto a ella.

—De acuerdo, es agradable. Estar junto a tu padre ha sido bueno para Buck. No lo pasó nada bien en los últimos años. Hace mucho tiempo que no lo veía disfrutar tanto.

Tate suspiró. No le resultaba nada fácil enojarse ante ese comentario sincero.

—Sé lo mucho que él te importa.

—Vaya si me importa. Siempre estuvo allí para mí. Haría cualquier cosa por Buck. —Se apretó el visor con una mano. —¿Acaso no estoy buceando contigo? —Y se dejó caer en el agua.

En lugar de sentirse insultada, Tate sonrió y se zambulló después de él.

Descendieron siguiendo la marca. Habían estado moviendo la búsqueda hacia el norte. Cada vez que lo intentaban en un nuevo territorio, Tate sentía una oleada de expectación. Cada vez que bajaban, ella se decía que ése podía ser "el día".

El agua estaba agradablemente fresca sobre la piel expuesta de sus manos y su cara. Tate disfrutaba la forma en que le corría por el pelo durante el descenso.

Los peces se habían acostumbrado a ellos. No era raro que un grupo de curiosos angelotes o meros la espiaran por el visor. Tate había tomado la costumbre de llevar siempre una bolsa con galletas o migas de pan y, antes de iniciar su tarea, les daba de comer y dejaba que le revolotearan alrededor.

Invariablemente, la barracuda —a la que habían bautizado "Smiley"— salía a saludarlos, siempre a una distancia prudencial, siempre vigilante. Como mascota, no era precisamente vivaracha, pero sí leal.

Ella y Matthew desarrollaban una rutina sencilla. Cada uno trabajaba a la vista del otro y rara vez cruzaban la línea invisible que los dos reconocían como la separación de ambos territorios. Pero igual compartían sus visiones del mundo marino. Una señal con una mano, un golpecito en un tanque para señalar un cardumen de peces o una raya en su cueva.

Tate decidió que le resultaba más fácil tolerar a Matthew en el silencio del mar que en la superficie. Cada tanto ese silencio era quebrado por el rugido amortiguado de una embarcación de turistas encima de ellos. Tate llegó a oír incluso el eco fantasmal de música de una radio portátil, con la voz gutural de Tina Turner que preguntaba qué tenía que ver el amor.

Cantando mentalmente, Tate se dirigió a una formación extraña de coral. Sorprendió a un mero, que le lanzó una mirada funesta antes de alejarse. Divertida, miró por sobre el hombro. Matthew nadaba hacia el oeste pero todavía estaba dentro de su campo visual. Ella se deslizó hacia el norte en dirección de los bonitos rojos y marrones de la formación.

Tate se encontraba encima de ella antes de darse cuenta de que no era coral sino rocas. De su boquilla brotaron burbujas. Si hubiera estado en la superficie del agua en lugar de allá abajo, podría haber lanzado una exclamación.

Rocas de lastre. Tenían que ser rocas de lastre. Por sus estudios ella sabía que ese color significaba un galeón. Las goletas usaban roca gris y quebradiza. Era el lastre de un galeón, pensó con una sensación de irrealidad. Un galeón que se había perdido y había sido olvidado. Y ahora, encontrado.

Uno de los barcos hundidos en 1733 estaba allí. Y ella lo había encontrado.

Lanzó un grito que no hizo más que diseminar burbujas que le empañaron la visión. Recuperó el control, sacó el cuchillo de la vaina y golpeó con fuerza sobre su tanque.

Al girar en círculo vio la sombra de su compañero a algunos metros. Le pareció notar que él le hacía señas e, impaciente, volvió a golpear contra el tanque.

"Ven aquí, maldito seas."

Golpeó una tercera vez, con toda la insistencia que le permitía esa señal monocorde. Con satisfacción, vio que él se acercaba.

"Enójate todo lo que quieras —pensó—. Y prepárate a ser humillado."

Cuando Matthew vio las piedras, ella advirtió un leve cambio en él. Incapaz de evitarlo, le sonrió y realizó una pirueta.

Detrás del visor que le tapaba la cara, sus ojos eran color cobalto intenso y en ellos vio una temeridad que le hizo latir con fuerza el corazón. Matthew rodeó la pila una vez, al parecer satisfecho. Cuando le tomó la mano, Tate le dio un apretón cordial. Supuso que saldrían a la superficie y anunciarían su descubrimiento, pero él la arrastró hacia el lugar de donde había venido.

Ella tiró hacia atrás, sacudió la cabeza y le hizo señas con el pulgar hacia arriba. Pero Matthew indicó hacia el oeste. Tate puso los ojos en blanco e hizo un gesto en dirección al lastre y comenzó a patear hacia arriba.

Matthew la aferró de un tobillo y a ella la impresionó la familiaridad con que esas manos iban subiendo por su pierna. Pensó en golpearlo, pero él ya le había tomado un brazo y la arrastraba.

No le quedó más remedio que seguirlo e imaginar todas las cosas horribles que le diría cuando pudiera hablar.

Entonces los vio y quedó boquiabierta. Volvió a ponerse la boquilla, se acordó de respirar y contempló los cañones.

Estaban corroídos, cubiertos de restos marinos y semienterrados en la arena. Pero allí estaban, los grandes cañones que una vez pertenecieron a la flota española, que la defendieron de los piratas y de los enemigos del rey. Tuvo ganas de llorar de alegría.

En cambio, rodeó a Matthew con un abrazo torpe y lo hizo girar en lo que parecía una danza victoriosa. Los visores de ambos chocaron y ella rió entre dientes pero sin dejar de aferrarse a él mientras pateaban hacia la superficie, doce metros más arriba.

Tan pronto salieron, Tate se apartó el visor y dejó caer la boquilla.

—Matthew, tú lo viste. Está realmente allí.

—Eso parece.

—Fuimos los primeros en encontrarlo. Después de más de doscientos cincuenta años, somos los primeros.

Él sonrió.

—Un naufragio virgen. Y es todo nuestro, Red.

—No puedo creerlo. No se parece en nada a las otras veces en que siempre alguien había estado allí primero y sólo recogimos lo que se les había pasado por alto o lo que no les interesó. Pero esto... —Echó atrás la cabeza y rió. —Oh, Dios. Es maravilloso. Fabuloso.

Con otra risa, ella le echó los brazos al cuello, con lo cual casi se hundieron los dos, y apretó sus labios contra los de Matthew en un inocente beso de alborozo.

Los labios de él estaban mojados, frescos y curvados. Ese beso hizo que la mente de Matthew quedara en blanco durante tres latidos. No tenía mucha conciencia de lo que hacía cuando apartó los labios de Tate con los dientes y le metió la lengua en la boca, cambiando así ese beso de inocente en apasionado.

Sintió que los labios de ella cedían y después oyó su suspiro.

Error. La palabra cruzó por su mente como un destello de neón. Pero, inesperadamente, ella se entregaba por completo a ese beso.

Tate sintió sabor a sal y a mar y a hombre y se preguntó si alguna vez alguien había probado todos esos sabores intensos a la vez. Tuvo la sensación de que su corazón se detenía, pero no le importó. Nada le

43

importaba ya en ese mundo extraño y maravilloso salvo el sabor y la sensación de la boca de Matthew.

De pronto todo terminó y fue como si le hubieran cerrado en la cara la puerta a ese mundo fascinante. Por instinto pateó para mantener la cabeza fuera del agua y le parpadeó a Matthew con ojos soñadores.

—Estamos perdiendo tiempo —dijo él y se maldijo. Cuando ella volvió a apoyar los labios sobre los suyos como para volver a apresar ese beso, él lanzó un gruñido y la maldijo.

—¿Qué?

—Suficiente. Alguien de tu edad ha sido besada antes.

La dureza de su voz y el insulto que yacía bajo sus palabras quebró el hechizo.

—Por supuesto que me han besado. Fue sólo un gesto de felicitaciones. —De haber sido así, ella no debería haberle producido una sensación de vacío en la boca del estómago.

—Bueno, ahórratelo. Debemos decírselo a los demás y poner marcadores.

—De acuerdo —dijo ella y nadó hacia el barco con un rápido y eficaz estilo crawl—. No entiendo por qué estás tan enojado.

—Tú no serías capaz de entenderlo —murmuró Matthew y la siguió.

Decidida a no dejar que él le arruinara el día más maravilloso de su vida, Tate trepó al barco.

Marla estaba sentada debajo del toldo y se arreglaba las uñas. Ya tenía las de una mano pintadas con esmalte color salmón fuerte. La miró con una sonrisa.

—Llegas temprano, querida. No te esperábamos hasta dentro de otra hora.

—¿Dónde están papá y Buck?

—En la timonera, estudiando de nuevo ese mapa antiguo. —La sonrisa de Marla comenzó a desvanecerse. —Algo sucedió. Matthew. —Se puso de pie y en sus ojos había una expresión de pánico. Su miedo a los tiburones, jamás confesado, le cerró la garganta. —¿Está herido? ¿Qué pasó?

—Está perfectamente bien —dijo Tate mientras se soltaba el cinturón con pesas—. Viene detrás de mí. —Oyó caer las aletas de él sobre cubierta, pero no giró para darle una mano para ayudarlo a subir. En cambio, hizo una inspiración profunda. —No pasa nada malo, mamá. Nada en absoluto. Todo está muy bien. Lo encontramos.

Marla corrió a la barandilla para asegurarse de que Matthew realmente estaba bien. Los latidos de su corazón se serenaron al verlo entero e ileso. —¿Encontraron qué, querida?

—El barco hundido. —Tate se pasó una mano por la cara y le sorprendió comprobar que le temblaban los dedos. Sentía un rugido en los oídos y un aleteo en el pecho. —Uno de los barcos hundidos. Lo encontramos.

—Dios Santo. —Buck apareció junto a la puerta de la timonera. Su cara rubicunda estaba blanca y había asombro en esos ojos ocultos detrás de los anteojos. —¿Cuál encontraste, muchacho?

—No sabría decirlo. —Matthew se quitó los tanques. El corazón le latía a toda velocidad, pero sabía que tenía tanto que ver con las posibilidades del tesoro como con el hecho de casi haber devorado a Tate.

—Pero está allá abajo, Buck. Encontramos lastre, lastre y cañones de un galeón. —Miró más allá de Buck, hacia donde estaba Ray, aturdido. —El otro lugar era un lugar de rebote, tal como pensé. Pero éste tiene posibilidades reales.

—¿Cuál...? —Ray tuvo que carraspear para poder seguir hablando. —¿Cuál fue esa posición, Tate?

Ella abrió la boca y volvió a cerrarla al darse cuenta de que había estado demasiado subyugada como para marcar el lugar. Sus mejillas se tiñeron de rojo.

Matthew la miró y le sonrió antes de darle a Ray las coordenadas.

—Tendremos que poner boyas de marcación. Si ustedes quieren les mostraremos lo que tenemos. —Volvió a sonreír. —Me parece que pondremos en uso ese nuevo tubo de succión que tienes, Ray.

—Sí. —Ray miró a Buck. Su aturdimiento comenzó a desvanecerse. —Diría que tienes razón. —Tomó a Buck y los dos hombres se abrazaron y se bambolearon como borrachos.

Necesitaban un plan. Fue Tate la que, después de la ruidosa celebración de esa noche, fue la voz de la razón. Hacía falta un sistema para recuperar los restos del barco hundido y preservarlos. Debían denunciarlo y solicitar los derechos en forma legal y concreta. Y los objetos encontrados debían ser catalogados con precisión.

Necesitaban una buena cámara sumergible para registrar el lugar y la posición de los objetos que descubrían, y varios buenos anotadores para catalogarlos. Pizarras y lápices de grafito para hacer los bosquejos debajo del agua.

—Antes —dijo Buck mientras se servía otra cerveza—, cuando un hombre encontraba un barco hundido, todo lo que contenía era suyo... siempre y cuando pudiera mantener a raya a los piratas y a los que violaban esos derechos. Había que ser astuto, mantener la boca cerrada y estar dispuesto a luchar por lo que era de uno.

"Ahora, en cambio, hay normas y leyes, y todos quieren una parte de lo que uno encuentra con su propio trabajo y la suerte que viene de Dios. Y hay muchos a los que les interesan más algunas planchas de madera carcomida por los gusanos que un filón de plata.

—La integridad histórica de un barco hundido es importante, Buck —afirmó Ray—. Es valor histórico, nuestra responsabilidad para con el pasado y el futuro.

—Mierda. —Buck encendió uno de los diez cigarrillos que se permitía fumar por día. —¿De qué valor histórico me habla? —Soltó una columna de humo y entrecerró los ojos.

—No tenemos ningún derecho a destruir algo para conseguir otra cosa —murmuró Tate.

Buck miró a Tate y sonrió.

—Espera, muchacha, hasta que le tomes el gusto a la fiebre del oro. Le hace algo a uno. Ver ese resplandor que brota de la arena. Es brillante y luminoso, y nada parecido a la plata. Podría ser una moneda, una cadena, un medallón, alguna chuchería que un hombre muerto hace mucho le regaló a su mujer, también muerta hace mucho. Y allí está, en tu mano, y real. Y no puedes pensar en otra cosa que en conseguir más.

Ella inclinó la cabeza con curiosidad.

—¿Ésa es la razón por la que baja todo el tiempo al fondo del mar? Si encontrara todo el tesoro contenido en el *Isabella* y el *Santa Margarita* y se hiciera rico, ¿igual bucearía por más?

—Yo seguiré buceando hasta que muera. Es lo único que sé. Es lo único que necesito hacer. Tu padre era así —agregó, dirigiéndose a Matthew—. Así encontráramos un filón de oro o regresara sin otra cosa que una bala de cañón, teníamos que bajar de nuevo. La muerte fue lo único que lo detuvo. Ninguna otra cosa podría haberlo hecho. —Su voz se hizo más áspera cuando volvió a mirar su cerveza. —Él quería encontrar el *Isabella*. Pasó los últimos meses de su vida tratando de descubrir cómo, dónde y cuándo. Ahora nosotros cosecharemos ese barco por él. La Maldición de Angelique.

—¿Qué? —Ray frunció el entrecejo. —¿Qué es eso de la Maldición de Angelique?

—Es lo que mató a mi hermano —respondió Buck—. El hechizo de una bruja.

Como reconoció las señales, Matthew se inclinó hacia adelante y sacó la lata de cerveza de las manos de su tío.

—Un hombre lo mató, Buck. Un hombre de carne y hueso. No una maldición ni un hechizo. —Se puso de pie y ayudó a su tío a pararse. —Se pone sentimental y sensiblero cuando bebe demasiado —explicó—. Pronto se pondrá a hablar del fantasma de Barbanegra.

—Yo lo vi —continuó Buck con una sonrisa tonta. Los anteojos se le deslizaron por la nariz, así que miró con expresión miope por encima de ellos. —O eso me pareció. Cerca de la costa de Okracoke. ¿Lo recuerdas, Matthew?

—Sí, claro, lo recuerdo. Tenemos un largo día por delante. Será mejor que regresemos al barco.

—¿Necesitan ayuda? —Ray se puso de pie, un poco mortificado al comprobar que su equilibrio era un poco precario.

—No, puedo arreglarme. Lo pondré en el gomón y remaré hasta el barco. Gracias por la cena, Marla. Jamás probé un pollo frito como el suyo. Estate lista al amanecer, muchacha —le dijo a Tate—. Y prepárate para trabajar en serio.

—Estaré lista. —A pesar de que Buck no había pedido ayuda, ella se le acercó y se pasó uno de sus brazos sobre los hombros. —Vamos, Buck, es tiempo de acostarse.

—Eres una muchacha dulce. —Con la afectación de un borracho, le dio un apretón torpe. —¿No lo crees, Matthew?

—Sí, es un bombón. Yo bajaré primero por la escalerilla, Buck. Si te caes, podría dejar que te ahogaras.

—Sí, ya me lo imagino. —Buck rió por lo bajo y desplazó su peso a Tate cuando Matthew pasó sobre la barandilla. —Ese muchacho sería capaz de luchar contra un cardumen de tiburones por mí. Los Lassiter siempre se protegen mutuamente.

—Ya lo sé. —Con cuidado, Tate se las ingenió para maniobrar a Buck por encima de la barandilla. —Sujétese bien. —Lo absurdo de la situación la hizo reír mientras él se balanceaba en la escalerilla y Matthew maldecía desde abajo. —No se suelte, Buck.

—No te preocupes, muchacha. No hay ningún bote hecho por el hombre que yo no pueda abordar.

—Maldición, nos vas a hundir. Buck, pedazo de idiota. —Cuando el bote se movió peligrosamente, Matthew sujetó a su tío. El agua entró en el bote y los empapó.

—Yo me ocuparé de esto —dijo Buck y riendo comenzó a sacar agua del fondo con las manos.

—Mejor, no te muevas. —Matthew tomó los remos y, al levantar la cabeza, vio que los Beaumont sonreían. —Debería haberlo hecho nadar hasta el barco.

—Buenas noches, Ray —se despidió Buck y saludó alegremente con la mano mientras Matthew remaba—. Mañana habrá doblones de oro. Oro y plata y joyas resplandecientes. Otro barco hundido, Matthew —murmuró—. Siempre supe que lo encontraríamos. Los Beaumont nos trajeron suerte.

—Sí. —Después de sacar los remos del agua, Matthew miró a su tío con bastantes dudas. —¿Podrás subir por la escalerilla, Buck?

—Sí, por supuesto. ¿Acaso no tengo las piernas de marino con que nací? —Esas piernas se bambolearon, igual que el pequeño bote que ahora estaba al costado del *Sea Devil*. Más que nada por pura suerte, logró tomar uno de los peldaños de cuerda e izarse antes de dar vuelta el gomón. Empapado hasta las rodillas, Matthew se reunió con él en cubierta, donde Buck saludaba con la mano, entusiasta, a los Beaumont.

—¡Eh, *Adventure*! Por aquí, todo bien.

—Veamos si dice lo mismo por la mañana —murmuró Matthew y casi llevó en brazos a Buck a la diminuta timonera.

—Ésas son buenas personas, Matthew. Confieso que al principio pensaba usar su equipo, seguirlos y después quedarnos con la parte del león. Para nosotros dos sería fácil bajar por la noche y apoderarnos de lo mejor del botín. Creo que no se darían cuenta de la diferencia.

—Quizá no —dijo Matthew mientras quitaba los pantalones mojados a su tío—. Yo también pensé algo parecido. Por lo general, los aficionados se merecen ser desplumados.

—Y nosotros hemos desplumado a unos cuantos —comentó Buck muy contento—. Pero no podría hacérselo al viejo Ray. En él tengo a un amigo. Creo que no he vuelto a tener un amigo desde que murió tu padre. Y, además, tiene una bonita esposa y una linda hija. No —sacudió la cabeza con pesar—. No se puede piratear a las personas que a uno le gustan.

Matthew lo aceptó con un gruñido y observó la hamaca que estaba sujeta a las paredes de proa y de popa de la cabina. Esperaba no tener que levantar a Buck y depositarlo en ella.

—Tienes que acostarte.

—Sí. Jugaré limpio con Ray. —Como un oso que trepa a su cueva, Buck se subió a la hamaca, que se balanceó en forma peligrosa. —Debería hablarles de la Maldición de Angelique. Ahora que lo pienso, sólo lo he hablado contigo y con nadie más.

—No te preocupes.

—Tal vez si no les cuento nada, a ellos no les traerá mala suerte. No quisiera que les pasara nada.

—Estarán bien. —Matthew se bajó el cierre de los jeans y se los quitó.

—¿Recuerdas la foto que te mostré? Todo ese oro, esos rubíes y diamantes. No parece posible que algo tan bello tenga maldad.

—Eso es porque no la tiene. —Matthew se quitó la camisa, que arrojó junto a los jeans. Le sacó los anteojos a Buck y los puso a un costado. —Duerme un poco, Buck.

—Han pasado más de doscientos años desde que quemaron a esa bruja, y la gente sigue muriendo. Como James.

Matthew apretó la mandíbula y en sus ojos apareció una expresión fría.

—Lo que mató a mi padre no fue un collar sino un hombre: Silas VanDyke.

—VanDyke. —Buck repitió el nombre con una voz deformada por el sueño. —Nunca se probó.

—Basta con saberlo.

—Es la maldición. La maldición de la bruja. Pero le ganaremos, Matthew. Tú y yo la venceremos. —Buck comenzó a roncar.

Al demonio con la maldición, pensó Matthew. Encontraría el amuleto. Seguiría los pasos de su padre hasta que lo consiguiera. Y cuando lo tuviera, se vengaría del hijo de puta que había asesinado a James Lassiter.

Con sólo la ropa interior puesta, salió de la cabina hacia esa noche suave y tachonada de estrellas. La luna parecía una moneda de plata partida en dos. Se instaló debajo de ella, en su propia hamaca, lo bastante lejos como para que los habituales ronquidos de su tío sólo fueran un zumbido bajo.

Allí abajo estaba el collar, una cadena de pesados eslabones de oro y un medallón que tenía grabados los nombres de amantes condenados y tenía rubíes y diamantes engarzados. Había visto fotografías y leído la documentación que su padre había desenterrado.

Conocía la leyenda tanto como un hombre podía conocer cuentos de hadas que le recitaron en la cama cuando era chico. Una mujer quemada en la hoguera, condenada por brujería y asesinato. Su ultima promesa de que cualquiera que ganara con su muerte correría idéntica suerte.

La maldición y la desesperación que habían seguido el camino del collar a lo largo de dos siglos. La codicia y la lujuria que habían hecho que los hombres mataran y las mujeres complotaran por él.

Podía incluso creer en la leyenda, pero sólo significaba que la codicia y la lujuria eran las que habían causado la maldición y la desesperación. Una alhaja de valor incalculable no necesitaba ninguna maldición para llevar a los hombres al asesinato.

De eso sí que estaba seguro. Demasiado bien lo sabía. La Maldición de Angelique había sido el motivo subyacente en la muerte de su padre.

Pero el que lo había planeado y ejecutado era un hombre.

Silas VanDyke. Cuando lo deseaba, Matthew podía conjurar su rostro, su voz, incluso su olor. No importaba cuántos años pasaran, él no olvidaría nada.

Y sabía, tal como lo había sabido cuando era un adolescente indefenso y consumido por la pena, que un día encontraría ese amuleto y lo usaría contra VanDyke.

En venganza.

Fue extraño que con esos pensamientos sombríos y violentos revoloteando en su mente mientras se iba quedando dormido, soñara justamente con Tate.

Soñó que nadaba en aguas de una transparencia imposible, libre de peso, de equipo, ágil como un pez. Cada vez más hondo, hasta donde el sol ya no podía penetrar. Las anémonas de mar se mecían, los colores brillaban como joyas y eran atravesados por cantidades de peces vistosos.

Todavía más hondo, hacia donde los colores —los rojos, los anaranjados y los amarillos— se convertían en un azul frío, muy frío. Sin embargo no había presión, ninguna necesidad de compensar, ningún temor. Sólo una explosiva sensación de libertad que se fundía hasta transformarse en una alegría total.

Podría quedarse allí para siempre, en ese mundo silencioso, sin nada en la espalda: ni tanques ni preocupaciones.

Allí, allí debajo de él, la imagen de un cuento de hadas para niños sobre un barco hundido. Los mástiles, el casco, los estandartes andrajosos que ondeaban en la corriente. Yacía inclinado de costado sobre el lecho de arena, increíblemente intacto e increíblemente nítido. Él alcanzaba a ver los cañones, que todavía apuntaban hacia antiguos enemigos. Y el timón, que esperaba que el capitán fantasma lo manejara.

Feliz, Matthew nadó hacia él por entre remolinos de peces, pasó junto a un pulpo que curvó sus tentáculos y se alejó, debajo de la sombra de una raya gigante que bailoteaba sobre su cabeza.

Rodeó en círculos la cubierta del galeón español, leyó las letras que lo bautizaban como el *Isabella*. La torre del vigía crujió sobre él como un árbol en el viento.

Entonces la vio. Como una sirena, revoloteaba fuera de su alcance, con una sonrisa y llamándolo con manos hermosas y llenas de gracia. Su cabellera era larga y parecía un conjunto de sedosas cuerdas de fuego que giraban y ondeaban sobre sus hombros y sus pechos desnudos. Su piel era blanca y brillante, como una perla.

Sus ojos eran verdes y divertidos.

Sus brazos lo rodearon como cadenas de satén. Sus labios se abrieron para los suyos y eran tan dulces como la miel. Cuando él la tocó, fue como si hubiera esperado toda la vida sólo para eso. Para sentir cómo esa piel se deslizaba debajo de su mano, el temblor de los músculos a medida que él la excitaba. El golpeteo del pulso debajo de la piel.

En la boca tenía el sabor de su suspiro. Y de pronto un calor glorioso los rodeó cuando él la penetró y ella trabó las piernas alrededor de él y su cuerpo se arqueó hacia atrás para que la penetrara más hondo.

Fueron movimientos de ensueño, sensaciones interminables. Flotaron, giraron por el agua en una unión silenciosa que lo dejó débil y asombrado, gozoso y feliz. Y Matthew sintió que se derramaba dentro de ella.

Entonces ella le dio un beso suave, profundo y de increíble dulzura. Cuando él volvió a verle la cara, ella sonreía. Trató de aferrarla, pero ella sacudió la cabeza y se alejó. Él la siguió y juguetearon como niños alrededor del barco hundido.

Ella lo condujo hacia un arcón y rió al levantar la tapa y mostrarle montañas de oro. Cuando ella hundió la mano y la levantó, las monedas se derramaron de su mano. El brillo era como el claro de luna y había además joyas de gran tamaño. Diamantes grandes como su puño, esmeraldas grandes como los ojos de ella, lagos de zafiros y rubíes. Sus colores resaltaban contra el gris frío del mundo que los rodeaba.

Él deslizó la mano por el contenido del arcón y volcó una lluvia de diamantes en forma de estrella sobre el pelo de ella y la hizo reír.

Entonces encontró el amuleto, la pesada cadena de oro, la sangre y las lágrimas que engarzaban el medallón. Le pareció sentir su calor, como si tuviera vida. Jamás había visto algo tan hermoso, tan maravilloso.

Lo sostuvo en la mano, miró el rostro gozoso de Tate por entre el círculo de la cadena y después se lo pasó a ella por la cabeza. Tate rió, lo besó y después apoyó el medallón en su mano.

De pronto, del medallón brotó una llama, una lanza de calor violento y de luz que lo derribó hacia atrás como un puñetazo. Con horror, Matthew vio cómo el fuego crecía, en tamaño e intensidad, y cubría a Tate como una envoltura de llamas. Lo único que él podía ver eran sus ojos, llenos de angustia y de terror.

No podía alcanzarla. Aunque se esforzaba y luchaba, el agua que antes era tan calma y pacífica ahora era un torbellino de movimiento y de sonido. Se formó un tornado de arena que lo cegó. Oyó el crujido del mástil que se hacía pedazos y el rugido del maremoto que estalló por entre el lecho de arena y destruyó el casco del barco como fuego de cañones.

Por entre ese estruendo oyó gritos: los de ella, los suyos.

Entonces todo desapareció: las llamas, el mar, el amuleto. Tate. El cielo estaba en lo alto, con su medio disco de luna y su salpicadura de estrellas. El mar estaba calmo y negro como la tinta y apenas si suspiraba contra el barco.

Él estaba solo en la cubierta del *Sea Devil*, empapado de sudor y jadeando.

# Capítulo cuatro

Tate tomó dos docenas de películas del lastre y del cañón mientras ella y Matthew exploraban. Para darle el gusto posó junto a la boca de un cañón herrumbrado, o tomó la cámara para sacarle fotografías entre las rocas y los peces. Juntos, sujetaron una bala de cañón a un flotador y la enviaron arriba hacia el segundo equipo.

Después empezó el verdadero trabajo.

Maniobrar correctamente un tubo de succión requería habilidad, paciencia y trabajo en equipo. Era una herramienta sencilla, poco más que un caño de cuatro pulgadas de diámetro y unos tres metros de largo, con una manguera de aire. En el caño se inyectaba aire presurizado, lo cual creaba una succión capaz de aspirar agua, arena y objetos sólidos. Para un cazador de tesoros era una herramienta tan esencial como lo es un martillo para un carpintero. Utilizada con demasiada rapidez o demasiada fuerza, podía destruir. Empleada con descuido, el caño se tapaba con conglomerado, conchillas y coral.

Mientras Matthew la manejaba, Tate examinaba y recogía lo que brotaba de la parte superior del caño. Era un trabajo pesado y tedioso para ambos. La arena y los escombros livianos giraban en el agua y oscurecían la visión. Hacían falta buena vista y una paciencia sin límites para buscar entre esos desechos escupidos por el caño, cargar en un balde lo que resultaba valioso o interesante y subirlo a la superficie.

Matthew continuaba excavando hoyos de prueba con ritmo parejo. Los pastinacas jugueteaban entre el chorro lanzado por el tubo de succión, disfrutando al parecer de ese masaje de arena y pequeñas piedras. Tate se permitía soñar e imaginar que de pronto del tubo brotaría una montaña de oro reluciente, como el pozo acumulado de una máquina tragamonedas.

Fantasías aparte, recogió clavos, trozos de conglomerado y pedazos de objetos de arcilla rotos. A ella le resultaban tan fascinantes como lingotes de oro. Los estudios universitarios que había cursado el año anterior intensificaron su amor por la historia y por los fragmentos de cultura enterrados en el fondo del mar.

Sus ambiciones y sus metas a largo plazo eran muy claras: estudiaría, se recibiría y absorbería la mayor cantidad de conocimiento posible a través de libros, conferencias y, sobre todo, de la práctica. Y, algún día, integraría las filas de científicos que navegaban por los mares y sondeaban las profundidades para descubrir y analizar los restos de barcos hundidos.

Su nombre causaría impacto, y sus hallazgos, ya fueran doblones o trozos de hierro, tendrían importancia.

Con el tiempo, habría un museo lleno de esos hallazgos que llevaría el apellido Beaumont.

Matthew le hizo señas por entre la nube de arena. En uno de los hoyos cavados por él, de alrededor de treinta centímetros de profundidad, vio los clavos largos cruzados como espadas. Apresada entre sus puntas calcificadas había una fuente de peltre.

Doce metros de agua no le impidieron a Tate expresar su alborozo. Tomó la mano de Matthew, se la apretó y después le sopló un beso. Se desprendió la cámara del cinturón y documentó el hallazgo. Sabía que los registros eran esenciales en los descubrimientos científicos. Podría haber pasado más tiempo examinando la fuente, contemplándola con satisfacción, pero ya Matthew se alejaba para cavar otro hoyo.

Había más. Cada vez que cambiaban de lugar el tubo de succión desenterraban alguna otra cosa: un grupo de cucharas cementadas en el coral, un bol al que le faltaba la tercera parte pero que, aun así, hizo que a Tate se le apretara el corazón.

El tiempo y la fatiga dejaron de existir. Un público de miles de pececillos observaba los progresos del trabajo de ambos y, a su distancia habitual, la barracuda permanecía inmóvil como una estatua, mirándolos con aprobación.

Tate pensó que Matthew manejaba el tubo de succión como un artista: con habilidad y, al mismo tiempo, con delicadeza.

De pronto ella vio una frágil pieza de porcelana, un bol con elegantes pimpollos de rosa pintados en el borde.

Matthew lo habría dejado allí por el momento, porque sabía que cuando algo tan frágil está cementado al coral o a algún otro objeto, se rompe con el menor roce.

Pero los ojos de Tate estaban tan abiertos por la sorpresa, tan brillantes por el deleite, que él quería darle ese bol, ver su cara cuando ella lo tuviera en las manos. De modo que comenzó con el proceso tedioso y lento de limpiar con mucho cuidado la arena. Cuando quedó satisfecho, le entregó a Tate el tubo. Metió la mano debajo del coral que había reclamado el bol para sí y lo fue liberando.

El proceso se llevó parte de la piel de sus manos, pero cuando Matthew se lo entregó a Tate, los raspones y los tajos quedaron olvidados.

Los ojos de ella brillaron y después, inesperadamente, se humedecieron, algo que sorprendió a los dos. Desconcertado, Matthew volvió a tomar el tubo y con el pulgar hizo señas de subir a la superficie. Entonces abrió la válvula del tubo de succión, con lo cual liberó un torrente de burbujas. Y, juntos, iniciaron el ascenso.

Tate no habló: no podía hacerlo. Agradecida de que los dos tuvieran las manos ocupadas con el tubo de succión y el último balde de conglomerado, ella se aferró al costado del *Adventure*. Su padre le sonrió, feliz, desde la barandilla.

—Nos han tenido muy ocupados. —Levantó la voz por sobre el rugido del compresor de aire e hizo una mueca cuando Buck lo apagó. —Tenemos docenas de objetos, Tate. —Izó el balde que ella le alcanzaba. —Cucharas, tenedores, baldes, monedas de cobre, botones... —Calló cuando ella levantó en lo alto el bol. —Dios mío. Porcelana. Intacta. Marla. Marla, ven a ver esto.

Con reverencia, Ray tomó el bol de las manos de Tate. Cuando por fin ella y Matthew estuvieron a bordo, Marla se encontraba sentada en cubierta, rodeada de escombros, con el bol con flores sobre la falda y su videocámara al lado.

—Es una pieza muy bonita —comentó Buck. Aunque sus palabras no expresaran mucho, su voz traicionó el entusiasmo que sentía.

—A Tate le gustó. —Matthew la miró: estaba de pie, con su traje de neoprene, y las lágrimas que a doce metros de profundidad habían amenazado con brotar de sus ojos, fluían ahora libremente.

—Allá abajo hay tantas cosas —logró decir—. Papá, ni te lo imaginas. Debajo de la arena. Todos estos años, debajo de la arena. Y, de pronto, uno las encuentra. Como esto. —Después de frotarse la cara con las manos, se puso en cuclillas junto a su madre y rozó con un dedo el borde del bol. —Ni un desportillado. Sobrevivió a un huracán y a más de doscientos cincuenta años, y es una perfección.

Se puso de pie. Sintió los dedos entumecidos al tirar del cierre del traje de neoprene.

—Había también una fuente de peltre. Está apresada entre dos clavos de hierro, como una escultura. Con sólo cerrar los ojos uno se la imagina llena de comida y colocada sobre una mesa. Nada de lo que yo he estudiado se acerca siquiera a la experiencia de verla.

—Creo que dimos con el sector de la cocina —acotó Matthew—. Hay muchos utensilios de madera, jarras de vino, platos rotos. —Con gratitud aceptó el vaso con jugo de frutas fresco que Ray le ofrecía. —Cavé muchos hoyos de prueba en un sector de nueve metros aproximadamente. Quizá ustedes dos quieran moverse algunos grados al norte de esa posición.

—Pongamos manos a la obra —dijo Buck, que ya había comenzado a colocarse el equipo. Matthew se le acercó para servirse más jugo de frutas.

—Vi un tiburón que merodeaba por allí –le advirtió en voz baja. Todos sabían que Marla palidecía y se llenaba de pánico ante la sola idea de que hubiera tiburones. —No parecía interesado en nosotros, pero creo que no estaría de más que se llevaran un par de arpones con cabeza explosiva.

Ray miró hacia su esposa, que en ese momento documentaba con reverencia en vídeo los últimos tesoros descubiertos.

—Más vale que sobre y no que falte —dijo—. Tate —llamó—. ¿Quieres volver a cargarme la cámara?

Veinte minutos después, el compresor volvía a bombear. Tate trabajaba con su madre en la timonera, frente a la mesa de hojas rebatibles, y cataloga cada objeto que habían subido del naufragio.

—Es el *Santa Margarita*. —Tate palpó una cuchara antes de ubicarla en la pila que le correspondía. —Su nombre estaba grabado en uno de los cañones. Encontramos nuestro galeón español, mamá.

—El sueño de tu padre.

—Y el tuyo, ¿no?

—Y el mío —dijo Marla con una sonrisa—. Al principio me pareció sólo un hobby agradable e interesante. Nos permitía tener vacaciones maravillosas, llenas de aventuras, y representaba un cambio de nuestros trabajos mundanos.

Tate levantó la vista y frunció el entrecejo.

—Nunca supe que considerabas mundano tu trabajo.

—Bueno, ser secretaria jurídica está bien, salvo cuando uno empieza a preguntarse por qué no tuvo el coraje suficiente para ser abogado. Tal como me criaron, Tate querida, una mujer no ingresaba en el mundo de los hombres salvo para estar un paso más atrás que ellos. Tu abuela era una mujer muy anticuada. Se suponía que yo debía trabajar en algo aceptable hasta encontrar el marido adecuado. —Rió y apartó una copa de peltre a la que le faltaba un asa. —Pero tuve suerte en lo que respecta al marido. Mucha suerte.

También eso era todo un descubrimiento.

—¿Querías ser abogado?

—No, jamás se me ocurrió —reconoció Marla—. Hasta que estaba cerca de cumplir los cuarenta. Una época peligrosa para una mujer. Cuando tu padre decidió jubilarse, yo hice lo mismo y pensé que me sentía más que contenta de acompañarlo en su búsqueda del tesoro. Ahora, al ver estas cosas —dijo y tomó una moneda de plata—, me doy cuenta de que estamos haciendo algo importante. Valioso a su manera. Nunca pensé que volvería a tener éxito.

—¿Que volverías a tenerlo?

Marla levantó la vista y sonrió.

—Tenerte a ti lo fue. Esto es maravilloso y excitante, pero para tu padre y para mí, siempre serás el verdadero tesoro.

—Tú siempre me hiciste sentir que puedo hacer cualquier cosa. Ser lo que quiera.

—Y así es. Matthew, ven a reunirte con nosotros.

—No quisiera interrumpir —dijo al acercarse con cierta torpeza.

—No seas tonto. —Marla ya estaba de pie. —Apuesto a que te gustaría tomar un café. Tengo uno recién hecho en la cocina. Tate y yo estamos organizando nuestra colección de tesoros.

Matthew paseó la vista por los objetos que había sobre la mesa.

—Creo que necesitaremos más lugar.

Marla se echó a reír cuando regresó con el café.

—Me encantan los hombres optimistas.

—Realistas —la corrigió Tate—. Mi compañero de buceo está lejos de ser optimista.

No muy seguro de si debía tomar esas palabras como un cumplido o un insulto, Matthew se sentó junto a ella y probó el café.

—Yo no diría eso.

—Yo sí. —Tate se zambulló en el tazón con pretzels que su madre había puesto sobre la mesa. —Buck es el soñador. A ti te gusta la vida: el sol, el mar, la arena. —Le dio un mordisco al pretzel y se echó hacia atrás. —Nada de responsabilidades reales, de ataduras reales. Tú no esperas encontrar un cofre cubierto de costras que contiene doblones de oro, pero sabes cómo sacarle provecho a alguna chuchería ocasional. Como para asegurarte de que nunca te falten camarones ni cerveza.

—Tate. —Marla sacudió la cabeza y reprimió la risa. —No seas grosera.

—No, si tiene razón —aseguró Matthew—. Déjela terminar.

—A ti no te asusta el trabajo duro porque siempre habrá suficiente tiempo para estar acostado en una hamaca, dormitando. Está la excitación del buceo, del descubrimiento, y siempre el valor de intercambio antes que el valor intrínseco de algún pequeño botín. —Le pasó una cuchara de plata. —Eres un realista, Matthew. De modo que cuando dices que necesitaremos más lugar, yo te creo.

—Espléndido. —Comprendió que, lo tomara como lo tomare, había sido insultado. Arrojó la cuchara de vuelta a la pila. —Supongo que podríamos usar el *Sea Devil* como depósito. Buck y yo podemos dormir aquí, en cubierta, y usar el *Adventure* como estación de trabajo. Nos zambullimos desde aquí, limpiamos aquí el conglomerado y los objetos recuperados, y después los transportamos al *Sea Devil*.

—Me parece muy sensato —dijo Marla—. Después de todo, tenemos dos barcos, así que podríamos aprovecharlos a fondo.

—Está bien. Si papá y Buck están de acuerdo, yo también lo estaré. Mientras tanto, Matthew, ¿por qué no me ayudas a traer otro cargamento desde cubierta?

—Sí, claro. Gracias por el café, Marla.

—De nada, querido.

—Más tarde tendré que darme una vuelta por Saint Kitts —dijo Tate—. Para hacer revelar la película. ¿Quieres acompañarme?

—Tal vez.

Tate notó una leve irritación en la voz de Matthew y reprimió una sonrisa.

—Matthew, ¿sabes por qué creo que trabajamos tan bien juntos allá abajo?

—No —respondió él y la miró. Su piel seguía siendo color alabastro, incluso después de semanas en el mar. Alcanzaba a oler la crema que ella usaba para protegerla, y el perfume que era sal y aire marino y se le pegaba al pelo. —Pero tú me lo dirás.

—Creo que es porque eres realista y yo soy idealista. Tú eres temerario y yo soy prudente. Tenemos características opuestas. De alguna manera, cada uno compensa y equilibra al otro.

—Te encanta analizar todo, ¿verdad, Red?

—Supongo que sí. —Confiando en que no se daría cuenta de cuánto coraje necesitaba, se le acercó. —He estado analizando la razón por la que te enojaste tanto después de besarme.

—Yo no estaba enojado —la corrigió él—. Y tú me besaste a mí.

—Yo empecé, es verdad. —Decidida a terminar, lo miró y continuó: —Pero tú lo cambiaste, y después te enfureciste porque eso te sorprendió. Lo que sentiste te sorprendió. Y también me sorprendió a mí. —Levantó las manos y las extendió sobre el pecho de Matthew. —Me pregunto si ahora nos sorprenderíamos.

Más que nada en el mundo, él deseaba inclinarse y tomar esa boca fresca y hambrienta. Ese deseo se apoderaba de él en oleadas intensas que hicieron que sus manos fueran torpes cuando le rodearon las muñecas.

—Te estás internando en aguas peligrosas, Tate.

—No solamente yo. —Se dio cuenta de que ya no tenía miedo. Ni siquiera estaba nerviosa. —Sé lo que hago.

—No, no lo sabes. —La apartó un poco, pero sin darse cuenta de que seguía aferrándola por las muñecas. —Supones que no habrá consecuencias, pero las habrá. Y si no tienes cuidado con lo que haces, lo pagarás.

Un estremecimiento delicioso le recorrió la columna.

—Yo no tengo miedo de estar contigo. Quiero estar contigo.

A Matthew se le apretaron los músculos del estómago.

—Es fácil decirlo, con tu madre en la cocina. Por otro lado, quizá seas más inteligente de lo que pareces. —Furioso, le soltó las manos y se alejó.

Las implicaciones de esas palabras tiñeron las mejillas de Tate. Comprendió que le había estado tomando el pelo, fastidiándolo. Para ver si ella era capaz, porque necesitaba saber si él sentía la mitad de atracción hacia ella de la que ella sentía por él. Avergonzada, contrita, corrió tras él.

—Matthew, lo siento. Realmente, yo...

Pero él ya se zambullía y nadaba hacia el *Sea Devil*. Tate bufó. Maldición, lo menos que él podía hacer era escucharla cuando ella se disculpaba. Se zambulló detrás de él.

Cuando se izó a cubierta, él abría una botella de cerveza.

—Vuélvete a casa, muchachita, antes de que te arroje por la borda.

—Dije que lo lamentaba. —Se sacó el pelo mojado de los ojos. —Lo que hice fue estúpido e injusto, y me disculpo.

—Muy bien. —El chapuzón en el agua y la cerveza caliente no habían logrado apaciguarlo. Como no quería prestarle atención, se recostó en su hamaca. —Vete a casa.

—No quiero que estés enojado. —Decidida a enmendarse, se acercó a la hamaca. —Sólo trataba de... te estaba probando.

Él puso la botella abierta de cerveza sobre la cubierta.

—Así que me estabas probando —dijo y se arrojó sobre Tate antes de que ella tuviera tiempo de nada. La agarró y se la puso encima de él en la hamaca. Tate abrió los ojos de par en par cuando las manos de él se cerraron sobre su trasero.

—¡Matthew!

Él le dio un golpecito, no muy cariñoso, y la apartó, y Tate cayó justo sobre el lugar que él acababa de explorar.

—Me parece que ahora estamos a mano —afirmó y buscó su cerveza.

El primer impulso de Tate fue atacarlo. Sólo se lo impidió la certeza absoluta de que el resultado sería humillante o desastroso. Junto con eso estaba el pensamiento degradante de que ella se merecía lo que había recibido.

—De acuerdo. —Con calma y dignidad, se puso de pie. —Estamos a mano.

Él había supuesto que Tate lo atacaría. Al menos que se echaría a llorar. Pero el hecho de que estuviera allí de pie junto a él, tranquila y compuesta, le hizo sentir una oleada de admiración.

—Eres una buena chica, Red.

—¿Amigos de nuevo? —preguntó ella y le tendió una mano.

—Compañeros de equipo, al menos.

Crisis zanjada, pensó ella. Aunque fuera por el momento.

—¿Y? ¿Quieres tomarte un descanso? ¿Nadar un poco con snorkel?

—Tal vez. En la timonera hay un par de snorkels y de visores.

—Iré a buscarlos. —Pero regresó con un cuaderno de dibujos. —¿Qué es esto?

—Una corbata de seda. ¿Qué te parece que es?

Sin prestar atención a su sarcasmo, ella se sentó en el borde de la hamaca.

—¿Tú hiciste este dibujo del *Santa Margarita*?

—Sí.

—Es bastante bueno.

—Soy un Picasso potable.

—Dije "bastante bueno". Habría sido maravilloso ver ese barco así. ¿Estas cifras son medidas?

Él suspiró y pensó en los aficionados.

—Si uno quiere tratar de saber la medida del sector cubierto por el naufragio, hay que hacer cálculos. Hoy encontramos la cocina. —Bajó las piernas hasta quedar sentado junto a ella. —Las cabinas de los oficiales, los camarotes de los pasajeros. —Iba señalando con un dedo distintos lugares del dibujo. —El sector de carga. La mejor manera es imaginarlo todo a vuelo de pájaro. —Para demostrarlo, dio vuelta la página y comenzó a bosquejar una cuadrícula. —Éste es el lecho marino. Aquí es donde encontramos el lastre.

—De modo que el cañón está aquí.

—Correcto. —Con movimientos rápidos, lo dibujó. —Ahora cavamos hoyos de prueba de aquí a allá. Queremos mover más de la mitad del barco en busca del filón.

—Pero lo que queremos es excavar la totalidad, ¿no?

Él levantó la vista por un instante y después siguió dibujando.

—Eso podría llevar meses, años.

—Bueno, sí, pero el barco mismo es tan importante como lo que contiene. Debemos excavar y preservarlo todo.

Desde el punto de vista de Matthew, el barco en sí mismo era sólo madera sin ningún valor. Pero estaba dispuesto a darle el gusto.

—Muy pronto estaremos en la estación de los huracanes. Podríamos tener suerte, pero por ahora nos concentraremos en encontrar el filón. Después puedes tomarte todo el tiempo que quieras en el resto.

Si de él dependiera, tomaría su parte y se mandaría a mudar. Con oro tintineando en el bolsillo, él podía darse el lujo de construir ese barco y de terminar la investigación de su padre sobre el *Isabella*.

Para encontrar la Maldición de Angelique y a VanDyke.

—Supongo que tiene sentido. —Ella levantó la vista y la sorprendió la expresión distante de los ojos de Matthew. —¿En qué piensas? —preguntó. Era tonto, por supuesto, pero tuvo la impresión de que se trataba de un asesinato.

Él volvió a la realidad. Lo que más importaba era el aquí y el ahora, se dijo.

—Nada. Por supuesto que tiene sentido —continuó—. Antes de que pase mucho tiempo, se correrá la voz de que hemos encontrado un nuevo barco hundido. Y tendremos compañía.

—¿Periodistas?

—Son lo que menos importa. Cazadores furtivos.

—Pero nosotros tendremos los derechos legales —comenzó a decir Tate, pero calló cuando él se echó a reír.

—Lo legal no importa nada, Red, sobre todo cuando se tiene la mala suerte de los Lassiter. Tendremos que empezar a dormir y a trabajar por turnos —continuó—. Si comenzamos a recoger oro, Red, esos cazadores lo olerán desde Australia hasta el Mar Rojo. Créeme.

—Te creo. —Y porque era así, se bajó de la hamaca para buscar el equipo con los snorkels. —Veamos cómo están papá y Buck. Después, quiero ir a hacer revelar la película.

Cuando Tate estuvo preparada para bajar a tierra, tenía por delante una cantidad de cosas que hacer, además de mandar a revelar las películas.

—Tendría que haberme imaginado que mamá me daría una lista de provisiones.

Matthew saltó con ella a la lancha del *Adventure* y encendió el motor.

—No hay problema.

Tate se puso los anteojos oscuros.

—No viste la lista. ¡Mira! —exclamó y señaló hacia el oeste donde unos delfines saltaban frente al sol poniente—. Yo nadé una vez con uno. Estábamos en el mar de Coral y varios de ellos siguieron el barco. Yo tenía doce años. —Sonrió y los observó alejarse hacia el horizonte. —Fue increíble. Tienen ojos tan bondadosos.

Cuando la lancha estuvo amarrada, Tate preguntó:

—Matthew, si encontráramos otro filón y fueras rico, ¿qué harías?

—Gastar ese dinero. Disfrutar.

—¿Gastarlo en qué? ¿Disfrutar con qué?

—Con cosas. —Él movió los hombros, pero sabía que esa respuesta no le resultaría satisfactoria. —Un barco. Pienso construirme uno en cuanto tenga tiempo y dinero. Tal vez me compre un lugar en una isla como ésta.

Caminaron por entre los huéspedes de un hotel cercano que tomaban los últimos rayos de sol. Los miembros del personal del hotel, de shorts y camisas floreadas, atravesaban la arena con bandejas con bebidas tropicales.

—Yo nunca he sido rico —dijo, un poco para sí—. No creo que cueste mucho acostumbrarse a serlo, vivir como esas personas. Hoteles caros, ropa cara, poder pagar para no hacer nada.

—¿Pero igual seguirías buceando?

—Por supuesto que sí.

—Yo también. —Inconscientemente ella le tomó la mano mientras caminaban por los jardines fragantes del hotel. —El mar Rojo, la Gran Barrera de Coral, el Atlántico Norte, el mar del Japón. Son tantos los lugares para ver. Cuando termine la universidad iré a conocerlos todos.

—Arqueología marina, ¿no?

—Así es.

Él la miró. El pelo de Tate estaba despeinado por el viento y la sal. Ella usaba pantalones abolsados de algodón, una escueta camiseta y anteojos oscuros cuadrados y con armazón negro.

—No tienes aspecto de científica.

—La ciencia exige cerebro e imaginación, no aspecto elegante ni estar a la moda.

—Lo de la moda es una suerte.

Sin ofenderse, ella se encogió de hombros. A pesar de la desesperación ocasional de su madre, Tate jamás prestaba demasiada atención a la ropa o al estilo.

—¿Qué importancia tiene, siempre y cuando uno tenga un traje de neoprene? Yo no necesito un guardarropa para excavar, y eso es lo que haré durante el resto de mi vida. Imagínate, que a uno le paguen para buscar tesoros, para examinar y estudiar objetos recuperados de un barco hundido. —Sacudió la cabeza. —Hay tanto que aprender.

—Yo tampoco le di nunca demasiada importancia al estudio. —Desde luego, se habían movido siempre tanto de un lado al otro, que él nunca tuvo oportunidad. —Soy más partidario del entrenamiento para el trabajo.

—Lo estoy comprobando.

Tomaron un taxi a la ciudad, donde Tate pudiera dejar a procesar la película. Para complacerla, Matthew no se opuso cuando ella quiso recorrer un poco las tiendas y demorarse en las baratijas. Tate suspiró frente un pequeño relicario de oro con una única perla engarzada en su base. La ropa era para protegerse del clima, pero las chucherías constituían para Tate una debilidad agradable e inofensiva.

—Nunca imaginé que te gustarían esas cosas —comentó él y se inclinó sobre el mostrador junto a ella—. No veo que uses brazaletes.

—Solía tener un pequeño anillo de rubí que mamá y papá me regalaron para Navidad cuando yo tenía dieciséis años. Pero lo perdí cuando buceaba. Realmente me rompió el corazón, así que dejé de usar alhajas en el agua. —Apartó la vista de ese delicado relicario y tiró de la moneda de plata de Matthew. —Creo que me llevaré esa moneda que Buck me dio y la usaré como amuleto.

—A mí me sirvió. ¿Quieres beber algo?

Ella se tocó el labio superior con la lengua.

—Sí, quiero un helado.

—Un helado. —Él lo pensó. —Vamos.

Cada uno con el suyo caminaron por la vereda y exploraron calles angostas. Él arrancó una flor blanca de hibiscus de un arbusto y se la puso a Tate detrás de la oreja. Mientras compraban las provisiones de la lista de Marla, él la hizo morirse de risa con la historia de Buck y el fantasma de Barbanegra.

—Estábamos cerca de Okracoke y era el cumpleaños de Buck. El número cincuenta. La idea de haber dejado atrás medio siglo lo tenía tan deprimido que se había bajado media botella de whisky. Yo lo ayudé con la otra mitad.

—Apuesto a que sí. —Tate eligió unas bananas y las agregó a la canasta.

—Él no hacía más que quejarse de que "si hubiéramos...". Ya sabes cómo es eso. Que podríamos haber encontrado ese barco hundido si hubiéramos prolongado otro mes la búsqueda. Que si hubiéramos llegado allí primero, podríamos haber dado con el filón. Que si el buen tiempo se hubiera mantenido, podríamos haber terminado ricos. Entre el whisky y el aburrimiento, yo perdí el conocimiento sobre cubierta. Ese melón no está maduro. Toma éste.

Él mismo eligió las uvas.

—Un momento después oí que los motores rugían y el barco se dirigía hacia el sudeste a doce nudos de velocidad. Buck estaba al timón y hablaba a gritos de piratas. Consiguió que me muriera de miedo. Me puse de pie de un salto, tropecé y me golpeé la cabeza contra la barandilla con tanta fuerza que vi las estrellas. Casi caí al agua cuando él viró a estribor. Él me gritó y yo lo maldije y luché por mantenerme en pie mientras él hacía que el barco navegara en círculos. Estaba desorbitado y blanco como el papel. Yo sabía que él no podía ver a más de un metro sin los anteojos, pero señaló hacia el mar y entonó a gritos su cántico pirata.

La carcajada que lanzó Tate hizo que las personas que estaban cerca giraran la cabeza.

—Casi tuve que golpearlo para apartarlo del timón. "Es el fantasma, Matthew. El fantasma de Barbanegra. ¿No lo ves?" Le dije que le resultaría imposible ver nada después de que yo lo golpeara en los ojos. Él me aseguró que el fantasma estaba justo allí, a diez grados de la boga de proa. Allí no había nada salvo un poco de bruma, pero para Buck era la cabeza seccionada de Barbanegra y de la barba le salía humo. Aseguraba que era una señal y que, si buceábamos allí al día siguiente, encontraríamos el tesoro de Barbanegra, el que todos creían que estaba sepultado en tierra.

Tate pagó las provisiones y Matthew levantó las bolsas.

—Y entonces tú bajaste a la mañana siguiente —dijo—, porque él te lo pidió.

—Por eso y porque, si no lo hubiera hecho, los reproches de Buck habrían sido interminables. No encontramos nada, por supuesto, pero él olvidó que acababa de cumplir cincuenta.

Ya oscurecía cuando llegaron de vuelta a la playa. Matthew guardó las bolsas y al girar vio que Tate se había arremangado los pantalones para poder pararse en el agua.

La luz le ponía reflejos dorados en el pelo y en la piel. De pronto, Matthew recordó su sueño y cómo Tate resplandecía en el agua. Y cómo era su sabor.

—Qué hermoso es esto —murmuró ella—. Es como si no existiera nada más. ¿Cómo puede andar mal el mundo cuando existen lugares como éste? ¿Cuando existen días como éste?

Tate estaba segura de que Matthew no se había dado cuenta de que ése había sido el día más romántico de su vida. Cosas tan simples como una flor para el pelo, poder caminar con él de la mano por la playa.

—Tal vez no debamos irnos nunca de aquí. —Con una voz alegre, giró la cabeza. —Quizá debamos quedarnos y...

No terminó la frase porque al ver la mirada de Matthew se le cerró la garganta. Sus ojos eran tan oscuros, tan intensos, de pronto estaban tan enfocados en ella. Sólo en ella.

Tate no pensó, no vaciló sino que caminó hacia él. Le apoyó las manos en el pecho y las fue subiendo hasta entrelazarlas detrás de su cabeza. Él siguió un instante con la vista clavada en los ojos de ella y después la atrajo hacia sí y le encendió la sangre.

Sí, la habían besado antes. Pero ella conocía la diferencia entre un muchacho y un hombre. Ahora era un hombre el que la abrazaba. Era un hombre lo que ella quería. Se apretó contra él y comenzó a besarle la cara hasta encontrar sus labios con un sollozo de placer.

—Tate —la voz de Matthew era áspera, casi desesperada—. No podemos hacer esto.

—Sí que podemos. Y lo haremos. —Dios, si casi no podía respirar. —Bésame de nuevo. Apresúrate.

La boca de él se fusionó con la suya. Su sabor pareció explotar dentro de Matthew. Todo era doloroso, casi angustiante, como puede serlo el calor después del frío.

—Esto es descabellado —le murmuró él contra la boca—. Me estoy volviendo loco.

—Yo también. Te deseo, Matthew. Te deseo muchísimo.

Él se apartó un poco y le apoyó las manos en los hombros.

—Escucha, Tate... ¿de qué demonios te ríes?

—Tú también me deseas. —Levantó una mano y se la apoyó con suavidad en la mejilla. —Durante un tiempo pensé que no era así. Y me dolió por lo mucho que yo te deseo. Al principio ni siquiera me gustaste, pero de todos modos te deseé.

—Dios. —Para recuperar el control, él apoyó la cara contra la de Tate. —Y dijiste que tú eras la prudente.

—No con respecto a ti. Nunca con respecto a ti. Cuando me besaste por primera vez, supe que eras lo que había estado esperando.

Él no tenía brújula ni dirección, pero sabía que era esencial cambiar de rumbo.

—Tate, debemos tomar esto con calma. Tú no estás lista para lo que yo estoy pensando. Créeme.

—Lo que quieres es hacer el amor conmigo —dijo ella y levantó el mentón. De pronto sus besos eran los de una mujer y estaban llenos de misterio. —Yo no soy una criatura, Matthew.

—Entonces soy yo el que no está listo. No estoy dispuesto a hacer algo que lastimaría a tus padres. Ellos han sido muy derechos conmigo y con Buck.

Orgullo, pensó ella. Orgullo, lealtad e integridad. ¿Resultaba sorprendente entonces que lo amara? Sus labios se curvaron.

—Está bien. Lo tomaremos con calma. Pero es algo entre nosotros, Matthew. Lo que decidamos y lo que deseemos. —Se inclinó hacia adelante y le rozó los labios con los suyos. —Puedo esperar.

# CAPÍTULO CINCO

Arreciaron tormentas que hicieron que fuera imposible bucear durante dos días. Cuando la primera oleada de impaciencia pasó, Tate se instaló en la cubierta de botes del *Adventure* para limpiar y catalogar los piezas del *Santa Margarita* que su padre y Buck habían sacado a la superficie la última vez que bucearon.

La lluvia tamborileaba sobre la tela encerada extendida a modo de toldo. Las islas se habían desvanecido en medio de la bruma, dejando sólo mares inquietos y cielos llenos de furia. El mundo se había reducido al agua y a ellos.

En la caseta sobre cubierta se llevaba a cabo una partida maratónica de póquer. Voces, una carcajada, una imprecación brotaban y se mezclaban con el golpeteo monótono de la lluvia. Tate limpió de corrosión una cruz tosca de plata y supo que nunca antes había sido tan feliz.

Con un jarro con café en cada mano, Matthew se inclinó debajo del toldo.

—¿Necesitas ayuda?

—Por supuesto. —Con sólo mirarlo, el corazón se le subió a la garganta. —¿Ya terminó la partida de póquer?

—La partida no, pero sí mi suerte. —Se sentó junto a ella y le ofreció un jarro de café. —Buck acaba de ganarme un full con una escalera real.

—Nunca puedo terminar de acordarme qué mata qué. Soy mejor jugadora de gin. —Levantó la cruz. —Quizá el cocinero del barco usó esto, Matthew. Y seguro que lo golpeaba contra el pecho cuando batía la mezcla para preparar bizcochos.

—Sí. —Él tomó la cruz de plata. No era una pieza nada linda y parecía más hecha por un herrero que por un orfebre. Tampoco pesaba mucho. Matthew la descartó por carecer de valor. —¿Qué más tienes aquí?

—Estas roldanas. Mira, todavía exhiben rastros de cuerda. Imagínate. —Le entregó con reverencia ese metal ennegrecido. —Cómo deben de haber luchado por salvar el barco. Seguro que el viento soplaba con furia y que las velas estaban hechas jirones.

Miró más allá de la bruma y le pareció ver lo que había sucedido.

—Hombres colgados de sogas y mástiles, mientras el barco se escoraba. Pasajeros aterrorizados. Madres que se aferran a sus hijos mientras el barco inclinaba la proa. Y estamos encontrando lo que queda de ellos.

Dejó las roldanas y con ambas manos tomó una pipa de arcilla.

—Un marino tenía esto en un bolsillo y después de su turno salió a cubierta para encenderla y fumar un rato. Y este jarro debió de estar lleno de cerveza.

—Una lástima que le falta el asa. —Él la tomó y la hizo girar entre sus dedos. No quería reconocer que las imágenes descriptas por ella lo habían conmovido. —Disminuye su valor.

—No puedes pensar sólo en términos de dinero.

Él sonrió.

—Sí que puedo, Red. Tú ocúpate de la parte dramática, y yo me quedaré con el dinero.

—Pero... —Él le interrumpió la objeción con un beso.

—Te pones tan linda cuando te indignas.

—¿Ah, sí? —Tate era suficientemente joven y estaba suficientemente enamorada como para sentirse halagada. Tomó el jarro y bebió un poco de café mientras miraba a Matthew por encima del borde. —No creo que seas tan mercenario como dices.

—Créeme. La historia está muy bien si uno puede sacar algún beneficio de ella. De lo contrario, es sólo un conjunto de tipos muertos. —Levantó la vista y apenas si notó que ella fruncía el entrecejo. —La lluvia está parando. Mañana bucearemos.

—¿Estás inquieto y nervioso?

—Algo. El problema es estar aquí y que tu madre me ponga un plato debajo de la nariz cada vez que parpadeo. Podría acostumbrarme a eso. —Levantó una mano y se la pasó por el pelo. —Es un mundo diferente. Tú eres un mundo diferente.

—No tan diferente, Matthew —murmuró ella y giró para ofrecerle sus labios. —Tal vez es diferente sólo en la medida necesaria.

Los dedos de él se tensaron y lentamente se relajaron. Pensó que Tate no había visto lo suficiente de su mundo como para conocer la diferencia. Si él fuera un hombre bueno, un hombre bondadoso, no debería tocarla y tentar a los dos a dar un paso que sólo podía ser un error.

—Tate... —Dudaba entre apartarla o atraerla hacia sí, cuando Buck asomó la cabeza de debajo del toldo.

—Oye, Matthew, tú... —Buck quedó boquiabierto al ver que los dos se apartaban. Sus mejillas sin afeitar se tiñeron de rojo. —Perdón. Bueno, Matthew... —Mientras Buck trataba de encontrar qué decir, Tate tomó la lapicera y registró la pipa de arcilla en el catálogo.

—Hola, Buck. —Tate le dedicó una sonrisa cuando los dos hombres se miraban con cierta vacilación. —Supe que tuviste una racha de buena suerte en la mesa de póquer.

—Sí, sí, yo... —Se metió las manos en los bolsillos. —La lluvia está parando —anunció—. Matthew y yo cargaremos todo esto y lo llevaremos al *Sea Devil*.

—Estoy terminando de catalogarlo. —Tate le puso la tapa a la lapicera. —Les daré una mano.

—No, nosotros nos ocuparemos. —Buck sacó una mano del bolsillo el tiempo suficiente para subirse los anteojos que se le habían resbalado por la nariz. —De todos modos Matthew y yo tenemos que revisar los motores de nuestro barco. Tu madre dijo algo de que esta noche te tocaba a ti cocinar.

—Y así es —dijo Tate con un suspiro—. Supongo que pondré manos a la obra. —Se puso de pie y colocó el cuaderno debajo del brazo. —Los veré a la hora de la cena.

Fue poco lo que dijeron los dos hombres mientras recogían todo y lo cargaban en la lancha. Ante la sugerencia de Matthew de que podría ser necesario alquilar un cuarto o un garaje para usarlo como depósito, su tío gruñó y se encogió de hombros. Buck esperó hasta que avanzaran hacia el *Sea Devil* antes de explotar.

—¿Has perdido el juicio, muchacho?

Matthew apretó el timón con fuerza.

—No necesito que me estés vigilando, Buck.

—Lo haré si con eso logro que recuperes la cordura. —Se puso de pie con suavidad cuando Matthew apagó el motor. —Pensé que tendrías más sentido común que meterte en problemas con esa chiquilla.

—Yo no me metí en problemas —afirmó Matthew con los dientes apretados. Amarró el bote. —No en el sentido en que tú lo dices.

—Gracias a Dios. –Con agilidad, Buck se puso al hombro el primer papel encerado y trabó su pie en la escalerilla. —No tienes por qué meterte con Tate, muchacho. Ella no es de ésas.

—Sé muy bien lo que es Tate. —Matthew levantó el segundo encerado. —Y también lo que no es.

—Entonces recuérdalo. —Buck llevó el suyo a la timonera y lo desenrolló con mucho cuidado sobre el mostrador. —Los Beaumont son personas buenas y decentes, Matthew.

—Y yo no lo soy.

Sorprendido por el encono de su tono, Buck levantó la vista en el momento en que Matthew depositaba su tela encerada.

—Yo nunca dije que no fueras bueno o decente, muchacho. Pero nosotros no somos como ellos. Nunca lo hemos sido. Tal vez pienses que no tiene nada de malo flirtear con ella antes de que sigamos viaje, pero una muchacha como ésa espera cosas.

Sacó un cigarrillo, lo encendió y observó a su sobrino entre el humo.

—Seguro que me dirás que estás pensando en dárselas.

Matthew tomó una botella de cerveza y bebió un buen trago para sacarse de la garganta algo de su furia.

—No, no te diré eso. Pero tampoco pienso lastimarla.

"No será tu intención hacerlo", pensó Buck.

—Cambia de curso, muchacho. Si te hace falta una mujer, hay muchas por todas partes. —Vio furia en los ojos de Matthew y le sostuvo la mirada. —Te lo digo por experiencia. Si un hombre se junta con la mujer equivocada, puede ser la ruina de los dos.

Luchando por mantener la calma, Matthew apartó la botella de cerveza a medio beber.

—Como mi madre y mi padre.

—Así es —dijo Buck, pero ahora con voz más bondadosa—. Los dos se echaban chispas, sí. Se enredaron antes de que ninguno de los dos lo pensara bien. Y quedaron bastante maltrechos.

—Pues yo no creo que mi madre sangrara mucho —le retrucó Matthew—. Ella lo dejó, ¿no? Y también me dejó a mí. Nunca volvió.

—No pudo aguantar la situación. No tiene sentido culparla.

Pero Matthew sí podía.

—Yo no soy mi padre. Y Tate no es mi madre. Así son las cosas.

—Yo te diré cómo son las cosas. —Con expresión preocupada, Buck aplastó su cigarrillo. —Esa muchacha está dispuesta a pasarlo lo mejor posible y divertirse durante algunos meses. Tú eres un hombre bien parecido, de modo que es natural que formes parte de esa diversión. Pero cuando todo termine, ella volverá a la universidad, se conseguirá un trabajo elegante y un marido elegante. Y tú te quedarás sin nada. Si olvidas esto y sacas provecho de las estrellas que ella tiene en los ojos, a los dos les irá muy mal.

—Por lo visto, en ningún momento piensas que puedo ser suficientemente bueno para ella.

—Tú eres suficientemente bueno para cualquiera —lo corrigió Buck—. Mejor que la mayoría. Pero eso no significa que eres la persona adecuada para ella.

—Habla la voz de la experiencia.

—Es posible que yo no sepa nada con respecto a las mujeres. Pero te conozco a ti. —Con la esperanza de calmar un poco las aguas, apoyó una mano sobre el hombro rígido de Matthew. Ésta es nuestra oportunidad de lograr algo importante, Matthew. Muchos hombres como nosotros la buscan durante toda la vida, pero sólo unos pocos la conseguimos. Nosotros la encontramos. Lo único que tenemos que hacer es tomarla. Con tu parte podrías lograr algo para ti. Y cuando lo hagas, tendrás suficiente tiempo para las mujeres.

—Sí, claro. —Matthew tomó su botella de cerveza y bebió un trago. —Ningún problema.

—Ahí está. —Aliviado, Buck le palmeó la espalda. —Echémosle una mirada al motor.

—Enseguida voy.

Una vez solo, Matthew miró fijo la botella que tenía en la mano hasta vencer la tentación de arrojarla y hacerla mil pedazos. Nada de lo que Buck le había dicho no se lo había dicho ya él mismo. Y en forma mucho menos bondadosa.

Era un cazador de tesoros de tercera generación, con una herencia de mala suerte que lo había perseguido como un sabueso durante toda su vida. Vivía de su ingenio y de algunos ocasionales golpes de buena suerte. No tenía ninguna atadura salvo con Buck y nada que le perteneciera fuera de lo que podía cargar sobre la espalda.

Él era, ni más ni menos, una persona sin rumbo fijo. La perspectiva de encontrar una fortuna a doce metros de profundidad y debajo de sus pies haría que esa clase de vida fuera más cómoda, pero no la cambiaría.

Buck tenía razón. Matthew Lassiter, un hombre sin domicilio fijo y con menos de cuatrocientos dólares metidos en una caja de cigarros, no tenía ningún derecho a fantasear que estaba en pareja con Tate Beaumont.

Tate tenía otras ideas. La frustraba descubrir que en los próximos días las únicas veces que estaría a solas con Matthew sería debajo del agua. Y, allí, la comunicación y el contacto físico estaban muy dificultados.

Mientras observaba el material succionado por el tubo, se prometió que cambiaría eso. Y lo cambiaría ese mismo día. Después de todo, ese día cumplía veinte años.

Con cuidado fue revisando entre clavos, tornillos, conchillas, la vista alerta en busca de elementos valiosos allí diseminados: avíos marinos, un sextante, una pequeña caja de bronce con bisagras, una moneda de plata incrustada en un trozo de coral. Un crucifijo de madera, un octante y una hermosa taza de porcelana delicadamente partida en dos.

Todo esto recogió Tate, sin prestar atención a los golpes de escombros sobre su espalda ni a un pinchazo ocasional en la mano.

Junto a ella vio caer un resplandor dorado. El corazón le galopó en el pecho al observar con atención esa nube de arena en pos de ese resplandor. Metió la mano en la arena y comenzó a buscar con desesperación.

Por su mente desfiló la imagen de un tesoro, doblones, joyas antiguas y de gran precio. Pero cuando su mano se cerró alrededor de esas piezas de oro, sus ojos empezaron a nadar.

No era una moneda ni una joya enterrada hacía mucho debajo de las olas. Tampoco un objeto intrínsecamente muy valioso, aunque lo fuera por las circunstancias. Levantó ese medallón de oro con una única perla que caía de la punta.

Cuando Tate se volvió, vio que Matthew apartaba el tubo de succión y la observaba. Con el dedo dibujó dos letras en el agua: F.C.

Feliz Cumpleaños. Tate rió y nadó hacia él, le tomó una mano y se la apretó contra la mejilla.

Él la dejó allí un momento y después le hizo señas de que se alejara. El significado de la señal que le hizo fue "Basta de holgazanear".

Una vez más, el tubo chupó arena. Sin prestar atención a lo que escupía, Tate se sujetó el collar alrededor de la muñeca. Y entonces sí volvió a trabajar llena de amor.

Matthew se concentró en el monte de lastre más cercano a la costa. Trabajaba con paciencia y fue creando un círculo cada vez más amplio. De pronto levantó la vista y vio que la barracuda le sonreía.

Movido por un impulso, cambió de posición. En realidad, no se consideraba supersticioso. Como buen hombre de mar, él prestaba atención a las señales y creía en antiguas tradiciones. Ese pez dientudo revoloteaba día tras día en el mismo lugar. No vendría mal usar esa mascota como marcador.

Curiosa, Tate miró cuando Matthew llevó el tubo de succión algunos metros al norte, donde ya cavaba un nuevo hoyo. Tate dejó vagar su atención y observó un calidoscopio de peces que giraban por el agua en busca de las lombrices de agua removidas por el desplazamiento del tubo de succión.

Algo tintineó contra su tanque. Ella giró para reanudar su tarea. Casi no registró el primer brillo de oro. Miró fijo el lecho de arena. Por todas partes había resplandores dorados, como flores que acababan de abrirse. Estupefacta, se agachó y tomó un doblón. Ese rey español muerto hacía tanto tiempo la miró.

La moneda cayó de sus dedos ateridos. De pronto, Tate comenzó a recoger las monedas, a ponerlas en su bolso y a no prestar atención a los objetos sólidos que caían en la densa columna escupida por el tubo. Boca abajo, se puso a buscar en el lecho del mar como un minero a la caza de oro.

Cinco monedas, después diez. Veinte y más. De pronto tuvo la sensación de no poder inhalar suficiente aire. Cuando levantó la vista, vio que Matthew le sonreía con sus ojos oscuros. Detrás del visor, el rostro de Tate era de color blanco hueso.

Habían encontrado el filón.

Él le hizo una seña. Como en un sueño, Matthew nadó en su dirección y la mano temblorosa de Tate buscó la suya. Una lluvia de arena cayó sobre el hoyo de prueba, pero ella alcanzó a ver el fulgor de una copa de cristal perfectamente conservada, el brillo de monedas y medallones. Y, por todas partes, las formas de objetos calcificados. Y, allí, una faja de arena oscura que todo cazador sabía que significaba un río de plata.

Detrás de ellos asomaba la pila de lastre. Y, debajo, el premio brillante del galeón *Santa Margarita* y su tesoro.

Tate sintió un rugido en sus oídos cuando bajó la mano y la cerró sobre una gruesa cadena de oro. Lentamente la levantó. De ella pendía una cruz pesada con incrustaciones de vida marina. Y de esmeraldas.

Su visión se hizo borrosa cuando se la mostró a Matthew. Con repentina formalidad ella levantó la cadena por encima de la cabeza de su compañero. La sencilla generosidad de ese gesto lo conmovió. Deseó poder abrazarla, poder decírselo. Pero lo único que pudo hacer fue señalar hacia arriba con un dedo. Cerró la válvula del tubo de succión y la siguió a la superficie.

Tate no podía hablar. Le costaba incluso inhalar y exhalar. Temblaba como una hoja cuando se izó al barco. Un par de brazos fuertes terminaron de ponerla en cubierta.

—Querida, ¿estás bien? —La cara preocupada de Buck se irguió sobre ella. —Ray, Ray, ven aquí. Algo le sucede a Tate.

—No, nada malo —logró decir y aspiró con fuerza.

—Quédate quieta. —Como una madre, le quitó el visor y tembló de alivio cuando oyó que Matthew subía por un costado del barco. —¿Qué pasó allá abajo? —preguntó sin girar la cabeza.

—No mucho —respondió Matthew y dejó caer su cinturón con pesas.

—No mucho un cuerno. Esa muchacha está blanca como el papel. Ray, trae un poco de brandy.

Pero ya Marla y Ray corrían hacia ellos. En la cabeza de Tate zumbaban distintas voces. Una serie de manos la palpaban en busca de lesiones.

—Estoy bien. —Tuvo que taparse la boca con las dos manos para reprimir una serie de carcajadas histéricas. —Estoy bien. Los dos estamos bien. ¿No es así, Matthew?

—Sí, muy bien —respondió él—. Tuvimos una pequeña sorpresa.

—Ven, querida, sácate ese traje. —Con algo de impaciencia, Marla miró a Matthew. —¿Qué clase de sorpresa? Tate está temblando.

—Yo puedo explicarlo —dijo Tate, muerta de risa detrás de las manos—. Tengo que levantarme. ¿Me permites hacerlo? —Comenzaron a caerle lágrimas de los ojos mientras luchaba por controlar la risa. Por fin logró ponerse de pie. Temblando de risa, abrió el bolso y también su traje.

Una lluvia de monedas de oro cubrió el piso de la cubierta.

—Increíble —saltó Buck y se dejó caer en el asiento.

—Encontramos el filón principal. —Tate echó la cabeza hacia atrás y le gritó al sol: —¡Encontramos el filón principal!

Le echó los brazos al cuello a su padre, bailoteó un momento con él, se soltó e hizo lo mismo con su madre. Estampó un beso ruidoso en la calva de Buck mientras éste seguía sentado, la vista fija en las monedas que tenía a sus pies.

Mientras alrededor de ella sonaba un coro de voces, Tate giró y se lanzó en brazos de Matthew. Cuando él logró recuperar el equilibrio, ya la boca de la muchacha se fusionaba con la suya.

Él le puso las manos sobre el hombro. Sabía que debía apartar a Tate, recibir ese beso como producto del entusiasmo del momento. Pero se sintió indefenso y sus manos se deslizaron a la espalda de Tate, se cruzaron y la abrazaron.

De modo que fue ella la que se apartó, los ojos muy brillantes, la cara encendida y vehemente.

—Creí que me iba a desmayar. Cuando miré hacia abajo y vi las monedas, la sangre desapareció de mi cabeza. La única otra vez que me pasó algo parecido fue cuando me besaste.

—No somos un mal equipo —dijo él y le pasó la mano por el pelo.

—Somos un equipo excelente. —Ella lo tomó de la mano y lo arrastró hacia donde ya Buck y Ray se ponían los elementos de buceo.

—Deberías haberlo visto, papá. Matthew movió el tubo de succión como si fuera una varita mágica.

Mientras les contaba en detalle cada minuto del descubrimiento, ayudó a Buck y a su padre a colocarse los tanques. Sólo Matthew notó que Marla permanecía en silencio y que la preocupación había enfriado la calidez habitual de sus ojos.

—Yo bajo a tomar fotografías —anunció Tate y se puso tanques nuevos—. Tenemos que documentarlo todo. Antes de que salgamos en la tapa de *National Geographic*.

—No les avises todavía. —Buck se sentó en un costado y enjuagó su visor. —Debemos mantener esto en secreto. —Miró en todas direcciones como si pensara que una docena de botes se acercaban a toda velocidad para reclamar el tesoro. —Hallazgos como estos son uno en un millón, y muchos estarían dispuestos a hacer cualquier cosa para conseguir una tajada.

Tate se limitó a sonreír.

—Te dejo a ti esa preocupación, Jacques Cousteau —bromeó ella y se dejó caer en el agua.

—Enfría una botella de champaña —le gritó Ray a su esposa—. Esta noche tendremos una doble celebración. Tate se ganó una gran fiesta de cumpleaños. —Le sonrió a Buck. —¿Listo, compañero?

—Listo y dispuesto. —Después de bajar el tubo de succión, desaparecieron debajo de la superficie.

Matthew cargó con combustible el tanque del compresor y murmuró gracias cuando Marla le llevó un vaso alto de limonada helada.

—Un día memorable —comentó ella.

—Sí. No suceden muy a menudo.

—Así es. Hace hoy veinte años pensé que era el día más feliz de mi vida. —Se sentó en una reposera e inclinó el ala de su sombrero para protegerse los ojos del sol. —Pero a lo largo de los años he tenido muchos momentos de felicidad. Tate ha sido una alegría para su padre y para mí desde el primer momento. Es inteligente, vehemente y generosa.

—Y usted quiere que yo me mantenga lejos de ella —acotó Matthew.

—No estoy segura —dijo Marla con un suspiro—. No soy ciega, Matthew. He visto lo que pasa entre ustedes dos. Y me parece natural. Son personas atractivas y saludables, que trabajan y viven lado a lado.

Él tomó la cruz y deslizó el pulgar por las piedras verdes y brillantes. Como los ojos de Tate, pensó y dejó a un lado la cadena.

—No pasó nada entre nosotros.

—Te agradezco que me lo digas. Pero, verás, si yo no le he dado a Tate las bases para que ella sepa cómo tomar sus propias decisiones, entonces he fallado como madre. Y no creo que haya sido así. —Sonrió. —Pero eso no impide que me preocupe. Es tanto lo que mi hija tiene por delante. No puedo evitar desear que lo reciba todo, y en el momento apropiado. Supongo que lo que te estoy pidiendo es que la cuides. Si ella está enamorada de ti...

—No hemos hablado de eso —se apresuró a aclarar Matthew.

En otras circunstancias, Marla habría sonreído por el pánico que advirtió en su voz.

—Si ella está enamorada de ti —repitió Marla—, ello bloqueará todo lo demás. Tate piensa con el corazón. Ella cree ser práctica y sensata. Y lo es. Hasta que sus sentimientos toman las riendas. Así que, cuídala mucho.

Ahora sí sonrió y se puso de pie.

—Iré a prepararte algo para el almuerzo. —Le apoyó una mano sobre el brazo, se puso en puntas de pie y lo besó en la mejilla. —Siéntate al sol, querido, y disfruta tu momento de triunfo.

# CAPÍTULO SEIS

En cuestión de días, el lecho marino quedó repleto de hoyos. El *Santa Margarita* entregó con generosidad su contenido. Entre el tubo de succión, las herramientas sencillas como palas y las manos desnudas, el equipo extrajo de allí lo espectacular y lo común y corriente. Un bol de madera comido por los gusanos, una maravillosa cadena de oro, cucharas, una elegante cruz con perlas incrustadas. Todo fue levantado de su bóveda salada donde yació durante siglos, y llevado a la luz en baldes.

Cada tanto una embarcación de placer cruzaba por allí y saludaba al *Adventure*. Si Tate estaba en cubierta, se inclinaba sobre la barandilla y conversaba con ellos. No había manera de disimular la nube fangosa que teñía la superficie, producida por el tubo de succión. Comenzaba a correrse la voz con respecto a esa excavación submarina, a pesar de que tenían la precaución de restarle importancia. Pero cada día trabajaban más y a mayor velocidad a medida que aumentaba la llegada de cazadores de tesoros rivales.

—El hecho de que tengamos derechos legales sobre ese naufragio no significa nada para algunos de estos piratas —le advirtió Buck y enfundó su amplio torso en el traje de neoprene—. Hay que estar alerta y ser implacable. —Le guiñó un ojo. —Y evasivo. Nosotros excavaremos ese filón principal, Tate, y terminaremos con él.

—Sé que así será —dijo ella y le entregó el visor—. Ya encontramos más de lo que jamás imaginé.

—Pues creo que debes comenzar a imaginar mucho más. —Sonrió y escupió dentro del visor. —Es bueno tener al lado a una pareja de jóvenes como tú y Matthew. Creo que serían capaces de trabajar veinte de las veinticuatro horas si fuera necesario. Eres una excelente buceadora, muchacha. Y también una buena cazadora.

—Gracias, Buck.

—No conozco a ninguna mujer que pueda hacer lo mismo que tú.

Ella enarcó una ceja mientras él enjuagaba su visor.

—¿En serio?

—No me vengas ahora con eso de la igualdad entre los sexos. Sólo enuncio un hecho. A muchas chicas les gusta bucear, pero cuando se trata de cavar zanjas, no tienen lo que hace falta. Y tú, sí.

Ella lo pensó un momento y después sonrió.

—Lo tomaré como un cumplido.

—Es lo que deberías hacer. Es el mejor equipo con el que he trabajado. —Se colocó en posición y palmeó el hombro de Ray. —Desde las épocas en que buceaba con mi viejo y mi hermano. Por supuesto que una vez que subamos todo voy a tener que matar a mi socio. —Buck sonrió al colocarse el visor. —Supongo que lo haré moliéndolo a golpes con sus propias aletas.

—No creas que yo no tengo planes con respecto a ti, Buck —dijo Ray y se le puso al lado—. Ya decidí asfixiarte con un almohadón del barco. Ese tesoro es mío. —Soltó una carcajada malévola. —Mío, ¿me has oído? Todo mío. —Y, después de poner los ojos en blanco, Ray se metió la boquilla en la boca y se dejó caer al agua.

—Voy a buscarte, compañero. Te cortaré en dos con una pala —prometió Buck y saltó al agua.

—Están locos —decidió Tate—. Son como un par de chicos traviesos que se hacen la rabona. —Giró la cabeza para sonreírle a Matthew. —Nunca vi que papá se divirtiera tanto.

—Y Buck no es así de suelto a menos que se haya bebido un cuarto litro de whisky.

—No es sólo el tesoro. —Tate estiró una mano para que él se sentara junto a ella al lado de la barandilla.

—No, supongo que no. —Matthew contempló el agua y entrelazó sus dedos con los de ella—. Pero ayuda.

Tate apoyó la cabeza en el hombro de Matthew y rió por lo bajo.

—Sí, no viene mal. Pero habrían estado contentos incluso sin eso. Y nosotros también. —Giró la cabeza para que sus labios le rozaran la mandíbula. —Nos habríamos encontrado, Matthew. Estaba escrito.

—Lo mismo que estaba escrito que encontraríamos el *Margarita*.

—No. —Ella giró y lo abrazó. —Así.

Sus labios eran cálidos y suaves. Irresistibles. Él sintió que se hundía en ellos, lentamente, sin peso, hasta sumergirse por completo en la seducción de Tate. Ella parecía rodearlo, y su sabor y aroma y gusto eran tan únicos que él los habría reconocido, la habría reconocido a ella aunque fuera sordo, ciego y mudo.

Nunca había habido otra mujer capaz de producirle ese efecto sólo con un beso. La deseaba con tal desesperación que ese hecho lo aterró.

Y cuando Tate se apartó, los ojos soñadores, los labios curvados, Matthew supo que ella no tenía la menor noción de su necesidad, de su desesperación o de su terror.

—¿Qué ocurre? —preguntó Tate y le puso una mano en la mejilla—. Te noto muy serio.

—No, nada. —"Vamos, Lassiter, contrólate. Ella no está lista para lo que estás pensando." Con esfuerzo, sonrió. —Estaba pensando que es una lástima.

—¿Qué es una lástima?

—Que cuando Buck se ocupe de Ray, tendremos que liquidarte a ti.

—Ah. —Dispuesta a jugar, ella inclinó la cabeza. —¿Y cómo te propones hacerlo?

—Pensé que podía estrangularte. —Le rodeó el cuello con las manos. —Y, después, arrojarte por la borda. Pero nos quedaremos con Marla. La encadenaremos a la cocina. Después de todo, tenemos que comer.

—Muy práctico de tu parte. Por supuesto, tu plan tiene sentido si nosotros no les ganamos de mano. —Tate movió las cejas y le clavó los dedos en las costillas.

La risa le aflojó las rodillas. Él simuló aferrarla, pero ella se alejó corriendo. Cuando Matthew recuperó el aliento, ya Tate había pegado la vuelta por el lado de estribor de la caseta sobre cubierta.

—¿Quieres jugar fuerte? —Él corrió hacia el lado de babor para cortarle el paso. Casi había llegado a la proa cuando vio el balde y a Tate. Pero antes de que tuviera tiempo de esquivarlo, recibió un baldazo de agua fría de mar.

Mientras se ahogaba y chorreaba agua, Tate no se movió. Pero cuando Matthew se sacó el agua salada de los ojos, ella se dio cuenta de cuál era su intención y, con un chillido, echó a correr.

Su único error fue dejar caer el balde.

Marla salió de la caseta sobre cubierta, donde había estado limpiando monedas, y se topó con Tate.

—Dios mío, ¿es una guerra?

—Mamá. —Muerta de risa, Tate se escondió detrás de su madre en el momento en que Matthew rodeaba la cabina, armado con el balde lleno de agua.

Patinó un trecho antes de frenar del todo.

—Será mejor que se haga a un lado, Marla. Las cosas podrían ponerse difíciles para usted.

Riendo a más no poder, Tate rodeó la cintura de su madre y la usó de escudo.

—Mamá no se irá a ninguna parte.

—Por favor, chicos —dijo Marla—. Pórtense bien.

—Ella empezó —alegó Matthew, quien no se podía borrar la sonrisa de la cara. Hacía años que no se sentía tan libre, tan juguetón. —Vamos, cobarde. Aléjate de tu madre y toma tu medicina.

—De ningún modo —respondió Tate y se burló de él—. Tú pierdes, Lassiter. No vas a poder usar eso con mi madre entre los dos.

Matthew entrecerró los ojos, miró el balde y frunció el entrecejo. Cuando levantó la vista, Tate le hacía caídas de ojo.

—Lo siento, Marla —dijo y las empapó a las dos.

Cuando corrió en busca de más municiones oyó una serie de alaridos femeninos.

Fue una batalla sucia, con emboscadas y represalias. Puesto que Marla entró a participar de la guerra con un entusiasmo que Matthew no había imaginado, él quedó superado en cuanto a armas y estrategia.

Hizo lo que debía hacer un hombre: se zambulló por la borda.

—Buen tiro, mamá —logró decir Tate antes de dejarse caer contra la barandilla.

—Bueno —dijo Marla y se pasó una mano por el pelo enredado—. Hice lo que había que hacer. —En algún momento del combate había perdido su sombrero, y su blusa y sus shorts almidonados estaban ahora empapados y pegados al cuerpo. Igual, Marla era la imagen de la hospitalidad sureña cuando se asomó para ver dónde estaba Matthew en el agua. —¿Te das por vencido, yanqui?

—Sí, señora. Sé cuándo me han derrotado.

—Entonces sube a bordo, querido. Te estaba preparando una mezcla de camarones con cerveza cuando fui interrumpida.

Matthew nadó hacia la escalerilla, pero miró a Tate con desconfianza.

—¿Tregua?

—De acuerdo, tregua —aceptó ella y le tendió la mano. Cuando las manos de ambos se entrelazaron, Tate entrecerró los ojos. —Ni se te ocurra, Lassiter.

En realidad, él lo había pensado. La idea de arrojarla al agua tenía sus méritos. Pero no resultaba tan divertido porque Tate se había dado cuenta de sus intenciones. La venganza podía esperar. Subió a cubierta y se apartó el pelo de los ojos.

—De todos modos, el agua nos enfrió un poco los ánimos.

—Nunca pensé que atacarías a mamá.

Él sonrió y se sentó sobre un almohadón del barco.

—A veces los inocentes tienen que sufrir. Como sabrás, tu madre es una maravilla. Tienes suerte.

—Sí. —Tate se sentó junto a él y estiró las piernas. No recordaba haberse sentido nunca tan bien. —Jamás me mencionaste a tu madre.

—No es mucho lo que la recuerdo. Se fue cuando yo era muy chico.

—¿Se fue?

—Sí, perdió interés en nosotros —respondió él y se encogió de hombros—. En aquella época nuestra base era la Florida y mi padre y Buck construían barcos y, además, los reparaban. Fue una época difícil. Recuerdo que reñían mucho. Un día mamá me mandó a casa de los vecinos. Dijo que tenía que hacer varios mandados y no quería que la estorbara. Nunca volvió.

—Qué terrible. Lo siento mucho.

—Nos arreglamos. —Al cabo de tantos años, el dolor se había cicatrizado con sólo alguna puntada ocasional. —Después de la muerte de mi padre, encontré papeles de divorcio y una carta de un abogado fechada un par de años después de que mamá se fue. Ella no deseaba tener mi custodia ni derechos de visita. Sólo deseaba su libertad. Y la consiguió.

—¿No volviste a verla? —A Tate le resultaba incomprensible que una madre, cualquier madre, pudiera abandonar así a una criatura que había llevado en su seno y visto crecer. —¿Ni una sola vez desde entonces?

—No. Ella tenía su vida y nosotros, la nuestra. Nos mudamos muchas veces. A la costa, California, las islas. Nos fue bien. Más que bien, ahora y entonces. Nos dedicamos a recuperar restos de barcos hundidos en Maine, y mi padre se asoció con VanDyke.

—¿Quién es ése?

—Silas VanDyke. El hombre que asesinó a mi padre.

—Pero... —Tate se incorporó; su rostro estaba pálido y tenso. —Si sabes quién...

—Sí, lo sé —aseguró Matthew en voz baja—. Fueron socios durante un año. Bueno, tal vez no exactamente socios: más bien mi padre trabajaba para él. VanDyke empezó a bucear como pasatiempo y supongo que después comenzó a interesarse en la búsqueda de tesoros. Es uno de esos magnates de los negocios que piensa que puede comprar lo que se le antoje. Así fue cómo buscó el tesoro. Como algo que se podía comprar. Buscaba un collar. Un amuleto. Creyó haberlo rastreado hasta un barco que se hundió en la Gran Barrera de Coral. Como buceador no era gran cosa, pero tenía dinero, carradas de dinero.

—¿De modo que contrató a tu padre? —preguntó Tate.

—En aquel entonces los Lassiter todavía tenían una reputación. Mi padre era el mejor y VanDyke quería al mejor. Así que papá lo entrenó, le enseñó todo, y terminó apresado en la leyenda. La Maldición de Angelique.

—¿Qué quiere decir eso? —preguntó—. También Buck lo mencionó.

—Es el collar. —Matthew se puso de pie, fue a la heladera y sacó dos latas de refresco. —Se supone que perteneció a una bruja que fue quemada en la hoguera en el mil quinientos en algún lugar de Francia. Oro, rubíes, diamantes. De valor incalculable. Pero lo que más le interesaba a VanDyke era el poder que se rumoreaba que poseía. Llegó a alegar que tenía cierta relación familiar ancestral con esa bruja.

Volvió a sentarse y le pasó a Tate una lata helada.

—Son mentiras, desde luego, pero los hombres matan por mucho menos.

—¿Qué clase de poder?

—Mágico —respondió él con una expresión burlona—. Un hechizo. Quienquiera que lo posea y sea capaz de controlarlo conseguirá incontables riquezas y poder: obtendrá todo lo que su corazón desee. Pero si ese hechizo lo controla, entonces pierde lo que considera más valioso. Como dije —agregó y tragó fuerte—, son puras mentiras. Pero a VanDyke lo obsesiona el control.

—Fascinante. —Tate hizo una anotación mental de investigar todo lo referente a esa leyenda en la primera oportunidad que tuviera. —Nunca antes oí hablar de esa historia.

—No existe demasiada documentación al respecto. Sólo informaciones sueltas aquí y allá. Lo del collar corrió como reguero de pólvora, supuestamente hizo estragos y se granjeó toda una reputación.

—¿Como el Diamante Hope?

—Sí, si uno cree en esa clase de cosas. —La miró. —Seguro que tú sí lo crees.

—Me parece interesante —aceptó ella con cierta dignidad—. ¿Van Dyke lo encontró?

—No. Creyó que mi padre sí lo había localizado. Se le metió en la cabeza la idea de que se lo estaba ocultando. Y tenía razón. —Matthew bebió un buen trago del refresco. —Buck me dijo que mi padre había encontrado algunos papeles que le hicieron pensar que el collar había sido vendido a un rico comerciante español o aristócrata o algo así. Pasó mucho tiempo investigando y decidió que estaba en el *Isabella*, pero lo mantuvo en secreto entre Buck y él.

—Porque no confiaba en VanDyke...

—Debería haber confiado menos en él. —El recuerdo brilló como una espada en los ojos de Matthew. —Los oí discutir al respecto la noche anterior a esa última inmersión. VanDyke lo acusó de haberle ocultado la ubicación del collar. Seguía pensando que estaba en el barco hundido que estaban buscando. Mi padre se le rió en la cara y le dijo que estaba loco. Al día siguiente estaba muerto.

—Nunca me dijiste cómo murió.

—Se ahogó. Dijeron que fue por culpa de un tanque fallado, que el equipo no había sido armado de modo adecuado. Eso era una reverenda mentira. Yo tenía a mi cargo los equipos. No había nada malo en ese tanque cuando lo revisé por la mañana. VanDyke lo saboteó. Y cuando mi padre estaba a veinticuatro metros de profundidad, inhaló demasiado nitrógeno.

—Narcosis de nitrógeno. El éxtasis de las profundidades —murmuró Tate.

—Así es. VanDyke aseguró que trató de subirlo cuando se dio cuenta de que algo estaba mal, pero que mi padre lo apartó. Que hubo una lucha. La versión de VanDyke es que comenzó a subir en busca de ayuda, pero que mi padre no hacía otra cosa que tirarlo hacia abajo. Tan pronto él subió con esa historia yo bajé, pero papá ya estaba muerto.

—Podría haber sido un accidente, Matthew. Un accidente terrible.

—No fue un accidente. Y tampoco fue la Maldición de Angelique, como cree Buck. Fue un asesinato. Vi la cara del hijo de puta cuando subí a mi padre a la superficie. —Los dedos tensos de Matthew estrujaron la lata que tenía en la mano. —Sonreía.

—Oh, Matthew. —Para consolarlo, se acurrucó contra él. —Qué horrible para ti.

—Algún día localizaré el *Isabella* y encontraré el collar. Y entonces VanDyke me buscará. Y yo lo estaré esperando.

Ella se estremeció.

—No lo hagas. Ni siquiera lo pienses.

—No lo hago muy seguido. —Como quería cambiar de estado de ánimo, le pasó un brazo por los hombros. —Como te dije, el pasado pasado está. Y es un día demasiado lindo para recordarlo. Tal vez deberíamos tomarnos un tiempo libre más adelante, esta semana. Alquilar unos esquíes o intentar parasailing.

—Parasailing. —Tate miró hacia el cielo, aliviada al notar que la voz de Matthew volvía a ser indiferente. —¿Alguna vez lo practicaste?

—Sí, claro. Después de estar debajo del agua, lo mejor es estar encima de ella.

—Si lo deseas, soy materia dispuesta. Pero si queremos convencer al resto del equipo de que nos de unos días libres, será mejor que pongamos manos a la obra. Busca tu martillo, Lassiter. De nuevo somos presidiarios condenados a trabajos forzados.

Apenas si habían empezado su tarea en el conglomerado cuando oyeron un grito a babor. Tate se sacudió las manos y se acercó.

—Matthew —dijo con un hilo de voz—. Ven aquí, mamá. —Carraspeó. —¡Mamá! Sal. Y trae la cámara. Oh, Dios. Apresúrate.

—Por el amor de Dios, Tate, estoy friendo camarones. —Exasperada, Marla salió a cubierta con la videocámara colgando del brazo. —No tengo tiempo para ponerme a filmar.

Tate, de la mano de Matthew, giró y sonrió.

—Creo que querrás registrar esto en película.

Marla se acercó a Tate y los tres miraron por encima de la barandilla.

Tanto Buck como Ray flotaban en el agua con una gran sonrisa en la cara. Cada uno sostenía un lado de un balde repleto de doblones de oro.

—Dios Santo —exclamó Matthew—. ¿Ese balde está lleno?

—Hasta el borde —respondió Ray—. Y tenemos otros dos repletos allá abajo.

—Nunca viste nada parecido, muchacho. Somos ricos como reyes. —El agua caía de la cara y los ojos de Buck. —Hay miles de monedas allá abajo. ¿Vas a levantar esto o quieres que te pasemos las monedas de a una por vez?

Ray lanzó una carcajada y los dos hombres se golpearon en la cabeza. Algunas monedas se derramaron del balde como peces libres.

—Esperen, esperen, tengo que enfocarlos. —Marla tocó los controles de la cámara, maldijo y se echó a reír. —Demonios, no encuentro el botón de grabación.

—Yo lo haré. —Tate le arrancó la cámara. —Quietos un momento, muchachos, y sonrían.

—Se van a ahogar mutuamente. —Matthew tomó la cuerda e izó el balde. —Dios, qué pesado es. Deme una mano.

Marla gruñó y lo ayudó a izar la cuerda mientras Tate registraba la escena.

—Bajaré con la cámara sumergible. —Maravillada, hundió la mano entre las monedas cuando Matthew apoyó el balde en cubierta. —Dios, ¿quién lo hubiera imaginado? Estoy hasta el codo de doblones.

—Te dije que pensaras en grande, muchacha —gritó Buck—. Marla, saca tu vestido más elegante porque esta noche nos vamos a bailar.

—Ésa es mi esposa, compañero.

—No después de que yo te mate. Me voy a buscar otro balde.

—No si yo llego primero.

Tate se puso de pie de un salto y corrió en busca de su traje de neoprene.

—Yo bajaré con la cámara sumergible. Quiero tener esto en película, darles una mano.

—Enseguida estoy con usted, Marla. —Matthew chasqueó los dedos frente a los ojos vidriosos de Marla—. Marla, creo que los camarones se queman.

—Dios mío. —Sin soltar un puñado de doblones, corrió a la cocina.

—¿Sabes lo que esto significa? —preguntó Tate mientras luchaba por entrar en el traje de neoprene.

—Que somos asquerosamente ricos. —Matthew la alzó y la hizo girar por el aire.

—Piensa en los equipos que podemos comprar. Radares, magnetómetros, un barco más grande. —Le dio un beso antes de liberarse de sus brazos. —Dos barcos más grandes. Y compraré una computadora para hacer una lista de los objetos recuperados.

—Ya que estamos, podríamos comprar también un sumergible.

—Bien. Anótalo. Un sumergible robotizado para que podamos sondear el abismo en nuestra próxima expedición.

Él se puso el cinturón con pesas.

—¿Y qué me dices de ropa elegante, automóviles, alhajas?

—No son una prioridad, pero lo tendré en mente. ¡Mamá! Vamos a bajar para darles una mano a papá y a Buck.

—Vean si pueden conseguirme más camarones. —Marla asomó la cabeza y extendió una fuente llena de camarones quemados. —Estos están incomibles.

—Marla, le compraré un barco de carga lleno de camarones y otro de cerveza. —Movido por un impulso, Matthew le tomó la cara con las manos y le estampó un beso en la boca. —La amo.

81

—Podrías decírmelo a mí —masculló Tate en voz muy baja y después saltó al agua. Cayó con los pies primero y después comenzó a nadar. Siguiendo la línea, pataleó por entre esa nube oscura y densa hasta llegar al fondo.

Allí, Ray y Buck revoloteaban junto a un balde lleno de oro mientras revisaban el lecho del mar. Tomó una foto cuando Buck le entregó a su padre un ladrillo ennegrecido que era un lingote de plata.

Los peces nadaban alrededor como una calesita viviente mientras ellos exploraban la arena. Medallones, más monedas, ladrillos oblongos de plata descolorida. Ray encontró una daga que tenía la hoja y el mango incrustado con vida marina. Fingiendo una actitud de duelista, lo lanzó juguetonamente hacia Buck, quien tomó un lingote y simuló defenderse.

Junto a Tate, Matthew sacudió la cabeza y giró un dedo contra la sien.

Sí, pensó ella, estaban locos. ¿No era maravilloso?

Nadó para tomar fotografías desde diferentes ángulos. Quería lograr una buena composición de la pequeña pirámide de lingotes y otra de la extraña escultura de monedas y medallas junto al resplandeciente balde.

*"National Geographic* —pensó ella—. Allá voy. El Museo Beaumont acaba de encontrar su piedra angular."

Aceptó la daga que su padre le ofrecía. Con su cuchillo de buceador raspó el mango con delicadeza. El brillo de un rubí hizo que abriera los ojos de par en par. Como un bucanero, se la metió en su cinturón con pesas.

Por medio de señales, Buck indicó que él y Matthew subirían la siguiente carga. Ray hizo la pantomima de abrir una botella de champaña y beber una copa. Esto recibió la aceptación unánime de los demás. Con el signo de "OK", Buck y Matthew patalearon hacia la superficie con un balde entre los dos.

Tate le hizo señas a su padre de que posara de pie, con una aleta en la mano, junto a la pila de lingotes, y tomó una serie de fotografías. Lanzaba burbujas de risa cuando dejó caer la cámara para que colgara de su correa.

Y en ese momento advirtió la inmovilidad de todo lo que la rodeaba.

Qué extraño, pensó, distraída. Todos los peces se habían alejado. Hasta Smiley, la barracuda, parecía haber desaparecido. Nada se movía en el agua y el silencio de pronto le pareció pesado y ominoso.

Miró hacia arriba por entre el agua mezclada con arena y vio la sombra de Matthew y de Buck que subían esa rica carga a la superficie.

Y entonces vio la pesadilla.

Se acercó tan rápido, tan sigilosamente, que su mente la rechazó. Primero sólo estaban las figuras de los hombres que nadaban por esa agua brumosa, mientras el sol luchaba por filtrarse en delgados rayos oblicuos. De pronto la sombra se apareció de la nada.

Alguien gritó. Tiempo después su padre le dijo que el grito había sido de ella, y que eso lo alertó. Pero a esa altura ya Tate iniciaba el ascenso.

El tiburón era más grande que un hombre; medía alrededor de tres metros. Aterrada, ella vio que su mandíbula ya estaba abierta para dar el golpe mortal y volvió a gritar porque sabía que era demasiado tarde.

Los hombres se separaron, como impulsados por un motor. El oro se derramó por el agua como lluvia. Con el terror clavado en la garganta, Tate vio que el tiburón apresaba a Buck en sus fauces y lo zamarreaba como un perro sacude a una rata. La intensidad del ataque le arrancó el visor y la boquilla mientras el tiburón lo desgarraba por entre el agua teñida con sangre. De alguna manera, Tate descubrió que tenía el cuchillo en la mano.

El tiburón se zambulló, pero sin soltar a Buck, y en ese momento Matthew le clavó el cuchillo; trató de dar con el cerebro del animal, pero falló. Ese ataque dejó una herida en el tiburón que, enloquecido con la sangre, no soltó a su presa y se lanzó contra su atacante.

Con los dientes apretados, Matthew siguió lanzando cuchillazos. Buck estaba muerto. Él sabía que Buck estaba muerto. Y su único pensamiento era matar. Los ojos oscuros y vidriosos del tiburón se enfocaron en él y después se pusieron en blanco. El cuerpo de Buck flotó, arrastrado en ese remolino de sangre mientras el animal buscaba una nueva presa y una venganza.

Matthew se preparó para matar o morir. Y Tate se apareció por entre el agua sucia con un ángel guerrero, con una daga antigua en una mano y un cuchillo de buceador en la otra.

Matthew pensó que su propio miedo había llegado al límite. Pero se duplicó y casi lo paralizó cuando el tiburón giró hacia el movimiento y cargó hacia ella. Ciego de terror, Matthew pataleó por entre esa cortina de sangre y se lanzó con violencia contra el tiburón herido para impedir que siguiera avanzando. Con una fuerza nacida del pánico, le clavó el cuchillo hasta la empuñadura.

Y rezó como jamás pensó que podría.

Mantuvo el control mientras el tiburón giraba y se zarandeaba. Vio que no sólo su cuchillo había dado en el blanco sino también el de Tate. Ella le había abierto la panza al animal.

Matthew lo soltó y vio que Ray se acercaba a ellos con dificultad, con un cuchillo en una mano, mientras con la otra arrastraba el cuerpo fláccido de Buck. Porque sabía lo que podía traer esa agua ensangrentada, Matthew arrastró a Tate hacia la superficie.

—Sube al barco —le ordenó. Pero ella tenía la cara blanca como el papel y comenzaba a poner los ojos en blanco. Él la abofeteó una, dos veces, hasta que Tate lo enfocó con la mirada. —Sube al maldito barco. Y leva el ancla.

Ella asintió y en forma torpe empezó a dar brazadas cuando él volvió a zambullirse. Las manos se le resbalaban en la escalerilla y, además, se había olvidado de sacarse las aletas. No conseguía aire para gritar. Su madre había encendido la radio y Madonna alegaba ser sólo una virgen.

Sus tanques golpearon contra la cubierta, y el ruido hizo que Marla se acercara desde estribor. Un instante después estaba agachada junto a Tate.

—Mamá. Tiburón. —Tate giró hasta quedar apoyada en manos y rodillas y se ahogó con agua. —Buck. Dios mío.

—¿Estás bien? —La voz de Marla era débil y aguda. —Chiquita mía, ¿estás bien?

—Es Buck. Hospital. Él necesita un hospital. Leva el ancla. Rápido.

—Ray. Tate. ¿Tu padre?

—Él está bien. Apúrate. Comunícate por radio con la isla.

Cuando Marla echó a correr, Tate se incorporó. Se quitó el cinturón y no quiso mirar la sangre que tenía en las manos. Se puso de pie, se tambaleó y se mordió fuerte el labio para no desmayarse. Al correr hacia un costado, arrastró sus tanques antes de sacárselos.

—Está vivo. —Ray se aferró de la escalerilla. Entre él y Matthew sostenían el cuerpo de Buck. —Ayúdanos a subirlo a bordo. —Sus ojos, llenos de horror y de pena, se centraron en los de ella. —Tú, no aflojes, muchacha.

Cuando izaron el cuerpo inconsciente de Buck al barco, ella vio por qué Matthew la había prevenido: el tiburón le había arrancado la pierna debajo de la rodilla.

Le subió bilis a la garganta. Tate la tragó y apretó los dientes hasta que las náuseas y el mareo desaparecieron. Oyó que su madre jadeaba, pero cuando giró la cabeza, con movimientos lentos y perezosos, vio que Marla se acercaba deprisa.

—Necesitamos mantas, Tate. Y toallas. Muchas toallas. Apresúrate. Y el botiquín de primeros auxilios. Ray, ya me comuniqué por radio con la isla. Nos esperan en Frigate Bay. Será mejor que tú tomes el timón. Se sacó la blusa, debajo de la cual usaba un bonito corpiño de encaje. Sin vacilar, utilizó ese algodón crujiente para secar la sangre del muñón de la pierna de Buck.

—Buena muchacha —murmuró cuando Tate regresó con los brazos llenos de toallas—. Matthew, rodéale con ellas la pierna y apriétalas con fuerza sobre la herida. Matthew. —-Su voz era calma y, a la vez, tan enérgica como para hacer que él levantara la cabeza. —Necesita mucha presión en esa pierna. No permitiremos que se desangre hasta morir.

—Buck no está muerto —dijo Matthew mientras apretaba las manos contra las toallas con que había rodeado la herida. Sobre la cubierta ya se formaba un horrible charco de sangre.

—Es verdad, no está muerto. Y tampoco lo estará. Necesitaremos un torniquete. —Le picaron los ojos cuando vio que Buck todavía tenía puesta la aleta en la pierna izquierda, pero las manos de Marla fueron rápidas y eficientes. En ningún momento temblaron cuando le aplicó el torniquete por encima del sangriento muñón de la pierna derecha.

—Tenemos que mantenerlo abrigado —ordenó, con tono sereno—. Lo enviaremos al hospital dentro de pocos minutos.

Tate tapó a Buck con una manta y se arrodilló sobre la cubierta ensangrentada para tomarle la mano. Después buscó la de Matthew y los tres quedaron unidos.

Y así siguieron mientras el barco volaba por las aguas hacia tierra.

# CAPÍTULO SIETE

Matthew se sentó en el piso del pasillo del hospital y trató de mantener la mente en blanco. Si bajaba la guardia, aunque sólo fuera por un instante, estaría de vuelta en ese remolino de agua ensangrentada, la vista fija en los ojos de muñeca del tiburón y viendo cómo esas malévolas hileras de dientes se clavaban en Buck.

Sabía que volvería a ver esa escena cientos, miles de veces en sueños: la nube cegadora de burbujas, el zarandeo de hombre y pez, la hoja de su propio cuchillo que se hundía y macheteaba.

Cada vez que esta escena se proyectaba en su mente, lo que en realidad había llevado sólo minutos se prolongaba horas, y cada movimiento se hacía horriblemente lento. Lo veía todo, desde el primer golpe con que Buck lo apartó del camino del ataque del tiburón hasta el viaje precipitado a la Sala de Emergencias.

Con lentitud, levantó su mano y la flexionó. Recordaba cómo los dedos de Buck se habían cerrado sobre esa mano y la habían apretado con fuerza durante esa carrera a la isla. Él supo entonces que Buck estaba vivo y, de alguna manera, eso era peor, porque no podía convencerse de que Buck siguiera estándolo.

Al parecer, al mar le encantaba llevarse las personas que él más quería.

La Maldición de Angelique, pensó, con una oleada de culpa y de tristeza. Quizá Buck estaba en lo cierto. El maldito collar estaba allá abajo, a la espera de una víctima. Su búsqueda se había llevado a dos personas que él amaba.

Pero no se llevaría a otra.

Abrió la mano y se la frotó con fuerza contra la cara, como un hombre que despierta de un largo sueño. Se le ocurrió que, por pensar así, debía de estar volviéndose un poco loco. Un hombre había matado a su padre y un tiburón había matado a Buck. Culpar de ello a un amuleto que ni siquiera había visto era una lamentable manera de defenderse de su propia incapacidad para salvarlos.

Por sangrienta que hubiera sido la historia de ese antiguo collar y la leyenda que lo rodeaba, Matthew sabía que no podía echarle la culpa a nada ni a nadie fuera de él mismo. Si hubiera actuado con mayor rapidez, Buck todavía estaría entero. Si hubiera sido más astuto, su padre seguiría con vida.

Tal como él estaba vivo y entero. Tendría que cargar con ese peso por el resto de su vida.

Por un momento apoyó la frente en las rodillas y luchó por aclarar de nuevo sus ideas. Sabía que los Beaumont estaban en la sala de espera del otro lado del hall. Le habían ofrecido consuelo y apoyo. Y él tuvo que escapar. La serena compasión de esas personas lo había destruido.

Sabía que si Buck tenía aunque sólo fuera una mínima posibilidad de sobrevivir, no era gracias a él sino a la forma rápida, serena y decidida con que Marla había enfrentado la crisis. Fue ella la que tomó el control de la situación, incluso hasta el punto de acordarse de recoger ropa del barco.

Él ni siquiera había sido capaz de llenar los formularios del hospital sino que se quedó mirándolos hasta que ella le quitó la tablilla con sujetador y con mucha suavidad le fue haciendo las preguntas y llenando ella misma los espacios en blanco.

Era alarmante descubrir que, en esencia, él no servía para nada.

—Matthew. —Tate se agachó junto a él, le tomó las manos y se las puso alrededor de una taza de café. —Ven y siéntate.

Él sacudió la cabeza. Porque tenía el café en las manos, levantó la taza y bebió un poco. Notó que la cara de Tate todavía estaba pálida de la impresión y que tenía los ojos rojos. Pero la mano que ella apoyó en su rodilla estaba firme.

Por un instante fugaz volvió a verla nadar por el agua hacia las mandíbulas del tiburón.

—Vete, Tate.

Ella, en cambio, se sentó junto a él y le pasó un brazo por los hombros.

—Buck saldrá adelante, Matthew. Lo sé.

—¿Qué, ahora eres adivina, encima de todo lo demás?

La voz de Matthew era fría y filosa. Aunque lo que le dijo la hirió, ella apoyó la cabeza en su hombro.

—Es importante que lo creas. Creerlo ayuda mucho.

Pero Tate se equivocaba. Creerlo lo hacía sufrir. Y por esa razón se apartó de ella y se puso de pie.

—Me voy a caminar un rato.

—Te acompaño.

—No te quiero. —De pronto dejó que todo el miedo, toda la culpa y toda la tristeza explotaran convertidos en furia. —No quiero tenerte cerca.

A Tate se le apretó el estómago, le picaron los ojos, pero se mantuvo en sus trece.

—No voy a dejarte solo, Matthew. Así que más vale que te acostumbres.

—No te quiero —repitió él, y la dejó helada cuando le puso una mano en el cuello y la empujó contra la pared. —No te necesito. ¿Por qué no buscas a tu linda familia y te vas de aquí?

—Porque Buck es importante para nosotros. —Aunque consiguió tragarse las lágrimas, no pudo impedir que su voz sonara ronca. —Y tú también nos importas.

—Ni siquiera nos conoces. —Algo gritaba dentro de él y luchaba por salir. Para mantenerlo oculto, incluso de sí mismo, él la empujó. La expresión de su cara, a centímetros de la de Tate, fue fría e implacable. —Ustedes sólo salieron en tren de diversión, para pasarse algunos meses al sol y jugar a los cazadores de tesoros. Tuvieron suerte. No sabes lo que es estar mes tras mes, año tras año sin conseguir nada. Morir y no tener nada.

Ahora a Tate le costaba respirar, por mucho que se esforzara.

—Buck no morirá.

—Ya está muerto. —La furia murió en sus ojos como una luz que se apaga, y los dejó vacíos y chatos. —Estaba muerto en el minuto en que me empujó para alejarme del tiburón. El muy idiota.

Allí estaba, lo peor, flotando en el aire esterilizado del hospital. Él le dio la espalda, se cubrió la cara, pero no pudo escapar de ese hecho.

—Él me empujó, se puso delante de mí. ¿Qué demonios estaba pensando? ¿Qué pensabas tú? —preguntó Matthew y giró hacia ella y sintió que toda esa furia indefensa volvía a apoderarse de él—. Acercarte así a nosotros. ¿Es que no sabes nada? Cuando un tiburón ve sangre es capaz de atacar cualquier cosa. Deberías haber enfilado hacia el barco. Con toda esa sangre en el agua, tuvimos suerte de que no aparecieran docenas de tiburones. ¿Qué demonios estabas pensando?

—En ti —contestó ella en voz baja y se quedó donde estaba, recostada contra la pared—. Supongo que tanto Buck como yo pensábamos en ti. Yo no podría haberlo enfrentado si algo te pasaba, Matthew. No podría haber seguido viviendo. Te amo.

Desarmado, se quedó mirándola. Nadie, en toda su vida, le había dicho esas palabras.

—Entonces eres una tonta —logró balbucear y se pasó la mano por el pelo.

—Tal vez. —Los labios de Tate temblaban. Incluso cuando ella los apretó con fuerza, siguieron vibrando con la intensidad de los sentimientos arrolladores que vivía. —Supongo que también tú fuiste bastante tonto. No dejaste a Buck. Creíste que él estaba muerto y podrías haberte alejado mientras el tiburón lo seguía atacando. Pero no lo hiciste. ¿Por qué no enfilaste tú hacia el barco, Matthew?

Él sólo sacudió la cabeza. Cuando ella dio un paso adelante para rodearlo con los brazos, él sepultó la cara en su pelo.

—Tate.

—Está bien —murmuró ella mientras le acariciaba la espalda rígida—. Todo saldrá bien. No te sueltes de mí.

—Yo traigo mala suerte.

—No digas disparates. Ahora estás cansado y preocupado. Ven a sentarte con nosotros. Esperaremos todos juntos.

Y ella se quedó junto a él. Las horas transcurrieron en ese estado onírico que se suele vivir en los hospitales. La gente llegaba y se iba. Flotaba el sonido suave de los zapatos con suela de goma de las enfermeras que pasaban por allí, el olor a café recalentado, el dejo penetrante a antiséptico que jamás lograba tapar del todo el olor subyacente a enfermedad. Cada tanto, el leve ruido sibilante de las puertas del ascensor que se abrían y se cerraban.

Entonces, lentamente, la lluvia empezó a tamborilear en las ventanas.

Tate dormitó con la cabeza sobre el hombro de Matthew. Estaba despierta y atenta en el instante en que el cuerpo de él se tensó. Instintivamente, buscó su mano y miró hacia el médico.

Había entrado con sigilo, y era un hombre muy joven con líneas de fatiga alrededor de los ojos y la boca. Su piel, del color del ébano lustrado, tenía el aspecto de seda negra doblada.

—Señor Lassiter. —A pesar del evidente cansancio, su voz era tan musical como la lluvia de la tarde.

—Sí. —Preparado para las condolencias, Matthew se obligó a ponerse de pie.

—Soy el doctor Farrge. Su tío superó la cirugía. Por favor, tome asiento.

—¿Qué quiere decir?

—Que sobrevivió a la operación. —Farrge se sentó en el borde de la mesa baja y esperó a que Matthew se calmara. —Su estado es crítico. Ya sabe que perdió mucha sangre. Más de tres litros. Si hubiera perdido apenas un poco más, y si ustedes hubieran tardado diez minutos más en traerlo, no habría tenido ninguna oportunidad. Sin embargo, tiene un corazón muy fuerte. Somos optimistas.

Confiar era demasiado doloroso. Matthew se limitó a asentir.

—¿Me está diciendo que vivirá?

—Con cada hora que pasa, sus posibilidades aumentan.

—¿Y cuáles son esas posibilidades?

Farrge tardó un momento en tomar la medida de ese hombre. Con algunas personas, la bondad no resultaba un consuelo.

—Es posible que tenga un cuarenta por ciento de posibilidades de pasar la noche. Si lo hace, yo aumentaría ese plazo. Desde luego, cuando se encuentre estabilizado y más fuerte será preciso someterlo a otro tratamiento. Cuando llegue ese momento, puedo recomendarle varios especialistas que tienen muy buena reputación en tratar pacientes con miembros amputados.

—¿Está consciente? —preguntó Marla.

—No. Estará un tiempo en recuperación y, después, en nuestra Unidad para Pacientes en Estado Crítico. Calculo que tardará varias horas en recobrar el conocimiento. Les sugiero que dejen en el puesto de enfermeras un número de teléfono donde se los pueda localizar. Nos pondremos en contacto con ustedes si se produce algún cambio.

—Yo me quedo aquí —dijo Matthew—. Quiero verlo.

—Una vez que esté en esa unidad podrá verlo. Pero sólo por un momento.

—Buscaremos un hotel. —Ray se puso de pie y puso una mano en el hombro de Matthew. —Tomaremos turnos aquí.

—Yo no me voy.

—Matthew. Tenemos que trabajar en equipo. —Miró a su hija y leyó lo que había en sus ojos. —Marla y yo tomaremos habitaciones y haremos los arreglos necesarios. Dentro de algunas horas volveremos para sustituirlos a ti y a Tate.

Eran tantos los tubos conectados a la figura inmóvil que estaba sobre la cama. Una serie de máquinas zumbaban y emitían señales sonoras. Desde el otro lado de la cortina delgada, Matthew alcanzaba a oír el murmullo suave de las enfermeras, sus pasos rápidos mientras se entregaban a la tarea de atender vidas.

Pero en esa habitación, estrecha y en penumbras, él estaba a solas con Buck. Se obligó a mirar hacia la sábana. Pensó que tendría que acostumbrarse a eso. Los dos tendrían que acostumbrarse.

Si es que Buck vivía.

Ahora casi no parecía vivo: su cara laxa, su cuerpo tan extrañamente prolijo sobre la cama. Matthew recordó que Buck era un hombre que tiraba de las sábanas y las pateaba, que roncaba con una fuerza capaz de arrancar la pintura de las paredes.

Pero ahora estaba tan inmóvil y silencioso como un hombre en un ataúd.

Matthew tomó esa manaza llena de cicatrices, un gesto que sabía los pondría incómodos a los dos si Buck estuviera consciente. Le sostuvo la mano mientras estudiaba esa cara que creía conocer tan bien como la propia.

¿Había notado alguna vez lo gruesas que eran las cejas de Buck o las canas que las agrisaban? ¿O el momento en que se le habían formado líneas alrededor de los ojos? ¿No era extraño que su frente, que se cernía sobre ese cráneo con forma de huevo, fuera tan suave y lisa? Como la de una muchacha.

"Dios mío", pensó Matthew y apretó los ojos. Su pierna había desaparecido.

Luchando contra el pánico, Matthew se inclinó. El sonido de la respiración de Buck casi le sirvió de consuelo.

—Lo que hiciste fue muy estúpido. Te equivocaste al ponerte así frente a mí. Quizá pensaste que lucharías con ese tiburón, pero supongo que ya no eres tan rápido como solías ser. Ahora tal vez pienses que estoy en deuda contigo. Pues bien, tienes que vivir para poder cobrarte esa deuda.

Le apretó más fuerte la mano.

—¿Me has oído, Buck? Tienes que vivir para cobrarte esa deuda. Piénsalo. Si no lo haces, pierdes y, encima los Beaumont y yo nos repartiremos tu parte del *Margarita*. Tu primer gran golpe de suerte, Buck, y si no sales adelante de esto, no podrás gastar la primera moneda.

Una enfermera descorrió la cortina, como para recordarle con suavidad que el tiempo se había acabado.

—Sería una pena que no llegaras a disfrutar algo de la fama y la fortuna que siempre quisiste, Buck. No lo olvides. Bueno, me están echando de aquí, pero volveré.

En el corredor, Tate se paseaba de aquí para allá, tanto por los nervios como para mantenerse despierta. Tan pronto vio que Matthew transponía la puerta, fue hacia él.

—¿Se despertó?

—No.

Tate le tomó la mano y luchó contra sus propios miedos.

—El médico dijo que todavía no recuperaría el conocimiento. Supongo que lo que pasa es que todos deseábamos que sucediera antes. Mamá y papá tomarán ahora el turno. —Cuando él comenzó a sacudir la cabeza, ella le apretó los dedos con impaciencia. —Matthew, escúchame. Todos somos parte de esto. Y creo que él nos necesitará a todos, así que mejor que empecemos ahora. Tú y yo nos iremos al hotel. Comeremos y dormiremos algunas horas.

Y, mientras hablaba, lo fue arrastrando por el pasillo. Después de enviarles a sus padres una sonrisa, condujo a Matthew hacia los ascensores.

—Todos nos vamos a apoyar mutuamente, Matthew. Es así como se hace.

—Tiene que haber algo que yo pueda hacer.

—Lo estás haciendo —dijo ella—. Estaremos de vuelta pronto. Sólo necesitas descansar un poco. Y yo también.

Entonces él la miró. Su piel era tan pálida y translúcida que tuvo la sensación de que podría atravesarla con la mano. Manchas de agotamiento le borroneaban los ojos. Matthew se dio cuenta de que no había estado pensando en Tate. Tampoco se le había ocurrido que ella pudiera necesitar apoyarse en él.

—Necesitas dormir.

—Sí, me vendrían bien un par de horas de sueño. —Sin soltarle la mano, ella entró en el ascensor y oprimió el botón del lobby. —Después regresaremos aquí. Y tú podrás quedarte sentado de nuevo junto a Buck hasta que él despierte.

Sí. Matthew mantuvo la vista fija en los números del tablero, pero sin verlos en realidad. —Hasta que él despierte.

Afuera, el viento sacudía la lluvia por entre las copas de las palmeras. El taxi avanzó a los tumbos por las calles angostas y desiertas y los charcos. Era como estar en el sueño de otra persona: la oscuridad, ese conjunto de edificios desconocidos que iban cambiando en el resplandor de los faros, el chillido monótono de los limpiaparabrisas.

Matthew sacó billetes caribeños de la billetera mientras Tate se bajaba del vehículo. En segundos, la lluvia le empapó la cabeza.

—Papá me dio las llaves de la habitación —dijo ella—. Te advierto que no es el Ritz. —Intentó otra sonrisa cuando entraron en el diminuto lobby repleto de sillones de mimbre y plantas de hojas grandes. —Pero está cerca del hospital. Estamos en el primer piso.

Mientras subían por la escalera, Tate hacía sonar nerviosamente las llaves en la mano.

—Ésta es tu habitación. Papá dijo que tendríamos cuartos contiguos. —Bajó la vista hacia las llaves y estudió el número. —Matthew, ¿puedo entrar contigo? No quiero estar sola. —Lo miró a los ojos. —Sé que es una tontería, pero...

—Está bien. Pasa. —Le tomó la llave y abrió la puerta.

Había una cama con un cobertor con flores de color anaranjado y rojo vivo, y una pequeña cómoda. La pantalla de la lámpara estaba torcida. Marla le había traído a Matthew sus cosas elementales del barco, y las había dejado con prolijidad al pie de la cama. Matthew encendió la lámpara. Su luz estaba amarilleada por la lámpara torcida. La lluvia golpeaba con fuerza contra la ventana del cuarto.

—No es gran cosa —murmuró Tate y enseguida se dispuso a enderezar la pantalla, como si ese simple gesto de ama de casa pudiera hacer que la habitación fuera menos triste.

—Supongo que no tiene nada que ver con lo que tú estás acostumbrada. —Matthew fue al cuarto de baño contiguo y volvió con una toalla pequeña y delgada. —Toma y sécate el pelo.

—Gracias. Sé que necesitas dormir y que yo debería dejarte solo.

Él se sentó en el borde de la cama y se concentró en la tarea de sacarse los zapatos.

—Puedes dormir aquí si lo deseas. Y no tienes por qué preocuparte por nada.

—Yo no me preocuparía.

—Pues deberías. —Suspiró, se puso de pie, tomó la toalla y se frotó el pelo con ella. —Pero no es preciso que te preocupes. Descálzate y estírate.

—¿Te acostarás junto a mí?

Él la observó sentarse y desatarse los cordones de las zapatillas. Sabía que podría tenerla con apenas un roce, una palabra. Y así librarse de toda su desdicha. Ella se mostraría tierna, dispuesta y dulce.

Y él se odiaría.

Sin decir nada, apartó el cobertor. Se acostó sobre la sábana y tendió una mano hacia Tate. Sin vacilar, ella se acostó junto a él, acurrucó su cuerpo contra el suyo y apoyó la cabeza en su hombro.

Había una cuota de alivio allá adentro, en el fondo de las entrañas de Matthew. Se transformó en un dolor sordo cuando Tate le puso la palma de la mano en el pecho. Él giró la cara hacia su pelo con aroma a lluvia y sintió una desconcertante mezcla de consuelo y de pena.

Sintiéndose segura y confiada, Tate cerró los ojos.

—Todo saldrá bien. Sé que así será. Te amo, Matthew.

Y se quedó dormida como una criatura. Matthew escuchó la lluvia y esperó el amanecer.

El tiburón hendió el agua, una bala delgada y gris armada con dientes filosos y avidez de sangre. El agua estaba roja y turbia y la ahogaba cuando ella luchaba por escapar, gritaba y se esforzaba por conseguir aire. Esas mandíbulas se abrían, se abrían en forma terrible. Y después se cerraron sobre ella con un dolor intenso e indescriptible.

Despertó con un grito atrapado en la garganta. Acurrucada en posición fetal, luchaba por encontrar un camino de salida de la pesadilla. Se recordó que estaba en la habitación de Matthew. Estaba a salvo. Y también él estaba a salvo.

Y estaba sola.

Levantó la cabeza y vio la luz de sol que se filtraba por la ventana. De pronto la llenó de pánico la idea de que, de alguna manera, a Matthew le hubiera llegado la noticia de que Buck había muerto y se había ido volando al hospital sin ella. Pero entonces se dio cuenta de que lo que creyó que era lluvia era, en realidad, el agua de la ducha.

La tormenta había pasado y Matthew estaba allí.

Tate lanzó un gran suspiro y se pasó la mano por el pelo despeinado. Agradeció que él no hubiera estado junto a ella cuando tuvo la pesadilla, porque ya cargaba suficiente peso sobre los hombros. No deseaba agregar otro. Se mostraría valiente y fuerte y le daría todo el apoyo que necesitara.

Cuando la puerta del baño se abrió, Tate ya tenía una sonrisa lista. A pesar de sus preocupaciones, su corazón dio un rápido vuelco al verlo, húmedo de la ducha, el pecho desnudo, los jeans como al descuido, con el cierre un poco abierto.

—Estás despierta. —Matthew calzó los pulgares en los bolsillos del jean y trató de no pensar en el aspecto que tenía Tate allí sentada, con los brazos alrededor de las rodillas, en medio de la cama. —Pensé que dormirías un rato más.

—No, estoy muy bien así. —De pronto se sitió torpe y se humedeció los labios. —La lluvia paró.

—Ya me di cuenta. Tal como se había dado cuenta de lo grandes y dulces y alertas que estaban sus ojos. —Yo me voy al hospital.

—Los dos vamos al hospital —lo corrigió ella—. Iré a ducharme y a cambiarme. —Ya se bajaba de la cama y tomaba su llave. —Mamá dijo que había una cafetería al lado del hotel. Espérame allí dentro de diez minutos.

—Tate. —Él vaciló cuando ella se detuvo junto a la puerta y se volvió. ¿Qué podía decirle? ¿Y cómo se lo diría? —Nada. Diez minutos.

En treinta estaban de vuelta en el hospital. Tanto Ray como Marla se levantaron del banco que había al lado de la Unidad de Pacientes en Estado Crítico o UPEC, donde cumplían la vigilia.

Matthew pensó que estaban desgreñados. Siempre lo había impresionado que los Beaumont estuvieran impecables en todo momento. Ahora no era así para nada: tenían la ropa arrugada y en la cara de Ray se notaba la sombra de la barba que le había crecido durante la noche. En todas las semanas que habían trabajado juntos, jamás había visto a Ray sin afeitar. Por razones que Matthew no podía precisar, se centró en ese pequeño detalle: Ray no se había afeitado.

—No es mucho lo que nos dijeron —comenzó a explicar Ray—. Sólo que pasó una noche tranquila.

—Nos dejan entrar unos minutos cada hora. —Marla tomó una mano de Matthew y se la oprimió. —¿Descansaste, querido?

—Sí. —Matthew carraspeó. Tontamente pensó que ella no se había cepillado el pelo. Ray no se había afeitado y Marla no se había peinado. —Quiero decirles a ustedes dos cuánto les agradezco...

—No nos insultes. Matthew Lassiter, no sigas usando ese tono cortés con esa frase cortés que se les dice a los extraños cuando uno les está agradecido. No con amigos que te aman.

Él jamás había conocido a nadie más capaz de avergonzarlo y conmoverlo al mismo tiempo.

—Lo que quise decir es que me alegra que estén aquí.

—Creo que está de mejor color. —Ray rodeó a su esposa con un brazo y le dio un abrazo rápido y afectuoso. —¿No opinas lo mismo, Marla?

—Desde luego que sí. Y la enfermera dijo que el doctor Farrge vendría a verlo dentro de un rato.

—Ahora Matthew y yo tomaremos la posta. Quiero que ustedes dos vayan a desayunar y duerman un poco.

Ray observó la cara de su hija, la juzgó capaz y asintió.

—Sí, haremos eso. Llamen al hotel si se produce algún cambio. De lo contrario, estaremos de vuelta aquí al mediodía.

Cuando quedaron solos, Tate tomó la mano de Matthew.

—Entremos a verlo.

"Sí, quizá está de mejor color", pensó Matthew un momento después cuando estaba inclinado sobre la cama de su tío. Seguía demacrado, pero por lo menos su cara ya no tenía esa tonalidad grisácea.

—Sus posibilidades aumentan cada hora —le recordó Tate y tomó la mano de Buck—. Superó la cirugía, Matthew, y logró pasar la noche.

Ese leve resplandor de esperanza era más doloroso que la desesperación.

—Es un hombre fuerte. Mira esa cicatriz. —Con la punta del dedo, Matthew dibujó una línea dentada en el antebrazo derecho de su tío.

—Barracuda. Yucatán. Yo manejaba el tubo de succión y Buck y la barracuda se toparon en medio de la nube que era expulsada por el otro extremo del tubo. Lo cierto es que salió a la superficie, se hizo coser la herida y una hora después estaba de nuevo en el agua. Tiene otra cicatriz en la cadera, donde...

—Matthew —dijo Tate con voz temblorosa—. Matthew, me apretó la mano.

—¿Qué?

—Que me apretó la mano. Mira. Mira sus dedos.

Se flexionaron sobre la mano de Tate. Al ver la cara de su tío, Matthew sintió que su propia piel se helaba y después se le encendía. Buck parpadeó.

—Creo que está recobrando el conocimiento.

Una lágrima se deslizó de los ojos de Tate cuando también ella le apretó la mano.

—Háblale, Matthew.

—Buck. —Con el corazón latiéndole como enloquecido, Matthew se inclinó más sobre él. —Buck, sé que me estás oyendo. No pienso perder tiempo hablándome a mí mismo.

Buck volvió a parpadear.

—Mierda.

—Mierda. —Tate comenzó a llorar en voz baja. —¿Oíste eso, Matthew? Dijo "mierda".

—No me extraña. —Matthew tomó la mano de Buck. —Vamos, pedazo de atorrante. Despierta.

—Estoy despierto, Dios. —Buck abrió los ojos y vio nublado. Las formas eran borrosas y temblaban. Tuvo la sensación de flotar y no le resultaba del todo desagradable. Su visión se aclaró lo suficiente como para distinguir la cara de Matthew. —Qué demonios. Pensé que estaba muerto.

—Entonces somos dos.

—No te atrapó a ti, ¿no? —Por su voz, era evidente que a Buck le costaba mucho pronunciar las palabras. —Ese hijo de puta no te atrapó, ¿verdad?

—No —contestó Matthew, lleno de culpa—. No, no me atrapó. Era un tigre, medía como tres metros —dijo, porque sabía que Buck querría saberlo—. Lo matamos, lo matamos Tate y yo. Ahora es carnada para los peces.

—Bien. —Buck volvió a cerrar los ojos. —Detesto los tiburones.

—Iré a contárselo a la enfermera —dijo Tate en voz baja.

—Los detesto —repitió Buck—. Son unos malditos hijos de puta. Probablemente andaba solo, pero asegúrate de que tengamos arpones con cabeza explosiva.

Volvió a abrir los ojos. Lentamente los tubos y las máquinas entraron en foco. Frunció el entrecejo.

—No estoy en el barco.

—No. Estás en un hospital.

—Odio los hospitales. Y a los malditos médicos. Muchacho, ya sabes que detesto los hospitales.

—Sí, ya lo sé. —Matthew se concentró en sedar el pánico que vio en los ojos de Buck. Más tarde se preocuparía por su propia reacción. —Tuve que traerte, Buck. El tiburón te hirió.

—Un par de puntadas...

Matthew percibió el instante en que Buck comenzó a recordar.

—Tómatelo con calma, Buck. Tienes que tomártelo con calma.

—Me atrapó. —Las sensaciones volvieron, una después de la otra como chicos malos en una pelea callejera. Miedo, dolor, horror y un espanto que prevalecía sobre todo lo demás.

Recordó la agonía, la impotencia de estar sacudido, zarandeado y despedazado; de ahogarse en su propia sangre, de cegarse con ella. El último recuerdo preciso fue mirar esos ojos negros y llenos de odio que se ponían en blanco con frío placer.

—El hijo de puta me atrapó. —La voz le falló mientras luchaba contra Matthew por sentarse en la cama. —¿Como fue? ¿Cómo fue de grave lo que me hizo, muchacho?

—Cálmate. Tienes que serenarte. —Tratando de no ser brusco, Matthew sujetó a Buck a la cama. No le costó mucho. —Si te portas así, te van a dejar inconsciente de un golpe.

—Dímelo. —Con pánico en los ojos, Buck se prendió de la camisa de Matthew, quien podría haberlo soltado con sólo una sacudida, pero no tuvo coraje de hacerlo. —Dime lo que ese hijo de puta me hizo.

De todas las cosas que habían pasado entre ellos, jamás hubo mentiras. Matthew cubrió las manos de Buck con las suyas y lo miró a los ojos.

—Se llevó tu pierna, Buck. El hijo de puta se llevó tu pierna.

# Capítulo ocho

No te vas a culpar.

Tate dejó de pasearse con nerviosismo y se sentó junto a Matthew en el banco que había justo afuera de la UPEC. Había sido un día bravo desde que Buck recobró el conocimiento. Cuantas más posibilidades tenía de recuperarse, más profunda era la depresión en que se sumía Matthew.

—No veo por aquí a nadie más a quien culpar.

—A veces ocurren cosas que no son culpa de nadie, Matthew... —Paciencia, se dijo. Enojarse no lo ayudaría nada. —Lo que pasó fue horrible, trágico. No había nada que pudieras hacer para impedirlo. Y ahora tampoco puedes cambiarlo. Lo único que sí puedes hacer, lo que todos podemos hacer, es acompañarlo en este trance.

—Él perdió su maldita pierna, Tate. Y cada vez que me mira, los dos sabemos que debería haberme pasado a mí.

—Pero, bueno, no fue así. —La sola idea de que le hubiera sucedido a Matthew comenzó a acosarla sin piedad. —Y pensar eso es estúpido. —Cansada de razonar y agotada por el esfuerzo de mantenerse entera para poder apoyarlo, Tate se pasó una mano por el pelo. —Ahora él tiene miedo, y está enojado y deprimido. Pero no te está culpando.

—¿Ah, no? —Matthew levantó la vista. En la expresión de sus ojos luchaban ahora la pena y la amargura.

—Desde luego que no. Porque a diferencia de ti, él no es tan superficial ni se cree tan importante. —Se levantó de un salto del banco. —Voy a entrar a verlo. Tú puedes quedarte aquí sumido en la autocompasión.

Y, con la cabeza bien en alto, atravesó el pasillo y transpuso las puertas de UPEC. Tan pronto quedó fuera de la vista de Matthew, se detuvo y se tomó un tiempo para recuperar la compostura. Después de ensayar una sonrisa optimista, apartó la cortina del compartimento de Buck.

Él abrió los ojos cuando ella entró. Detrás de los cristales gruesos de sus anteojos, sus ojos eran opacos.

—Hola. —Como si Buck la hubiera saludado con un guiño y un movimiento de la mano, Tate se le acercó y lo besó en la mejilla. —Supe que dentro de uno o dos días te mudarán a una habitación común y corriente. Una con televisor y enfermeras más bonitas.

—Eso dijeron. —En su rostro apareció una mueca frente al dolor que sintió en su pierna fantasma. —Pensé que tú y el muchacho se habían vuelto al barco.

—No. Matthew está afuera. ¿Quieres que lo llame?

Buck negó con la cabeza y comenzó a plegar la sábana con los dedos.

—Ray estuvo aquí hace un rato.

—Sí, lo sé.

—Dijo que cuando me den de alta aquí debo ir a ver a un especialista de Chicago.

—Sí. Se supone que es un profesional excelente.

—No tanto como para devolverme la pierna.

—Te darán una incluso mejor. —Tate sabía que su voz era exageradamente animada, pero no podía controlarla. —¿Viste alguna vez ese programa, Buck? ¿El del hombre biónico? A mí me encantaba cuando era chica. Y ahora tú serás el "Buck biónico".

—Sí, claro, ése seré yo: el Buck biónico, el rey de los lisiados.

—No me quedaré si sigues hablando así.

Él se encogió de hombros. Estaba demasiado cansado para discutir. Casi demasiado cansado para sentir compasión de sí mismo.

—Sería mejor que no te quedaras. Deberías volver al barco. Apoderarte de ese botín antes de que alguien más lo haga.

—No te preocupes por eso. Tenemos todo registrado a nuestro nombre.

—Tú no sabes nada —saltó Buck—. Ése es el problema con los aficionados. A esta altura ya se debe de haber corrido la voz, en especial después de esto. Los ataques de tiburones siempre son noticia, sobre todo en aguas turísticas. Ellos vendrán. —Sus dedos comenzaron a tamborilear sobre el colchón. —Supongo que habrás puesto a buen recaudo lo que conseguimos, ¿no? En algún lugar agradable y seguro.

—Yo... —Hacía dos días que no pensaba en el tesoro. Y dudaba que lo hubieran hecho los demás. —Por supuesto. —Tuvo que tragar esa mentira. —Por supuesto, Buck, no te preocupes.

—Tienen que bajar y subir rápido el resto. ¿Se lo dije a Ray? —Sus ojos se cerraron un poco y él se obligó a abrirlos bien de nuevo. —¿Se lo dije? Esta maldita medicación me embota. Tengo que levantarme. Todo ese oro. Es como la sangre para los tiburones. —Se echó a reír mientras su cabeza se apoyaba de nuevo sobre la almohada. —Como la sangre para los tiburones. ¿No te gusta la comparación? Encontramos el tesoro. Sólo me costó la maldita pierna. Súbanlo y enciérrenlo, muchacha. Haz eso.

—De acuerdo, Buck —respondió ella y le acarició la frente—. Yo me ocuparé de eso. Ahora descansa.

—Pero no bajes sola.

—No, por supuesto que no —murmuró y le sacó los anteojos.

—La Maldición de Angelique. Ella no quiere que nadie gane. Ten cuidado.

—Lo tendré. Tú descansa.

Cuando estuvo segura de que Buck se había quedado dormido, ella salió en silencio. Matthew ya no estaba en el banco ni en el pasillo. Al consultar su reloj comprobó que sus padres llegarían dentro de menos de una hora.

Tate vaciló un momento y después se encaminó con decisión a los ascensores. Ella misma se ocuparía de todo.

Se sintió bien tan pronto estuvo a bordo del *Adventure*. Alguien —imaginó que su madre— había lavado las cubiertas. No había rastros de sangre y los equipos estaban de nuevo prolijamente guardados.

En lugar de tratar de recordar qué habían dejado en el barco antes del accidente de Buck, ella fue a la caseta sobre cubierta en busca de su cuaderno.

En cuanto lo hizo, supo que algo estaba mal.

Todo se veía muy prolijo: los almohadones habían sido sacudidos, la mesa relucía, la cocina estaba impecable. Pero su cuaderno no estaba sobre la mesa. Tampoco estaban allí los objetos recuperados del naufragio, ni sobre el mostrador, para ser limpiados y catalogados.

Cuando el primer estremecimiento de alarma pasó, Tate se dijo que lo más probable era que sus padres hubieran hecho lo que ella había ido a hacer. Reunieron el botín y se lo llevaron al hotel. O al *Sea Devil*.

Decidió que el barco era el lugar más lógico. Sin duda lo habían guardado todo junto, ¿no?

Miró hacia la costa y se preguntó si debería ir allá a reunirse con ellos. Pero allí, a solas, la urgencia de Buck comenzó a hacer presa de ella. Iría al *Sea Devil* y lo verificaría. Era un trayecto corto que podía hacer sola con tranquilidad.

Más calma ahora que tenía una meta, subió al puente y levó ancla. Una hora, pensó. Una hora para la ida y la vuelta. Entonces podría tranquilizar a Buck de que todo estaba bien.

Al salir a mar abierto su tensión desapareció. La vida parecía siempre tan simple con una cubierta debajo de los pies. Sobre su cabeza, las gaviotas sobrevolaban y descendían en picada y el mar azul la llamaba. Con el viento en la cara y el timón en sus manos, Tate se preguntó si ese mundo le habría parecido así de fascinante si hubiera tenido otros padres. ¿Sentiría la misma atracción si la hubieran criado en forma convencional, sin historias de mar y de tesoros como cuentos para la hora de dormir.

En ese momento, con el mar brillando alrededor de ella, tuvo la certeza de que la respuesta era afirmativa. El destino, pensó, era un maestro paciente. Esperaba.

Supuso que ella había encontrado el suyo más temprano que otras personas. Ya le parecía ver su vida futura junto a Matthew. Juntos navegarían por el mundo y descubrirían los secretos escondidos en la bóveda del mar. Socios, pensó, en todos sentidos.

Con el tiempo, él aprendería que el valor de lo que hicieran iría mucho más allá del resplandor del oro. Construirían un museo y les transmitirían a cientos de personas la emoción y el pulso de la historia.

Un día tendrían hijos, formarían una familia, y ella escribiría un libro sobre las aventuras de esa familia. Matthew terminaría de entender que no había nada que no pudieran hacer, nada que no pudieran ser el uno con el otro.

Como el destino, Tate sería paciente.

Soñaba despierta con una sonrisa cuando vio el *Sea Devil*. La sonrisa se trocó en sorpresa. Anclado a babor había un reluciente yate blanco.

Era hermosísimo, treinta metros de eslora, elegancia y brillo. Vio que había gente en cubierta. Un hombre de uniforme llevaba una bandeja con copas, una mujer tomaba perezosamente sol, al parecer desnuda, y un marinero lustraba los bronces en la cubierta de proa. Los vidrios de la caseta sobre cubierta y el puente reflejaban el sol.

En otras circunstancias, Tate habría admirado sus hermosas línea, algo femeninas, sus toldos y marquesinas de loneta a rayas de colores vivos, pero ya había notado la reveladora mancha oscura que había en la superficie del agua.

Allá abajo, alguien manejaba un tubo de succión.

Temblando de furia, Tate apagó el motor y maniobró el *Adventure* hacia el lado de estribor del *Sea Devil*. Con rapidez y eficiencia, soltó el ancla.

Ahora alcanzaba a percibir ese inconfundible olor a huevo podrido que era perfume para los cazadores de tesoros. Los gases que despide un barco hundido. Sin vacilar, salió a toda velocidad del puente. Tomándose apenas tiempo para sacarse las zapatillas, se zambulló al agua y nadó hacia el *Sea Devil*.

Se sacó el pelo mojado de los ojos y se izó a cubierta. Las telas enceradas que ella y Matthew habían usado para cubrir el botín del *Santa Margarita* estaban en su lugar. Pero bastó una rápida mirada para ver que faltaba mucho de lo que ellos habían recuperado.

Lo mismo ocurría en la cabina. La cruz de esmeralda, el balde que había estado lleno de monedas de plata, los objetos de frágil porcelana, los de peltre que ella y su madre había limpiado con esmero. Todos habían desaparecido. Con los dientes apretados, miró en dirección al yate.

Furiosa, volvió a zambullirse en el agua. Temblaba de ira cuando subió por la escalerilla a la cubierta de caoba lustrada del yate.

Una rubia, con anteojos oscuros, auriculares y la parte de abajo de un bikini de tirillas, estaba tendida sobre una reposera con almohadones.

Tate marchó hacia ella y le tocó el hombro.

—¿Quién está a cargo aquí?

—¿*Que'est-que c'est?* —Después de un gran bostezo, la rubia se bajó los enormes anteojos y observó a Tate con sus ojos azules y cansados. —¿*Qui le diable es-tu?*

—¿Quien demonios es usted? —le retrucó Tate en perfecto francés—. ¿Y qué demonios está haciendo con mi barco hundido?

La rubia movió un hombro encremado y se quitó los auriculares.

—Norteamericana —decidió en un inglés deficiente e irritado—. Ustedes los norteamericanos son tan aburridos. *Allez*. Váyase. Me está mojando.

—Dentro de un minuto haré algo más que mojarla, Fifí.

—Yvette. —Con una sonrisa felina divertida, tomó un cigarrillo marrón y largo del paquete que tenía junto al codo y lo prendió con un encendedor de oro. —Ah, cuánto bochinche. —Se desperezó, y el movimiento fue tan felino como su sonrisa. —Todo el día y mitad de la noche.

Tate apretó los dientes. El ruido del que Yvette se quejaba era el del compresor que operaba el tubo de succión.

—Nosotros tenemos registrados los derechos sobre el *Santa Margarita* y ustedes no tienen ningún derecho de trabajar en ese barco.

—¿Margarita? ¿*Cést qui, cette* Margarita? —preguntó mientras soplaba una fragante nube de humo—. Yo soy la única mujer aquí. —Levantó una ceja y observó a Tate de la cabeza a los pies. —La única —repitió—. Su mirada se enfocó más allá de Tate. —*Mon cher*, tenemos compañía.

—Eso veo.

Tate giró la cabeza y vio a un hombre delgado de camisa y pantalones bien planchados y corbata a rayas color pastel anudada al cuello. Usaba un sombrero panamá inclinado sobre su pelo color peltre. El sol se reflejaba en su piel bronceada en la muñeca y el cuello. Su cara, tersa como la de un chiquillo, rebosaba de salud y buen ánimo. Era muy bien parecido, con una nariz larga y fina, cejas entrecanas arqueadas y boca curva. Sus ojos, de un color azul translúcido, exhibían un profundo interés.

La primera impresión que recibió Tate fue de que se trataba de una persona educada y de mucho dinero. Él sonrió y le tendió la mano con tanto encanto que ella casi se la tomó antes de recordar por qué se encontraba allí.

—¿Éste es su barco?

—Sí, desde luego. Bienvenida a bordo del *Triumphant*. No es frecuente que recibamos la visita de ninfas acuáticas. André —llamó con voz educada y acento vagamente europeo—. Trae una toalla para la dama. Está empapada.

—Yo no quiero una maldita toalla. Lo que quiero es que saque a sus buzos de aquí. Éste es mi barco hundido.

—¿En serio? Qué extraño. ¿No quiere sentarse, señorita....?

—No, no quiero sentarme, pirata ladrón.

Él parpadeó, pero sin dejar de sonreír.

—Tengo la impresión de que me ha confundido con otra persona. Estoy seguro de que podremos aclarar este pequeño malentendido de manera civilizada. Ah —tomó la toalla de un camarero de uniforme—. Necesitamos champaña, André. Y tres copas.

—Le prevengo que no me mostraré nada civilizada si no apaga ese compresor —le advirtió Tate.

—Sí, es verdad, dificulta bastante la conversación. —Le hizo una señal al camarero y después se sentó. —Por favor, tome asiento.

Cuánto más le hablaba él con esa voz agradable y serena, y le dedicaba esa sonrisa fácil y encantadora, más se sentía Tate como una tonta rematada. Para calmar su indignación, se sentó muy tiesa en una silla de cubierta. Decidió mostrarse fría, lógica y tan cortés como él.

—Usted ha tomado propiedad de mis barcos —comenzó a decir Tate.

Él enarcó una ceja y giró la cabeza para poder observar el *Sea Devil*.

—¿Esa cosa lamentable es suya?

—Pertenece a mis padres —murmuró Tate. Al lado del *Triumphant*, el *Sea Devil* parecía un lanchón de basura de segunda mano. —Una cantidad de objetos faltan del *Sea Devil* y del *Adventure*. Y...

—Mi querida muchacha. —Él entrelazó las manos y esgrimió una sonrisa benigna. En su dedo meñique brilló un diamante del tamaño de una ficha de Scrabble. —¿Tengo el aspecto de ser una persona que necesita robar?

Tate no dijo nada cuando el camarero descorchó una botella de champaña con un "plop" ruidoso. Su voz era tan afilada como la brisa.

—No todos los que roban lo hacen porque lo necesitan. Algunas personas sencillamente lo disfrutan.

Ahora los ojos de él expresaron gozo.

—Astuta, además de atractiva. Son atributos nada frecuentes en alguien tan joven.

Yvette murmuró algo poco halagüeño en francés, pero él sólo rió por lo bajo y la palmeó la cabeza.

—*Ma belle*, cúbrete. Haces sentir incómoda a nuestra invitada.

Mientras Yvette se enfurruñaba y se ponía una tira de tela color eléctrico sobre sus magníficos pechos, él le ofreció a Tate una copa de champaña. Ella ya la tenía en la mano antes de caer en la cuenta de que había sido maniobrada.

—Escuche...

—Lo haré con todo gusto —dijo él. Suspiró cuando el compresor se detuvo. —Ah, así está mejor. Ahora bien, ¿usted decía algo de que le faltaban cosas de su propiedad?

—Usted lo sabe de sobra. Objetos recuperados del *Santa Margarita*. Hace semanas que estamos excavando. Ya registramos nuestros derechos sobre el naufragio.

Él le escrutó el rostro con evidente interés. Siempre le resultaba placentero ver a una joven tan animada e intrépida, en especial cuando él ya había ganado la partida. Sintió lástima por quienes no apreciaban el verdadero desafío de un asunto de negocios y el verdadero triunfo de ganar.

—Me parece que existe cierta confusión en ese tema. Me refiero a los derechos. —Apretó los labios y después probó la champaña. —Aquí estamos en aguas libres. El gobierno con frecuencia disputa estas cosas, que es la razón por la que hace varios meses me puse en contacto con las autoridades para informarles de mis planes de excavar aquí. —Bebió otro sorbo. —Es lamentable que usted no haya sido informada. Desde luego, cuando llegué me di cuenta de que alguien había estado metiendo mano. Pero, bueno, no había nadie aquí.

"Varios meses atrás, un cuerno", pensó Tate, pero se obligó a hablar con calma.

—Tuvimos un accidente. Un integrante de nuestro equipo está en el hospital.

—Qué pena. Bucear a la caza de tesoros puede ser una actividad peligrosa. Ha sido un *hobby* mío desde hace años. Y confieso que, en líneas generales, he tenido bastante suerte.

—El *Sea Devil* quedó aquí —continuó Tate—. Nuestros marcadores quedaron aquí. Las reglas de la recuperación de restos de un naufragio...

—Estoy dispuesto a pasar por alto esa incorrección.

Ella quedó boquiabierta.

—¿Usted está dispuesto? —Al demonio con la calma. —Usted viola nuestros derechos, roba objetos y registros de nuestros barcos...

—No sé nada de las cosas que usted asegura que le faltan —la interrumpió él. Su voz se hizo más firme, como lo haría con un subalterno difícil. —Le sugiero que a ese respecto se ponga en contacto con las autoridades de Saint Kitts o de Nevis.

—Puede estar seguro de que lo haré.

—Me parece bien. —Sacó la botella de champaña del balde de plata y vertió más en su copa y en la de Yvette. —¿Desea un poco más de Taittinger?

Tate golpeó su copa sobre la mesa.

—Le juro que no se saldrá con la suya. Nosotros encontramos el *Margarita* y trabajamos en ese barco. Uno de nuestro equipo casi pierde la vida. Usted no se irá con lo que es nuestro.

—La propiedad en asuntos como éste es algo bastante controvertido y confuso. —Hizo una pausa para estudiar el contenido de su copa. Y, por supuesto, de eso se trataba la vida: de la propiedad. —Desde luego que puede disputarnos esa propiedad, pero me temo que la decepcionará el resultado. Tengo fama de ganar siempre. —Le dedicó una gran sonrisa y acarició con un dedo el brazo de Yvette. —Ahora —dijo y se puso de pie—, creo que le gustará una recorrida por mi barco. Estoy muy orgulloso del *Triumphant*. Tiene características muy especiales.

—Me importa un carajo si tiene el gratil de oro sólido. —Su propio control la sorprendió cuando se puso de pie y lo miró fijo. —Los barcos elegantes y la distinción europea no niegan la piratería.

—Señor. —El camarero carraspeó. —Lo necesitan en proa.

—Iré dentro de un momento, André.

—Sí, señor VanDyke.

—VanDyke —repitió Tate, y se le apretó el estómago—. Silas VanDyke.

—Mi reputación me precede. —Parecía complacerlo muchísimo el que ella hubiera oído hablar de él. —Qué descuidado no haberme presentado, señorita...

—Beaumont. Tate Beaumont. Sé quién es usted, señor VanDyke, y sé lo que ha hecho.

—Eso es muy halagador. —Levantó su copa y brindó con ella antes de terminar la champaña. —Pero, bueno, he hecho muchas cosas en la vida.

—Matthew me habló de usted. Matthew Lassiter.

—Ah, sí, Matthew. Estoy seguro de que no habrá hablado de mí en términos muy halagüeños. Y, por lo tanto, sin duda usted sabe que hay una cosa en particular que me interesa.

—La Maldición de Angelique. —Tal vez tenía las palmas de las manos húmedas, pero levantó el mentón. —Puesto que usted ya ha matado por ese collar, robar no debería ser un obstáculo.

—Ah, ya veo que el joven Matthew le ha estado llenando la cabeza de disparates —dijo con tono cordial—. Es comprensible que ese muchacho haya tenido que culpar a alguien por el accidente de su padre, en particular cuando su propia negligencia pudo haber sido la causa.

—Matthew no es negligente —saltó ella.

—Era joven y difícilmente podía culpársele. Yo podría haberle ofrecido ayuda financiera en ese momento, pero lamentablemente me resultó imposible ponerme en contacto con él. —Movió apenas los hombros. —Y, como le dije, señorita Beaumont, la cacería de tesoros es una empresa muy peligrosa. Ocurren accidentes. Sin embargo, hay algo que quiero poner muy en claro. Si el amuleto está en el *Margarita*, entonces me pertenece. Como también lo es cualquier cosa que esté en ese barco. Y le prevengo que yo siempre tomo y atesoro lo que es mío. ¿No es verdad, *ma belle*?

Yvette desplazó una mano por su muslo brillante.

—Sí, es verdad.

—Usted no lo tiene todavía, ¿no? —Tate se acercó a la barandilla.

—Ya veremos de quién son los derechos del *Santa Margarita*.

—Desde luego que sí. —VanDyke hizo girar la copa vacía en sus manos. —Ah, señorita Beaumont, no olvide darles saludos míos a los Lassiter, y también mi pesar por el accidente.

Cuando se zambulló, Tate lo oyó reír entre dientes.

—Silas. —Yvette encendió otro cigarrillo y se recostó en la reposera. —¿De qué hablaba esa irritante norteamericana?

—¿Te resultó irritante? —Con una sonrisa complacida, Silas observó a Tate nadar de regreso al *Adventure*. —A mí no me lo pareció. Te diría que la encontré fascinante: joven, tontamente temeraria y dulcemente ingenua. En los círculos en que me muevo, rara vez me topo con esas cualidades.

Enfurruñada, Yvette soltó una bocanada de humo.

—De modo que ella te parece atractiva con ese cuerpo esquelético y ese pelo como el de un muchacho.

Porque estaba de buen talante, VanDyke se sentó en el borde de la reposera y se dispuso a aplacarla.

—Bueno, es poco más que una criatura. Las que realmente me interesan son las mujeres hechas y derechas. —Apoyó sus labios contra los de Yvette. —Tú me fascinas —murmuró—. Por eso estás aquí, *ma chère amie*.

Y seguiría estando, pensó mientras rodeaba con la mano uno de sus pechos perfectos. Hasta que esa mujer empezara a aburrirlo.

Después de tranquilizar a Yvette, VanDyke se puso de pie. Con una sonrisa, observó a Tate pilotear el *Adventure* hacia St.Kitts.

La juventud tiene algo especial, pensó. Era algo que todo su dinero y su habilidad para los negocios no podía comprar. Tuvo la sensación de que le llevaría mucho, muchísimo tiempo a Tate Beaumont convertirse en una persona tediosa.

Caminó por cubierta con una sonrisa en los labios. Allí, sus buzos habían diseminado sobre una tela encerada el último botín izado de las profundidades. Su corazón comenzó a cantar. Lo que allí estaba, corroído, calcificado o reluciente, era suyo. Éxito. Ganancias para invertir. El hecho de que hubiera pertenecido a los Lassiter sólo le agregaba emoción a la aventura.

Nadie habló cuando VanDyke se arrodilló y comenzó a revisar el botín con sus dedos enjoyados y manicurados. Le resultaba más que satisfactorio saber que él había subido el tesoro mientras el hermano de James Lassiter luchaba por su vida.

No hacía más que confirmar la leyenda, ¿verdad?, pensó mientras tomaba una moneda y la hacía girar en la mano. La Maldición de Angelique los iría abatiendo a todos los que buscaran el amuleto. A todos, salvo a él.

Porque él había estado dispuesto a aguardar, a esperar su oportunidad, a echar mano de sus recursos. Una y otra vez, su sentido de los negocios le dijo que lo olvidara, que recortara sus gastos que, hasta la fecha, habían sido considerables. Sin embargo, el amuleto siguió estando siempre en el fondo de su mente.

Si no lo encontraba, si no lo poseía, habría fracasado. Y el fracaso era inaceptable. Incluso en un *hobby*. Podía justificar el tiempo y el dinero. Tenía más que suficiente de las dos cosas. Y no olvidaba que James Lassiter se había reído de él, había tratado de burlarlo en un trato.

Si la Maldición de Angelique lo acosaba, había razones para ello. Ese amuleto le pertenecía.

Miró hacia arriba. Sus buzos aguardaban. La tripulación observaba en silencio, todos listos para obedecer cualquier orden suya. Esas cosas, pensó VanDyke con satisfacción, sí podían comprarse con dinero.

—Continúen con la excavación. —se puso de pie y se pasó la mano por las rodilleras de sus pantalones impecablemente planchados—. Quiero guardias armados, cinco en cubierta, cinco en el lugar del naufragio. Manejen en forma discreta pero firme cualquier interferencia. —Satisfecho, miró hacia el mar. —Si la muchacha llegara a volver, no la lastimen. Ella me interesa. Piper. —Con un movimiento del dedo le hizo señas a su arqueólogo marino.

VanDyke transpuso las puertas dobles que daban a su oficina, con Piper pegado a sus talones como un fiel lebrel.

Como el resto del yate, la oficina flotante de VanDyke era elegante y funcional. La paredes estaban cubiertas con paneles de madera de palo de rosa lustrada, el piso brillaba con su lustre de cera caliente. El escritorio, amurado con firmeza al piso, era una antigüedad del siglo XIX que alguna vez perteneció al hogar de un lord británico.

Más que un decorado típicamente marino, él prefería el ambiente de una casa solariega, completa, con una tela de Gainsborough y pesados cortinados de brocado. Debido al clima tropical, la pequeña chimenea de mármol contenía una planta bromeliácea en lugar de leños encendidos. Las sillas tenían un tapizado de cuero en tonalidades borravino y verde. El lugar estaba decorado con antigüedades y objetos valiosos dispuestos con un buen gusto que rozaba apenas la opulencia.

Además, la oficina tenía equipos electrónicos de última generación.

Nada acostumbrado a huir del trabajo, VanDyke tenía el escritorio repleto de cartas de navegación, registros y copias de documentos y de manifiestos que lo guiaban en su búsqueda del tesoro. Fueran negocios o un hobby, el conocimiento representaba control.

VanDyke se sentó detrás de su escritorio y aguardó unos segundos. Piper no tomaría asiento hasta que se lo dijera. Dispuesto a ser benigno. VanDyke le indicó una silla.

—¿Ya transfirió al disco los cuadernos que le di?

—Sí, señor. —Los anteojos de cristales gruesos de Piper aumentaban la expresión de lealtad de sus ojos marrones. Tenía una inteligencia brillante que VanDyke respetaba. Y una adicción a la cocaína y al juego que VanDyke detestaba y aprovechaba.

—¿No encontraste ninguna mención del amuleto?

—No, señor. —Piper entrelazó sus siempre nerviosas manos y las separó. —Quienquiera haya estado a cargo de la preparación del catálogo hizo un trabajo de primera. Todo, hasta el último clavo, está registrado con su fecha correspondiente. Las fotografías son excelentes, y las notas y bosquejos que detallan el trabajo son claros y concisos.

O sea que no habían encontrado el amuleto. Él lo supo siempre, en el corazón, en las entrañas. Pero prefería los detalles tangibles.

—Algo es algo. Guarda lo que nos puede resultar útil y destruye el resto. Mañana a las diez de la mañana quiero tener un informe detallado de todo lo que se rescató hoy. Me doy cuenta de que eso te mantendrá ocupado casi toda la noche. —Abrió con llave un cajón y sacó un pequeño envase con polvo blanco. La expresión de desesperada gratitud que apareció en el rostro de Piper logró borrar el asco que eso le producía. —Utiliza esto con prudencia, Piper, y en privado.

—Sí, señor VanDyke. —El frasco desapareció en el bolsillo de Piper. —Lo tendrá todo por la mañana.

—Sé que puedo contar contigo, Piper. Eso es todo por ahora.

Una vez a solas, VanDyke se echó hacia atrás en su asiento. Sus ojos observaron los papeles que había sobre su escritorio mientras él suspiraba. Era posible que los Lassiter sencillamente hubieran encontrado un barco hundido que no tenía nada que ver con el amuleto. Años de dedicarse a ese hobby y de búsqueda le habían permitido apreciar en su justa medida un golpe de suerte.

Si ése era el caso, pues él se apoderaría de lo que ellos habían encontrado y lo sumaría a su propia fortuna.

Pero si el amuleto estaba en el *Santa Margarita,* muy pronto sería suyo. Excavaría cada centímetro de ese naufragio y del sector adyacente del mar hasta estar seguro.

James había descubierto algo, pensó. Algo que no había querido compartir. Y, Dios, cómo seguía molestándolo. Después de todo ese tiempo, la búsqueda alrededor de Australia y Nueva Zelanda se había enfriado. Faltaba un trozo de investigación. VanDyke estaba seguro de ello.

James sabía algo, pero ¿tuvo tiempo o deseos de compartir ese algo con el tonto de su hermano o con el hijo que dejó atrás?

Tal vez no. Quizá había muerto llevándose ese secreto. Detestaba no estar seguro de ello, detestaba saber que era posible que hubiera calculado mal. La furia que le provocaba, la leve posibilidad de que se hubiera equivocado hizo que VanDyke apretara los puños.

Sus ojos se oscurecieron por la furia, su boca se afinó y tembló mientras él luchaba contra la cólera que lo embargaba como un hombre lucha contra una bestia salvaje que se le echa al cuello. Reconoció las señales: los latidos desesperados, la forma en que la sangre le pulsaba en la cabeza, detrás de los ojos, el rugido en sus oídos.

Esos ataques de violencia eran ahora mucho más frecuentes, como le pasaba cuando era chico y le negaban algún deseo.

Pero eso fue antes de que aprendiera a usar su fuerza de voluntad, antes de que hubiera controlado su poder para manipular y ganar. Esas oleadas de furia ciega lo acosaban, lo hacían gritar, romper algo. Lo que fuera. Oh, cómo odiaba verse frustrado, cómo detestaba perder el control de las cosas.

Igual, se ordenó no ceder a sentimientos débiles e inútiles. En todas las circunstancias permanecería en control, se mantendría calmo y racional. Perder el control de las emociones convertía a un hombre en vulnerable, lo hacía cometer errores tontos. Era vital que lo recordara.

Y que recordara también cómo su madre había perdido esa batalla y había pasado sus últimos años babeándose sobre sus blusas de seda en una habitación cerrada con llave.

Su cuerpo se estremeció con el esfuerzo final por luchar contra la furia. Respiró hondo, se enderezó la corbata, se masajeó las manos tensas.

Era posible, pensó ahora con total serenidad, que se hubiera mostrado un poco impaciente con James Lassiter. Era una equivocación que no cometería con los otros. Los años de búsqueda lo habían hecho más fuerte, le habían conferido sabiduría y conocimiento. Lo hicieron más consciente del valor del premio, del poder de poseerlo.

Lo estaba esperando tanto como él lo esperaba, se recordó, y vio que sus manos volvían a estar firmes. Ni él ni la Maldición de Angelique tolerarían ningún intruso. Pero se podía utilizar a esos intrusos antes de descartarlos.

El tiempo lo diría, pensó VanDyke y cerró los ojos. No había ningún mar, ningún océano, ningún estanque que los Lassiter pudieran navegar sin que él lo supiera.

Y, un día, ellos lo conducirían a la Maldición de Angelique y a la única fortuna que seguía eludiéndolo.

# CAPÍTULO NUEVE

Casi sin aliento y pálida por la furia, Tate entró deprisa en el hospital. Vio a sus padres y a Matthew en el otro extremo del pasillo y poco faltó para que los llamara a gritos. Enfiló hacia ellos con un paso tan vivo que hizo que su madre girara la cabeza y se quedara mirándola.

—Tate, por el amor de Dios, parece que hubieras estado nadando vestida.

—Y así es. Tenemos problemas. Allá había un barco. Están excavando. Yo no pude hacer nada para impedírselos.

—Cálmate —le ordenó Ray y la puso las dos manos sobre los hombros—. ¿Dónde has estado?

—Fui al lugar del naufragio. Hay un barco allí, un barco inmenso y de lujo, con equipo de excavación completo y de avanzada. Están trabajando en el *Margarita*. Vi la nube de arena del tubo de succión. —Calló un segundo para recuperar el aliento. —Tenemos que ir allá. Han estado a bordo del *Adventure* y del *Sea Devil*. Mis catálogos han desaparecido, lo mismo que una gran parte de los objetos recuperados. Sé que él se los llevó. Aunque lo niegue, yo lo sé.

—¿Quién?

Tate pasó la vista de su padre a Matthew.

—VanDyke. Es Silas VanDyke.

Antes de que ella tuviera tiempo de decir nada más, Matthew la aferró de un brazo y la hizo girar hasta que Tate quedó frente a él.

—¿Cómo lo sabes?

—Su camarero lo llamó por su nombre. —El miedo que había experimentado a bordo del *Triumphant* no era nada comparado con ver el asesinato en los ojos del hombre que amaba. —Él te conocía. Sabía lo que le había pasado a Buck. Dijo... Matthew. —La alarma tembló en su voz mientras caminaba por el hall. —Espera. —Logró aferrarlo y prepararse para lo que vendría. —¿Qué vas a hacer?

—Lo que debería haber hecho hace mucho tiempo. —Su mirada era helada y amenazadora. —Lo voy a matar.

109

—Contrólate. —Aunque la voz de Ray era serena, tenía aferrado a Matthew con sorprendente fuerza. Tate reconoció el tono y respiró, aliviada. Cuando su padre estaba de ese estado de ánimo, era poco lo que lo detenía. Ni siquiera una furia asesina. —Debemos ser cuidadosos y sensatos —continuó—. Es mucho lo que está en juego.

—Esta vez, ese hijo de puta no se va a salir con la suya.

—Nosotros iremos allá. Marla, tú y Tate esperen aquí. Matthew y yo pondremos las cosas en claro.

—No pienso esperar aquí.

—Ninguna de las dos quiere esperar aquí. —Marla se puso de parte de su hija. —Ésta es una operación en equipo, Ray. Si uno va, todos vamos.

—No tengo tiempo para debates familiares —dijo Matthew y liberó el brazo. —Me voy ahora. Usted puede quedarse aquí y tratar de controlar a sus mujeres.

—Pedazo de ignorante...

—Tate. —Marla respiró hondo y trató de reprimir su indignación—. Tomemos en cuenta las circunstancias. —Le lanzó a Matthew una mirada capaz de derretir el acero. Cuando volvió a hablar, la dulzura sureña de su voz era helada. —Tienes razón en una cosa, Matthew: estamos perdiendo tiempo. —Con esto, se dirigió al ascensor y apretó el botón de bajada.

—Idiota —fue todo lo que dijo Tate.

Cuando estuvieron a bordo del *Adventure*, Tate se reunió con su madre junto a la barandilla. Ray y Matthew se encontraban en el puente, piloteando el barco y, supuso ella, discutiendo estrategias. La sola idea le hizo hervir la sangre.

Más asustada de lo que quería reconocer, Marla le preguntó a su hija:

—¿Qué impresión te produjo ese hombre? ¿Ese tal VanDyke?

—Que es muy astuto y embaucador. —Fue lo primero que se le ocurrió contestar a Tate. —Con una capa bien desagradable debajo de ese lustre educado. Y también muy inteligente. Él sabía que no había nada que yo pudiera hacer, y lo disfrutaba.

—¿Te dio miedo?

—Me ofreció champaña y una recorrida por el barco. Se mostró muy afable. Y sensato, casi demasiado sensato. —Tate flexionó la mano sobre la barandilla. —Sí, me asustó. Me lo imaginé como un emperador romano que mordisquea uvas azucaradas mientras los leones destrozan a los cristianos. Él sí que disfrutaría de ese espectáculo.

Marla reprimió un estremecimiento. Se recordó que su hija estaba intacta y a salvo allí. Pero igual mantuvo una mano sobre la de Tate, nada más que para tranquilizarse.

—¿Crees que él mató al padre de Matthew?

—Matthew lo cree. Allí. —Levantó una mano para señalar algo. —Allí está el barco.

Desde el puente, Matthew estudió el *Triumphant*. Notó que era un barco nuevo, más lujoso que el que habían usado en Australia. Por lo que alcanzaba a ver, las cubiertas se encontraban desiertas.

—Yo voy para allá, Ray.

—Hagamos esto de a un paso por vez.

—VanDyke ya ha dado demasiados pasos.

—Nosotros los saludaremos primero. —Ray maniobró el barco entre el *Triumphant* y el *Sea Devil* y paró los motores.

—Ocúpate de que las mujeres se metan en los camarotes y mantén-las allí. —Matthew tomó un cuchillo de buzo.

—¿Qué te propones hacer? —preguntó Ray—. ¿Sostener el cuchillo entre los dientes y caer sobre cubierta tomado de una soga? Usa tu cabeza. —Con la esperanza de que ese tono de censura tuviera efecto, abandonó el puente. Una vez en cubierta, miró a su esposa y a su hija antes de acercarse a la barandilla.

—¡Eh, del *Triumphant*! —gritó.

—En el barco había una mujer —le informó Tate—. Y tripulación: marineros y camareros. Y buzos.

Ahora, el *Triumphant* parecía un barco fantasma, silencioso salvo por el aleteo de los toldos y los golpes del agua contra su casco.

—Yo voy para allá —volvió a decir Matthew. Cuando se disponía a zambullirse en el agua, VanDyke salió a cubierta.

—Buenas tardes. —Su hermosa voz se transmitió por encima del agua. —Qué día tan maravilloso para salir a navegar, ¿no?

—Silas VanDyke.

Como en una pose, VanDyke se recostó contra la barandilla, un tobillo sobre el otro, los brazos cruzados.

—Sí, desde luego. ¿Qué puedo hacer por usted?

—Soy Raymond Beaumont.

—Ah, por supuesto. —En un gesto galante, se tocó el ala de su sombre-ro panamá. —Ya conocí a su encantadora hija. Qué gusto verla de nuevo, Tate. Y usted debe de ser la señora Beaumont. —Se inclinó apenas hacia Marla. —Ya entiendo de dónde saca Tate su belleza fresca y seductora. Y tú eres el joven Matthew Lassiter, ¿verdad? Qué interesante encontrarte aquí.

—Sabía que eras un asesino, VanDyke —le gritó Matthew—. Pero no que te habías dedicado a la piratería.

—Por lo visto no has cambiado nada —dijo VanDyke y mostró los dientes—. Me alegra. Sería una pena que hubieras pulido todas tus face-tas toscas. Los invitaría a todos a bordo, pero en este momento estamos bastante ocupados. Tal vez podamos arreglar una cena para más adelante en la semana.

Antes de que Matthew pudiera hablar, Ray le clavó una mano en el brazo.

—Nosotros tenemos prioridad sobre los derechos del *Santa Margarita*. Nosotros descubrimos ese barco y hemos estado trabajando en él durante varias semanas. La documentación pertinente fue presentada al gobierno de Saint Kitts.

—Me temo que discrepamos. —Silas extrajo un pequeño estuche de plata del bolsillo y eligió un cigarrillo. —Les aconsejo que lo verifiquen con las autoridades si lo consideran necesario. Desde luego, estamos más allá del límite legal. Y, cuando yo llegué, no había nadie aquí. Sólo ese lamentable barco, vacío.

—Mi socio sufrió una herida grave hace algunos días. Tuvimos que postergar la excavación.

—Ah. —VanDyke encendió su cigarrillo y le dio una pitada. —Supe del accidente del pobre Buck. Qué penoso para él y para todos ustedes. Mis condolencias. Sin embargo, subsiste el hecho de que yo estoy aquí y ustedes, no.

—Usted tomó de nuestros barcos cosas que eran propiedad nuestra —gritó Tate.

—Ésa es una acusación ridícula que le costará mucho probar. Desde luego, pueden intentarlo. —Hizo una pausa para observar a un par de pelícanos que volaban cerca. —La búsqueda de tesoros es una actividad algo frustrante, ¿no? —dijo—. Y con frecuencia angustiante. Te ruego que le envíes mis saludos a tu tío, Matthew. Espero que la mala suerte que parece acosar a tu familia termine en ti.

—Váyase a la mierda. —En el momento en que Matthew saltaba la barandilla, Tate se puso de pie para impedírselo. Él apenas si había logrado sacársela de encima cuando Ray lo tiró hacia atrás.

—Cubierta superior —murmuró—. En proa y popa.

Dos hombres habían aparecido, cada uno con un rifle, y los apuntaban.

—Siempre procuro vigilar mis posesiones —explicó VanDyke—. Un hombre de mi posición aprende que la seguridad no es un mero lujo sino una herramienta comercial vital. Raymond, estoy seguro de que usted es un hombre sensato, lo suficiente como para impedir que el joven Matthew termine herido por defender algunas baratijas. —Satisfecho con el cariz que tomaban las cosas, le dio otra pitada al cigarrillo, en el momento en que los pelícanos se lanzaban al agua entre los dos barcos. —Y me afligiría muchísimo si una bala perdida llegara a herirlo a usted o a alguna de las dos preciosas joyas que tiene al lado. —Su sonrisa se ensanchó. —Matthew debería ser el primero en decirle que los accidentes, los accidentes trágicos, existen en realidad.

Los dedos de Matthew estaban blancos sobre la barandilla. Todo su ser le gritaba que corriera ese riesgo, que se zambullera.

—Hazlas entrar.

—Si él te dispara, ¿qué le ocurrirá a Buck?

Matthew sacudió la cabeza.

—Sólo necesito diez segundos. Diez malditos segundos. —Y pasar el cuchillo por la garganta de VanDyke.

—¿Qué le ocurrirá a Buck? —insistió Ray.

—Quiero creer que no vas a pedirme que deje pasar esto.

—No te lo pido: te lo exijo. —El miedo y la furia ayudaron a Ray a conseguir que Matthew se alejara de la barandilla. —Todo esto no vale tu vida. Y tampoco la vida de mi esposa y de mi hija. Toma el timón, Matthew. Volvemos a Saint Kitts.

La sola idea de emprender la retirada le provocaba náuseas a Matthew. Si hubiera estado solo... Pero no lo estaba. Sin decir nada, giró sobre sus talones y se dirigió al puente de mando.

—Muy sabio de su parte, Raymond —comentó VanDyke con un dejo de admiración en la voz—. Muy sabio. Me temo que Matthew es un chico atolondrado y temerario, no tan maduro y sensato como nosotros dos. Fue un placer conocerlos a todos. Señora Beaumont, Tate. —Volvió a tocarse el ala del sombrero. —Buena navegación.

—Oh, Ray. —Cuando el barco viró, Marla se dirigió a su marido con piernas temblorosas. —Nos habrían matado.

Sintiéndose solo e impotente, Ray le acarició el pelo y observó que la figura de VanDyke se iba haciendo más pequeña con la distancia.

—Acudiremos a las autoridades —dijo en voz baja.

Tate los dejó y corrió al puente. Allí, Matthew manejaba el timón.

—No había nada que pudiéramos hacer —comenzó a decir ella. Algo en la actitud de Matthew le advirtió que no lo tocara. Cuando él no dijo nada, ella se le acercó, pero mantuvo las manos entrelazadas. —Él les habría ordenado que te dispararan, Matthew. Deseaba hacerlo. Lo denunciaremos tan pronto lleguemos a puerto.

—¿Y qué crees que conseguiremos con eso? —En su voz había algo, además de amargura. Algo que ella no reconoció como vergüenza. —El dinero lo puede todo.

—Pero nosotros recurrimos a los canales adecuados —insistió ella—. Los registros...

Él la interrumpió con una mirada furiosa.

—No seas estúpida. No habrá ningún registro. No habrá nada que él no quiera que haya. Él se adueñará del barco hundido. Lo vaciará, se lo llevará todo. Y yo se lo permití. Yo me quedé allí parado, igual que hace nueve años, y no hice nada.

—No había nada que pudieras hacer. —Sin prestar atención a lo que sus instintos le decían, le apoyó una mano en la espalda. —Matthew...

—Déjame en paz.

—Pero, Matthew...

—Te dije que me dejaras en paz.

Dolida e indefensa, Tate hizo lo que él le pedía.

Esa noche, sentada a solas en su cuarto, Tate pensó que eso era lo que significaba el término neurosis de guerra. El día había sido una serie de experiencias negativas, coronadas por el anuncio de su padre de que

113

no había ninguna prueba que demostrara que ellos habían registrado sus derechos sobre ese barco hundido. Nada de la documentación que con tanto cuidado habían preparado existía, y hasta el empleado con el que Ray había trabajado en forma personal negó haberlo visto antes.

Ya no cabía ninguna duda de que Silas VanDyke había ganado. Una vez más.

Todo lo que habían hecho, todo el trabajo, el sufrimiento de Buck, había sido inútil. Por primera vez en su vida, Tate se enfrentaba al hecho de que tener razón y hacer lo correcto no siempre importaba.

Pensó en todas las cosas hermosas que había tenido en las manos. La cruz de esmeralda, los objetos de porcelana, los trozos de historia que ella había recogido de su manto de arena y llevado a la luz.

Nunca volvería a tocarlos, a estudiarlos o a verlos detrás de un vidrio, en un museo. No habría ninguna tarjeta en la que se los describía como parte de la colección Beaumont-Lassiter. Ella no vería el nombre de su padre en el *National Geographic*, y en esas páginas de papel satinado no aparecerían fotos tomadas por ella.

Habían perdido.

Y le dio vergüenza comprender lo mucho que había deseado obtener esos chispazos de gloria. Se había imaginado de vuelta en la universidad, impresionando a sus profesores y obteniendo su título en medio de una ovación triunfal.

O, sencillamente, navegando con Matthew, dejándose llevar por esa victoria y camino a la siguiente.

Ahora, lo único que tenía era un amargo fracaso.

Demasiado inquieta como para quedarse en su cuarto, salió. Decidió que iría a caminar a la playa, trataría de despejarse la cabeza y de planear el futuro.

Y precisamente allí encontró a Matthew, de pie frente al mar. Había elegido el lugar donde los dos habían estado juntos. Donde ella lo había mirado, lo había visto mirarla, y supo que lo amaba.

Se le apretó el corazón de pena al verlo, pero después se serenó. Porque ahora estaba segura de qué debía hacer.

Se le acercó y permaneció de pie junto a él, mientras la brisa la despeinaba.

—Lo siento tanto, Matthew.

—No es nada nuevo. La mala suerte me persigue.

—Esto no tiene nada que ver con la suerte sino con estafa y con robo.

—Siempre tiene que ver con la suerte. Si yo hubiera tenido más suerte, habría conseguido estar a solas con VanDyke.

—¿Y hacer qué? ¿Atacar su barco, abordarlo, luchar a mano limpia con sus hombres armados?

No importaba que las palabras de Tate lo hicieran parecer tonto.

—Habría hecho algo.

—Habrías conseguido que te mataran de un tiro —dijo ella—. Y vaya si eso nos habría servido. Buck te necesita, Matthew. Yo te necesito.

Él se encogió de hombros. Una pobre defensa, pensó. Ser necesitado no le servía.

—Yo me ocuparé de Buck —dijo.

—Nosotros también nos ocuparemos de él. Hay otros barcos hundidos, Matthew. Que esperan. Cuando él esté mejor, los encontraremos. —Como necesitaba transmitirle esperanzas, le tomó las manos. —Buck incluso podrá volver a bucear si lo desea. Hablé con el doctor Farrge. Están haciendo cosas sorprendentes con las prótesis. La semana próxima podemos llevarlo a Chicago. Y, allá, el especialista lo tendrá levantado y andando en poco tiempo.

—Sí, claro. —En cuanto descubriera cómo pagar un viaje a Chicago, un especialista y la terapia.

—Cuando reciba el visto bueno, iremos a algún lugar cálido donde él pueda recuperarse. Eso nos dará tiempo para investigar otro naufragio. El *Isabella*, si sigue siendo lo que él desea. Lo que tú deseas.

—No se puede perder tiempo en investigar naufragios en la universidad.

—No pienso volver a la universidad.

—¡Qué dices!

—Que no pienso volver. —Encantada con su decisión, Tate le echó los brazos al cuello. —No sé por qué pensé que necesitaba estudiar allá. Puedo aprender todo lo que necesito en la práctica. ¿Para qué necesito un título?

—Eso es un disparate, Tate. —Levantó los brazos para tratar de liberarse, pero ella se apretó más contra él.

—No, no lo es. Es algo absolutamente lógico. Me quedaré contigo y con Buck en Chicago hasta que decidamos adónde ir. Y después partiremos. —Le rozó los labios con los suyos. —A cualquier parte. Lo importante es que estemos juntos. ¿No te parece maravilloso, Matthew, navegar adonde queramos, cuando queramos, en el *Sea Devil*?

—Sí. —El hecho de que sí le pareciera maravilloso le aflojó las piernas.

—Mamá y papá se reunirán con nosotros cuando encontremos otro barco hundido. Y te juro que encontraremos uno, mejor incluso que el *Margarita*. VanDyke no nos derrotará, Matthew, a menos que se lo permitamos.

—Ya lo ha hecho.

—No. —Con los ojos cerrados, apoyó una mejilla contra la de Matthew. —Porque nosotros estamos aquí, estamos juntos. Y lo tenemos todo por delante. Él quiere el amuleto, pero no lo tiene. Y yo sé, estoy segura, de que jamás lo tendrá. Lo encontremos o no, Matthew, igual tenemos mucho más de lo que él tendrá nunca.

—Estás soñando.

—¿Qué pasa si es así? —Se apartó un poco y de nuevo sonreía. —¿La caza de tesoros no es precisamente eso? Ahora podemos soñar juntos. No me importa si nunca encontramos otro barco hundido. Que VanDyke se lo lleve todo, hasta el último doblón. Tú eres lo que yo quiero.

Y lo decía en serio. La certeza de que era así lo mareó por el deseo y lo aterró por la culpa. Sólo tenía que chasquear los dedos y Tate dejaría todo lo que tenía y podía tener y se iría con él a cualquier parte.

Y, antes de que pasara mucho tiempo, lo odiaría casi tanto como él se odiaba a sí mismo.

—Me parece que no te importa mucho lo que yo deseo. —Su voz era fría cuando le levantó el mentón y le dio un beso indiferente.

—No entiendo qué quieres decir.

—Escucha, Red, las cosas se fueron al diablo aquí. Yo trabajé mucho y tuve que ver cómo el éxito se me escapaba por los dedos. Eso es tremendo, pero ni siquiera es lo peor. Ahora tengo que cargar con un inválido. ¿Qué te hace pensar que también quiero cargar contigo?

El corte fue tan rápido, tan filoso, que Tate casi no lo sintió.

—No lo dices en serio. Todavía estás trastornado.

—No es sólo que esté trastornado. Si tú y tu familia ejemplar no se hubieran interpuesto en mi camino, yo no estaría ahora aquí con las manos vacías. Ray tuvo que hacer "lo correcto". ¿Cómo demonios crees que VanDyke supo de nosotros?

Tate palideció.

—No puedes culpar a papá.

—No puedo, un cuerno. —Se metió las manos en los bolsillos. —Buck y yo operábamos de otra manera. Pero ustedes tenían el dinero. Y ahora no tenemos nada. Después de todos estos meses de trabajo, lo único que me queda es un tío inválido.

—Qué horrible lo que dices.

—Es la realidad. Yo lo instalaré en alguna parte. Se lo debo. Pero tú y yo, Red, es una cosa diferente. Pasar el rato durante algunas semanas, un poco de diversión para quebrar la monotonía, es una cosa. Y ha sido divertido. Pero que te cuelgues de mí ahora que todo se fue al tacho... bueno, me molesta.

Tate tuvo la sensación de que alguien la había vaciado de un plumazo. Él la miraba con una leve sonrisa en los labios y una expresión divertida en los ojos.

—Tú estás enamorado de mí —insistió ella.

—Vuelves a soñar. Mira, si quieres tejer una pequeña fantasía romántica conmigo en el papel principal, está bien. Pero no esperes que naveguemos juntos hacia el sol poniente.

Matthew decidió que tenía que ser peor. Debía mostrarse todavía peor. Las palabras solamente no la alejarían, no lo salvarían de ella. Aunque su propia conducta lo asqueaba, le apoyó las manos sobre las caderas y la atrajo hacia sí.

—No me importó entrar en tu juego, querida. Demonios, lo disfruté cada minuto. Aunque las cosas hayan salido mal, ¿por qué no tratamos de consolarnos mutuamente y terminamos todo con una verdadera fiesta?

Le partió la boca con la suya, con fuerza. No quería nada suave ni dulce en ese beso. Era voraz, exigente y un poco ruin. Incluso cuando ella comenzó a forcejear, él le deslizó una mano debajo de la blusa y se la cerró alrededor de un pecho.

—No lo hagas. —Esto está mal, pensó ella frenéticamente. No debía ser así. No podía ser así. —Me estás lastimando.

—Vamos, preciosa. —Dios, su piel era como el satén. Deseó acariciarla, saborearla, seducirla. En cambio, la magulló, sabiendo que las marcas que allí dejaría desaparecerían mucho más rápido que las que él se dejaba a sí mismo. —Sabes que ambos lo deseamos.

—No. —Entre sollozos, Tate logró liberarse a fuerza de empujones y arañazos. Como defensa, se cruzó de brazos con fuerza. —No me toques.

—Así que todo era puro bla bla blá, ¿verdad, Tate? —dijo Matthew y se obligó a mirarla a los ojos.

Ella casi no podía verlo por las lágrimas que le brotaban de los ojos.

—Tú no me quieres nada.

—Pero por supuesto que sí. —Suspiró. —¿Qué hace falta para llevarte a la cama? Quieres poesía. Bueno, podría sacar a relucir algún poema. ¿Eres demasiado vergonzosa como para hacerlo aquí, en la playa? No hay problema. Tengo una habitación que tu padre me paga.

—Ninguno de nosotros te importa nada.

—Epa. Yo hice mi parte.

—Yo te amaba. A todos nos importabas.

Ya en tiempo pasado, pensó él. No era tan difícil matar el amor.

—Es claro. La sociedad ya se disolvió. Tú y tus padres vuelven a sus respectivas vidas agradables y prolijas. Yo sigo con la mía. Ahora, ¿quieres o no que nos demos unos revolcones en el colchón, o tengo que buscarme a otra?

Una parte de su ser se preguntaba cómo podía mantenerse allí de pie, seguir hablando, cuando él le había roto el corazón.

—No quiero volverte a ver. Mantente lejos de mí y de mis padres. No quiero que ellos sepan lo hijo de puta que eres.

—Ningún problema. Corre a casa, chiquilla. Yo tengo algunos lugares adonde ir.

Tate se dijo que debería alejarse muy despacio, con la frente bien alta. Pero después de unos pasos echó a correr con el corazón destrozado.

Cuando ella se hubo ido, Matthew se sentó en la arena y apoyó la cabeza en las rodillas. Pensó que había completado el primer acto heroico de su vida al salvar la de Tate.

Y, mientras sentía un dolor acuciante, decidió que no tenía pasta de héroe.

# Capítulo diez

—No puedo imaginar dónde está Matthew —dijo Marla en voz baja mientras se paseaba por el corredor del hospital—. No es propio de él saltearse la visita a Buck. Sobre todo hoy, que lo transfieren a una habitación común.

Tate se encogió de hombros. Descubrió que incluso eso le dolía. Se había pasado toda la noche en vela llorando su corazón destrozado. Pero al final prevaleció su orgullo y ya no quería seguir sufriendo.

—Lo más probable es que haya encontrado una manera más interesante de pasar el día.

—Bueno, no es propio de él. —Marla levantó la vista cuando Ray salió de la habitación de Buck.

—Lo están instalando. —La sonrisa de apoyo no logró borrar la preocupación de los ojos de Ray. —Está un poco cansado y no se siente como para recibir visitas. ¿Matthew no vino todavía?

—No. —Marla observó el pasillo como si pudiera hacer que las puertas del ascensor se abrieran y Matthew saliera. —Ray, ¿le contaste lo de Silas VanDyke y lo del tesoro?

—No tuve el coraje suficiente para decírselo. —Ray se sentó, agotado. Los últimos diez minutos con Buck lo habían destruido. —Creo que recién está asimilando lo de la pierna. Está furioso y amargado. Nada de lo que le dije pareció ayudarlo. ¿Cómo podía decirle que todo aquello por lo que tanto trabajamos había desaparecido?

—Eso puede esperar. —Sabiendo que había poco más que pudieran hacer, Marla se sentó junto a él. —No empieces a culparte, Ray.

—No hago más que repasar mentalmente lo que ocurrió —murmuró él—. En un momento volábamos. Éramos reyes. Midas que convertíamos en oro todo lo que tocábamos. Después, de pronto, horror y miedo. ¿Yo podría haber hecho algo, Marla? ¿Debería haberme movido más rápido? No lo sé. Todo sucedió en una fracción de segundo. La Maldición de Angelique. —Ray levantó las manos y las dejó caer. —Es lo que dice Buck todo el tiempo.

—Fue un accidente —insistió Marla, aunque la recorrió un escalofrío—. No tiene nada que ver con maldiciones ni leyendas. Y tú lo sabes, Ray.

—Sé que Buck perdió una pierna y que el sueño que estaba allí, a nuestro alcance, de pronto se transformó en pesadilla. Y no hay nada que podamos hacer al respecto. Eso es lo peor. Que no podamos hacer nada.

—Necesitas descansar. —Marla se puso de pie y le tomó las manos. —Todos lo necesitamos. Vamos a volver al hotel y a olvidarnos de todo esto por algunas horas. Y, por la mañana, haremos lo que haya que hacer.

—Tal vez tengas razón.

—Ustedes dos, vayan. —Tate metió las manos en los bolsillos. La idea de quedarse sentada el resto de la tarde en su cuarto no era precisamente tentadora. —Creo que iré a caminar un rato o, quizá, a sentarme en la playa.

—Buena idea. —Marla le pasó un brazo por los hombros mientras caminaban hacia los ascensores. —Toma un poco de sol. A todos nos vendrá bien un descanso.

—Por supuesto. —Tate consiguió sonreír cuando entraron en el ascensor. Pero sabía que nada la haría sentir mejor durante mucho, mucho tiempo.

Cuando los Beaumont tomaron caminos separados, Matthew se sentó en el consultorio del doctor Farrge. Ese día ya había puesto en práctica varias de las decisiones que había tomado durante la noche. Decisiones que, en su opinión, eran necesarias para todos.

—Necesito que se ponga en contacto con ese médico del que me habló, el de Chicago —dijo Matthew—. Tengo que saber si tomará a Buck a su cargo.

—Sí, puedo hacer eso por usted, señor Lassiter.

—Se lo agradecería mucho. Y también necesito una estimación de lo que debo aquí, más lo que me va a costar transferirlo.

—¿Su tío no tiene seguro médico?

—Así es. —Siempre resultaba humillante deber más de lo que se debía pagar. Matthew dudaba mucho que un cazador profesional de tesoros fuera un buen candidato para un préstamo. —Le daré lo que tengo. Mañana tendré más. —Por la venta del *Sea Devil* y de la mayor parte de sus equipos. —Necesitaré un plan de pagos por el resto. Me he estado moviendo y tengo varios empleos en vista.

Farrge se echó hacia atrás y se frotó la nariz con un dedo.

—Estoy seguro de que llegaremos a un arreglo. En su país hay programas...

—Buck no dependerá de la beneficencia pública —lo interrumpió Matthew con furia—. No mientras yo pueda trabajar. Usted deme la cifra aproximada. Yo me ocuparé.

—Como quiera, señor Lassiter. Por suerte su tío es un hombre fuerte y no tengo dudas de que se recuperará físicamente. Hasta podría volver a bucear, si lo desea. Pero su recuperación emocional y mental será incluso más lenta que la física. Necesitará su apoyo. Y usted necesitará ayuda para...

—Yo me ocuparé —repitió Matthew y se puso de pie. En ese momento, no creía poder soportar hablar de psiquiatras y asistentes sociales.

—Las cosas son así: usted le salvó la vida y yo quedo en deuda por ello. Ahora soy yo el que debe tomar la posta.

—Es una carga muy pesada para que la lleve solo, señor Lassiter.

—Pero es lo que corresponde, ¿no? —dijo Matthew con frío desapasionamiento—. Para bien o para mal, yo soy lo único que él tiene.

En definitiva, era así, pensó Matthew mientras se dirigía al piso donde estaba internado Buck. Él era el único familiar que le quedaba a Buck. Y los Lassiter, a pesar de sus defectos, pagaban sus deudas.

Bueno, sí, alguna vez se habían ido de un bar sin pagar la cuenta cuando las cosas no andaban bien. Y él mismo había estafado un par de veces a algún turista al inflar el precio y la historia de una pipa de arcilla o de un jarrón roto. Si algún idiota estaba dispuesto a pagar carísimo una jarra de vino desportillada sólo porque un desconocido aseguraba que había pertenecido a Jean Lafitte, entonces se merecía que lo timaran.

Pero había cuestiones de honor que no podían pasarse por alto. Costara lo que costara, Buck era su responsabilidad.

El tesoro había desaparecido, pensó mientras se tomaba un momento en el pasillo antes de entrar en la habitación de su tío. El *Sea Devil* era historia. Lo único que a él le quedaba era ropa, su traje de neoprene, las aletas, el visor y los tanques.

Había embaucado un poco a sus compradores, pero, bueno, eso era algo que no le costaba nada hacer, pensó con una leve sonrisa. El dinero que tenía en el bolsillo los llevaría a Chicago.

Después de eso... Bueno, ya verían.

Abrió la puerta del cuarto de Buck y lo alivió comprobar que estaba solo.

—Me preguntaba si vendrías —dijo Buck y luchó contra las lágrimas de furia y de amargura que pugnaban por brotar de sus ojos—. Lo menos que podrías hacer es estar cerca cuando me llevan de aquí para allá en una silla de ruedas.

—Linda habitación. —Matthew miró hacia la cortina que separaba a Buck del paciente de la cama contigua.

—Es una mierda. No pienso quedarme aquí.

—No tendrás que hacerlo por mucho tiempo. Nos iremos a Chicago.

—¿Qué demonios hay en Chicago para mí?

—Un médico que te pondrá una pierna nueva.

—Una pierna nueva un carajo. —La suya ya no estaba, y el dolor que allí sentía era lo único que le recordaba que alguna vez se había parado sobre sus dos piernas, como un hombre. —Un trozo de plástico con bisagras.

—Bueno, siempre podríamos ponerte, en cambio, una pata de palo. —Matthew acercó a la cama una silla plegable y se sentó. No recordaba cuándo había sido la última vez que realmente durmió. Si lograba superar el siguiente par de horas, se prometió que dormiría otras ocho seguidas. —Pensé que los Beaumont estarían aquí.

—Ray vino a verme. —Buck frunció el entrecejo y tiró de la sábana. —Pero lo eché. No necesito ver aquí su cara larga. ¿Dónde está la maldita enfermera? —Buck toqueteó el botón de llamada. —Siempre están cerca cuando uno no las necesita. Y les encanta clavar agujas hipodérmicas. Quiero mis píldoras —ladró, justo en el momento en que entraba la enfermera—. Estoy muy dolorido.

—Una vez que haya comido, señor Lassiter —dijo ella con tono paciente—. Su cena estará aquí dentro de un momento.

—No quiero esa comida de porquería.

Cuanto más trataba ella de aplacarlo, más fuerte gritaba él. La mujer terminó por mandarse a mudar con sangre en el ojo.

—Linda manera de hacer amigos, Buck —comentó Matthew—. Si yo estuviera en tu lugar, trataría un poco mejor a una mujer que puede aparecerse con una aguja de quince centímetros.

—Pero no estás en mi lugar, ¿no? Tú tienes dos piernas.

—Sí —contestó él, con mucha culpa—. Sí, tengo dos piernas.

—De mucho me va a servir ahora el tesoro —murmuró Buck—. Por fin tengo todo el dinero que un hombre puede desear, y ese dinero no puede convertirme en un hombre entero. ¿Qué voy a hacer? ¿Comprarme un maldito barco y recorrerlo en silla de ruedas? Es todo culpa de la Maldición de Angelique. Esa maldita bruja que da con una mano y se lleva lo mejor con la otra.

—No encontramos el amuleto.

—Está allá abajo. Ya lo creo que está allá abajo. —En los ojos de Buck apareció un brillo, mezcla de amargura y odio. —Y ni siquiera tuvo la bondad de matarme. Habría sido mejor que lo hiciera. Aquí me tienes, transformado en un inválido. Un inválido rico.

—Puedes ser un inválido si quieres —dijo Matthew, cansado—. Eso depende de ti. Pero no serás rico. VanDyke se ocupó de eso.

—¿De qué demonios hablas? —El color que la furia había pintado en las mejillas de Buck se fue desvaneciendo como agua. —¿Qué pasa con VanDyke?

Hazlo ahora, se ordenó Matthew. Así, de golpe.

—Usurpó nuestros derechos sobre el barco hundido. Y se lo llevó todo.

—Ese naufragio es nuestro. Mío y de Ray. Si hasta lo registramos.

—Sí, eso es lo extraño. La única documentación que existe ahora es la de VanDyke. Le bastó con sobornar a un par de empleados.

Perderlo todo ahora era impensable. Sin su parte del tesoro, él no sólo sería un inválido sino un inválido indefenso.

—Tienes que impedírselo.

—¿Cómo? —saltó Matthew y apretó las manos contra los hombros de Buck para evitar que se levantara de la cama. —Tiene una tripulación completa y armada. Trabajan las veinticuatro horas. Te garantizo que ya se ha llevado lo que tomó del fondo del mar y lo que se robó del *Sea Devil* y del *Adventure*.

—¿Y dejarás que se salga con la suya? —Movido por la desesperación, Buck aferró la pechera de la camisa de Matthew. —¿Vas a darte por vencido y renunciar a lo que es nuestro? Me costó la pierna.

—Sé muy bien lo que te costó. Y, sí, renunciaré a todo. No pienso morir por un barco hundido.

—Jamás pensé que te convertirías en un cobarde. —Buck lo soltó y giró la cabeza. —Si yo no estuviera prisionero aquí...

"Si no lo estuvieras —pensó Matthew—, yo no tendría que renunciar a todo."

—Creo que lo mejor será que te preocupes por levantarte y salir de aquí para que puedas manejar las cosas a tu modo. Mientras tanto, yo estoy a cargo de todo e iremos a Chicago.

—¿Cómo demonios haremos para llegar allá? No tenemos nada. —Inconscientemente, deslizó la mano hacia donde debería estar su pierna. —Menos que nada.

—El *Sea Devil*, los equipos y algunas otras cosas representaron algunos miles.

Pálido, Buck lo miró.

—¿Vendiste el barco? ¿Con qué derecho? El *Sea Devil* era mío, muchacho.

—La mitad era mía —dijo Matthew y se encogió de hombros—. Cuando vendí mi parte, también se fue la tuya. Sólo hago lo que tengo que hacer.

—Huir —dijo Buck y volvió a girar la cabeza—. Liquidar todo y traicionarme.

—Así es. Ahora me voy a reservar pasajes para los dos en un vuelo a Chicago.

—No pienso ir a Chicago.

—Irás adonde yo diga. Así son las cosas.

—Bueno, yo te digo que te vayas a la mierda.

—Siempre y cuando sea vía Chicago —le contestó Matthew y se fue.

Como Matthew comprobó después, las cosas eran mucho más difíciles de lo que imaginaba. Tener que tragarse su orgullo le dejó la garganta en carne viva. Se la suavizó con una cerveza fría mientras esperaba a Ray en el bar del hotel.

Decidió que no podía irle peor. Curiosamente, algunos meses antes casi no tenía nada: un barco que había visto épocas mejores, un poco de efectivo en una caja de lata, ningún plan urgente, ningún problema urgente. Visto en forma retrospectiva, supuso que había sido bastante feliz.

Hasta que, de pronto, tuvo demasiado: una mujer que lo amaba, la perspectiva de fama y fortuna. El éxito, un éxito jamás imaginado, había sido suyo por un tiempo. La venganza, con la que soñaba desde hacía nueve años, había estado casi a su alcance.

Ahora lo había perdido todo: la mujer, las perspectivas, incluso los trozos de nada que en una época pensó que eran más que suficientes. Duele tanto más perder cuando se ha tenido.

—Matthew.

Levantó la vista. Ray se sentó en el taburete de al lado.

—Gracias por venir.

—Lo hice con gusto. Tomaré una cerveza —le dijo al cantinero—. ¿Otra para ti, Matthew?

—Sí, ¿por qué no? —Era sólo el principio de lo que Matthew planeaba para una larga noche de borrachera.

—Últimamente nos hemos estado desencontrando —dijo Ray y después chocó su botella contra la de Matthew—. Pensé que nos veríamos en el hospital. Aunque confieso que no hemos ido tanto a verlo como nos gustaría. Buck no parece querer compañía.

—Así es. —Matthew inclinó la cabeza y dejó que la cerveza helada le corriera por la garganta. —Ni siquiera quiere hablar conmigo.

—Lo siento, Matthew. Hace mal en desquitarse contigo de esa manera. No había nada que pudieras hacer.

—No sé qué es lo que toma peor, si lo de su pierna o lo del *Margarita*. —Matthew movió un hombro. —Supongo que no tiene importancia.

—Él volverá a bucear —dijo Ray y deslizó un dedo por la condensación de la botella—. El doctor Farrge me dijo que su recuperación física va mejor de lo esperado.

—Ésa es una de las cosas de las que necesito hablar contigo. —No había manera de postergarlo más, se recordó Matthew. Habría preferido mil veces emborracharse primero, pero ese pequeño placer tendría que esperar. —Tengo el visto bueno para llevármelo a Chicago. Mañana.

—¿Mañana? —Con una mezcla de alegría y de alarma, Ray apoyó su botella de cerveza sobre el mostrador con un golpe seco. —¿Tan pronto? No tenía idea de que ya se hubieran hecho los arreglos necesarios.

—Farrge dice que no hay razón para demorarlo. Que Buck ya está lo bastante fuerte como para hacer el viaje y que cuanto antes vea a ese especialista, mejor.

—Qué fantástico, Matthew. Realmente. Te mantendrás en contacto con nosotros, ¿verdad que sí? Vamos a querer saber cómo anda. Marla y yo iremos a visitarlo cuando tú creas que está en condiciones de recibirnos.

—Tú eres... bueno, el mejor amigo que Buck ha tenido jamás —dijo Matthew con cuidado—. Significaría mucho para él que fueras a verlo. Sé que en este momento está bastante intratable, pero...

—No te preocupes por eso —dijo Ray—. Cuando un hombre tiene la suerte de encontrar un amigo así, no lo tira por la borda porque son tiempos difíciles. Desde luego que iremos, Matthew. Al final, Tate decidió volver a la universidad en septiembre, pero estoy seguro de que le gustará acompañarnos en los primeros días libres que tenga.

—De modo que regresa a la universidad en septiembre —murmuró Matthew.

—Sí, y Marla y yo estamos contentos de que haya decidido no abandonar sus estudios después de todo. Está tan deprimida por todo lo ocurrido, que creo que volver a esa rutina la ayudará mucho. Sé que no duerme bien por las noches. Tate es tan joven para tener que enfrentar lo de estos últimos días. Concentrarse en sus estudios será lo mejor para ella.

—Sí, tienes razón.

—No quisiera entrometerme, Matthew, pero tengo la sensación de que entre Tate y tú ha habido alguna clase de desavenencia.

—Nada importante —dijo Matthew y pidió por señas otra cerveza—. Tate saldrá a flote.

—No lo dudo. Tate es una chica sensata y fuerte. —Ray frunció el entrecejo hacia los círculos que la humedad de su botella había dejado sobre la barra. —Matthew, no soy ciego. Me doy cuenta de que ustedes dos se sentían muy atraídos.

—Sí, pasamos algunos buenos ratos —lo interrumpió Matthew—. Nada serio. —Miró a Ray y le contestó esa pregunta no formulada. —Nada serio, repitió.

Aliviado, Ray asintió.

—Esperaba poder confiar en que los dos fueran personas responsables. Sé que ella ya no es una criatura, pero igual un padre se preocupa.

—Y tú no querrías que ella se enganchara con alguien como yo.

A Ray le sorprendió la expresión de burla que descubrió en los ojos de Matthew.

—No, Matthew. En este momento de su vida, lamentaría verla enganchada seriamente con cualquier hombre. Con la motivación adecuada, Tate es capaz de echar por la borda todo lo que ella siempre ha soñado conseguir. Agradezco que no lo vaya a hacer.

—Bien. Estupendo.

Ray suspiró. Algo que ni siquiera había tomado en cuenta acababa de saltar frente a sus ojos y golpearlo en la cara.

—Si Tate supiera que estás enamorado de ella no se iría a Carolina del Norte.

—No sé de qué hablas. Te dije que pasamos algunos buenos ratos juntos. —Pero la compasión que vio en los ojos de Ray lo obligó a dar vuelta la cara y a tapársela con las manos. —Mierda. ¿Qué se suponía que debía hacer? ¿Pedirle que empacara sus cosas y se fuera conmigo?

—Podrías haberlo hecho —dijo Ray en voz baja.

—Yo no tengo nada que ofrecerle, salvo tiempos malos y peor suerte. Cuando haya instalado a Buck en Chicago, tomaré un trabajo en un barco que sale de Nueva Escocia. Las condiciones son pésimas, pero la paga es decente.

—Matthew...

Pero él sacudió la cabeza.

—Lo cierto es, Ray, que no será suficiente en el aspecto económico. Sobre todo al principio. Aquí me arreglo bien, pero en los Estados Unidos, con ese médico especialista caro y ese tratamiento caro, será otra historia. Farrge consiguió que nos hicieran un descuento porque Buck será algo así como un experimento —agregó—. Y hablan de seguridad social y Medicaid o Medicare o una mierda así. Incluso con eso... —Tragó más cerveza junto con su orgullo. —Necesito dinero, Ray. No tengo a nadie más a quién pedírselo y confieso que no me resulta nada fácil tener que pedírtelo a ti.

—Buck es mi socio, Matthew. Y mi amigo.

—Buck fue tu socio —lo corrigió Matthew—. De todos modos, necesito diez mil dólares.

—Está bien.

Ese tono fácil fue un golpe mortal para el orgullo de Matthew.

—No aceptes tan fácil, maldición.

—¿Preferirías que te obligara a suplicarme? ¿Que yo pusiera plazos y condiciones?

—No lo sé. —Matthew aferró la botella de cerveza y luchó contra las ganas de arrojarla al piso y ver cómo se estrellaba y se rompía en mil pedazos. Como su orgullo. —Me llevará un tiempo poder devolverte ese dinero. Pero te lo devolveré —dijo por entre dientes apretados antes de que Ray pudiera decir nada—. Necesito lo suficiente como para pagar la operación de Buck, la terapia y la prótesis. Y, después, él necesitará un lugar donde vivir. Pero tengo trabajo, y cuando ése se acabe, conseguiré otro.

—Sé que manejas bien el dinero, Matthew, del mismo modo en que tú sabes que a mí no me importa que me lo devuelvas.

—Pero a mí sí me importa.

—Sí, lo entiendo. Te extenderé un cheque con la condición de que me mantengas informado de los progresos de Buck.

—Y yo lo tomaré con la condición de que mantengas esto entre tú y yo. Sólo entre nosotros dos, Ray. Todo.

—En otras palabras, no quieres que Buck lo sepa. Y tampoco quieres que Tate lo sepa.

—Así es.

—Te estás haciendo las cosas más difíciles, Matthew.

—Tal vez, pero es así como quiero que sea.

—De acuerdo, entonces. —Si era todo lo que podía hacer, entonces haría lo que se le pedía. —Te dejaré el cheque en el mostrador de recepción.

—Gracias, Ray. —Matthew le tendió la mano. —Gracias por todo. En general, fue un verano de mierda.

—Sí, en general. Pero habrá otros veranos, Matthew. Y otros barcos hundidos. Podría darse que de nuevo buceáramos juntos. El *Isabella* sigue estando allá abajo.

—Con la Maldición de Angelique. —Matthew sacudió la cabeza. —No, gracias. Ese amuleto es demasiado caro, Ray. Tal como me siento en este momento, prefiero que se lo queden los peces.

—El tiempo dirá. Cuídate mucho, Matthew.

—Sí. Dile a... dile a Marla que extraño las exquisiteces que prepara.

—Ella te extrañará a ti. Todos te extrañaremos. ¿Y Tate? ¿No hay nada que quieres que le diga?

Lo que deseaba decirle era demasiado. Y, al mismo tiempo, nada. Matthew se limitó a negar con la cabeza.

A solas en el bar, Matthew apartó su botella de cerveza.

—Whisky —le dijo al cantinero—. Y tráeme la botella.

Era su última noche en la isla. No se le ocurría ninguna buena razón para pasarla sobrio.

# Segunda parte

# El presente

*El ahora, el aquí, a través de los que todo el futuro
se vuelca al pasado.*
*–James Joyce*

# CAPÍTULO ONCE

L a tripulación del *Nomad* constaba de veintisiete miembros y a Tate le encantaba ser uno de ellos. Le había llevado cinco años de intenso trabajo y estudio ganarse su licenciatura en el campo de la arqueología marina. Sus amistades y su familia muchas veces se habían preocupado y le habían pedido que bajara un poco el ritmo. Pero ese título era una meta que ella pensaba que debía conseguir.

Y ya lo tenía. Y en los tres años transcurridos desde entonces, le había dado uso. Ahora, gracias a su vinculación con el Instituto Poseidón y a su misión con SeaSearch a bordo del *Nomad*, tomaría el siguiente paso conducente a lograr su doctorado y granjearse una reputación.

Y lo mejor de todo era que estaba haciendo lo que tanto amaba.

El objetivo de esa expedición tenía tanto que ver con la ciencia como con la ganancia de dinero. Para Tate, ése era el único orden lógico y adecuado de prioridades.

El alojamiento de la tripulación dejaba algo que desear, pero los laboratorios y los equipos eran de última generación. Ese viejo barco de carga había sido remodelado en forma meticulosa para la exploración y excavación en aguas profundas. Tal vez era lento y poco atractivo, pero hacía mucho que había aprendido que el exterior de las cosas no tenía nada que ver con su contenido.

Un verano lleno de sueños ingenuos le había enseñado eso y mucho más.

El contenido del *Nomad* era en realidad muy valioso. Llevaba a bordo a los más prestigiosos científicos y técnicos en el campo de la investigación oceánica.

Y Tate era uno de ellos.

El día era tan perfecto como se podía pedir. Las aguas del Pacífico brillaban como una gema azul. Y, debajo de su superficie, a una profundidad insondable donde la luz nunca llegaba y el hombre jamás podría aventurarse, yacía el vapor de ruedas laterales *Justine*, y el tesoro codiciado por Tate.

En su reposera de cubierta, Tate se puso la laptop sobre las rodillas para terminar la carta que les estaba escribiendo a sus padres.

*Lo encontraremos. Los equipos de este barco son lo más sofisticado que se conoce. Dart y Bower están impacientes por poner en uso su robot. Lo bautizamos "Chauncy" y no estoy segura de por qué. Pero estamos poniendo mucha fe en ese pequeñín. Hasta que encontremos el Justine y comencemos a excavar, mi tarea no es muy difícil. Todo el mundo da una mano, pero en este momento hay aquí mucho tiempo libre. Y la comida, mamá, es increíble. Hoy esperamos un suministro lanzado por paracaídas. Conseguí arrancarle varias recetas al cocinero, aunque tendrás que disminuir los ingredientes, que son para alimentar a casi treinta personas.*

*Después de casi un mes en el mar, se han producido algunas peleas. Son de tipo familiar: reñimos y después nos reconciliamos. Hasta hay un par de romances. Creo que ya te hablé de Lorraine Ross, la química que comparte camarote conmigo. George, el asistente del cocinero, está enamoradísimo de ella. Es un asunto bien tierno. Otras relaciones de tipo romántico son más bien para pasar el tiempo, creo, y se desdibujarán cuando el verdadero trabajo empiece.*

*Hasta el momento, el clima nos ha acompañado. Me pregunto cómo estará allá, por casa. Imagino que las azaleas florecerán dentro de algunas semanas, lo mismo que las magnolias. Si me parece verlas, y también a ustedes. Sé que pronto partirán en viaje a Jamaica, así que espero que esta carta les llegue antes de que se embarquen. A lo mejor nuestras agendas coincidirán en el otoño. Si las cosas salen bien, mi tesis estará completa entonces. Sería divertido bucear un poco cerca de casa.*

*Mientras tanto, tengo que volver al trabajo. Sin duda Hayden estará de nuevo estudiando las cartas marinas y estoy segura de que le vendrá bien un poco de ayuda. No habrá despacho de correo hasta el fin de semana, así que esta carta no saldrá hasta entonces. Contéstenme, escriban, ¿sí? Aquí afuera, las cartas son como oro. Los amo.*

*Tate*

Al llevar la laptop de vuelta al camarote que compartía con Lorraine, Tate pensó que no había mencionado el tedio. Ni la sensación de soledad personal que podía atacar sin aviso previo cuando se estaba rodeado de kilómetros y kilómetros de agua. Ella sabía que muchos integrantes de la tripulación comenzaban a perder las esperanzas. El tiempo, el dinero, la energía que involucraba esa expedición eran cuantiosos. Si fracasaban perderían a sus patrocinadores, su parte del tesoro y, tal vez lo más importante, su oportunidad de hacer historia.

Una vez adentro del estrecho camarote, Tate levantó en forma automática las camisas y los shorts desperdigados por el piso. Lorraine podía ser una científica brillante, pero fuera del laboratorio era tan desorganizada como una adolescente. Tate apiló la ropa en la litera sin hacer de Lorraine y frunció la nariz frente a la fragancia a almizcle que flotaba en el aire.

Tate llegó a la conclusión de que Lorraine estaba decidida a volver loco al pobre George.

Todavía la sorprendía y divertía el que ella y Lorraine se hubieran hecho amigas. Por cierto, no había mujeres más diferentes que ellas dos. Allí donde Tate era prolija y precisa, Lorraine era descuidada y desordenada. Tate era una persona muy activa; no había disculpas para la pereza de Lorraine. A lo largo de los años transcurridos desde que salió de la universidad, Tate había tenido una relación seria que terminó amigablemente, mientras que Lorraine había pasado por dos divorcios desagradables e innumerables aventuras explosivas.

Su compañera de camarote era una mujer menuda con aspecto de hada, cuerpo lleno de curvas y un halo de pelo dorado. Nunca quería ni siquiera encender un mechero de Bunsen a menos que estuviera maquillada por completo y usara los accesorios adecuados.

Tate era alta, delgada y hacía poco que se había dejado crecer su pelo rojizo y lacio hasta los hombros. Rara vez usaba cosméticos y no tenía más remedio que coincidir con Lorraine, que afirmaba que ella era un desastre en lo tocante a modas.

Antes de salir del camarote, a Tate ni se le pasó por la cabeza mirarse en el espejo de cuerpo entero que Lorraine había colgado de la puerta.

Giró hacia la izquierda y comenzó a subir por la escalera metálica que la conduciría a la otra cubierta. El parloteo y los jadeos que oyó por encima de su cabeza la hicieron sonreír.

—Hola, Dart.

—Hola. —Dart se detuvo por completo en lo alto de la escalera. Regordete, con todo su contorno redondeado, tenía el aspecto de un San Bernardo excedido de peso. Su pelo finito y ralo color arena caía sobre sus ojos marrones e inocentes. Cuando sonreía, le aparecía otra papada que se sumaba a las dos que habitualmente exhibía.

—¿Cómo va todo?

—Lento. Subía a ver si Hayden necesitaba ayuda.

—Creo que está allá arriba, enfrascado en sus libros. —Dart se echó de nuevo el pelo hacia atrás. —Bowers acaba de relevarme en el Nivel Cero, pero regresará allá dentro de un par de minutos.

El interés de Tate aumentó.

—¿Algo interesante en pantalla?

—No el *Justine*. Pero Litz está allá arriba teniendo orgasmos múltiples. —Dart se encogió de hombros al referirse al biólogo marino. —Hay infinidad de interesantes bichos cuando se desciende a tanta profundidad. Un puñado de cangrejos lo hicieron calentarse muchísimo.

—Es su trabajo —señaló Tate, aunque compartiera las palabras de Dart. Nadie le tenía simpatía al frío y exigente Frank Litz.

—Lo cual no lo hace menos detestable. Hasta luego.

Tate siguió camino hacia el cuarto de trabajo del doctor Hayden Deel. Había dos computadoras encendidas. Una mesa larga amurada al piso estaba cubierta de libros abiertos, notas, copias de cuadernos de bitácora y manifiestos, cartas marinas sujetas con más libros.

Inclinado sobre todo eso y espiando por encima de anteojos con armazón negro, Hayden hacía nuevos cálculos. Tate sabía que era un científico brillante. Ella había leído sus trabajos, aplaudido sus conferencias, estudiado sus documentales. Era una yapa que, además, fuera sencillamente una buena persona, pensó Tate.

Sabía que tenía alrededor de cuarenta años. Su pelo color marrón oscuro estaba salpicado de hebras grises y era crespo. Detrás de los anteojos, sus ojos eran de color miel y, en general, su expresión era distraída. De los ojos partían algunas líneas que le marcaban la frente. Era alto, de hombros anchos y un poco torpe. Y, como siempre, tenía la camisa muy arrugada.

A Tate le dio la impresión de que se parecía bastante a un Clark Kent cuarentón.

—¿Hayden?

Él lanzó un gruñido. Como eso era más de lo que ella esperaba, Tate se sentó directamente frente a él, cruzó los brazos sobre la mesa y aguardó a que él hubiera terminado de murmurar algo para sí.

—¿Hayden? —dijo de nuevo.

—¿Eh? ¿Qué? —Parpadeó y levantó la vista. Su cara se volvía encantadora cuando sonreía. —Hola. No te oí entrar. Estoy volviendo a calcular la corriente. Creo que nos hemos desviado, Tate.

—Caramba, ¿por mucho?

—Aquí, cualquier cosa es mucho. Así que decidí comenzar desde el principio. —Como si se estuviera preparando para una de sus concurridas conferencias, juntó los papeles, los alineó y cruzó las manos sobre ellos.

"El vapor de ruedas laterales *Justine* zarpó de San Francisco la mañana del ocho de junio de 1857, en ruta a Ecuador. Llevaba ciento noventa y ocho pasajeros y una tripulación de sesenta y una personas. Además de las pertenencias de los pasajeros, transportaba veinte millones de dólares en oro. En barras y monedas.

—Era una época de riqueza en California —murmuró Tate. Ella había leído los manifiestos. Incluso para una mujer que había pasado la mayor parte de su vida estudiando y buceando en busca de tesoros, le había impresionado mucho.

—El barco tomó esta ruta —continuó Hayden mientras tecleaba en la computadora para que los gráficos mostraran el trayecto seguido por ese barco hundido hacia el sur a lo largo del Pacífico. —Entró a puerto en Guadalajara, descargó algunos pasajeros y tomó otros. Zarpó el diecinueve de junio con doscientos dos pasajeros.

Apartó copias de recortes de viejos periódicos.

—"Era un barco hermoso —citó—, en el que reinaba un espíritu festivo. El clima era calmo y cálido, y el cielo estaba despejado."

—Demasiado calmo —dijo Tate e imaginó el ambiente de aquel momento. Hombres y mujeres elegantemente vestidos que desfilaban por las cubiertas. Chicos que reían, quizá pendientes del mar para tratar de ver el salto de algún delfín o el sonido de una ballena.

—Uno de los sobrevivientes destacó la belleza casi imposible de la puesta de sol, ese atardecer del veintiuno de junio —prosiguió Hayden—. El aire estaba inmóvil y muy pesado. Sofocante. La mayoría lo atribuyó a la cercanía con el Ecuador.

—Pero a esa altura, el capitán sin duda ya lo sabía.

—Podría haberlo sabido o debería haberlo sabido. —Hayden movió los hombros. —Ni él ni el cuaderno de bitácora sobrevivieron. Y a la medianoche de ese atardecer del ocaso bellísimo, vinieron los vientos... y las olas. La ruta y la velocidad que llevaban los puso aquí. —Llevó el *Justine* generado por computación hacia el sur y el oeste. —Debemos dar por sentado que él habría enfilado hacia tierra, probablemente Costa Rica, con la esperanza de huir de esa tempestad. Pero con olas de quince metros de altura abatiéndose sobre el barco, no eran muchas las posibilidades de lograrlo.

—Durante toda esa noche y el día siguiente, lucharon contra la tormenta —agregó Tate—. Los pasajeros estaban aterrados, los chicos gritaban. Seguramente no se podía distinguir el día de la noche ni escuchar las propias oraciones. Aunque se fuera valiente o se tuviera miedo hasta de mirar, lo único que se podría ver era una pared de agua tras otra.

—Y por la noche del veintidós, el *Justine* se estaba haciendo pedazos —continuó Hayden—. No quedaban esperanzas de salvar el barco ni de llegar a tierra en él. Pusieron a las mujeres, los niños y los heridos en los botes salvavidas.

—Los maridos se despedían de sus esposas con un beso —dijo Tate en voz baja—. Los padres abrazaban por última vez a sus hijos. Y todos, sabiendo que haría falta un milagro para que cualquiera de ellos sobreviviera.

—Sólo quince lo lograron. —Hayden se rascó una mejilla. —Un bote salvavidas consiguió vencer el huracán. De no haber sido así, nosotros ni siquiera tendríamos estas pequeñas pistas con respecto a dónde encontrar el barco. —Levantó la vista y notó, con alarma, que los ojos de Tate estaban húmedos. —Fue hace mucho tiempo, Tate.

—Ya lo sé. —Un poco avergonzada, ella parpadeó para reprimir las lágrimas. —Lo que pasa es que es tan fácil imaginar todo, fantasear con lo que tuvieron que pasar, con lo que sintieron.

—Para ti lo es. —Extendió un brazo y le palmeó la mano con cierta torpeza. —Eso es lo que te convierte en una científica excelente. Todos sabemos cómo calcular hechos y teorías. Pero a demasiados de nosotros nos falta imaginación.

Deseó tener un pañuelo para ofrecerle a Tate. O, mejor aún, coraje suficiente para secarle esa única lágrima que había logrado descender por su mejilla. En cambio, Hayden carraspeó y volvió a enfrascarse en sus cálculos.

—Voy a sugerir que viremos diez grados al sud sudeste.

—¿Por qué?

Encantado de que ella lo hubiera preguntado, él comenzó a mostrarle.

Tate se puso de pie y se colocó detrás de él para poder ver las pantallas y las anotaciones por encima del hombro de Hayden. cada tanto le apoyaba una mano en el hombro o se inclinaba un poco más para ver mejor o hacer una pregunta.

Cada vez que ella lo hacía, el corazón de Hayden latía más deprisa. Se dijo que era un tonto, un tonto cuarentón, pero el efecto seguía siendo el mismo.

Alcanzaba a percibir el olor a jabón y a su piel. Cada vez que Tate se echaba a reír de esa manera encantadoramente sexy, a él se le ofuscaba la mente. Amaba todo lo que tuviera que ver con ella: su inteligencia, su corazón y, cuando se permitía fantasear, su maravilloso cuerpo esbelto. Su voz era como miel vertida sobre azúcar morena.

—¿Oíste eso?

¿Cómo podía él oír nada fuera de la voz de Tate, cuando prácticamente nadaba en ella?

—¿Qué?

—Eso. —Señaló hacia arriba, hacia el sonido de motores. Aviones, pensó ella y sonrió. —Debe de ser la provisión de comida. Ven, Hayden. Subamos, así los vemos y tomamos un poco de sol.

—Bueno, en realidad todavía no terminé mi...

—Ven. —Riendo, ella lo tomó de la mano y lo obligó a levantarse. —Eres como un topo. Serán sólo unos minutos en cubierta.

Por supuesto que él la acompañó, sintiéndose un topo que persigue una mariposa. Tate tenía piernas hermosas. Él sabía que no debería mirarlas tanto, pero exhibían una increíble tonalidad alabastro. Además, tenía esa encantadora pequeña peca detrás de la rodilla derecha.

Deseó apoyar sus labios justo allí. La sola idea lo mareó.

Se maldijo por ser un idiota y se recordó que era trece años mayor que ella. Tenía una responsabilidad para con Tate y la expedición.

Tate estaba a bordo del *Nomad* gracias a una recomendación de Trident por intermedio de su subsidiaria Poseidón. Y Hayden había estado encantado de aceptarla. Después de todo, Tate había sido su alumna más brillante.

¿No era maravillosa la forma en que el sol le añadía reflejos dorados a su pelo rojizo?

—¡Aquí viene otro! —gritó Tate y lanzó vivas junto con los miembros de la tripulación que se habían reunido cuando el siguiente paquete cayó al agua cerca de popa.

—Esta noche cenaremos como reyes. —Lorraine se inclinó sobre la barandilla. Debajo, la tripulación manejaba una lancha. —No dejen nada atrás, muchachos. Desde ya, presento la solicitud de un Fume Blanc, Tate. —Le guiñó un ojo y después giró la cabeza para mirar a Hayden. —Doc, ¿dónde estaban metidos ustedes dos?

—Hayden ha estado haciendo nuevos cálculos. —Tate se acercó a la barandilla para alentar a los de la lancha que iba en busca de las provisiones. —Espero que se hayan acordado del chocolate.

—Tú comes dulces sólo porque eres una reprimida.

—Estás celosa porque los M & M se te van a los muslos.

Lorraine apretó los labios.

—Mis muslos son una perfección. —Deslizó un dedo por uno y miró de reojo a Hayden. —¿No opinas lo mismo, doc?

—Deja tranquilo a Hayden —dijo Tate y después chilló cuando la tomaron de atrás.

—Tiempo de descanso. —Bowers, fuerte y vigoroso, la levantó en vilo. Mientras otros aplaudían, él corrió hacia uno de los cabos que habían aparejado. —Ahora vamos a nadar un poco, preciosa.

—Te mataré, Bowers. —Tate sabía que al experto en robótica y computación nada le gustaba más que jugar. Sin dejar de reír, ella forcejeó. —Y esta vez lo digo en serio.

—Esta muchacha está loca por mí. —Con un brazo musculoso, tomó el cabo. —Será mejor que te aferres bien, muchachita linda.

Tate miró hacia abajo. Él le mostró los dientes y eso hizo que ella se tentara más de risa.

—¿Por qué siempre me tomas a mí como objeto de tus bromas?

—Porque hacemos una espléndida pareja. Agárrate. Yo Tarzán, tú Jane.

Tate aferró la cuerda y respiró hondo. Con el grito de Tarzán resonando todavía en sus oídos, se lanzó al vacío con él. Gritó, por el placer que le daba. El ancho mar se inclinaba debajo de ella y, cuando la soga se arqueó, Tate se soltó. El aire la acarició y el agua corrió hacia ella. Oyó que Bowers cacareaba como un loco un instante antes de que ella tocara el agua.

Estaba helada. Tate dejó que la rodeara antes de patalear hacia la superficie.

—El juez japonés sólo nos dio 8.4 puntos, Beaumont, pero son unos demonios quisquillosos. —Bowers le hizo un guiño y después se protegió los ojos del sol. —Dios santo, aquí viene Dart. Todos fuera de la pileta.

Desde la barandilla, Hayden observó cómo Tate y los demás jugaban en el agua como criaturas que acaban de salir al recreo. Lo hacía sentirse viejo y más que un poco aburrido y torpe.

—Vamos, doc —le dijo Lorraine con una sonrisa seductora—. ¿Por qué no nos damos un chapuzón?

—Porque yo nado muy mal.

—Entonces ponte un salvavidas o, mejor aún, usa a Dart como balsa.

Eso lo hizo sonreír. En ese momento, Dart hacía la plancha en el Pacífico como un corcho inflado.

—Creo que me limitaré a observar.

Sin dejar de sonreír, Lorraine encogió sus hombros desnudos.

—Como quieras.

A cerca de cinco mil kilómetros de donde Tate jugueteaba en el Pacífico, Matthew temblaba en las aguas heladas del Atlántico Norte.

Él hecho de que él capitaneara el equipo de recuperación de restos de naufragios no era un motivo demasiado grande de orgullo. Había ido escalando posiciones en la Compañía Fricke a lo largo de años y tomado cualquier trabajo que significaba dinero. Ahora él estaba a cargo de la excavación submarina y le correspondía un diez por ciento de las ganancias netas.

Y detestaba cada minuto de esa tarea.

No había peor cosa para el orgullo de un cazador que pertenecer a la tripulación de un barco horrible dedicado a la recuperación de metales de barcos hundidos. En el *Reliant* no había oro ni tesoros por descubrir. Ese barco de la Segunda Guerra Mundial tenía incrustado el lodo helado del Atlántico Norte y su único valor era el metal.

Con frecuencia, cuando sus dedos eran carámbanos y la piel expuesta alrededor de su boca estaba azul por el frío, Matthew soñaba con la época en que buceaba por placer y también por ganancias.

En aquellas aguas cálidas y transparentes, junto a peces de colores. Recordaba lo que sentía al ver un reflejo dorado o un disco ennegrecido de plata.

Pero la caza de tesoros era un riesgo, una aventura, y él era un hombre con deudas a pagar. Médicos, abogados, centros de rehabilitación. Dios, cuanto más trabajaba, más dinero debía. Si alguien le hubiera dicho diez años antes que su vida se convertiría en un ciclo de trabajo y cuentas a pagar, él se le habría reído en la cara.

En cambio, lo que descubrió fue que era la vida la que se le reía a él en la cara.

Por entre el agua barrosa, le hizo señas a su equipo. Había llegado el momento de iniciar el lento ascenso a la superficie. El maldito y feo *Reliant* yacía de costado, ya desguazado a medias por la tripulación. Matthew se vertió sal en sus propias heridas cuando lo observó con atención al detenerse en el primer punto de descanso.

Pensar que alguna vez había soñado con galeones y buques de guerra. Buques corsarios repletos de oro o plata en barras o en lingotes. Lo que era incluso peor, tuvo uno y después lo perdió. Junto con todo lo demás.

Ahora, su situación no era muy distinta de la del perro de un depósito de chatarra, que escarba y cosecha cosas descartadas. Allí, el mar era una cueva oscura, hostil, casi incolora, y fría como la sangre de un pez. Un hombre nunca podía sentirse humano allí, ni tampoco libre e ingrávido como se sentía un buzo en las aguas con vida, sino distante y extraño, en un lugar donde había poco que ver que no estuviera comiendo o siendo comido.

Un movimiento descuidado envió un golpe de agua por el cuello de su traje y le recordó que, le gustara o no, era humano.

Pataleó hacia el punto siguiente, procurando no apurarse. Por fría que estuviera el agua, por tediosa que hubiera sido la inmersión, allí imperaban la biología y la física. Una vez, cinco años antes, él había visto cómo un buzo descuidado se desplomaba en cubierta y moría en medio de dolores atroces porque se había apurado a subir en los puntos de descanso. Era una experiencia por la que él no quería pasar.

Una vez a bordo, Matthew tomó un jarro de café que un compañero de la cocina le ofrecía. Cuando dejaron de castañetearle los dientes, impartió órdenes al siguiente equipo. Y estaba decidido a decirle a Fricke que en ese viaje los hombres recibirían una paga adicional.

Le complació saber que el hijo de puta miserable de Fricke tenía miedo de que él le metiera más la mano en sus bolsillos ajustados.

—Llegó correspondencia. —Su compañero, un canadiense francés flaco llamado LaRue, tomó los tanques de Matthew. —Te puse las cartas en tu cabina. —Sonrió y exhibió un reluciente diente delantero de oro. —Una carta, muchas cuentas. Yo recibí seis cartas de seis novias. Pero eso me hace sentir tan mal que creo que te regalaré una. Marcella, que no será tan linda pero coge como los dioses.

Matthew se quitó la capucha de su traje de neoprene. El aire helado se le coló en los oídos.

—Yo elijo mis propias mujeres.

—¿Entonces por qué no lo haces? Te vendrían bien una o dos revolcadas, Matthew. LaRue se da cuenta de esas cosas.

Matthew contempló ese mar frío y gris.

—Aquí las mujeres son un poco escasas.

—Tienes que venir conmigo a Quebec, Matthew. Yo te mostraré dónde conseguir un buen trago y una buena acostada.

—Deja de pensar sólo en sexo, LaRue. Tal como vamos, estaremos aquí otro mes.

Matthew se alejó y LaRue quedó riendo por lo bajo, sacó su bolsa de tabaco para armarse uno de sus cigarrillos gruesos y pestilentes. Pensó que lo que ese muchacho necesitaba era alguien que lo guiara, la sabiduría de un hombre de más edad, y una buena cogida.

137

Lo que Matthew quería era ropa abrigada y otro café. Encontró lo primero en su cabina. Después de ponerse un suéter y un par de jeans, revisó los sobres que había en la pequeña mesa que le servía de escritorio.

Cuentas, por supuesto. Médicas, del alquiler del departamento de Buck en la Florida, del abogado que Matthew había contratado para arreglar las cosas cuando Buck destrozó un bar en Fort Lauderdale, el último informe del último centro de rehabilitación en el que había internado a Buck con la esperanza de rescatar a su tío del alcoholismo.

Esas cuentas no lo destruirían, pensó, pero tampoco le dejarían mucho dinero para divertirse. La única carta le proporcionó bastante placer.

Ray y Marla, pensó al sentarse con el resto de café para disfrutarla. Ellos nunca fallaban. Una vez por mes, lloviera o tronara, le enviaban una carta dondequiera que él estuviera.

En ocho años, ni una sola vez habían dejado de hacerlo.

Como de costumbre, era una carta amena de varias páginas. La caligrafía redondeada y femenina de Marla contrastaba con la escritura rápida y puntiaguda de Ray en notas y mensajes en los márgenes del papel. Unos cinco años antes ellos se habían construido una cabaña en Hatteras, cerca de la costa de Carolina del Norte, del lado del brazo del mar de la isla. Marla sazonaba las cartas con descripciones de las ocupaciones de Ray en la casa y con comentarios de su propia buena o mala suerte con el jardín. Entretejidos con estos relatos había detalles de las aventuras de ambos por el mar. Sus viajes a Grecia, México, el Mar Rojo y los buceos a lo largo de la costa de las Carolinas.

Y, por supuesto, escribían también sobre Tate.

Matthew sabía que a ella le faltaba poco para cumplir treinta años, que trabajaba en su tesis para el doctorado y que participaba en distintas expediciones. Sin embargo, él seguía viéndola tal como había sido durante aquel verano lejano: joven, fresca y llena de promesas. A lo largo de los años, cuando pensaba en ella, era con una levemente placentera sensación de nostalgia. Para él, Tate y aquellos días que pasaron juntos habían adquirido un reluciente barniz dorado. Casi demasiado perfecto para ser real.

Hacía mucho que había dejado de soñar con ella.

Había cuentas que pagar y planes que trazar para un futuro todavía desdibujado.

Matthew saboreó cada palabra de cada página. La esperada invitación para que él los visitara le produjo al mismo tiempo añoranza y amargura. Tres años antes había obligado a Buck a hacer el viaje. Pero esa visita de cuatro días fue cualquier cosa menos exitosa.

Igual, recordaba lo cómodo y tranquilo que se había sentido allí al contemplar las serenas aguas del brazo de mar por entre los bosques de pinos y las plantas de laurel; al oler las exquisitas cosas que Marla cocinaba; al escuchar a Ray hablar del siguiente barco hundido y la siguiente búsqueda de oro. Hasta que Buck consiguió que lo llevaran a Ocracoke en el ferry y se emborrachó de lo lindo.

Matthew pensó que no tenía sentido volver. No quería humillarse y poner en esa situación a los Beaumont. Las cartas eran suficiente.

Cuando giró la última página, la caligrafía de Ray hizo que Tate y aquel verano en las Antillas volviera estar dolorosamente en foco.

*Matthew, hay algo que me preocupa y que no he compartido con Marla. Lo haré, pero antes quería tener tu opinión. Ya sabes que Tate está en el Pacífico, trabajando para SeaSearch. Está feliz con esa misión. Todos compartíamos su alegría. Pero hace algunos días, cuando investigaba algunas acciones para un viejo cliente, tuve el impulso de invertir yo mismo en SeaSearch, como una especie de tributo personal al éxito de Tate. Fue así como descubrí que la compañía es una subsidiaria de Trident que, a su vez, forma parte de la VanDyke Corporation. Nuestro VanDyke. Como es lógico, esto me preocupa. Ignoro si Tate lo sabe, pero lo dudo mucho. Lo más probable es que no haya nada de qué preocuparse. No puedo imaginar que Silas VanDyke tome un interés personal en uno de sus arqueólogos marinos. Dudo mucho que incluso recuerde a Tate, o que le importe. Y, sin embargo, la idea de que ella esté tan lejos y, de alguna manera, asociada con él, aunque en forma remota, me hace sentir muy mal. Todavía no decidí si debo ponerme en contacto con Tate y avisarle lo que descubrí o dejarla tranquila. Me gustaría mucho saber qué opinas.*

*Matthew, preferiría que me lo dijeras personalmente, si puedes encontrar la manera de venir a Hatteras. Hay algo más que me gustaría mucho hablar contigo. Hace algunas semanas descubrí algo increíble... algo que he estado buscando durante casi ocho años. Y quiero mostrártelo. Cuando lo haga, espero que tú compartas mi entusiasmo. Matthew, pienso ir de nuevo en busca del* Isabella *y los necesito a Buck y a ti conmigo. Por favor, ven a Hatteras y échale un vistazo al material que he reunido antes de rechazar la idea.*

*Ese barco es nuestro, Matthew. Siempre lo fue. Ha llegado el momento de que lo reclamemos.*

*Un abrazo,*

*Ray*

Dios. Matthew volvió al principio de la página y leyó de nuevo su contenido. Ray Beaumont no era hombre de arrojar bombas livianas. En un par de párrafos había dejado caer una serie de cargas de profundidad que explotaban de Tate a VanDyke y al *Isabella*.

¿Volver? Furioso de pronto, Matthew aplastó la carta sobre la mesa. Maldito si volvería allá para sacar a flote su fracaso más total y horrendo. Él se estaba construyendo una vida, ¿no? Tal cual estaba. No necesitaba antiguos fantasmas que lo tentaran una vez más hacia ese resplandor de oro.

Él ya no era un cazador, pensó al levantarse de la silla para comenzar a pasearse por esa cabina pequeña. Tampoco quería ni necesitaba serlo. Algunos hombres podían vivir de sueños. Él lo había hecho antes... y no pensaba volver a hacerlo.

Lo que necesitaba era más dinero, pensó. Dinero y tiempo. Cuando tuviera las dos cosas en el bolsillo, terminaría lo que había comenzado hacía una eternidad por sobre el cadáver de su padre. Buscaría a VanDyke y lo mataría.

Y en cuanto a Tate, ella no era problema suyo. Él le había dado una buena oportunidad una vez; la mejor oportunidad de su vida. Si ella lo había arruinado todo enganchándose en uno de los planes de VanDyke, que se arreglara sola. Ahora era una mujer hecha y derecha, ¿no? Con muchos estudios y títulos. Maldición, Tate se lo debía todo y nadie tenía derecho de hacer que ahora él se sintiera responsable de ella.

Pero le parecía verla, como en aquella época, maravillada frente a una sencilla moneda de plata, resplandeciente en sus brazos, y con el coraje suficiente para atacar a un tiburón con su cuchillo de buceador.

Matthew lanzó otra imprecación. Y otra. Dejó la carta y el jarro sobre la mesa y se dirigió a la sala de radio. Necesitaba hacer algunos llamados.

Tate entró en el cuarto que la tripulación había bautizado "Nivel Cero". Estaba repleta de computadoras, teclados, monitores. El dial del sonar resplandecía de color verde a medida que la aguja giraba. Los controles remotos de las cámaras que tomaban fotografías estereoscópicas se encontraban a mano.

Sin embargo, en ese momento ese sector parecía más un salón de recreación para adolescentes que un laboratorio científico.

Dart estaba en un rincón con Bowers, y ambos aliviaban el tedio jugando al Mortal Combat en una computadora.

Era tarde, cerca de medianoche, y habría sido mejor para ella estar en su camarote tomando un buen descanso reparador o trabajando en su tesis. Pero estaba inquieta y Lorraine también se sentía nerviosa. El camarote le parecía demasiado chico para las dos.

Después de tomar un puñado de los caramelos de Dart, se instaló para observar el monitor que mostraba el lecho marino.

Era tan oscuro, pensó. Frío. Diminutos peces luminiscentes buscaban alimento. Se movían con lentitud, rodeados de puntos de fosforescencia que parecían estrellas. Los sedimentos suaves y parejos del fondo del mar eran monótonos. Sin embargo, allí había vida. Vio una lombriz de mar, que era poco más que un estómago primitivo, deslizarse frente a la cámara. Los ojos enormes de un cistosoma la hicieron sonreír.

Pensó que, a su manera, era una especie de país de las hadas. Nada parecido al páramo que muchos oceanógrafos creyeron en una época. Y, por cierto, no el basurero que pensaban ciertas industrias. Carecía de color, era cierto, pero esos peces y animales pulsantes y mágicamente transparentes lo convertían en una maravilla fantasmal.

Su continuidad y antigüedad consolaban a Tate. El monitor la arrulló como una película de trasnoche hasta que casi estuvo a punto de quedarse dormida en la silla.

Entonces comenzó a parpadear, mientras su subconsciente luchaba por transmitirles a sus ojos lo que estaba viendo.

Corales, cangrejos. Ellos colonizarían cualquier estructura que estuviera a mano. Y se encontraban muy atareados haciéndolo. Tate comprendió que era madera y se inclinó hacia adelante. Era el casco de un barco, que llevaba incrustada la vida de las profundidades del mar.

—Bowers.

—Un minuto, Tate. Tengo que terminar lo que estoy haciendo.

—¡Bowers, ya!

—¿Cuál es el apuro? —Con el entrecejo fruncido, giró la silla hacia ella. —Nadie se irá a ninguna parte. ¡Dios Santo! —La vista fija en el monitor, deslizó la silla hacia adelante y apretó los controles necesarios para detener el barrido de la cámara.

Salvo por el "bip" de los equipos, la habitación estaba en silencio mientras los tres miraban fijo la pantalla.

—Podría ser ese barco —dijo Tate.

—Podría ser —respondió Bowers y puso manos a la obra—. Ocúpate de los digitales, Dart. Tate, haz una señal al puente para que detengan por completo los motores.

Durante varios momentos nadie habló de nuevo. Mientras los *tapes* seguían registrándolo todo, Bowers accionó el zoom para acercar la imagen y preparó la cámara para que hiciera un barrido lento.

El barco hundido vibraba con vida. Tate pensó que Litz y los otros biólogos que había a bordo pronto comenzarían a entonar cánticos de alabanza. Con los labios apretados, ella contuvo el aliento y después lo soltó con algo parecido a una explosión.

—¡Dios, mira! ¿Lo ves?

La respuesta de Dart fue una risita nerviosa.

—Miren esa maravilla, que estaba esperando que viniéramos y lo encontráramos. Es un vapor de ruedas laterales, Bowers. Es el maldito y hermosísimo *Justine*.

Bowers detuvo la cámara.

—Chicos —dijo y se puso de pie, temblando—. En un momento como éste, creo que se impone que yo pronuncie unas palabras significativas. —Se puso una mano sobre el corazón—. Lo logramos.

Y, con un grito, tomó a Tate y se pusieron a bailar. Ella reía y, al mismo tiempo, lloraba.

—Despertemos a todos los del barco —decidió Tate y salió corriendo.

Corrió primero a su propio camarote para despertar a la cascarrabias de Lorraine.

—Baja enseguida al Nivel Cero.

—¿Qué? ¿Nos estamos hundiendo? Vete de aquí, Tate. Estoy muy ocupada siendo seducida por Harrison Ford.

—Él puede esperar. Baja, te digo. —Y para asegurar su obediencia, Tate arrancó la sábana que cubría el cuerpo desnudo de Lorraine. —Pero, por el amor de Dios, primero ponte algo encima.

Después de dejar a Lorraine despotricando contra ella, corrió por el pasillo hacia el camarote de Hayden.

—¿Hayden? —Llamó a la puerta. —Vamos, Hayden, alerta rojo, todos en cubierta, levántate de una buena vez.

—¿Qué pasa? —Con los ojos abiertos de par en par y sin los anteojos, el pelo parado y una manta alrededor de la cintura, Hayden parpadeó hacia Tate. —¿Hay alguien herido?

—No, todos están perfectamente bien. —En ese momento, Tate quedó convencida de que él era el hombre más dulce que había conocido en su vida. Movida por un impulso, le echó los brazos al cuello, con lo que casi lo derribó, y le estampó un beso. —Oh, Hayden, no puedo esperar para...

La primera impresión al sentir que la boca de él se cerraba con avidez sobre la suya la inmovilizó. Reconocía el deseo cuando lo saboreaba en los labios de un hombre; lo reconocía cuando sentía que ella misma temblaba en sus brazos.

En bien de los dos, Tate se distendió y le apoyó con suavidad una mano en la mejilla hasta que el beso terminó.

—Hayden...

—Lo siento. —Consternado, él dio un paso atrás. —Me pescaste con la guardia baja, Tate. Yo no debería haber hecho eso.

—Está bien. —Ella sonrió y apoyó las dos manos en sus hombros. —Realmente está bien, Hayden. Diría que esto nos pescó a los dos con la guardia baja, y fue lindo.

—Como socios —comenzó a decir él, aterrado ante la posibilidad de tartamudear—. Como tu superior, no tenía ningún derecho de aprovecharme de ti.

Ella reprimió un suspiro.

—Hayden, fue sólo un beso. Y yo te besé primero. No creo que vayas a despedirme por eso.

—No, por supuesto que no. Sólo significó que...

—Sólo significó que tenías ganas de besarme, lo hiciste y fue lindo. —Con ademán paciente, ella le tomó la cabeza. —No enloquezcamos por esto. Sobre todo porque tenemos mucho más por qué volvernos locos. ¿Quieres saber por qué llamé a tu puerta, te saqué de la cama y me arrojé en tus brazos?

—Bueno, yo... —Él apartó los anteojos que no usaba y se dio un golpe en la nariz. —Sí.

—Hayden, encontramos el *Justine*. Ahora, prepárate —le advirtió Tate—, porque voy a besarte de nuevo.

# CAPÍTULO DOCE

E l robot hizo el trabajo. Y ése era el problema. Una semana después de iniciada la excavación del *Justine*, Tate luchaba contra una vaga sensación de insatisfacción.

Era todo lo que habían esperado. Allí había monedas de oro, barras de oro, algunas de alrededor de veintisiete kilos. Todo se fue transfiriendo a la superficie. El robot trabajaba en forma incansable: excavaba, levantaba, transportaba el botín mientras Bowers y Dart accionaban los controles en el Nivel Cero.

Cada tanto Tate se tomaba un descanso de su propio trabajo para observar el monitor y ver cómo la máquina levantaba una carga pesada con sus brazos mecánicos o tomaba delicadamente con sus pinzas una esponja marina para que los biólogos la estudiaran.

La expedición era un éxito completo.

Y Tate experimentaba una profunda envidia hacia un feo robot metálico.

En una cabina de proa, fotografiaba, examinaba y catalogaba esos trozos dispersos de la vida de mediados del siglo XIX. Un prendedor con camafeo, pedazos de cacharros y vasijas, cucharas, un tintero de peltre, el trompo de madera de un niño. Y, desde luego, las monedas. Tanto las de plata como las de oro estaban apiladas sobre su mesa de trabajo. Relucían, gracias al trabajo de Lorraine en el laboratorio, como si acabaran de ser acuñadas.

Tate tomó una moneda de oro de cinco dólares, un precioso disco pequeño datado en 1857, el año en que el *Justine* naufragó. ¿Por cuántas manos habría pasado?, se preguntó. Tal vez por apenas unas pocas. Podría haber estado en el bolso de una dama o en el abrigo de un caballero. Tal vez había pagado una botella de vino o un cigarro cubano. Un nuevo sombrero. O quizá nunca se había usado; sólo representaba algún pequeño gusto que se podría costear al final del viaje.

Y ahora la tenía en la mano, parte de tantos tesoros perdidos.

—Bonita, ¿no lo crees? —dijo Lorraine al entrar. Traía una bandeja de objetos que acababan de ser descalcificados y limpiados en su laboratorio.

—Sí. —Tate volvió a poner la moneda en su lugar y la ingresó en su computadora. —Aquí hay suficiente trabajo para un año.

—Eso parece hacerte feliz. —Curiosa, Lorraine inclinó la cabeza. —Se supone que los científicos se alegran cuando tienen por delante un trabajo de campo en forma regular.

—Sí, estoy contenta. —Tate ingresó el prendedor en la computadora y lo puso en una bandeja. —¿Por qué no habría de estarlo? Participo de uno de los hallazgos más importantes de mi carrera y formo parte de un equipo de científicos eminentes. Tengo el mejor equipo que podría desear y condiciones de trabajo y de vivienda mejores que el término medio. —Levantó el juguete infantil. —Estaría loca si no me alegrara.

—¿Entonces por qué no me cuentas por qué estás loca?

Con los labios apretados, Tate hizo girar el trompo.

—Tú nunca buceaste. Es difícil explicárselo a alguien que nunca bajó al fondo del mar, que nunca lo vio.

Lorraine se sentó y apoyó los pies en el borde de la mesa. Quedó al descubierto el tatuaje de un unicornio de colores que tenía en la parte interior del tobillo.

—Tengo algo de tiempo, ¿por qué no lo intentas?

—Esto no es ir a la caza de un tesoro —comenzó a decir Tate, con la voz aguda de alguien que está furiosa consigo misma—. Son computadoras y máquinas y robótica y, a su manera, es maravilloso. Es indudable que jamás habríamos encontrado el *Justine* ni habríamos podido estudiar ese barco sin esos equipos.

Una nueva oleada de desasosiego la hizo apartarse de su mesa de trabajo y acercarse al ojo de buey que representaba su única posibilidad de ver el mar.

—Sería imposible excavar o estudiar allá abajo sin esos equipos. La presión y la temperatura impiden por completo bucear en ese lugar. Es un hecho de biología básica, de física básica, lo sé. Pero, maldición, Lorraine, quiero bajar allá. Quiero tocar ese barco. Quiero apartar la arena y encontrar algún objeto del ayer. El droide de Bowers es el único que se divierte.

—Sí, ese tipo no hace más que alardear por ello.

—Sé que suena muy tonto. —Porque era así, Tate pudo sonreír al girar la cabeza. —Pero bucear en medio de un naufragio, estar allí es algo increíblemente excitante. Y todo esto parece tan estéril. No sabía que me sentiría así, pero cada vez que entro aquí a trabajar, me acuerdo de todo aquello. Mi primera inmersión, mi primer barco hundido, trabajar con el tubo de succión, transportar el conglomerado a la superficie. Todos esos peces, el coral, el barro y la arena. El trabajo, Lorraine, el esfuerzo físico que representa. Uno siente que es parte de todo eso. —Extendió los brazos y los dejó caer. —Esto, en cambio, parece tan remoto, tan frío.

—¿Tan científico? —acotó Lorraine.

—Es ciencia sin participación, al menos para mí. Recuerdo cuando encontré mi primera moneda, era de plata. Encontramos un naufragio virgen en las Antillas. —Volvió a suspirar y se sentó. —Yo tenía veinte años. Fue un verano muy importante para mí. Encontramos un galeón español y lo perdimos. Me enamoré y quedé con el corazón destrozado. Nunca volví a involucrarme tanto con algo ni con alguien. Nunca quise.

—¿Por lo del barco o por lo del hombre?

—Por las dos cosas. En apenas algunas semanas, pasé de una felicidad total a una pena profunda. Algo nada fácil cuando se tienen veinte años. Ese otoño volví a la universidad con mis metas bien definidas: conseguir mi título y ser la mejor en mi campo. Haría exactamente lo que estoy haciendo ahora y mantendría una distancia lógica y profesional. Y aquí estoy, ocho años más tarde, preguntándome si no habré cometido una terrible equivocación.

Lorraine arqueó una ceja.

—¿No te gusta tu trabajo?

—Me encanta. Es sólo que no me hace nada de gracia dejar que las máquinas hagan lo mejor del trabajo en mi lugar. Y que me mantengan a esa distancia lógica y profesional.

—Pues a mí no me parece una crisis, Tate, sino sólo que necesitas sujetarte los tanques a la espalda y divertirte un rato. —Se observó las uñas que acaba de pintarse. —Si eso es divertirte para ti. ¿Cuándo fue la última vez que te tomaste vacaciones?

—Veamos... —Tate se echó hacia atrás y cerró los ojos. —Calculo que fue hace unos ocho años, a menos que tomemos en cuenta un par de fines de semana y las Navidades en casa.

—No, no tomamos eso en cuenta —dijo Lorraine con tono decidido—. La receta de la doctora Lorraine es muy sencilla. Lo que tienes es un caso de nostalgia. Tómate un mes cuando terminemos aquí, ve a algún lugar con muchas palmeras y pasa mucho tiempo con los peces.

Lorraine exhibió entonces un repentino interés por sus uñas pintadas con esmalte color rosado coral.

—Si quisieras compañía, Hayden estaría encantado de ir contigo.

—¿Hayden?

—Para utilizar un término técnico, ese hombre está chiflado por ti.

—¿Hayden?

—Sí, Hayden. —Lorraine se echó hacia atrás y sus pies golpearon contra el suelo. —Por Dios, Tate, presta más atención. Hace semanas que ese tipo fantasea contigo.

—Hayden... —dijo Tate—. Somos amigos, Lorraine, socios. —Entonces recordó la forma en que él la había besado la noche que encontraron el *Justine*. —Bueno, demonios.

—Es un hombre maravilloso.

—Por supuesto que sí. —Confundida, Tate se pasó una mano por el pelo. —Jamás pensé en él en ese sentido.

—Pues él sí piensa en ti en ese sentido.

—No es una buena idea —murmuró Tate—. No es buena idea involucrarse con alguien con quien uno trabaja. Lo sé.

—Es tu elección —dijo Lorraine como al descuido—. Sólo pensé que era hora de que alguien le diera una oportunidad a ese tipo y hacértelo saber. También se supone que debo informarte que algunos representantes de SeaSearch y Poseidón vendrán a examinar y transportar parte del botín. Y que traerán un equipo de videograbación.

En forma automática, Tate archivó el problema de Hayden en el fondo de su mente.

—Creí que nosotros hacíamos nuestros propios registros en vídeo.

—Usarán también los nuestros. Seremos un documental para canales de cable, así que no olvides el lápiz de labios y la máscara para pestañas.

—¿Cuándo se supone que vienen?

—Ya están en camino.

Casi sin darse cuenta, Tate tomó el trompo de madera y lo mantuvo en sus manos con actitud posesiva.

—No se llevarán nada hasta que yo no haya terminado de estudiar los objetos y de catalogarlos.

—No olvides decírselo —dijo Lorraine y enfiló hacia la puerta—. Pero recuerda que sólo somos personal contratado.

Personal contratado, pensó Tate y apartó el trompo. Tal vez ése era el meollo de todo. De alguna manera, ella había pasado de ser una mujer independiente en busca de aventuras a una empleaducha competente que trabaja para una compañía sin rostro.

Se recordó que esa compañía le posibilitaba trabajar. Los científicos siempre son como pordioseros. Y, sin embargo...

Comprendió que había muchos "sin embargo" en su vida. Tendría que tomarse un tiempo y decidir cuáles importaban en realidad.

Matthew decidió que se había vuelto loco. Había renunciado a su trabajo. Un trabajo que odiaba, pero que le permitía pagar las cuentas y le dejaba suficiente dinero para impedir que un par de pequeños sueños murieran. Sin ese empleo, el barco que había estado construyendo pedazo por pedazo a lo largo de años nunca se completaría, su tío se vería obligado a vivir de subsidios y él tendría suerte si podía comprarse una comida decente en los siguientes seis meses.

No sólo había dejado su trabajo sino que se había visto obligado a llevarse también a LaRue. El hombre sencillamente había empacado sus cosas y renunciado. En opinión de Matthew, ahora estaba clavado con dos personas que dependían de él, dos hombres que pasaban la mayor parte de su tiempo discutiendo entre sí y señalándole sus defectos.

De modo que allí estaba, sentado junto a una casa rodante en el sur de la Florida, preguntándose cuándo había perdido el juicio.

Lo que había catapultado todo fue una carta de los Beaumont. La mención de Tate, de VanDyke y, por supuesto, del *Isabella*. Le había traído de vuelta demasiados recuerdos, demasiados fracasos y demasiadas esperanzas. Y antes de darse tiempo para pensar en las consecuencias, ya estaba empacando todas sus cosas.

Ahora que los puentes se quemaban a sus espaldas, Matthew tenía tiempo más que suficiente para pensar. ¿Qué demonios iba a hacer con Buck? De nuevo bebía de manera descontrolada.

Aunque no era ninguna sorpresa. Todos los años él volvía a la Florida y pasaba su mes en tierra firme tratando de impedir que su tío bebiera. Y todos los años regresaba al mar lleno de culpa, de pesar y con la seguridad de que jamás podría cambiar las cosas.

Incluso ahora, oía la voz de Buck, llena de amargura y de alcohol. A pesar de la lluvia que caía a raudales, Matthew permaneció afuera, debajo de la marquesina oxidada y llena de filtraciones.

—¿Qué es esta porquería? —preguntó Buck en la diminuta cocina.

LaRue no se molestó en levantar la vista del libro que estaba leyendo.

—Es bouillabaisse. Una receta de familia.

—Una porquería —repitió Buck—. Una porquería francesa. —Sin afeitar, con la misma ropa con que había dormido, Buck abrió la puerta de una alacena en busca de una botella. —No quiero que me llene de olor la casa.

Como respuesta, LaRue volvió la página.

—¿Dónde mierda está mi whisky? —Buck golpeó la mano dentro de la alacena, con lo cual derribó las magras provisiones. —Tenía una botella aquí, maldito sea.

—Pues yo prefiero un buen Beaujolais —comentó LaRue—. A temperatura ambiente. —Oyó que la puerta mosquitero se abría y marcó el lugar donde dejaba de leer la novela de Faulkner. La función de la tarde estaba por comenzar.

—¿Has estado robándome el whisky, pedazo de desgraciado?

Cuando LaRue le hizo una mueca burlona, Matthew intervino.

—No hay whisky. Yo lo hice desaparecer.

Más impedido por la bebida matinal que por la prótesis, Buck se la tomó con él:

—No tienes ningún derecho de quitarme mi botella.

¿Quién era ese hombre, ese desconocido?, pensó Matthew. Si Buck estaba todavía dentro de esa cara abotagada y sin afeitar, de esos ojos hinchados y de mirada turbia, él ya no conseguía descubrirlo.

—Con o sin derecho —dijo con mucha calma—, la hice desaparecer. Tómate un café.

Como respuesta, Buck tomó la cafetera que estaba sobre una hornalla y la arrojó contra la pared.

—Bueno, entonces no te tomes un café. —Porque tenía ganas de cerrar las manos en puños, se las metió en los bolsillos. —Si quieres beber, tendrás que hacerlo en otra parte. No pienso ver cómo te matas.

—Lo que yo hago es asunto mío —masculló Buck y se agachó sobre el vidrio roto y el café derramado.

—No mientras yo esté aquí.

—Pero tú nunca estás aquí, ¿no? —Buck estuvo a punto de patinar sobre la baldosa mojada, pero logró conservar el equilibrio. Estaba colorado por la humillación. Cada paso que daba se lo recordaba. —Caes aquí cuando se te antoja y te mandas a mudar de la misma manera. No eres quién para decirme qué debo hacer en mi propia casa.

—Es mi casa —dijo Matthew en voz baja—. Tú sólo te estás muriendo aquí.

Podría haber esquivado el golpe, pero recibió con filosofía el puñetazo de Buck en la mandíbula. En alguna zona perversa de su cerebro, le complacía advertir que su tío todavía era capaz de lanzar un golpe.

Mientras Buck lo miraba fijo, Matthew se secó la sangre de la boca con el dorso de la mano.

—Voy a salir —dijo y se fue.

—Sal, mándate a mudar. —Buck se dirigió a la puerta arrastrando los pies para gritarle a Matthew por encima del ruido del diluvio. —Mandarte a mudar es lo que mejor sabes hacer. ¿Por qué no sigues caminando? Aquí nadie te necesita. Nadie te necesita.

LaRue esperó a que Buck volviera al dormitorio y después se levantó para bajar el fuego de la hornalla en que cocinaba su guiso. Tomó su chaqueta, y la de Matthew, y salió de la casa rodante.

Hacía sólo tres días que estaban en la Florida, pero LaRue sabía con exactitud adónde iría Matthew. Se colocó bien la visera de la gorra para que la lluvia no le golpeara sobre la cara y se dirigió a la Marina.

Estaba casi desierta, y la puerta del garaje de concreto que Matthew alquilaba por mes estaba sin llave. Encontró a Matthew adentro, sentado en la proa de un barco casi terminado.

Tenía doble casco y era casi tan ancho como largo. La primera vez que LaRue lo vio quedó muy impresionado. Era un barco lindo, nada elegante pero fuerte. Era así como LaRue prefería sus barcos, y sus mujeres.

Matthew había diseñado la sección de la cubierta de modo que se apoyara sobre los cascos y así poder capear los mares encrespados. Cada proa tenía una curva hacia adentro que crearía un efecto amortiguador y proporcionaría no sólo una navegación más serena sino también más veloz. Tenía amplios sectores de almacenaje y de estar. Pero, en opinión de LaRue, lo genial del diseño era la cubierta delantera abierta de dieciocho metros cuadrados.

"El cuarto del tesoro", pensó LaRue.

Lo único que le faltaba eran los toques finales: la pintura y las partes metálicas y lustrosas, el equipamiento del puente y el instrumental de navegación. Y, pensó también LaRue, un nombre adecuado.

Trepó al barco, impresionado una vez más por la magnificencia de las proas. Ese barco hendiría el agua, pensó. Volaría.

—¿Y? ¿Cuándo piensas terminar esta cosa?

—Ahora tengo tiempo, ¿no? Lo único que necesito es dinero.

—Yo tengo suficiente dinero. —Con aire pensativo, LaRue sacó una pequeña bolsa de cuero e inició el agradable proceso de armarse un cigarrillo. —¿En qué lo puedo gastar, además de con mujeres? Y ellas no cuestan tanto como la mayoría de los hombres cree. Así que te daré el dinero para terminarlo, y tú me darás parte del barco.

Matthew rió con amargura.

—¿Qué parte quieres?

LaRue giró con cuidado el papel alrededor del tabaco.

—Un barco que un hombre construye es un buen lugar para ir cuando él quiere pensar. Dime una cosa, Matthew: ¿por qué permitiste que Buck te pegara?

—¿Por qué no?

—Pues a mí me parece que habría sido mejor que tú lo golpearas.

—Correcto. Sería fantástico. Me haría mucho bien derribar a un...

—¿Lisiado? —terminó LaRue la frase—. No, nunca dejas que él olvide que no es lo que solía ser.

Furioso, sorprendido y dolido, Matthew se puso de pie de un salto.

—¿Cómo me dices una cosa así? ¿Qué demonios sabes tú de eso? He hecho todo lo que pude por él.

—Sí, claro. —LaRue encendió un fósforo y lo dejó arder en el extremo de su cigarrillo recién armado. —Tú le pagas el techo que tiene sobre la cabeza, la comida que se mete en el buche, el whisky con el que se mata. Y lo único que le cuesta a él es su orgullo.

—¿Qué mierda se supone que debo hacer? ¿Arrojarlo a la calle?

LaRue se encogió de hombros.

—Tú no le pides que sea un hombre, de modo que él no lo es.

—Sal de aquí.

—Creo que te gusta la culpa que sientes, Matthew. Te impide hacer lo que quieres y, tal vez, fracasar. —Se limitó a sonreír cuando Matthew lo aferró de la pechera de la camisa. —¿Ves? A mí sí me tratas como a un hombre. —Levantó la barbilla, no muy seguro de que no la tendría rota en los siguientes diez minutos. —Puedes golpearme. Yo te devolveré el golpe. Y, cuando hayamos terminado, haremos trato con respecto al barco.

—¿Qué demonios haces aquí? —Furioso, Matthew lo arrojó hacia atrás. —Yo no necesito compañía, no necesito otro socio.

—Sí que lo necesitas. Y tú me resultas simpático, Matthew. —LaRue volvió a sentarse y sacudió la ceniza de su cigarrillo en la palma de su mano. —Esto es lo que pienso. Que volverás a tratar de encontrar el barco del que me hablaste. Y quizá irás tras ese tal VanDyke que tanto odias. Hasta es posible que vayas en busca de la mujer que quieres. Yo lo haré porque no me importa ser rico. Me gusta ver una buena pelea y en el fondo soy muy romántico.

—Eres un imbécil, LaRue. Sólo Dios sabe por qué te hablé de todo eso. —Levantó las manos y se frotó la cara. —Debo de haber estado borracho.

—No, tú nunca llegas a emborracharte. Hablabas de ti, *mon ami*. Y yo estaba allí.

—Es posible que vuelva a buscar ese barco hundido. Y, quizá, si tengo suerte, mi camino volverá a cruzarse con el de VanDyke. Pero ya no habrá ninguna mujer.

—Siempre hay una mujer. Si no es una, es otra. —LaRue se encogió de hombros. —Confieso que no entiendo demasiado por qué los hombres pierden la cabeza por una mujer. Cuando una se va, aparece otra. Pero un enemigo, para eso sí que vale la pena luchar. Y el dinero, bueno, es más fácil ser rico que pobre. Así que terminaremos tu barco y zarparemos en busca de fortuna y de venganza.

Con cautela, Matthew miró a LaRue.

—Los equipos que quiero no son nada baratos.

—Nada que valga la pena es barato.

—Es posible que nunca encontremos ese barco hundido. Y, aunque lo hallemos, extraer sus tesoros puede ser una tarea dura y peligrosa.

—El peligro es lo que hace que la vida sea interesante. Tú lo has olvidado, Matthew.

—Tal vez. —Comenzó a sentir de nuevo ese cosquilleo. Era la sangre que él había permitido que se estancara y se enfriara a lo largo de los años. —Sí, terminaremos el barco.


Tres días después Buck logró aparecerse en el garaje. Matthew dedujo que había conseguido una botella en alguna parte. El hedor a whisky lo rodeaba.

—¿Adónde demonios crees que irás en esta bañadera?

Matthew siguió lijando la madera de teca para la barandilla.

—A Hatteras para empezar. Voy a asociarme con los Beaumont.

—Mierda, son sólo aficionados. —Con un equilibrio bastante inestable, Buck caminó hacia la popa. —¿Por qué carajo construiste un catamarán?

—Porque quería.

—Un barco de un solo casco siempre fue lo bastante bueno para mí. Y también para tu padre.

—Éste no es tu barco ni el de mi padre. Es mío.

Eso dolió.

—¿De qué color vas a pintarlo? ¿De un celeste maricón?

—No, de azul caribe —lo corrigió Matthew—. A mí me gusta.

—Lo más probable es que se hunda en cuanto lo botes al agua. —Buck reprimió el impulso de pasar la mano por uno de los cascos. —Supongo que ahora para lo único que tú y Ray sirven es para la navegación por placer.

En forma tentativa, Matthew pasó la yema del pulgar por la madera de teca. Estaba tan lisa y bruñida como el satén.

—Iremos en busca del *Isabella*.

El silencio chisporroteó como un par de cables en cortocircuito. Matthew levantó la barandilla lijada por encima del hombro y giró. Buck tenía ahora una mano apoyada sobre el barco y se balanceaba como un hombre ya en alta mar.

—Un cuerno lo harán.

—Ray decidió hacerlo. Encontró algo que quiere mostrarme. En cuanto termine esto iré para allá. Y al margen de lo que Ray descubrió, iré tras ese barco. Hace mucho que debería de haberlo hecho.

—¿Has perdido el juicio, muchacho? ¿Sabes lo que nos costará? ¿Lo que me costará a mí?

Matthew apartó la barandilla para barnizarla.

—Sí, tengo una idea bastante aproximada.

—Tenías un tesoro, ¿no? Y lo perdiste. Dejaste que ese hijo de puta de VanDyke se lo llevara. Lo perdiste para mí cuando yo estaba medio muerto. ¿Y ahora crees que volverás allá y me dejarás aquí para que me pudra?

—Yo me voy. Lo que hagas tú es asunto tuyo.

Muerto de pánico, Buck estrelló la palma de la mano contra el pecho de Matthew.

—¿Quién se ocupará de lo que yo necesito aquí? Si te vas así, el dinero se terminará en un mes. Estás en deuda conmigo, muchacho. Yo te salvé la vida. Perdí una pierna por ti. Lo perdí todo por ti.

La culpa siguió viniendo, en grandes oleadas capaces de ahogar a un hombre fuerte. Pero esta vez Matthew sacudió la cabeza. No iba a dejar que lo venciera.

—Ya terminé de estar en deuda contigo, Buck. Durante ocho años me he roto el traste para que pudieras emborracharte hasta entrar en coma y hacerme pagar por el aire que respiro. Ya basta. Iré en pos de algo que me había convencido de que no podría lograr. Pero lo conseguiré.

—Te matarán. El *Isabella* y la Maldición de Angelique. Y si ellos no lo hacen, lo hará VanDyke. ¿Qué será entonces de mí?

—Estarás igual que ahora. Parado sobre dos piernas, una de las cuales pagué yo.

Esta vez no estaba dispuesto a recibir el golpe. En cambio, abarajó el puño de Buck un par de centímetros antes de que aterrizara en su cara. Sin pensarlo siquiera, empujó a Buck hacia atrás con tanta fuerza que su tío casi cayó en la popa del barco.

—Inténtalo de nuevo y te noquearé, no importa la edad que tengas. —Matthew se plantó con firmeza sobre sus pies, listo para contraatacar si Buck volvía a arremeter contra él. —Dentro de diez días zarparé a Hatteras con LaRue. Puedes recobrar la cordura y venir con nosotros o irte a la mierda. Tú decides. Ahora vete de aquí. Tengo mucho trabajo que hacer.

Buck se pasó una mano temblorosa por la boca. Su pierna fantasma comenzó a pulsar; era un fantasma sonriente y malévolo que nunca dejaba de acosarlo. Angustiado, se fue deprisa en busca de una botella.

Una vez solo, Matthew levantó otra sección de barandilla y se puso a trabajar como un endemoniado.

# CAPÍTULO TRECE

En opinión de Silas VanDyke, Manzanillo era el único lugar para pasar los primeros días de la primavera. Su casa, ubicada en un acantilado de la costa mexicana occidental, le proporcionaba una vista espectacular del Pacífico. No había nada más sedante que estar de pie allí, junto a esa pared de ventanales y observar cómo las olas rompían y escupían espuma.

Ese espectáculo nunca dejaba de fascinarlo.

El agua era su elemento. Le encantaban su aspecto, su olor, su sonido. Aunque solía viajar mucho, tanto por negocios como por placer, jamás podía estar mucho tiempo lejos del agua.

Todas sus casas habían sido compradas o construidas cerca de algún espejo de agua. Su villa en Capri, su plantación en Fidji, su bungalow en la Martinica. Incluso su casa de Nueva York tenía vista al Hudson. Pero sentía un afecto especial por ese refugio suyo en México.

No porque ese viaje en particular fuera de placer. La ética laboral de VanDyke era tan disciplinada como el resto de su persona. Las recompensas se ganaban... y él se había ganado la suya. Creía en el trabajo, en el ejercicio del cuerpo tanto como en el de la mente. Por cierto, había heredado gran parte de su riqueza, pero no había perdido su tiempo en diversiones y tampoco había dilapidado sus recursos. Nada de eso: los fue construyendo con empecinamiento y astucia hasta triplicar la fortuna que le había sido legada.

Se consideraba un hombre discreto y digno. Nada amigo de buscar publicidad, VanDyke desarrollaba sus asuntos personales y de negocios en silencio y con una actitud severa que le aseguraba que su nombre permanecería fuera de las noticias de la prensa y de las publicaciones sensacionalistas.

A menos que él decidiera que apareciera. La publicidad adecuada podía ejercer un efecto determinado sobre un negocio e inclinar la balanza cuando resultaba necesario.

Nunca se había casado, aunque admiraba mucho a las mujeres. El matrimonio era un contrato, y anular ese contrato con frecuencia era un asunto desagradable y bastante público. Los herederos eran un resultado de ese contrato, y esos herederos podían ser utilizados contra un hombre.

En cambio, elegía sus compañeras con cuidado y las trataba con el mismo respeto y cortesía con que trataba a cualquier empleado suyo. Y cuando una mujer dejaba de entretenerlo, era despachada con una suma generosa en el bolsillo.

Muy pocas tenían quejas en ese sentido.

La pequeña muchacha de la alta sociedad italiana de la que recientemente se había cansado sí fue bastante problema. Los diamantes que él le ofreció como regalo de despedida no habían logrado enfriar la furia de la mujer, quien llegó incluso a amenazarlo. Con un poco de pesar, él hizo los arreglos necesarios para que le enseñaran una lección. Pero impartió órdenes precisas de que no le quedaran cicatrices visibles.

Después de todo, ella tenía una cara hermosa y un cuerpo que le había dado mucho placer.

Estaba convencido de que la violencia, la violencia aplicada con habilidad y maestría, era un arma del que ningún hombre exitoso podía darse el lujo de prescindir. En los últimos años él había usado esa arma con frecuencia y, en su opinión, con bastante acierto.

Lo curioso era que le daba mucho más placer del que esperaba. Decidió que era una especie de ganancia emocional barata. En privado podía admitir que, al pagar por ella, con frecuencia conseguía serenar esos ataques terribles de odio que lo embargaban.

Muchos hombres que conocía y que, al igual que él, controlaban grandes fortunas y tenían muchas responsabilidades, perdían su fuerza por aceptar ciertas fallas o hacer demasiadas concesiones. O sencillamente se agotaban de tanto luchar por mantenerse en el tope. VanDyke opinaba que las frustraciones que no se ventilaban terminaban por corroer por dentro. Los hombres sensatos encontraban la manera de aliviar esa tensión y siempre salían ganando.

Ahora tenía un asunto que atender, un asunto que lo entretendría mucho. Por el momento, su prioridad era el *Nomad*, su tripulación y el brillante hallazgo logrado por esa expedición.

Tal como lo había ordenado, los informes estaban en su escritorio. Había elegido personalmente a cada uno de los miembros de la tripulación, desde los científicos hasta los técnicos e incluso el personal de cocina. Le complacía saber que, una vez más, no se había equivocado. Que ellos no le habían fallado. Cuando la expedición se completara, VanDyke se ocuparía de que cada integrante del equipo del *Nomad* recibiera una bonificación.

Admiraba mucho a los científicos, su lógica y su disciplina, su visión. Estaba más que satisfecho con Frank Litz, tanto en su faz de biólogo como en su calidad de espía. Él lo mantenía al tanto de todo lo que sucedía entre la tripulación del *Nomad*.

Sí, Litz le parecía un feliz hallazgo, en especial después de la decepción que le proporcionó Piper. El joven arqueólogo tenía un buen potencial, reflexionó VanDyke. Pero tenía también un leve defecto que lo volvía torpe.

Las adicciones terminaban en una falta de orden. Él mismo había dejado de fumar algunos años antes sencillamente para demostrar que era posible. La fortaleza interior equivalía a tener poder sobre el entorno personal. Una lástima que Piper careciera de esa fortaleza. En definitiva, VanDyke no tuvo ningún inconveniente en ofrecerle la cocaína pura que lo había matado.

De hecho, había sido bastante emocionante. La manera perfecta de librarse de un empleado.

Se echó hacia atrás en su asiento y estudió los informes de Litz y de su equipo de biólogos marinos sobre el ecosistema, las plantas y animales que habían colonizado el naufragio del *Justine*. Esponjas, coral dorado, lombrices. No había nada que escapara al interés de VanDyke.

Todo lo que había allí podía ser cosechado y utilizado.

Con idéntico respeto e interés estudió los informes de los geólogos, del químico y los de los representantes suyos que había enviado para observar la operación y sus resultados.

Como un chico con una golosina, dejó para el final el informe de arqueología. Estaba organizado de modo meticuloso y era completo y claro como un cristal nuevo. No omitía ningún detalle; describía hasta el último trozo del último cacharro. Cada objeto era descripto, fechado y fotografiado, y cada ítem estaba catalogado de acuerdo con la fecha y el momento en que fue descubierto. Había una referencia cruzada con el informe del químico con respecto a cómo había sido tratado, testeado y limpiado cada artículo.

VanDyke sintió un orgullo casi paternal al leer esas páginas tipiadas con tanto cuidado. Estaba complacido de manera especial con Tate Beaumont, a quien consideraba su protegida.

Ella sería un reemplazo excelente del infortunado Piper.

Quizá había sido un impulso lo que lo llevó a monitorear su educación a lo largo de los años. Pero ese impulso había dado sus frutos. La forma en que ella lo había enfrentado a bordo del *Triumphant*, con furia e inteligencia en los ojos. Era algo que él admiraba. El coraje era un bien muy valioso cuando se encontraba templado por una mente ordenada.

Y Tate Beaumont poseía las dos cosas.

En el campo profesional, había superado con amplitud las expectativas que él tenía para ella. Había terminado tercera en su clase y publicado su primer trabajo en su segundo año de estudios. Sus trabajos de posgrado fueron sencillamente brillantes. Lograría el doctorado años antes que la mayoría de sus contemporáneos.

Estaba fascinado con ella.

Tanto, que le había abierto varias puertas. Puertas que, incluso con las habilidades y la tenacidad de Tate, le habrían resultado difíciles de abrir. La oportunidad que tuvo de investigar en un submarino para dos personas cerca de las costas de Turquía, a más de ciento ochenta metros de profundidad, le había llegado a través de él. Aunque, como un tío indulgente, él no había tomado crédito por ello. Todavía.

También la vida personal de Tate había merecido la admiración de VanDyke. Al principio lo decepcionó que no hubiera permanecido ligada a Matthew Lassiter; habría sido una manera más de controlar a Matthew. Pero lo alegró que hubiera exhibido el buen gusto de librarse de un hombre que a las claras estaba tan por debajo de ella.

Tate se había concentrado en sus estudios, en sus metas, tal como VanDyke habría esperado de su propia hija, si la hubiera tenido. En dos oportunidades Tate inició una relación; en opinión de VanDyke, la primera no fue más que una rebelión juvenil. Estaba seguro de que el joven con que ella empezó a salir en las primeras semanas de su regreso a la universidad fue poco más que un experimento. Pero muy pronto se libró de ese muchacho musculoso y tonto.

Una mujer como Tate requería intelecto, estilo, buena educación.

Después de su graduación inició una relación con un compañero de posgrado que compartía muchos de sus intereses. Esa relación duró un poco menos de diez meses y preocupó bastante a VanDyke. Pero también terminó cuando él hizo los arreglos necesarios para que al hombre le ofrecieran un puesto en su instituto oceanográfico en Groenlandia.

VanDyke tenía la sensación de que, para poder tener una conciencia cabal de su propio potencial, Tate necesitaba limitar sus distracciones. El matrimonio y la familia tendrían como resultado modificar sus prioridades.

A VanDyke le fascinaba el que ahora ella trabajara para él. Se proponía que siguiera haciéndolo, por el momento no en una posición importante. Con el tiempo, si demostraba seguir siendo valiosa, él la ubicaría en un lugar más central.

Como mujer inteligente y ambiciosa, ella reconocería la deuda que tenía con él y apreciaría el valor de lo que él continuaría ofreciéndole.

Un día volverían a encontrarse y trabajarían lado a lado.

Él era un hombre paciente y podía esperar. Tal como esperaba tener en sus manos la Maldición de Angelique. Sus instintos le dijeron que, cuando fuera el momento apropiado, una cosa llevaría a la otra.

Y entonces él lo tendría todo.

VanDyke miró cuando su fax comenzó a zumbar. Se puso de pie y se sirvió un vaso grande de jugo de naranja recién exprimido. Si ese día no hubiera tenido una agenda tan apretada, le habría agregado un toque de champaña. Pero esos pequeños lujos podían esperar.

Enarcó una ceja al tomar el fax. Era el informe más reciente sobre los Lassiter. De modo que Matthew había renunciado a su empleo en un barco y regresado junto a su tío. Quizá internaría al viejo borracho en otro centro de rehabilitación. Nunca dejaba de sorprenderlo el que Matthew no dejara a ese viejo para que se ahogara en su propio vómito y desapareciera.

Lealtad familiar, pensó y sacudió la cabeza. Era algo que VanDyke sabía que existía pero que nunca había experimentado. Si su propio padre no hubiera muerto, en forma conveniente, a los cincuenta años, VanDyke habría implementado planes para tomar el control de todo. Por fortuna no había hermanos con quienes rivalizar, y su madre se había ido apagando con serenidad en una exclusiva institución psiquiátrica cuando él apenas tenía trece años.

Mientras bebía ese jugo helado, VanDyke pensó que sólo se tenía a sí mismo. Y a su fortuna. Bien valía la pena usar una pequeña parte de ella para mantener vigilado a Matthew Lassiter.

Lealtad familiar, pensó de nuevo con una sonrisa. Si eso era cierto, entonces el padre de Matthew había encontrado la manera de pasarle su secreto a su hijo. Tarde o temprano Matthew sentiría la necesidad de tratar de encontrar la Maldición de Angelique. Y VanDyke, paciente como una araña, lo estaría esperando.

El mal tiempo obligó a que los del *Nomad* interrumpieran la excavación durante cuarenta y ocho horas. El mar muy picado tenía mareada a la mitad de la tripulación, a pesar de las píldoras y los parches contra mareos. Tate, en cambio, soportó la tempestad con un termo con café en su mesa de trabajo.

Salió del camarote dejando allí a una Lorraine quejosa y con cara verde.

El rolido y cabeceo del barco no le impidió catalogar los más recientes agregados a su colección.

—Pensé que te encontraría aquí.

Ella levantó la vista, detuvo sus dedos en el teclado y le sonrió a Hayden.

—Creí que estarías acostado —dijo ella e inclinó la cabeza—. Todavía estás un poco pálido, pero ya no tienes esa interesante tonalidad verdosa. —Sonrió. —¿Quieres un bizcocho?

—¿Te sientes muy complacida contigo misma? —preguntó él y mantuvo la vista apartada del plato de bizcochos que había sobre la mesa—. Supe que Bowers se está divirtiendo de lo lindo buscando nuevas maneras de describirle carne de lechón a Dart.

—Mmmm. Bowers y yo, y algunos otros, disfrutamos esta mañana de un desayuno bastante opíparo. —Tate rió. Tranquilízate, Hayden, no te lo describiré. ¿Por qué no te sientas?

—Como jefe del equipo, me resulta embarazoso perder así mi dignidad. —Agradecido, tomó asiento en una silla plegable. —Supongo que paso demasiado tiempo en el aula y no suficiente en el campo.

—Estás muy bien. —Feliz de tener compañía, ella se apartó del monitor. —Todos los del equipo de filmación están con un mareo terrible. No me gusta alegrarme de las desgracias ajenas, pero te confieso que es un alivio no tenerlos revoloteando por aquí durante un par de días.

—Un documental hará que la gente se interese en una expedición como ésta —le señaló él—. Y tanto eso como los subsidios nos vendrían muy bien.

—Ya lo sé. No es frecuente que uno tenga la oportunidad de participar de una expedición con financiación privada o que consiga tan buenos resultados. Mira esto, Hayden. —Tomó un reloj de oro, completo, con cadena y faltriquera. —Es una hermosura, ¿verdad que sí? Fíjate en el detalle del grabado de la tapa. Si casi se pueden oler las rosas.

Con afecto, ella deslizó el pulgar sobre ese ramo de pimpollos de rosa grabados antes de abrir la tapa del reloj.

—"Para David, mi amado esposo, que hace que el tiempo se detenga para mí. Elizabeth. 4/2/49." En el manifiesto figuraban David y Elizabeth MacGowan —le dijo a Hayden con voz ronca—. Y sus tres hijos menores de edad. Ella y su hija mayor sobrevivieron. Ella perdió a un hijo, a otra hija y a su adorado David. El tiempo sí que se detuvo para ellos, y nunca volvió a avanzar.

Tate cerró con suavidad la tapa del reloj.

—Sin duda él usaba este reloj cuando el barco se hundió —murmuró—. Lo tendría siempre con él. Hasta es probable que lo haya abierto y haya leído la inscripción por última vez después de despedirse de ella y de sus hijos. Lo cierto es que nunca volvieron a verse. Durante más de cien años, esta prueba de lo mucho que ella lo amaba ha estado esperando que alguien la encontrara. Y que los recordara.

—Es bastante humillante —dijo Hayden al cabo de un momento— que un alumno supere a su maestro. Tú tienes mucho más de lo que yo tuve nunca —agregó cuando Tate lo miró sorprendida—. Yo sólo veía un reloj, el estilo, el fabricante. Anotaría cuál era la inscripción, complacido por tener un dato que corroborara mi estimación de a qué época pertenecía. Tal vez pensaría fugazmente en David y Elizabeth y por cierto habría buscado sus nombres en el manifiesto. Pero no los vería, no los sentiría como tú.

—Lo mío no es científico.

—La finalidad de la arqueología es estudiar la cultura. Con demasiada frecuencia olvidamos que la cultura la hace la gente. Los mejores de nosotros no lo olvidan. Los mejores de nosotros hacen que importe. —Puso una mano sobre la de Tate. —Como lo haces tú.

—Yo no sé qué hacer cuando estas cosas me entristecen —dijo ella y giró la mano para que los dedos de ambos quedaran entrelazados—. Si pudiera, me llevaría este reloj y buscaría a los tataranietos de esta pareja y les diría: Miren, esto es parte de David y Elizabeth. Esto es lo que ellos eran. —Porque se sintió un poco tonta, apartó el reloj. —Pero no es mío. Ahora ni siquiera les pertenece a ellos. Es de SeaSearch.

—Sin SeaSearch, nadie lo habría encontrado jamás.

—Sí, lo entiendo. De veras que sí. —Porque sentía la necesidad de aclarar sus propios sentimientos, se acercó más a él. —Lo que hacemos aquí es importante, Hayden. La forma en que lo hacemos es innovadora y eficaz. Más allá de la fortuna que estamos recogiendo del fondo del mar, están el conocimiento, el descubrimiento, la teoría. Estamos haciendo que el *Justine* y las personas que murieron en él sean de nuevo reales y vitales.

—¿Pero?

—Es allí donde me trabo. ¿Adónde irá el reloj de David, Hayden? ¿Y las decenas y decenas de otros tesoros personales que la gente llevaba encima? No tenemos ningún control sobre ello, porque por importante que sea nuestro trabajo, igual somos empleados. Somos sólo puntos, Hayden, en algún inmenso conglomerado. SeaSearch a Poseidón, Poseidón a Trident, etcétera.

Los labios de Hayden se curvaron.

—Casi todos nosotros nos pasamos la vida trabajando como puntos, Tate.

—¿Y eso te basta?

—Supongo que sí. Puedo hacer el trabajo que amo, enseñar, ofrecer conferencias, publicar mis trabajos. Sin esos conglomerados, con sus pequeñas partes de conciencia social o su temor de un castigo impositivo, yo nunca habría podido dedicarme a esta clase de trabajo de campo y, al mismo tiempo, seguir comiendo.

Era verdad, desde luego. Tenía sentido. Y, sin embargo...

—Pero, ¿es suficiente, Hayden? ¿Debería ser suficiente? ¿Cuánto nos estamos perdiendo por estar aquí arriba? Sin arriesgar nada ni vivir la cacería. Sin poder reclamar nada ni tener control sobre lo que hacemos o lo que descubrimos. ¿No corremos peligro de perder la pasión que nos metió en esto en primer lugar?

—A ti no te pasará. —El corazón de Hayden comenzó a aceptar lo que su cabeza le había dicho desde siempre. Tate nunca sería para él. Era una flor exótica en comparación con él, que era una persona simple y trabajadora. —Tú nunca perderás esa pasión, porque es lo que te define.

En una despedida simbólica de un sueño tonto, él le tomó la mano y le besó los nudillos.

—Hayden...

Él percibió en los ojos de Tate preocupación, pena y compasión.

—No te preocupes. Es sólo una muestra de admiración de colega a colega. Tengo la sospecha de que no seguiremos trabajando juntos por mucho tiempo.

—Yo todavía no lo decidí —se apresuró a decir ella.

—Pues a mí me parece que sí.

—Tengo responsabilidades aquí. Y estoy en deuda contigo, Hayden, por recomendarme para este puesto.

—Tu nombre ya estaba en la lista —la corrigió él—. Yo me limité a aceptar esa elección.

—Pero yo creí que... —dijo ella y frunció el entrecejo.

—Te ganaste una reputación, Tate.

—Te lo agradezco, Hayden, pero... ¿Dices que yo ya estaba en la lista? ¿En cuál lista?

—En la de Trident. Los directivos estaban impresionados con tus antecedentes. De hecho, tuve la impresión de que existía bastante presión para que entraras, de parte de uno de los que ponen el dinero. Y con esto no quiero decir que a mí no me alegrara aceptar esa recomendación.

—Entiendo. —Por razones que ella no podía explicar, sintió que se le secaba la garganta. —¿Quién podría ser esa persona?

—Como tú misma dijiste, yo soy sólo un punto. —Se encogió de hombros y se puso de pie. —De todos modos, si decidieras renunciar antes de que la expedición llegue a su fin, yo lamentaría mucho perderte. Pero depende de ti.

—Te me estás adelantando. —La ponía nerviosa darse cuenta de que de alguna manera la habían señalado con el dedo, pero le sonrió a Hayden. —Igual, gracias.

Cuando él se fue, Tate se frotó las manos sobre la boca. Se preguntó de dónde salía esa sensación desagradable. ¿Por qué nunca supo de la existencia de una lista ni de que su nombre figuraba en ella?

Volvió a girar hacia el monitor, apretó algunas teclas y entrecerró los ojos hacia la pantalla. Trident, había dicho Hayden. Así que por el momento pasaría por alto a Poseidón y SeaSearch. En cualquier nivel, para encontrar dónde estaba el poder había que buscar el dinero.

—Hola, amigos y vecinos —dijo Bowers al entrar, mientras mordisqueaba una pata de pollo—. El almuerzo está servido.

—Dame una mano aquí, Bowers.

—Por supuesto, dulzura. Mi mano es tuya.

—Sólo pon a trabajar tu magia en la computadora. Quiero averiguar quiénes financian Trident.

—¿Piensas enviarles notas de agradecimiento? —Apartó su almuerzo, se limpió las manos en la pechera de la camisa y comenzó a trabajar.

—Mmmm... hay muchos niveles —murmuró al cabo de un momento—. Por suerte soy el mejor. Los datos que necesitas tienen que estar aquí adentro, en alguna parte. ¿Quieres saber quiénes integran el directorio?

—No. Olvida eso. Lo que me interesa es quién es el verdadero dueño del *Nomad*.

—Eso no debería ser difícil de averiguar. Pero no con tu tecnología amistosa. El propietario es SeaSearch, querida. Un momento... el barco fue donado. Dios, cómo quiero a los filántropos. Fue un tipo llamado VanDyke.

Tate se quedó mirando la pantalla.

—Silas VanDyke.

—Es un personajón. Tienes que haber oído hablar de él. Financia muchas expediciones. Deberíamos darle un gran beso. —Su sonrisa se desdibujó cuando vio la cara de Tate. —¿Qué te pasa?

Ella rechinó los dientes por la furia.

—Ese hijo de puta me puso aquí. Ese... Pues bien, yo me voy.

—¿Te vas? —Desconcertado, Bowers la miró fijo. —¿De dónde te vas?

—Él pensó que podía usarme. —Casi ciega de furia, observó los objetos cuidadosamente ordenados sobre su mesa de trabajo. El reloj de David y Elizabeth. —Por esto. Al demonio con él.

Matthew colgó el tubo del teléfono y levantó su taza de café. Otro puente quemado, pensó. O, quizá, sólo quizá, los primeros tablones colocados en su sitio para un puente nuevo.

Zarparía hacia Hatteras por la mañana.

Si no por otra razón, sería una buena manera de comprobar la capacidad marinera del *Sirena*.

El barco estaba terminado, pintado, barnizado y bautizado. Durante los últimos días, él y LaRue lo habían sacado varias veces en trayectos cortos. Y el barco navegaba que era una maravilla.

Ahora Matthew se echó hacia atrás en el asiento, complacido y cansado. Era posible que, finalmente, hubiera hecho algo que perduraría.

Incluso el nombre del barco tenía una significación especial para él. Había vuelto a tener el sueño en el que Tate estaba en lo más profundo del mar oscuro. No necesitaba que Freud le explicara su significado. Había mantenido un contacto frecuente con Ray durante las últimas semanas. El nombre de Tate había salido a relucir, lo mismo que el *Isabella* y los recuerdos de ese verano.

Como es natural, eso lo había hecho pensar y recordar, de modo que el sueño había reaparecido.

Tal vez Tate era sólo un recuerdo añorado, pero el sueño fue tan real que se sintió obligado a bautizar con ese nombre el barco. O, indirectamente quizá, por ella.

Se preguntó si la vería, pero lo dudaba mucho. Y se dijo que, de todos modos, daba igual.

La puerta mosquitero se abrió con un crujido y se cerró. LaRue entró con bolsas con hamburguesas y papas fritas.

—¿Hiciste tu llamado telefónico? —preguntó.

—Sí. Le dije a Ray que zarparíamos por la mañana. —Matthew levantó los brazos por encima de la cabeza y se desperezó. —El tiempo parece bueno. No debería llevarnos más de tres o cuatro días. Y nos dará la oportunidad de probar bien el barco.

—Tengo muchas ganas de conocer a Roy y a su esposa —dijo LaRue mientras buscaba platos de papel—. ¿No te dio más detalles de lo que descubrió?

—Quiere que yo lo vea personalmente. —De pronto con mucho apetito, Matthew se sirvió una hamburguesa. —Está empeñado en zarpar rumbo a las Antillas a mediados de abril. Le dije que eso nos venía bien.

LaRue miró fijo a Matthew.

—Cuanto antes, mejor.

—Estás loco por completo si vuelves allá. —Demacrado, Buck entró desde el dormitorio. —Ese lugar está maldito. El *Isabella* está maldito. Se llevó a tu padre, ¿no? —Se acercó con lentitud. —Y casi me llevó a mí. Debería haberlo hecho.

Matthew le echó tanta sal a las papas fritas que LaRue hizo una mueca.

—VanDyke mató a mi padre —dijo, muy tranquilo—. Y un tiburón se llevó tu pierna.

—La culpa la tuvo la Maldición de Angelique.

—Tal vez —dijo Matthew mientras masticaba su hamburguesa—. En ese caso, creo que tengo algún derecho sobre ese amuleto.

—Ese amuleto les trae mala suerte a los Lassiter.

—Es hora de que yo cambie mi suerte.

Con un equilibrio no muy estable, Buck apoyó una mano sobre la pequeña mesa con tapa de linóleo.

—A lo mejor crees que sólo me importa lo que te pase pensando en lo que entonces me pasará a mí. Pero no es así. Tu padre esperaba que yo te cuidara. Y traté de hacerlo mientras podía.

—Hace mucho que yo no necesito que alguien me cuide.

—Quizá no. Y es posible que en los últimos años no me haya portado nada bien. Pero tú eres lo único que tengo, Matthew. En realidad, eres lo único que me importa.

A Buck se le quebró la voz, algo que hizo que Matthew cerrara los ojos y tratara de no sentir culpa.

—No pienso pasarme el resto de la vida pagando por algo que no pude evitar ni viéndote terminar la tarea que el tiburón empezó —dijo.

—Te pido que te quedes. Podríamos empezar un negocio. Por ejemplo, sacar a navegar a turistas, a pescadores y esa clase de cosas. —Buck tragó fuerte. —Esta vez yo haría mi parte.

—No, no puedo hacerlo. —Ya sin apetito, Matthew apartó la comida y se puso de pie. —Iré tras el *Isabella*. Lo encuentre o no, estoy decidido a recuperar mi vida. Hay suficientes barcos hundidos allá afuera, y maldito si me pasaré la vida recuperando metal del fondo del mar o haciendo de chofer para turistas en lugar de ir a la caza de oro.

—Yo no puedo impedírtelo. —Buck bajó la vista y miró sus manos temblorosas. —Nunca creí poder hacerlo. —Respiró hondo y cuadró los hombros. —Iré contigo.

—Mira, Buck...

—Hace diez días que no pruebo ni una gota de alcohol. —Buck apretó los puños y después los soltó. —Todavía estoy un poco tembloroso, pero ya no bebo.

Por primera vez, Matthew lo miró. Buck tenía ojeras, pero sus ojos estaban límpidos.

—No es la primera vez que estás diez días sin beber, Buck.

—Así es. Pero no por mi cuenta. Para mí también hay mucho en juego en esto, Matthew. Me asusta muchísimo la sola idea de volver a caer en eso. Si tú vas, yo voy. Los Lassiter siempre han sido unidos —logró decir antes de que se le volviera a quebrar la voz—. ¿Quieres que te suplique que no me dejes aquí?

—Por Dios, no. —Se pasó las manos por la cara. Había como una docena de razones lógicas y valederas para negarse. Y sólo una para aceptar: Buck era su familia. —No podré estar cuidándote ni preocupándome de si tienes una botella escondida. Tendrás que trabajar y ganarte un espacio en el barco.

—Sé muy bien lo que tengo que hacer.

—LaRue. —Matthew giró hacia el hombre que en silencio comía su cena. —Tú eres parte de esto. Necesito saber qué opinas.

Con cortesía, LaRue tragó y se limpió la boca con una servilleta de papel.

—Bueno, pienso que dos manos más nunca vienen mal, si están firmes. —Se encogió de hombros. —Si tiemblan, siempre puedes usarlo de lastre.

Humillado, Buck levantó la mandíbula.

—Yo haré mi parte. James quería el *Isabella*. Yo te ayudaré a encontrar ese barco por él.

—De acuerdo —dijo Matthew y asintió—. Empaca tus cosas. Zarpamos con las primeras luces de la mañana.

# Capítulo Catorce

El pequeño avión se sacudió sobre la pista y despertó a Tate, que dormitaba apenas. Durante las últimas treinta y ocho horas ella había estado en movimiento casi constante, cambiando de barcos a aviones y a taxis. Había cruzado una buena parte del Pacífico, todo un continente, cambiando en forma constante de husos horarios.

Sus ojos le dijeron que era de día, pero su cuerpo seguía desconcertado.

En ese momento tuvo la sensación de estar hecha de un cristal delgado y frágil que podría quebrarse en mil pedazos con un ruido fuerte o un golpe descuidado.

Pero estaba en casa. O tan cerca de casa como lo estaba el pequeño aeropuerto de Frisco sobre la Isla de Hatteras. Sólo le faltaba un viaje muy corto en auto y juró que después evitaría todo lo que se moviera durante por lo menos veinticuatro horas.

Con cuidado buscó su bolso. La lata de sardinas con hélices que había abordado en Norfolk sólo la llevaba a ella de pasajera. Cuando el piloto hizo carretear el avión hasta detenerlo, giró la cabeza, la miró y le hizo una seña con los pulgares hacia arriba que ella contestó con un gesto vago y una sonrisa todavía más vaga.

Tate sabía que tenía mucho que pensar, pero su mente sencillamente no conectaba. No bien descubrió la conexión con VanDyke, sintió un apuro terrible por volver a casa. El destino le había dado una mano. Justo cuando estaba guardando sus cosas en la valija, recibió el llamado de su padre que le pedía que regresara tan pronto como le fuera posible abandonar la expedición.

Y, bueno, lo había hecho. Y en tiempo récord.

Desde entonces, no hizo más que trabajar y viajar y, cada tanto, dormir de a ratos. Esperaba que VanDyke hubiera sido ya informado de que ella se encontraba a miles de kilómetros de su puesto. Confiaba en que se hubiera dado cuenta de que no estaba dispuesta a seguirle el juego.

Con el portafolio en una mano y el bolso colgado del hombro, logró dar unos pasos hacia la pista. Le temblaban las rodillas y agradeció tener puestos anteojos oscuros para protegerse del resplandor de ese sol implacable.

Los vio enseguida: la saludaban con alegría con las manos en alto mientras ella aguardaba a que el piloto bajara su valija del sector de carga.

Qué poco han cambiado, pensó. Quizá había más hebras grises en el pelo de su padre, pero los dos estaban muy erguidos, delgados y bien parecidos. Ambos sonreían como tontos y estaban tomados de la mano mientras agitaban con desesperación las que tenían libres.

La mitad de la fatiga de viaje de Tate desapareció con sólo mirarlos.

Pero, ¿en qué demonios se han metido?, se preguntó. Secretos que no podían compartirse por teléfono. Planes y proyectos y aventuras. Ese maldito amuleto, ese maldito barco hundido. Los malditos Lassiter.

El entusiasmo de Ray frente a la posibilidad de volver a engancharse con los Lassiter fue lo que inclinó la balanza en favor del viaje de Tate directamente a Hatteras en lugar de a su propio departamento en Charleston. Sólo confiaba en que su padre la hubiera escuchado y hubiera evitado ponerse en contacto con Matthew. Le resultaba incomprensible que alguno de ellos quisiera repetir aquel verano horrendo.

Al tomar la tirilla de la valija y hacerla rodar detrás de ella, se dijo que, bueno, ya estaba allí. Y trataría de que sus maravillosos pero ingenuos padres hicieran lo sensato.

—Querida, querida, que bueno verte. —Los brazos de Marla la rodearon y la apretaron fuerte. —Ha pasado tanto tiempo. Casi un año.

—Ya lo sé. Te extrañé. —Entre risas, dejó que su madre tomara el bolso para que ella pudiera abrazar a su padre. —Los he extrañado a los dos. Caramba, qué buen aspecto tienes. —Se separó y se apartó un poco para verlos mejor. —Están estupendos. Mamá, te cambiaste el peinado. Tienes el pelo casi tan corto como yo solía llevarlo.

—¿Te gusta? —Marla se tocó el pelo con gesto femenino.

—Mucho. —Era un corte sentador y la hacía más joven. Tate se preguntó cómo esa mujer bonita y de cutis terso podía ser su madre.

—Ahora le dedico mucho tiempo a la jardinería. Querida, te noto muy delgada. Has estado trabajando demasiado. —Con el entrecejo fruncido, miró a su marido. —Ray, te dije que Tate estaba trabajando demasiado.

—Sí, me lo dijiste —aceptó él y puso los ojos en blanco—. Una y otra vez. ¿Cómo estuvo el viaje, querida?

—Interminable. —Movió los hombros para aflojarlos mientras atravesaban la pequeña terminal aérea hacia donde Ray había estacionado su jeep. Reprimiendo un bostezo, sacudió la cabeza. —Pero, en resumidas cuentas, estoy aquí, y eso es lo que importa.

—Y a nosotros nos alegra muchísimo. —Ray puso el equipaje en la parte de atrás del jeep. —Queríamos que nos acompañaras en este viaje,

Tate, pero me siento culpable de que renunciaras a tu expedición. Sé que era importante para ti.

—No tan importante como creí. —Subió a la parte posterior del jeep y dejó caer la cabeza hacia atrás. No quería sacar a relucir lo de VanDyke y a su conexión con la expedición. Al menos no todavía. —Me alegró formar parte de ella. En realidad admiro a las personas con las que trabajé y me fascinaría volver a hacerlo con cualquiera de ellas. Y todo el proceso fue fascinante, pero impersonal. Cuando llegaban a mis manos los objetos recuperados del fondo, habían pasado ya por tantas otras manos que casi era como tomar algo de una vitrina para examinarlo. —Cansada, volvió a mover los hombros. —¿Lo entienden?

—Sí. —Porque Marla se lo había prevenido, Ray reprimió su deseo de empezar a hablarle de sus propios planes.

"Dale un poco de tiempo, —había insistido Marla—. Tómatelo con calma."

—Bueno, ahora estás en casa —dijo Marla—. Lo primero que harás será comer algo rico y caliente y dormir un rato.

—No te lo voy a discutir. Cuando se me despeje la cabeza quiero que me cuenten esa idea de ustedes de ir tras el *Isabella*.

—Cuando hayas leído a fondo mi trabajo de investigación —dijo Ray muy contento cuando viró hacia el pueblo de Buxton—, entenderás por qué estoy tan impaciente por ponerme en movimiento lo antes posible. —Abrió la boca para continuar, pero se dio cuenta de la mirada de advertencia de su esposa. —Cuando hayas descansado lo veremos juntos.

—Al menos dime qué fue lo que encontraste que empezó todo esto —dijo ella cuando el vehículo viró, avanzó por entre los pinos e inició la subida por un camino arenoso—. Oh, las azaleas están en flor.

Asomada por la ventanilla para aspirar la fragancia de los pinos y de los laureles y de las flores mezclada con el aroma del agua, estaba fascinada. Parecía un cuento de hadas.

Sabiamente, Marla había intercalado arbustos de flor entre los árboles y mezclado bulbos de primavera y de verano, para que las pinceladas y estallidos de color parecieran espontáneos y no planeados.

Cerca de la casa de madera de cedro de dos plantas con su amplio porche cerrado con tela mosquitero, los canteros de flores eran apenas un poco más formales: había allí plantas rastreras entre las rocas, prímulas y artemisas en flor, y también pajarillas y espuelas de caballero. Las plantas anuales y perennes estaban en su esplendor, mientras que otras aguardaban a que llegara su estación.

—Preparaste un jardín con rocas —comentó Tate y estiró la cabeza cuando el jeep dobló a un terreno amplio que daba al brazo de mar.

—Sí, es mi nuevo proyecto. Aquí hay tanta sombra que tuve que elegir muy bien las plantas. Y deberías ver mi cantero de hierbas detrás de la cocina.

—Todo está fabuloso. —Tate se apeó del jeep y observó la casa. —Y tan silencioso —dijo en voz baja—. Sólo el sonido del agua, de las aves y de la brisa por entre los pinos. No sé cómo tienen el coraje de alejarse de aquí.

—Cada vez que volvemos de uno de nuestros pequeños viajes, lo amamos incluso más. —Ray levantó sus valijas. —Será un lugar maravilloso para retirarnos. —Le guiñó un ojo a su mujer. —Cuando estemos listos para crecer.

—Sí, claro —dijo Tate—, me lo imagino. Más encantada de estar allí de lo que suponía, comenzó a caminar hacia la suave ladera. —Supongo que a esa altura yo ya estaré lista para dedicarme a tejer o a jugar al bingo mucho antes de que... —Se frenó junto a la puerta de atrás. La colorida hamaca tejida que le había comprado a su padre durante un viaje a Tahití estaba armada en su lugar habitual al sol. Pero se encontraba ocupada. —¿Tienen visitas?

—No, no son visitas sino viejos amigos. —Marla abrió la puerta mosquitero. —Llegaron anoche, justo antes de que oscureciera. Estamos repletos de viajeros cansados, ¿no, Ray?

—Sí, tenemos la casa llena.

Tate no alcanzaba a ver más que una mata de pelo oscuro que caía sobre anteojos espejados, y la insinuación de un cuerpo musculoso y bronceado. Fue suficiente para que se le formara un nudo en el estómago.

—¿Cuáles viejos amigos? —preguntó con un cuidadoso tono neutro.

—Buck y Matthew Lassiter. —Marla ya estaba en la cocina y verificaba la sopa de almejas que tenía al fuego para el almuerzo. —Y su compañero de navegación LaRue. Un personaje bien interesante, ¿no es así, Ray?

—Ya lo creo. —En la cara de Ray brillaba una gran sonrisa. No le había mencionado a Marla que Tate se oponía a la renovación de esa antigua sociedad. —Te resultará muy divertido, Tate. Ahora subiré tus cosas a tu habitación. —Y así escaparía de esa difícil situación.

—¿Dónde está Buck? —le preguntó Tate a su madre. Aunque había entrado en la cocina, por la ventana mantenía la vista fija en la hamaca.

—Debe de andar por aquí. —Probó la sopa y asintió. —Tiene mucho mejor aspecto que la última vez que lo vimos.

—¿Sigue bebiendo mucho?

—No. Ni una gota desde que está aquí. Siéntate, querida. Te serviré un plato de sopa.

—Todavía no. Creo que saldré y renovaré una vieja amistad.

—Me parece muy bien. Y dile a Matthew que su almuerzo está listo.

—De acuerdo. —Pensaba decirle mucho más que eso.

El pasto arenoso amortiguó sus pisadas. Aunque Tate estaba segura de que él no se habría movido aunque se le acercara con una banda de música. El sol le daba en la cara y aumentaba su apostura, pensó ella, furiosa.

Era hermoso. Todo el resentimiento y el desdén del mundo no podían negar ese hecho. Estaba despeinado y era evidente que hacía tiempo que no iba a una barbería. Dormido, su cara estaba distendida y su maravillosa boca parecía suave. Esa cara estaba más flaca que hacía ocho años, y los huecos de sus mejillas eran más profundos. Y eso lo volvía aun más atractivo. Su cuerpo era delgado y musculoso y parecía duro como el granito debajo de los jeans rotos y de la camiseta desteñida.

Se permitió observarlo bien y, al mismo tiempo, monitorear su propia reacción tal como lo haría con cualquier experimento de laboratorio. Detectó un leve salto en su pulso, pero era algo natural, decidió, cuando una mujer se encuentra frente a un animal magnífico como ése.

La alegró comprobar que, después de esa leve sacudida visceral, no sintió otra cosa que enojo, resentimiento y una buena y antigua furia al encontrarlo allí durmiendo en su propiedad.

—Lassiter, pedazo de hijo de puta.

Él no se mosqueó; su pecho siguió subiendo y bajando rítmicamente. Con una sonrisa malévola, Tate se afirmó bien, tomó el borde de la hamaca y la empujó hacia arriba.

Matthew despertó prácticamente en el aire. De pronto vio que el suelo se le acercaba y extendió las manos en forma instintiva para frenarse. Gruñó al golpear contra tierra y lanzó una imprecación cuando se le clavó una espina de cardo en el pulgar. Mareado y desorientado, sacudió la cabeza. Se echó el pelo hacia atrás y logró sentarse.

Lo primero que vio fueron unos pies pequeños y angostos enfundados en un par de botas gastadas. Después, las piernas. Largas, femeninas y maravillosamente torneadas, dentro de calzas negras y angostas. En otras circunstancias, podría haber pasado mucho tiempo contemplándolas muy contento.

Al levantar un poco la vista se topó con una camisa negra cuyos faldones cubrían caderas que decididamente no eran las de un hombre. Hermosos pechos altos le conferían una curva agradable a la camisa.

Y, después, la cara.

Ella había cambiado, pensó Matthew. Era una preciosura. Apetitosa. Si bien era una muchacha fresca, linda y dulce a los veinte, la mujer en la que se había convertido era deslumbrante.

Su piel parecía de marfil, era de una pureza casi transparente, con apenas un rubor rosado. Su boca sin pintar era generosa y sensual y tenía en ese momento una expresión enojada que hizo que a él se le secara la suya. Tate se había dejado crecer el pelo, que ahora llevaba en una cola de caballo que dejaba su cara sin marco. Detrás de sus anteojos oscuros, sus ojos ardían de furia.

Al darse cuenta de que estaba a punto de quedar boquiabierto, Matthew se puso de pie. Como defensa, inclinó la cabeza y le dedicó una sonrisa rápida e indiferente.

—Hola, Red. Cuánto tiempo ha pasado.

—¿Qué demonios haces aquí, enredando a mis padres en algún proyecto descabellado?

Con un movimiento negligente, él se apoyó en un árbol. Tenía la sensación de que sus rodillas eran de gelatina.

—Para mí también es un gusto verte —replicó en forma seca—. Y lo entendiste todo al revés. El proyecto es de Ray. Y él me convenció de que lo acompañara.

Tate sintió un rechazo terrible y le resultó imposible tragárselo todo.

—La sociedad se disolvió hace ocho años y así quedará. Quiero que vuelvas al agujero del que saliste para venir acá.

—¿Ahora tú eres la que manda aquí, Red?

—Haré todo lo que sea necesario para proteger a mis padres de ti.

—Yo jamás le hice nada a Ray ni a Marla. —Levantó una ceja. —Ni tampoco a ti. Aunque en ese sentido tuve muchas oportunidades.

Tate sintió calor en las mejillas. Detestó por eso a Matthew, odió esos malditos anteojos espejados que ocultaban sus ojos y le devolvían su propia imagen.

—Ya no soy una jovencita ingenua, Lassiter. Sé exactamente lo que tú eres: un oportunista sin ningún sentido de lealtad ni de responsabilidad. No te necesitamos.

—Ray no opina lo mismo.

—Tiene el corazón blando. Pero yo no. Es posible que tú lo hayas convencido de que invierta su dinero en algún plan descabellado, pero yo estoy aquí para impedirlo. No permitiré que lo uses.

—¿Es así como lo ves? ¿Piensas que yo me propongo usarlo?

—Eres un aprovechador nato. —Lo dijo muy tranquila, complacida con su propio control. —Y cuando las cosas se ponen difíciles, te mandas a mudar. Como hiciste con Buck: lo dejaste en un cuchitril de un parque para casas rodantes de la Florida mientras te embarcabas. Yo estuve allí. —Llena de resentimiento, se le acercó un poco más. —Hace casi un año fui a verlo. Y vi el chiquero en que lo dejaste. Estaba solo y enfermo. Casi no tenía comida. Dijo que no recordaba cuándo había sido la última vez que estuviste allí. Que te habías ido a bucear a alguna parte.

—Bueno, eso es verdad. —Estaba dispuesto a cortarse la lengua con su propio orgullo antes de contradecirla.

—Él te necesitaba, pero tú estabas demasiado ocupado contigo mismo como para que te importara un comino. Dejaste que prácticamente se matara de tanto beber alcohol. Si mis padres supieran lo insensible y helado que en realidad eres, te echarían de aquí a patadas.

—Pero tú lo sabes.

—Sí, yo lo sé. Lo supe hace ocho años, cuando fuiste lo bastante considerado como para demostrármelo. Eso es lo único que te debo, Matthew, y te juro que pagaré esa deuda dándote la oportunidad de que te salgas de este negocio de una manera elegante.

—No hay trato. —Se cruzó de brazos. —Iré tras el *Isabella*, Tate, de una u otra manera. Yo también tengo deudas que pagar.

—Pero para hacerlo no usarás a mis padres. —Giró sobre sus talones y se alejó.

Una vez a solas, Matthew se dio un minuto para serenarse. Con lentitud se sentó en la hamaca y apoyó los pies en el suelo para que no se meciera.

No había pensado que Tate lo recibiría con los brazos abiertos y una sonrisa luminosa. Pero tampoco esperaba una reacción tan violenta y llena de odio. Manejar esa actitud de Tate iba a ser difícil, pero necesario.

Pero eso no era lo peor. Ni por asomo. Él estaba tan seguro de que su amor por ella se le había pasado. Que Tate no había sido más que un entusiasmo pasajero en su vida. De modo que representó una sacudida sorprendente y devastadora darse cuenta de que no sólo no era así sino que estaba desesperada y locamente enamorado de ella.

Todavía.

Antes de que Marla tuviera tiempo de repetir su ofrecimiento de almuerzo, Tate había atravesado la cocina, pasado por el living, entrado en el foyer y salido por la puerta del frente.

Necesitaba aire, necesitaba respirar.

Mientras caminaba por la arena hacia el brazo de mar se dijo que por lo menos había logrado controlar su furia. No había atacado a Matthew de la manera en que habría querido. Y puso bien en claro cuál era su posición. Se aseguraría de que Matthew Lassiter hubiera empacado sus cosas y partido antes del anochecer.

Aspiró otra bocanada de aire al pisar el angosto embarcadero. Amarrado allí estaba el *New Adventure*, el crucero de doce metros de eslora que sus padres habían bautizado apenas dos años antes. Era una belleza, y aunque Tate sólo había hecho un trayecto corto en él, sabía que era un barco rápido y ágil.

Habría subido a bordo, nada más que para pasar algunos minutos a solas con su furia, si no hubiera habido otro barco del otro lado del muelle, un catamarán.

Lo miraba con desconfianza y observaba su línea nada común y sus dos cascos, cuando Buck subió a cubierta.

—Hola, linda muchacha.

—Hola. —Con una sonrisa, se acercó al lugar donde estaba amarrado. —Solicito permiso para subir a bordo, señor.

—Permiso concedido. —Buck sonrió y le tendió una mano cuando ella aterrizó en cubierta con un salto lleno de gracia.

Tate notó enseguida que Buck estaba más flaco: había perdido la hinchazón producto de la bebida y de la comida inadecuada. De nuevo tenía color en las mejillas y su mirada era despejada. Cuando lo abrazó, no percibió ese olor desagradable, mezcla de whisky y de sudor.

—Qué bueno verte —le dijo—. Pareces renovado.

—En eso estoy —respondió él, un poco incómodo—. Ya sabes lo que dicen: un día por vez.

—Estoy orgullosa de ti. Bueno, cuéntame acerca de esto —dijo y abrió los brazos como para comprender todo el barco—. ¿Cuánto hace que lo tienes?

—Matthew lo terminó pocos días antes de que zarpáramos hacia aquí.

La sonrisa desapareció de los labios de Tate.

—¿Matthew?

—Él lo construyó —dijo Buck con un orgullo que se notaba en cada sílaba—. Lo diseñó y trabajó en él en forma intermitente a lo largo de años.

—¿Matthew diseñó y construyó este barco solo?

—Sí, y prácticamente sin ayuda de nadie. Ven, te lo mostraré. —Y mientras la conducía por la cubierta, de proa a popa, le hacía comentarios sobre el diseño, la estabilidad, la velocidad. Cada tanto deslizaba la mano con afecto por una barandilla o un herraje.

—Confieso que yo no le tenía mucha fe —reconoció Buck—, pero el muchacho demostró que yo estaba equivocado. Cerca de las costas de Georgia nos topamos con una borrasca, y el barco la superó como una dama.

—Mmmm.

—Tiene capacidad para setecientos cincuenta litros de agua dulce —prosiguió Buck, alardeando como un papá chocho—. Y en cuanto a almacenaje, posee la misma capacidad que cualquier barco con dieciocho metros de eslora. Tiene dos motores de ciento cuarenta y cinco caballos de fuerza.

—Vaya que parece veloz —murmuró ella. Cuando entró en la cabina del piloto, sus ojos se abrieron de par en par. —Por Dios, Buck, qué equipo.

Muy impresionada, examinó cada detalle. Un sonar de última generación, medidores de profundidad, un magnetómetro. Había allí excelentes y costosos equipos de navegación, un radioteléfono, un buscador radiodireccional, un NavTex para datos meteorológicos de la costa y, para su sorpresa total, un vídeo plotter con pantalla de cristal líquido.

—El muchacho quería lo mejor.

—Sí, pero... —Tate quería preguntar cuánto le había costado, pero temía que la respuesta fueran sus padres. En cambio, respiró hondo y se prometió averiguarlo ella misma, pero más adelante. —Realmente es una maravilla.

La cabina del piloto tenía una gran visibilidad y acceso desde babor y estribor. Había en ella una gran mesa para mapas, ahora vacía, y lustrosos gabinetes con herrajes de bronce para almacenar cosas. En un rincón había incluso un sofá-litera de madera con almohadones bien rellenos.

Algo bien distinto, pensó, del *Sea Devil*.

—Ven a mirar las cabinas. Bueno, creo que podrían llamarse camarotes. Hay dos y en ellos se duerme con total comodidad. Y creo que tu madre se sentiría orgullosa de la cocina de este barco.

—Estoy segura de que le encantaría verla. Dime, Buck —dijo mientras se dirigían a popa—, ¿durante cuánto tiempo ha estado planeando Matthew buscar de nuevo el *Isabella*?

—No tengo idea. Probablemente desde que dejamos el *Margarita*. En mi opinión, nunca dejó de pensarlo. Lo único que le faltaba era tiempo y los medios.

—Los medios —repitió Tate—. ¿O sea que entonces recibió algún dinero?

—LaRue entró como socio.

—¿LaRue? ¿Quién...?

—¿Oí que alguien pronunciaba mi nombre?

Tate vio una figura en el fondo de la escalera de cabina. Cuando ella bajó descubrió que era un hombre de entre cuarenta y cincuenta años, delgado y vestido con elegancia. Hubo un destello de oro en su sonrisa cuando le tendió una mano para ayudarla a bajar.

—Ah, *mademoiselle*, me mareo con sólo verla —dijo y le besó la mano.

—No le prestes atención a este canadiense flacucho, Tate. Él se considera un hombre galante.

—Un hombre que reverencia y aprecia a las mujeres —lo corrigió LaRue—. Estoy encantado de conocerla por fin y de que su belleza engalane nuestro humilde hogar.

A primera vista, la caseta sobre cubierta parecía cualquier cosa menos humilde. Junto a un comedor-bar de madera lustrada había taburetes con almohadones de colores. Sobre las paredes, alguien había colgado mapas marinos amarillentos enmarcados. La sorprendió muchísimo ver un florero con narcisos frescos sobre una mesa.

—Supongo que es un gran adelanto desde el *Sea Devil* —comentó Buck.

—De *Sea Devil* a *Sirena* —dijo LaRue y sonrió—. ¿Puedo ofrecerle una taza de té, *mademoiselle*?

—No. —Tate todavía no salía de su asombro. —Gracias. Tengo que regresar a casa. Hay una serie de cosas que debo hablar con mis padres.

—Ah, sí. A su padre le fascinó la idea de que usted nos acompañara. Por mi parte, estoy encantado de saber que unas damas tan hermosas le agregarán encanto a la travesía.

—Tate no es sólo una dama —dijo Buck—. Bucea que es una maravilla, es una cazadora de tesoros nata y, además, es científica.

—Una mujer de muchos talentos —murmuró LaRue—. Me siento insignificante.

Ella lo miró.

—¿Usted se asoció con Matthew?

—Desde luego que sí. Mi meta ha sido tratar de incorporar algo de cultura en su vida.

Buck se burló de él:

—La mierda con acento sigue siendo mierda. Y te pido excusas por mi vocabulario, Tate.

—Tengo que regresar a casa —repitió ella—. Un gusto haberlo conocido, señor LaRue.

—LaRue solamente. —Volvió a besarle la mano. —*A bientôt*.

Buck apartó a LaRue con el hombro.

—Yo te acompañaré.

—Gracias. —Tate esperó a que estuvieran en el muelle. —Buck, ¿dijiste que Matthew ha estado trabajando en ese barco en forma intermitente durante años?

—Sí, cada vez que tenía un poco de tiempo libre o de dinero. Debe de haber hecho como una docena de diseños y planos antes de llegar a éste.

—Ajá. —Tanta ambición y tenacidad eran más de lo que ella habría supuesto en él. A menos que... —¿También durante años planeó volver a buscar el *Isabella*?

—Yo no puedo decir lo que tenía en la mente. Lo que sí se es que es algo que ahora ha decidido hacer. De nuevo tiene esa fiebre. Pero no tengo idea de si alguna vez la perdió.

—De acuerdo. —Tate le puso una mano en los brazos. —Espero que no lo tomes a mal, pero no estoy segura de que esto sea una buena idea.

—¿Te refieres a que volvamos a ser socios con Ray y Marla y regresemos allá?

—Sí. Encontrar el *Margarita* fue casi un milagro. Las posibilidades de que vuelva a ocurrir algo así son muy escasas. Sé que a todos nos llevó mucho tiempo recuperarnos de la decepción que sufrimos aquella vez. Y detestaría ver que tú y mis padres vuelven a pasar por una experiencia así.

Buck hizo una pausa para ponerse los anteojos en su lugar.

—No puedo decir que a mí me haga muy feliz. —En forma automática, bajó la mano y se tocó la pierna ortopédica. —Malos recuerdos, mala suerte. Pero Matthew está decidido. Y yo estoy en deuda con él.

—Eso no es verdad. Él está en deuda contigo. Te debe la vida.

—Tal vez sea así —dijo Buck e hizo una mueca—. Pero lo cierto es que se lo hice pagar, y con creces. Yo no salvé a su padre. No sé si podría haberlo hecho, pero no lo hice. Y jamás fui en busca de VanDyke. No sé de qué habría servido, pero tampoco lo hice. Y cuando me llegó el momento a mí de pagar, no lo tomé como un verdadero hombre.

—No digas eso. —Tate enlazó un brazo con el suyo. —Lo estás llevando muy bien.

—Ahora. Desde hace un par de semanas. Pero eso no compensa todos los años del medio. Dejé que el muchacho cargara con todo: con el trabajo y la culpa.

—Él te dejó solo —dijo Tate con furia—. Debería haberse quedado junto a ti. Mantenerte y apoyarte.

—Nunca hizo otra cosa. Trabajó en algo que detestaba para que yo pudiera tener lo que necesitaba. Yo tomé ese dinero, lo usé y se lo tiré a la cara en cada oportunidad que tuve. Me avergüenza recordarlo.

—No sé de qué hablas. La última vez que fui a verte, tú...

—Te mentí. —Bajó la cabeza y se miró fijo los pies, sabiendo que tenía que correr el riesgo de perder su afecto en bien de su propia dignidad.

—Hice que pareciera que me había dejado solo, que ni siquiera iba a verme y que no hacía nada por mí. Tal vez no venía mucho, pero es difícil culparlo. Pero me envió dinero y se ocupó de todo lo mejor que pudo. No sé cuántas veces pagó mi internación para que tratara de dejar la bebida.

—Pero yo creí que...

—Es lo que yo quería que pensaras. Y también lo que quería que él creyera, porque me resultaba más fácil que para todos yo fuera un desdichado. Pero él hizo lo mejor que pudo por mí.

Lejos de estar convencida, Tate sacudió la cabeza.

—Matthew debería haberse quedado junto a ti.

—Hizo lo que tenía que hacer —insistió Buck y Tate se inclinó frente a tanta e inconmovible lealtad familiar.

—Sea como fuere, este nuevo proyecto me parece impulsivo y peligroso. Haré todo lo posible por convencer a mis padres de que no participen. Espero que lo entiendas.

—No puedo culparte por pensarlo dos veces antes de volver a engancharte con los Lassiter. Haz lo que tengas que hacer, Tate, pero te advierto que, para tu padre, esto ya va viento en popa.

—Entonces tendré que hacerlo cambiar el curso.

# Capítulo quince

Pero había momentos en que el viento soplaba con fuerza y derrotaba hasta al marino más avezado.

Tate toleró la presencia de Matthew durante la cena. Se limitó a conversar con Buck y LaRue, sentada frente a esa enorme mesa de madera de castaño. Escuchó sus relatos y rió frente a sus chistes.

Sencillamente no tuvo el coraje de arruinar ese ambiente festivo ni de apagar la luz de felicidad que había en los ojos de su padre con lógica y hechos concretos y duros.

Porque no se le pasaron por alto las miradas de preocupación que su madre le lanzaba cada tanto, Tate se las ingenió para mostrarse fríamente cortés con Matthew, aunque trató de limitar ese contacto al obligatorio "pásame la sal".

Cuando la cena concluyó, maniobró la situación a su favor al insistir en levantar la mesa ella sola junto a su padre.

—Apuesto a que no has comido nada igual en todos los domingos de un mes —comentó él mientras tarareaba en voz baja y apilaba los platos.

—En todos los domingos de un año. Lamento haber tenido que pasar el pastel de nuez.

—Podrás comer una porción más tarde. Ese LaRue sí que es un personaje, ¿no? De pronto se dedica a intercambiar recetas con tu madre y un minuto después discute sobre política exterior, con comentarios al pasar sobre béisbol y arte del siglo XVIII.

—Es un auténtico hombre del Renacimiento —murmuró ella. Pero todavía no quería abrir juicio sobre él. Pensó que cualquier amigo de Matthew requería un escrutinio cuidadoso. Aunque fuera interesante, educado y encantador. En particular sí lo era. —Todavía no entiendo qué hace con Matthew.

—Pues a mí me parece que se complementan muy bien. —Ray llenó la pileta con agua jabonosa para las cacerolas, mientras Tate cargaba el lavavajilla. —Matthew siempre tuvo muchas inquietudes, y ocurre que nunca tuvo oportunidad de ponerlas en práctica.

—Yo diría más bien que es un hombre que sabe cómo sacar el mejor provecho de una oportunidad. Que es, justamente, el tema del que quiero hablar contigo.

—El *Isabella*. —Con la camisa arremangada, Ray comenzó a lavar las cacerolas en la pileta. —Ya llegaremos a eso, querida. Tan pronto todos estén instalados para pasar la noche. No quise decirle nada más al resto hasta que tú llegaras.

—Papá, sé lo que sentiste cuando encontramos aquel naufragio virgen hace ocho años. Sé lo que sentí yo, así que entiendo que puedas pensar que es una buena idea regresar. Pero no estoy segura de que hayas tomado en cuenta todos los detalles, los peligros latentes.

—Los he tomado en cuenta, y mucho, en todos estos años, y creo no haber pensado en otra cosa durante los últimos nueve meses. La última vez tuvimos nuestra cuota de suerte, buena y mala. Pero esta vez son muchos más los beneficios que nos esperan.

—Papá. —Tate puso otro plato en el lavavajilla y lo acomodó. —Si tengo la información apropiada, Buck no ha vuelto a bucear desde su accidente, y LaRue solía trabajar de cocinero en un barco. Jamás tuvo tanques sujetos a la espalda.

—Es verdad. Tal vez Buck no bajará al fondo del mar, pero siempre vendrá bien tener otra mano en cubierta. En cuanto a LaRue, está dispuesto a aprender, y tengo la impresión de que es muy buen alumno.

—Somos seis —prosiguió Tate, en un inútil esfuerzo de quitarle el optimismo—. De los cuales sólo tres buceamos. Y, en mi caso, hace casi dos años que no lo hago en serio.

—Es como andar en bicicleta —dijo Ray y apartó una cacerola para que se secara—. De todos modos, necesitamos personas capaces de leer y manejar los equipos. Ahora tenemos con nosotros una arqueóloga marina profesional, no una que se está entrenando. —Le dedicó una gran sonrisa—. Tal vez podrás escribir tu tesis en esta expedición.

—En este momento no es mi tesis lo que me preocupa —dijo ella y se esforzó por ser paciente —. Me preocupas tú. Tú y mamá han pasado los últimos años de cacería, papá. Explorando naufragios conocidos, buceando por placer, coleccionando caracolas. Eso no es nada en comparación con el exhaustivo trabajo físico necesario para lo que tienes en mente.

—Yo estoy en forma —le dijo él, sintiéndose vagamente insultado—. Hago gimnasia tres veces por semana y buceo con regularidad.

"Me equivoqué de táctica", pensó ella.

—De acuerdo. ¿Y qué me dices de los gastos? Podría llevar meses de tu tiempo, a lo cual hay que sumar el costo de las provisiones y de los equipos. No se trata de vacaciones ni de un *hobby*. ¿Quién financia esta aventura?

—Tu madre y yo tenemos una situación financiera muy estable.

—Bueno. —Luchando contra la furia, Tate tomó un trapo rejilla para limpiar la mesada—. Eso responde mi última pregunta. O sea que pones en peligro tu dinero, vale decir que financiarás a los Lassiter.

—No es cuestión de financiarlos, querida. —Genuinamente desconcertado, sacó las manos del agua y se las secó. —Es una sociedad, igual que la otra vez. Cualquier saldo desfavorable que se produzca se deducirá de las ganancias cuando recuperemos los restos del barco hundido.

—¿Qué pasará si no encontramos ningún barco hundido? —saltó ella—. No me importa si gastas hasta el último centavo de dinero en un sueño. Quiero que disfrutes todo aquello por lo que has trabajado. Lo que no puedo soportar es ver que permites que ese hijo de puta oportunista te embauque.

—Tate. —Alarmado por el tono de voz de su hija, la palmeó en el hombro. —No sabía que estabas disgustada. Cuando dijiste que regresarías, pensé que estabas de acuerdo con la idea.

—Volví para tratar de impedir que cometieras una equivocación.

—No me estoy equivocando. —Por la expresión de la cara de su padre, Tate supo que estaba herido. —Y hay un barco hundido. El padre de Matthew lo sabía y yo lo sé. El *Isabella* está ahí, y contiene la Maldición de Angelique.

—El amuleto de nuevo. No puedo creerlo.

—Sí, el amuleto de nuevo. Eso era lo que buscaba James Lassiter, es lo que Silas VanDyke quiere y lo que nosotros conseguiremos.

—¿Por qué es tan importante? Me refiero a ese barco, a ese collar.

—Porque aquel verano perdimos algo, Tate —dijo él con voz serena—. Algo más que la fortuna que ese ladrón nos robó. Más incluso que la pierna de Buck. Perdimos la alegría de lo que habíamos hecho, de lo que podíamos hacer. Perdimos la magia de lo que podría ser. Es hora de que volvamos allá.

Tate suspiró. ¿Qué podía hacer para luchar contra un sueño? ¿Acaso ella no seguía teniendo el suyo? El museo que durante casi toda su vida tanto había planeado y esperado ver hecho realidad algún día. ¿Quién era ella para tratar de impedir que su padre lograra el suyo?

—Está bien. Podemos volver allá, pero sólo nosotros tres.

—Ahora los Lassiter son parte de ese proyecto, tal como lo fueron aquel entonces. Y si alguien tiene derecho de encontrar ese barco y ese amuleto, ese alguien es Matthew.

—¿Por qué?

—Porque le costó su padre.

Ella no quería pensar en eso. No quería tener que visualizar al jovencito que había llorado, indefenso, junto al cuerpo sin vida de su padre.

—El amuleto no significa para él más que un medio para llegar a un fin, algo que vender al mejor postor.

—A él le toca decidir eso.

—Eso lo hace muy poco mejor que VanDyke —lo corrigió ella.

—Matthew te hirió mucho ese verano. —Con ternura, Ray le tomó la cara entre las manos—. Yo sabía que había algo entre ustedes, pero no que era tan profundo.

—Esto no tiene nada que ver con aquello —insistió ella—. Tiene que ver con quién y qué es Matthew.

—Ocho años es mucho tiempo, querida. Tal vez deberías dar un paso atrás y mirarlo de nuevo. Mientras tanto, hay cosas que necesito mostrarte, mostrarles a todos. Reunamos a todos en mi estudio.

De mala gana, Tate se unió al grupo en la habitación con paredes con revestimiento de madera en la que su padre hacía sus investigaciones y escribía sus artículos para revistas de buceo. A propósito, se ubicó en el otro extremo de donde estaba Matthew y se sentó en el apoyabrazos del sillón de su madre.

Con las ventanas abiertas a los aromas y la música del brazo de mar, la temperatura del cuarto era justo lo bastante fresca como para que en la chimenea ardieran algunos troncos. Ray rodeó su escritorio y carraspeó como un nervioso conferencista a punto de comenzar su discurso.

—Sé que todos sienten curiosidad con respecto a lo que me movió a iniciar esta aventura. Todos sabemos lo que ocurrió hace ocho años, qué encontramos y qué perdimos. Después de eso, cada vez que buceaba pensaba en ello.

—Cavilabas sobre ello —lo corrigió Marla con una sonrisa.

Ray le devolvió la sonrisa.

—No podía evitarlo. Por un tiempo pensé que lo había olvidado, pero entonces algo me lo recordaba y todo empezaba de nuevo. Un día que tenía gripe y Marla no me dejaba salir de la cama, estuve mirando mucha televisión y por casualidad vi un documental sobre la recuperación de restos de barcos hundidos. Era un naufragio cerca del Cabo de Hornos, un barco que contenía muchos tesoros. ¿Y quién lo financiaba, quién se adjudicaba toda la gloria? Nada menos que Silas VanDyke.

—Hijo de puta —masculló Buck—. Lo más probable es que haya pirateado también ése.

—Es posible, pero la cuestión es que decidió filmarlo todo. No era gran cosa como camarógrafo, pero sí habló un poco sobre las inmersiones que había hecho y otros barcos hundidos que había descubierto. El muy canalla habló del *Santa Margarita*. Ni se molestó en mencionar que ya había sido hallado y excavado. En su versión, él lo había hecho todo. Y, después, por ser una persona generosa, donó el cincuenta por ciento de las ganancias al gobierno de Saint Kitts.

—En sobornos y comisiones —decidió Matthew.

—Eso me enfureció. Ahí mismo comencé a investigar de nuevo. Pensé que tal vez él había conseguido un naufragio, pero no se adueñaría del otro. Pasé casi los dos años siguientes tratando de obtener la mayor información posible sobre el *Isabella*. Ninguna referencia a ese barco, esa tripulación, esa tormenta era demasiado pequeña o insignificante. Así fue como lo encontré. O, mejor dicho, cómo encontré dos piezas vitales del rompecabezas. Un mapa y una referencia a la Maldición de Angelique.

Con cuidado, sacó un libro del cajón superior del escritorio. La tapa estaba casi destruida y arreglada con cinta adhesiva. Sus páginas estaban resecas y amarillentas.

—Se está haciendo pedazos —aclaró Ray, innecesariamente—. Lo encontré en una tienda de libros de segunda mano. Se llama *Vida de un marino*. Fue escrito en 1846, por un bisnieto de un sobreviviente del *Isabella*.

—Pero no hubo sobrevivientes —acotó Tate—. Es una de las razones por las que ha sido tan difícil localizar el barco.

—No se registraron sobrevivientes. —Ray acarició el libro como si fuera un hijo bienamado. —Según relatos y leyendas que el autor de este libro transcribe, José Baltazar llegó a las costas de la isla de Nevis. Era un marinero del *Isabella*, y vio que el barco se hundía mientras él se aferraba, semi inconsciente, a una tabla que probablemente procedía del *Santa Margarita*. Matthew, creo que tu padre había encontrado esta misma pista.

—En ese caso, ¿qué hacía en Australia?

—Seguía la Maldición de Angelique. —Ray hizo una pausa para darle más efecto a sus palabras. —Pero lo suyo fue una generación demasiado pronto. Sir Arthur Minnefield, un aristócrata británico, le había comprado el amuleto a un comerciante francés.

—Minnefield. —Buck, concentrado, entrecerró los ojos. —Recuerdo haber visto ese nombre en las notas de James. La noche antes de su muerte me dijo que había estado buscando en el lugar equivocado. Dijo que VanDyke estaba equivocado y que ese maldito collar había cambiado de manos. Así fue como lo dijo, "ese maldito collar", y estaba muy excitado. Dijo que cuando termináramos en el arrecife nos libraríamos de VanDyke y daríamos vuelta las cosas. Y que debíamos cuidarnos de VanDyke y no movernos demasiado rápido. Que todavía le faltaba estudiar mucho y pensar mucho antes de que saliéramos en busca del barco.

"Mi teoría es que James encontró otra referencia al amuleto o a Baltazar. —Ray apoyó con cuidado el libro sobre su escritorio. —Porque, verán, el amuleto no se hundió en el arrecife. El barco sí lo hizo, y también Minnefield, pero la Maldición de Angelique sobrevivió. Los detalles son muy someros a lo largo de los siguientes treinta años. Quizá las olas lo depositaron en una playa o alguien lo encontró mientras exploraba los arrecifes. No puedo encontrar ninguna mención al collar entre 1706 y 1733. Pero Baltazar lo vio alrededor del cuello de una joven mujer española a bordo del *Isabella*. Lo describió. Se enteró de la leyenda y la contó.

Lejos de estar convencida, Tate entrelazó las manos.

—Si una referencia al amuleto lo ubica en el *Isabella*, ¿por qué VanDyke no lo encontró y fue él mismo a buscar el *Isabella*?

—Porque estaba convencido de que se encontraba en Australia —le contestó Buck—. Estaba obsesionado. Se le metió en la cabeza que James sabía algo más y trató de sonsacárselo.

—Y terminó matándolo —dijo Matthew—. VanDyke tuvo trabajando a varios equipos en esa zona durante años.

—Pero si mi padre encontró una referencia que indica que el collar estaba en otra parte —continuó Tate con una lógica empecinada—, y tu padre encontró otra referencia, entonces es lógico pensar que un hombre con los recursos y la codicia de VanDyke también debería haberla encontrado.

—Tal vez el amuleto no quería que él encontrara esa referencia —dijo LaRue muy tranquilo mientras se armaba otro cigarrillo.

—Es un objeto inanimado —le retrucó Tate.

—También lo es el Diamante Hope —contestó LaRue—. La piedra filosofal, el Arca de la Alianza. Sin embargo, las leyendas que los rodean son vitales.

—La palabra operativa es "leyenda".

—Todos esos títulos te volvieron cínica —comentó Matthew—. Una lástima.

—Creo que lo importante es —acotó Marla al reconocer las luces rojas de guerra en los ojos de su hija— que Ray ha encontrado algo, y no si ese amuleto posee o no cierto poder.

—Bien dicho. —Ray se frotó un lado de la nariz. —¿Dónde estaba? Ah, sí. Baltazar quedó cautivado con el amuleto, incluso después de que se empezó a hablar de la maldición, y la tripulación se inquietó. Baltazar pensó que el barco se había hundido por la maldición, y que él había sobrevivido para contarlo. Y lo contó muy bien —agregó Ray—. Copié varias páginas de sus recuerdos de la tempestad. Cuando las lean verán que fue una batalla infernal contra los elementos; una batalla perdida. De estos dos barcos, el *Margarita* sucumbió primero. Y cuando el *Isabella* zozobró, los pasajeros y la tripulación fueron barridos al mar. Él asegura haber visto hundirse a la señora española, con el amuleto alrededor del cuello como un ancla. Desde luego, este último detalle puede haber sido agregado para lograr un efecto artístico.

Ray distribuyó las copias.

—Sea como fuere, él sobrevivió. El viento y las olas lo alejaron de tierra, de Saint Kitts o de Saint Christopher, como se la llamaba en aquella época. Él había perdido toda esperanza y también su sentido del tiempo cuando vio la silueta de Nevis. No creyó que lograría llegar a la playa porque estaba demasiado débil para nadar. Pero, a la larga, la corriente lo llevó. Un muchacho nativo lo encontró. Deliraba y estuvo a la muerte durante semanas. Cuando se recuperó, no tenía deseos de seguir en la

Marina. En cambio, dejó que el mundo lo creyera muerto. Se quedó en la isla, se casó y registró en papel los relatos de sus aventuras en el mar.

Ray tomó otro papel de su pila.

—Y dibujó mapas. Un mapa —continuó Ray— de un testigo ocular que ubica al *Isabella* a varios grados al sud-sudeste del naufragio del *Margarita*. Está allí. Esperándonos.

Matthew se puso de pie para tomar el mapa. Era tosco y no muy detallado, pero reconoció los puntos de referencia: la forma de cola de ballena de la península de St.Kitts, el cono del Monte Nevis.

Una antigua y casi olvidada urgencia lo embargó. La necesidad de cazar. Cuando levantó la vista, la sonrisa que apareció en sus labios era la de su juventud. Intrépida, temeraria e irresistible.

—¿Cuándo zarpamos?

Tate no pudo dormir. Eran demasiadas las cosas que desfilaban velozmente por su cabeza, que le nadaban por la sangre. Se daba cuenta de que la situación se le había salido de las manos y luchaba por aceptarlo. Ya no sería posible impedir que su padre iniciara esa aventura. Ni la lógica ni las dudas personales que ella le había planteado podrían evitar que se asociara con los Lassiter.

Al menos el momento elegido era el adecuado. Ella acababa de tirar por la borda un importante avance en su carrera sólo por principio. Eso le daba cierta satisfacción. Y, también, la oportunidad de ayudar a lanzar la expedición en busca del *Isabella*.

Al menos si ella estaba allí, cerca, podía mantener vigilados a todos. En especial a Matthew.

De modo que pensaba en él cuando salió a enfrentar la luna y el viento que se filtraban por las copas de los pinos.

Ella lo había amado en una época. A lo largo de los años, se dijo que había sido sólo un entusiasmo pasajero, el enamoramiento de una joven hacia un hombre bien parecido y con corazón de aventurero.

Pero eso era una mentira cobarde.

Reconoció que lo había amado y se apretó la chaqueta contra la brisa húmeda de la noche. O había amado al hombre que creyó que él era y que podía ser. Nada ni nadie le había llenado tanto el corazón como él. Del mismo modo en que nada ni nadie se lo había partido de manera tan completa y con tanta crueldad.

Arrancó una hoja de un arbusto de laurel fragante y se la pasó debajo de la nariz mientras caminaba hacia el agua. Supuso que era una noche para reflexionar. La luna, casi llena, lucía en un cielo repleto de estrellas. El aire estaba cargado de perfumes y de promesas.

En una época, eso solo la habría seducido. Antes de que le arrancaran de cuajo su parte romántica. Se consideraba afortunada de poder apreciar ahora la noche por lo que era, sin tejerle sueños alrededor.

En cierta forma, sabía que tenía que agradecerle a Matthew por haberle abierto los ojos. Con rudeza y de un modo doloroso, pero se los había abierto. Ahora se daba cuenta de que los príncipes y los piratas existían sólo para que las chicas jovencitas y tontas soñaran con ellos. Ella tenía objetivos más concretos.

Si debía olvidar esas metas por un tiempo, lo haría. Todo lo que ella era, lo que había alcanzado, era gracias al apoyo de sus padres y a lo mucho que ellos creían en ella. No había nada que no haría por protegerlos, aunque significara trabajar lado a lado con Matthew Lassiter.

Se detuvo cerca del agua, corriente abajo de donde estaban amarrados los barcos. Sus padres habían construido allí el terraplén con lentejas de agua y otros pastos silvestres para luchar contra la erosión, El agua siempre trataba de robarle terreno a la tierra. Y la tierra siempre se adaptaba.

Supuso que era una buena lección: a ella le habían robado cosas y ella se había adaptado.

—Es un lindo lugar, ¿no?

Los hombros de Tate se tensaron al oír esa voz. Se preguntó cómo no lo había intuido. Pero por ser un hombre que se había pasado la vida en el mar, se movía con mucho sigilo en tierra.

—Creí que te habías ido a acostar.

—Estamos alojados en el barco. —Matthew sabía que ella no quería tenerlo a su lado, de modo que a propósito se acercó hasta que los hombros de ambos casi se rozaron. —Buck sigue roncando como un aserradero. Eso no le molesta a LaRue, claro que él duerme tan profundamente que parece un cadáver.

—Intenta ponerte tapones en los oídos.

—Lo que haré será armar una hamaca en cubierta. Como en los viejos tiempos.

—Estos son tiempos nuevos. —Respiró hondo antes de girar la cabeza y mirarlo. Tal como esperaba o quizá temía, él estaba sumamente apuesto a la luz de la luna. Osado, atractivo, incluso peligroso. Qué suerte que esas características suyas ya no surtían efecto en ella. —Y será mejor que establezcamos ya las reglas.

—Tú siempre prestaste más atención que yo a las reglas. —Matthew se sentó sobre el pasto y palmeó el espacio que tenía al lado como invitándola a imitarlo. —Empieza tú.

Ella pasó por alto su invitación y la botella de cerveza medio vacía que él le ofrecía.

—Éste es un arreglo de negocios. Por lo que sé, mis padres son los que afrontarán la mayor parte de los gastos. Te advierto que me propongo llevar una cuenta precisa de lo que a ti te toca.

—De acuerdo. La contabilidad es cuestión tuya.

—Les devolverás ese dinero, Lassiter. Cada centavo.

Él bebió un trago de cerveza.

—Yo pago mis deudas.

—Me ocuparé de que pagues ésta. —Calló un momento antes de pasar de una cuestión de orden práctico a otra. La luna se espejaba en las aguas calmas, pero ella ni lo notó. —Tengo entendido que le estás enseñando a LaRue a bucear.

—Sí, he estado trabajando con él —dijo Matthew y movió los hombros—. Y le está tomando la mano bastante rápido.

—¿Buck buceará?

Incluso en las sombras, Tate notó el brillo en los ojos de Matthew.

—Depende de él. Yo no lo presionaré.

—Tampoco yo quisiera que lo hicieras. Buck me importa mucho... y me alegra verlo tan bien.

—Lo que te alegra es que ya no siga emborrachándose.

—Sí.

—No es la primera vez que deja de beber. En una oportunidad la abstinencia le duró todo un mes.

—Matthew. —Casi sin darse cuenta, le puso una mano en el hombro. —Él lo está intentando.

—¿Acaso no lo hacemos todos? —Abruptamente Matthew le tomó la mano y tiró de ella para que Tate se sentara junto a él. —Estoy cansado de tener que levantar la cabeza para mirarte. Además, te veo mejor aquí abajo, en el claro de luna.

—Regla personal número uno —dijo ella con brusquedad—. Mantén las manos lejos de mí.

—Ningún problema. No necesito congelarme. Vaya si te has enfriado en todos estos años, Red.

—Lo que pasa es que he desarrollado un gusto más exquisito.

—Sí, claro, los muchachos universitarios. —La sonrisa de Matthew fue despectiva. —Siempre pensé que preferirías los hombres de tipo académico. —Deliberadamente le miró las manos y, después, los ojos. —No veo ningún anillo. ¿Cómo es posible?

—Procuremos que nuestras vidas privadas sigan siendo privadas.

—Bueno, eso no será nada fácil, ya que durante un tiempo estaremos trabajando muy cerca el uno del otro.

—Ya nos arreglaremos. Y en cuanto a los asuntos laborales, cuando buceemos, quiero que un miembro de tu equipo baje siempre con uno del nuestro. No confío en ti.

—Y lo bien que lo disimulaste —murmuró él—. Estoy de acuerdo —dijo—. Me gusta bucear contigo, Tate. Me traes buena suerte. —Se echó hacia atrás, apoyado en los codos, y contempló las estrellas. —Hace mucho que no buceo en agua templada. El Atlántico Norte es un espanto. Uno aprende a odiarlo.

—¿Entonces por qué buceaste allá?

Él la miró.

—¿Eso no forma parte de lo que describiste como "vida privada"?
Ella apartó la vista y se maldijo.

—Sí, aunque lo que me llevó a preguntártelo fue curiosidad profesional.
Él decidió responder a su pregunta.

—Se puede ganar dinero recuperando metal de los barcos hundidos.
Por si no te enteraste, la Segunda Guerra Mundial fue un desastre para
los barcos.

—Creí que el metal que te interesaba era el oro.

—Cualquier cosa que represente dinero, querida. Tengo la sensación
de que este viaje nos dará grandes dividendos. —Porque lo complacía
tanto como le dolía, siguió observando el perfil de Tate. —Pero tú no
estás convencida.

—No, no lo estoy. Pero sí estoy convencida de que esto es algo que
mi padre necesita hacer. El *Isabella* y el *Santa Margarita* lo han fascinado
durante años.

—Y también la Maldición de Angelique.

—Sí, desde el momento en que oyó hablar de ese amuleto.

—Pero tú ya no crees en maldiciones. Ni en la magia. Supongo que
eliminaste esas cosas de tu mente.

Tate no sabía por qué le molestaba que Matthew dijera algo que era
cierto.

—Creo que el amuleto existe y, conociendo a mi padre, creo que estaba
a bordo del *Isabella*. Encontrarlo será otro asunto. Y su valor dependerá de
su antigüedad, de las piedras preciosas que tenga engarzadas y del peso
de su oro, no de alguna superstición.

—Ya no hay en ti nada de sirena, Tate —dijo él en voz baja y se frenó
antes de que su mano se levantara para acariciarle el pelo—. Solías
recordarme a un ser fantástico que se sentía tan cómodo en el mar como
en el aire. Con toda clase de secretos en tus ojos y posibilidades infinitas
alrededor de ti.

Tate sintió un estremecimiento en la piel, no por la brisa fresca sino
porque la tenía como fuego. Como defensa, su voz fue fría:

—Dudo mucho que tuvieras sueños de fantasía con respecto a mi
persona. Los dos sabemos bien qué pensabas de mí.

—Pensaba que eras hermosa. E incluso más fuera de mi alcance de
lo que estás en este momento.

Furiosa por el hecho de que esas mentiras pudiera acelerarle el pulso,
Tate se puso enseguida de pie.

—No funcionará, Lassiter. Yo no emprendo este viaje para entre-
tenerte. Somos socios de negocios. Vamos cincuenta y cincuenta, puesto
que mi padre lo quiere así.

—¿No es interesante? —murmuró él. Apoyó la botella en el suelo
y se fue levantando con lentitud hasta que quedaron a la par, hasta que

pudo olerle el pelo, hasta que le dolieron los dedos al recordar cómo era su piel debajo de ellos. —Todavía te importo, ¿no?

—Lo que no ha cambiado nada es el lugar donde tienes el ego —dijo ella con cara de desprecio—. Justo debajo del cierre de tus jeans. Hagamos un trato, Lassiter: si las cosas se ponen demasiado aburridas y estoy tan desesperada como para buscar cualquier cosa que rompa esa monotonía, te avisaré. Pero hasta que eso tan improbable suceda, trata de no ponerte en ridículo.

—Yo no me pongo en ridículo. —Le sonrió. —Sólo soy curioso. —Con la esperanza de aflojar un poco las cosas, volvió a sentarse. —¿Alguna regla más, Red?

Ella necesitó un minuto para poder confiar en su propia voz. De alguna manera, el corazón se le había instalado en la garganta.

—Si, por algún milagro, encontramos el *Isabella*, yo, en mi carácter de arqueóloga marina, catalogaré, evaluaré y preservaré todos los objetos que extraigamos de ese barco. Todo quedará registrado, hasta el último clavo.

—Perfecto. Me parece bien que pongas en uso tus títulos.

Ella se encrespó frente a esa evidente falta de respeto por su campo de acción.

—Es justo lo que me propongo hacer. El veinte por ciento de lo que encontremos irá para el gobierno de Saint Kitts y Nevis. Y, aunque lo justo sería ponerlo a votación, apartaré los objetos que me parezca apropiado donar.

—El veinte por ciento es una cantidad importante, Red.

—Si las cosas salen como esperamos, pienso entrar en tratativas con el gobierno para crear un museo, el Museo Beaumont-Lassiter. Si ese naufragio posee tantas riquezas como se supone, podrías prescindir del diez por ciento de tu parte e igual no tener que trabajar un día más en tu vida. Te permitirá alimentarte con camarones y cerveza.

De nuevo él sonrió.

—Sigues enojada por ese tema. Me sorprendes.

—Mientras pongamos siempre las cartas sobre la mesa, no habrá sorpresas. Ésas son mis condiciones.

—Puedo vivir con ellas.

Tate asintió.

—Hay una más. Si encontramos la Maldición de Angelique, ese collar irá para el museo.

Él tomó la botella de cerveza y la vació.

—No. Tú ya pusiste tus condiciones, Tate. Yo sólo tengo una: el amuleto es mío.

—¿Tuyo? —Ella se habría echado a reír si no hubiera tenido los dientes apretados. —No tienes más motivos que los demás para reclamarlo. El valor potencial de ese collar es enorme.

—Entonces tú puedes evaluarlo, catalogarlo y deducirlo del resto de mi parte. Pero es mío.

—¿Para qué?

—Para pagar una deuda. —Matthew se puso de pie y la mirada de sus ojos hizo que Tate diera un paso atrás antes de poder evitarlo. —Quiero ponérselo en el cuello a VanDyke y estrangularlo con él.

—Eso es absurdo. —Se le quebró la voz. —Descabellado.

—Pero es un hecho. Más vale que te acostumbres, Tate, porque es así como serán las cosas. Tú tienes tus reglas. —Le tomó el mentón con la mano y la hizo temblar. No por ese roce sino por la mirada asesina que ardía en sus ojos. —Yo tengo la mía.

—No puedes esperar que todos nos quedemos cruzados de brazos mientras tú planeas matar a alguien.

—Yo no espero nada. —Hacía mucho que había dejado de hacerlo. —Es que no sería sensato que nadie se interpusiera en mi camino. Ahora, será mejor que te vayas a dormir un rato. Tenemos mucho trabajo por delante.

Y, casi enseguida, él se perdió en las sombras de los árboles. Para protegerse del frío, Tate se abrazó fuerte.

Matthew lo había dicho en serio, y ella no podía simular que no había sido así. Pero sí podía decirse que la cacería haría que él perdiera esa sed de venganza.

Era bastante poco factible que encontraran el *Isabella*. Y, si lo hallaban, era incluso menos probable que encontraran el amuleto.

Por primera vez, se preparó para emprender una expedición con la esperanza de que fracasara.

# CAPÍTULO DIECISÉIS

Era realmente fácil volver a entrar en la vieja rutina. Tate descubrió que ponía en segundo plano el objetivo de la expedición y se disponía a disfrutar del viaje.

Dejaron atrás la Isla de Hatteras una luminosa mañana de primavera, con el mar apenas picado. El viento era lo bastante fresco como para usar un saco y ella tenía el pelo recogido dentro de una gorra de béisbol de los Durham Bulls. Por insistencia de su padre, le tocaba el primer turno al timón. Y enfiló hacia el Atlántico.

Navegaron hacia Ocraoke con sus piratas fantasmas, y saludaron con la mano a los pasajeros de un ferry que pasaba mientras las gaviotas se zambullían y seguían su estela. Después, la tierra se transformó en una sombra hacia el oeste, y sólo había mar por todos lados.

—¿Qué tal te sientes al timón, capitana? —preguntó Ray a sus espaldas y le pasó un brazo por los hombros.

—Me siento muy bien. —Tate levantó la cara hacia el viento que entraba por las ventanas parcialmente abiertas del puente de mando. —Supongo que he sido pasajera demasiado tiempo.

—A veces tu madre y yo subimos a bordo y navegamos sin rumbo fijo durante uno o dos días. Es algo que he disfrutado mucho. —La vista fija en el horizonte, suspiró. —Pero es bueno navegar hacia un lugar concreto. Esto es algo que deseo hace mucho tiempo.

—Supongo que yo creí que habías olvidado todo lo referente al *Isabella*. No me di cuenta lo mucho que todavía deseabas encontrar ese barco.

—Bueno, no fue tan así. —Movido por la costumbre, verificó el curso que llevaban. Era perfecto. —Cuando perdimos el *Margarita* y tú te fuiste a la universidad, por un tiempo me dejé llevar por la inercia. Y me sentí tan impotente con respecto a Buck. Él y Matthew se habían ido a Chicago y Buck no quería verme.

—Sé que eso te dolió —murmuró ella—. Ustedes dos se habían hecho tan amigos aquel verano.

—Él perdió una pierna y yo perdí un amigo. Y todos nosotros perdimos una fortuna. Ni Buck ni yo lo manejamos muy bien.

—Hiciste lo mejor que podías —lo corrigió Tate. Pensó que ella había perdido su corazón y que también lo había manejado lo mejor posible.

—Yo no sabía qué decir ni qué hacer. A veces ponía en la casetera uno de los vídeos que tu madre había tomado durante esos meses, y lo miraba y recordaba. Cada tanto les escribía. Matthew nunca nos contó lo grave que era la situación. Nunca lo habríamos sabido si no hubiéramos viajado a la Florida e ido a visitarlos a la casa rodante.

Ray sacudió la cabeza al recordar el sacudón que fue ver a su amigo borracho, tambaleándose en un trailer inmundo, rodeado de basura y cubierto de vergüenza.

—El muchacho debería habernos contado el brete en que estaba metido.

—¿Matthew? —Tate giró la cabeza, sorprendida. —Pues a mí me parece que el que estaba en problemas era Buck. Matthew debería haberse quedado para atenderlo.

—Si se hubiese quedado no habría podido ocuparse de Buck. Debía trabajar, Tate. Demonios, el dinero no viene flotando en la marea. Debe de haberle llevado años reunir el dinero suficiente para terminar de pagar las cuentas médicas. De hecho, dudo mucho que haya terminado de saldarlas.

—Existen programas para las personas que están en la situación de Buck. Subsidios, asistencia.

—No para alguien como Matthew. Él tal vez pediría un préstamo, pero nunca una limosna.

Perturbada ante esa idea, Tate frunció el entrecejo.

—Ese orgullo estúpido.

—Orgullo al fin —dijo Ray—. Fue después de volver a ver a Buck cuando el *Isabella* empezó a rondarme por la cabeza. Y no pude dejar de pensar en ese barco. Así que empecé de nuevo con mis investigaciones.

Miró hacia lo lejos, hacia algo que ella no podía ver, o que había olvidado buscar.

—Supongo que empecé a pensar que si lograba encontrar una nueva pista, sería una manera de devolverle a Buck lo que había perdido como socio mío.

—Papá, eso no fue culpa de nadie.

—No es una cuestión de culpa, querida, sino de lo que está bien. El círculo se ha completado, Tate. Y algo me dice que eso era lo que debía suceder. —Trató de sacudirse la nostalgia y le sonrió a su hija. —Ya lo sé, no es lógico.

—No tienes por qué ser lógico. —Se puso en puntas de pie para besarlo. —Eso déjamelo a mí.

—Y tu madre se ocupará de mantener todo en perfecto orden. —Por sobre los recuerdos, el viejo entusiasmo comenzó a crecer. —Haremos un buen equipo, Tate.

—Siempre lo fuimos.

—El *Sirena* a babor —anunció él.

Tate vio que así era. Debía admitir que era un barco asombroso. Esos cascos gemelos hendían el agua como diamantes sobre vidrio. Aunque el sol se reflejaba en las ventanas de la timonera, alcanzaba a distinguir la silueta de Matthew al timón.

Él acercó su barco hasta que prácticamente había tres metros entre las dos naves. Tate lo vio girar la cabeza hacia ella e intuyó en su rostro una sonrisa de desafío.

—Parece que él quiere correr carreras —dijo Ray.

—¿Ah, sí? —Tate separó un poco los pies y los plantó bien firmes sobre el piso, y tomó el acelerador. —Pues bien, le daremos el gusto.

—Ésa es mi chica —dijo Ray, salió del puente y se puso a llamar a Marla.

—Muy bien, Lassiter —murmuró Tate para sí—. Acepto el reto.

Apretó el acelerador y giró el timón para que el otro barco quedara en su estela. La emoción de la competencia la hizo reír en voz alta. El *New Adventure* no era precisamente un barco de fin de semana y, con el Atlántico delante de sus ojos, Tate lo dejó avanzar a toda velocidad.

A los doce nudos, el motor ronroneaba.

No la sorprendió ver que el *Sirena* se le ponía a la par. Cuando las proas de los dos barcos estaban en la misma línea, ella volvió a acelerar a quince nudos.

De nuevo él se le puso a la par, esa vez y la siguiente. Tate volvió a acelerar hasta que la proa del barco de Matthew quedó a popa. Entonces Tate movió el timón hacia un lado y otro para hacer que el *New Adventure* bailara. Reía para sí, muy satisfecha, hasta que vio que el *Sirena* pasaba disparado como un proyectil.

Cuando ella logró cerrar la boca, ya él estaba quince metros más adelante. La risa estrepitosa de su madre subió desde la proa. Contagió a Tate y la hizo reír entre dientes mientras recuperaba terreno. Pero, por mucho que tratara, no conseguía alcanzar al *Sirena*.

—Vaya barco —se dijo—. Es increíble.

Y aunque sabía que debería sentirse insultada cuando Matthew viró, trazó un círculo amplio y volvió a ponérsele a la par, Tate no se sentía así.

Maldición, él la había obligado a reír.


La tarde del tercer día amarraron en Freeport, justo antes de una tormenta de viento y truenos que picó mucho el mar. Se había planeado una cena de todo el grupo a bordo del *Sirena*, con un jambalaya de camarones de LaRue como plato principal.

Cuando todos se sirvieron una segunda vuelta, ya LaRue y Marla estaban embarcados en teorías culinarias, mientras que Buck y Ray habían caído en el viejo hábito de ambos de discutir sobre béisbol. Puesto que ninguno de los dos temas eran especialidad de Tate, ella descubrió con cierta incomodidad que sólo le restaba hablar con Matthew.

Porque el silencio le parecía una cobardía, Tate comentó:

—Buck me dijo que tú diseñaste el *Sirena*.

—Sí, estuve jugando con varios diseños distintos a lo largo de años. Y al final me quedé con éste. —Se sirvió más guiso. —Supongo que siempre pensé que volvería.

—¿Ah, sí? ¿Por qué?

Él la miró y le sostuvo la mirada.

—Porque nunca terminé lo que había empezado. También tú debes de haberlo pensado en algún momento.

—En realidad, no. —Modales aparte, era más seguro mentir. —He estado muy ocupada con otras cosas.

—Pues parece que la universidad te sienta. —Matthew notó que ella usaba una trenza larga que la caía por la espalda. Eso también le sentaba. —Por lo que oí decir, no tardaremos mucho en llamarte "doctora" Beaumont.

—Todavía me queda algún trabajo por hacer.

—Te granjeaste una reputación excelente en eso del Smithsonian hace un par de años. —La mirada sorprendida de Tate lo hizo encogerse de hombros. —Ray y Marla me lo contaron. —No tenía sentido mencionar que él había comprado un ejemplar de la revista y leído dos veces el artículo de cinco páginas. —Les fascinó la idea de que identificaras objetos de algún antiguo barco griego.

—Bueno, no fue mérito exclusivamente mío. Yo formaba parte de un equipo. Hayden Deel encabezaba el sector arqueológico. Él era mi profesor y es un hombre brillante. Estuve con él en el *Nomad*, mi último trabajo.

—También me enteré de eso. —Le molestó que ella hubiera formado parte de una operación de VanDyke. —Un vapor de ruedas laterales.

—Así es. La profundidad era demasiado grande para bucear. Usamos computadoras y robótica. —Cómoda con esa conversación de trabajo, apoyó el mentón en el puño. —Tenemos películas increíbles de colonizaciones de plantas y animales.

—Suena divertido.

—Fue una expedición científica —dijo ella con frialdad—. La diversión no era un requisito previo. El equipo diseñado para buscar y excavar el *Justine* fue sorprendentemente exitoso. Teníamos un grupo de científicos y técnicos de primera línea. Y, más allá del valor y el conocimiento científico, extrajimos oro. Eso, estoy segura, lo comprenderás. Una fortuna en monedas y barras de oro.

—De modo que VanDyke se hace más rico.

—Eso no tiene nada que ver. El beneficio científico e histórico supera...

—Un cuerno. Nada que VanDyke hace deja de tener que ver. —Lo enfurecía que ella hubiera cambiado tanto como para creerlo. —¿No te importa quién firma tus cheques?

—SeaSearch...

—VanDyke es el dueño de Trident, que es el dueño de Poseidón, que es el dueño de SeaSearch. —Con expresión burlona, Matthew levantó su copa de vino tinto y brindó. —Estoy seguro de que VanDyke está muy satisfecho con tu trabajo.

Por un momento, Tate no pudo hacer otra cosa que mirarlo. Tuvo la sensación de haber recibido un puñetazo en el estómago. Que él pensara tan mal de ella, de su carácter y de su corazón, le dolía más de lo que había supuesto. Se vio de pie, empapada y desafiante frente a VanDyke en la cubierta del yate de él. Y recordaba muy bien la furia, el miedo y la espantosa sensación de pérdida que experimentó.

Tate no dijo nada, se puso de pie y salió hacia la lluvia. Con una imprecación en voz baja, Matthew apartó su plato y fue tras ella.

—¿Es así como ahora manejas las cosas cuando alguien te pone un espejo delante de la cara, Red? ¿Mandarte a mudar?

Ella permaneció de pie junto a la barandilla de estribor, aferrándola con fuerza, mientras la lluvia caía a raudales sobre ella. Hacia el norte, los relámpagos quebraban el cielo.

—Yo no lo sabía.

—Correcto.

—No lo sabía —repitió Tate—. No cuando acepté participar en esa expedición. De haberlo sabido, yo no habría... jamás habría sido parte de algo relacionado con VanDyke. Deseaba trabajar de nuevo con Hayden, participar de algo grande e importante. Así que en ningún momento miré más allá de la oportunidad. —Ahora estaba avergonzada, como no lo había estado cuando la furia y el resentimiento estaban en su apogeo. —Debería haberlo hecho.

—¿Por qué? Se te dio una oportunidad y la tomaste. Así funcionan las cosas. —Trabó los dedos en los bolsillos para no tocarla. —Hiciste tu elección, ¿y qué? Después de todo, VanDyke no es tu pelea.

—¿Cómo que no? —La furia la hizo girar sobre sus talones. El agua de la lluvia le corría por el pelo y la cara. Los truenos retumbaban a lo lejos. —Él no es solamente tu demonio personal, Matthew, aunque lo creas. Él nos robó a todos.

—De modo que tú le quitaste algo. Te ganaste fama y fortuna en el *Nomad*. Como dijiste, no importa quién lo pagó.

—Maldito seas, Lassiter, dije que no lo sabía. En cuanto lo supe, en cuanto me di cuenta de que él había hecho los arreglos necesarios para que yo estuviera en el barco, empaqué mis cosas y me fui.

—Empacaste tus cosas y te fuiste porque tuviste miedo de que yo me aprovechara de tus padres. No me vengas con esas mentiras, Tate. Sé que él te llamó y te dijo lo que sucedía. Y llegaste a Hatteras en tiempo récord.

—Así es, y una de las razones por las que pude hacerlo fue que ya había presentado mi renuncia y conseguido transporte. Al demonio contigo —dijo con tono cansado—. Yo no tengo por qué probarte nada. No tengo que justificarme frente a ti.

Pero Tate comprendió que sí tenía que justificarse frente a sí misma. Impaciente, se apartó el pelo empapado de la frente.

—Yo creí que había conseguido el trabajo porque Hayden me había recomendado.

Una chispa de celos brotó en el corazón de Matthew.

—¿Tú y ese tal Hayden tuvieron algo?

—Es un colega —dijo ella por entre dientes apretados—. Un amigo. Él me dijo que mi nombre estaba en la lista aprobada antes de que le llegara a él.

—¿Y?

—Sigue la lógica, Lassiter. Yo lo hice. ¿Por qué habría alguien de hacer una cosa así? Quise saber por qué y quién, y lo averigüé. VanDyke me eligió. No me dio la impresión de ser un hombre que olvida. ¿Cuántas Tate Beaumont con una licenciatura en arqueología marina crees que había?

Como todo empezaba a cobrar sentido, Matthew empezó a sentirse un tonto.

—Yo diría que sólo una.

—Correcto. —Tate giró de nuevo para estar frente a la barandilla. —O sea que él tenía que saber quién era yo. Y me quería en el *Nomad*. Me creas o no, yo ya me alejaba de la expedición cuando mi padre se puso en contacto conmigo.

Él suspiró y se frotó la cara mojada con las manos.

—Te creo. Tal vez estuve mal, pero me enfureció la idea de que trabajaras con él sólo para aumentar tu reputación. —La mirada helada que ella le lanzó por encima del hombro hizo que él se sintiera un gusano. —Dije que estuve mal. Debería haber sabido que nunca harías una cosa así.

—Sí, deberías haberlo sabido. —Ahora fue Tate la que suspiró. Se preguntó por qué tenía él que confiar en ella. En realidad, ya no se conocían. —No importa. De todos modos, me alegra haberlo aclarado. Yo tampoco me sentía muy cómoda en esto. No me gustó saber que él me había usado. Y menos todavía darme cuenta de que me ha estado vigilando todos estos años.

Era una posibilidad que a él no se le había ocurrido. Cuando fue asimilando esa idea, la violenta reacción que le produjo superó los celos. La tomó por los brazos y la hizo incorporarse.

—¿Alguna vez se puso en contacto contigo, intentó algo?

—No. —Para mantener el equilibrio, Tate extendió las manos sobre el pecho de Matthew. La lluvia caía a raudales sobre ambos. —No lo he vuelto a ver desde el día en que amenazó con hacer que nos mataran de un tiro. Pero es evidente que me ha seguido la pista. Mi primera expedición de posgrado fue para Poisiden, en el Mar Rojo. Para Poisiden —repitió—. Y ahora me pregunto en cuántos de los proyectos en que participé él había metido mano. Cuántas puertas me abrió y por qué.

—La razón es fácil. Vio que tenías potencial y decidió usarlo. Él no te habría abierto ninguna puerta si no tuviera la seguridad de que tú misma podrías abrirla. VanDyke no es hombre de hacer favores, Red. Llegaste adonde estás porque eres inteligente y tratas de lograr tus objetivos.

—Tal vez. Pero eso no modifica el hecho de que él siempre estuvo allí, en la trastienda.

—Es verdad. —Matthew aflojó un poco las manos. No había olvidado que la estaba sosteniendo. Se le cruzó por la mente la idea de que posiblemente ella se sentía tan trastornada que no se congelaría si él la abrazaba. En cambio, desplazó las manos desde sus hombros a su muñeca. Y la soltó. —Hay algo más a tener en cuenta.

—¿Qué? —Tate se estremeció. Ese gesto pequeño le resultó tan familiar.

—Si el sabía que estabas a bordo del *Nomad*, también sabe que te fuiste. A esta altura, está enterado de que estás conmigo y adónde nos dirigimos.

Ahora ella estaba helada.

—¿Qué podemos hacer entonces?

—Vencerlo.

—¿Cómo? —Tate volvió a girar y a aferrar la barandilla mojada. —Él tiene los medios, los contactos, los recursos. —Y, temblando por dentro, comprendió que la usaría para llegar a Matthew. —Nuestra mejor oportunidad es despistarlo. Si yo me fuera, regresara al *Nomad* o a cualquier otro lugar, él quizá me seguiría la pista. Hasta podría decir que convenciste a mis padres a ir tras una quimera en Anguilla o Martinica. —Giró sobre sus talones. —Podría desviarlo.

—No. Permaneceremos juntos.

—Lo que digo tiene sentido, Matthew. Si él me respeta profesionalmente, ¿no pensaría que si a mí no me interesa esta cacería, no hay nada concreto en ella? Entonces lo más probable es que te dejaría tranquilo.

—Permaneceremos juntos —repitió él—. Y lo venceremos juntos. Enfréntalo, Tate, los dos nos necesitamos mutuamente. —La tomó del brazo y la atrajo hacia sí.

—¿Adónde vas?

—Vamos al puente. Hay algo que quiero mostrarte.

—Tenemos que contarles todo esto a los demás. Yo debería haberlo hecho antes. —Subieron por el corto tramo de escaleras. —Todos tienen derecho a la decisión.

—La decisión está tomada.

—Aquí tú no eres el que manda.

Él cerró la puerta a sus espaldas con el pie y tomó una campera de un gancho.

—Si crees que alguien va a votar que te vayas por tu cuenta, no eres tan inteligente como pareces. Ponte esto —dijo y le arrojó la campera.
—Estás temblando.

—Estoy furiosa —lo corrigió ella, pero metió los brazos en la campera—. No permitiré que VanDyke me use para lastimarte.

Él interrumpió el proceso de verter brandy que había tomado de un estante.

—Nunca pensé que eso te molestaría.

Ella movió el mentón.

—No me importa verte herido, pero preferiría hacerlo yo misma, y no como el arma de otra persona.

Matthew curvó los labios. Le entregó a Tate un vaso con dos dedos de brandy.

—¿Sabes una cosa, Red? Siempre quedaste lindísima mojada, sobre todo cuando, además, estabas indignada. Como lo estás ahora. —Chocó el vaso con el de ella. —Sé que te gustaría cortarme en pedacitos y usarme de carnada. Tal como yo sé que esperarás a que el trabajo esté terminado.

—Yo no te usaría de carnada, Lassiter. —Con una sonrisa, Tate bebió un sorbo de brandy. —Siento demasiado respeto por los peces.

Él se echó a reír y tiró de la trenza mojada de Tate hasta hacerla perder el equilibrio.

—¿Sabes qué tienes tú, Tate, además de una buena cabeza, un feroz sentido de lealtad y un mentón empecinado?

Ella movió los hombros y se acercó al timón y a contemplar la lluvia.

—Integridad —murmuró él—. Te queda bien.

Tate cerró los ojos y luchó contra una oleada de emoción. Matthew sí que sabía sortear todas las defensas y seducirla. —Caramba, si me parece que me estás lisonjeando, Matthew. —Giró para quedar frente a él. —¿Por qué?

—Sólo llamo a las cosas por su nombre, Tate. Y me pregunto si, con todas esas otras espléndidas virtudes, lograste no perder la curiosidad y empatía que siempre hicieron que fueras una persona especial.

—Nunca fui especial para ti.

—Sí que lo fuiste. —Volvió a encogerse de hombros para disimular esa verdad dolorosa. —Si no lo hubieras sido, no te habrías ido de Saint Kitts siendo virgen.

Las mejillas de Tate se encendieron como banderas de combate.

—Pedazo de hijo de puta arrogante y engreído.

—Los hechos son hechos —le retrucó él, complacido de haberla sacado de su preocupación con respecto a VanDyke. Dejó el vaso sobre una mesa y se puso en cuclillas para abrir un compartimento para depósito que había debajo de una banqueta con almohadones. —No te vayas —dijo cuando ella enfiló hacia la puerta—. Querrás ver esto. Y, créeme... —Todavía en cuclillas, miró hacia Tate por encima del hombro. —No es mi intención seducirte. Al menos no en este momento.

Los dedos de Tate se apretaron sobre el vaso que no había dejado sobre una mesa. Era una pena, pensó, que sólo tuviera unas gotas de brandy. No bastaban para causar el efecto deseado si se las arrojaba a Matthew en la cabeza.

—Lassiter, tienes tantas posibilidades de seducirme como las tiene un zorrino rabioso de convertirse en mi mascota más querida. Y no hay nada tuyo que yo pueda tener ganas de ver.

—¿Tampoco algunas páginas del diario de Angelique Maunoir?

Tate se frenó en seco, con la mano todavía en el picaporte de la puerta.

—Angelique Maunoir. La Maldición de Angelique.

—VanDyke tiene el diario original. Le siguió la pista y lo encontró hace casi veinte años y lo hizo traducir. —Matthew tomó una pequeña caja metálica del compartimento y se incorporó. —Oí decirle a mi padre que rastreó a los descendientes de la mucama de Angelique. La mayor parte estaba en Bretaña. Allí comenzó la leyenda. Fue el padre de VanDyke el que le habló de ella. Importación-exportación, embarques, infinidad de relatos y leyendas pasaban por esa clase de industrias. Y ellos tenían un interés especial porque se suponía que eran familiares lejanos del suegro de Angelique. Ésa es la razón por la que VanDyke considera que el amuleto es suyo.

Aunque vio que Tate miraba fijo la caja, Matthew se sentó y se la puso sobre las rodillas.

—A VanDyke le gustaba la idea de ser descendiente de un conde, aunque se tratara de uno con pésima reputación o, quizá, precisamente por eso. Tal como lo contó VanDyke, el conde logró recuperar el amuleto. Para ello tuvo que matar a la mucama, pero, bueno, se trataba sólo de una mucama. Él todavía lo tenía cuando murió un año más tarde, creo que de sífilis.

Tate se humedeció los labios. No quería sentirse fascinada.

—Si sabías todo esto, ¿por qué no nos lo dijiste antes?

—Sabía algo, pero sólo en parte. Mi padre habló con Buck, quien mantuvo en secreto la mayor parte. Tampoco divulgó casi nada de los papeles de mi padre. Yo me topé con ellos casi por casualidad hace un par de años, cuando Buck estaba internado para rehabilitarse de su alcoholismo y yo buscaba algo en la casa rodante. Se ve que todo el asunto lo asustaba.

Matthew observó a Tate mientras golpeaba la caja con un dedo.

—Verás, el problema era que VanDyke le había contado demasiado a mi padre. La arrogancia lo volvió descuidado. Supongo que pensó que faltaba poco para que encontrara el amuleto, y quería jactarse de su logro. Le contó a mi padre cómo había rastreado el amuleto a través de la familia del conde, varios de cuyos integrantes murieron jóvenes y de muerte violenta. Y, los que no perdieron la vida, sufrieron la pobreza. El amuleto se vendió, y así se inició su travesía y se fue desarrollando su fama.

—¿Cómo hizo tu padre para copiar esas páginas del diario?

—De acuerdo con su diario, VanDyke lo preocupaba. Sospechaba una traición o algo peor, y decidió investigar un poco por su cuenta. La oportunidad se le presentó cuando empezó el invierno y hubo que dejar de bucear. Utilizó ese tiempo para trabajar por su cuenta. Sin duda fue entonces cuando dio con el *Isabella*. Después de eso, sus notas son crípticas. Quizá lo preocupaba la posibilidad de que VanDyke las encontrara.

La vieja frustración volvió y lo llenó de dolor.

—En su mayor parte son especulaciones, Tate. Yo era muy chico y él no me contaba muchas cosas. Mierda, no me contó nada. Ir armando toda la información es como tratar de armarlo de nuevo a él. Ni siquiera estoy seguro de haber sabido cómo era mi padre.

—Matthew. —La voz de Tate era dulce ahora. Fue a sentarse junto a él y puso la mano sobre una suya. —Eras sólo un chico. No puedes culparte por no tener un cuadro completo de su persona.

Él miró las dos manos; la de ella, delgada y blanca; la suya, grande, áspera y llena de cicatrices. Supuso que eso ilustraba muy bien la diferencia que existía entre ambos.

—Yo no sabía qué planeaba él, aunque supongo que me di cuenta de que sucedía algo. Sé que no quería que él buceara ese día con VanDyke. Los había oído pelearse la noche anterior. Le pedí que no bajara o, al menos, que me permitiera bucear con él. Pero papá se limitó a sonreír.

Matthew trató de sacudirse ese recuerdo de la cabeza.

—Pero eso no responde a tu pregunta. Lo más que se me ocurre es que mi padre entró en el camarote de VanDyke, buscó el diario y copió las páginas pertinentes. Debe de haber sido esa misma noche, porque ése fue el tema por el que discutieron: el diario, el amuleto.

—¿Por qué me cuentas esto, Matthew? ¿Por qué volver sobre algo tan penoso y que ya no puede modificarse?

—Porque sé que no te quedarás a menos que te lo diga.

Ella retiró la mano.

—De modo que estás jugando con mis sentimientos.

—No. Se trata de antecedentes. Los científicos necesitan antecedentes, hechos y teorías, ¿no? Sé que tú no crees que encontraremos el *Isabella*. —Él le sostuvo la mirada, como para medir su fuerza. —No estás convencida de que alguna vez encontraremos el amuleto o de que, si lo conseguimos, sea más que una alhaja interesante y valiosa.

—Muy bien, es verdad. Nada de lo que me has dicho me convence de lo contrario. Entiendo por qué tú necesitas creerlo, pero eso no modifica los hechos.

—Pero no vamos a la caza de hechos, Tate. —Abrió la caja y le pasó esos papeles cubiertos con una caligrafía apretada y apresurada. —No creo que lo hayas olvidado. Pero si así hubiera sido, tal vez esto te lo refrescará.

9 de octubre de 1553

Por la mañana me matarán. Sólo me queda una noche en la Tierra, y la pasaré sola. Hasta se han llevado a mi querida Colette. Aunque se fue llorando, creo que es lo mejor. Ni siquiera sus oraciones, por puras y desinteresadas que sean, pueden ayudarme ahora, y ella habría sufrido en forma innecesaria en esta celda, esperando la llegada del alba. Compañerismo. Ya he aprendido a vivir sin eso. Con la muerte de Etienne hace seis semanas, no sólo perdí a mi compañero más amado, mi amor, mi dicha, sino también a mi protector.

Dicen que yo lo envenené, que le di de beber uno de mis brebajes embrujados. Qué tontos que son. Si yo habría dado mi vida por la suya. De hecho lo estoy haciendo. Su enfermedad era tan grave que mis poderes no alcanzaban para curarlo. El dolor y la fiebre sobrevinieron con tanta rapidez y violencia. Ninguna poción ni ninguna oración mía lograron impedir su muerte. Y yo, como esposa suya, estoy condenada. Yo, que he tratado las enfermedades y los sufrimientos de todo el pueblo, soy acusada de asesina. Y de bruja. Aquellos cuyas fiebres enfrié, cuyos dolores alivié, se han vuelto contra mí y reclaman mi muerte como bestias que le aúllan a la luna.

El que los lidera es el conde. El padre de Etienne, que me odia y me desea. ¿Observa él desde la ventana de su castillo la construcción de la pira que será mi lecho de muerte? Estoy segura de que lo hace con un brillo especial en sus ojos ávidos y con sus dedos delgados y malévolos entrelazados en una oración. Aunque mañana yo me consumiré en el fuego, él se quemará por toda la eternidad. Una venganza pequeña pero satisfactoria.

Si yo me hubiera entregado a él, si hubiera traicionado mi amor incluso después de la muerte de mi marido y me hubiera acostado con el padre de Etienne, quizá viviría. Eso fue lo que él me prometió. He enfrentado con más alegría las torturas de su maldita corte cristiana.

Oigo reír a mis carceleros. Están borrachos por lo que sucederá mañana. Pero no ríen cuando entran en mi celda. Sus ojos están muy abiertos y asustados al hacer con los dedos la señal contra la brujería. Qué tontos al creer que un gesto tan pequeño y lamentable sea capaz de anular el verdadero poder.

Me han cortado el pelo. Etienne solía llamarlo su ángel de fuego y pasar sus dedos por toda su extensión. Era mi vanidad y hasta de eso me despojan. Mi piel se consume sobre mis huesos, enferma y llena de cicatrices por las crueles torturas que me infligieron. Por esta única noche me dejarán en paz, y ése es su error.

Por débil que esté ahora mi cuerpo, mi corazón es cada vez más fuerte. Estaré con Etienne pronto, y eso es un consuelo. Ya no lloro al pensar que dejaré un mundo que se ha vuelto cruel, que utiliza el nombre de Dios para torturar, condenar y asesinar. Enfrentaré las llamas y juro por el alma de Etienne que no pediré clemencia de esos desalmados ni imploraré la ayuda del Dios que ellos usan para destruirme.

Colette logró pasarme el amuleto. Lo encontrarán y se lo robarán, por supuesto. Pero por esta noche yo lo llevo alrededor del cuello: llevo su pesada cadena de oro, su rubí brillante con forma de pera y enmarcado con más oro, grabado con los nombres de Etienne y el mío, y rodeado de más rubíes y diamantes. Sangre y lágrimas. Cierro la mano alrededor de él y siento a Etienne cerca de mí, veo su rostro.

Y, con él, maldigo el destino que nos quitó la vida, que matará al hijo que sólo Colette y yo sabemos que llevo en mi seno. Una criatura que jamás conocerá la vida, con sus placeres y dolores.

Por Etienne y nuestro hijo es que acopio toda la fuerza que tengo e invoco a todas las fuerzas que me escuchen y me permitan volcar en ese collar todo el poder que poseo. Que quienes me condenaron sufran como nosotros hemos sufrido. Que quienes me despojaron de todo lo que valoro jamás conozcan la dicha. Maldigo a quien me arrebate este amuleto, este último eslabón terrenal entre mi persona y mi amor. Suplico a todas las fuerzas del cielo y del infierno que quien se apodere de esto, el último regalo de Etienne para mí, padezca contratiempos y dolores y tragedias. Y el que trate de sacar provecho de él perderá lo que le es más preciado. Mi legado para mis asesinos y para quienes los sucedan es generaciones de aflicciones y desgracias.

Mañana me quemarán por bruja. Imploro que estén en lo cierto y que mis poderes, como mi amor, perduren.

Angelique Maunoir

Por un momento, a Tate le resultó imposible hablar. Le devolvió los papeles a Matthew y se acercó a la ventana. La lluvia había amainado; casi había cesado sin que ella se diera cuenta.

—Estaba tan sola —murmuró Tate—. Qué cruel estar en esa celda y saber que por la mañana sufriría una muerte tan atroz. Estar llorando todavía por el hombre que amaba y sin poder alegrarse por el hijo que llevaba en su seno. Con razón imploró venganza.

—Pero, ¿se la concedieron?

Tate sacudió la cabeza y vio que Matthew se había levantado y estaba parado junto a ella. Los ojos se le llenaron de lágrimas. Esas palabras escritas hacía tanto tiempo le habían llegado al corazón. Pero cuando Matthew levantó una mano y se la apoyó en una mejilla húmeda, ella se apartó de un salto.

—No lo hagas. —Advirtió el cambio en su mirada cuando él dio un paso atrás—. Hace mucho tiempo que dejé de creer en la magia, sea blanca o negra. Es evidente que el collar tenía una importancia vital para Angelique, que era algo así como un eslabón que la unía al hombre que amaba. Una maldición es algo totalmente diferente.

—Qué curioso. Pensé que alguien que pasa su tiempo manejando e investigando cosas antiguas, tendría más imaginación. ¿Nunca te sucedió que, al tomar algo que ha estado enterrado durante siglos, sentiste su fuerza, su poder?

A ella le había ocurrido. Por supuesto que sí.

—Lo que importa es —dijo ella, cambiando de tema— que estoy convencida. Nos mantendremos juntos y venceremos a VanDyke. Haremos lo que haga falta para evitar que el amuleto caiga en sus manos.

Matthew asintió.

—Es la respuesta que quería. Te pediría que para sellar esto nos diéramos un apretón de manos, pero sé que no te gusta que te toque.

—Así es. —Tate trató de rodearlo y de esquivarlo, pero él le cerró el paso. Ella lo miró con frialdad. —Realmente, Matthew, no seamos más ridículos de lo necesario.

—Cuando empecemos a bucear, tendrás que tolerar que te toque cuando haga falta.

—Yo puedo trabajar contigo. Pero no me acoses.

—Es lo que solías decir. —Dio un paso atrás e hizo un gesto. —Hay espacio más que suficiente.

Ella lo aprovechó y cruzó la habitación hacia la puerta. Se sacó la campera y la colgó en el perchero.

—Te agradezco que me hayas mostrado esos papeles, Matthew, y que me hayas permitido conocer más antecedentes.

—Somos socios.

Ella miró hacia atrás. Qué sólo parecía Matthew allí parado, con el timón a sus espaldas y todo el mar detrás.

—Eso parece. Buenas noches.

# Capítulo Diecisiete

Silas VanDyke estaba terriblemente decepcionado. Los informes que acababa de leer le habían arruinado por completo la mañana. Trató de recuperar algo del encanto del día almorzando en su patio que daba al mar.

Era un lugar espectacular: el golpe de las olas al romper, la música de Chopin que brotaba de los parlantes ocultos con habilidad entre las plantas de su jardín tropical. Bebió un sorbo de champaña y probó una suculenta ensalada de frutas, sabiendo que su compañera del momento regresaría dentro de poco de su expedición de compras.

Como es natural, ella querría distraerlo con una tarde dedicada a juegos sexuales, pero él no estaba de humor para eso.

Se aseguró que estaba tranquilo. Todavía en control de todo. Estaba desilusionado, eso era todo.

Tate Beaumont lo había traicionado, y él lo tomó como una afrenta personal. Después de todo, la había visto florecer como cualquiera de sus capullos bien atendidos. Como un tío bondadoso, le había dado algunos empujoncitos en su carrera. Siempre en forma anónima, por supuesto. No buscaba gratitud de su parte.

Sólo lealtad.

El trabajo de Tate en el *Nomad* la habría catapultado a lo más alto de su campo. Con su aspecto, su entusiasmo, su juventud, ella habría aventajado a científicos respetados como Hayden Deel. Y cuando ella estuviera en la cima, él saldría de las sombras y le ofrecería el mundo.

Tate habría liderado las expediciones de VanDyke. Sus laboratorios, su financiamiento, sus mejores equipos habrían estado a disposición de ella. Tate lo habría acompañado en su búsqueda de la Maldición de Angelique. Desde ese día, ocho años antes, en que se apareció en la cubierta del *Triumphant*, intuyó que ella era su vínculo para con ese amuleto. Y, a lo largo de los años, comprendió que el destino la había puesto en su camino como una señal, un símbolo. Y la mantuvo allí, aguardando con paciencia a que llegara el momento.

Con ella, habría triunfado. De eso estaba seguro.

Pero Tate lo traicionó y abandonó su puesto.

Lo traicionó.

Apretó los dientes mientras de sus poros brotaba sudor caliente. La furia le nubló la visión y se apoderó de él de tal manera que arrojó la copa de cristal hacia el mar y volteó la mesa, y la porcelana, la plata y la fruta se hicieron pedazos y mancharon el patio.

Pero habría un pago. La deserción era una ofensa que merecía un castigo apropiado. Era una ofensa mortal. Las uñas le dejaron marcas rojas en las palmas de las manos. Tate tendría que pagar eso, y más, por el mal gusto de haberse unido una vez más a sus enemigos.

Ellos creían ser más astutos que él, pensó VanDyke con furia mientras se paseaba por el patio y arrancaba una flor de hibiscus color crema de un arbusto. Era un error, desde luego. El error de Tate.

Ella le debía lealtad y él vería la manera de conseguirla. Se la exigiría. Con una sonrisa cruel en los labios, destrozó con furia esa delicada flor. Después arrancó otra, y otra más, hasta que el arbusto y su precioso traje quedaron en un estado lamentable.

Jadeando y sumido en la ira volcánica que lo embargaba, dio un paso atrás y después otro. Cuando su visión se despejó, vio los restos destrozados de su almuerzo elegante, la ruina de sus posesiones. Tenía un dolor de cabeza infernal y las manos en carne viva.

Casi no recordaba haber causado semejantes estragos, sólo la nube negra que lo envolvía.

¿Durante cuánto tiempo?, se preguntó, lleno de pánico. ¿Durante cuánto tiempo había perdido el control de sus actos?

Miró su reloj con desesperación, pero no recordaba cuándo había empezado su ataque de furia.

Se dijo que no tenía importancia. La servidumbre no diría nada; sólo pensaría lo que él ordenara que pensara. De todos modos, no había sido él el causante de esos desagradables destrozos de comida y de vajilla.

Se recordó que eran ellos los que habían causado esa destrucción. Los Lassiter. Los Beaumont. Lo suyo había sido nada más que una reacción, quizá demasiado violenta, a esa decepción. Pero ya tenía la mente despejada. Como siempre la tuvo. Como siempre la tendría.

Ahora que estaba sereno, meditaría y trazaría planes. Decidió que les daría tiempo. Que les daría lugar. Y, entonces, los destruiría. Esta vez los destruiría por completo por hacerle perder su dignidad.

Con una respiración profunda, VanDyke se dijo que él tendría el control de todo. Su padre no había sido capaz de controlar a su madre. Su madre no había podido controlarse a sí misma.

Pero él sí tenía fuerza de voluntad y control sobre su persona.

Aunque por momentos parecía perderlo, y lo temía tanto como una criatura le tiene miedo a los monstruos que se ocultan en el ropero. Los monstruos existían, recordó, y tuvo que luchar para impedir que su mirada los buscara por todas partes. Los monstruos que vivían en la oscuridad, en la duda. En el fracaso.

Estaba perdiendo el control sobre sí mismo que tanto había luchado por adquirir.

La Maldición de Angelique. Ahora estaba seguro de que el amuleto era la respuesta. Con ese amuleto sería fuerte, intrépido, poderoso. Estaba convencido de que la bruja había volcado en él su alma. Sí, ahora lo sabía, y se preguntó por qué lo habría dudado antes, por qué lo había considerado sólo un objeto valioso y muy codiciado.

Era su destino, por supuesto. Se echó a reír y con mano temblorosa tomó del bolsillo un pañuelo de hilo para secarse la cara. Su destino y, quizá, su salvación. Sin ese amuleto probaría el fracaso, y más aún. Tal vez se encontraría atrapado en ese mundo negro y embotado de la furia asesina, y sin tener la llave para salir de él.

El amuleto era la llave. Con suavidad ahora, arrancó una flor y la acarició con suavidad para demostrarse que era capaz de hacerlo.

Angelique había transferido su alma al metal y la piedra. Durante años ella lo había acosado, lo había provocado y se había burlado de él al permitirle llegar muy cerca, pero no más allá.

Pues bien, él la derrotaría, tal como lo había hecho su antepasado muerto hacía mucho. Le ganaría porque él era un hombre que sabía cómo ganar la partida.

Y en cuanto a Tate... Estrujó la flor que tenía en las manos y sus uñas bien cuidadas se clavaron en esos pétalos húmedos con rocío.

Ella ya había elegido.


Las Antillas. Islas tropicales llenas de flores, de palmeras y de acantilados. Arena blanca que brilla al sol y es besada por el agua azul. Brisas fragantes que mecen majestuosas palmeras. Era la imagen que todos tenían del paraíso.

Cuando Tate salió a cubierta poco después de la salida del sol, no fue una excepción a la regla. El cono del volcán dormido de Nevis estaba rodeado de niebla. Los jardines y cabañas del hotel que habían sido construidos desde su última visita también le parecieron dormidos. Todo estaba inmóvil, salvo las gaviotas.

Decidió que más tarde, esa mañana, bajaría a la playa cuando la lancha fuera a tierra a conseguir provisiones. Pero por el momento disfrutaría de nadar a solas.

Se deslizó en el agua, dejó que le fluyera por los hombros e inclinó la cabeza hacia atrás. Estaba agradablemente fresca. Se dejó flotar y trazó un lento círculo. Su chapuzón paradisíaco se convirtió en jadeo cuando algo le apresó una pierna y la tiró hacia abajo.

Tate subió furiosa a la superficie. Detrás del visor, los ojos de Matthew brillaron.

—Lo siento, no pude contenerme. Estaba buceando y de pronto vi que un par de piernas se introducían en el agua. Tienes unas piernas preciosas, Red.

—Es un mar muy grande, Matthew —dijo ella con tono severo—. Vete a jugar a otra parte.

—¿Por qué no buscas tu visor y bajas conmigo?

—No me interesa.

—En el bolsillo de los shorts tengo un paquete de galletitas. —Se le acercó para apartarle de la cara un mechón de pelo mojado. —¿No quieres dar de comer a los peces?

A Tate sí le gustaba la idea, pero sólo si a ella se le hubiera ocurrido antes.

—No. —Le dio la espalda y se alejó nadando.

Él se zambulló, nadó debajo de ella y de nuevo emergió frente a Tate.

—Solías ser una persona divertida.

—Y tú eras menos molesto.

Él comenzó a nadarle a la par.

—Por supuesto, supongo que debes de estar fuera de práctica, después de haber pasado tanto tiempo con computadoras y robots. Supongo que ésa es la razón por la que te preocupa un poco la perspectiva de bucear con snorkel, sin tanques.

—A mí no me preocupa. Sigo buceando tan bien como antes. O mejor.

—Tendremos que nadar bastante mientras buscamos el *Isabella*. E insisto en que te hace falta práctica.

—Yo no necesito practicar para bucear con snorkel.

—Demuéstramelo —la desafió él y se alejó.

Tate se sermoneó y maldijo a Matthew, pero terminó izándose a bordo en busca del snorkel y el visor. Se dijo que ese hombre era un idiota, desde luego, mientras se dejaba caer de nuevo al agua. Pero él sabía qué botones apretar. Para Tate, la única satisfacción sería demostrarle lo bien que lo hacía.

Mordió la boquilla y subió a la superficie. Ella había olvidado, hasta el momento en que, por entre el agua, su mirada se topó con peces y arena, cuánto tiempo hacía desde la última vez que había buceado sólo por placer, fuera con snorkel o con tanques de aire.

Se puso a nadar con alegría, el desafío ya olvidado. Hasta que Matthew pasó debajo de ella y giró de modo que casi quedaron visor a visor. Él sonreía y, después, el agua brotó como una fuente del tubo de su snorkel por encima de la superficie. Él bajó la cabeza e hizo un gesto hacia abajo. Sin esperar, descendió más y la dejó atrás.

Era toda la motivación que necesitaba Tate. Llenó sus pulmones de aire y fue tras él.

Ése era el mundo con el que siempre había soñado. Manchones de pasto marino mecido por las olas, agua transparente, planicies y montañas de arena. Y cuando Matthew soltó las galletitas rotas de la bolsa que llevaba, aparecieron muchísimos peces ávidos.

Nadaron alrededor de ella, con sus cuerpos brillantes. Uno o dos fueron lo bastante curiosos como para observarla a través del visor antes de lanzarse a comer. A Tate le dolían los pulmones cuando pataleó hacia arriba, sopló por el snorkel y aspiró más aire.

Pasó casi una hora antes de que subiera por completo a la superficie. Se levantó el visor y se puso a flotar de espaldas, muy contenta.

—Es posible que no hayas perdido tu toque después de todo —comentó Matthew.

—Yo no me pasé todo el tiempo metida en el laboratorio.

Porque ella tenía los ojos cerrados, él se permitió peinarle con los dedos ese pelo rojo y sedoso que fluía sobre el agua.

—No viniste cuando tocamos puerto en San Juan.

—Estaba ocupada con otras cosas. —Pero ella lo había visto nadar y trabajar con LaRue para enseñarle a bucear.

—Tu tesis.

—Así es. —Al sentir un tirón en el pelo, llevó una mano atrás y sus dedos tropezaron con los de Matthew.

—Lo siento —dijo él—. ¿Sobre qué es tu tesis?

Con cautela, ella se dejó flotar a algunos centímetros de donde estaba él.

—No creo que te interese.

Por un momento él no dijo nada y lo sorprendió ese nuevo acceso de resentimiento por parte de Tate.

—Lo más probable es que tengas razón.

Algo en su tono hizo que ella abriera los ojos.

—Yo apenas si superé la secundaria. ¿Qué podría saber de doctorados y de tesis?

—No fue mi intención que lo tomaras así. —Avergonzada, extendió el brazo hacia él antes de que volviera a zambullirse. —De veras. Sólo quise decir que no creía que te interesara un larguísimo y pedante trabajo técnico, cuando tú ya has hecho todo sobre lo que yo podría escribir. Y la verdad es que estoy deseando terminar con esa maldita tesis.

—Creí que esas cosas te gustaban.

—Y así es, pero... —Enojada consigo misma, cerró los ojos mientras se dejaba flotar. —Ya no sé qué quiero decir. Mi tesis trata sobre el valor monetario en contraposición con el valor inherente de los objetos recuperados de un barco hundido. No es demasiado original, pero me pareció interesante centrarme en un objeto y seguir su trayectoria desde que se lo descubre hasta que se lo analiza. También podría tirar eso a la basura y volver a mi primera idea acerca de cómo los avances tecноlógicos han logrado mejorar y despersonalizar la ciencia de la arqueología marina. O...

Abrió un ojo.

—Ahora entiendes por qué no me entusiasmaba demasiado contestar tu pregunta.

—De modo que todavía no te decidiste. ¿Cuál es el apuro?

—Creí que había apuro. —¿Cómo podía explicarle que tenía la sensación de haber estado durante años metida en una rutina? Una rutina que ella misma había elegido, por supuesto. Pero de la que de pronto e impulsivamente había salido. Ella todavía no estaba bien plantada sobre sus propios pies ni demasiado segura de saber cómo hacerlo cuando llegara el momento.

—Siempre se te forma esa arruga en la frente cuando te pones demasiado filosófica. —Le pasó la punta del dedo por entre las cejas.

Ella le apartó la mano.

—Vete, Lassiter. Lo estoy pasando muy bien al preocuparme por una crisis profesional.

—Pues a mí me parece que hay que volver a enseñarte cómo relajarte. —Le apoyó una mano con firmeza en la cara y empujó.

Ella se hundió, pero tuvo la rapidez de arrastrarlo también hacia abajo. Logró sacar la cabeza a la superficie, y habría tenido más éxito en inhalar aire si no hubiera estado muerta de risa. Cuando él le cerró la mano alrededor del tobillo, ella pateó con el otro pie y tuvo la satisfacción de sentir que daba contra algo antes de que él la hundiera de nuevo.

En lugar de luchar, Tate no ofreció resistencia. En cuanto él soltó la mano, ella le lanzó una patada y después comenzó a nadar hacia el barco. No estaba segura de si él era ahora más rápido que antes o si ella estaba más lenta, pero lo cierto es que no pudo escapar de Matthew.

Cuando por fin logró subir de nuevo a la superficie, se sentía débil y sin aliento.

—Me estás ahogando.

—Te estoy salvando —la corrigió él. De hecho, la estaba sosteniendo. Las piernas de ambos estaban entrelazadas, así que él usó un brazo para mantenerse a flote mientras con el otro la rodeaba.

—Quizá realmente yo no esté en forma. —Luchó para poder respirar y usó una mano para apartarse el pelo de los ojos.

—No desde donde yo te veo.

La risa tardó un instante en desaparecer de su cara, pasó un momento antes de que ella se diera cuenta de que estaba colgada de Matthew, quien estaba casi desnudo y tenía su cuerpo firme apretado contra el suyo. Le llevó un momento más leer el deseo en sus ojos y el eco que encontraba en el suyo.

—Suéltame, Matthew.

Él la sintió temblar y la vio palidecer. Pero sabía que no era por miedo. Con frecuencia la había visto así antes. Cuando lo deseaba.

—El corazón te late con fuerza, Tate. Casi puedo oírlo.

—Te dije que...

Él se inclinó hacia adelante, le tomó el labio inferior entre los dientes y vio cómo se le nublaban los ojos.

—Adelante —la desafió contra la boca—. Dilo de nuevo.

Pero no le dio oportunidad de hacerlo. Los labios de Matthew le devoraban los suyos, se los mordisqueaban y después se los abrían para llevar su beso hacia las profundidades oscuras y peligrosas.

Por Dios que se sacaría el gusto. Eso fue lo que pensó, incluso mientras sufría. Ella era todo lo que él recordaba y había tratado de olvidar. Todo y más que todo. Aun cuando se hundieron, patearon para subir a la superficie y respirar, entrelazados, él supo que no era el mar lo que lo ahogaría sino su desesperada e interminable necesidad de Tate.

Su sabor, su olor y su piel. El sonido de su respiración en medio del placer. Los recuerdos del pasado y la realidad del ahora, mezclados, de tal modo que casi olvidaba los años que había en el medio.

Ella no sabía que podía sentirse así. Con tantos deseos y fuera de control. No quería pensar, no cuando su cuerpo estaba tan vivo y cada nervio la estremecía.

Era algo sólo físico. Tanto ella como él se aferrarían a esa idea. La boca firme y exigente de un hombre, esa piel mojada y resbalosa, ese cuerpo hecho a la medida del suyo. No, Tate no quería pensar. Pero tenía que hacerlo.

—No.

Tate logró pronunciar esa única sílaba antes de que la boca de Matthew volviera y ella perdiera todo control.

—Te dije que no.

—Te oí. —Dentro de Matthew se libraron como una docena de guerras separadas. Él la deseaba y, por la forma en que la boca de Tate se fundía con la suya, supo que podía tenerla. La necesitaba, y lo veía espejado en los ojos brillosos de ella. Si deseo y necesidad hubieran sido todo, la guerra habría cesado enseguida.

Pero él la amaba. Y eso lo convertía en una víctima que sangraba en su propio campo de batalla.

—Yo no hice eso solo, Tate. Pero puedes fingir lo contrario si eso te hace sentir mejor.

—No necesito fingir nada. Suéltame.

Él ya lo había hecho. Y eso contribuyó a que Matthew curvara los labios en algo parecido a una sonrisa.

—Eres tú la que te aferras a mí, querida. —Sacó las manos del agua y le mostró las palmas.

Con una imprecación, ella lo soltó.

—Conozco bien el clisé, Lassiter, pero esta vez la historia no se repetirá. Trabajaremos juntos y bucearemos juntos. Pero eso es todo lo que haremos juntos.

—Es tu elección, Red. Siempre lo fue.

—Entonces no debería haber problema.

—No, ningún problema. A menos que te preocupe la idea de que no podrás resistirte a mí.

—Puedo arreglarme —dijo ella.

A él lo habría complacido ver que de nuevo Tate tenía el entrecejo fruncido. Mascullando para sí, Tate se hundió para refrescarse la cabeza y después nadó en dirección contraria.


—No dejaré que bucees de nuevo hasta que pases el examen escrito. —Matthew sacudió los papeles debajo de la nariz de LaRue. —Es así como son las cosas.

—No soy un alumno de escuela.

—Eres un aprendiz. Yo soy tu instructor y harás el examen escrito. Si sales bien, bucearás. Si no, te quedarás en el barco. La primera parte consiste en la identificación del equipo. —Matthew se inclinó hacia adelante. —Recuerdas lo que es un regulador, ¿no, LaRue?

—Lleva el aire del tanque al buzo. —LaRue apartó los papeles. —¿Y?

Matthew volvió a ponérselos delante.

—¿Y de qué consta?

—Consta de, consta de... —De mal humor, LaRue sacó su bolsa con tabaco. —Consta de, bueno, la boquilla, la manguera, ¿cómo era? La válvula.

—¿Qué es eso?

—Es el dispositivo que regula la presión del aire comprimido. ¿Por qué me jodes con todo esto?

—No bucearás hasta que conozcas el equipo de atrás para adelante, hasta que yo esté seguro de que entiendes la física y la fisiología. —Le ofreció a LaRue un lápiz bien afilado. —Tómate todo el tiempo que necesites, pero recuerda que no bucearás hasta que termines esto. Buck, dame una mano en cubierta.

—Por supuesto, enseguida voy.

LaRue miró por sobre las hojas del examen, y miró a Matthew, que ya se iba.

—¿Qué es la Ley de Boyle? —le preguntó en voz baja a Buck.

—Cuando la presión...

—Nada de soplarle —dijo Matthew, que ya casi había salido de allí—. Por Dios, Buck.

—Lo siento, LaRue, tendrás que arreglarte solo. —Avergonzado, Buck siguió a Matthew a cubierta. —Sólo le estaba dando una pista.

—¿Quién le dará una pista si él olvida lo básico cuando está a doce metros de profundidad?

—Tienes razón. Pero en general LaRue anda bien, ¿no? Dijiste que tenía mucha facilidad para el buceo.

—Sí, allá abajo parece un maldito pez —dijo Matthew con una sonrisa—. Pero no permitiré que se saltee los detalles.

Ya tenía puesto el traje de neoprene y ahora se subió el cierre. Revisó de nuevo sus tanques y sus instrumentos de medición y dejó que Buck lo ayudara a sujetárselos a la espalda.

—Sólo bajaremos para un rápido reconocimiento —le comentó Matthew mientras se ajustaba el cinturón con pesas.

—Sí.

Buck sabía que estaban encima del *Margarita*. Tanto él como Matthew evitaban hablar del naufragio o de lo que había sucedido. Buck trató de no mirar a Matthew a los ojos cuando su sobrino se sentó para ponerse las aletas.

—Tate quiere algunas fotografías —dijo Matthew, por falta de algo mejor para decir. Todos sabían que ellos querían tener una visión de primera mano de lo que VanDyke había dejado atrás.

—Me lo imagino. Ella siempre fue buena para la fotografía. Ha madurado, ¿no te parece?

—Sí, me parece. Y, por favor, no le soples más a LaRue.

—Ni aunque me lo suplique. —La sonrisa de Buck desapareció cuando Matthew se puso el visor. Empezó a sentir pánico y lo aferró del cuello. —Matthew...

Matthew hizo una pausa, se puso una mano sobre el visor y se preparó para dejarse caer al agua.

—¿Qué? —Vio la ansiedad en la cara de su tío y luchó para no prestarle atención.

—Nada. —Buck se pasó una mano por la boca y tragó fuerte, mientras por su mente desfilaban imágenes de pesadilla repletas de tiburones y de sangre. —Buena inmersión.

Matthew asintió y se lanzó al agua. No siguió el impulso de zambullirse bien profundo y perderse en el silencio y la soledad. Cruzó la distancia que lo separaba del *New Adventure* con un crol fácil y gritó:

—¿Listos?

—Casi. —Ray, con el equipo puesto, se acercó a la barandilla con una sonrisa. —Tate está revisando la cámara. —Levantó una mano para saludar a Buck. —¿Cómo anda él?

—Estará bien —respondió Matthew. Lo último que quería era sumergirse en los miedos de su tío. Ahora que estaban allí, se sentía impaciente por empezar. —¡Vamos, Red! —gritó—. La mañana se acaba.

—Ya voy.

Él la vio sentarse para ponerse las aletas. Un momento después la observó tirarse al agua con elegancia. Matthew se zambulló y la siguió hacia abajo mientras Ray se dejaba caer en el agua.

Los tres descendieron, casi lado a lado.

Matthew no había esperado que los recuerdos lo embargaran, pero lo cierto es que todo lo de aquel verano volvió a inundar su mente. Recordó la forma en que Tate lo había mirado la primera vez que se vieron. Esos ojos llenos de sospechas, la furia y el resentimiento en ellos.

Y recordaba la atracción inmediata que sintió hacia ella, que él trató de sofocar. La competitividad que surgió entre ambos cuando buceaban como un equipo, algo que en realidad nunca cesó del todo, ni siquiera cuando el afecto los unió.

También apareció la emoción que él había sentido cuando encontraron el barco. Los ratos que había pasado con Tate y que le habían abierto el corazón y las esperanzas como nadie lo había hecho antes. Ni nadie había vuelto a hacerlo. Todas las sensaciones de enamorarse, de trabajar juntos, del descubrimiento y la promesa lo embargaron cuando se acercaron a la sombra de un barco hundido.

Y también revivió el dolor de la pérdida.

VanDyke prácticamente no había dejado nada sino la cáscara rota del galeón. A primera vista Matthew supo que sería tonto malgastar tiempo en bajar el tubo de succión y excavar. Sin duda nada de valor quedaba allí. También el barco había sido destruido por completo.

Lo sorprendió sentir pena por ello. Con una excavación cuidadosa, el *Margarita* podría haberse salvado. Ahora, en cambio, estaba hecho pedazos.

Al mirar a Tate comprendió que el pesar que él sentía no era nada comparado con lo que ella estaba viviendo.

Tate observó las planchas de metal diseminadas y no se molestó en esconder el dolor intenso que le produjo.

Pensó que VanDyke lo había matado. No le bastó violar el *Margarita* sino que, además, lo destruyó. Nadie volvería a ver ese galeón como había sido, lo que había significado. Y todo por culpa de la codicia de un hombre.

Se habría echado a llorar si las lágrimas no fueran tan inútiles. En cambio, sacudió la mano de consuelo que Matthew le puso en el hombro y levantó su cámara. Si no podía hacer otra cosa, al menos registraría esa devastación.

Al cruzar su mirada con la de Matthew, Ray sacudió la cabeza y con un gesto le indicó que los tres nadaran un poco más allá.

Todavía había belleza alrededor de Tate. El coral, los peces, las plantas que se mecían. Pero ahora, al registrar la escena en la que una vez sintió tanto gozo, no se emocionó.

Supuso que era natural que todo eso hubiera sido arruinado, destruido, descuidado. Igual que el amor que una vez le ofreció a Matthew.

Pensó que, finalmente, el círculo se había cerrado alrededor de aquel verano. Había llegado el momento de enterrarlo y empezar de nuevo.

Cuando salieron a la superficie, lo primero que Tate vio fue la cara pálida y ansiosa de Buck por encima de la barandilla.

—¿Todo bien?

—Sí, todo muy bien —respondió ella. Porque le quedaba más cerca, se izó a bordo del *Sirena*. Se detuvo, giró y saludó con la mano a su madre que registraba el evento a bordo del *New Adventure*. —Encontramos más o menos lo que esperábamos —le dijo a Buck después de dejar caer su cinturón con pesas.

—El hijo de puta destruyó el barco por completo, ¿no?

—Sí. —Miró a Matthew subir a cubierta.

—Ray quiere que enfilemos enseguida hacia el sur. —Se quitó el visor y se pasó una mano por el pelo. —Será mejor que te quedes aquí —le dijo a Tate antes de que ella tuviera tiempo de levantarse. —No nos llevará mucho tiempo. ¿Buck?

Buck asintió y se dirigió al puente para tomar el timón.

—El mejor plan es hacer unas inmersiones de reconocimiento. —Después de bajarse el cierre del traje de neoprene, Matthew se sentó junto a ella. —A lo mejor tenemos suerte.

—¿Te sientes con suerte, Lassiter?

—No. —Cerró los ojos y oyó el zumbido del motor. —Ese barco también significaba algo para mí.

—¿Fama y fortuna?

Esas palabras lo lastimaron, pero no tanto como el tono de la voz de Tate. La miró con tristeza, antes de ponerse de pie y caminar hacia la escalerilla de la cabina.

—Matthew. —La vergüenza la hizo pegar un salto y seguirlo. —Lo siento.

—Olvídalo.

—No. —Antes de que él pudiera acercarse a la escalera, ella le tomó un brazo. —Lo siento. Bajar y ver lo que quedaba de ese barco nos afectó a todos. Recordar. Lo más fácil fue tomármela contigo, pero eso no sirve.

Lleno de furia impotente, Matthew apretó las manos sobre la barandilla hasta que sus nudillos quedaron blancos.

—Tal vez yo debería habérselo impedido. Al menos eso pensó Buck.

—Buck no estaba allí. —Mantuvo la mano con fuerza en el brazo de Matthew hasta que él giró la cabeza y la enfrentó. Qué curioso, pensó. Ella no se había dado cuenta de que Matthew podía culparse. O de que en ese corazón helado que ella le había asignado hubiera lugar para la culpa. —No había nada que ninguno de nosotros podría haber hecho. Mirar hacia atrás tampoco sirve, y por cierto no cambia nada.

—Ahora no estamos hablando del *Margarita*, ¿no?

Ella estuvo tentada de darle la espalda, de encogerse de hombros para no escuchar esas palabras. Pero huir era tonto y Tate esperaba no seguir siéndolo.

—No, tienes razón.

—Yo no era lo que tú querías que fuera, y te lastimé. Tampoco puedo cambiar eso.

—Yo era joven. Los enamoramientos pasan. —De alguna manera la mano de Tate se había acercado a la de Matthew y ambas se habían entrelazado. Al notarlo, ella flexionó los dedos para liberarlos y dio un paso atrás. —Cuando estuve allá abajo, frente a esos despojos, entendí algo: no queda nada, Matthew. Nada del barco, de aquel verano, de aquella chica. Todo eso desapareció. Debemos empezar con lo que hay ahora.

—Empezar de cero.

—No sé si podremos. Digamos que acabamos de pasar una página.

—De acuerdo. —Matthew le ofreció una mano. Cuando ella se la tomó, inesperadamente él se la llevó a los labios. —Pienso trabajar sobre ti, Red —murmuró.

—¿Cómo?

—Dijiste que hemos abierto una nueva página. Supongo que yo tengo algo que ver con lo que se escribirá en ella. De modo que trabajaré sobre ti. La última vez, te me tiraste encima.

—No lo hice.

—Ya lo creo que sí. Pero esta vez sé qué tengo que hacer. Está bien. —Le pasó el pulgar sobre los nudillos antes de que ella soltara la mano. —De hecho, creo que lo disfrutaré.

—No sé por qué pierdo tiempo tratando de enmendar las cosas contigo. Eres tan arrogante como siempre.

—Es así como te gusto, mi amor.

Ella vio su sonrisa antes de alejarse.

Sabía que él tenía razón: exactamente así le gustaba que fuera Matthew.

# Capítulo Dieciocho

Las inmersiones de reconocimiento no dieron demasiado resultado. Tate se pasó casi toda la tarde encerrada con las investigaciones de ella y de su padre, mientras que Matthew se llevó a LaRue, que acababa de pasar su examen escrito, en una inmersión de práctica.

Ella ya había organizado pilas de notas, artículos de los Archivos Nacionales, cartas marinas de naufragios, el material que Ray había conseguido en el Archivo General de Indias de Sevilla.

Había separado sus mapas, cartas, registros de tormentas, manifiestos, diarios. Ahora se concentró en los cálculos de su padre.

Ya lo había hecho y vuelto a hacer como una docena de veces. Si la información que poseían era correcta, se encontraban sin duda en la zona indicada. El problema era, desde luego, que incluso con la localización adecuada, encontrar un barco hundido era como separar un grano de arena de un puñado.

El mar era tan vasto que incluso con los grandes avances tecnológicos, las posibilidades de un hombre eran limitadas. Era factible estar a seis metros de un naufragio y pasar de largo sin encontrarlo.

Habían tenido una suerte increíble con el *Margarita*. Tate no quería calcular las posibilidades de que un rayo cayera dos veces en el mismo lugar, no con la esperanza y el entusiasmo que veía en los ojos de su padre cada vez que lo miraba.

Necesitaban el *Isabella*, pensó. Todos necesitaban hallar ese barco por una serie de razones diferentes.

Ella sabía que el magnetómetro que había a bordo del *Sirena* estaba en uso. Era una manera excelente y eficaz de localizar un naufragio. Hasta el momento, el sensor que estaba remolcado por el *Sirena* no había registrado la existencia de hierro allá abajo, tal como podría encontrarse por ejemplo, en los cañones y el ancla.

Tenían medidores de profundidad en los dos puentes, para poder distinguir cualquier cambio revelador en la profundidad del agua causado por un naufragio. Habían colocado boyas para marcar el patrón de búsqueda.

Si ese barco estaba allá abajo, pensó Tate, lo encontrarían.

Cuando su padre salió hacia estribor, ella se quedó en la caseta sobre cubierta.

—Aquí adentro no te vas a broncear nada, Red.

Ella levantó la vista, sorprendida, cuando Matthew le entregó un vaso de la limonada de su madre.

—Volviste. ¿Cómo anduvo LaRue?

—Es un buen compañero de buceo. ¿Cuántas veces más vas a revisar todo esto?

Ella ordenó un poco los papeles.

—Hasta que haya terminado.

—¿Qué te parecería un descanso? —Extendió un brazo y se puso a jugar con la manga de la remera de Tate. Había estado todo el día planeando cómo hacer ese acercamiento y no estaba seguro de que fuera la manera adecuada. —¿Por qué no nos hacemos una corrida a Nevis y cenamos allá?

—¿Cenar allá?

—Sí. Tú y yo —respondió él y le dio un tironcito a la manga.

—No me parece.

—Creí que habíamos dado vuelta la página.

—Eso no quiere decir...

—Y no me entusiasma demasiado la partida de naipes planeada para esta noche. Por lo que recuerdo, las cartas tampoco son tu especialidad. El hotel tiene una banda de reggae en la terraza. Tendríamos un poco de comida y un poco de música. No nos quedará mucho tiempo para eso cuando encontremos el *Isabella*.

—Ha sido un largo día.

—Me harás pensar que tienes miedo de pasar un par de horas conmigo. —Sus ojos se posaron en los de Tate, azules como el mar e igualmente arrogantes. —Por supuesto, tienes miedo de volver a tirarte encima de mí.

—No seas patético.

—Bueno, entonces. —Satisfecho por haber hecho su jugada después de todo, se dirigió de nuevo a la escalerilla. —Usa el pelo suelto, Red. Es así como me gusta.

Ella lo llevó peinado hacia arriba. Se dijo que no era para molestar a Matthew sino porque tenía ganas de usarlo así. Se había puesto un solero color arándano que había tomado prestado del placard de su madre, por insistencia de Marla. La falda amplia le facilitaba subir y bajar de la lancha.

Una vez instalada en el bote que avanzaba a toda velocidad hacia la isla, tuvo que reconocer que le entusiasmaba la idea de cenar en un restaurante elegante y oír un poco de música.

El aire estaba agradable y el sol seguía brillando en su viaje hacia el oeste. Protegida por sus anteojos oscuros, observó a Matthew. El pelo le revoloteaba alrededor de la cara. La mano que apoyaba en la caña del timón era ancha y hábil. Si no hubiera habido una historia entre ellos, ella se habría sentido complacida de tener un compañero tan atractivo para una velada de entretenimiento.

Pero había una historia. En lugar de disminuir el placer, lo aumentaba. De nuevo la rivalidad, supuso. Si él creía que iba a sucumbir una vez más a ese encanto suyo rudo, le demostraría lo equivocado que estaba.

—Se supone que el buen tiempo durará toda la semana —dijo ella para iniciar una conversación.

—Ya lo sé. Sigues sin pintarte los labios. —Cuando ella instintivamente se pasó la lengua por los labios, él pulso de él se aceleró. —Es una lástima que las mujeres no se den cuenta de lo tentadora que resulta una boca al natural. Sobre todo cuando hace mohines.

—Me encanta saber que te volverá loco durante el próximo par de horas.

Tate desvió su atención a Nevis. El cono de la montaña estaba rodeado por nubes, en contraste con el azul intenso del cielo. Más abajo, la playa se extendía blanca contra un mar calmo. La arena estaba punteada por gente, sombrillas coloridas y reposeras. Un aprendiz novato de windsurf trataba en vano de mantenerse parado sobre la tabla. Al verlo caer de nuevo al agua, Tate se echó a reír.

—Qué pena. —Miró a Matthew con el entrecejo fruncido. —¿Alguna vez intentaste ese deporte?

—No.

—Yo, sí. No es nada fácil y resulta bastante frustrante cuando uno cree que ya lo maneja bien y de pronto pierde el equilibrio y cae al agua. Pero si se logra apresar la brisa y navegar, es maravilloso.

—¿Mejor que el buceo?

—No. —Ella siguió sonriendo al ver que el joven luchaba de nuevo por mantenerse de pie sobre la tabla. —Nada es mejor que bucear.

—Las cosas han cambiado por aquí.

—Mmmm. —Tate esperó a que Matthew maniobrara la lancha hacia el muelle y le arrojara un cabo a un miembro del personal del hotel. —La última vez que estuvimos aquí ni siquiera supe que pensaban construir ese complejo. —Tomó la mano que Matthew le ofrecía y trepó al embarcadero. —Ahora da la impresión de que hubiera crecido aquí.

—Nevis ya no es el lugar secreto que solía ser. —Él siguió con la mano en el brazo de Tate mientras caminaban por el muelle a la playa.

Una serie de pasarelas de piedra atravesaban jardines frondosos y parques verdes en declive con bonitas cabañas de dos plantas. Pasaron junto al restaurante ubicado junto a la piscina y avanzaron hacia las escalinatas de mármol que conducían al edificio principal.

Tate miró por encima del hombro.

—¿No vamos a comer aquí afuera?

—Estaremos mejor que en ese lugar al lado de la piscina. El restaurante de adentro tiene mesas en la terraza. —Condujo a Tate hacia el pedestal de las reservas, donde una mujer con una remera con logotipo del complejo le sonrió. —Lassiter.

—Sí, señor. Usted pidió una mesa en la terraza.

—Así es. Llamé más temprano —le dijo a Tate cuando ella lo miró con el entrecejo fruncido. Esa expresión se acentuó aun más cuando él apartó la silla para que se sentara. Si la memoria no la engañaba, los modales de Matthew habían mejorado en forma notable. —¿Bebes champaña? —preguntó, con la cabeza inclinada muy cerca de ella, de modo que su aliento le hizo cosquillas en la oreja.

—Por supuesto, pero...

Casi antes de sentarse frente a ella, ya Matthew pedía la botella de champaña.

—Linda vista.

—Sí. —Tate apartó la mirada de su cara y contempló los jardines y el mar.

—Háblame de los últimos ocho años, Tate.

—¿Por qué?

—Quiero saber. —Necesitaba saber. —Digamos que será una forma de llenar los espacios vacíos.

—Estudié mucho —comenzó a decir ella—. Más de lo que pensaba. Supongo que tuve la impertinencia de creer que sabía mucho, cuando en realidad sabía tan poco. El primer par de meses yo... —Me sentí perdida, desdichada, y te extrañé terriblemente. —Necesitaba adaptarme —dijo con cautela.

—Pero te pusiste al día enseguida.

—Supongo que sí. —Tranquilízate, se ordenó y se obligó a girar la cabeza y sonreírle. —Me gustaba la rutina, la estructura. Y de veras quería aprender.

En ese momento la camarera apareció con la botella de champaña y le mostró a Matthew la etiqueta.

—Que ella lo pruebe —ordenó él.

Con obediencia, la camarera descorchó la botella y vertió una pequeña cantidad en la copa de Tate.

—Es exquisito —murmuró ella, demasiado consciente de que en ningún momento Matthew le había quitado los ojos de encima.

Cuando las copas de ambos estuvieron llenas, ella comenzó de nuevo a beber, pero él le apoyó un dedo en la muñeca. Con suavidad, chocó su copa con la de Tate.

—Pasemos a la página siguiente —dijo y sonrió.

—Está bien. —Tate se recordó que ya era una mujer hecha y derecha. Y experimentada. Poseía las defensas necesarias para resistir a un hombre. Incluso a uno como Matthew.

—De modo que aprendiste —la instó él.

—Sí. Y cada vez que se me presentó la oportunidad de poner en práctica en una expedición lo que había aprendido, la aproveché.

—¿Y el *Isabella* no es una oportunidad?

—Eso está por verse. —Abrió el menú, lo revisó y miró a Matthew con los ojos muy abiertos. —Matthew.

—Yo conseguí ahorrar algunos dólares a lo largo de los años —dijo él—. Además, tú siempre me diste suerte. —Le tomó una mano. —Esta vez, Red, volveremos a casa ricos.

—¿De modo que eso es lo único que importa? Está bien. —Se encogió de hombros. —Es tu fiesta, Lassiter. Si quieres vivir el hoy, lo haremos.

Mientras comían y el vino burbujeaba en sus copas, el sol comenzó a ponerse. Se zambulló muy rojo en el mar y le confirió al aire esa penumbra tan hermosa de los trópicos. Como obedeciendo una señal, la música comenzó a sonar en el patio.

—No me has hablado de tus ocho años, Matthew.

—No pasó nada muy interesante.

—Construiste el *Sirena*. Y eso es interesante.

—Sí, es una belleza. Es tal como lo había imaginado.

—Cualquiera sea el resultado de esta expedición, tienes una carrera por delante en el campo del diseño y la construcción de barcos.

—No volveré a tener que vivir de lo que gano —dijo él—. A no hacer nunca lo hay que hacer y a olvidar lo que quiero.

La expresión de los ojos de Matthew la impresionó tanto que extendió el brazo y le tocó la mano.

—¿Eso fue lo que hiciste?

Sorprendido, él la miró, se encogió de hombros y entrelazó sus dedos con los de ella.

—No es lo que estoy haciendo ahora. Y eso es lo que importa. ¿Sabes algo, Red?

—¿Qué?

—Que eres hermosa. No —sonrió cuando ella trató de liberar su mano. —Ahora te tengo. Por el momento —corrigió—. Acostúmbrate a ello.

—Es evidente que el hecho de que yo te haya elegido por sobre la partida de naipes se te ha subido a la cabeza.

—Además, esa voz —murmuró, encantado de ver lo confundida que estaba ella con la luz de las velas en los ojos—. Suave, lenta, lisa. Como miel mezclada en la cantidad precisa con un buen whisky. Un hombre podría emborracharse con sólo oírte.

—Creo que la champaña te achispó. Yo timonearé la lancha a la vuelta.

—De acuerdo. Pero antes bailaremos por lo menos una pieza. —Por señas pidió la cuenta.

Bailar una pieza no le haría mal a nadie, decidió Tate. En todo caso, aprovecharía ese momento de contacto estrecho para convencer a Matthew de que no estaba dispuesta a ser seducida para emprender la fugaz aventura que era obvio él buscaba.

Esta vez lo disfrutaría sin perder su corazón como la otra vez. Y si él sufría un poco, tal vez resultaría también una satisfacción para ella.

Importaba poco mostrarle de qué manera, así que dejó su mano en la suya mientras abandonaba la terraza hacia el patio abierto de abajo.

La música era lenta, sexy, y la vocalista le imprimía una intención especial a las palabras. Una pareja se encontraba sentada, acurrucada, frente a una mesa en las sombras, pero no había más bailarines cuando Matthew la tomó en sus brazos.

Él la apretó fuerte, para que los cuerpos de ambos se amoldaran, para que la mejilla de Tate no tuviera más remedio que apoyarse en la suya. Sin pensarlo, ella cerró los ojos.

Debería haber sabido que él se mostraría afable, que sería astuto. Pero no esperaba que los pasos de ambos armonizaran con tal perfección.

—Ignoraba que sabías bailar.

—Es mucho lo que cada uno de nosotros no sabe del otro. Pero yo sí sé cuál era tu fragancia. —Le acarició la oreja con la nariz. —Y eso no ha cambiado.

—Yo cambié —dijo ella y luchó por no reaccionar mientras sentía que su piel era un fuego.

—Pero todavía sientes lo mismo. —Levantó la mano para quitarle las hebillas del pelo.

—Deja eso.

—A mí me gustaba corto. —Su voz era suave como una brisa e igualmente seductora. —Pero así está mejor. —Le rozó una sien con los labios. —Pasa, con algunos cambios.

Ella temblaba, con esos estremecimientos involuntarios que él recordaba tan bien.

—Ahora somos personas diferentes —murmuró Tate. Quería que fuera cierto, lo necesitaba. Y, sin embargo, si era así, ¿cómo le resultaba tan fácil moverse en sus brazos como si no hubiera pasado ni un instante desde la última vez?

—Muchas otras cosas están igual que antes. Como, por ejemplo, la forma en que calzas contra mi cuerpo.

Ella llevó la cabeza hacia atrás y después se estremeció cuando los labios de él le rozaron los suyos.

—Tienes el mismo sabor.

—Yo no soy la misma. Nada es lo mismo. —Se apartó y bajó corriendo los escalones hacia la playa.

No había aire que le resultara suficiente. La noche había refrescado de pronto y la estaba haciendo temblar. Quería creer que era la furia lo que le cerraba el estómago y hacía que le brotaran lágrimas. Pero sabía que era el deseo, y odiaba a Matthew por haber vuelto a encender una llama hacía mucho apagada.

Cuando él la alcanzó, Tate estaba segura de que le pegaría, lo arañaría y le escupiría. Pero se descubrió echándole los brazos al cuello y buscando su boca.

—Te odio por esto, Matthew. Dios, cómo te odio.

—Me importa un cuerno. —Le empujó la cabeza hacia atrás. Todo estaba allí: la energía, el entusiasmo, la pasión. Sintió la desesperada tentación de arrastrarla hacia los arbustos y zambullirse en el calor que vibraba en ella.

—Ya sé que no te importa. —Y eso era justo lo que todavía le dolía, una cicatriz que pulsaba debajo de una herida recién infligida. —Pero a mí sí me importa.

Tate se soltó y levantó las manos para mantenerlo apartado cuando él habría querido tenerla de nuevo en sus brazos. Ella luchó por recuperar el aire, por resistir frente a la luz temeraria y exigente que brillaba en los ojos de Matthew.

—Lo que tú querías era demostrar que todavía podías encender una llama entre nosotros. —Se apretó el estómago con la mano. —Pues bien, lo conseguiste. Pero lo que hacemos o no al respecto es elección mía, Matthew. Y no estoy lista para decidir nada.

—Te deseo, Tate. ¿Necesitas oírmelo decir? —Dio un paso adelante pero no la tocó. —¿Necesitas oírme decir que no puedo dormir por las noches por lo mucho que te deseo?

Esas palabras giraron en su cabeza y se infiltraron en su sangre.

—Sí, a lo mejor necesito oírlo, pero eso no modifica el hecho de que me tomaré todo el tiempo que necesite para decidir. En una época yo habría ido a cualquier parte, hecho cualquier cosa por ti, Matthew. En una época. Lo que haga ahora será por mí.

Él se metió las manos en los bolsillos.

—Me parece justo. Porque esta vez, lo que yo haga lo haré por mí.

—Esta vez. —Ella se echó a reír y se pasó los dedos por el pelo. —Desde donde yo estoy, me parece igual que la otra.

—Entonces sabes a qué te enfrentas.

—No estoy muy segura. No haces más que cambiar conmigo, Matthew. Ya no sé qué es real y qué es tu sombra.

—Esto es real. —Le puso las manos detrás de la nuca y la hizo ponerse de pie hasta que las bocas de los dos se unieron.

—Sí, eso es real —Cuando se soltaron, ella suspiró. —Ahora quiero volver, Matthew. Mañana empezaremos temprano.

• • •

En realidad, a Tate no le importó la forma en que se armaron los equipos, de modo que su padre y LaRue trabajaban juntos y ella y Matthew formaban el segundo equipo. Ella y Matthew siempre habían trabajado bien juntos debajo del agua. Después de la primera inmersión, ella se dio cuenta de que ambos tenían la misma comunicación y ritmo naturales e instintivos.

El equipo electrónico era el método más eficaz para localizar el *Isabella*, pero a Tate le alegró tener la posibilidad de bucear, de buscar con la vista y la mano, como había aprendido a hacer.

Horas de abanicar la arena no la aburrían. Tampoco la aburría llevar a la superficie trozos de conglomerado para que su madre y Buck los partieron con un martillo. En lo que a ella concernía, estaba de nuevo en lo suyo, con los peces en su doble papel de público y de compañeros de juegos. Cada hermosa escultura de coral la fascinaba. Hasta la decepción era parte de todo eso. Una cadena oxidada, una lata de agua mineral podía transformar latidos apresurados de su corazón en un suspiro. Pero era todo parte de la cacería.

Y allí estaba Matthew, siempre cerca para compartir con ella alguna delicia. Un jardín de plantas marinas, el resplandor fugaz y plateado de un pez. Si Matthew tendía a tocarla con demasiada frecuencia, se dijo que debía disfrutarlo.

Si era suficientemente fuerte como para resistir la seducción, lo sería también para resistir el romance.

Los días se convirtieron en semanas, pero Tate no estaba decepcionada. El tiempo que pasaba allí suavizaba una necesidad que ella no sabía que tenía: volver a visitar el mar que amaba, no como científica ni como observadora objetiva entrenada para registrar datos sino como una mujer que disfruta de su libertad y de la compañía de un hombre que la desconcertaba.

Examinó una formación de coral y apartó un poco la arena. Al mirar por encima del hombro vio que Matthew metía trozos de conglomerado en su bolso para langostas. Comenzaba a sonreír hacia él, con esa manera que reservaba para cuando sabía que Matthew no la miraba, cuando de pronto sintió un dolor intenso en el dorso de la mano.

Pegó un salto hacia atrás justo cuando la morena retrocedía hacia su cueva en medio del coral. Casi antes de que Tate tuviera tiempo de registrar lo sucedido y de maldecir por su descuido, ya Matthew estaba allí y tomaba los dedos de su mano herida mientras la sangre se mezclaba con el agua. La alarma que Tate vio en sus ojos neutralizaron su propia impresión. Empezó a hacerle señas de que estaba bien, pero él le rodeó la cintura con un brazo y comenzó a patalear para subir a la superficie.

—Tranquilízate —le ordenó tan pronto escupió su boquilla—. Yo te remolcaré.

Estoy bien. —Pero el dolor intenso le humedeció los ojos—. No es más que una pequeña herida.

—Tranquila —repitió él. Estaba tan pálido como ella cuando llegaron a la escalerilla. Después de llamar a Ray, comenzó a soltar los tanques de Tate.

—Matthew, no es más que un raspón.

—Cállate. Ray, maldición, ven.

—¿Qué? ¿Qué ocurre?

—La mordió una morena. —Matthew le pasó los tanques. —Ayúdala a subir.

—Dios, cualquiera diría que un tiburón me comió la mitad —murmuró y después hizo una mueca al comprender lo que había dicho. —Estoy bien —se apresuró a decir al ver que su madre corría hacia ella.

—Déjame ver. Oh, querida. Ray, busca el botiquín de primeros auxilios para que pueda limpiarle la herida.

—No fue nada —insistió Tate cuando Marla la obligó a sentarse en un banco—. Fue mi culpa —dijo y vio que Matthew se izaba a bordo—. No hace falta que todos armen este alboroto, Lassiter.

—Déjame ver esa maldita herida. —Con un movimiento repentino hizo a un lado a Marla de un empujón y tomó la mano de Tate. Con el pulgar apartó la sangre de ese pinchazo superficial. —No parece necesitar puntos.

—Por supuesto que no. Es sólo... —Tate se soltó cuando él le arrancaba a Ray el botiquín de primeros auxilios. El siguiente sonido que se oyó fue el grito de ella cuando le echó desinfectante en la herida. —No eres precisamente el doctor más suave del mundo.

La presión arterial de Matthew poco a poco se estabilizó cuando pudo revisar bien la herida limpia.

—Lo más probable es que te quede una cicatriz. —El enojo era un sentimiento más fácil que el miedo, de modo que la atacó. —Qué estúpida.

—Mira, podría haberle pasado a cualquiera.

—No si hubieras estado atenta.

—Pero sí lo estaba.

—No. De nuevo soñabas despierta.

Ray y Marla intercambiaron miradas mientras la discusión continuaba.

—Supongo que a ti nunca te mordió un pez. Tienes las manos cubiertas de cicatrices.

—Hablábamos de ti —dijo él, furioso ante la idea de que esas manos hermosas pudieran sufrir algún daño.

Tate flexionó los dedos. El vendaje era pequeño, prolijo y eficaz, pero prefería tragarse la lengua antes de decirlo.

—¿No me vas a besar la herida para que se me cure?

—Sí, claro. —Como respuesta, Matthew tiró de ella para obligarla a ponerse de pie y, mientras sus padres atónitos miraban, le estampó en la boca un beso intenso y prolongado.

Cuando Tate pudo volver a hablar, carraspeó.

—Erraste el blanco —dijo y levantó su mano vendada.

—Nada de eso. Tu boca es la que necesita curarse, mi amor.

—¿Ah, sí? —Tate entrecerró los ojos. —¿Desde cuándo eres un experto en mis necesidades?

—Siempre supe lo que necesitabas, Red. Cuando quieras... —De pronto recordó que no estaban precisamente solos. Dio un paso atrás. —Creo que te vendría bien tomar un par de aspirinas para calmar el dolor.

—No me duele —dijo ella, se dio media vuelta y levantó sus tanques.

—¿Adónde crees que vas?

—Volveré a bajar.

—Ni loca.

—Trata de impedírmelo.

Cuando Ray abrió la boca, Marla le palmeó el brazo.

—Deja que ellos lo peleen, querido —murmuró.

—¿Quieres que trate de detenerte? Muy bien. —Matthew le arrancó los tanques de la mano y los arrojó por la borda. —Eso debería bastar.

Por un momento, lo único que Tate pudo hacer fue quedar boquiabierta.

—Pedazo de idiota. Hijo de puta ignorante. Será mejor que hundas tu traste allá y busques mis tanques.

—Si estás tan impaciente por bucear, búscalos tú misma.

Darle la espalda fue un leve error. Y lo pagó caro. Tate se lanzó contra él. En el último instante, Matthew comprendió qué se proponía. En un intento de salvarse, se movió. Pero ella lo esquivó. Y los dos terminaron cayendo al agua.

—¿No tendríamos que hacer algo, Marla? —preguntó Ray mientras los dos permanecían de pie junto a la barandilla.

—Pues me parece que les va muy bien. Mira, ella casi le dio con ese golpe. A pesar de que era con la mano herida.

Matthew esquivó el golpe corto a último momento. Pero no pudo hacer lo mismo con el puñetazo que ella le lanzó al pecho. Aunque amortiguado por el agua, cosechó un gruñido.

—Basta, Tate —le advirtió él y le tomó la mano herida por la muñeca—. Te vas a lastimar.

—Ya veremos quién se lastima. Ve a buscar mis tanques.

—No bajarás hasta que estemos seguros de que no tienes una reacción por la mordida.

—Yo te mostraré mi reacción —prometió ella y le dio un golpe en la barbilla.

—Muy bien, como quieras. —La hundió una vez, después la levantó y le puso un brazo debajo del mentón en una posición de salvamento no demasiado suave. Cada vez que ella trataba de arañarlo y lo maldecía, él volvía a hundirla. Cuando llegaron a la escalerilla, Tate jadeaba. —¿Suficiente?

—Hijo de puta.

—Supongo que un chapuzón más...

—¡Eh, del *Adventure*!

Matthew la soltó cuando Buck lo saludó desde el *Sirena*. El barco se acercaba desde su posición al sudeste, donde Buck y LaRue habían estado operando el sensor.

—¡Eh, del barco! —volvió a gritar Buck desde el puente. LaRue estaba inclinado en la barandilla de proa. —Encontramos algo.

—Sube a bordo —le dijo Matthew a Tate y casi la empujó por la escalerilla.

Buck piloteó el *Sirena* hasta ponerlo a la par y apagó el motor.

—Los sensores detectaron una pila de metal allá abajo. El medidor de profundidad también muestra algo. Lo marcamos con una boya: treinta grados al sudeste. Dios, creo que es posible que lo hayamos encontrado.

Tate respiró hondo.

—Quiero mis tanques, Matthew. —Los ojos le brillaban cuando giró para enfrentarlo. —Ni se te ocurra impedirme que baje ahora.

# Capítulo Diecinueve

Existían varias maneras de marcar la localización de un barco hundido. Los métodos estándar incluyen mediciones angulares tomadas de tres objetos fijos con un sextante, lecturas de brújula con una amplitud de nueve grados o, sencillamente, hacerlo utilizando objetos distantes como puntos de referencia. Matthew los había empleado todos.

Aunque Buck había usado una simple boya marcadora, Matthew sabía que eso tenía sus inconvenientes. Una boya podía hundirse o desplazarse. O, más importante en este caso, podía ser vista por otras personas interesadas. Para mantener el secreto, registró el rumbo de la brújula, tomó el distante Monte Nevis como punto de referencia y después le ordenó a Buck que moviera la boya lejos de la posición estimada del barco hundido.

—Mantendremos la boya alineada con ese grupo de árboles que hay en la punta de la isla —le dijo a Ray y le pasó los binoculares para que su socio pudiera verificar la posición.

Estaban de pie en la cubierta del *New Adventure*, Matthew con su equipo de buceo, Ray con pantalones de algodón y anteojos con cristales polarizados. Ray ya estaba ocupado con la brújula y marcaba la posición para registrarla en el cuaderno de bitácora.

—No vamos a echar anclas aquí. —Matthew inspeccionó el mar con la mirada y advirtió la presencia de un bonito catamarán que llevaba turistas en una excursión de Nevis a St.Kitts para bucear con snorkel. El sonido animado de la banda que iba en cubierta se transmitió por el agua. —Usaremos la boya como una línea y nos desplazaremos hacia la orilla en dirección al Monte Nevis.

Mientras Ray asentía y registraba las marcas por escrito, Matthew continuó:

—Tate puede dibujar bosquejos del fondo y los leeremos mientras avanzamos.

Ray se colgó los binoculares del cuello y observó el rostro decidido de Matthew.

—Estás pensando en VanDyke.

—Por supuesto que sí. Si él se entera de nuestra presencia aquí, no podrá ubicar con precisión dónde está el barco hundido. No sabrá qué distancias ni qué mojones hemos elegido, ni siquiera si buceamos más hacia la costa y más hacia mar adentro con respecto a la boya. Eso le da una infinidad de posibilidades entre las que debe elegir.

—Y a nosotros nos da tiempo —dijo Ray—. Si no se trata del *Isabella*...

—Pronto lo sabremos —lo interrumpió Matthew. No quería especular. Lo que quería era saber. —De una u otra manera, tomamos precauciones. —Mientras hablaba se puso las aletas. —Vamos, Red, pongamos manos a la obra.

—Tengo que volver a cargar la cámara.

—Olvida la cámara. No vamos a mandar a procesar ninguna película.

—Pero...

—Mira, basta con que un empleado lo comente. Toma todas las fotografías que quieras, pero ninguna película sale de aquí hasta que hayamos terminado la tarea. ¿Tienes la tablilla y el lápiz de grafito?

—Sí.

—Bajemos, entonces.

Antes de que ella tuviera tiempo de ponerse el visor, ya él estaba en el agua.

—Parece que está un poco impaciente, ¿no? —La sonrisa que les dedicó a sus padres revelaba apenas una parte de la emoción y el entusiasmo que sentía. —Mantengan los dedos cruzados —les dijo y se tiró al agua.

Siguiendo las burbujas de Matthew, Tate se sumergió hacia las profundidades. Su sensor interno le avisó cuando había pasado los nueve metros y, después, los doce. Comenzó a tomar nota del paisaje del fondo de mar, sabedora de que su tarea era bosquejarlo con cuidado. Cada lecho de pasto marino, cada grupo de corales.

Con el lápiz de grafito comenzó a reproducir todo en forma meticulosa y a escala, a marcar las distancias en grados y a resistir el impulso de agregar detalles artísticos. La ciencia era muy exigente, se recordó al observar el baile de un par de angelotes.

Vio que Matthew le hacía señas y se fastidió un poco por la interrupción. Hacer bosquejos precisos llevaba tiempo y atención, y puesto que él había insistido en que debía hacerlos en lugar de tomar fotografías, tendría que esperar. Cuando sintió el ruido del cuchillo de Matthew sobre su tanque, mentalmente lanzó una imprecación y guardó la tablilla y el lápiz.

Típico de un hombre, pensó. Siempre dando órdenes y exigiendo que sean obedecidas en el acto. Cuando estuvieran en la superficie le cantaría cuatro frescas.

Pero sus pensamientos se interrumpieron cuando vio lo que él estaba investigando.

El cañón tenía el hermoso color verde pálido de la corrosión y estaba vivo con una colonia de animales marinos. Ella sacó la cámara y lo registró. Pero para cobrar conciencia de que era algo real tuvo que tocarlo, sentir ese hierro sólido debajo de sus dedos.

Su aliento explotó en burbujas cuando Matthew la tomó y la hizo girar. Tate se preparó para un abrazo apasionado, pero él sólo quería mostrarle el resto de su hallazgo.

Más cañones. Eso era lo que había detectado el magnetómetro. Mientras Matthew la arrastraba, Tate contó cuatro, después seis, después ocho, diseminados por el lecho arenoso del mar en un tosco semicírculo. Ella sabía que por lo general eso indicaba un barco hundido.

Lo encontraron a unos quince metros al sur, aplastado, golpeado y prácticamente cubierto por la arena.

En una época había sido un barco orgulloso y gallardo, pensó Tate mientras hundía la mano en la arena y tocaba la madera blanda comida por los gusanos. Incluso majestuoso, como la reina cuyo nombre llevaba. Durante tanto tiempo había estado perdido, víctima del mar, que había pasado a formar parte de su continuidad.

Lo que quedaba del *Isabella* —porque en ningún momento Tate dudó que se trataba del *Isabella*— estaba diseminado a lo largo de más de treinta metros de lecho marino, enterrado. Y aguardando.

Su mano volvió a estar firme cuando retomó los bosquejos. Matthew ya abanicaba la arena, de modo que ella alternaba sus dibujos con rápidas fotografías mientras él metía sus pequeños hallazgos en su bolsa.

Tate se quedó sin tablillas, usó los lápices hasta casi terminarlos y utilizó cada cuadro de las películas. Y la emoción seguía haciendo que su corazón latiera a los saltos.

Lo que ocurre una vez en la vida había sucedido por segunda vez.

Cuando Matthew volvió junto a ella, Tate sonrió, encantada al pensar que él le llevaba un regalo. Él le indicó con un gesto que extendiera la mano y cerrara los ojos. Primero ella los puso en blanco pero después obedeció y sólo volvió a abrirlos cuando él le puso un pesado disco en la mano.

Pesado, no sólo porque ella esperaba una moneda o un botón. Calculó que ese objeto redondo con forma de bizcocho no pesaría más de novecientos gramos, pero su brillo del oro más puro y glorioso la hizo abrir más los ojos.

Él le guiñó un ojo y le hizo señas de que guardara el objeto en su bolsa y, después, movió el pulgar hacia la superficie. Ella quiso objetar. ¿Cómo podían irse cuando acababan de empezar?

Pero, desde luego, los otros aguardaban. Se sintió un poco culpable por haber olvidado todo y a todos, salvo lo que estaba allí. La mano de Matthew se cerró sobre la suya cuando patalearon para subir a la superficie.

—Se supone que ahora te me arrojas encima —le dijo él con una sonrisa malévola en los ojos que era más de triunfo que de broma. —Eso fue lo que hiciste hace ocho años.

—Ahora estoy mucho más cansada. —Pero se echó a reír y satisfizo las expectativas de Matthew al echarle los brazos al cuello. —Es el *Isabella*, Matthew. Lo sé.

—Sí, es ese barco. —Él también lo había sentido, lo había sabido con la misma certeza que si hubiera visto el *Isabella* en todo su esplendor, con las banderas al viento, como en su sueño. —Ahora es nuestro. —Sólo tuvo tiempo de darle a Tate un beso rápido antes de que los izaran a bordo. —Será mejor que vayamos a darles la noticia. No has olvidado cómo usar un tubo de succión, ¿no?

En los labios, Tate todavía sentía los de Matthew.

—No, no he olvidado nada.

La rutina era tan conocida: descender, excavar, tomar. A bordo del *Sirena*, Buck y Marla deshacían el conglomerado y separaban trozos del tesoro para que Tate los examinara y los registrara. Cada hallazgo, desde un botón de oro con una pequeña perla a una barra de oro de treinta centímetros de largo, era rotulado con meticulosidad, dibujado, fotografiado y, después, ingresado en su computadora portátil.

Tate echó mano de su educación y su experiencia para preservar esos hallazgos. Sabía que porque el Caribe no era demasiado profundo, un barco hundido se pudría y era, además, muy dañado por las tormentas y la acción de las olas. Y la madera podía ser comida por un molusco llamado tiñuela.

También sabía que era posible leer la historia de ese naufragio precisamente en el daño que había sufrido.

Esta vez procuraría que cada una de las cosas que subieran a bordo fuera protegida. Sentía que ésa era su responsabilidad para con el pasado y el futuro.

Los objetos muy pequeños y frágiles se guardaban en frascos llenos de agua para evitar que se secaran. Los de mayor tamaño se fotografiaban y dibujaban debajo del agua y después se apilaban en el fondo del barco. Tate tenía cajas acolchadas para las cosas frágiles, como por ejemplo los frascos y botellas de cristal muy fino que esperaba encontrar. Los especímenes de madera quedarían en un baño líquido, dentro de un pequeño tanque que estaba en la cubierta de botes, para impedir que se alabearan.

Tate delegó en Marla el cargo de aprendiz de química. Trabajaban juntas, y era la hija la que le enseñaba a la madre. Incluso los objetos que resistían los cambios químicos eran enjuagados a fondo en agua limpia y después secados. Marla sellaba todo con una capa de cera. Sólo el oro y la plata no requerían un tratamiento especial.

Era un trabajo que llevaba muchísimo tiempo, pero que a Tate en ningún momento le resultaba tedioso. Eso era lo que había extrañado tanto a bordo del *Nomad*: la intimidad, el contacto con las cosas y la sorpresa. Cada pequeño clavo era una pista y, al mismo tiempo, un regalo del pasado.

Las marcas de las balas de cañón corroboraron las esperanzas de todos en el sentido de que habían encontrado el *Isabella*. Tate ingresó en la computadora toda la información que tenía sobre el barco, su itinerario, su carga y su destino final. Con mucha paciencia, verificaba y volvía a verificar los manifiestos y los relacionaba con cada nuevo objeto encontrado.

Mientras tanto, el tubo de succión iba extrayendo suficientes sedimentos como para poner al descubierto el casco de la nave. Transportaron a la superficie baldes llenos de conglomerado. El sonar de Matthew localizó las piedras de lastre antes de que las encontraran con la vista y la mano. Mientras Tate trabajaba en la caseta y la cubierta del *New Adventure*, su padre y LaRue buscaban ese lastre.

—¿Querida? —Marla asomó la cabeza. —¿No quieres tomarte un descanso? Yo ya terminé con mi tarea.

—No, estoy muy bien. —Tate siguió agregando detalles a su bosquejo. —No puedo creer lo rápido que avanza esto. Han pasado apenas dos semanas, y no hacemos más que encontrar cosas. Mira esto, mamá. Observa el detalle de este crucifijo.

—Lo limpiaste. Podría haberlo hecho yo

—Ya lo sé, pero no pude esperar.

Fascinada, Marla se inclinó por encima del hombro de su hija para pasar un dedo por esa representación tallada en plata de Cristo en la cruz.

—Es asombrosa. Si hasta se le notan los tendones de brazos y piernas, y se puede contar cada herida.

—Es algo demasiado fino para haber pertenecido a alguien de la servidumbre. Es un trabajo de gran calidad. Y es masculino —dijo Tate—. Es el crucifijo de un hombre. Quizá de uno de los oficiales o de algún sacerdote adinerado camino de vuelta a Cuba. Me preguntó si habrá sostenido el crucifijo y rezado con él cuando el barco naufragó.

—¿Por qué no estás feliz, Tate?

—Mmmm. —Tate se dio cuenta de que una vez más había estado soñando. Cavilando. —Pensaba en el *Santa Margarita*. Creo que, con mucho tiempo y esfuerzo, el naufragio podría haberse preservado. El barco estaba casi intacto. Yo esperaba que, si encontrábamos el *Isabella*, el barco estuviera igualmente intacto, pero está destruido.

—Pero tenemos tantas cosas de él.

—Ya lo sé. Soy codiciosa. —Tate se sacudió la tristeza y apartó su dibujo. —Tenía la loca idea de que podríamos reflotarlo, tal como mi equipo hizo hace algunos años con un barco fenicio. Ahora, en cambio, tengo que contentarme con los trozos que la tormenta y el tiempo dejaron atrás. —Jugueteó con el lápiz y trató de no pensar en el amuleto.

Ahora nadie hablaba de ese tema. Tate supuso que por superstición. Porque la Maldición de Angelique estaba en la mente de todos, incluso de VanDyke.

—Te dejaré volver a tu trabajo, querida. Yo iré al *Sirena* a trabajar con Buck —dijo Marla y sonrió.

—Yo iré allá más tarde a nado para ver qué encontraron.

Tate volvió a concentrarse en el teclado para seguir ingresando información en la computadora. Veinte minutos después examinaba con mucha atención un collar de oro. Su medallón con forma de ave en vuelo habría sobrevivido siglos, los golpes de las olas y la acción abrasiva de la arena. Estimó que esa reliquia costaría alrededor de cincuenta mil dólares, cosa que anotó y empezó a dibujar.

Matthew la observó un momento y apreció la forma competente y armoniosa con que ella movía el lápiz sobre el papel. Los rayos oblicuos de sol hacían que el perfil de Tate se reflejara en el monitor.

Tuvo ganas de besarle la nuca, de envolver a Tate con sus brazos, de que ella se recostara contra él, distendida, entregada e impaciente por su contacto.

Pero durante las últimas semanas se había mostrado prudente con la esperanza de atraerla sin presionarla. La paciencia le estaba costando muchas noches de insomnio. Parecía que sólo cuando estaban en el fondo del mar se movían con naturalidad y en la misma longitud de onda.

Todas las fibras de su ser clamaban por más.

—Enviaron arriba un par de jarras de vino. Una está intacta.

—Oh. —Sorprendida, giró la cabeza. —No te oí entrar. Creí que estabas en el *Sirena*.

—Lo estaba. —Pero pensó que Tate estaba allí, sola. —Parece que estás al día con el trabajo.

—Me pondría muy nerviosa si estuviera retrasada. —Se apartó la trenza del hombro, casi sin advertir que se había alejado un poco cuando él se sentó junto a ella. Pero él sí lo notó y lo enojó. —Por lo general consigo terminarlo por la noche, cuando ya todos se acostaron.

Matthew había viso luz en la caseta sobre cubierta todas las noches, cuando él se paseaba con desasosiego por su propia cubierta.

—¿Por eso nunca vienes al *Sirena*?

—Me resulta más fácil trabajar en un único lugar. —Mucho más fácil no arriesgarse a estar sentada junto a Matthew a la luz de la luna y en su propio terreno. —Según mis cálculos, hemos avanzado mucho más que en el mismo período durante nuestra excavación del *Margarita*. Y todavía no dimos con el filón principal.

Matthew se agachó para tomar el medallón de oro con forma de ave, pero en realidad le interesaba mucho más la manera en que el hombro de Tate se tensó cuando él se lo rozó.

—¿Qué valor le pusiste a esto?

Ella frunció el entrecejo, pero no la sorprendió que él mirara una reliquia tan fabulosa y pensara solamente en dólares y centavos.

—Por lo menos cincuenta mil, y es una estimación conservadora.

—Sí. —Con la vista fija en ella, Matthew jugueteó con el collar que tenía en la mano. —Eso debería mantenernos a flote.

—No creo que sea lo más importante. —Con actitud posesiva, Tate tomó el collar y lo apoyó con suavidad sobre la tela acolchada que cubría su mesa de trabajo.

—¿Qué es lo más importante, Red?

—No pienso perder tiempo en discutir eso contigo, pero hay algo de lo que tenemos que hablar. —Cambió un poco de posición para enfrentarlo y, al mismo tiempo, mantener una distancia prudencial entre ambos.

—Podríamos hablarlo durante la cena. —Le pasó un dedo por el hombro. —Hace más de dos semanas que no nos tomamos un descanso. ¿Por qué no nos hacemos esta noche una corrida a Nevis?

—No empañemos los negocios con tu libido, Lassiter.

—Puedo manejar las dos cosas. —Le tomó la mano, le besó los dedos y después besó la pequeña cicatriz que le había dejado la morena. —¿Y tú?

—Creo que eso es lo que he estado haciendo. —Pero soltó la mano, tanto como para estar segura. —He pensado mucho en esto —dijo—. Perdimos nuestra oportunidad de preservar el *Margarita*. El *Isabella* está bastante destruido, pero todavía podemos salvar una parte.

—¿No lo estamos haciendo?

—No me refiero sólo a la carga sino al barco en sí mismo. Existen tratamientos para preservar los maderos del barco, para impedir que se encojan cuando están al aire libre. Hasta es posible reconstruir en forma parcial la embarcación. Necesito una solución con polietileno y glicol.

—Bueno, no la tengo a mano.

—No te hagas el vivo, Matthew. Las planchas de madera sumergidas en un baño de esa solución quedan impermeabilizadas. Hasta la madera que contiene insectos que la perforan puede ser preservada. Quiero llamar a Hayden, pedirle que me consiga lo que haga falta y que venga y me ayude a preservar el barco.

—Olvídalo.

—¿Por qué? Ese barco es un hallazgo importante, Matthew.

—Es nuestro hallazgo —le retrucó él—. Y no pienso compartirlo con algún profesor universitario.

—Hayden Deel no es cualquier profesor universitario. Es un destacado arqueólogo marino, dedicado al estudio y la preservación.

—Me importa un cuerno a qué se dedicó. No participará de nuestro negocio.

—A eso se reduce todo, ¿verdad? A un negocio. —Fastidiada, se apartó para poder rodear la mesa de trabajo y ponerse de pie. —No te estoy pidiendo que él tenga una parte de tu botín. Él jamás esperaría una cosa así. Algunos de nosotros no lo medimos todo en dólares.

—Es fácil decirlo cuando nunca tuviste que romperte el trasero para conseguir uno. Siempre pudiste recurrir a mamá y papá y tener una casa calentita con sopa en el fuego.

La furia la hizo palidecer.

—Yo me abrí camino sola, Lassiter. Por mi cuenta. Si alguna vez te hubieras molestado en pensar más allá del siguiente barco hundido, tal vez tendrías algo más que cambio suelto en el bolsillo. Ahora, en lo único en que piensas es en convertir las cosas en dinero y en vivir la buena vida. Pero esta expedición es algo más que poner a remate los objetos recuperados.

—De acuerdo. Cuando hayamos rematado todos esos objetos, podrás hacer lo que se te antoje y con quien se te antoje. —Mataría al hombre que se animara siquiera a tocarla. —Pero hasta entonces, no te pones en contacto con nadie.

—¿Eso es todo lo que esto significa para ti? —Golpeó la mesa con las palmas de las manos y se inclinó hacia adelante hasta que sus ojos llenos de furia estuvieron a la par de los de Matthew. —¿Solamente dinero?

—Tú no sabes qué es lo que en realidad tiene importancia para mí. Jamás lo supiste.

—Creí que habías cambiado, aunque sólo fuera un poco. Pensé que encontrar el *Isabella* significaba más para ti que lo que podías sacar de ese barco. —Tate se incorporó y sacudió la cabeza. —No puedo creer que dos veces me haya equivocado tanto con respecto a ti.

—Pues parece que sí puedes. —Se apartó de la mesa. —Siempre me acusas de ser egoísta, Tate, pero ¿qué me dices de ti? Estás tan enfrascada en lo que quieres, y en la forma en que lo quieres, aunque eso bloquee tus sentimientos.

Movido por un impulso, le aferró los brazos y la atrajo hacia sí.

—¿Qué sientes? Maldita seas, ¿qué sientes? —Repitió y le cerró la boca con un beso.

Demasiado, pensó ella mientras el corazón se le disparaba. Demasiado y demasiado doloroso.

—Ésa no es la respuesta —logró decir.

—Es una de ellas. Olvídate del *Isabella*, del amuleto, de tu maldito Hayden. —La expresión de sus ojos era sombría y feroz—. Contéstame esa sola pregunta: ¿qué sientes?

—¡Dolor! —Gritó entre las lágrimas que le brotaban. —Confusión. Necesidad. Sí, tengo sentimientos, maldito seas, Matthew, y tú me los avivas cada vez que me tocas. ¿Eso era lo que querías escuchar?

—Bastará. Empaca una valija.

La soltó tan de golpe que Tate trastabilló.

—¿Qué?

—Que empaques una valija. Tú te vienes conmigo.

—Yo... ¿qué? ¿Adónde?

—Al cuerno con la valija. —Ella le había dicho lo que él quería oír y no iba a permitirle que lo pensara dos veces. No esta vez. Le tomó una mano y la arrastró a cubierta. Y antes de que ella tuviera idea de qué planeaba, ya él la había alzado, la pasaba sobre la barandilla y la depositaba en la lancha.

—¿Has perdido el juicio?

—Debería haberlo hecho hace semanas. Me la llevo a Nevis —gritó hacia el *Sirena*—. Estaremos de vuelta por la mañana.

—Por la mañana. —Protegiéndose los ojos del sol, Marla miró fijo a su hija. —¿Tate?

—Se ha vuelto loco —gritó Tate, pero se vio obligada a sentarse cuando Matthew saltó a la lancha—. No pienso ir contigo —comenzó a decir, pero su voz quedó tapada por el ruido del motor. —Detén esto enseguida o me tiraré por la borda.

—Y yo te recogeré —le anticipó él—. Sólo conseguirías mojarte.

—Si crees que pasaré la noche contigo en Nevis... —Se interrumpió cuando él giró la cabeza. Su expresión era demasiado peligrosa como para discutirle nada. —Matthew —continuó, ya más tranquila—. Contrólate. Tuvimos una discusión y ésta no es manera de solucionarlo. —Le faltó el aliento cuando él apagó el motor. Por un instante, pensó que Matthew la arrojaría al agua.

—Es hora de que terminemos lo que empezamos hace ocho años. Yo te deseo y tú acabas de decirme que te ocurre lo mismo conmigo. Has tenido tiempo más que suficiente para pensarlo. Hasta que arreglemos esto, eso seguirá interponiéndose en nuestro camino. Mírame, Tate y dime que lo que dijiste no fue en serio, que esto y todo lo que estamos haciendo aquí no te afecta, y yo pegaré la vuelta, regresaremos y será el fin de todo.

Sacudida, Tate se pasó una mano por el pelo. Él la había arrastrado por la fuerza, la había arrojado a la lancha, y ahora volvía a poner la decisión en sus manos.

—Esperas que yo me quede aquí sentada y hable sobre los efectos de la atracción sexual.

—No. Espero que me contestes que sí o que no.

Ella miró hacia el *Sirena*, donde su madre seguía asomada a la barandilla. Después observó el pico humeante del Nevis. Demonios, bueno.

—Matthew, no tenemos ropa, equipaje ni una habitación.

—¿Debo tomarlo como un sí?

Ella abrió la boca y se oyó farfullar:

—Esto es una locura.

—Es un sí —decidió él y encendió el motor. No volvió a hablarle. Llegaron al muelle y amarraron la lancha. Cuando cruzaban la playa, separados el uno del otro, él le señaló una reposera. —Siéntate — le ordenó—. Enseguida vuelvo.

Demasiado absorta como para contestar, Tate se sentó, se miró los pies descalzos, se encogió de hombros y le sonrió con desconcierto a una camarera que se detuvo junto a ella con una bandeja y le ofreció una bebida.

Tate miró hacia el mar, pero no alcanzó a ver el *Sirena* ni el *New Adventure*. Todo parecía indicar que acababa de quemar sus naves.

Si eso era una respuesta, ya no podía pensar en la pregunta. Pero cuando Matthew volvió y le tendió la mano, ella se la tomó. Caminaron en silencio por los jardines y por el plano inclinado de césped verde.

Él abrió una puerta corrediza de vidrio, la cerró detrás de ellos y corrió el cerrojo.

La habitación era luminosa, agradable y estaba pintada en soñadores tonos pastel. La cama estaba tendida con prolijidad y tenía almohadas generosas. Tate se quedó mirándola y sólo se sobresaltó cuando él bajó las persianas e hizo que el cuarto quedara en penumbras.

—Matthew...

—Hablaremos más tarde. —Se puso detrás de ella para soltarle la trenza. Le gustaba que llevara el pelo suelto, que le fluyera por los dedos.

Tate cerró los ojos y habría jurado que el piso se balanceaba.

—¿Y si esto es un error?

—¿Nunca te equivocaste?

—Una o dos veces, pero...

—Más tarde. —Matthew bajó la cabeza y encontró los labios de Tate.

Tenía la certeza de que necesitaba zambullirse en ella, tal como a veces necesitaba zambullirse en el mar, para salvar, o al menos encontrar, su cordura. Sus manos habían sentido el deseo intenso de tirar de la ropa de Tate, de tocar la piel que había debajo y poseer aquello a lo que una vez había renunciado.

Pero el deseo voraz que lo había hecho llevarla a ese lugar disminuyó cuando el sabor de Tate fluyó por todo su ser. Tan dulce como el ayer, tan fresco como el instante. El amor, nunca conquistado del todo, lo recorrió con aire triunfal.

—Déjame verte —murmuró—. He esperado tanto verte.

Con suavidad, porque Tate temblaba, le desabrochó la blusa y se la quitó. Debajo, su piel era color ámbar claro y satén suave, un festín delicado para sus manos y sus ojos.

—Quiero verte toda. —Mientras con la boca le recorría los hombros desnudos, tiró de los shorts de Tate y de la ropa interior de algodón que llevaba debajo.

Su sirena, pensó, casi mareado al sentirla. Tan delgada y blanca y hermosa.

—Matthew. —Tate le sacó la camisa por la cabeza, desesperada por sentir su piel. —Tócame. Necesito que me toques.

Con esas palabras zumbándole en la cabeza, él la depositó en la cama.

La ternura era algo tan inesperado, tan seductor. Tate la había encontrado una vez, oculta en el joven del que se había enamorado. Pero descubrirla ahora, después de tanto tiempo, fue un tesoro. Las manos de él la recorrían, la acariciaban y la excitaban mientras con la boca iba tragándole los suspiros.

Los dedos exploradores de Tate encontraron músculo y cicatrices, piel que se calentaba debajo de sus caricias llenas de curiosidad. La probó con su boca y dejó que sus labios y su lengua se desplazaran por esa carne y probaran el sabor de un hombre y del mar.

Así que comenzó a soñar, a flotar en un mar de pasiones cambiantes, fascinada por los murmullos de placer de Matthew a medida que la iba recorriendo. Se arqueó para unirse a él y se estremeció de gozo cuando la boca de Matthew se cerró sobre su pecho. Tan caliente, tan firme, tan exquisitamente controlada. Y todo el tiempo sus manos se movían sobre ella, enviándole estremecimientos de placer.

Él la miró, fascinado por su reacción, por esa mezcla de placer, confusión y desesperación que vio en su rostro. Su propia mente era un remolino cuando hizo volar a Tate. Su propio jadeo se fusionó con el de ella cuando sintió que el cuerpo de Tate se tensaba y estremecía y alcanzaba un orgasmo.

Luchando contra su propia necesidad, cerró la boca sobre los pechos de Tate. Cuando la respiración de ella se fue tranquilizando, él empezó a tocarla con suavidad y la tempestad empezó a soplar de nuevo en el cuerpo de Tate.

Ella no podía dejar de estremecerse y de sacudirse. Tenía la sensación de que su cuerpo iba a estallar. Así que se colgó de él mientras una oleada tras otra de sensaciones la embargaban. Había soportado la furia de un huracán en el Océano Índico, había soportado una tormenta de arena enceguecedora a nueve metros de profundidad bajo la superficie del mar. Había sentido el calor y la necesidad del cuerpo de un hombre fusionado con el suyo.

Pero nada la había conmovido y tocado tanto, nada había encendido igual su sangre ni seducido su mente como ese acto de amor prolongado e implacable. Ya no le quedaban secretos que ocultar, ningún orgullo debajo del cual haberlos escondido. Lo que ella era, lo que Matthew deseaba de ella, estaba allí para él. Débil, destrozada y dispuesta, se le ofreció.

Matthew la penetró con lentitud para saborearla mejor. Ahora él temblaba tanto como ella y apoyó su frente sobre la de Tate cuando ella lo recibió y lo retuvo con fuerza.

—Tate. —Sintió que brotaba en él un aluvión de sensaciones. —Sólo esto —le susurró—. Sólo tú.

Las manos de Matthew buscaron las de Tate. Él se hamacó dentro de ella y trató de llevar las cosas con lentitud, de disfrutar a fondo ese momento. Sintió que el corazón de Tate latía contra su pecho, que su sangre pulsaba, que su entrega era total.

Ella le clavó las uñas en los hombros y su cuerpo se sacudió. De su garganta brotó un sollozo que terminó con el nombre de Matthew.

Por último, cuando Matthew estaba tan dentro de ella que se perdió a sí mismo, se zambulló.

Mientras el sol descendía en el cielo de las Antillas, VanDyke bebía coñac Napoleón a miles de kilómetros de allí. Tenía sobre el escritorio el último informe sobre las actividades de la expedición Beaumont-Lassiter.

Estaba muy lejos de satisfacerlo.

Todo parecía indicar que seguían explorando los restos del *Margarita*. Ninguno de sus contactos de St. Kitts o de Nevis sabía nada de importancia. El informe indicaba que era un día de fiesta en el que se trabajaba como si fuera laborable, pero VanDyke no estaba convencido.

Sus instintos le decían lo contrario.

Tal vez había llegado el momento de seguirlos. No estaría nada mal hacer un pequeño viaje a las Antillas. Al menos le daría la oportunidad de expresarle su disgusto a Tate Beaumont.

Y si, después de todos esos años, los Lassiter no lo conducían a la Maldición de Angelique, era hora de librarse de ellos.

# TERCERA PARTE

# EL FUTURO

*El futuro es fruto del presente.*
*–Samuel Johnson*

# CAPÍTULO VEINTE

Tate se preguntó cómo sería. En su experiencia, la mañana después por lo general resultaba un poco embarazosa. Agradeció descubrir que estaba sola cuando se despertó. Le daba la oportunidad de ducharse y de pensar.

Recordaba que la noche anterior habían hablado muy poco. Por otro lado, era difícil mantener una conversación razonable cuando lo único que reclamaba el cerebro con ardor era sexo.

Dejó escapar un suspiro al ponerse la bata del hotel. Pensó que, en lo relativo al sexo, su cuerpo había experimentado nuevos precedentes. No iba a ser fácil seguirle el tren a Matthew Lassiter en ese campo.

Al tomar el secador de pelo, se vio en el espejo. Sonriendo.

Bueno, ¿por qué no?, se preguntó. Había pasado una noche increíble.

Pero el sol ya había salido y era hora de enfrentar la realidad de lo que sucedería después. Tenían un trabajo que hacer y, aunque la tensión entre ambos se había desvanecido de un modo maravilloso, era inevitable que volvieran a chocar en lo referente al objetivo de la expedición.

No parecía justo que dos personas que, en determinadas circunstancias, eran capaces de fusionarse en forma tan gloriosa, no pudieran llevarse bien en otras.

Con un suspiro, pensó que la única solución sería llegar a una fórmula de transacción.

Cuando su pelo estuvo casi seco, se pasó la lengua por los dientes y deseó que esa habitación agradable incluyera el detalle de un cepillo de dientes. Preocupada por ese tema, volvió al dormitorio en el momento en que Matthew transponía las puertas de vidrio.

—Hola.

—Hola —contestó él y le arrojó un pequeño bolso. Una sola mirada a su contenido la hizo asentir con la cabeza.

—Parece que me hubieras leído el pensamiento —dijo Tate y sacó del bolso un cepillo de dientes.

—Bien. Ahora te toca a ti leer el mío.

No le costó mucho cuando él se le acercó, la levantó y la dejó caer en la cama.

—Matthew, en realidad...

—Sí. —Sonriendo, se quitó la camisa. —En realidad.

Pasó toda una hora antes de que ella pudiera usar el cepillo de dientes.


—Me preguntaba... —comenzó a decir ella cuando cruzaron la playa hacia el muelle.

—¿Qué te preguntabas?

—Cómo vamos a manejar esto.

—¿Esto? —Matthew le tomó la mano cuando avanzaban hacia la lancha. —¿Te refieres a que somos amantes? ¿Hasta qué punto quieres complicarlo todo?

—Yo no quiero complicar nada, sólo quiero...

—Establecer reglas —terminó él la frase y después giró la cabeza para besarla frente a varios miembros sonrientes de la tripulación del barco de paseo del hotel. —Tú no cambias nunca, Red.

Cuando ella subió a la lancha, él saludó con la mano a los de la tripulación y encendió el motor. Se sentía increíblemente bien.

—¿Qué tiene de malo poner reglas? —Preguntó ella.

Él volvió a sonreír e hizo virar la lancha.

—Estoy loco por ti.

Esas palabras llegaron hondo al corazón a Tate.

—Ésa es la regla número uno. No confundir atracción física con compatibilidad.

—¿Con qué?

—Con nada.

—Siempre he estado loco por ti.

—Lo digo en serio, Matthew.

—Ya lo veo. —Y le dolía. Pero no permitiría que nada le arruinara su estado de ánimo ni coartara la esperanza que su corazón había comenzado a abrigar mientras ella dormía junto a él. —Está bien, ¿qué te parece esto? Quiero hacer el amor contigo la mayor cantidad de veces posible. ¿Así está mejor?

Tate se derritió por dentro al fantasearlo, pero mantuvo la voz firme.

—Tal vez sea más honesto, pero no me parece nada práctico. Somos seis personas en dos barcos.

—De modo que tendremos que apelar a nuestra inventiva. ¿Esta mañana te sientes como para bucear?

—Desde luego que sí.

Matthew la estudió con atención. Tate estaba despeinada y descalza.

—Me pregunto cómo sería desnudarte debajo del agua. —Él levantó una mano. —Sólo bromeaba. Por ahora.

Si él creía que esa idea la escandalizaba, se equivocaba de medio a medio. Pero antes de imaginarlo siquiera, Tate quería aclarar las cosas.

—Matthew, todavía quedan algunos puntos por resolver.

Él redujo la velocidad de la lancha. Por lo visto, Tate iba a hacer todo lo posible por arruinarle su estado de ánimo.

—Quieres volver a la idea de mandar llamar a tu socio o lo que haya sido para ti.

—Hayden sería sumamente valioso en un proyecto como éste, si es que está dispuesto a tomarse ese tiempo.

—Mantengo mi respuesta, Tate. Escúchame antes de volver a despotricar contra mí. No podemos correr ese riego.

—¿Te parece riesgoso incorporar a uno de los científicos más prestigiosos en su campo?

—El riesgo es que VanDyke se entere.

—Te estás poniendo paranoico —dijo ella con impaciencia—. Hayden entiende la necesidad de discreción.

—Hayden trabajó para Trident.

Ella levantó el mentón.

—Y yo también. Estoy segura de que, a diferencia de mí, Hayden ignoraba todo lo referente a política. E incluso aunque estuviera asociado con VanDyke, no le diría nada a nadie si yo se lo pidiera.

—¿Quieres arriesgarte a perderlo todo de nuevo?

Ella empezó a hablar, pero vaciló porque estaba segura de que él hablaba de algo más que de la cacería.

—No —respondió—. Por el momento dejaremos así lo de llamar a Hayden, pero es algo que me interesa mucho.

—Cuando hayamos terminado con el *Isabella*, puedes llamar a todos los científicos que conoces. Hasta te ayudaré a reflotar el barco pedazo por pedazo, si eso es lo que quieres.

Ella lo miró, atónita.

—¿De veras lo harías?

Él apagó el motor cuando llegaron junto al *New Adventure*.

—No lo entiendes, ¿verdad, Red? Ni siquiera ahora.

Desconcertada, ella levantó una mano hacia la de él.

—Matthew.

—Piénsalo —dijo él y le señaló la escalerilla con el pulgar—. Y estate lista para bucear dentro de veinte minutos.

"Mujeres", pensó mientras timoneaba la lancha hacia el *Sirena*. Se suponía que eran seres sensibles y emotivos. Qué lindo chiste. Allí estaba él, prácticamente babeándose de amor como un tonto, y a ella no se le ocurría otra cosa que hablar de reglas y de ciencia.

LaRue, con el diente de oro resplandeciente, pescó el cabo que Matthew le arrojó para amarrar la lancha.

—¿Y, *mon ami*, esta mañana te sientes mejor y alegre?

239

—Guárdate los comentarios —exclamó Matthew, aterrizó en cubierta y se quitó la camisa—. Quiero un café.

Sin molestarse en disimular la sonrisa, LaRue fue a la cocina.

—Cuando yo paso la noche con una mujer, por la mañana los dos sonreímos.

—Sigue así y perderás otro diente —murmuró Matthew y se puso a revisar su equipo. Después de tomar los pantalones de baño, fue hacia babor.

Tate se había acostado con él, pensó con amargura. Le había permitido tomarla hasta que los dos se sumieron en el delirio. Y, sin embargo, ella seguía pensando que faltaba poco para que él fuera una basura. Se sacó los shorts y se puso los pantalones de baño. ¿Qué clase de mujer era ésa?

Cuando salió en busca de su traje de neoprene, Buck lo estaba esperando.

—Espera un momento, muchacho. —Después de toda una noche de examen de conciencia y preocupación, Buck estaba a punto de explotar. Apuntó con un dedo el pecho de Matthew. —Me debes una explicación.

—Lo que tengo que hacer es trabajar. Prepara el tubo de succión.

—Yo jamás interferí esa parte hormonal de tu vida. Pero cuando veo que empiezas a aprovecharte de una muchachita dulce...

—Dulce —lo interrumpió Matthew—. Sí, ya lo creo que es dulce cuando le arranca a uno la piel en tiritas o le rompe el alma a patadas. —Tomó su traje de neoprene y se sentó para iniciar el proceso de estirarlo sobre sus piernas. —Lo que sucede entre Tate y yo no es asunto tuyo.

—Un cuerno no lo es. Todos somos parte de un equipo, y su papá es el mejor amigo que he tenido jamás. —Buck se frotó la boca con la mano y deseó tomar un trago para poder seguir con el sermón sin ningún sufrimiento. —Entiendo que, como hombre que eres, tienes necesidades, y que no se te será nada fácil estar aquí afuera todas estas semanas sin ninguna manera de satisfacerlas.

Con los ojos entrecerrados para protegerlos del sol, Matthew se puso de pie para subirse el traje por las caderas.

—Tengo una mano, si eso fuera todo lo que necesito.

Buck lo miró con severidad. No le gustaba hablar de esas cosas, pero tenía una tarea que cumplir.

—¿Entonces por qué no la usaste en lugar de usar a Tate? Te dije esto mismo hace ocho años y te lo repito. Ella no es algo descartable, muchacho, y no permitiré que...

—Yo no la usé, maldito seas. —Metió un brazo en una manga. —Estoy enamorado de ella.

Buck parpadeó y decidió que estaría mejor sentado. Aguardó un momento mientras Matthew tomaba el café que LaRue le había llevado.

—¿Lo dices en serio?

—Déjame en paz.

Buck miró hacia LaRue, quien observaba el compresor.

—Mira, Matthew, yo no sé mucho de estas cosas, pero... Bueno, ¿cuándo sucedió eso?

—Hace alrededor de ocho años. —La mayor parte de su furia había desaparecido, pero la tensión seguía instalada en sus hombros. —No me pelees con respecto a esto, Buck. ¿Recibiste el informe meteorológico?

—Sí, sí. No tenemos problemas. —Sabiendo que estaba en aguas demasiado profundas, Buck se levantó para ayudar a Matthew con los tanques. —Ray y el canadiense subieron unas cosas de porcelana después de que tú te fuiste a tierra. Marla iba a limpiarlas.

—Muy bien. Haz una señal hacia el *Adventure*, LaRue. Quiero empezar de una vez.

—Es mejor terminar —comentó LaRue, pero se dirigió a estribor para cumplir con el pedido de Matthew.

—Por supuesto que tengo razón. —Tate se sujetó su cuchillo de buceador y trató de tranquilizar a su madre. —Siento que hayas estado preocupada.

—Bueno, no fue exactamente preocupación. Sé que Matthew nunca te haría daño.

—¿Ah, no?

—Bueno, querida. —Marla se le acercó para darle un rápido abrazo. —Ya eres toda una mujer. Lo sé. Y también sé que eres sensata, cuidadosa y responsable. Eres todo lo que deberías ser. Pero, ¿eres feliz?

—No lo sé. —Deseando saberlo, Tate se puso los tanques. —Todavía no he podido decidirlo. —Miró la señal de LaRue. —Matthew no es un hombre fácil de entender. —Con un suspiro, se puso el cinturón con pesas. —Pero puedo manejarlo. —Se calzó las aletas y frunció el entrecejo. —Quiero creer que papá no va a hacer nada disparatado con respecto a esto, ¿no?

Marla rió y le dio el visor.

—Yo puedo manejar a tu padre. —Levantó la vista y miró por sobre el agua hacia donde Matthew estaba de pie en cubierta. —Matthew Lassiter es un hombre atractivo y misterioso, Tate. Hay en él bolsillos que la mujer adecuada podría explorar.

—A mí no me interesa explorar los bolsillos de Lassiter. —Tate se ajustó el visor y sonrió. —Pero no me importaría ponerle las manos encima de nuevo.

Matthew no le dio a Tate demasiada oportunidad. Tan pronto llegaron abajo junto al barco hundido, él comenzó a accionar el tubo de succión. Trabajaba a fondo y con rapidez. Por momentos, la arena, las conchillas y los escombros que lanzaba el tubo caían sobre la espalda de Tate y ella tenía que esforzarse por no demorarse en el proceso: debía revisar todo eso, llenar baldes, tirar de la cuerda para indicarle a

Buck que los levantara. Matthew le daba poco tiempo para disfrutar de los hallazgos.

Un trozo de conglomerado le golpeó un hombro con tanta fuerza que le dejó un moretón. En lugar de hacer una mueca de dolor, Tate maldijo a Matthew y extendió el brazo para levantar esa forma calcificada. Las ennegrecidas monedas de plata que estaban fusionadas entre sí y formaban una estructura absurda le hicieron cambiar de estado de ánimo. Tate nadó por entre esa nube de arena y suciedad y golpeó en el tanque de Matthew.

Él giró y se echó hacia atrás cuando ella le estampó el conglomerado en la cara con aire triunfal. Pero él no le prestó atención y volvió a concentrarse en su tarea.

"¿Qué demonios le pasa?", pensó Tate y dejó caer ese hallazgo en un balde. Él debería haberle sonreído, o pegado un tironcito en un mechón de su pelo, o tocado su cara. Algo. En cambio, estaba trabajando como un loco y sin nada del placer que siempre les producía hacerlo en equipo.

Con furia, Matthew pensó que ella creía que a él sólo le interesaba el dinero. ¿En realidad creía que un mazacote de objetos de plata lo haría ponerse a bailar? En lo que a él concernía, Tate podía quedarse con todas esas monedas de porquería y entregárselas después a su museo soñado o a su precioso Hayden Deel.

Él la había deseado, maldita sea. Pero lo que no sabía era que el sexo sin el amor de Tate y sin su respeto, sería algo hueco. Lo dejaría vacío.

Bueno, ahora lo sabía. Eso lo dejaba con una sola meta: la Maldición de Angelique. Exploraría cada centímetro de arena, cada hendedura, cada milímetro de coral. Y cuando tuviera el amuleto, se vengaría del asesino de su padre.

Matthew decidió que la venganza era un objetivo más satisfactorio que el amor de una mujer. Sólo Dios sabía que fracasar en esa empresa no resultaría tan doloroso.

Trabajó hasta que sus brazos se fatigaron y su mente se embotó por lo monótono de la tarea. Hasta que el tubo aspiró toda la arena y él vio el primer resplandor maravilloso de oro.

Apartó el tubo de succión y miró a Tate. Vio que ella seguía inspeccionando lo que arrojaba el tubo, la mirada firme detrás del visor, aunque por su forma de moverse se dio cuenta de que estaba muy cansada.

La había hecho trabajar demasiado y lo sabía. Sin embargo, en ningún momento ella le había pedido que interrumpieran la tarea o que lo hicieran a un ritmo más lento. Matthew se preguntó si el problema de los dos habría sido siempre el orgullo. Después volvió a mirar las monedas brillantes diseminadas por el lecho marino.

Con una sonrisa, puso el tubo encima para que chupara las monedas, que volaron y cayeron sobre los tanques y la espalda de Tate. Matthew advirtió la reacción de ella cuando percibió el primer resplandor, la vio extender la mano con rapidez. Tate comenzó a recoger los doblones como una criatura recoge caramelos de una piñata rota.

Entonces ella lo miró. Para él fue un consuelo que Tate buscara su rostro con las manos llenas de oro antiguo.

Matthew sonrió al ver que nadaba hacia él y le abría después el cuello del traje para deslizar por allí monedas. Los ojos de Tate sonrieron cuando él apartó el tubo. Una serie de peces curiosos los observaron luchar, girar y, después, perderse en un abrazo torpe.

Matthew movió el pulgar hacia la superficie, pero Tate sacudió la cabeza y señaló el tubo de succión. Él asintió y volvió a tomarlo mientras ella recogía monedas y las ponía en el balde.

Tate había llenado dos hasta el borde y estaba feliz y agotada cuando vio la bolsita. Había sido de terciopelo y estaba gastada y rota. Cuando sus dedos la tocaron, las esquinas se le desmigajaron en la mano y por los agujeros cayó algo.

Literalmente, Tate dejó de respirar. Se agachó y, con mano temblorosa, buscó recogerlo. Diamantes y zafiros explotaron por entre el suelo sucio y arenoso. Era un collar de tres hileras, ridículamente pesadas y adornadas. Las gemas habían retenido su fulgor a lo largo de los siglos y ahora brillaban en todo su esplendor frente a los ojos atónitos de Tate.

Azorada, extendió la mano para mostrárselo a Matthew.

Por un instante él creyó que lo habían encontrado. Podría haber jurado que había visto el amuleto caer de las manos de Tate, que había sentido el poder que emanaba de esa piedra preciosa color sangre. Pero cuando él tocó el collar, todo cambió. Era, sin duda, muy valioso y espléndido, pero no tenía magia. Como al descuido, lo arrojó por sobre la cabeza de Tate para que las gemas refulgieran contra el traje oscuro de ella.

Esta vez, cuando él le hizo señas de subir a la superficie, ella asintió con la cabeza. Tate le dio un tirón a la cuerda y, juntos, siguieron el ascenso de los baldes.

—Encontramos el filón principal. —Olvidado el agotamiento, Tate extendió los brazos hacia los de Matthew cuando salieron a la superficie.

—Creo que de eso no cabe ninguna duda.

—Matthew. —Con actitud reverente, ella deslizó los dedos debajo del collar. —Es real.

—A ti te queda muy bien. —Cerró una mano sobre la de ella. —Todavía me traes suerte, Tate.

—¡Dios Todopoderoso! —El grito provino del *Sirena*. —Tenemos oro aquí, Ray —gritó Buck—. Baldes de oro.

Tate sonrió y oprimió la mano de Matthew.

—Vayamos para que nos palmeen la espalda.

—Buena idea. Estaba pensando —dijo él mientras movía las piernas con lentitud hacia el *Sirena*—, que si yo nadara hasta el *New Adventure*, digamos a eso de la medianoche, y subiera al puente... Bueno, esa puerta tiene llave.

Ella tomó la escalerilla antes que él.

—Me parece una idea excelente.

En el término de dos días habían logrado reflotar más de un millón de dólares en oro. Había joyas que Tate se esforzaba por tasar y catalogar. Cuanto más resonante era el éxito de los integrantes del equipo, más precauciones tomaban.

Anclaron los barcos a más de treinta metros del lugar de localización del naufragio, y Buck hacía como que pescaba en la proa por lo menos dos veces por día cuando los barcos de turismo pasaban más o menos cerca. Tate tomó infinidad de rollos fotográficos y los almacenó. Hacía bosquejos y archivaba los dibujos.

Ella sabía que su sueño de un museo estaba casi a su alcance. Sería preciso escribir artículos, publicar trabajos, ofrecer entrevistas. Ella y su padre intercambiaron planes e ideas al respecto. Pero Tate no le habló a Matthew de sus esperanzas. Sabía que los sueños de él eran muy diferentes de los suyos. Trabajaban juntos, cazaban juntos. Y, en el silencio de la medianoche, hacían incansablemente el amor sobre una manta acolchada.

Y si alguna vez él parecía taciturno o si ella lo pescaba observándola con expresión enigmática, Tate se decía que habían llegado a una fórmula de transacción.

Tanto la expedición como ese sereno paso de la primavera al verano no podrían haber sido más perfectos.

LaRue salió silbando de la caseta sobre cubierta. Se detuvo un momento para observar cómo Buck y Marla martillaban el conglomerado. Admiraba a la atractiva señora Beaumont. No sólo por su aspecto y su cuerpo hermoso y esbelto sino por su clase. Las mujeres que habían pasado por la vida de LaRue habían sido interesantes y seductoras, pero rara vez personas con clase.

Pensó que era una pena que esa mujer estuviera casada. Una de las pocas reglas que LaRue jamás violaba era no seducir a una mujer casada.

—Tengo que llevarme la lancha —anunció—. Necesitamos provisiones.

—Ah. —Marla se recostó hacia atrás sobre los talones y se secó la transpiración de la frente. —¿Va a Saint Kitts, LaRue? Confieso que yo esperaba darme una vuelta por allá. Necesito huevos frescos y fruta.

—Con mucho gusto traeré lo que desee.

—En realidad... —Le dedicó su sonrisa más encantadora. —Me encantaría bajar a tierra por un rato. Si no le importa que lo acompañe.

Él sonrió y con rapidez modificó sus planes.

—*Ma chère* Marla, sería una placer para mí.

—¿Podría esperar unos minutos hasta que me limpie un poco?

—Desde luego.

Hecho un perfecto caballero, la ayudó a subir a la lancha y dirigirse al *New Adventure*. Sabía que nada haría que la hermosa señora Beaumont se echara al agua y nadara, aunque sólo fueran algunos metros.

—Malgastas tus encantos en ella, franchute —le dijo Buck mientras seguía martillando.

—Pero, *mon ami*, es que es tanto lo que me sobra. —Divertido, LaRue lo miró. —¿Qué te gustaría que te trajera de la isla?

Una botella de Black Jack, pensó Buck y casi le pareció saborear ese primer trago de whisky en la garganta.

—No necesito nada.

—Como quieras. —Se palmeó el bolsillo donde llevaba el tabaco y volvió a acercarse a la barandilla. —Ah, allí viene mi hermosa compañera de compras. *A bientôt*.

LaRue tomó la caña del timón de la lancha y la hizo describir una curva para que Marla pudiera saludar con la mano a Ray antes de enfilar hacia St.Kitts.

—Realmente le agradezco esto, LaRue. Ray está tan enfrascado en sus mapas e inventarios que no tuve el coraje de pedirle que me llevara a la isla. —Encantada ante la perspectiva de recorrer los mercados, levantó la cara al viento. —Y todos están tan ocupados.

—Usted se exige mucho, Marla.

—Bueno, no lo considero trabajo. En cambio bucear. —Puso los ojos en blanco. —Eso sí que es trabajo. Y por lo visto usted lo disfruta.

—Matthew es un excelente maestro. Después de tantos años sobre el agua, me resulta muy placentero explorar debajo de ella. Y Ray es el mejor compañero de buceo.

—A él siempre le encantó bucear. Cada tanto trata de convencerme de que lo intente. De hecho, una vez lo hice con snorkel. Los arrecifes de Cozumel eran fascinantes, pero, distraída, seguí nadando y, antes de que me diera cuenta, estaba en mar abierto. Es una sensación extraña. —Se estremeció. —Una especie de vértigo. —Divertida consigo misma, palmeó la chaqueta salvavidas que tenía puesta. —Prefiero los barcos.

—Es una lástima que no pueda ver por usted misma el *Isabella*.

—Con todos los bosquejos que hizo Tate, tengo la sensación de haberlo visto. ¿Qué hará usted con su parte, LaRue? ¿Volverá al Canadá?

—Ni loco. Tanto frío. —Observó la costa a lo lejos. Arena blanca, palmeras frondosas. —Prefiero mil veces un clima cálido. Tal vez me construiré una casa aquí, con vista al mar. O recorreré el mundo en barco. —Le sonrió. —Pero, sea lo que fuere, disfrutaré de ser un hombre rico.

Era, después de todo, una ambición comprensible.

Cuando amarró la lancha, acompañó a Marla a la ciudad e insistió en pagar el viaje en taxi. Divertido, caminó con ella por los puestos de frutas y verduras.

—¿Le importaría mucho que yo diera una vuelta por un par de tiendas, LaRue? Me avergüenza admitir una flaqueza tan femenina, pero es algo que extraño un poco. Me encantaría ver algunas vidrieras, y necesito comprar más casetes vírgenes para mi cámara de vídeo.

—Entonces debe hacerlo. Nada me gustaría más que acompañarla, pero tengo un par de cosas que hacer. ¿Le parece bien que nos encontremos aquí, digamos, dentro de cuarenta minutos?

—Me parece perfecto.

—Hasta entonces. —Le tomó la mano, se la besó y se fue.

Tan pronto estuvo lejos, LaRue entró en el lobby de un pequeño hotel. Necesitaba la privacidad de una cabina telefónica y entró en una. El número que debía marcar lo tenía en la cabeza. Era peligroso poner esas cosas por escrito para que otros ojos las vieran.

Aguardó con paciencia a que la operadora conectara el llamado. Con cobro revertido, por supuesto. Se rió despectivamente cuando una voz pomposa anunció:

—Residencia VanDyke.

—Tengo una llamada con cobro revertido para el señor Silas VanDyke de un señor LaRue. ¿Acepta el cargo?

—Un momento, por favor.

—Un momento, por favor, repitió la operadora con su hermosa voz isleña en beneficio de LaRue.

—Si algo me sobra es tiempo, *mademoiselle*. —Para pasarlo, comenzó a armarse un cigarrillo.

—Habla VanDyke. Acepto el cargo.

—Gracias. Adelante, hable señor LaRue.

—*Bonjour*, señor VanDyke. ¿Se encuentra usted bien?

—¿De dónde me llamas?

—Del lobby de un pequeño hotel de Saint Kitts. El clima aquí es maravilloso.

—¿Y los demás?

—La hermosa señora Beaumont está comprando *souvenirs*. Los otros están en el mar.

—¿Qué buscan? Del *Margarita* no queda nada. Yo mismo me ocupé de que así fuera.

—Así es. Fue poco lo que les dejó a los gusanos. A Tate la mortificó mucho.

—¿Ah, sí? —Un dejo de placer malévolo se coló en su voz. —Debería haberse quedado donde yo la puse. Pero ése es otro problema. Quiero un informe completo, LaRue. Te estoy pagando muy bien para que vigiles a los Lassiter.

—Y me encanta hacerlo. Tal vez le interese saber que Buck ya no bebe. Sufre, pero por el momento no toca una botella.

—Pero lo hará.

—Tal vez. —LaRue soltó una bocanada de humo y lo observó ascender por la cabina. —Él no bucea. Cuando los otros lo hacen, se come las uñas y suda. Quizá le interese saber también que Matthew y Tate son amantes. Se reúnen todas las noches.

—Su mal gusto me decepciona. —Su voz se tensó. —Estos chismes son entretenidos, LaRue, pero no me gusta pagar por ellos. ¿Cuánto tiempo piensan quedarse junto al *Margarita*?

—Dejamos el *Margarita* hace semanas.

La pausa fue breve.

—¿Hace semanas, y ni te molestaste en informarme?

—Como siempre lo hice, me dejé llevar por mis instintos. Me gusta el suspenso dramático, *mon ami*. Me parece que ahora es el momento apropiado para decirle que hemos encontrado el *Isabella*. Es un verdadero tesoro. —Dio otra pitada y sopló el humo. —Mi compañero de buceo, Ray Beaumont, está convencido de que contiene algo muy precioso.

—¿O sea?

—La Maldición de Angelique. —LaRue rió para sí. —Creo que sería prudente que usted cablegrafiara la cantidad de cien mil dólares norteamericanos a mi cuenta de un Banco suizo. Dentro de veinte minutos verificaré que la transacción se haya realizado.

—Cien mil dólares por una fantasía. —Pero en esas palabras había una falta de aliento que se transmitió con claridad por la línea telefónica.

—Cuando yo tenga la certeza de que el dinero está donde corresponde, utilizaré el fax de este encantador hotelito y le enviaré copias de la documentación que a Ray le ha costado tanto reunir. Creo que comprobará que bien vale esa suma. Pronto volveré a ponerme en contacto con usted para informarle de nuestros progresos. *A bientôt*.

Muy complacido consigo mismo, colgó antes de que VanDyke pudiera pronunciar la siguiente frase.

LaRue pensó que el dinero vendría. VanDyke era un hombre de negocios y no podía perderse esa inversión.

LaRue se frotó las manos, salió de la cabina y deseó que el hotel tuviera un café donde pudiera pasar veinte minutos tranquilo.

Decidió que era muy divertido revolver la olla y ver cómo su contenido hervía a fuego lento.

# Capítulo Veintiuno

Tate llegaba tarde. Matthew se paseó por el puente y se dijo que era ridículo que lo decepcionara el que ella no estuviera allí esperándolo. Cuando empezó a nadar hacia el barco vio luz en la caseta sobre cubierta. Era obvio que Tate andaba en algo. A la larga, su concentración cedería, miraría el reloj y se daría cuenta de que ya era más de medianoche.

A la larga.

Se acercó de nuevo a la ventana del piloto para mirar hacia el mar y las estrellas.

Al igual que cualquier marino, él era capaz de trazar el mapa del mundo con esas estrellas. Con ellas encontraría el camino hacia cualquier punto de la tierra o del agua. Pero no tenía ningún mapa ni guía que le mostrara la ruta que más anhelaba. En ese viaje estaba ciego y sin rumbo.

Durante toda su vida, sentirse impotente le daba más vergüenza que cualquier otro sentimiento, que cualquier otro fracaso. Se había sentido impotente de impedir la deserción de su madre, el asesinato de su padre, la mutilación de Buck. Y se sentía impotente con respecto a su propio corazón y a la mujer que no quería aceptar ese corazón.

Deseó poder echarle a Tate la culpa de ese desasosiego que lo carcomía respecto de algo tan sencillo como el sexo. Esa necesidad básica había sido satisfecha, pese a lo cual él seguía deseándola; no podía mirarla y no desearla. Sin embargo, era algo que iba mucho más allá del sexo.

Supuso que siempre había sido mucho más que algo meramente físico.

¿Cómo podía explicarle que con ella era un hombre diferente? Que podía ser un hombre diferente si ella sentía por él una pizca de lo que él sentía por ella. Vivir sin Tate era posible. Lo había hecho antes y lo volvería a hacer. Pero jamás sería lo que quería ser, ni tendría lo que quería tener, a menos que ella fuera parte de todo eso.

Lo único que podía hacer era tomar lo que Tate le daba y dejarla ir cuando llegara el momento.

Sabía cómo era vivir sólo el presente. Casi toda su vida había sido así. Le resultaba degradante darse cuenta de que una mujer podía hacerlo anhelar un futuro, y también límites y responsabilidades.

Una mujer, sabía, que no lo creía capaz de aceptar ninguna responsabilidad.

No tenía manera de demostrarle que estaba equivocada. Los dos entendían que si él encontraba lo que estaba buscando, lo tomaría. Y lo usaría. Cuando tuviera en su poder la Maldición de Angelique, perdería a Tate. Era imposible tener las dos cosas y también era imposible vivir consigo mismo si no pagaba la deuda que tenía con su padre.

Ahora, a solas, viendo cómo las estrellas se reflejaban en el agua, sólo le quedaba esperar que el collar y todo lo que significaba permaneciera sepultado debajo de ese mar codicioso.

—Perdón. —Tate entró deprisa, con el pelo al viento cuando giró para cerrar la puerta y echarle llave. —Estaba dibujando el abanico de marfil y perdí la noción del tiempo. Es fantástico comprobar que algo tan delicado pueda haber sobrevivido intacto durante todos esos años.

Tate se frenó. Matthew la miraba con una expresión que a veces la hacía sentirse aterradoramente transparente. Se preguntó qué estaría pensando. ¿Cómo hacía para ocultar lo que sentía? Era como mirar un volcán y saber que, debajo de la superficie, la lava hervía.

—¿Estás enojado? Son apenas las doce y cuarto.

—No, no estoy enojado. —Esos ojos, en los que brillaban tantos secretos, le sostuvieron la mirada de manera implacable. —¿Quieres una copa de vino?

—¿Compraste vino? —De pronto nerviosa, se sacudió el pelo hacia atrás. —Qué bueno.

—Se lo robé a LaRue. Él compró un poco de vino francés fino cuando el otro día bajó a tierra con Marla. Ya abrí la botella. —Matthew sirvió dos copas.

—Gracias. —Ella la tomó y se preguntó qué hacer a continuación. Normalmente se tiraban al suelo y se quitaban la ropa como chicos codiciosos al abrir los regalos. —Se está preparando una tormenta hacia el oeste. Podría traernos problemas.

—Todavía es temprano para huracanes. Igual, Buck tiene todo vigilado. Háblame del abanico que LaRue subió esta tarde.

—Es probable que valga dos o tres mil dolares. Mas, para un coleccionista serio.

Él extendió la mano para tocarle el pelo.

—Tate, háblame del abanico.

—Ah, bueno, está bien. —Desconcertada, se acercó a la ventana de babor. —Es de marfil, tiene dieciséis varillas y, al abrirlo, se advierte una talla que representa una rosa en todo su esplendor. Calculo que debe ser de mediados del siglo XVII. Ya era una reliquia cuando el *Isabella* se hundió.

Matthew enroscó en uno de sus dedos un mechón del pelo de Tate, pero sin dejar de mirarla.

—¿A quién perteneció?

—No lo sé —contestó ella con un suspiro y movió la cabeza hacia la mano de él—. Me preguntaba si habría pertenecido a una joven novia. Si lo habría heredado de alguien y lo tenía en las manos el día de su boda, como algo viejo. No lo usaría nunca; era demasiado valioso para ella. Pero cada tanto lo sacaría del estuche que tenía sobre el tocador. Lo abriría, deslizaría un dedo sobre la rosa y pensaría en lo feliz que se había sentido cuando, con él, avanzaba por el pasillo central de la iglesia.

—¿Las mujeres mantienen esa costumbre? —Conmovido por la imagen descripta por Tate, él tomó la copa de ella, intacta, y la hizo a un lado. —Me refiero a llevar el día de su boda algo viejo, algo nuevo y algo azul.

—Supongo que sí. Si quieren una boda tradicional. El vestido de novia blanco con una larga cola. La música, las flores.

—¿Eso es lo que quieres tú?

—Yo no... —Se estremeció cuando la boca de Matthew le rozó la suya. —No lo he pensado. El matrimonio no es una de mis prioridades. —Con el pulso acelerado, metió las manos debajo de la camisa de Matthew y se las deslizó por la espalda. —Dios, cómo amo tu cuerpo. Hazme el amor, Matthew. Ahora. Ya mismo.

Si eso era todo lo que podía haber entre ambos, él lo tomaría. Tomaría a Tate. Pero ella nunca podría olvidar que él era el que la había despojado de toda lógica posible.

En un único movimiento, envolvió el pelo de Tate alrededor de su mano y lo usó para tirarle la cabeza hacia atrás. Cuando ella abrió la boca, sorprendida por esa repentina rudeza, él se la saqueó.

Tate hizo un ruido con la garganta, mitad de protesta, mitad de excitación. Llevó las manos a los hombros de Matthew para liberarse, pero las de él se le metieron por entre los shorts, y sus dedos la penetraron y le produjeron un orgasmo violento.

A Tate se le aflojaron las piernas. Esta vez él no se ocupó de detalles como una manta sino que la arrojó al piso. Incluso cuando ella jadeó por falta de aire, ya lo tenía a él encima. Las manos y la boca de Matthew estaban en todas partes y tironeaban de su ropa para apoderarse de la piel que había debajo.

Tate se retorció debajo de él, trató de arañarlo, pero no como defensa. Una parte de ella comprendió que el volcán por fin había hecho erupción. Se agitó, sumida en ese placer oscuro e insensato que iba derramando sobre ella su calor letal. La boca y la lengua de Matthew estaban sobre ella y la forzaban a aceptar un nuevo y aterrador nivel de locura. Con idéntico deseo vehemente, ella se arqueó contra él y sintió el estallido y las sacudidas de su propio orgasmo.

—Ahora. —Habría querido gritarlo. Desesperada, lo buscó a tientas. —Oh, Dios, ahora.

Pero él le apresó las manos sobre la cabeza. Cuando Tate abrió los ojos, la luz la encandiló.

—No, mírame —le exigió Matthew cuando ella volvió a cerrarlos—. Mírame. —A él le quemaban los pulmones y las palabras le rasparon la garganta como si fueran de vidrio. Pero Tate abrió los ojos: eran de un verde acuoso y desenfocado. —Dime, ¿puedes pensar?

—Matthew. —Su mano se apretó sobre la de él. —Tómame ahora. No puedo soportar esto.

—Yo sí puedo. —Tomó las dos muñecas de Tate con un mano y apoyó la otra sobre el centro hirviente de ella, que comenzó a moverse con desesperación. Entonces tuvo su segundo orgasmo, violento. —¿Puedes pensar? —Repitió él.

Pero Tate estaba más allá de las palabras, más allá de la visión. Sus sentidos eran un embrollo de cables pelados que chisporroteaban y siseaban por todo su cuerpo. Cuando Matthew le soltó las manos, ella ni siquiera se movió.

Entonces él comenzó a devorar cada centímetro de su piel y de sus curvas. Y cuando casi tuvo la sensación de haber sido absorbido por ella, cuando la boca de Tate tuvo de nuevo la misma avidez desesperada que la suya, la penetró a fondo.

Tate se sentía apaleada, magullada y feliz. El peso de Matthew la tenía casi clavada contra el piso, y pensó vagamente en lo dolorida que estaría por la mañana.

También sintió lástima por las mujeres que no tenían a Matthew Lassiter de amante.

—Ahora me vendría bien esa copa de vino —logró decir con voz ronca—. ¿Llegas a tomarla? Si no es así, si te bajas de encima de mí, tal vez yo lograré arrastrarme algunos centímetros.

Él se incorporó y se preguntó cómo era posible que se sintiera vacío, satisfecho y avergonzado, todo al mismo tiempo. Buscó las dos copas y se sentó junto a ella en el piso.

Con esfuerzo, Tate se apoyó en un codo y tomó la copa. Un buen trago de vino la ayudó a recuperarse.

—¿Qué fue eso? —preguntó con mucha lentitud.

—Sexo.

Después de un largo suspiro, Tate sonrió.

—No es que me queje, pero me pareció más una guerra.

—Siempre y cuando ganemos los dos... —Como él ya había vaciado su copa, fue en busca de la botella.

Lo último que Tate esperaba después de la salvaje intimidad compartida con él fue el tono frío de Matthew. Preocupada, le puso una mano en la rodilla.

—Matthew, ¿te pasa algo?

—No. Todo está bien. Lamento si estuve un poco rudo.

—Nada de eso. —De pronto, Tate se sintió llena de ternura. Con mucha suavidad, le puso una mano sobre la mejilla. —Matthew... —Las palabras se apiñaron en su cabeza, en su corazón. Luchó por elegir las más adecuadas. —Hacer el amor contigo es algo extraordinario, cada vez. Nadie nunca... —No, mejor no seguir en esa línea. —Yo nunca —se corrigió— me sentí más libre con nadie. Supongo que se debe a que los dos sabemos cuál es nuestra posición.

—Correcto, sabemos cuál es nuestra posición. Sólo que, a veces, uno puede mantener esa posición demasiado tiempo.

—No sé a qué te refieres.

Él la hizo incorporarse y apretó su boca contra la de Tate hasta probar sus propias equivocaciones.

—Quizá tampoco yo lo sepa. Será mejor que me vaya.

—No lo hagas —dijo ella y le tomó la mano—. No te vayas, Matthew. Es una linda noche para nadar. ¿Nadarás conmigo? Todavía no quiero separarme de ti.

Él le besó una mano.

—Yo tampoco quiero estar sin ti.

Durante todo este tiempo —pensó VanDyke—, los Lassiter me han tomado por tonto. Ahora lo veía con claridad.

Como no quería perder tiempo durmiendo, se concentró en los papeles que LaRue le había enviado y leyó una y otra vez esas palabras hasta sabérselas casi de memoria. Decidió que había subestimado a los Lassiter, y se culpó por un error tan descuidado.

Son demasiadas equivocaciones, pensó y se secó las gotas de sudor que tenía sobre el labio superior. Y todo porque el amuleto seguía fuera de su alcance.

James Lassiter sí sabía dónde encontrar la Maldición de Angelique, y había muerto riéndose de su asesino. Pero VanDyke no era un hombre del que alguien se pudiera reír.

Cerró una mano sobre un enjoyado abrecartas y con él comenzó a apuñalar el tapizado color crema de un sillón estilo Reina Ana. El brocado se abrió como si fuera piel y se oyó un ruido como de gritos cuando de esas heridas brotó el relleno de crin. El espejo ovalado de pared reflejó su rostro, blanco y salvaje, mientras seguía asestando golpes.

Los dedos le quedaron doloridos y acalambrados cuando de ese precioso asiento sólo quedaron jirones. Su respiración era agitada por encima del sonido de la música de Mozart procedente de los parlantes empotrados.

Con un estremecimiento, dejó que esa arma antigua cayera sobre la alfombra mientras él se alejaba de su última faena. Era sólo una silla, pensó cuando el sudor comenzaba a secarse sobre su piel. Sólo una cosa que es posible reemplazar. Para tratar de aquietar su estómago se sirvió una copa de coñac.

Ya se sentía mejor. Para un hombre, era natural encontrar una válvula de escape así para su furia, en especial si se trataba de un hombre fuerte. Reprimir ese sentimiento causaba úlceras, dolores de cabeza y falta de confianza en sí mismo.

VanDyke recordó que eso era lo que su padre había hecho. Y, en lugar de fortalecerlo, lo había debilitado. Se dio cuenta de que últimamente pensaba más en su padre y en su madre. Recordaba los defectos y fallas que ellos tenían y encontraba consuelo en el hecho de haber podido escapar de todas sus debilidades. No, no: había triunfado sobre las flaquezas de la mente y el cuerpo.

El cerebro de su madre la había traicionado; el corazón de su padre lo había matado. Pero el hijo de ambos había logrado mantener fuertes las dos cosas.

Sí, era mejor, mucho mejor, ventilar la furia. Mientras seguía bebiendo sorbos de coñac, se paseó por su oficina a bordo del *Triumphant*.

Una descarga física del momento a veces resulta necesaria, se dijo y apretó los labios al contemplar los trozos de tela de seda diseminados por el piso. Era una manera de purgar la sangre.

Pero también era imperativo mantener la cabeza fría. Y él rara vez perdía el control de sus pensamientos.

Tal vez, sólo tal vez, reconoció, había sido un poco impulsivo al matar a James Lassiter. Pero en aquel entonces era joven y menos maduro. Y odiaba tanto a ese hijo de puta.

Sin embargo, ahora, al enterarse de que incluso muerto James había conseguido engañarlo... De nuevo la furia lo embargó, con tanta virulencia que VanDyke tuvo que cerrar los ojos y realizar sus ejercicios de respiración profunda para no arrojar por el aire la copa y hacer añicos esa preciosa pieza de cristal de Baccarat.

No, se prometió que los Lassiter no le costarían nada más. Ni siquiera el precio de una copa de coñac. Ya más tranquilo, salió a cubierta para permitir que el aire cálido de la noche lo acariciara.

El yate siguió avanzando por el Pacífico, con Costa Rica al este.

Antes de controlar su impaciencia había estado a punto de volar en su jet a las Antillas. Esta vez usaría en su provecho el tiempo que le llevaría llegar por mar. Sus planes comenzaban a tomar forma y, puesto que uno de sus hombres formaba parte del equipo de los Lassiter, era casi como estar allí en persona.

Desde luego, LaRue representaba también un estorbo con sus exigencias periódicas de dinero. VanDyke rió para sí e hizo girar el coñac en su copa. Ya se ocuparía de él cuando su utilidad hubiera cesado.

De todos modos ese hombre no tenía vínculos ni familia. Nadie extrañaría a un canadiense francés cuarentón cuya especialidad era ser cocinero de barco.

Ah, pero dejaría esa pequeña diversión para más adelante. La verdadera alegría sería librarse de los Lassiter y de sus socios. Primero los usaría, dejaría que excavaran, bucearan y trabajaran. Esos trabajos les darían una sensación de satisfacción, les haría creer que lo estaban engañando.

Podía imaginar sus risas, las reuniones en que hablarían de lo inteligentes y astutos que eran. Se felicitarían por haber tenido la paciencia de esperar tanto cuando sabían con exactitud dónde buscar.

Matthew había trabajado ocho años en aguas casi congeladas, dedicado a la clase de trabajo que los verdaderos cazadores de tesoros desprecian, convencido de que su némesis perdería interés. Para ser justo, VanDyke no tuvo más remedio que admirarlo por sus esfuerzos y la visión a largo plazo de la recompensa.

Pero esa recompensa pertenecería sólo a Silas VanDyke. Era su legado, su propiedad, su triunfo; algo que dejaría en sombras a cualquier otra posesión suya.

Una vez que ellos tuvieran el amuleto, sostuvieran ese premio en sus manos temblorosas, embargados por la felicidad del éxito, sería mucho más satisfactorio destruirlos.

Riendo para sí, VanDyke se terminó de beber el coñac de su copa. Y con un único golpe certero, lanzó esa pieza delicada de cristal hacia la barandilla y dejó que los fragmentos cayeran al agua. No porque estuviera enojado ni porque fuera un hombre violento.

Sencillamente porque podía darse ese lujo.

La tormenta llegó con fuerza: con lluvia torrencial y viento huracanado. Olas de tres metros se abatían sobre los dos barcos e imposibilitaban el buceo. Después de un debate con votación posterior, los equipos Lassiter-Beaumont decidieron esperar y tratar de vencerla. Cuando logró acostumbrarse al movimiento del barco, Tate se sentó frente a su computadora con un jarro con té caliente.

Esa noche no habría ninguna reunión de medianoche, pensó. La sorprendió lo mucho que ese hecho la decepcionaba. Decidió que quizá la tormenta era una interrupción que les vendría bien. Sin darse cuenta, se había acostumbrado demasiado a tener a Matthew junto a ella.

No era prudente acostumbrarse a nada que incluyera a Matthew.

Después de mucho debate interior, se había convencido de que estaba bien quererlo, de que al menos no era peligroso. El afecto y la atracción no tenían por qué ser una combinación fatal. Por mucho que los dos chocaran, por mucho que él tendiera a irritarla, Matthew le gustaba. Tenían demasiadas cosas en común como para estar realmente peleados.

Al menos esta vez, su propio corazón le pertenecía. Y por ello estaba agradecida. Querer a una persona, que a uno le importara, era algo muy distinto de estar enamorada. Lógicamente, en la práctica, el sexo era más satisfactorio cuando una persona sentía afecto o incluso amistad hacia la otra persona. Igualmente lógico era el hecho de que sólo una tonta amaba cuando el fin ya estaba escrito.

Matthew tomaría su parte del *Isabella* y se iría. Y ella haría otro tanto. Era una lástima que lo que cada uno quería de ese barco fuera tan distinto. Pero, igual, no tenía importancia, siempre y cuando ninguno interfiriera los objetivos del otro.

Tate frunció el entrecejo y cambió de documento para que el artículo que estaba escribiendo sobre la Maldición de Angelique apareciera en el monitor.

Leyendas como la que rodea al amuleto Maunoir, también conocido como la Maldición de Angelique, a menudo tienen sus raíces en los hechos. Aunque resulta ilógico atribuirle poderes místicos a un objeto, en sí misma, la leyenda tiene vida. Angelique Maunoir vivía en Bretaña y era conocida como la hechicera o curadora del pueblo. En realidad poseía un collar enjoyado, tal como se describe más arriba, regalo de su marido Etienne, el hijo menor del conde DuTashe. La documentación existente indica que fue arrestada, acusada de brujería y ejecutada en octubre de 1553.

Extractos de su diario personal relatan su historia y sus pensamientos íntimos en vísperas de la ejecución. El diez de octubre de ese año fue quemada en la hoguera por bruja. Los escasos datos con que contamos indican que tenía dieciséis años. Nada hace pensar que, como se hacía con frecuencia para demostrar misericordia, la hubieran estrangulado antes en lugar de quemarla viva.

Al leer las palabras que escribió la noche antes de su ejecución, es posible especular con respecto a la manera en que se inició y se extendió la leyenda de la Maldición de Angelique.

NOTA: transcribir la última parte del diario.

¿La maldición lanzada por una mujer desesperada y enloquecida, en vísperas de su ejecución? Una mujer inocente que llora la muerte de su amado marido, traicionada por su suegro y enfrentada a una muerte horrible. No sólo la suya sino también la de su hijo no nacido aún. Verdades como éstas conducen al mito.

Insatisfecha con su propia versión del hecho, Tate se echó hacia atrás y volvió a leer el artículo. Cuando extendió la mano en busca de su termo con té, vio a Buck junto a la puerta.

—Hola. Creí que estabas con Matthew y LaRue en el *Sirena*.

—Ese maldito canadiense me vuelve loco —se quejó Buck. Su impermeable amarillo goteaba agua y sus gruesos anteojos estaban empañados. —Así que me vine a conversar un rato con Ray.

—Él y mamá están arriba en el puente, creo, escuchando los informes meteorológicos. —Tate sirvió el té. Se dio cuenta de que no era sólo LaRue lo que había puesto nervioso a Buck. —Según las últimas noticias que oí, la tormenta comenzaba a amainar. Calculo que mañana al mediodía ya habrá aclarado.

—Quizá. —Buck tomó la taza de té pero la apoyó sobre la mesa sin probarlo.

Tate se apartó del monitor.

—Sácate ese impermeable, Buck y siéntate, por favor. Me vendrán muy bien el descanso y la compañía.

—No quisiera interrumpir tu trabajo.

—Por favor. —Con una sonrisa, Tate se levantó para buscar otra taza de la cocina. —Por favor, interrumpe mi trabajo, aunque sólo sea por algunos minutos.

Más tranquilo, Buck se quitó el impermeable.

—Se me ocurrió que tal vez Ray querría jugar una partida de naipes o algo así. No tengo mucho que hacer con mi tiempo. —Se sentó en la banqueta y comenzó a tamborilear con los dedos sobre la mesa.

—¿Te sientes inquieto? —preguntó ella.

—Sé que estoy decepcionando al muchacho —contestó y después se puso colorado y levantó la taza del té que no tenía ganas de beber.

—Eso no es verdad. —Tate confió en que el curso de psicología básica que había tomado en la universidad y su conocimiento del hombre que tenía al lado guiarían sus instintos. Nadie había mencionado siquiera el hecho de que Buck no buceaba. Tal vez había llegado el momento de que alguien lo hiciera. —Ninguno de nosotros podría seguir adelante sin ti, Buck. El hecho de que no bucees no significa que no seas productivo o una parte esencial del equipo.

—Revisar los equipos, llenar los tanques, martillar rocas... —Hizo una mueca. —Tomar vídeos.

—Sí. —Tate se echó hacia adelante y apoyó una mano sobre la de Buck. —Eso es tan importante como bucear.

—Yo no puedo bajar, Tate. No puedo. —Se quedó mirando la mesa con preocupación. —Y cuando veo bajar a mi muchacho se me seca la boca. Y empiezo a pensar en tomar un trago. Sólo uno.

—Pero no lo harás, ¿verdad que no?

—Supongo que porque creo que un solo trago sería el fin para mí. Pero eso no impide que lo desee. —Levantó la vista. —Iba a hablarle a Ray del tema. No fue mi intención cargarte con esto.

—Me alegra que lo hicieras. Me da la oportunidad de decirte lo orgullosa que estoy de la forma en que conseguiste rehabilitarte. Y que sé que lo estás haciendo más por Matthew que por ninguna otra persona, ni siquiera por ti mismo.

—En una época, sólo nos teníamos el uno al otro. Algunos no lo creerían, pero hubo tiempos buenos. Hasta que yo lo eché, o traté de hacerlo. Pero él siguió junto a mí. Es como su padre: leal y empecinado, y se guarda todo adentro. Es por orgullo. James siempre pensó que podía manejar lo que ocurriera, y que podía hacerlo solo. Y eso lo mató.

Volvió a levantar la vista.

—Tengo miedo de que el muchacho vaya por igual camino.

—¿Qué quieres decir?

—Tiene los dientes metidos en esto y nada lo hará soltar. Lo que él sube un día tras otro, bueno, sí, lo entusiasma. Pero sé que está esperando una sola cosa.

—El amuleto.

—Sí. Se ha apoderado de él, Tate, lo mismo que le pasó a James. Y me asusta. Cuanto más cerca estamos de encontrarlo, más miedo me da.

—Porque si da con él, lo usará contra VanDyke.

—A la mierda con VanDyke. Oh, lo siento. —Carraspeó y bebió un sorbo de té. —Ese hijo de puta no me preocupa. Eso lo puede manejar bien mi muchacho. Hablo de la maldición.

—Oh, Buck.

—Te advierto que la siento —dijo él con empecinamiento—. Está cerca. —Miró la lluvia torrencial por la ventana. —Estamos cerca. ¿No podría esta lluvia ser una advertencia?

Esforzándose por no reír, Tate entrelazó las manos.

—Escúchame, Buck. Entiendo que existan supersticiones entre la gente de mar, pero aquí la realidad es que estamos excavando un naufragio. Es muy probable que ese amuleto esté en ese barco hundido. Con un poco de suerte y mucho trabajo, lo encontraremos. Yo lo dibujaré y lo rotularé y lo catalogaré tal como hago con todos los objetos que subimos de allá abajo. Es metal y piedras, Buck, con una historia fascinante y trágica anexa. Eso es todo lo que es.

—Nadie que lo haya tenido en su poder llegó a viejo.

—En los siglos XVI, XVII y XVIII, la gente con frecuencia moría joven, por causas naturales o víctima de la violencia o de circunstancias trágicas. —Oprimió la mano de Buck e intentó otro enfoque. —Digamos, sólo como hipótesis, que el amuleto sí posee algo de poder. ¿Por qué tendría que ser malévolo? Buck, ¿leíste el diario de Angelique? ¿La parte que tu hermano copió?

—Sí. Ella era una bruja y puso una maldición en ese collar.

—Era una mujer triste, apenada y furiosa. La esperaba una muerte horrible, acusada de brujería y de haber asesinado a su marido, el hombre que amaba. Una mujer inocente, Buck, e impotente para cambiar su destino. —Al advertir que él estaba lejos de quedar convencido, suspiró. —Maldición, si hubiera sido una bruja, ¿por qué no desaparecer en medio de una nube de humo o convertir a sus carceleros en sapos?

—Las cosas no funcionan así.

—De acuerdo, no funcionan así. De modo que ella lanzó un hechizo o lo que fuere sobre el collar. Si leo bien, maldijo a los que la condenaron, a los que por codicia la despojaron del último regalo que le hizo su marido. Pues bien, Matthew no la condenó, Buck, y tampoco le sacó el collar. Lo que posiblemente hará será encontrarlo, eso es todo.

—Y cuando lo encuentre, ¿qué le hará a él ese amuleto? —La profunda desesperación ensombreció sus ojos y les dio un aspecto vidrioso. —Eso es lo que me carcome, Tate. ¿Qué le hará a él?

Un estremecimiento la recorrió.

—Yo no puedo contestar eso. —Sorprendida por el desasosiego que sentía, Tate tomó la taza para tratar de caldear sus manos heladas. —Pero suceda lo que suceda, será por elección de Matthew y no por una antigua maldición concentrada en una alhaja antigua.

# CAPÍTULO VEINTIDÓS

Mucho después de que Buck se hubiera ido en busca de su padre, sus palabras y sus preocupaciones siguieron acosando a Tate. No podía descartarlas por absurdas o meramente histéricas. Comprendió que lo que creaba esas leyendas era, precisamente, el convencimiento de que eran una realidad.

Y ella lo había creído en una época. Cuando era joven, de corazón blando y soñadora, creía en la posibilidad de la magia, en el mito y el misterio. Solía creer en muchas cosas.

Fastidiada consigo misma, se sirvió más té, tibio ahora porque se había olvidado de ponerle la tapa al termo. Era tonto lamentar la pérdida de la ingenuidad. Igual que los juegos infantiles, era algo que se hacía a un lado con el tiempo, el conocimiento y la experiencia.

Tate había aprendido las razones que subyacían a leyendas como la de la Maldición de Angelique. De hecho, eso era parte de lo mucho que le fascinaba su trabajo. Los por qué, los cómo y los quién eran tan importantes para ella como el peso, la fecha y el estilo de cada objeto que había tenido alguna vez en las manos.

Tal vez había perdido la inocencia y la candidez, pero la educación no había disminuido su curiosidad ni su imaginación. Más bien las había aumentado y canalizado.

A lo largo de los años también ella había reunido información sobre la Maldición de Angelique. Trozos sueltos de investigación que fue archivando en un diskette de computación. Más por su sentido de organización que por curiosidad, o al menos eso fue lo que creyó.

No tenía la fama del Diamante Hope, por ejemplo, o el misterio de la piedra filosofal, pero su historia y los rastros que había dejado eran interesantes. Rastrear cualquier objeto antiguo le proporcionaba al científico hechos, fechas y cierta visión de la humanidad de la historia.

Desde Angelique Maunoir al conde que la había condenado, desde el conde, después de su muerte, a su hija mayor, que había caído del caballo y se había roto el cuello camino a una cita con un amante.

Casi un siglo transcurrió antes de que el collar apareciera una vez más en documentación certificada. En Italia, donde sobrevivió a un incendio que destruyó la villa de su propietario y lo convirtió en viudo. Con el tiempo se vendió y viajó a Inglaterra. El comerciante que lo compró se suicidó. Cayó entonces en manos de una joven duquesa que, al parecer, lo usó sin problemas durante treinta años. Pero cuando su hijo heredó el collar, junto con el resto del patrimonio, se dedicó a la bebida, perdió toda su fortuna en el juego y murió loco y sin un centavo.

Y, así, el collar fue comprado por Minnefield, quien perdió la vida en la gran barrera de coral de Australia. Se supuso que el collar había quedado allí sepultado entre la arena y el coral.

Hasta que Ray Beaumont encontró un libro antiguo y gastado y leyó acerca de un marino y una dama española desconocida que enfrentaron un huracán a bordo del galeón Isabella.

Esos eran hechos, pensó Tate ahora. La muerte era siempre cruel, pero rara vez misteriosa. Los accidentes, los incendios, las enfermedades, incluso la mala suerte eran simplemente parte del ciclo de la vida. Las piedras preciosas y el metal no podían causarlo y mucho menos modificarlo.

Pero, a pesar de todos los hechos y los datos científicos, se le habían contagiado los temores de Buck y su imaginación bien entrenada comenzó a trabajar a mil.

Ahora la tormenta le pareció pavorosa, con su viento penetrante y sus enormes olas. Cada relámpago distante era una advertencia de la naturaleza.

Más que nunca deseaba ponerse en contacto con Hayden, pedirle a su científico colega que la ayudara a poner en perspectiva el Isabella y sus tesoros. Quería que alguien le recordara qué era en realidad lo que tenían: un hallazgo arqueológico de enorme importancia, y no la maldición de una bruja.

Pero la noche era salvaje y llena de voces.

—Tate.

Después de volcar la taza y de derramarse té tibio sobre las rodillas, tuvo la presencia de ánimo de lanzar una maldición mientras Matthew se reía de ella.

—¿Estás un poco nerviosa?

—Bueno, diría que no es una noche para recibir visitas, y tú eres la segunda. —Se paró para buscar una toalla en un gabinete y secar el líquido vertido. —Buck probablemente está arriba, tratando de enganchar a mi padre en una partida de naipes. ¿Y tú...?

Lo miró por primera vez y vio que estaba empapado. Tenía la camisa y los jeans gastados pegados al cuerpo y chorreando agua sobre el piso.

—¿Nadaste hasta aquí? ¿Te volviste loco? —Ya buscaba más toallas mientras lo regañaba. —Por el amor de Dios, Lassiter, podrías haberte ahogado.

—Pero no fue así. —Se quedó parado y quieto mientras ella le pasaba la toalla por la cabeza y refunfuñaba. —Sentí la necesidad apremiante de verte.

—Eres bastante grande para controlar tus necesidades. Ve al camarote de papá y ponte ropa seca antes de que te pesques un resfrío equivalente a tu locura.

—Estoy bien. —Tomó la toalla, se la envolvió alrededor del cuello y la usó para atraer a Tate hacia él. —Quiero creer que no pensaste que un pequeño chubasco me impediría acudir a nuestra cita.

—En realidad, pensé que el sentido común prevalecería sobre la lujuria.

—Pues te equivocaste. —Sus labios se curvaron al unirse a los de Tate. —Pero no rechazaría una copa. ¿Tienes whisky?

Ella suspiró.

—Sólo coñac.

—Bastará.

—Pon una toalla sobre el banco antes de sentarte —le ordenó ella al dirigirse a la cocina contigua para buscar la botella y una copa. —¿Dejaste a LaRue solo en el Sirena?

—Es un chico grande. De todos modos, el viento está amainando. —Tomó el coñac y la mano de Tate. —¿Quieres sentarte en mis rodillas y que nos mimemos un poco?

—No, muchas gracias. Estás empapado.

Sonriendo, él la obligó a sentarse.

—Ahora estamos los dos mojados.

Ella se echó a reír.

—Supongo que debería tomar en cuenta el hecho de que arriesgaste la vida al venir a nado. —Le tomó la cara y se la inclinó para que sus labios calzaran bien con los suyos. Al oír un leve murmullo de aprobación, se zambulló en el beso. —¿Estamos en una etapa de calentamiento?

—Podría decirse que sí. Mmmm, vuelve aquí —murmuró él cuando Tate levantó la cabeza.

Cuando quedó satisfecho, acurrucó la cabeza de ella sobre su hombro y le sonrió mientras Tate jugueteaba con el disco de plata que él llevaba alrededor del cuello.

—Desde el Sirena alcanzaba a ver luz aquí y pensé: Tate está allá, trabajando, y yo jamás podré dormir esta noche.

Encantada de estar sentada así sobre Matthew, ella suspiró.

—No creo que nadie duerma mucho esta noche. Me alegra que estés aquí.

—¿Ah, sí? —Deslizó la mano para rodearle un pecho.

—No, no por esa razón. Yo quería... mmm. —Ya no supo qué pensar cuando el pulgar de Matthew comenzó a jugar con un pezón a través de su camisa húmeda. —¿Cómo haces para saber siempre dónde tocarme?

—Bueno, he realizado estudios al respecto. ¿Por qué no apagas tu computadora, Red? Iremos a encerrarnos con llave en tu camarote y te enseñaré una forma nueva y maravillosa de soportar una tempestad en mar abierto.

—Estoy segura de que podrías hacerlo. —Y a Tate le resultaba muy fácil imaginarlos a los dos metidos en su litera, navegando sobre las olas, cada uno sobre el cuerpo del otro. —Necesito hablar contigo, Matthew. —Con avidez, echó la cabeza hacia atrás para que Matthew pudiera besarle el cuello. —Jamás imaginé que mi impulso sexual tuviera un gatillo tan sensible.

—Pues todo parece indicar que necesitabas que yo pusiera un dedo sobre ese gatillo, mi amor.

—Así parece. —Porque la sola idea la desconcertaba bastante, Tate se levantó. —Tenemos que hablar. —Decidida a tomar en cuenta sus prioridades, respiró hondo y volvió a ponerse la camisa en su lugar. —Pensaba encontrar la manera de estar mañana a solas contigo.

—Suena prometedor.

—Me parece que también yo beberé un coñac. —Le daría un minuto para serenarse. A una distancia segura, sirvió otra copa. —Matthew, estoy preocupada por Buck.

—Él está recuperando su equilibrio.

—Lo que quieres decir es que ya no bebe. Muy bien, eso es importante, aunque lo haga por ti y no por él mismo.

—¿De qué hablas?

—Quítate las anteojeras, Matthew. Está aquí y no consume alcohol por ti. Tiene la sensación de que te lo debe.

—Él no me debe nada –dijo él—. Pero si lo ayuda a alejarse de la bebida, está bien.

—Estoy de acuerdo, hasta cierto punto. A la larga tendrá que hacerlo por él mismo. Y eso no sucederá mientras siga tan preocupado por ti.

—¿Por mí? —Matthew rió y probó el coñac. —¿Por qué habría de estar preocupado?

—Por tu empeño en encontrar la Maldición de Angelique y por el precio que tendrías que pagar por ese amuleto.

Fastidiado por haber perdido el buen humor que lo había hecho atravesar a nado un mar tormentoso, Matthew se pasó la mano por el pelo mojado.

—Mira, desde que somos socios, él quiso siempre ese maldito collar. Le daba miedo, por supuesto, pero lo quería. Porque mi padre lo quería.

—Y ahora lo quieres tú.

—Sí. —Bebió más coñac. —Ahora lo quiero yo.

—¿Y con qué finalidad, Matthew? Creo que, en el fondo, lo que carcome a Buck son todas esas tonterías sobre hechizos y brujas.

—De modo que ahora son tonterías. —Sonrió. —No siempre pensaste así.

—Y también creía en el Ratón Pérez. Escúchame. —Con gesto urgente, cerró su mano sobre la de Matthew. —Buck no se sentirá tranquilo mientras esté en juego el amuleto.

—No me pidas que lo olvide, Tate. No me pidas que elija entre Buck y el amuleto.

—No te lo estoy pidiendo. —Ella se echó hacia atrás y volvió a suspirar. —Aunque pudiera convencerte, después tendría que hacer otro tanto con papá y, probablemente, con LaRue. Hasta conmigo misma. —Con un movimiento de los hombros, miró hacia el monitor. —No soy inmune a la fascinación, Matthew.

—Has estado escribiendo sobre el amuleto. Déjame leerlo.

—No está terminado. Es apenas un borrador. Yo estaba...

—Déjame leerlo —repitió Matthew—. No pienso ponerte una nota.

Bufando porque justamente se sentía como una colegiala que enfrenta un examen, Tate se apartó un poco para que él pudiera acercarse al monitor.

—¿Cómo funciona esto? —preguntó él un momento después—. Yo nunca supe nada de computadoras. ¿Cómo se pasa a la página siguiente? —Él observó cómo los dedos de Tate golpeaban las teclas. —Entendido.

Y, así, leyó el artículo del principio al fin.

—Está muy bien —murmuró.

—Es un trabajo —dijo ella, enojada—, no una novela romántica.

—Hasta que uno lee entre líneas —dijo él y la miró—. Parece que has estado pensando mucho sobre el tema.

—Por supuesto. Igual que todo el mundo, aunque nadie habla sobre ello. —Oprimió algunas teclas, grabó el archivo y apagó la computadora. —Lo cierto es que tengo muchos deseos de encontrar el amuleto, de verlo personalmente, de examinarlo. Sería el hallazgo de la vida profesional de cualquiera. Si quieres que te diga la verdad, me ronda tanto por la mente que tuve que revisar toda mi tesis alrededor de él.

Giró la cabeza con una débil sonrisa.

—El mito versus la ciencia.

—¿Qué me estás pidiendo, Tate?

—Que tranquilices a Buck, y supongo que también que me tranquilices a mí, en el sentido de que encontrar ese collar será suficiente para ti. Matthew, no tienes nada que probar. Si tu padre te profesaba aunque sólo fuera una pizca del afecto que Buck te tiene, no querría que te arruinaras la vida por una vendetta inútil.

Tironeada entre consolar y convencer, Tate tomó la cara de Matthew entre sus manos.

—La venganza no hará volver a la vida a tu padre ni te permitirá recuperar los años que no lo tuviste. VanDyke está afuera de tu vida. Puedes derrotarlo, si eso sigue siendo importante para ti, por el sólo hecho de encontrar el collar. Por favor, que eso te baste.

Por un momento, él no habló. La batalla que se libraba en su interior le resultaba tan familiar que se limitó a registrarla. Al final, fue él quien rompió el contacto.

—No me basta, Tate.

—¿En realidad crees que lo matarías? Aunque lograras estar cerca de él, ¿de veras te crees capaz de tomar una vida?

Los ojos de él brillaron.

—Tú sabes que sí.

Tate se estremeció y se le heló la sangre. No le cabía ninguna duda de que el hombre que ahora la miraba era capaz de todo. Hasta de matar.

—¿Te arruinarías la vida? Y, ¿para qué?

Él se encogió de hombros.

—Por lo que corresponde. Ya me la he arruinado antes.

—No seas ignorante. —Incapaz de quedarse sentada, Tate se puso de pie y comenzó a pasearse por la habitación. —Si ese collar tiene una maldición, es precisamente ésta. Nos enajena con respecto a lo mejor que hay en nosotros mismos. Llamaré a Hayden.

—¿Qué demonios tiene él que ver con todo esto?

—Quiero otro científico aquí, o al menos quiero poder consultar a uno. Si tú no encuentras la manera de tranquilizar a Buck, yo lo haré. Puedo asegurarle que el amuleto es sólo un amuleto, y que si lo encontramos, será tratado como una reliquia. Con el respaldo de la comunidad científica, ese collar terminará en un museo, donde tiene que estar.

—Por mí, puedes arrojarlo de vuelta al mar cuando yo haya terminado con él —dijo Matthew, y su voz fue fría y definitiva—. Puedes llamar a una docena de científicos. Ellos no podrán impedirme que yo trate a VanDyke a mi manera.

—Siempre todo tiene que ser a tu manera, ¿no? —Si hubiera servido de algo, Tate le habría tirado con algo.

—Esta vez, sí. He estado la mitad de la vida esperando esto.

—De modo que estás dispuesto a malgastar la otra mitad. No sólo malgastarla —dijo ella con furia—, sino tirarla a la basura.

—Sigue siendo mi vida, ¿verdad?

—Nadie es el único dueño de su vida. —¿Cómo podía ser tan ciego? ¿Cómo podía convertir la belleza de las últimas semanas en algo tan desagradable como la venganza?. —¿No puedes detenerte y pensar, aunque sólo sea un momento, en el efecto que tendría esa acción descabellada sobre otras personas? ¿Qué sería de Buck si te matan o pasas el resto de tu vida en una cárcel acusado de asesinato? ¿Cómo crees que me sentiría yo?

—No lo sé, Tate. ¿Cómo te sentirías? —Se apartó de la mesa. —¿Por qué no me lo dices? Me interesa saberlo. Siempre te cuidas tanto de decirme lo que sientes.

—No des vuelta las cosas ni conviertas esto en mi responsabilidad. Hablamos de ti.

—Pues a mí me parece que hablamos de nosotros. Tú estableciste las reglas desde el principio —le recordó—. Nada de actitudes emocionales ni de palabras bonitas que obstruyan una relación sexual agradable y afable. Tú no querías que yo interfiriera tu vida ni tus ambiciones. ¿Por qué tengo yo que dejar que interfieras la mía?

—Maldición, sabes bien que yo no soy así de fría.

—¿No? —Enarcó una ceja. —Pues ésa es la impresión que tengo. No recuerdo que hayas dicho algo en sentido contrario.

Ahora Tate estaba muy pálida, y sus ojos lucían demasiado oscuros contra su piel blanca. Matthew tenía que darse cuenta de lo que le estaba haciendo a lo que tenían juntos. Todo lo que ella le había dado.

—Sabes que siento algo por ti. No me acostaría contigo si no fuera así.

—Es toda una novedad para mí. Pensé que era sólo como rascarte una picazón.

—Hijo de puta. —Dolida por esas palabras de Matthew, lo cacheteó antes de darse cuenta de lo que hacía.

Los ojos de él se entrecerraron y brillaron, pero su voz fue helada y calma.

—¿Eso te sirvió? ¿O fue tu respuesta a la pregunta?

—No me atribuyas a mí tus propias motivaciones y falta de sensibilidad —le retrucó ella, a la vez furiosa y avergonzada—. ¿Crees que volcaría en ti mi corazón y mi alma como lo hice una vez? De ningún modo. Nadie me lastima, y tú menos que nadie.

—¿Crees que sólo tú saliste lastimada?

—Sé que así quedé. —Sacudió el brazo cuando los dedos de Matthew se cerraron alrededor de él. —Nunca volverás a tener la oportunidad de echarme de tu lado. Yo te amaba, Matthew, con la clase de amor inocente e ilimitado que sólo se da una vez. Y tú me lo arrojaste a la cara como si no valiera nada. Ahora tienes el orgullo herido porque yo no estoy dispuesta a ponerme en una posición en la que podrías volver a hacerlo cuando quisieras. Pues bien, al demonio contigo.

—Yo no te pido una segunda oportunidad. No sería tan tonto como para hacerlo. Pero no tienes derecho de pedirme que me contente con sexo y, después, esperar que renuncie a la única cosa que es el motor de mis actos. Yo renuncié a ti y ahora recojo lo que queda.

—Tú no renunciaste a mí —le retrucó ella—. Nunca me quisiste.

—Yo nunca quise nada tanto como te quise a ti. Te amaba. —Tomó de la mano a Tate y la hizo ponerse de pie. —Siempre te he amado. Yo mismo me partí el corazón cuando te aparté de mí.

Ella no podía respirar; tenía miedo de que, si lo hacía, todo lo que tenía adentro se hiciera añicos como cristal.

—¿Qué quieres decir con eso de que me apartaste de ti?

Bueno, yo... Calló. Sacudido, consternado, la soltó y dio un paso atrás. Se dijo que necesitaba un minuto para recuperar el control. —Nada.

No tiene importancia. Revolver cosas pasadas no cambia el presente. Lo cual significa que, en resumidas cuentas, no te daré lo que quieres.

Ella lo miró fijo, y a una parte de su ser le fascinó la manera en que Matthew podía cerrarse a todo. Cada una de esas emociones fuertes iban desdibujándose una por una detrás de ojos cerrados. No, pensó. No, no esta vez.

—Fuiste tú el que empezó a revolver ese terreno, Lassiter. Ahora terminaremos la excavación. —Apretó los puños. —Hace ocho años te me reíste en la cara, Matthew. Parado en la playa, me dijiste que todo había sido por diversión. Sólo una manera de pasar el verano. ¿Mentías?

Él no apartó la mirada y la expresión de sus ojos no cambió.

—Ya te dije que no tiene importancia. Lo pasado, pisado.

—Si realmente creyeras eso no estarías tan empeñado en vengarte de VanDyke. Contéstame. ¿Mentías?

—¿Qué demonios querías que hiciera? —Saltó él. Del otro lado de las ventanas, el cielo estallaba en una luz frenética. —¿Dejar que tiraras todo a la basura por algún sueño estúpido? Yo no tenía nada para ofrecerte. Arruinaba todo lo que tocaba. Por Dios; los dos sabíamos que yo no te merecía, pero eras demasiado tonta para reconocerlo.

Se oyó una andanada de truenos.

—Y, después, me habrías odiado. Y yo me habría odiado.

Tate apoyó una mano en la mesa. La tormenta de afuera no era nada comparado con lo que ella sentía. Todo en lo que había creído, todo lo que le había impedido mirar el pasado con desconsuelo, estaba ahora hecho añicos a sus pies.

—Tú me rompiste el corazón.

—Te salvé la vida —saltó él—. Piénsalo, Red. Yo tenía veinticuatro años y ningún futuro por delante. Sólo tenía un tío que necesitaría cada centavo que yo consiguiera reunir, quizá por el resto de mi vida. Tú, en cambio, tenías muchas posibilidades: tenías inteligencia, ambiciones. Y de pronto empiezas a hablar de dejar tus estudios universitarios y unirte a mí, como si fuéramos a zarpar hacia el ocaso.

—Nunca lo pensé. Deseaba ayudarte. Y quería tanto estar contigo.

—Y habrías terminado ahorrando monedas y preguntándote qué habías hecho con tu vida en lugar de sacar provecho de ella.

—Entonces tú elegiste por mí. —Dios, ahora podía respirar. Podía respirar muy bien. De hecho, el aire que llenaba sus pulmones era cálido y puro. —Pedazo de hijo de puta arrogante. Me lloré todo por ti.

—Pero se te pasó.

—Ya lo creo que sí. Se me pasó. Y si crees que voy a echarme a llorar de agradecimiento en tu hombro porque te consideras una especie de héroe abnegado, te equivocas, Lassiter.

—Yo sólo me veo como lo que soy —replicó él, ahora con voz cansada—. Tú fuiste la que vio en mí algo que no existía.

—No tenías ningún derecho de tomar esa decisión por mí. Ningún derecho de esperar que yo te lo agradezca.

—Yo no espero nada.

—Esperas que crea que estás enamorado de mí.

Qué demonios, pensó él. Ya lo había arruinado todo.

—Estoy enamorado de ti. Patético, ¿no? A mí nunca se me pasó. Y verte de nuevo, ocho años después, cavó en mí un hoyo que desde entonces trato de llenar con cualquier cosa que me das. Sé que no tengo ninguna posibilidad.

—La tuvimos una vez.

—Demonios, Tate. —Extendió la mano para pasar el pulgar por una lágrima que ella tenía en la mejilla. —Nunca tuvimos oportunidad. La primera vez era demasiado pronto. Esta vez, es demasiado tarde.

—Si hubieras sido sincero conmigo...

—Tú me amabas —murmuró Matthew—. Sabía que me amabas. Jamás me habrías dejado.

—No. —La visión de Tate se nubló con más lágrimas, pero igual podía ver con claridad lo que se habían perdido. —Es cierto, yo nunca te habría dejado. Pero ahora nunca sabremos lo que podríamos haber tenido. —Giró la cabeza. —Y, ahora, ¿qué?

—Eso depende de ti.

—Ah, esta vez depende de mí. —Deseó poder sonreír, aunque fuera en su interior. —Bueno, es justo. Sólo que esta vez no seré tan ingenua.

Se dio cuenta de que esta vez no sabía qué hacer, salvo protegerse de que volvieran a lastimarla tanto.

—Supongo que la única respuesta aquí es ser práctica. No podemos ir hacia atrás, así que iremos hacia adelante. —Respiró hondo. —Sería injusto para los demás, y una falta de perspicacia, arruinar la expedición por algo que sucedió hace ocho años. Estoy dispuesta a continuar.

Él en ningún momento esperó lo contrario.

—¿Y?

—Y... —Tate soltó el aire. —No podemos darnos el lujo de permitir que problemas personales arruinen la excavación. En estas circunstancias, creo que lo mejor será interrumpir el aspecto íntimo de nuestra relación.

De nuevo, eso era ni más ni menos lo que él esperaba.

—De acuerdo.

—Esto duele —susurró ella.

Matthew cerró los ojos porque sabía que no podía mantenerle la mirada.

—¿Te sentirías mejor si cambiáramos de equipo? Yo puedo bucear con Ray o con LaRue.

—No. —Tate apretó los labios antes de girar la cabeza. —Creo que cuantos menos trastornos causemos, mejor será. Los dos tenemos mucho que pensar, pero no debemos permitir que eso afecte a los otros. —Impaciente, se pasó las manos por la cara para secársela. —Pero podemos encontrar alguna excusa para modificar la integración de los equipos si te sientes incómodo...

Él se echó a reír. Era un término absurdo para describir lo que sentía.

—Eres increíble, Red. Dejaremos todo como está.

—Sólo intento simplificar las cosas.

—Al cuerno. Sí, adelante, simplifica. Mantenemos los equipos como están y cortamos con lo del sexo. ¿Te parece suficientemente simple?

—No conseguirás destruirme —dijo ella, muerta de miedo de que eso ocurriera—. Pienso seguir en esto hasta el final. Será interesante comprobar si tú puedes hacer lo mismo.

—Yo estoy dispuesto si tú lo estás, mi amor. Supongo que eso es todo.

—No, no es todo. Quiero ponerme en contacto con Hayden.

—No. —Matthew levantó una mano antes de que Tate lo escupiera. —Hagamos esto. Todavía no hemos encontrado el amuleto y no sabemos si lo encontraremos. Si lo hallamos, presentaremos la idea de convocar a tu científico.

Era una fórmula de transacción que tenía sentido, razón por la cual Tate enseguida desconfió.

—¿Tengo tu palabra? ¿Cuando lo encontremos podré ponerme en contacto con otro arqueólogo?

—Red, cuando encontremos ese amuleto, puedes publicar un aviso en el Science Digest. Hasta entonces, todo queda entre nosotros.

—Muy bien. ¿Prometes reconsiderar tu plan de venganza?

—Eso suena muy dramático para una persona tan frontal como tú. Te daré una respuesta directa. No. Yo perdí todo lo que me importaba en la vida, y VanDyke tuvo parte en eso. Déjame tranquilo, Tate —dijo, antes de que ella pudiera hablar de nuevo. —Esa pelota empezó a rodar hace dieciséis años. Y tú no la detendrás. Mira, estoy cansado. Me voy a la cama.

—Matthew. —Tate esperó hasta que él se hubiera detenido frente a la escalera de cabina y se volvió. —En lugar de pensar que me ibas a arruinar la vida, podrías haber pensado que yo cambiaría la tuya.

—Y lo hiciste —murmuró él y salió hacia la tormenta agonizante.

# CAPÍTULO VEINTITRÉS

El fuerte viento obligó a postergar las inmersiones de la mañana. Tate agradeció la posibilidad de estar un tiempo sola, así que se encerró en su camarote con su trabajo.

Pero su mente no estaba precisamente concentrada en el trabajo.

Estuvo tendida en la litera, la vista fija en el cielo raso. Una mujer tiene derecho a estar de mal humor cuando descubre que ocho años de su vida estuvieron signados por la decisión de otra persona.

No había hecho más que repasar la situación. Matthew no tenía ningún derecho de hacer lo que hizo. Le rompió el corazón por lo que supuso era mejor para ella. Cada una de las relaciones de su vida se había visto ensombrecida por lo ocurrido en aquella playa cuando ella tenía veinte años.

No tenía sentido volver sobre eso una y otra vez. Pero lo que más la enfurecía era la arrogancia de Matthew, lo injusto.

Y ahora decía que la había amado. Y que seguía amándola.

"Qué hijo de puta", pensó y se acostó boca abajo. Era obvio que la consideraba una criatura medio lela, incapaz de hacer sus propias elecciones. En aquella época era joven, sí, pero no estúpida.

¿En qué juegos se había embarcado el destino para hacer que la vida de los dos describiera un círculo completo?

Reconoció que esa interrupción, esa sensación de abandono, la había hecho sentirse más fuerte. Había aprovechado su inteligencia y las oportunidades que se le presentaron para cumplir su objetivo. Tenía una serie de títulos guardados en su cuarto de Hatteras, en un departamento de Charleston decorado con buen gusto y que rara vez usaba. Tenía una reputación, colegas cuya compañía disfrutaba y ofrecimientos para que tomara una cátedra, diera conferencias o participara de distintas expediciones.

En el campo profesional, tenía todo aquello a lo que había aspirado.

Pero no tenía un verdadero hogar ni un hombre al que abrazar durante la noche ni hijos que amar.

Y podría haber tenido todo eso, lo habría tenido si Matthew hubiera confiado en ella.

Pero eso quedaba atrás, pensó. Quién mejor que un arqueólogo sabía que el pasado se puede examinar, analizar y registrar, pero no cambiar. Lo que fue y lo que podía haber sido estaban tan calcificados como plata antigua en el agua del mar. Lo que era preciso enfrentar era el momento presente.

Esperó que fuera cierto que Matthew la amaba. Que ahora sufriera él, como ella había sufrido cuando le ofreció su corazón y fue rechazada. Él había tenido su oportunidad con ella. Éste sería un caso en el que la historia no se repetiría.

Pero decidió que no sería cruel, y se incorporó para mirarse en el espejo ovalado de su tocador. No era necesario pagarle con la misma moneda. Después de todo, esta vez sus propios sentimientos no estaban involucrados. Podía darse el lujo de ser generosa, cortés e indulgente.

Si no lo amara podría mostrarse cuidadosamente distante. Seguirían buceando juntos, trabajando para salvar el *Isabella* como socios, siendo colegas. Y ella estaba decidida a olvidar su pasado personal a fin de explorar la historia.

Satisfecha y convencida de haber encontrado la única solución lógica, salió de su camarote. Encontró a su padre en la cubierta de babor, entregado a la tarea de revisar los reguladores.

—Qué noche, ¿no, querida?

"En más de un sentido", pensó ella.

—Nadie lo diría ahora.

El cielo estaba azul y despejado, con apenas algunas nubes sutiles diseminadas. Tate miró hacia el puente para observar el anemómetro.

—Ahora el viento viene del sur.

—Sí, y trae aire más seco. También el mar se está calmando. —Apartó un regulador. —Tengo un buen pálpito con respecto a hoy, Tate. Me levanté lleno de energía, con la sensación de que algo bueno sucedería. —Se paró y respiró hondo.

—Estás pensando en el amuleto —murmuró ella—. ¿Qué tiene esa pieza que ejerce semejante efecto sobre todos?

—Posibilidades —fue la respuesta de Ray y miró hacia el mar.

—Anoche Buck estaba muerto de miedo ante la idea de encontrarlo. Y Matthew sólo piensa en utilizarlo para ajustarle las cuentas a VanDyke. El mismo VanDyke, un hombre rico, poderoso y exitoso, está tan obsesionado con ese amuleto que hará lo que sea para tenerlo. Y tú. —Se tiró con impaciencia del pelo. —Y tú. Cumpliste un sueño de toda tu vida con el Isabella. Allá abajo hay una fortuna para ti, para el museo que siempre quisimos crear. Pero, en realidad, lo que te trajo de vuelta aquí es ese amuleto.

—Y para ti no tiene sentido. —Pasó un brazo por los hombros de su hija. —Cuando yo era chico, tuve la suerte de tener una casa hermosa, un parque con césped verde y grandes árboles de sombra a los cuales podía treparme. Tuve toda clase de juegos infantiles y muchos amigos. Todo lo que un chico podía desear. Pero más allá de la cerca y pasando apenas la colina había una zona pantanosa. Árboles de aspecto amenazador, plantas de kudzu que parecían pertenecer a una jungla y un río lento y casi estancado. Y víboras. Tenía prohibido ir allá.

—De modo que, por supuesto, era el lugar al que más deseabas ir.

Él se echó a reír y besó a Tate en la coronilla.

—Por supuesto. Según la leyenda, en ese lugar había fantasmas, lo cual sólo aumentaba su atractivo. Me dijeron que los chicos que iban allá jamás volvían. Entonces yo me quedaba parado junto a la cerca de atrás, olía la madreselva que trepaba por ella y pensaba: ¿qué pasaría si...?

—¿Alguna vez fuiste?

—Una vez llegué hasta el borde, a un lugar donde se podía oler el río y ver las enredaderas que casi tapaban los árboles. Pero no me animé a seguir.

—Mejor. Lo más probable es que habrías terminado picado por una víbora.

—Lo cierto es que jamás perdí la curiosidad. No me saqué la duda de "¿qué pasaría si...?".

—Supongo que sabes que lo de los fantasmas era puro cuento. Tu madre te contó esas historias para que no se te ocurriera ir a ese lugar. De lo contrario podrías haberte caído en el río o perdido el camino. Lo que la preocupaba no eran los fantasmas.

—Yo no estoy tan seguro. Creo que sería muy triste perder nuestra capacidad de sorpresa, que no existiera ninguna posibilidad de magia, buena o mala. Supongo que podría decirse que la Maldición de Angelique se ha convertido en mi pantano lleno de fantasmas. Y esta vez quiero ir y verlo personalmente.

—¿Y si lo encuentras?

—Dejaré de lamentarme de que no fui más allá de los arbustos de kudzu. —Se echó a reír y le oprimió los hombros. —Tal vez Buck dejará de creer que ya no es el hombre que era. Y Matthew dejará de culparse por la muerte de su padre. Y tú... —Hizo girar a Tate para que lo mirara. —Tú podrías dejar que en tu vida entrara de nuevo un poco de magia.

—¿No te parece que es mucho pedirle a un collar?

—Pero "¿y si...?" Quiero verte feliz, Tate.

—Soy feliz.

—Del todo feliz. Sé que hace ocho años cerraste una puerta dentro de ti. Siempre me preocupó la idea de que yo haya manejado mal las cosas porque quería lo mejor para ti.

—Tú nunca manejaste nada mal. Al menos no en lo que tuviera que ver conmigo.

—Yo sabía lo que Matthew sentía por ti. Y lo que tú sentías por él. Y me preocupaba.

—No tenías por qué preocuparte.

—Eras tan joven. —Suspiró y tocó el pelo de su hija. —Y veo lo que él siente ahora por ti.

—Ahora ya no soy tan joven —le señaló ella—. Y tampoco tienes por qué preocuparte.

—Veo lo que él siente por ti —repitió Ray—. Lo que me preocupa, lo que me sorprende, es que no alcanzo a ver qué sientes tú por él.

—Tal vez porque no lo he decidido. Tal vez porque no quiero decidirlo. —Sacudió la cabeza y le sonrió—. Y quizá tú no deberías preocuparte por algo que tengo bajo control.

—Quizá eso es lo que me preocupa.

—Contigo nunca puedo ganar. —Se paró en puntas de pie y lo besó. —Así que iré a ver si Matthew está dispuesto a bucear. —Giró para alejarse, pero algo la detuvo y la hizo mirar hacia atrás.

Ray estaba con una mano sobre la barandilla, la vista fija en la distancia, hacia el mar abierto.

—Papá. Me alegra que no hayas atravesado el kudzu. Si lo hubieras hecho entonces, quizá ahora no querrías dar ese paso.

—La vida consiste en esperar el momento y el lugar adecuados, Tate.

—Es posible. —Mientras enfilaba hacia estribor iba pensando en las palabras de su padre. Supuso que, en efecto, el lugar y el momento adecuados podían detener una guerra o hacerla estallar, salvar un matrimonio o destruirlo, tomar una vida o dar vida.

Allí estaba Matthew, con un codo apoyado en la barandilla del Sirena y un jarro de café en la mano. Habría preferido no sentir ese sacudón de emoción al verlo, ese cosquilleo en todo el cuerpo. Pero, igual, le pasaba. El corazón se le derritió y soltó un suspiro.

¿Por qué tenía que tener ese aspecto tan triste?

Se dijo que no era problema suyo. No permitiría que eso la preocupara.

Pero él giró la cabeza. Y por encima de ese mar agitado, la mirada de él se cruzó con la suya. Pero no pudo leer nada en ella. Al igual que la tormenta, lo que se agitaba en el interior de Matthew se había calmado o estaba controlado. Así que lo único que vio Tate fue ese azul profundo y enigmático.

—El mar se está calmando —gritó ella—. Me gustaría bucear.

—Estaría más tranquilo todavía si esperáramos una o dos horas.

Algo le apretaba la garganta. Dijo:

—A mí me gustaría bajar ahora. Si cuando estemos abajo empeora, cancelaremos todo.

—De acuerdo. Busca tu equipo.

Tate se dio media vuelta y se alejó de la barandilla. Maldito Matthew, maldito el Isabella, maldita Angelique y su maldito collar. Su vida era manejable sin ellos. Y tenía miedo de que nunca volviera a serlo.

No había nada que decidir, nada que controlar. Después de todo, seguía enamorada de Matthew.

La tormenta había removido y cambiado de lugar la arena. Varias de las trincheras debían ser despejadas otra vez. Matthew agradeció ese trabajo adicional. La habilidad y delicadeza necesarias para accionar el tubo de succión no dejaban lugar para los pensamientos personales profundos.

Ya había tenido bastantes durante la noche.

Le proporcionó algo de placer aspirar la arena y ver la empuñadura de una espada.

*Déja vu*, pensó, casi divertido. Apartó el tubo de succión. Una mirada por los alrededores le dijo que Tate estaba revisando los escombros.

Matthew golpeó en su tanque y esperó a que ella girara la cabeza. Le hizo señas. Cuando ella se le acercó, él le señaló la empuñadura.

Tómala, le indicó. Es tuya.

La vio dudar y supo que estaba recordando. Entonces Tate tomó la empuñadura y tiró de la espada.

Pero a mitad de camino, la hoja se trabó.

Al observar la espada trancada, Matthew pensó que contaba la historia de ambos. Luchando contra la decepción, levantó un hombro. Y, con el tubo, ensanchó la zanja.

Los dos vieron el plato al mismo tiempo. En el mismo momento en que ella lo tomaba del brazo para indicarle que parara, Matthew alejaba el tubo. Abanicando la arena con la mano, Tate descubrió tres cuartas partes del plato.

Era de una porcelana casi transparente, y tenía pintadas violetas junto al borde. El borde era dorado. Con mucho cuidado, Tate cerró los dedos en el contorno y trató de liberarlo.

Pero estaba muy adherido. Frustrada, miró a Matthew y sacudió la cabeza. Los dos sabían que desatascarlo con el tubo de succión era tan peligroso como cortar un diamante con un hacha. Si el plato estaba entero, lo cual en sí mismo sería un milagro, la fuerza de succión del tubo podría quebrarlo.

Discutieron las distintas opciones por señas hasta que decidieron que debían intentarlo. Sin prestar atención a la suciedad y la incomodidad, Tate siguió sosteniendo con delicadeza el borde del plato mientras Matthew removía arena y escombros, casi de a un grano por vez.

Sin pensar en el esfuerzo para su espalda y sus hombros, Matthew continuó con la tarea. Centímetro por centímetro siguió liberando esa porcelana translúcida y logró poner al descubierto otro grupo de violetas y una parte de un monograma.

Al darse cuenta de que el plato cedía un poco, Tate frenó a Matthew. Y, tratando de mantener su respiración pareja, soltó el plato otra fracción hasta que volvió a atascarse. Alcanzaba a leer la primera letra adornada, pintada en oro. Una T. Tomándolo como una señal, le indicó a Matthew de que reanudara la tarea.

Él estaba seguro de que al plato le faltaría un pedazo. La espada de acero se había roto cuando faltaban treinta centímetros para extraerla del todo. ¿Cómo podía algo tan frágil como un plato de porcelana haber sobrevivido intacto? Con el entrecejo fruncido por la concentración, vio aparecer la siguiente letra. Una L.

Si la L representaba la suerte de los Lassiter, entonces estaban perdiendo el tiempo. Matthew quería parar, sacudirse el dolor de hombros, pero al ver el entusiasmo en la cara de Tate siguió adelante.

La última letra apareció y formó el monograma TLB. Ella casi no había tenido tiempo de pensar en lo extraño de esa combinación de letras, cuando el plato, entero y milagrosamente intacto, se soltó y quedó en sus manos.

Azorada, casi se le cayó. Con el plato sostenido entre su persona y Matthew, Tate alcanzaba a ver sus propios dedos debajo de la base. Ese plato tan fino y elegante alguna vez había adornado una mesa, pensó ella. Había formado parte de un juego de vajilla muy atesorado que había sido empacado con cuidado para un viaje a una nueva vida.

Y las suyas eran las primeras manos que lo sostenían después de más de doscientos años.

Maravillada, miró a Matthew. Por un instante ambos compartieron la fascinación silenciosa e íntima del descubrimiento. Después, la expresión de él cambió y se volvió distante. Una vez más, eran sólo profesionales.

Lamentándolo, Tate nadó para poner el plato junto a la espada rota, fuera del alcance de los escombros que escupía el tubo de succión. Observó las dos piezas, extendidas lado a lado sobre la arena.

Habían estado en el mismo barco, soportado la misma tormenta, que los arrancó y los sepultó en el mismo mar. Dos clases diferentes de orgullo, pensó. La fuerza y la belleza. Y sólo una había sobrevivido.

Se preguntó por qué el destino habría quebrado el acero y mantenido intacto ese objeto tan frágil. Mientras seguía pensando en ello, retomó la tarea de revisar los escombros.

Más tarde se preguntaría qué la había hecho mirar hacia arriba en ese momento. No había habido ningún movimiento que le llamara la atención. Tal vez un escozor en la nuca o esa sensación visceral de ser vigilada.

Pero miró hacia arriba por entre el agua sucia. Los ojos helados y la sonrisa llena de dientes de la barracuda la sobresaltaron. Sorprendida por su propia reacción, volvió a sumergirse entre las cosas lanzadas por el tubo de succión. Y, una vez más, descubrió que miraba hacia donde el pez seguía rondando.

Seguramente no podía ser el mismo pez que todos los días solía acompañarlos durante la excavación del *Margarita*.

Sabía que era tonto pensarlo, pero la sola idea la hizo sonreír. Como quería llamar la atención de Matthew, buscó su cuchillo para golpear en sus tanques. De pronto, algo voló escupido por el tubo y aterrizó a menos de tres centímetros de su mano.

Centelleaba, pulsaba y brillaba. Fuego y hielo y el brillo majestuoso del oro. El agua pareció calentarse alrededor de ella, moverse en círculos y ponerse transparente como el cristal.

El rubí era un manchón de sangre, rodeado por las lágrimas heladas de los diamantes. El oro estaba tan brillante y pulido como el día en que con él crearon esos pesados eslabones y ese engarce adornado.

Había tanta claridad en él que Tate pudo leer con toda facilidad los nombres franceses inscriptos alrededor de la gema.

Angelique. Etienne.

El rugido que sentía en su cabeza era su propia sangre que cantaba. Porque, en el mar, no había ningún sonido. Ningún zumbido procedente del tubo, ningún ruido procedente de las piedras y conchillas que llovían sobre sus tanques. El silencio eran tan perfecto que Tate alcanzaba a oír mentalmente el eco de sus propias palabras, como si las hubiera pronunciado en voz alta.

La Maldición de Angelique. Al fin encontramos el collar.

Con dedos insensibles bajó la mano para tomarlo. Fue su imaginación, desde luego, lo que la hizo pensar que sentía el calor que irradiaba. Una invitación o una advertencia. Cuando lo tuvo en las manos, fue sólo la fantasía lo que la hizo tener la sensación de que el collar vibraba como algo vivo que respira con fruición.

Sintió una mezcla de pena, rabia y miedo que casi la hizo dejarlo caer de nuevo.

Tate cerró una mano alrededor de la cadena y otra alrededor de la piedra, y absorbió esa oleada de emoción.

Le parecía ver la celda, el débil rayo de luz que se filtraba por la única ventana con barrotes ubicada en lo alto de esa pared de piedra. Le parecía oler la mugre y el miedo y oír los gritos y las súplicas de los condenados.

Y la mujer del vestido sucio y convertido en harapos, su pelo rojo opaco y recortado con torpeza en el cuello, se encontraba sentada frente a una mesa pequeña. Lloraba y escribía, mientras alrededor de su cuello fino colgaba el amuleto como un corazón sangrante.

Por amor. Esas palabras desfilaron por la mente de Tate. Sólo y siempre por amor.

Ese fuego ardió con más fuerza y la consumió.

Matthew. Fue su primer pensamiento coherente. Tate no tenía noción de durante cuánto tiempo había tenido apretado el collar en sus manos mientras todo lo chupado por el tubo caía como lluvia alrededor de ella.

Él trabajaba sin tregua, con la cara orientada hacia otro lado. "Aquí está. Lo que tú buscas está aquí. ¿Cómo se te pasó por alto? ¿Por qué —pensó ella con un estremecimiento— no lo viste?"

Sabía que debería hacerle una señal, mostrarle lo que sostenía con fuerza. El objeto que los había unido, dos veces, estaba allí, en sus manos.

Se preguntó qué efecto tendría sobre él. ¿Cuánto le costaría? Antes de poder cuestionar sus propios motivos, metió el collar en su bolso y apretó el cordón.

Tratando de calmarse, miró hacia la barracuda. Pero el pez ya se había ido y era como si nunca hubiera existido. Allí sólo había agua sucia.

A ochocientos kilómetros de allí, VanDyke rodó de encima de su sorprendida amante y se levantó de la cama. Sin hacer caso de sus quejas, se puso una bata de seda y salió del dormitorio principal. Tenía la boca seca y el corazón le pulsaba como una herida. Después de pasar junto a un camarero de traje blanco, subió deprisa por la escalerilla hacia el puente.

—Quiero más velocidad.

—Señor. —El capitán levantó la vista de las cartas de navegación. —Se viene el mal tiempo por el este. Yo estaba por cambiar de curso para evitarlo.

—Mantén el curso, maldito seas. —En uno de sus raros accesos de mal humor en público, VanDyke lanzó la mano sobre la mesa y envió al piso todos los mapas. —Mantén el curso y dame más velocidad. Quiero que este barco llegue a Nevis por la mañana o serás capitán de un bote para dos remeros.

Él no esperó una respuesta, ni falta que hacía. Las órdenes de VanDyke siempre eran obedecidas y sus deseos, satisfechos. Pero la expresión de humillación que apareció en la cara del capitán no consiguió calmar ni aplacar a VanDyke como debería haberlo hecho.

Le temblaban las manos y la ira amenazaba con hacer presa de él. Esas señales de debilidad lo enfurecían y lo asustaban. Para demostrar su fuerza, entró en el salón, le lanzó una imprecación al cantinero que estaba siempre de servicio y tomó él mismo una botella de Chevis.

El amuleto. Habría jurado que lo había visto refulgir, que había sentido su peso alrededor del cuello mientras estaba sobre la mujer, en su cama. Y la mujer que estaba en su cama no había sido la compañera cada vez más tediosa de los últimos dos meses sino la mismísima Angelique.

Después de hacerle señas al cantinero para que se fuera, VanDyke se sirvió el licor, lo bebió y se sirvió de nuevo. Sus manos siguieron temblando y se cerraron por su cuenta en un par de puños que buscaban en qué estrellarse.

Había sido demasiado real como para ser una simple fantasía. Era, estaba seguro, una premonición.

Angelique lo acosaba de nuevo, se burlaba otra vez de él desde muchos siglos atrás. Pero esta vez no sería engañado ni vencido. Su curso estaba fijado. Aceptaba ahora que había sido fijado desde su nacimiento. El destino lo llamaba de tal manera que casi lo sentía junto con el licor. Y era dulce y fuerte. Pronto tendría el amuleto y su poder. Y, con él, su legado y su venganza.

—Tate parece preocupada —comentó LaRue mientras se subía el cierre de su traje de neoprene.

—Tuvimos un turno muy largo. —Matthew arrastró los tanques a la lancha. Buck los iba a llevar a la isla para que volvieran a cargarlos. —Supongo que está cansada.

—¿Y tú, *mon ami*?

—Yo estoy bien. Tú y Ray trabajarán en la trinchera del sudeste.

—Como digas. —LaRue se tomó su tiempo para sujetarse los tanques. —Noté que no se quedó mucho tiempo en cubierta después de que salieron a la superficie, como suele hacer siempre. Se metió adentro enseguida.

—¿Y qué? ¿Estás escribiendo un libro?

—Soy un estudioso de la naturaleza humana, joven Matthew. En mi opinión, la hermosa mademoiselle tiene algo que esconder, algo que la preocupa.

—Ocúpate de tus propios pensamientos —le sugirió Matthew.

—Ah, pero el estudio de los otros es mucho más interesante. —Le sonrió a Matthew al sentarse para ponerse las aletas. —Lo que uno hace o no hace. Lo que uno piensa o planea. ¿Entiendes?

—Lo que entiendo es que estás gastando tu aire. —Movió la cabeza hacia el *New Adventure*. —Ray te está esperando.

—Mi compañero de buceo. Es una relación en la que debe existir una confianza total, ¿verdad? Y tú sabes, joven Matthew... —LaRue se puso el visor. —Sabes que puedes confiar en mí.

—Correcto.

LaRue saludó y se lanzó al agua. Algo le dijo que muy pronto tendría que hacer otro llamado telefónico.

Tate no sabía qué hacer. Estaba sentada en el borde de su litera y miraba el amuleto que tenía en las manos. Estaba mal que guardara en secreto su descubrimiento. Lo sabía, pero...

Si Matthew supiera que ella lo tenía, nada le impediría quitárselo. Le avisaría a VanDyke que estaba en su poder. Y exigiría una confrontación final.

Y no le cabía ninguna duda de que sólo uno de los dos saldría con vida.

Con lentitud, deslizó los dedos sobre esos nombres grabados. En realidad no había creído que lo encontrarían. Y no había caído en la cuenta de que, contra toda lógica y toda curiosidad científica, ella confiaba en que no lo encontrarían.

Y ahora era real y lo tenía en las manos. Sintió el descabellado impulso de abrir la ventana y arrojarlo de vuelta al mar.

No necesitaba ser una experta en piedras preciosas para saber que sólo el rubí del centro era de un precio incalculable. Y resultaba fácil estimar el peso del oro e imaginar su valor actual de mercado. Si a eso se le sumaban los diamantes, la antigüedad y la leyenda, ¿qué tenía en las manos? ¿Cuatro millones de dólares? ¿Cinco?

Suficiente, sin lugar a dudas, para satisfacer cualquier codicia, cualquier lujuria, cualquier venganza.

Una pieza en realidad maravillosa. Y, al mismo tiempo, sorprendentemente simple. Una mujer podía usarla y atraer miradas y admiración. Exhibida, sería la pieza central de cualquier museo. Alrededor de ese collar ella podría construir la más impresionante y espectacular colección de objetos recuperados de un naufragio.

Sus sueños en el campo profesional se cumplirían con creces. Su fama crecería. Le lloverían subvenciones para cualquier expedición que deseara.

Lo que le esperaba era eso y mucho más. Sólo tenía que esconder el amuleto, ir a Nevis y hacer un único llamado telefónico. Horas después, ella y su hallazgo estarían camino a Nueva York o Washington para asombrar al mundo de la exploración oceánica.

Se dejó caer hacia atrás y el collar cayó sobre la cama. Consternada, lo miró fijo.

¿En qué estaba pensando? ¿Cómo pudo tomar siquiera en cuenta una cosa así? ¿Desde cuándo la fama y la fortuna eran para ella más importantes que la lealtad y la honestidad? O que el amor.

Con un estremecimiento, se apretó las manos contra la cara. Tal vez esa cosa realmente estaba maldita si por tenerla durante un tiempo tan breve ya había logrado hacer mella en su integridad.

Le dio la espalda, se acercó a la ventana, la abrió y aspiró el aire del mar.

Lo cierto era que renunciaría al amuleto, al museo y a todo con tal de apartar a Matthew de su camino de autodestrucción. Le entregaría personalmente el amuleto a VanDyke, si con esa traición salvaba al hombre que amaba.

Quizá lo haría. Se volvió, estudió de nuevo el amuleto, extendido como estrellas sobre el cubrecama. Movida por un impulso lo tomó y lo puso debajo de ropa muy bien doblada en el cajón del medio.

Necesitaba actuar con rapidez. Por la puerta que daba al puente espió el *Sirena*. Alcanzaba a ver a su madre que martillaba conglomerado al ritmo de la música de alguna emisora de la radio portátil. Buck se encontraba camino a St. Kitts, y su padre y LaRue buceaban junto al barco hundido.

Eso dejaba solamente a Matthew, y no vio señales de él. Decidió que no había momento mejor ni manera mejor.

Con el corazón latiéndole con fuerza, subió por la escalerilla al puente. Confiaba en que el operador de Nevis la ayudaría a ponerse en contacto con Industrias Trident. Si eso fracasaba, trataría de rastrear a Hayden. Seguramente con alguno de los dos llamados lograría comunicarse con VanDyke.

Hizo un llamado del barco a tierra y deseó que se le hubiera ocurrido ir con Buck a la isla en la lancha. Habría simplificado mucho las cosas.

Después de veinte minutos frustrantes y de incontables cambios de línea, consiguió comunicarse con Trident, en Miami. Pero no sirvió de nada. Nadie allí quería reconocer siquiera que Silas VanDyke estaba asociado con ellos. Lo único que le quedaba por hacer era dejarle un mensaje a la voz sedosa que la atendió en recepción y esperar que se lo pasara a la persona adecuada.

Al recordar al hombre que había enfrentado años antes, no tuvo dudas de que lo recibiría. Pero tenía poco tiempo.

Decidió que eso dejaba a Hayden, y deseó que no estuviera ya a bordo del *Nomad* y se encontrara de regreso en Carolina del Norte. Una vez más, hizo una comunicación del barco a tierra, y esperó a que le transfirieran el llamado por el Atlántico.

Pero al final se topó con el servicio telefónico de Hayden.

—Necesito hacerle llegar un mensaje al doctor Deel. Es urgente.

—El doctor Deel está en el Pacífico.

—Ya lo sé. Habla Tate Beaumont, su socia. Es imperativo que hable con él lo antes posible.

—El doctor Deel verifica sus mensajes en forma periódica. Tendré todo gusto en transmitirle el suyo cuando se ponga en contacto con nosotros.

—Dígale que Tate Beaumont necesita hablar con él en forma urgente. Con mucha urgencia —repitió—. Estoy en las Antillas, a bordo del *New Adventure*, HTR-56390. Si llama al operador de Nevis, me transferirán el llamado. ¿Me ha entendido?

La otra persona repitió la ubicación y los números.

—Muy bien. Dígale al doctor Deel que tengo que hablar con él, que necesito su ayuda con urgencia. Dígale que encontré algo de vital importancia y que necesito ponerme en contacto con Silas VanDyke. Si no tengo noticias del doctor Deel en una semana, no, en tres días –se corrigió—, haré los arreglos necesarios para unirme al *Nomad*. Dígale que necesito su ayuda.

—Veré que reciba su mensaje tan pronto llame, señorita Beaumont. Lamento no poder decirle cuándo será eso.

—Gracias. —Tate pensó que podría reforzar el mensaje con una carta. Sólo Dios sabía cuánto tardaría en llegar al *Nomad*, pero valía la pena intentarlo.

Se dio media vuelta y se frenó en seco al ver que Matthew le bloqueaba el paso.

—Creí que teníamos un trato, Red.

# CAPÍTULO VEINTICUATRO

Docenas de escapatorias y de excusas desfilaron por su cabeza. Escapatorias plausibles, excusas razonables.

Estaba segura de que el hombre que ahora la enfrentaba las aplastaría como si fueran lamentables mosquitos. Igual, por la forma en que él estaba recostado con actitud negligente contra la jamba de la puerta, Tate pensó que existía una pequeña posibilidad.

—Quiero verificar algunos datos con Hayden.

—¿Ah, sí? ¿En cuántas oportunidades sentiste la necesidad de verificar algunos datos con Hayden desde que encontramos el *Isabella*?

—Ésta es la primera... —Soltó un grito e instintivamente se tambaleó hacia atrás cuando él se enderezó. No fue por ese movimiento, lento y controlado, sino por la furia asesina que apareció en sus ojos. En todo el tiempo que hacía que lo conocía, jamás lo había visto así, descontrolado.

—Maldita seas, Tate, no me mientas.

—No te estoy mintiendo. —Se apretó hacia atrás contra la pared, por primera vez en su vida, físicamente aterrada. Comprendió que él podía lastimarla. Algo en los ojos de Matthew le advirtió que le gustaría hacerlo.

—Matthew, no lo hagas.

—¿Que no haga qué? ¿Que no te diga que eres una perra mentirosa y traidora? —Porque quería lastimarla y tenía miedo de hacerlo si ella hacía que soltara el último resto de control que le quedaba, golpeó las manos en la pared a ambos lados de Tate para dejarla prisionera. —¿Cuándo se comunicó él contigo?

—No sé de qué hablas. —Tragó con la garganta seca. —Sólo necesitaba pedirle a Hayden... —Su excusa terminó en un gimoteo cuando él le cerró una mano sobre la mandíbula y se la apretó.

—No me mientas —dijo él, espaciando cada palabra en forma deliberada—. Te oí. Si no te hubiera oído yo mismo, nadie habría podido convencerme de que habías hecho esto. ¿Por qué, Tate? ¿Por dinero, prestigio, un ascenso? ¿Un maldito museo bautizado con tu nombre?

—No, Matthew, por favor. —Tate cerró los ojos y esperó el golpe.

—¿Qué era lo que estabas tan impaciente por decirle a VanDyke? ¿Dónde está él, Tate? ¿Manteniendo una distancia prudencial mientras nosotros jugamos con el *Isabella*? Y entonces, con tu ayuda, él se aparecerá y se llevará todo por lo que tanto hemos trabajado.

—Yo no sé dónde está. Te lo juro. No estoy ayudándolo, Matthew. No le estoy regalando el *Isabella*.

—¿Entonces, qué? ¿Qué otra cosa tienes para darle?

—Por favor, no me lastimes. —La cobardía hizo que por las mejillas de Tate se deslizaran lágrimas de vergüenza. Humillada, luchó para no sollozar.

—Tú puedes enfrentar un tiburón, pero no enfrentarte a ti misma. —Dejó que una mano suya cayera y dio un paso atrás. —¿Sabes? A lo mejor crees que tienes muchas razones para vengarte de mí. No te lo discuto. Pero jamás pensé que traicionarías a toda la expedición sólo para desquitarte conmigo.

—No lo hice.

—¿Qué le ibas a decir? —Ella abrió la boca y sacudió la cabeza. —Muy bien. Dile esto de mi parte, mi amor. Si él llega a acercarse a treinta metros de mi barco o de mi naufragio, es hombre muerto. ¿Entendiste?

—Matthew, por favor escúchame.

—No, escucha tú. Siento mucho respeto por Ray y Marla. Sé que, para ellos, el sol sale y se pone en ti. Por ellos, mantendremos esto entre nosotros dos. No quiero ser el responsable de que descubran lo que en realidad eres. Así que más vale que pienses en una buena razón por la que abandonarás esta expedición. Les harás creer que debes volver a la universidad o al *Nomad* o adonde sea, pero te mandarás a mudar de aquí dentro de las siguientes veinticuatro horas.

—Me iré. Pero sólo si primero me escuchas, me iré tan pronto como Buck regrese con la lancha.

—Yo no deseo oír nada de lo que quieras decirme. Puedes considerarlo un trabajo bien hecho, Tate. —El fuego había desaparecido, tanto de sus ojos como de su voz. De nuevo estaban helados. —Ya me pagaste en la misma moneda.

—Ya sé lo que se siente al odiarte. Y no puedo soportar saber que ahora me odias. —Tate debería haberse arrojado a sus brazos cuando él giró hacia la puerta. No fue el orgullo lo que la detuvo, sino el miedo de que ni las súplicas podrían hacerlo cambiar. —Te amo, Matthew.

Eso lo hizo detenerse.

—Es un truco que habría tenido resultado hace un par de horas. Será mejor que verifiques tu noción del momento apropiado, Red.

—No espero que me creas. Sólo necesitaba decírtelo. Ya no sé qué está bien. —Cerró fuerte los ojos para no tener que ver su rostro despiadado. —Creí que esto era lo correcto. Estaba asustada. —Tratando de reunir coraje, volvió a abrir los ojos. —Pero me equivoqué. Antes de que te vayas, antes de que me eches por segunda vez, hay algo que necesito darte.

—Tú ya no tienes nada que yo quiera.

—Sí que tengo. —Hizo una inspiración profunda. —Tengo el amuleto. Si vienes conmigo a mi camarote, te lo daré.

Lentamente, él giró por completo.

—¿Qué clase de mentira es ésta?

—Tengo la Maldición de Angelique en mi camarote. Y parece que funciona —dijo con una risa llena de lágrimas.

Él se abalanzó sobre ella y le aferró un brazo.

—Muéstramelo.

Esta vez Tate no gimió ni se quejó cuando los dedos de Matthew se le clavaron en el brazo. Ahora más allá de las lágrimas, inició la marcha hacia el camarote. Una vez adentro, abrió el cajón y sacó el amuleto.

—Lo encontré esta tarde, poco después de que extrajimos el plato con monograma. De pronto estaba allí, sobre la arena. No lo limpié —murmuró y frotó el pulgar sobre la piedra del centro. —No tenía ninguna calcificación ni incrustación. Podría haber estado sobre el terciopelo de un exhibidor. Qué increíble, ¿no? Cuando lo levanté me pareció sentir... bueno, no creo que te interesen ahora los trucos que puede jugarle a uno la mente.

Tate levantó la cabeza y extendió hacia Matthew las manos con el collar.

—Ya tienes lo que buscabas.

Él lo tomó. Era refulgente y tan increíblemente maravilloso como lo había imaginado. Estaba tibio, casi caliente. Pero quizá sus manos estaban heladas. Por supuesto que eso no explicaba la forma en que se le había cerrado el estómago ni la extraña imagen de llamas ardientes que invadió su cabeza.

Son sólo nervios, se dijo. Un hombre tenía derecho de sentirse nervioso cuando ha encontrado el tesoro de su vida.

—Mi padre murió por esto. —No se oyó decirlo, ni siquiera tenía conciencia de que lo hubiera pensado.

—Ya lo sé. Y tengo miedo de que también tú mueras.

Él levantó la vista. ¿Tate había dicho algo? Sonaba más como llanto que como palabras.

—No me ibas a decir que lo habías encontrado.

—No, no te lo iba a decir. —Ahora enfrentaría su furia, su odio, hasta su asco. Pero, al hacerlo, lo obligaría a escucharla. —En realidad no sé qué me hizo ocultártelo cuando estábamos allá abajo. Fue sólo un impulso.

Con piernas no muy firmes, Tate fue al tocador y tomó una botella de agua para aplacar el fuego de su garganta.

—Empecé a hacerte señales, pero después no seguí. No pude hacerlo. Escondí el collar en mi bolsa y lo traje aquí. Necesitaba pensar.

—¿Para calcular cuánto te pagaría VanDyke por él?

Esa púa se le clavó bien hondo. Tate apoyó la botella y giró. En sus ojos había pesar.

—Por mucho que yo te haya decepcionado, Matthew, sabes que eso es imposible.

—Sé que tienes ambiciones. Ambiciones que VanDyke podría hacer realidad.

—Sí, estoy segura de que es así. Y reconozco que, aquí sentada, por un momento fantaseé en lo que la posesión de ese amuleto podía hacer por mí. —Fue a pararse junto a la pequeña ventana. —¿Tengo que no tener defectos para ser aceptable para ti, Matthew? ¿No me está permitido tener ninguna necesidad egoísta?

—Lo que no te está permitido es traicionar a tu familia y a tus socios.

—Eres un tonto si piensas que sería capaz de hacerlo. Pero tienes razón en una cosa: yo trataba con desesperación de ponerme en contacto con VanDyke para decirle que había encontrado el amuleto. Confiaba en poder reunirme con él en alguna parte y entregárselo.

—¿Te acuestas con él?

La pregunta era tan absurda, tan inesperada, que Tate casi se echó a reír.

—No he vuelto a ver a Silas VanDyke desde hace ocho años. No he hablado con él y mucho menos me he acostado con él.

Matthew se preguntó qué sentido tendría todo eso. ¿Cuál era la lógica que por lo general era algo tan inherente en ella?

—¿Pero lo primero que hiciste cuando encontraste esto fue tratar de hablar con él?

—No. Lo primero que hice fue preocuparme por lo que tú le harías a él si lo tuvieras. —Cerró los ojos. —O, peor aún, lo que él podría hacerte a ti. Y tuve un ataque de pánico. Hasta pensé en arrojar el collar de vuelta al agua y simular que no lo había encontrado, pero eso no resolvería el problema. Pensé que si se lo daba a VanDyke y le pedía que me diera su palabra de que, a cambio, te dejaría en paz, todo quedaría solucionado.

"Yo no sabía que seguía amándote —dijo ella—. No lo sabía, y cuando lo supe, supongo que también sentí pánico. No quisiera sentir esto por ti y sé que jamás volveré a sentir esto por ninguna otra persona.

Agradecida de que sus ojos estuvieran secos de nuevo, se obligó a girar.

—Supongo que podría decirse que pensé que te estaba salvando la vida, que hacía lo que era mejor para ti. Eso debería resultarte conocido. Y fue tan estúpido que yo decidiera por ti como lo fue que tú decidieras por mí.

Tate levantó las manos y las dejó caer.

—Ahora sabes toda la verdad, y puedes hacer lo que quieras con ella. Pero yo no tengo por qué verlo. —Abrió la puerta del ropero y sacó su valija.

—¿Qué haces?

—Voy a empacar mis cosas.

Él levantó la valija y la arrojó al otro extremo del cuarto.

—¿Crees que puedes lanzarme todo esto a la cara y después irte tranquilamente?

—Sí, eso creo. —Pensó en lo extraño que era estar de nuevo tan calma. —Tal como pienso que los dos necesitamos tiempo para encontrar la salida del lío que hemos hecho con nuestras vidas. —Comenzó a caminar para buscar la valija, pero levantó el mentón cuando él le bloqueó el paso.

—No vas a volver a empujarme de aquí para allá.

—Si es preciso, lo haré. —Para terminar de arreglar las cosas, se volvió y cerró con llave la puerta del camarote. —Lo primero que tenemos que arreglar es esto. —Y levantó el amuleto para que recibiera la luz y explotara en mil colores. —Todos tenemos algo puesto en él, pero lo mío es lo más antiguo. Cuando yo haya hecho todo lo que necesito hacer, puedes tenerlo.

—Si sigues con vida.

—Ése es mi problema. —Se deslizó el collar en el bolsillo. —Y te debo una disculpa por las cosas que te dije en el puente.

—No quiero tus disculpas.

—Igual las tienes. Debería haber confiado en ti. Confiar en la gente no es mi fuerte, pero debería haberlo sido en lo que a ti concierne. Te asusté.

—Sí, me asustaste. Supongo que me lo merecía. Digamos que estamos a mano.

—Todavía no hemos terminado —murmuró Matthew y apoyó una mano, esta vez con suavidad, sobre su brazo.

—No, supongo que no.

—Siéntate. —Cuando ella lo miró, en sus ojos había recelo. —No te voy a lastimar. Lamento haberlo hecho. Siéntate —repitió—. Por favor.

—No sé qué más queda por decir, Matthew. —Pero se sentó y entrelazó sus manos tensas sobre la falda. —Entiendo perfectamente tu reacción a lo que oíste y viste.

—Oí que dijiste que me amabas.

Se sentó junto a ella pero no la tocó.

—Hace ocho años, hice lo que tenía que hacer. Hice lo correcto. No iba a arrastrarte conmigo. Cuando te miro ahora y veo lo que eres, lo que hiciste con tu vida, sé que tuve razón.

—No tiene sentido...

—Déjame terminar. Hay algunas cosas que no te dije anoche. Quizá no quería admitirlas frente a ti. Cuando empecé a trabajar para Fricke, pensaba en ti todo el tiempo. No hacía otra cosa que trabajar, pagar cuentas y pensar en ti. Despertaba en mitad de la noche y te extrañaba tanto que me dolía. Después de un tiempo las cosas estaban tan mal que ya ni siquiera tenía energía para sentir ningún dolor.

Al recordarlo, se miró las manos.

—Me dije que no era tan importante, sólo un par de meses de mi vida con una chica linda. Y ya no pensé mucho en ti. Cada tanto, tu recuerdo me apretaba la garganta y se me clavaba en las entrañas. Pero yo lo sacudía. Tenía que hacerlo. Las cosas con Buck no podían andar peor y yo detestaba cada minuto de lo que estaba haciendo para ganar un asqueroso dólar.

—Matthew.

Él sacudió la cabeza para que lo dejara continuar.

—Deja que me desahogue. No creas que me resulta fácil desnudarme de este modo. Cuando te vi de nuevo, mi corazón se partió. Quería tener todos esos años de vuelta y supe que eso era imposible. Incluso cuando conseguí que te acostaras conmigo, estaba ese agujero en mi corazón. Porque lo que en realidad quería era que volvieras a amarme.

"Quiero tener otra oportunidad contigo. Quiero que me la des. —Ahora, al fin, la miró y le puso una mano en la mejilla. —Hasta puede que logre convencerte de que te gusta estar enamorada de mí.

En la cara de Tate apareció una sonrisa temblorosa.

—Y es probable que lo consigas. Ya estoy comenzando a inclinarme en esa dirección.

—Empezaré por decirte que lo que sentí por ti hace ocho años fue lo más importante de mi vida. Y que ni siquiera se acerca a lo que siento ahora por ti.

Tate estaba de nuevo al borde de las lágrimas y más desesperadamente enamorada de lo que jamás supuso posible.

—¿Por qué te llevó tanto tiempo decirme todo esto?

—Porque estaba seguro de que te reirías en mi cara. Por Dios, Tate, yo no te merecía entonces. Y tampoco ahora.

—Que no me merecías —repitió ella—. ¿En qué sentido?

—En todo sentido. Tú eres inteligente, tienes educación, una familia. —Frustrado al tratar de explicar cosas intangibles, se pasó la mano por el pelo. —Tienes, bueno... clase.

Ella permaneció un momento en silencio, asimilando sus palabras.

—¿Sabes, Matthew? Estoy demasiado cansada para enojarme contigo, incluso por algo que es pura ignorancia. No sabía que tú, nada menos que tú, tenías un problema de autoestima.

—No se trata de autoestima. —La sola idea lo hizo sentirse ridículo. —Son sólo los hechos. Yo soy un cazador de tesoros que la mayor parte del tiempo está en bancarrota. No tengo nada salvo un barco, y hasta eso es, en parte, de LaRue. Haré una fortuna en esta cacería y lo más probable es que me la gaste en el curso de un año.

Tate podría haber suspirado si no fuera que comenzaba a entender.

—Y yo soy una científica con un excelente currículum. No tengo un barco, pero sí un departamento que rara vez uso. Esta cacería me hará famosa y me propongo usar eso y mi parte de la fortuna para tener antecedentes incluso más importantes. De acuerdo con este resumen, todo parece indicar que tenemos muy poco en común y ninguna razón lógica para cultivar una relación duradera. ¿Igual quieres intentarlo?

—Se me ocurre lo siguiente —dijo él al cabo de un momento—. Tienes edad y viveza suficiente como para vivir con tus errores. De modo que, sí, quiero intentarlo.

—Yo también. En una época el amor que sentía por ti era ciego. Ahora te veo con mayor claridad y te amo también más. —Le tomó la cara con las manos. —Debemos de estar locos, Lassiter. Pero me siento bien.

Él giró la cabeza y apoyó los labios en la palma de la mano de Tate.

—Sí, nos sentimos bien. —No podía recordar cuándo había sido la última vez que experimentaba tanta felicidad. —Ya casi se me había pasado, Red. Casi.

—¿Casi?

—Pero no podía olvidar del todo tu olor.

Ella rió por lo bajo y se echó hacia atrás para poder verle la cara.

—¿Mi olor?

—Sí. Fresco, como el de una sirena. —Apoyó sus labios en los de Tate y se demoró en ellos. —Bauticé así mi barco por ti.

Su barco, pensó ella. El barco que él había construido con sus propias manos.

—Matthew, haces que la cabeza me dé vueltas. —Apoyó la cabeza en sus hombros. Pensó que esta vez navegarían hacia la puesta de sol. —Será mejor que salgamos a cubierta antes de que alguien venga a buscarnos. Tenemos algo que decirle al resto del equipo.

—Esa faceta tuya tan práctica. —Le pasó una mano por el pelo. —Y yo que pensaba llevarte a la cama.

—Ya lo sé. —El placer de saberse deseada hizo que un estremecimiento le recorriera el cuerpo. —Y es algo que yo también deseo. Pero por el momento... —Lo tomó de la mano y lo arrastró hacia la puerta. —Me encanta la forma en que le echaste llave —dijo y la abrió—. Una actitud muy de macho.

—¿Y eso te gusta?

—En dosis pequeñas y sabrosas. —Una vez afuera, enlazó el brazo con el suyo y los dos se acercaron a la barandilla. Alcanzaba a oír el sonido de la radio encendida en la cubierta del *Sirena* y el de los martillazos incansables de su madre. El compresor zumbaba y el aire estaba cargado con el olor a sulfuro de la excavación submarina.

—Para todos será una sorpresa y un sacudón cuando les muestres el amuleto.

—Cuando nosotros se los mostremos —la corrigió Matthew.

—No. Es tuyo. Yo no puedo explicar de forma racional lo que siento con respecto a él, Matthew —dijo ella por encima de la protesta de él—. Parece que empiezo a aceptar que todo este asunto no tiene nada de racional. Sentí el influjo de ese collar, algo así como la lujuria de poseerlo. Cuando más temprano lo tuve en las manos, de hecho pude ver, y con total intensidad, lo que podría traerme. Dinero, fortuna, fama y respeto. Poder. Me impresiona darme cuenta de que detrás de todos esos motivos positivos de educación y conocimiento, yo quiero esas cosas.

—De modo que eres humana.

—No. Fue muy fuerte el deseo de guardármelo, de utilizarlo para alcanzar mis propias metas.

—¿Y qué te detuvo? ¿Qué te hizo decidir entregarle el collar a VanDyke?

—Te amo —respondió con sencillez Tate—. Habría hecho cualquier cosa para protegerte. —Sonrió. —¿Te suena familiar?

—Lo que me parece es que es hora de que comencemos a confiar el uno en el otro. Subsiste el hecho de que fuiste tú la que encontró el amuleto.

—Tal vez estaba destinada a hallarlo para poder así dártelo.

—¿Estabas destinada? —Le tomó el mentón con la mano. —¿Esas palabras en labios de una científica?

—Una científica que sabe mucho de Shakespeare. "Hay más cosas en el cielo y la tierra..." —Sin dejar de mirarlo, Tate reprimió un estremecimiento. —Ahora está en tus manos, Matthew. Tú eres el que decide.

—Nada de... ¿si me amaras, tú...?

—Sé que me amas. Una mujer puede pasar toda la vida sin oír nunca las cosas que tú acabas de decirme. Por esa razón te casarás conmigo.

—¿Ah, sí?

—Ya lo creo que sí. Creo que no costará demasiado hacer los arreglos necesarios en Nevis. Estoy segura de que los dos preferiremos mantener las cosas sencillas. Podemos tener una pequeña ceremonia aquí, en el barco.

A Matthew se le hizo un nudo en el estómago.

—Parece que lo tienes todo muy bien planeado.

—Me paso la vida organizando cosas. —Le echó los brazos al cuello. —Te tengo justo donde quería. No te me escaparás de nuevo.

—Creo que si me pongo a discutir contigo perderé el tiempo.

—Por completo —dijo ella y casi ronroneó cuando él la rodeó con sus brazos—. Será mejor que te rindas ahora.

—Mi amor, agité la bandera blanca el minuto en que me derribaste de aquella hamaca y me hiciste caer de traste. —La sonrisa se desvaneció de los ojos de Matthew. —Tú eres mi buena suerte, Tate —murmuró—. No hay nada que no pueda hacer si estás conmigo.

Ella se instaló en los brazos de Matthew, cerró los ojos y trató de no pensar en el peso de la maldición que tenía en el bolsillo.

· · ·

En la tenue luz del atardecer, los equipos se reunieron en la cubierta del *Sirena*. Esas semanas de búsqueda de tesoros habían sido prósperas. En la generosa cubierta de proa, los objetos y trozos subidos del fondo estaban ya separados de los desechos y escombros. Había sextantes, octantes, servicios de mesa y un simple relicario de oro que contenía un mechón de pelo.

Tate trató de no pensar en el amuleto que todavía estaba en poder de Matthew y respondió, en cambio, preguntas sobre las dos estatuillas de porcelana que su padre examinaba en ese momento.

—Son de la dinastía Ching —dijo—. Se llaman Inmortales y describen figuras humanas virtuosas de la teología china. En total son ocho, y estas dos están maravillosamente intactas. Es posible que encontremos las otras seis, si el conjunto estaba completo. Pero no figuran en el manifiesto.

—¿Son valiosas? —Preguntó LaRue.

—Sí, muy valiosas. En mi opinión, es hora de que empecemos a pensar en transferir a un lugar más seguro las cosas de mayor valor y las frágiles. —En forma deliberada apartó la mirada de la de Matthew. —Y también creo que deberíamos convocar a por lo menos un arqueólogo más. Necesito corroboración y un lugar más amplio para completar un estudio adecuado. Y debemos comenzar a trabajar en la preservación del *Isabella* propiamente dicho.

—En cuanto nos movamos de aquí, VanDyke caerá encima de nosotros —objetó Buck.

—No si tomamos la precaución de notificar a las instituciones adecuadas. La Comisión de Arqueología Náutica de Inglaterra, y su contraparte en los Estados Unidos. En todo caso, procurar que esto quede entre nosotros es más peligroso que hacerlo público. Cuando quedemos registrados, será imposible que VanDyke o cualquier otra persona como él sabotee nuestra operación.

—No conoces a los piratas —dijo Buck—. Y el gobierno es el mayor pirata de todos.

—En este punto, coincido con Buck. —Ray frunció el entrecejo y observó las figuras chinas. —No discuto que tenemos la obligación de compartir lo que hemos encontrado, pero todavía no terminamos. Tenemos por delante semanas de excavación, quizá meses, antes de terminar aquí. Y todavía falta que hallemos la cosa más importante que vinimos a buscar.

—La Maldición de Angelique —dijo Buck en voz baja—. A lo mejor ese collar no quiere ser encontrado.

—Si está aquí —lo corrigió LaRue—, lo encontraremos.

—Creo que hay algo que a todos ustedes se les escapa —dijo Marla. Era tan poco frecuente que ella opinara sobre la política de la excavación, que todos callaron y la escucharon. —Sé que yo no buceo, no trabajo con el tubo de succión, pero sí entiendo lo que nos mueve a todos en este emprendimiento. Miren todo lo que hemos hecho y todo lo que ya encontramos. Una operación modesta con sólo dos equipos de buceo, que trabajan de modo frenético para mantenerlo todo en secreto. Sin embargo, lo que descubrimos se parece mucho a un milagro. Y hemos hecho responsable a Tate de cuidar de ese milagro. Y ahora que ella nos pide ayuda, nos preocupa la posibilidad de que alguien aparezca y se robe nuestro botín. Pues bien, nadie puede hacerlo —agregó—. Porque nosotros lo hicimos. Y si nos centramos tanto en una única pieza, ¿no perdemos de vista el todo? Es posible que la Maldición de Angelique sea lo que nos trajo aquí, pero no hace falta que encontremos ese amuleto para saber que hemos logrado algo increíble.

Con un suspiro, Ray le pasó un brazo por los hombros.

—Tienes razón. Por supuesto que tienes razón. Es tonto creer que no tuvimos éxito porque no encontramos el amuleto. Sin embargo, cada vez que me sumerjo y vuelvo sin él, tengo la sensación de haber fracasado. Incluso con todo esto.

Tate miró a Matthew antes de fijar la vista en su padre.

—Tú no fracasaste. Ninguno de nosotros fracasó.

Sin decir nada, Matthew se puso de pie. Sacó la cadena de oro de un bolsillo y la meció delante de todos. Por un instante, a Tate le pareció ver luz en su gema.

Ray se puso de pie con dificultad. Su visión pareció empañarse y fracturarse cuando extendió la mano para tocar el rubí del centro.

—Lo encontraste.

—Tate lo encontró. Esta mañana.

—Es un arma del demonio —susurró Buck y retrocedió un poco—. Te traerá sólo desgracias.

—Tal vez es un arma —dijo Matthew y miró a LaRue—. Y yo la usaré. Mi voto va a favor de Tate. Que hagamos los arreglos necesarios para transferir lo que tenemos. Y que ella pueda ponerse en contacto con sus pares.

—Para que tú puedas atraer a VanDyke —murmuró ella.

—VanDyke es un problema mío. Esto es lo que él quiere. —Matthew tomó el collar de las manos de Ray. —A él no le resultará fácil no pasar por mí para conseguirlo. Creo que quizá lo mejor sería suspender la operación por un tiempo. Tú, Marla y Tate podrían bajar a la isla.

—¿Y dejarte aquí para que lo enfrentes solo? —Tate echó la cabeza hacia atrás. —De ninguna manera, Lassiter. Sólo porque soy lo suficientemente estúpida como para querer casarme contigo no significa que dejaré que me apartes así como así.

—¿Ustedes se van a casar? —Marla se llevó una mano a los labios. —Oh, querida.

—Había pensado hacer el anuncio con un poco más de suavidad. —En los ojos de Tate apareció una expresión de fastidio. —Eres un pelmazo.

—Yo también te amo. —Matthew le pasó un brazo por la cintura mientras con la mano libre sostenía el amuleto. —Ella me lo propuso esta misma tarde —le explicó a Marla—. Y decidí aceptar porque significaba que en ese trato te recibía también a ti.

—Gracias a Dios que ustedes dos han recuperado la sensatez. —Con un sollozo, Marla abrazó a ambos. —Ray, nuestra bebita se casa.

Él palmeó a su esposa en el hombro.

—Supongo que ahora me toca a mí decir algo profundo. —Sintió una mezcla de pesar y alegría. Su pequeña era ahora la mujer de otro hombre, pensó. —No se me ocurre nada en absoluto.

—Si me perdonan —dijo LaRue—, creo que se impone una celebración.

—Por supuesto. —Marla se secó los ojos y dio un paso atrás. —Debería haberlo pensado.

—Permítanme. —LaRue fue a la cocina para sacar la botella de Fume Blanc que había escondido.

Una vez servidas las copas, realizados los brindis y secadas las lágrimas, Tate se dirigió a estribor para reunirse con Buck.

—Es una noche importante —murmuró ella.

—Sí —dijo él y levantó su vaso con *ginger ale*.

—Pensé... bueno, esperaba que te alegrarías por nosotros, Buck. Amo tanto a Matthew.

Él se movió.

—Supongo que sé que lo amas. Durante los últimos quince años me acostumbré a pensar en él como si me perteneciera por completo. Aunque no fui un padre sustituto demasiado bueno...

—Has sido maravilloso —lo interrumpió ella con vehemencia.

—Me equivoqué más de una vez, pero en general hice lo que me parecía mejor. Siempre supe que Matthew tenía un potencial especial. Mucho más que yo y que James. Yo jamás supe cómo hacer salir en él eso tan especial. Tú sí lo sabes —agregó y finalmente la miró.

"Él es mucho mejor hombre contigo de lo que lo sería sin ti. Con tu ayuda, se esforzará más en anular la mala suerte de los Lassiter. Tienes que hacer que se libre de ese maldito collar, Tate, antes de que se convierta en una maldición para la vida de ustedes. Antes de que VanDyke lo mate para conseguirlo.

—No puedo hacer eso, Buck. Si lo intentara, y él cambiara porque yo se lo pido, ¿qué le quedaría?

—No debería haberle hablado nunca del amuleto. Yo lo convencí de que podríamos hacer que la muerte de James tuviera sentido si lo encontrábamos. Fue una estupidez. Los muertos, muertos están.

—Matthew es su propio dueño, Buck. Lo que haga no debe ser por mí ni por ti ni por nadie. Es algo que debemos aceptar si lo amamos.

# Capítulo Veinticinco

Tate luchó por creer realmente en su consejo. Mientras Matthew dormía junto a ella en su cabina del *Sirena*, trató de apartar de su mente todo temor.

Él había dicho que era hora de que confiaran en forma total el uno en el otro. Tate sabía que la confianza podía ser un escudo tan grande como el amor. Se prometió que haría que ese escudo suyo fuera suficientemente fuerte como para protegerlos a los dos de todo.

Lo que sucediera, lo que él hiciera, lo enfrentarían juntos.

—Deja de preocuparte —murmuró Matthew y la acurrucó más contra su cuerpo.

Ese contacto la serenó.

—¿Quién dijo que estaba preocupada?

—Puedo sentirlo. —Para distraerla, deslizó un dedo por la cadera de Tate. —No haces más que lanzar una andanada de pequeños dardos de preocupación que no me dejan dormir. —La mano de él subió. —Y puesto que de todos modos estoy despierto... —Se subió sobre ella para llenarla de besos y de estremecimientos.

"La próxima vez que construya un barco haré que el camarote principal sea más grande.

Tate suspiró cuando los labios de Matthew fueron subiendo hasta su oreja.

—¿La próxima vez?

—Mmmm. Y haré que sea a prueba de ruidos.

Ella rió por lo bajo. Los ronquidos de Buck en el camarote contiguo golpeaban las paredes como truenos.

—Yo te ayudaré. ¿Cómo lo soporta LaRue?

—Dice que es como cuando un barco se mece con la corriente. Es algo que sencillamente está allí. —Matthew le rodeó un pecho con un dedo y observó la cara de Tate a la luz de la luna que se filtraba por la ventana abierta. —Cuando diseñé la parte habitacional no tenía una esposa en mente.

291

—Será mejor que ahora sí la tengas —le advirtió ella—. Y ésta. A mí me parece que la parte vivienda está muy bien. —Le pasó la lengua por la mandíbula. —En especial el camarote del capitán.

—Mira, si hubiera pensado que este asunto del compromiso facilitaría las cosas en este sentido, lo habría intentado antes. Esto es mejor que el piso del puente.

—Pero a mí me gustaron esas noches. No creas que esto del compromiso va a durar mucho —agregó Tate—. Mañana iremos a Nevis a iniciar los trámites de matrimonio.

—Dios, vaya si eres mandona.

—Sí, y te tengo a ti, Lassiter. —Lo rodeó con los brazos y lo apretó fuerte. —Realmente te tengo.

Se juró que nada, nada en absoluto, lo apartaría de ella.


—En cuanto termines, reúnete conmigo en la boutique. —Bajo el sol fuerte de la mañana, Marla se sacudió la arena de las sandalias al pasar de la playa al camino de piedras del hotel. Aunque se tratara de una boda sencilla e informal, iba a tomarse muy en serio las obligaciones propias de madre de la novia y madre sustituta del novio.

Tate suspiró.

—Supongo que es inútil repetirte que no necesito un vestido nuevo.

—Sí, es inútil por completo —contestó Marla, rebosando de alegría—. Te vamos a comprar un vestido de novia, Tate Beaumont. Si la boutique del hotel no tiene nada adecuado, iremos a St. Kitts. Y a ti, Matthew —le dio unas palmaditas suaves en la mejilla—, te vendrían bien un corte de pelo y un traje decente.

—Sí, señora.

Marla no le prestó atención y siguió sonriendo.

—Ahora se irán a ver al conserje. Estoy segura de que él los ayudará con los trámites. Matthew, por la tarde tú y yo veremos de conseguir un traje. Ah, y Tate, pregúntale con respecto al calzado.

—¿El calzado?

—Bueno, tendremos que comprar zapatos que hagan juego con tu vestido. —Y con una oleada de entusiasmo, se dirigió hacia los escalones que conducían a la boutique.

—Uf, ya se fue —dijo Tate en voz baja—. Gracias a Dios que vamos a hacer esto aquí y ahora. ¿Te imaginas los planes que tendría si nos casáramos en Hatteras? Despedidas de soltero, flores, servicio de lunch, torta de bodas. —Se estremeció. —Asesores de bodas.

—Suena bien.

—Lassiter. —Perpleja, Tate lo miró. —No me vas a decir que todo ese barullo y esa molestia te gustarían. Si mamá tuviera oportunidad, te metería dentro de un esmoquin o hasta en un frac. —Le dio una palmadita en el trasero. —Aunque en realidad, de etiqueta quedarías maravillosamente buen mozo.

—Creí que a las mujeres les gustaban las bodas despampanantes.

—No a las mujeres sensatas. —Divertida, se detuvo a mitad de camino en los escalones. —Matthew, ¿eso es lo que quieres? ¿Toda la pompa y las circunstancias?

—Mira, Red, te llevaré adonde quieras. Además, no veo qué tiene de malo un poco de elegancia. Un vestido nuevo, un corte de pelo.

Tate entrecerró los ojos.

—Ella te va a obligar a usar corbata, compañero.

Matthew casi no pudo reprimir una mueca.

—No es problema.

—Tienes razón. —Tate lanzó una risita y se apretó el estómago con una mano. —Bueno, mejor me sincero y lo admito. Estoy asustada.

—Bien —dijo él y le tomó la mano—. Entonces somos dos.

Juntos entraron en el lobby en busca del conserje.

Quince minutos más tarde volvieron a salir, un poco ofuscados.

—Va a ser muy sencillo —dijo Tate—. Documento de ciudadanía, firmar algunos papeles. —Se sopló el pelo de los ojos. —Creo que nos llevará dos o tres días.

—¿Susto?

—Un poco, pero lo puedo manejar. ¿Y tú?

—Yo jamás me echo atrás cuando empeño mi palabra. —Y, para demostrarlo, extendió los brazos y la alzó. —¿Serás la doctora Lassiter o la doctora Beaumont?

—Seré la doctora Beaumont y la señora Lassiter. ¿Te viene bien?

—Sí, muy bien. Bueno, supongo que debemos ir a la boutique.

—Puedo salvarte de eso —dijo Tate y le estampó un beso—. Si por casualidad encontramos allí un vestido, no te estará permitido verlo. Mamá tendrá un ataque si no mantenemos por lo menos una tradición.

—¿O sea que no necesito ir de compras?

—No tienes que ir de compras hasta que mamá te enganche. ¿Por qué no pasas por aquí dentro de media hora? Espera, olvidé que la que me acompañará será la compradora compulsiva Marla Beaumont. Danos una hora. Y puesto que me siento tan generosa en lo que a ti respecta, si mamá decide arrastrarme a St. Kitts, a la vuelta pasaremos por el barco y te dejaremos allí.

—Estoy en deuda contigo, Red.

—Ya me lo cobraré. Bájame.

Él le dio un último beso y después la apoyó en el suelo.

—Apuesto a que aquí tienen lencería.

—Apuesto a que sí. —Tate rió y le dio un empujón—. Te sorprenderé. Vete de una vez, Lassiter.

Sonriendo, ella lo observó desaparecer en el lobby. De pronto la idea de un vestido nuevo, algo vaporoso y romántico, no le pareció tan frívola. Algo que se vería realzado por un pequeño corazón de oro con una perla con forma de lágrima en la punta.

Lassiter —decidió—, voy a hacer que te caigas de traste.

Llena de entusiasmo, cruzó el patio. La mano que le sujetó el brazo la hizo reír.

—Matthew, realmente...

Las palabras y el aliento se le quedaron en la garganta al toparse con la cara lisa y bien parecida de Silas VanDyke.

Tontamente, pensó que él estaba igual que siempre. El paso del tiempo había sido generoso con él. Ese pelo grueso y brillante color peltre, esa cara elegante y esos ojos pálidos.

Su mano sobre el brazo de ella era tan suave como la de una criatura. Tate alcanzó a oler la colonia sutil y costosa que se había puesto sobre la piel.

—Señorita Beaumont, qué gusto encontrarla. Debo decir que los años la han tratado con extraordinaria generosidad.

Fue su voz, levemente europea, y su tono de fría satisfacción las que la hicieron retroceder.

—Suélteme.

—Con seguridad tiene un momento o dos para un viejo amigo, ¿no? —Sin abandonar su sonrisa benévola, la arrastró por el jardín.

Para tratar de apartar el temor de su mente, Tate se recordó que allí había docenas de personas: huéspedes, personal del hotel, comensales tempraneros que se encontraban en el restaurante junto a la piscina. Ella sólo tenía que gritar.

El hecho de darse cuenta de que tenía miedo, allí, bajo un sol radiante, la hizo clavar los talones.

—Bueno, sí, tengo un momento o dos para usted, VanDyke. De hecho, tendré todo gusto en que conversemos. —A solas con él, pensó ella, sin Matthew que la protegiera. —Pero si no me suelta ya mismo, empezaré a gritar.

—Sería una equivocación lamentable —dijo él—. Y usted es una mujer sensata. Lo sé.

—Siga toqueteándome y le mostraré lo sensata que soy. —Furiosa, con un sacudón liberó su brazo. —Soy lo bastante sensata como para saber que usted no me puede hacer nada en un lugar público como éste.

—¿Hacerle algo yo? —Puso cara de escandalizado y vagamente ofendido. Pero en el fondo no le hizo nada de gracia que ella lo desafiara. —Tate, querida mía, qué tonterías dice. Yo no soñaría con hacerle algo. Simplemente la invito a venir a mi yate y pasar allí una o dos horas.

—Usted debe de estar loco.

Los dedos de él se cerraron con tanta rapidez, en forma tan dolorosa sobre su brazo, que Tate se sintió demasiado sorprendida para gritar.

—Tenga cuidado. No me gustan nada los malos modales. —En su cara volvió a aparecer una sonrisa. —Intentémoslo de nuevo, ¿no le parece? Me gustaría que me acompañara en una visita corta y cordial. Si se niega o si insiste en hacer una escena en, como dice usted, un lugar público, su novio lo pagará.

—Mi novio le aplastará la cara contra el pavimento, VanDyke, a menos que yo lo haga primero.

—Es una lástima que los buenos modales y la educación de su madre se hayan salteado una generación. —Suspiró, se le acercó más y mantuvo apretados los dientes para controlar su voz. —Mientras hablamos, tengo a dos hombres vigilando a su Matthew. No le harán nada a menos que usted me obligue a hacerles una señal para que actúen. Le prevengo que son hombres muy hábiles y bastante discretos.

Tate palideció.

—No creo que pueda hacerlo matar en el lobby del hotel. —Pero VanDyke había plantado la semilla del terror, y comenzaba a dar sus frutos.

—Bueno, puede correr ese riesgo. Ah, ¿y acaso no era su madre la que estaba en la boutique? Ha elegido varias prendas preciosas para usted.

Atontada por el miedo, Tate levantó la vista. Observó las puertas de vidrio y las ventanas de la tienda que reflejaban los rayos del sol. Y también vio al hombre de hombros anchos, prolijamente vestido, apostado afuera, que inclinó la cabeza con lentitud.

—No la lastime. No tiene ninguna razón para hacerlo.

—Si usted hace lo que le digo, no tengo motivos para lastimar a nadie. ¿Vamos? Le di instrucciones a mi chef de que preparara un almuerzo muy especial, y ahora tengo con quién compartirlo. —Con gesto galante, le tomó el codo con la mano y la condujo al muelle. —El viaje será muy corto —le aseguró—. Tengo el barco anclado apenas al oeste de los de ustedes.

—¿Cómo lo supo?

—Querida mía. —Muy elegante con su traje blanco y su panamá, y complacido por su victoria, VanDyke rió por lo bajo. —Qué ingenua es si creyó que yo no lo sabría.

Tate logró liberar el brazo y echó un breve vistazo hacia el hotel antes de bajar a la lancha que los aguardaba.

—Si usted los lastima, si aunque sea los toca, yo personalmente lo mataré.

Y mientras la lancha hendía las aguas, Tate pensó en las maneras en que lo haría.

En la boutique, Marla suspiró. Después de pedirle a la empleada que apartara las prendas que había elegido, salió a tratar de encontrar a su hija. Buscó en los restaurantes y en los salones, y recorrió con la vista la playa y la piscina. Un poco fastidiada, recorrió la tienda de regalos y volvió a la boutique.

Como no vio señales de Tate, volvió al lobby con la intención de pedirle al conserje que la hiciera llamar por los altoparlantes.

En ese momento vio que Matthew se apeaba de un taxi.

—Matthew, por el amor de Dios, ¿dónde has estado?

—Haciendo algo de lo que tenía que ocuparme. —Se palmeó el bolsillo donde llevaba doblado el contrato que acababa de firmar. —Bueno, sólo estoy un poco retrasado.

—¿Retrasado para qué?

—Con Tate combinamos encontrarnos aquí después de una hora. —Consultó su reloj. —Pasó un poquito más de una hora. ¿Y? ¿La convenciste de que se comprara un vestido o todavía lo están discutiendo?

—Yo no he visto a Tate —dijo Marla. Estaba malhumorada y frustrada. —Creí que estaba contigo.

—No, nos separamos. Ella iba a reunirse contigo. —Se encogió de hombros. —Estuvimos hablando de diferentes clases de bodas, con flores y esas cosas.

—El salón de belleza —dijo de pronto Marla, inspirada—. Lo más probable es que esté allí pidiendo turno para peinarse y hacerse pintar las uñas y todo eso.

—¿Tate?

—Es su boda. —Desconcertada por la indiferencia de la juventud para con esas cosas, sacudió la cabeza. —Toda mujer quiere lucir lo mejor posible como novia. Seguro que ella está allá viendo fotografías de diferentes estilos de peinado.

—Si tú lo dices. —La idea de que Tate si hiciera pintar y lustrar para él lo hizo sonreír. Era algo que tenía que ver. —Vayamos a sacarla de allá.

—Le cantaré cuatro frescas —farfulló Marla—. Comenzaba a preocuparme.


—¿Champaña? —VanDyke levantó una copa de la bandeja que su criado había colocado junto a un par de sillones color azul pavo real.

—No.

—Creo que estará de acuerdo en que prepara el paladar para el plato de langosta que tendremos para el almuerzo.

—No me interesan la champaña, la langosta ni su cortesía.

Sin hacer caso del miedo que sentía, Tate se rodeó los hombros con los brazos. Si sus cálculos eran correctos, se encontraban a alrededor de un kilómetro y medio al oeste del *Sirena*. Si fuera necesario, podría nadar hasta allá.

—Lo que me interesa es saber por qué me secuestró.

—Qué palabra tan dura. —VanDyke probó la champaña y la encontró a la temperatura perfecta. —Por favor, tome asiento. —Su mirada se volvió helada cuando ella permaneció de pie junto a la barandilla. —Siéntese —repitió él—. Tenemos negocios que tratar.

La valentía era una cosa. Pero cuando esos ojos la miraron con la misma expresión que los de un tiburón, a Tate le pareció más prudente obedecer. Así que se sentó muy derecha y se obligó a aceptar la segunda copa que él le ofrecía.

Se dio cuenta de que se había equivocado. VanDyke estaba cambiado. El hombre al que se había enfrentado ocho años antes parecía cuerdo. En cambio éste...

—Brindemos. ¿Por el destino, quizá?

Tate tuvo ganas de arrojarle a la cara el contenido de la copa. Pero comprendió que esa pequeña satisfacción le habría costado muy cara.

—¿El destino? —La complació comprobar que su propia voz podía ser calma y pareja. —Sí, podría brindar por eso.

Más distendido, VanDyke se echó hacia atrás en su asiento y sostuvo la copa por el pie.

—Qué agradable tenerla de nuevo en mi barco. ¿Sabe, Tate? Me hizo una impresión muy favorable en nuestro último encuentro. Y he disfrutado mucho al observar sus progresos profesionales a lo largo de estos años.

—Si yo hubiera sabido que usted tenía algo que ver con la última expedición del *Nomad*, jamás habría participado en ella.

—Qué tontería. —Cruzó los tobillos para disfrutar mejor del vino y la compañía. —Sin duda sabe que yo he financiado a una serie de científicos, laboratorios y expediciones. Sin mi respaldo, infinidad de proyectos jamás se habrían podido cristalizar. Y las obras de caridad que apoyo son causas valiosas. —Hizo una pausa para beber otro sorbo. —¿Usted negaría esas causas, Tate, tanto de caridad como científicas, porque desaprueba el origen del dinero que las financia?

Ella inclinó su copa y también bebió un sorbo de champaña.

—Cuando el origen, vale decir, la persona que pone el dinero, es un asesino, un ladrón, un hombre sin conciencia ni moral, sí.

—Por fortuna son pocos los que comparten con usted esa opinión sobre mi persona o su concepto algo ingenuo de la ética. Me decepciona, Tate —dijo en un tono que hizo que a ella se le acelerara el pulso. —Usted me traicionó. Y me ha costado mucho. —Con aire ausente, levantó la vista cuando apareció un criado. —El almuerzo está servido, le dijo VanDyke a Tate. —Pensé que le gustaría cenar al aire libre.

Se puso de pie y le ofreció una mano que Tate no tomó.

—No ponga a prueba mi paciencia, Tate. Las rebeliones pequeñas me irritan. —Y lo demostró al cerrar la mano con fuerza alrededor de su muñeca. —Ya me ha causado una decepción profunda —prosiguió mientras ella luchaba por librarse—. Pero espero que considere que ésta es la última oportunidad que le doy de redimirse.

—Sáqueme las manos de encima —dijo ella, con furia. Tenía el puño cerrado y listo para dar el golpe cuando él le tomó la trenza y tiró de ella con suficiente fuerza como para hacerla ver las estrellas. Cuando su cuerpo quedó contra el de VanDyke, Tate descubrió que esa ropa elegante ocultaba un cuerpo firme y fuerte.

—Si piensa que tengo algún problema en golpear a una mujer, se equivoca. —Los ojos de él brillaban cuando la arrojó de modo grosero a una silla. Se inclinó sobre ella y le dijo: —Si yo no fuera un hombre razonable y civilizado, si lo olvidara, le quebraría los huesos, uno por uno.

De pronto, la expresión de sus ojos cambió, y esa furia se transformó en una sonrisa finita.

—Están quienes creen que los castigos corporales son algo imprudente, incluso poco civilizado. —Se puso a juguetear con sus solapas y después se sentó y le hizo señas al criado de que se llevara la botella y las copas. —Sin embargo, yo disiento. Soy un firme convencido de que el dolor y el castigo son un medio muy eficaz para inculcar disciplina. Y, por cierto, respeto. Yo exijo respeto. Me lo he ganado. Pruebe una de estas aceitunas, querida. —De nuevo el perfecto anfitrión, le ofreció una fuente de cristal—. Son de uno de mis huertos de Grecia.

Porque las manos le temblaban tanto, Tate las mantuvo entrelazadas debajo de la mesa. ¿Qué clase de hombre era ése, que amenazaba con infligirle un dolor físico y al momento siguiente le ofrecía manjares exóticos? Tenía que estar loco.

—¿Qué es lo que quiere?

—En primer lugar, compartir una comida agradable en un lugar espléndido y con una mujer atractiva. —Enarcó las cejas cuando ella palideció. —No se inquiete, mi querida Tate. Mis sentimientos hacia usted son demasiado paternales como para que yo tenga intenciones de tipo erótico. Su honra está más que a salvo.

—¿Debo sentirme aliviada porque no se propone violarme?

—Otra palabra muy fea. —Un poco fastidiado por el hecho de que ella la hubiera pronunciado, se sirvió de la fuente con las aceitunas y el antipasto. —En mi opinión, un hombre que abusa sexualmente de una mujer no tiene nada de hombre. Uno de mis ejecutivos de Nueva York intimidó y obligó a su asistente a tener relaciones sexuales con él, y la mujer tuvo que ser internada en un hospital cuando él terminó con ella.

VanDyke cortó un trozo de jamón crudo.

—Ordené que lo despidieran... después de hacerlo castrar. —Con una servilleta de hilo color celeste se secó con delicadeza la boca. —Me gusta pensar que ella me lo habría agradecido. Por favor, pruebe la langosta. Le garantizo que está exquisita.

—No tengo mucho apetito. —Tate apartó su plato en un gesto que, sabía, era un desafío tonto. —Usted me trajo aquí, VanDyke, y es evidente que puede mantenerme aquí prisionera. Al menos hasta que Matthew y mi familia empiecen a buscarme. —Levantó el mentón y lo miró a los ojos. —¿Por qué no me dice qué quiere de mí?

—Tendremos que hablar sobre Matthew —dijo él—, pero eso puede esperar. Quiero lo que siempre quise. Lo que me pertenece. La Maldición de Angelique.

• • •

Marla se sentía muy preocupada mientras se paseaba por el lobby del hotel. Por mucho que se dijera que Tate no podía haberse hecho humo, estaba aterrada. Observó a la gente que iba y venía, al personal que pasaba deprisa para ocuparse de sus tareas, a los huéspedes que caminaban de la piscina al salón y, de allí, al jardín.

Oyó risas, las salpicaduras de agua de los chicos que nadaban, el zumbido de la licuadora que preparaba bebidas heladas para los que aguardaban en el bar.

Ella y Matthew se habían separado; ella, para preguntar por Tate en el mostrador de recepción del hotel, para interrogar a los porteros, los choferes de taxi, cualquiera que pudiera haber visto a su hija abandonar el hotel; él, para buscarla en la playa y en el muelle.

Cuando Marla vio que Matthew caminaba hacia ella, su corazón dejó de latir por un instante. Sólo cuando comprobó que estaba solo y vio la expresión sombría de su rostro, su abatimiento fue total.

—Tate.

—Varias personas la vieron. Parece que se encontró con alguien y se fue con él en una lancha.

—¿Se fue? ¿Con quién se encontró? ¿Estás seguro de que era ella?

—Era ella. —Matthew pudo controlar con facilidad el pánico que sentía, pero no así la necesidad imperiosa de matar. —La descripción que me dieron de ese individuo correspondía a VanDyke.

—No. —Marla extendió una mano para aferrarse del brazo de Matthew. —Ella jamás se habría ido con él.

—No lo habría hecho a menos que él no le diera ninguna opción.

—La policía —dijo ella con un hilo de voz—. Tenemos que llamar a la policía.

—¿Y decirles que Tate abandonó la isla, sin ofrecer resistencia, con el hombre que financió su último proyecto? —Matthew sacudió la cabeza. —Además, no sabemos a cuáles policías tiene sobornados. Lo haremos a mi modo.

—Matthew, si él llega a lastimarla...

—No lo hará. —Pero los dos sabían que lo había dicho sólo para calmarla. —Él no tiene motivos para hacerlo. Volvamos. Apuesto a que no está muy lejos del lugar donde estamos anclados.

Él no lo sabe. La mente de Tate era un torbellino de posibilidades. VanDyke supo dónde encontrarlos. De alguna manera estaba enterado de lo que estaban haciendo. Pero no sabía lo que habían encontrado. Para ganar tiempo, tomó de nuevo su copa.

—¿Cree que, si tuviera ese collar, se lo daría?

—Bueno, lo que creo es que, cuando lo tenga, me lo dará para salvar a Matthew y a los otros. Es hora de que trabajemos juntos, Tate, como hace tiempo que vengo planeando.

—¿Usted planea eso?

—Sí. Aunque no exactamente como lo esperaba. Estoy dispuesto a pasar por alto sus equivocaciones. Incluso estoy dispuesto a permitir que usted y su equipo cosechen las recompensas del *Isabella*. Lo único que yo quiero es el amuleto.

—¿Lo tomaría y se mandaría a mudar? ¿Qué seguridad tenemos de que lo hará?

—Mi palabra, por supuesto.

—Su palabra significa menos que nada para mí. —En forma involuntaria lanzó un gemido cuando él le clavó los dedos en la mano.

—No tolero los insultos. —Cuando él la soltó, la mano le quedó latiendo como una muela infectada. —La palabra de un hombre es sagrada, Tate —dijo con voz calma—. Mi propuesta sigue en pie. Lo único que quiero de usted es el amuleto. A cambio, tendrá la fama y la fortuna que viene con el *Isabella*. Se hará un nombre. Hasta estoy dispuesto a ayudarla en ese sentido en los lugares en los que tengo influencia.

—Yo no quiero su influencia.

—Durante los últimos ocho años usted se benefició con ella. Pero, bueno, lo hice por mi propio placer. Sin embargo, duele recibir ingratitud a cambio de tanta generosidad. —Su rostro se ensombreció. —Sé que es culpa de Lassiter. Se dará cuenta que al tomar partido por él disminuyen sus propias expectativas, sus oportunidades, tanto sociales como profesionales. Un hombre como él jamás representará una ventaja para usted en ningún nivel.

—Un hombre como Matthew Lassiter hace que usted parezca una criatura. Una criatura malcriada y malévola. —Los ojos de Tate se llenaron de lágrimas y su cabeza cayó hacia atrás cuando la mano de VanDyke la abofeteó en la mejilla.

—Se lo previne. —Furioso, apartó su plato con tanta fuerza que salió volando de la mesa y se hizo trizas en cubierta. —No toleraré la falta de respeto. Porque admiro su coraje y su inteligencia, me he mostrado indulgente con usted, pero cuide mucho su lengua.

—Lo desprecio —dijo Tate y se preparó para recibir otro golpe—. Si llego a encontrar el amuleto, lo destruiré antes de dárselo.

Lo vio quebrarse. Vio cómo le temblaban las manos cuando se puso de pie. Había homicidio en sus ojos. Más que eso: había una suerte de terrible deleite. Tate sabía que él la lastimaría y que lo disfrutaría.

Su instinto de supervivencia pudo más que su miedo. Tate se puso de pie de un salto y saltó hacia atrás cuando VanDyke trató de agarrarla. Sin detenerse, corrió hacia la barandilla. El agua representaba para Tate la seguridad. El mar la salvaría. Pero cuando estaba por zambullirse, él la arrastró hacia atrás.

Ella pateó, gritó, luchó por encontrar carne donde clavar los dientes. El criado la sujetó por los brazos y se los tiró hacia atrás hasta que su visión se nubló.

—Déjamela a mí.

Como desde lejos, oyó la voz de VanDyke mientras caía sobre cubierta.

—No es tan sensata como yo esperaba. —Todavía embargado por la furia, él la aferró por el brazo lastimado y la obligó a ponerse de pie. El dolor estuvo a punto de hacerla llorar. —Depositó su lealtad en la persona equivocada, Tate. Tendré que enseñarle...

Calló al oír el rugido de un motor. Al oírlo, Tate giró la cara hacia ese ruido.

Matthew.

El terror y el dolor fueron más fuertes que el orgullo. Se echó a llorar cuando VanDyke la dejó caer por segunda vez sobre la cubierta.

Él había ido a rescatarla. Matthew se la llevaría de allí y ella ya no tendría más miedo.

—Una vez más —dijo VanDyke—, llegas tarde.

—No fue tan sencillo irme. —LaRue aterrizó en cubierta. Miró un momento a Tate antes de buscar su bolsa con el tabaco. —Veo que tiene una pasajera.

—Sí, la fortuna me ha sonreído —dijo VanDyke y se sentó. Tomó una servilleta para secarse la cara cubierta de sudor. —Estaba haciendo algunas diligencias en la isla cuando tuve la suerte de tropezar con la encantadora señorita Beaumont.

LaRue chasqueó la lengua y se sirvió la champaña de Tate.

—Tiene una marca en la cara. No apruebo que se trate a una mujer con rudeza.

VanDyke le mostró los dientes.

—No te pago para que apruebes mi conducta.

—Tal vez no. —LaRue decidió postergar el armado de su cigarrillo y disfrutar del antipasto. —Cuando Matthew descubra que usted la tiene prisionera, vendrá por ella.

—Desde luego. —Eso completaría todo. O casi todo. —¿Viniste sólo para decirme lo que ya sé?

—LaRue. —Temblando, Tate luchó para ponerse de rodillas. —Matthew. ¿Dónde está Matthew?

—Supongo que navegando a toda velocidad desde Nevis para buscarla.

—Pero... —Sacudió la cabeza para despejársela. —¿Qué hace usted aquí? —Con lentitud su mente comenzó a registrar el hecho de que él hubiera venido solo y de que en ese momento se encontraba sentado a la mesa, comiendo.

Él sonrió al advertir por su mirada que comenzaba a comprender.

—Parece que comienza a aclarar el día.

—De modo que trabaja para él. Matthew confiaba en usted. Todos confiábamos en usted.

—No podría haber seguido adelante si ustedes no lo hacían.

Ella se secó las lágrimas de las mejillas.

—¿Fue por dinero? ¿Traicionó a Matthew por dinero?

—Le tengo mucho cariño al dinero. —LaRue giró y se puso una aceituna en la boca. —Y, hablando de ese cariño, necesito otra remesa.

—LaRue, me estoy cansando de tus constantes exigencias. —VanDyke levantó un dedo. En respuesta, el criado se acercó, abrió su chaqueta blanca prolijamente planchada y extrajo una pistola .32. —Yo podría redimirme a los ojos de Tate haciendo que te dispararan en varios lugares muy dolorosos y después te arrojaran por la borda. Tengo entendido que los tiburones sienten gran atracción por ti.

Con los labios apretados, LaRue eligió un pimiento.

—Si me mata, sus esperanzas de apoderarse de la Maldición de Angelique morirán conmigo.

VanDyke apretó los puños hasta calmarse un poco. Otra rápida señal suya hizo que la pistola .32 volviera a desaparecer dentro del saco.

—También me cansa que revolees el amuleto bajo mi nariz.

—Doscientos cincuenta mil dólares norteamericanos —comenzó a decir LaRue y cerró por un instante los ojos para saborear el gusto dulzón y picante del pimiento— y el amuleto es suyo.

—Hijo de puta —susurró Tate—. Espero que VanDyke lo mate.

—Negocios son negocios —dijo LaRue y se encogió de hombros—. Veo que ella todavía no le habló de nuestro golpe de suerte, *mon ami*. Tenemos la Maldición de Angelique. Por un cuarto de millón me ocuparé de que mañana, al anochecer, llegue sin problemas a sus manos.

# Capítulo Veintiséis

La Maldición de Angelique refulgía en las manos de Matthew. Él se encontraba de pie en el puente del *Sirena*, sus dedos cerrados con fuerza alrededor de la cadena. Los rayos de sol se derramaban sobre el rubí, provocaban destellos en los diamantes, brillaban en el oro. Allí estaba el tesoro de toda una vida, la fortuna y la fama con forma de metal y piedras preciosas.

Allí estaba la desdicha.

Todas las personas que él amaba habían sido heridas por ese amuleto. Al tenerlo en las manos le parecía ver el cuerpo sin vida de su padre sobre la cubierta de un barco. La cara, tan parecida a la suya, incolora en la muerte.

Alcanzaba a ver a Buck en las fauces de un tiburón, mientras el agua se teñía de sangre.

Alcanzaba a ver a Tate que, con lágrimas en los ojos, le ofrecía el amuleto y, con él, la opción de salvarse o destruirse.

Pero ahora ya no la veía. No podía saber adónde la habían llevado ni qué le habían hecho. Lo único que sí sabía era que haría cualquier cosa, daría cualquier cosa con tal de tenerla de vuelta junto a él.

El maldito collar le pesaba como plomo en las manos y se burlaba de él con su belleza.

Con los ojos en llamas, giró cuando Buck subió al puente.

—Todavía ni rastros de LaRue. —Al ver el amuleto, Buck dio un paso atrás.

Matthew lanzó una imprecación y dejó el collar sobre la mesa de cartas de navegación.

—Entonces nos moveremos sin él. No podemos esperar.

—¿Movernos hacia dónde? ¿Qué demonios vamos a hacer? En esto yo coincido con Ray y Marla, Matthew. Debemos llamar a la policía.

—¿La policía sirvió de algo la última vez?

—Esto no es piratería, muchacho. Se trata de un secuestro.

—En una oportunidad también fue homicidio —dijo Matthew con frialdad—. Él la tiene en su poder, Buck. —Se recostó contra la mesa y luchó contra esa impotencia que le era tan familiar. —Frente a decenas de personas, él se la llevó.

—Estoy seguro de que la cambiaría por eso que tienes en la mano. —Buck se pasó la lengua por los labios y se obligó a mirar el collar. —Como un rescate.

¿Acaso él no había estado esperando, rogando junto a la radio, que VanDyke se pusiera en contacto?, pensó Matthew.

—No puedo darme el lujo de contar con ello. No puedo darme el lujo de seguir esperando.

Tomó los binoculares y se los arrojó a Buck.

—Observa hacia el oeste.

Buck dio un paso hacia adelante, levantó los binoculares y paseó la vista por el mar. Centró su atención en el yate, que era poco más que un reflejo blanquecino. —Está a alrededor de un kilómetro y medio de aquí —murmuró—. Podría ser él.

—Es él.

—Entonces te está aguardando. Espera que vayas tras ella.

—Así que no debería decepcionarlo, ¿no te parece?

—Te matará. —Resignado ahora, Buck apartó los binoculares. —Podrías entregarle esa maldita cosa envuelta y con un moño y él igual te mataría. Como mató a James.

—No pienso entregarle el collar —le retrucó Matthew—. Y él no matará a nadie. —Impaciente, tomó los binoculares y escrutó el mar en busca de LaRue. El tiempo se había acabado.

—Te necesito, Buck —dijo y bajó los binoculares—. Necesito que pilotees.

El terror y el dolor ya no eran importantes. Tate observó a LaRue comer con voracidad mientras traicionaba a sus socios. Tate ya no pensaba en escapar cuando se puso de pie y se le abalanzó.

El ataque fue tan inesperado y su presa, tan complaciente, que pudo derribarlo de la silla. Le clavó las uñas en la mejilla y se la hizo sangrar antes de que él pudiera detenerla.

—Eres incluso peor que él —le espetó Tate mientras forcejeaba para tratar de soltarse—. Él está loco pero tú me das asco. Si VanDyke no te mata, Matthew lo hará. Y espero poder verlo.

Divertido por ese despliegue de valentía, VanDyke bebió un sorbo de champaña. Dejó que la pelea continuara y disfrutó con los gruñidos que LaRue lanzaba mientras luchaba por controlar a Tate. Entonces, con un suspiro, le hizo señas al criado. No podía permitir que LaRue quedara demasiado lastimado. No todavía.

—Muéstrale a la señorita Beaumont su camarote —le ordenó—. Y procura que nadie la moleste. —Sonrió cuando su hombre tiró de Tate y la puso de pie. Ella pateó, maldijo y luchó, pero cayó derrotada frente a cincuenta kilos de músculos sólidos. —Creo que debería descansar un poco, querida mía, mientras LaRue y yo terminamos con nuestro negocio. Estoy seguro de que las comodidades que le ofrezco le resultarán más que satisfactorias.

—Espero que se quemen en el infierno —gritó ella mientras el criado la arrastraba—. Los dos.

VanDyke exprimió un gajo de limón sobre la langosta.

—Una mujer admirable que no se amilana con facilidad. Una lástima que haya volcado sus lealtades donde no debe. Yo podría haber hecho grandes cosas con ella. Y también por ella. Ahora, en cambio, no es más que una carnada.

LaRue se limpió con la mano la sangre que tenía en la mejilla. Los arañazos que Tate le había infligido le ardían como fuego. Y, aunque VanDyke frunció el entrecejo por el disgusto, LaRue utilizó la servilleta de hilo para secarse la sangre.

—Después del dinero, el amor es la motivación más poderosa. —Más sacudido de lo que deseaba reconocer, LaRue se llenó la copa de champaña y apuró su contenido.

—Antes de que nos interrumpieran me hablabas de la Maldición de Angelique.

—Sí. —Con disimulo, LaRue se frotó las costillas, allí donde Tate le había clavado el codo. Estaba seguro de que le quedaría un moretón. —Y también hablábamos de doscientos cincuenta mil dólares. Norteamericanos.

El dinero no era nada. Había gastado cien veces esa cantidad en la búsqueda de ese collar. Pero le hacía hervir la sangre la sola idea de pagársela.

—¿Qué prueba hay de que tienes el amuleto?

Con una mueca en los labios, LaRue se llevó una mano a la mejilla.

—Vamos, *mon ami*. Tate lo encontró apenas ayer y, movida por el amor, se lo dio a Matthew. —Para calmar sus nervios, LaRue comenzó a armarse un cigarrillo. —Es un collar magnífico, más de lo que usted me había hecho creer. La gema del centro... —LaRue trazó un círculo con el pulgar y el índice para indicar su tamaño. —Roja como la sangre, y los diamantes que la rodean parecen lágrimas congeladas. La cadena es pesada pero está labrada con delicadeza, como las palabras que tiene grabadas la alhaja.

Encendió un fósforo, lo rodeó con las manos para proteger la llama del viento y encendió el cigarrillo.

—Se siente el poder que emana de ese amuleto. Parece pulsar contra los dedos.

Los ojos de VanDyke se pusieron vidriosos y la boca se le secó.

—¿Lo tocaste?

—*Bien sur*. ¿Confía en mí, entonces? —Dejó escapar una nube leve de humo. —Verá, Matthew lo tiene bien guardado, pero conmigo no se cuida. Somos compañeros del barco, socios, amigos. Yo puedo conseguirle ese collar, una vez que esté seguro de tener el dinero.

—Tendrás tu dinero. —La necesidad hacía que a VanDyke le temblaran las manos. Su rostro estaba blanco e inmóvil cuando se inclinó hacia adelante. —Y esta promesa, LaRue. Si me traicionas, si tratas de sacarme más dinero o si fracasas, no habrá lugar en el mundo donde puedas esconderte sin que yo te encuentre. Y, cuando lo haga, rogarás que te mate.

LaRue aspiró más humo y sonrió.

—Es difícil asustar a un hombre rico. Y rico es lo que seré. Usted tendrá su maldición, *mon ami*, y yo, mi dinero. —Antes de que LaRue pudiera incorporarse, VanDyke levantó una mano.

—Todavía no hemos terminado. Un cuarto de millón es mucho dinero.

—Es apenas una fracción de lo que vale —le señaló LaRue—. ¿Me va a regatear ahora, cuando prácticamente lo tiene en las manos?

—Duplicaré esa cifra. —Complacido al ver la forma en que LaRue abría los ojos de par en par, VanDyke se recostó hacia atrás. —Por el amuleto y por Matthew Lassiter.

—¿Quiere que se lo traiga? —Con una carcajada, LaRue sacudió la cabeza. —Ni su precioso amuleto podría protegerlo a usted de él. Matthew se propone matarlo. —Hizo un gesto hacia donde habían llevado a Tate. —Y usted ya tiene el arma para hacerlo venir.

—Yo no quiero que lo traigas aquí. —VanDyke comprendió que ése era un placer del que tendría que prescindir. El hecho de que fuera capaz de hacer pesar más lo práctico que lo emocional en su elección demostraba que seguía en control de su destino. Negocios —pensó— son negocios. —Quiero que lo liquides. Esta noche.

—Asesinato —dijo LaRue—. Qué interesante.

—Un accidente en el mar sería lo apropiado.

—¿Usted cree que él bucea cuando Tate ha desaparecido? Me parece que subestima lo que él siente por ella.

—En absoluto. Pero los sentimientos hacen que un hombre sea descuidado. Sería una lástima que algo le pasara a su barco, cuando él y el borracho de su tío se encuentran a bordo. Un incendio, quizá. Una explosión... trágica y letal. Por un cuarto de millón adicional estoy seguro de que serás muy creativo.

—Tengo fama de ser rápido de mente. Quiero que los primeros doscientos cincuenta mil sean depositados esta tarde. No haré nada hasta tener certeza en ese sentido.

—De acuerdo. Cuando yo vea destruido el *Sirena*, depositaré la otra mitad. Hazlo hoy mismo, LaRue, a medianoche. Y después tráeme el amuleto.

—Transfiérame el dinero.

Pasaron las horas. Tate resistió el inútil impulso de gritar y de estrellar los puños contra la puerta para conseguir que la soltaran. Allí estaba esa ventana amplia y hermosa con una vista espectacular al mar y al sol que se hundía en el horizonte. La silla que había arrojado contra ella rebotó contra el vidrio sin siquiera dejarle un rasguño.

Había tironeado de la ventana y hecho fuerza hasta que el dolor de los brazos se volvió insoportable. Pero la ventana no cedió, y tampoco ella.

Se paseó por el camarote, maldijo, planeó una venganza y escuchó con desesperación, alerta a cualquier crujido y pisada.

Pero Matthew no apareció.

En los cuentos de hadas, los héroes rescatan a las damiselas en peligro, se recordó. Y maldito si quería ser una damisela plañidera. De alguna manera saldría de allí.

Pasó casi una hora revisando cada centímetro del camarote. Era grande y hermoso, decorado en colores pastel fríos debajo de un cielo raso de madera color oro pálido. Sus pies se hundían en una alfombra color marfil y pasó las manos por las paredes laqueadas color malva con chambranas de tono verde mar.

En el armario encontró una bata larga de seda con un diseño de coloridas rosas bien abiertas y un camisón haciendo juego. Una chaqueta de hilo, un mantón con lentejuelas y un abrigo negro de vestir para esas noches frescas con viento. Un sencillo vestido negro de cóctel y un surtido de ropa deportiva completaban el inventario.

Tate apartó la ropa y examinó cada milímetro de la pared del ropero.

Era tan sólida como el resto del camarote.

Por lo visto, VanDyke no había escatimado ninguna comodidad. La cama era de dos plazas y estaba cubierta de almohadas de satén. Una serie de revistas de papel ilustración formaban un abanico sobre la mesa baja que había en el sector de estar. Debajo del televisor y la casetera había un surtido de las películas y vídeos más recientes. Una pequeña heladera tenía gaseosas, botellas pequeñas de vino y champaña, chocolates y bocadillos.

En el cuarto de baño había una bañera enorme de tono malva con hidromasaje, un lavatorio con forma de concha y apliques de bronce alrededor de un espejo generoso. En los estantes color verde claro había una variedad de costosas cremas, lociones y aceites para baño.

La búsqueda de Tate por algún arma chapucera sólo tuvo como fruto un neceser de cuero con artículos de primera necesidad para viajes.

Había toallones, pantuflas, una bata de toalla y jabones con forma de estrellas de mar, conchas e hipocampos.

Pero el perchero de bronce que ella pensó podía usarse como un buen garrote estaba firmemente abulonado.

Desesperada, corrió de vuelta al dormitorio. Revisó el elegante escritorio y sólo encontró papel para escribir color crema, sobres y hasta estampillas. Furiosa, pensó que VanDyke era el anfitrión perfecto y después cerró los dedos alrededor de una delgada lapicera de oro.

Se preguntó cuánto daño podría infligir con la punta de un bolígrafo de marca. Un buen puntazo en un ojo... la sola idea la estremeció, pero se puso la lapicera en el bolsillo de los pantalones.

Se dejó caer en un sillón. El agua estaba cerca, tan cerca, que tuvo ganas de llorar.

Y ¿dónde estaba Matthew?

Tenía que encontrar la manera de avisarle. LaRue, el canalla de LaRue. Todas las precauciones que habían tomado durante los últimos meses habían sido para nada. LaRue le había pasado a VanDyke cada movimiento, cada plan, cada triunfo.

Había comido con ellos, trabajado con ellos, reído con ellos. Había contado anécdotas de sus días en el mar con Matthew con afecto de amigo en su voz.

Y todo el tiempo había sido un traidor.

Ahora robaría el amuleto. Matthew se pondría furioso y sus padres estarían preocupadísimos. LaRue simularía preocupación, incluso enojo. Y se enteraría de sus pensamientos, de sus planes. Y después se apoderaría del amuleto y se lo llevaría a VanDyke.

Ella no era ninguna tonta. Estaba convencida de que cuando VanDyke consiguiera lo que quería, su propia utilidad habría terminado. No tendría ya ninguna razón para seguir teniéndola prisionera, pero tampoco podía dejarla en libertad.

Era evidente que la mataría.

Se imaginó que lo haría en alta mar. Seguramente la golpearía en la cabeza y, después, la arrojaría al agua, muerta o inconsciente. Y los peces harían el resto.

Tate pensó que VanDyke supondría que sería sencillo porque, ¿cómo haría una mujer desarmada para defenderse? Pues bien, a él le sorprendería lo que esta mujer podía hacer. Quizá él la mataría al final, pero no le resultaría nada fácil.

Levantó la cabeza de golpe al oír un clic en la puerta. El criado la abrió.

—Él quiere verla.

Era la primera vez que lo oía hablar. Tate detectó cierto acento eslavo en ese tono brusco.

—¿Usted es ruso? —Preguntó. Se puso de pie pero no caminó hacia él.

—Tiene que venir ahora.

—Hace algunos años trabajé con una bióloga. Era de Leningrado. Se llamaba Natalia Minonova y siempre hablaba de Rusia con cariño.

Nada se movió en ese rostro grande y pétreo.

—Él quiere verla —repitió el criado.

Ella se encogió de hombros, metió la mano en el bolsillo y cerró los dedos alrededor de la lapicera.

—Jamás entendí a la gente que obedece órdenes ciegamente. Usted no parece ser precisamente una persona con iniciativa, ¿verdad, Igor?

Él no dijo nada, se le acercó y cerró su mano sobre el brazo de Tate.

—¿A usted no le importa que él vaya a matarme? —Le resultó fácil que en su voz hubiera miedo cuando él la arrastró por el cuarto. —¿Usted lo hará por él? ¿Me romperá el cuello o me aplastará el cráneo? —Ella trastabilló y lo miró. —Por favor, ayúdeme.

Cuando él aflojó la presión de su mano, ella extrajo la lapicera del bolsillo. Fue un movimiento borroso, el delgado dardo dorado que se clavaba, la mano de él que subía como un resorte.

Tate sintió cómo la piel cedía y el arma se hundía en la carne, y una tibia humedad sobre su mano antes de ser arrojada contra la pared.

Se le apretó el estómago cuando lo vio arrancarse estoicamente la lapicera de la mejilla. La herida era pequeña pero profunda, y le sangraba profusamente. Lo único que Tate lamentaba era haberle errado al ojo.

Sin decir una palabra, él la tomó del brazo y la arrastró a cubierta.

VanDyke estaba esperando. Esta vez con coñac. Velas dentro de tubos de vidrio ardían sobre una mesa junto a un bol con fruta mojada por el rocío y una fuente con pasteles y masas.

Se había cambiado de ropa y ahora vestía un atuendo formal de noche para la celebración que planeaba. De los altoparlantes exteriores brotaban los acordes de la Sonata Patética de Beethoven.

—Tenía la esperanza de que se hubiera puesto algo de lo que había en el guardarropa del camarote. Mi última invitada se fue esta mañana en forma algo precipitada y olvidó empacar sus pertenencias. —Levantó las cejas al ver la mejilla sangrienta de su criado.

—Ve a la enfermería y que te curen eso —dijo con impaciencia—. Y después vuelve aquí. Usted nunca deja de sorprenderme, Tate. ¿Qué fue lo que usó?

—Una Mont Blanc. Ojalá hubiera sido usted.

Él rió por lo bajo.

—Permítame que le ofrezca una elección lógica, querida mía. Podría ser encerrada o drogada, dos cosas muy poco agradables. O puede cooperar. —La vio mirar en forma involuntaria hacia la barandilla del barco y sacudió la cabeza. —Saltar por la borda no sería productivo. No tiene su equipo. Un momento después uno de mis hombres estaría en el agua para traerla de vuelta, y usted no habría alcanzado a nadar ni cincuenta metros. ¿Por qué no se sienta?

Hasta que trazara un plan mejor, no tenía sentido desafiarlo. Si él la drogaba, estaría perdida.

—¿Dónde conoció a LaRue?

—Bueno, es sorprendentemente fácil encontrar herramientas cuando se puede pagar por ellas. Calló un momento para elegir una uva perfecta.

"El estudio de los compañeros de a bordo de Matthew demostró que LaRue era un posible candidato. Es un hombre que disfruta del dinero y de los placeres efímeros que puede comprar. Hasta el momento, ha sido una inversión excelente, aunque por momentos bastante costosa.

Hizo una pausa, entrecerró los ojos con satisfacción e hizo girar el coñac en su copa.

—Siempre se mantuvo cerca de Matthew a bordo y logró hacerse amigo suyo. Por intermedio de los informes de LaRue pude determinar que Matthew seguía en contacto con los padres de usted, Tate, y que nunca había abandonado del todo la idea de encontrar la Maldición de Angelique. Desde luego, siempre supo dónde estaba, pero jamás se lo contó a LaRue. Incluso la amistad tiene sus límites.

VanDyke eligió del bol otra uva color púrpura.

—Creo que admiro su tenacidad y su cautela. Jamás imaginé que podía guardar el secreto todos estos años, trabajando como un perro cuando podría haber vivido como un príncipe. Sin embargo, se equivocó cuando reanudó la sociedad con sus padres y con usted. Con frecuencia las mujeres hacen que los hombres cometan errores tontos.

—¿Lo dice por experiencia, VanDyke?

—De ninguna manera. Yo adoro a las mujeres, del mismo modo en que admiro un buen vino y una sinfonía bien ejecutada. Cuando la botella se vacía o la música cesa, uno siempre puede pedir otra. —Sonrió mientras Tate se tensaba. El barco había comenzado a moverse.

—¿Adónde vamos?

—No muy lejos. Algunos grados hacia el este. Creo que va a haber un espectáculo y quiero estar en primera fila, por así decirlo. Tómese una copa de coñac, Tate. Tal vez le resulte necesaria.

—Yo no necesito coñac.

—Bueno, aquí está por si cambia de idea. —Se puso de pie y se acercó a un banco. —Tengo aquí un par adicional de binoculares. Quizá le gustaría tenerlos.

Ella se los arrancó y corrió a la barandilla para escrutar el este. Su corazón se salteó un latido cuando localizó la forma vaga de los barcos. Había luces encendidas en el *New Adventure* y otra en el puente del *Sirena*.

—Sin duda se da cuenta de que si nosotros podemos verlos, ellos también pueden vernos.

—Si saben dónde mirar. —VanDyke se paró junto a ella. —Supongo que a la larga explorarán en esta dirección. Pero dentro de poco van a estar muy ocupados.

—Usted se cree muy astuto. —Pese a todos sus esfuerzos, a Tate se le quebró la voz. —Con eso de usarme a mí para atraerlos hacia aquí.

—Sí. Fue un golpe de suerte muy bien utilizado. Pero ahora los planes han cambiado.

—¿Han cambiado? —Tate no podía dejar de mirar las luces. Le pareció ver un movimiento. ¿Una lancha?, se preguntó. Que se dirigía a la costa. LaRue, pensó, desanimada, que se llevaba el amuleto a algún escondrijo.

—Sí, y creo que el cambio es inminente.

El tono excitado de la voz de VanDyke la hizo temblar.

—¿Qué va usted a...?

Incluso a una distancia de casi un kilómetro y medio, Tate oyó la explosión. Las lentes de los binoculares estallaron con luz y casi la enceguecieron. Pero no apartó la vista. No pudo hacerlo.

El *Sirena* estaba siendo devorado por las llamas.

—No. No, Dios. Matthew. —Ya casi había saltado por encima de la barandilla cuando VanDyke la aferró y la arrastró hacia atrás.

—LaRue es tan eficaz como codicioso. —VanDyke le puso un brazo alrededor de la garganta hasta que los forcejeos frenéticos de Tate se trocaron en llanto. —Las autoridades harán lo posible por recomponer lo que queda del barco. Cualquier prueba que encuentren indicará que Buck Lassiter, en medio de una bruma de alcohol, dejó abierto el gas demasiado cerca del motor y después encendió un fósforo. Y como no queda nada de él ni de su sobrino, nadie lo discutirá.

—Usted iba a conseguir el amuleto. —Quedó con la vista fija en el fuego que lamía ese mar oscuro. —Se lo iban a dar. ¿Por qué tuvo que matarlo?

—Él jamás se habría detenido —fue la simple contestación de VanDyke. Las llamas que bailoteaban hacia el cielo lo hipnotizaron. —Él me miró fijo por encima del cadáver de su padre, y por su expresión de odio me di cuenta de que sabía la verdad. Supe entonces que algún día pasaría esto.

El placer que todo eso le causaba lo recorrió como vino, helado y delicioso. Oh, cómo esperaba que hubiera habido dolor y conciencia, aunque sólo fuera un instante. Cómo deseaba poder estar seguro de eso.

Tate se puso de rodillas cuando él la soltó.

—Mis padres.

—Imagino que están a salvo. A menos que estuvieran a bordo. No tengo motivos para desearles mal a todos. Está terriblemente pálida, Tate. Permítame que le busque esa copa de coñac.

Ella apoyó una mano en la barandilla y logró pararse sobre sus piernas temblorosas.

—Angelique maldijo a sus carceleros —dijo—. Maldijo a aquellos que la habían robado, que la persiguieron e interrumpieron la vida de su hijo no nacido.

Luchando por hablar aunque fuera a borbotones, vio el brillo de los ojos de VanDyke a la luz de las velas.

—Ella lo habría maldecido a usted, VanDyke. Si existe alguna justicia para ella, si le queda algún poder, el amuleto terminará por destruirlo.

Con el resplandor del incendio distante a sus espaldas, y la pena y el sufrimiento en sus ojos, el aspecto de Tate era de intenso poder.

Angelique debía haber tenido un aspecto parecido, pensó VanDyke y se llevó el coñac a sus labios de pronto helados. Miró a Tate.

—Podría matarla ya mismo.

Tate rió entre sus sollozos.

—¿Cree que ahora me importaría? Usted mató al hombre que amo, destruyó la vida que habríamos vivido juntos, los hijos que habríamos tenido. Ya nada de lo que haga puede importarme.

Tate dio un paso adelante.

—Verá, ahora yo sé cómo se debe de haber sentido ella, sentada en aquella celda y esperando la mañana, esperando la muerte. En realidad era un anticlímax, porque su vida había terminado junto con la de Etienne. No me importa que me mate. Moriré maldiciéndolo.

—Es tiempo de que vuelva al camarote. —VanDyke levantó sus dedos tensos. El criado, con un vendaje en la mejilla, brotó de las sombras. —Llévala de vuelta. Y enciérrala.

—Usted morirá lentamente —le gritó Tate mientras se la llevaban—. Con la suficiente lentitud como para entender el infierno.

Una vez adentro de la cabina, se echó a llorar y se derrumbó sobre la cama. Cuando las lágrimas se le secaron y el corazón le quedó vacío de llanto, acercó una silla a la ventana para mirar el mar y aguardar la muerte.

# CAPÍTULO VEINTISIETE

Se quedó dormida y soñó.

La celda hedía a enfermedad y miedo. El amanecer se colaba furtivamente por el ventanuco con barrotes y señalaba la muerte. El amuleto estaba frío debajo de sus dedos agarrotados.

Cuando vinieron a buscarla, ella se puso de pie con majestuosidad. No podía deshonrar a su marido con lágrimas cobardes y súplicas de misericordia que nunca le serían concedidas.

Él estaba allí, desde luego. El conde, el hombre que la había condenado porque ella amaba a su hijo. En sus ojos brillaban la codicia, la lujuria y un apetito por la muerte. Extendió el brazo, le sacó el amuleto por la cabeza y se lo puso él.

Y ella sonrió porque sabía que lo había matado.

La ataron al poste de la hoguera. Más abajo, la multitud se reunió para ver quemar a la bruja. Ojos ávidos, voces malévolas. Las criaturas eran levantadas para que vieran mejor el evento.

Le ofrecieron la oportunidad de retractarse, de orar pidiendo la misericordia de Dios. Pero ella permaneció en silencio. Incluso cuando las llamas comenzaron a chisporrotear debajo de sus pies y a producir calor y humo, ella no pronunció palabra. Y pensó sólo en una.

Etienne.

Del fuego al agua, tan fresca y azul y sedante. Ella estaba libre una vez más, y nadaba en las profundidades entre peces dorados. Era tanto su gozo que los ojos se le humedecieron en el sueño y algunas lágrimas le rodaron por la mejilla. Estaba a salvo y libre, y su amado la esperaba.

Lo vio nadar sin esfuerzo hacia ella, y su corazón casi estalló de felicidad. Se echó a reír y le tendió los brazos, pero él no conseguía cerrar la distancia que los separaba.

Salieron a la superficie, a treinta centímetros el uno del otro, hacia el aire con perfume dulzón. La luna brillaba en el cielo, plateada como un lingote. Las estrellas eran joyas relucientes sobre terciopelo negro.

Él subió por la escalerilla del *Sirena*, giró y extendió una mano hacia ella.

El amuleto era un manchón de sangre oscura en su pecho, como una herida que le había desangrado el corazón.

Sus dedos tocaron los de él por un instante antes de que el mundo estallara.

Fuego y agua, sangre y lágrimas. Llamas que llovían del cielo y se zambullían en el mar hasta hacer hervir el agua.

Matthew.

Ese nombre le ocupó la mente y Tate se movió, dormida. Perdida en los sueños y la tristeza, no vio la figura que avanzaba con sigilo hacia ella ni el brillo del cuchillo en su mano cuando la luz de la luna chocó contra la hoja. No oyó el suspiro de su respiración cuando él se le acercó y se inclinó sobre la silla donde ella dormía.

La mano que se cerró sobre su boca la despertó de pronto. Tate instintivamente forcejeó, y sus ojos se abrieron de par en par al ver el brillo plateado del cuchillo.

Aun sabiendo que era inútil, luchó y cerró sus dedos sobre la muñeca del individuo antes de que la hoja se le clavara.

—Silencio. —Ese susurro tosco siseó contra su oído. —Maldición, Red, ¿ni siquiera puedes permitir que te rescate sin una discusión?

Su cuerpo se sacudió y luego quedó inmóvil. Matthew. Era una esperanza demasiado dolorosa para contemplar. Pero apenas alcanzaba a distinguir la silueta, a oler el mar en el traje de neoprene y en el agua que goteaba de su pelo oscuro.

—Silencio —repitió—. Ninguna pregunta, no digas nada. Confía en mí.

Ella no tenía palabras. Si éste era otro sueño, lo viviría a fondo. Se colgó de él cuando la condujo fuera del camarote y hacia la escalera de cabina. Tembló cuando él le señaló que subiera, y lo hizo sin cuestionarlo.

En la base de la escalera estaba Buck. A la luz de la luna, su cara estaba blanca como el papel. En silencio, le sujetó los tanques sobre los hombros. Las manos de él temblaron tanto como las de Tate cuando la ayudó a ponerse el visor. Junto a ellos, Matthew se colocaba su propio equipo.

Y los tres se zambulleron.

Permanecieron cerca de la superficie para aprovechar el claro de luna como guía. Matthew sabía que no se podían arriesgar a usar una linterna. Había tenido miedo de que Tate estuviera demasiado asustada para zambullirse y nadar todo ese tramo, pero lo cierto fue que ella siguió sin problemas el ritmo marcado por él, brazada por brazada.

Era un trayecto de más de seis kilómetros hasta donde habían llevado al *New Adventure*. Había calamares y peces nocturnos, manchones de color y movimientos en ese mar en sombras, pero ella en ningún momento se amilanó.

Por eso sólo, él se habría enamorado de ella: por la forma empecinada con que nadaba, con el pelo y la ropa flotando alrededor de ella; sus ojos, oscuros y decididos detrás del visor.

Cada tanto Matthew consultaba su brújula y corregía el curso. Llegar al barco les llevó más de treinta minutos de nadar sin pausa.

Tate salió a la superficie.

—Matthew, creí que estabas muerto. Vi explotar el *Sirena* y sabía que tú estabas a bordo.

—Por lo visto no era así —dijo él con tono intrascendente, pero la sostuvo con fuerza cuando ella se le prendió—. Te subiré a bordo, Red. Estás temblando y tus padres están preocupadísimos.

—Creí que estabas muerto —repitió Tate y gimoteó al darle un fuerte beso.

—Ya lo sé, chiquita. Lo siento. Buck, dame una mano con ella.

Pero ya Ray estiraba el brazo y comenzaba a levantarla. Con los ojos húmedos por el alivio, no hacía más que mirar a su hija que, en ese momento, subía los tanques.

—Tate, ¿estás herida? ¿Te sientes bien?

—Sí, estoy bien. Estoy bien —repitió cuando Marla se agachó para tomarle la mano. —No llores.

Pero ella misma lloraba cuando su madre la abrazó.

—Estábamos tan preocupados. Ese hombre horrible. Ese canalla. Oh, déjame mirarte. —Marla rodeó la cara de Tate con sus manos y estaba por sonreír cuando vio los moretones. —Él te lastimó, Iré a traer un poco de hielo, una taza de té caliente. Siéntate, querida, y deja que nosotros te atendamos.

—Ahora estoy bien. —Pero se sintió maravillosamente bien al sentarse en el banco. —El *Sirena*...

—Desapareció —dijo Ray—. No te preocupes por eso ahora. Quiero revisarte bien y comprobar si no estás en shock.

—No estoy en shock. —Le dedicó a Buck una sonrisa de gratitud cuando le puso una manta sobre los hombros. Necesito decirte. LaRue...

—A su servicio, *mademoiselle*. —Con una sonrisa cortés, salió de la cocina con una botella de coñac.

—Hijo de puta. —Se le juntaron la fatiga, el miedo y la impresión. Enseguida se puso de pie de un salto y Matthew a gatas alcanzó a frenarla antes de que ella clavara las uñas y los dientes en la cara de LaRue.

—¿No te lo dije? —LaRue se estremeció y se bebió el coñac él mismo, directamente de la botella. —Ella me habría arrancado los ojos si hubiera tenido oportunidad. —Con la mano libre se tocó los arañazos que tenía en la mejilla. —Unos centímetros más arriba y yo tendría que usar un parche en el ojo.

—Él trabaja para VanDyke —le espetó Tate—. Desde el principio fue cómplice de VanDyke.

—Y ahora me insulta. Usted dele el coñac —dijo, y le arrojó la botella a Ray—. Tate es capaz de romperme la cabeza con ella.

—Lo que yo haría sería atarlo a popa y usarlo de carnada.

—Hablaremos de eso más tarde —dijo Matthew—. Siéntate y bebe algo fuerte. LaRue no trabaja para VanDyke.

—Él sólo me paga —dijo LaRue muy campante.

—Es un traidor, un espía. Él hizo estallar tu barco, Matthew.

—Yo lo hice estallar —la corrigió Matthew—. Bebe —dijo y, prácticamente, la obligó a tomar un buen trago de coñac.

Ella masculló y de pronto el calor le golpeó el estómago como una bola de fuego.

—¿Qué dices?

—Si te sientas y te calmas un poco, te lo explicaré.

—Deberías habérselo dicho a ella, y a todos nosotros, hace meses —dijo Marla cuando apareció con un jarro humeante—. Aquí te traigo un poco de sopa, querida. ¿Has comido algo?

—Que si yo... —A pesar de todo, Tate se echó a reír. Sólo cuando se dio cuenta de que no podía parar de reír, comprendió que estaba al borde de la histeria. —En realidad, no me gustaba mucho lo que había en el menú.

—¿Por qué demonios te fuiste con él? —Saltó Matthew—. Media docena de personas te vieron subir a la lancha sin una sola protesta.

—Porque él me dijo que ordenaría que uno de sus hombres te matara si no lo hacía —le retrucó ella—. Tenía otro en la puerta de la boutique donde estaba mamá.

—Oh, Tate. —Estremecida, Marla cayó de rodillas junto a su hija.

—No tuve otra opción —dijo ella y, entre un sorbo y otro de sopa caliente de pollo, hizo lo posible por relatarles lo ocurrido desde que VanDyke la había encontrado.

"Él quería que yo estuviera en cubierta. Si hasta me dio unos binoculares para que pudiera ver bien la explosión del barco. No había nada que yo pudiera hacer. Creí que estabas muerto —murmuró y miró a Matthew—. Y no había nada que yo pudiera hacer.

—Tampoco podíamos avisarte lo que pasaba aquí. —Como no conocía ninguna manera mejor de serenarla, Matthew se sentó junto a ella y le tomó la mano. —Lamento que te hayas preocupado.

—Preocupada. Sí, supongo que estaba un poco preocupada cuando pensé que partes tuyas flotaban por el Caribe. ¿Por qué hiciste estallar tu barco?

—Para que VanDyke pensara que partes mías flotaban por el Caribe. Él le pagará a LaRue un cuarto de millón adicional por hacerlo.

—Disfrutaré de cobrar ese dinero. —La sonrisa petulante desapareció de sus labios. —Me disculpo por no haberlo matado por usted cuando la encontré en su barco. Fue un vuelco inesperado de acontecimientos. Yo

316

todavía no sabía que usted había desaparecido. Cuando volví a contárselo a Matthew, él ya estaba haciendo planes para traerla de vuelta.

—Perdónenme, pero no entiendo nada —dijo Tate con frialdad—. ¿Le estuvo o no pasando información a VanDyke sobre Matthew durante esta expedición?

—Yo diría que filtrarle información sería un término más adecuado. Él sólo se enteraba de lo que Matthew y yo queríamos que supiera. —LaRue se sentó en cubierta y volvió a tomar la botella de coñac. —Se lo contaré desde el principio. VanDyke me ofreció dinero para que vigilara a Matthew, para que me convirtiera en su compañero y le pasara cualquier información importante. A mí me gusta el dinero. Y le tengo afecto a Matthew. Y me pareció que había una manera de tomar lo primero y ayudar al segundo.

—Hace meses que LaRue me contó lo del trato con VanDyke. —Matthew retomó la historia y la botella. —Aunque LaRue ya había estado recibiendo dinero durante aproximadamente un año antes de decidir informarme sobre su pacto.

LaRue sonrió.

—¿A quién se le ocurre contar los días, *mon ami*? Cuando el tiempo fue importante, lo compartí todo contigo.

—Sí —dijo Matthew y bebió un sorbo de la botella—. Pensamos que le seguiríamos el juego y nos repartiríamos la plata.

—Setenta y cinco, veinticinco, por supuesto.

—Sí —dijo Matthew y lo miró—. De todos modos, ese dinero adicional nos venía bien, y me dio mucho gusto saber que estábamos esquilmando a VanDyke. Cuando decidimos volver aquí en busca del *Isabella*, sabíamos que tendríamos que subir la apuesta. Y que si jugábamos bien, al mismo tiempo arponearíamos a VanDyke.

—¿Tú sabías que él nos vigilaba? —Preguntó Tate.

—LaRue era el que vigilaba —la corrigió Matthew—. Lo único que VanDyke sabía era lo que queríamos que supiera. Cuando tú encontraste el amuleto, LaRue y yo estuvimos de acuerdo en que era hora de que lo atrajéramos con ese hecho. Sólo que todo se complicó un poco cuando primero él te secuestró.

—¿Y tú me ocultaste esto, nos lo ocultaste a todos?

—No sabía cómo reaccionarías o si te interesaría mi agenda personal. Las cosas se sucedieron muy rápido. Parecía lógico —decidió y levantó una ceja— que cuantas menos personas lo supieran, mejor sería.

—¿Sabes qué, Lassiter? —Tate se puso de pie. —Eso me duele. Necesito ropa seca —murmuró y se dirigió a su camarote.

Acababa de dar un portazo cuando él volvió a abrir la puerta. No necesitó más que verle la cara para decidirse. La cerró con llave.

Me hiciste pasar un infierno. —Tate abrió el ropero y sacó una bata. —Y todo porque no confiaste en mí.

—Yo estaba tocando de oído, Red. Ni siquiera confiaba en mí mismo. Mira, no es la primera equivocación que cometo en lo que a ti respecta.

—Desde luego que no. —Empezó a desabrocharse la blusa empapada.

—Y tampoco será la última. Así que por qué no... —Sus palabras se desvanecieron cuando ella se sacó la blusa. Tenía moretones en los brazos y en los hombros. Cuando volvió a hablar, su tono fue frío y remoto. —¿Él te hizo eso?

—Él y su infernal criado. —Furiosa, se quitó los pantalones y se puso la bata. —Apuñalé a ese robot eslavo con una lapicera de cien dólares.

Ahora él le observaba la cara y miraba el moretón que tenía en el pómulo.

—¿Qué?

—Le apunté a los ojos, pero supongo que tuve miedo. Pero le dejé un agujero en la mejilla. Y también a LaRue le saqué algunas capas de piel. Supongo que ahora debería lamentarlo. Pero no es así. Si tú me hubieras dicho... —Pegó un gritito de sorpresa y de dolor cuando Matthew se abalanzó sobre ella y la envolvió en sus brazos.

—Grítame más tarde. Él te puso las manos encima. —Con expresión de furia, le tomó la cara con las manos. —Juro por Dios que no volverá a tocarte. —Y con mucha suavidad le besó el pómulo. —Nunca más.

Trató de controlarse y dio un paso atrás.

—Muy bien, ahora puedes gritarme.

—Sabes perfectamente bien que hasta me arruinaste eso, Matthew. —Dejó que él la acurrucara en sus brazos. —Estaba tan asustada. No hacía más que decirme que podría escapar de allí. Y, después, cuando creí que estabas muerto, me daba lo mismo.

—Está bien. Ya todo eso terminó. —La alzó, la llevó a la cama y la acunó. —Cuando LaRue volvió, me dijo lo bravo que iba a ser para ti. Hasta ese momento no sabía lo que era estar enfermo de miedo.

Como consuelo para los dos, Matthew se puso a besarle el pelo.

—Ya estábamos planeando cómo rescatarte cuando LaRue subió a bordo. Buck y yo iríamos allá a nado y él se ocuparía de los tanques y los equipos mientras yo te buscaba. Supongo que podría haber funcionado, pero LaRue hizo que fuera más fácil.

—¿Cómo?

—En primer lugar, antes de irse descubrió en qué camarote estabas y se apoderó de uno de los duplicados de la llave. En su defensa —añadió Matthew—, te diré que lo enloquecía la sola idea de tener que dejarte allá sola con ese hijo de puta.

—Trataré de recordarlo. —Tate suspiró. —Tú tenías una llave. Y allí estaba yo, imaginándome que subías a bordo como un corsario. Y que abrías puertas con una patada y un cuchillo entre los dientes.

—Tal vez lo haré la próxima vez.

—No, ya he tenido suficiente de eso por los siguientes cincuenta o sesenta años.

—Ningún problema. —Respiró hondo. —De modo que le conté todo a Buck y, después, a Ray y Marla. Lo mejor que se me ocurrió fue utilizar el plan de VanDyke y quemar el barco en beneficio nuestro. Si no le hubiéramos ofrecido ese espectáculo, quizá él se habría alejado o te habría hecho algo. —Cerró los ojos y apretó los labios contra el pelo de Tate. —No podía correr ese riesgo.

—Tu hermoso barco.

—Fue una manera de distraerlo y de hacerle creer que todas las cosas salían de acuerdo con sus planes. Él lo vería explotar y supondría que todo iba bien. Tuve que confiar en que bajaría tanto la guardia por creer que yo estaba muerto, que yo podría subir al barco y sacarte de allí sin arriesgarme a una pelea.

Aunque un enfrentamiento le habría encantado. Lo deseaba. Pero no con Tate en el medio.

—Ahora nosotros... —Calló de pronto y levantó la cabeza. —Buck. Acabo de darme cuenta. Él nadó.

—Sí, fue difícil para él. Yo no estaba seguro de que lo lograría. Cuando LaRue volvió se me ocurrió que él podría acompañarme, pero pensé que no callarías si lo veías. Y, Ray, bueno, él y Marla necesitaban permanecer juntos. O sea que sólo quedaba Buck. Él lo hizo por ti.

—Parece que tengo un montón de héroes. —Rozó sus labios con los de Matthew. —Gracias por escalar la pared del castillo, Lassiter. —Con un suspiro, Tate volvió a apoyar la cabeza en su hombro. —VanDyke no está en su sano juicio, Matthew. No es sólo obsesión o codicia. Entra y sale de la locura como una sombra. Es apenas en parte el hombre que conocí hace ocho años, y es aterrador verlo.

—No tendrás que verlo más.

—Él no se detendrá. Cuando descubra que no volaste en mil pedazos con el barco, seguirá persiguiéndote.

—Cuento con ello. Mañana, a esta hora, todo habrá terminado.

—Todavía piensas matarlo. —Helada, se apartó de los brazos de Matthew. —Entiendo algo de lo que sientes ahora. Cuando creí que estabas muerto, yo misma lo habría matado si hubiera podido. Podría haberlo hecho entonces, en el calor de tanta tristeza.

Tate hizo una inspiración profunda y lo miró.

—Pero no creo que podría hacerlo ahora, cuando la sangre se me ha enfriado. Aunque sé por qué sientes que debes hacerlo.

Matthew se quedó mirándola durante un buen rato. Los ojos de Tate estaban hinchados de tanto llorar, incluso durante el sueño. Tenía la piel tan pálida que el moretón de su mejilla se destacaba como un faro. Y supo que ella le había perdonado todas sus equivocaciones.

—No lo voy a matar, Tate. Aunque podría —prosiguió, mientras ella lo miraba fijo—. Por mi padre, por el chiquillo indefenso que se quedó allí parado sin poder hacer nada. Por haberte secuestrado, por haberte tocado, por cada uno de esos moretones, por cada segundo que tuviste miedo, podría arrancarle el corazón a cuchillazos sin pestañear. ¿Lo entiendes?

—Yo...

—No. —Su sonrisa fue leve cuando se puso de pie para enfrentarla. —No entiendes que podría matarlo fríamente, tal como lo vengo planeando desde hace años. Durante años, en mi cucheta de ese barco de porquería, me lo pasé mirando el cielo raso con una sola idea en la cabeza: que algún día tendría la sangre de VanDyke en mis manos. Hasta usé su dinero, apartando siempre un poco para tener suficiente para terminar mi barco, comprar los equipos, salir del apuro. Porque encontraría ese amuleto así me llevara toda la vida.

—Y entonces mi padre aceleró las cosas.

—Sí. Prácticamente me parecía ver la "X" que marcaba el lugar exacto. Sabía que tendría el amuleto, y también a VanDyke. Después tú... —Extendió un brazo para tocarle la cara. —Tú hiciste que todo cambiara. No te imaginas la sorpresa que fue para mi descubrir que seguía enamorado de ti. Saber que lo único que había cambiado en mí con respecto a ti era que te quería aún más.

—Sí que puedo —dijo ella—. Me lo imagino perfectamente.

—Tal vez sí, —Le tomó la mano y se la llevó a los labios. —Pero no iba a permitir que eso me detuviera. No podía dejar que interrumpiera lo que había empezado dieciséis años antes. Incluso cuando tú me pusiste el amuleto en las manos, pensé que no podía permitir que me detuviera. Me dije que me amabas, que entenderías y que aceptarías lo que yo debía hacer. Que tratarías de entenderlo, pero tendrías que vivir con ello.

Observó la cara de Tate y entrelazó sus dedos con los de ella.

—Si yo lo mataba, VanDyke estaría siempre entre nosotros dos. Comprendí que, más que ninguna otra cosa, yo deseaba una vida contigo. Y el resto ni se le acercaba.

—Te amo tanto.

—Ya lo sé. Y no quiero que eso cambie. Puedes llamar a los del Smithsonian o a uno de tus pares.

—¿Estás seguro? —Preguntó ella.

—Estoy seguro de que es lo mejor para nosotros. Lo que debe ser para nosotros. El amuleto irá a una bóveda de seguridad hasta que levantemos ese museo. Asegúrate de que la persona de los medios con quien te comuniques sea importante. Quiero que esto se convierta en un notición internacional.

—Una red de seguridad pública.

—A VanDyke le resultará difícil eludirla. Mientras tanto, haré arreglos para reunirme con él.

A Tate la embargó el pánico.

—No puedes hacer eso, Matthew. Por Dios, si él ya trató de hacerte matar.

—Es preciso que lo haga. Esta vez será VanDyke el que tendrá que retroceder y rumbear para otra parte. Una docena de agencias de noticias enviarán aquí reporteros. Este hallazgo armará un alboroto en el mundo científico. Y él sabrá que el amuleto está fuera de su alcance. No habrá nada que pueda hacer al respecto.

—De acuerdo, parece razonable, Matthew. Pero él no es un hombre razonable. Yo no exageraba cuando te hablé del tema antes. No está en su sano juicio.

—Tiene la cordura necesaria para no poner en tela de juicio su reputación, su posición.

Tate deseó poder estar segura de que así era.

—Él me secuestró. Podríamos hacerlo arrestar.

—¿Cómo lo probarías? Demasiadas personas te vieron ir con él sin ofrecer resistencia. La única manera de poner fin a esto es enfrentarlo y hacerle entender que perdió.

—¿Y si no quiere verlo, si no lo acepta?

—Lo obligaré a que lo acepte. —Volvió a sonreír. —¿Cuándo vas a confiar plenamente en mí, Red?

—Confío en ti. Pero prométeme que no te reunirás a solas con él.

—¿Tengo cara de tonto? Te dije que quería una vida contigo. Él se encontrará conmigo y con un par de amigos míos en el lobby del hotel. Beberemos una copa y conversaremos en forma amable.

Ella se estremeció.

—Eso se parece mucho al estilo VanDyke.

—Como sea. —Le besó la frente. —Después de mañana, habremos terminado con él.

—¿Y entonces?

—Y entonces supongo que durante un tiempo estaremos bastante ocupados construyendo el museo. En Cades Bay hay un terreno baldío que me parece perfecto.

—¿Un terreno? ¿Cómo lo sabes?

—Fui a verlo el otro día. —Los ojos de Matthew volvieron a encenderse cuando acarició la mejilla herida de Tate. —Si yo no me hubiera ido en busca de un agente de bienes raíces, VanDyke jamás habría podido acercarse a ti.

—Un momento. ¿Encontraste a ese agente inmobiliario y te fuiste a ver un terreno sin decírmelo?

Intuyendo una pelea, él se alejó.

—Bueno, no estás obligada a que te guste. Yo sólo pagué un depósito para que lo reservaran para nosotros durante treinta días. Creí que sería un lindo regalo de bodas.

—¿Pensabas comprarme el terreno para el museo como regalo de bodas?

Irritado, Matthew metió las manos en los bolsillos.

—No tienes por qué tomarlo. Fue sólo un impulso, así que... —Tate se movió tan rápido que él no tuvo tiempo de liberar las manos y de aprestarse a defenderse antes de que ella lo arrojara sobre la cama. —¡Epa!

—Te amo. —Tate se montó sobre él y le cubrió la cara de besos. —No, te adoro.

—Eso está muy bien. —Complacido, aunque un poco sorprendido, sacó las manos de los bolsillos y las puso sobre las caderas de Tate. —Creí que estabas enojada.

—Estoy loca por ti, Lassiter. —Después de llevar las manos de él a ambos lados de la cabeza, ella se inclinó para cubrirle la boca con un beso profundo y soñador que lo derritió por completo. —Lo hiciste por mí —murmuró—. A ti no te entusiasma nada lo del museo.

—Tampoco tengo nada en contra. —Deslizó las manos debajo de la bata en el momento en que la boca de ella comenzaba a volverlo loco. —De hecho, la idea me gusta cada vez más.

Ella le pasó los labios por la mandíbula y el cuello.

—Te voy a hacer tan feliz.

Él suspiró cuando Tate le sacó la camiseta por la cabeza.

—Hasta el momento estás haciendo muy buen trabajo.

—Puedo hacerlo incluso mejor. —Se echó hacia atrás, la mirada fija en él, y con lentitud se soltó el cinturón de la bata. —Sólo mírame.

Ella era su más antigua y vívida fantasía, y se alzaba sobre él, esbelta y ágil. Pelo del color del fuego, piel lechosa, ojos que reflejaban el mar. Era suya para tocarla cuando lo deseara. Suya para abrazarla cuando su corazón se abatiera. Suya para contemplarla cuando la pasión la consumía.

Era tan silencioso, tan pacífico, tan fácil fusionar el cuerpo y el corazón con los de ella. Podían estar en aquel sueño antiguo del fondo del mar, sin peso, anclados el uno en el otro. Cada sentido, cada célula, cada pensamiento suyo estaba indisolublemente unido a ella y sólo a ella.

En forma definitiva y completa, él le pertenecía.

# CAPÍTULO VEINTIOCHO

Tate se levantó temprano, dejó a Matthew dormido y salió del camarote. Necesitaba pensar, y la idea de una taza de café a solas en la cocina le pareció la mejor manera de empezar el día.

Confiar en Matthew era una cosa, pero dejar que manejara a VanDyke, otra muy distinta.

Cuando entró en la cocina encontró a su madre ya junto a las hornallas, con la radio propalando música de Bob Marley a volumen bajo.

—No creí que hubiera nadie levantado. —Tate se acercó a la cafetera y se sirvió un jarro.

—Sentí la necesidad imperiosa de preparar pan. Amasar me ayuda a pensar. —Marla masajeaba vigorosamente la masa con la mano enharinada. —Y entonces se me ocurrió prepararle a cada uno un desayuno completo de huevos, tocino, salchichas y bizcochos. Al demonio con el colesterol.

—Siempre te pones a cocinar así en los momentos de crisis emocional. —Preocupada, Tate observó a su madre por encima del borde de su jarro de café. Por más que Marla se hubiera maquillado con gran cuidado, en su rostro Tate advirtió las señales de una noche perturbada. —Yo estoy bien, mamá.

—Ya lo sé. —Marla se mordió el labio y la sorprendió comprobar que las lágrimas amenazaban con brotar de sus ojos. Al igual que la mayor parte de las madres que se enfrentan a una crisis, ella no se había derrumbado hasta después de comprobar que Tate estaba a salvo. Entonces se vino abajo. —Ya sé que todo está bien, pero cuando pienso en las horas que pasaste con ese hombre malvado y sin principios... —En lugar de dar cabida a las lágrimas, puntuó cada palabra con un fuerte golpe a la masa del pan. —Ese chacal malévolo y asesino al que me gustaría desollar vivo con uno de mis cuchillos de cocina.

—Vaya. —Impresionada, Tate frotó el hombro de su madre. —Una excelente imagen. Eres una mujer temible, Marla Beaumont. Por eso te quiero.

—Nadie se mete con mi bebita. —Dejó escapar un enorme suspiro. El hecho de amasar y golpear la masa contra la mesa había obrado milagros en ella. —Tu padre habló de infligirle un castigo severo.

—¿Papá? —Tate apoyó el jarro sobre la mesa y rió por lo bajo. —¿El bondadoso y apacible Ray?

—Yo no estaba nada segura de que Matthew lograra convencerlo de que se quedara a bordo cuando ellos fueron en tu busca. Si hasta se pelearon.

Eso terminó de sorprender a Tate.

—¿Pelearon? ¿Papá y Matthew? —Tate decidió que necesitaba más café.

—Bueno, no llegaron a las manos, aunque en un par de momentos faltó poco para que lo hicieran.

Tate tuvo que hacer un esfuerzo consciente para imaginar a su padre y a su amante riñendo en la cubierta de proa.

—Bromeas.

—Buck se interpuso entre ellos hasta que los ánimos de los dos se enfriaron —recordó Marla—. Y te confieso que tuve miedo de que Ray lo derribara de un golpe.

—Vamos, mamá. Papá jamás golpeó a nadie en su vida. —Volvió a bajar su jarro. —¿O no?

—Al menos no en las últimas décadas. Pero los ánimos estaban bastante caldeados. Tenías a los dos hombres que amas muertos de preocupación. Y Matthew no hacía más que culparse a sí mismo.

—Siempre lo hace —murmuró Tate.

—Es parte de su naturaleza creer que tiene que proteger a su mujer. No menosprecies ese hecho —agregó Marla y sonrió al ver la expresión despectiva de su hija—. Por fuerte y segura de sí que sea, una mujer que tiene un hombre que la ama lo suficiente como para literalmente dar la vida por ella tiene que considerarse muy afortunada.

—Sí. —Tate no pudo evitar una sonrisa. Por lo visto, tenía un caballero andante a su disposición.

—Si yo tuviera que elegir a alguien para que pasara la vida contigo, ése sería Matthew. Incluso hace ocho años, cuando los dos eran tan jóvenes, demasiado jóvenes, yo sabía que estarías a salvo con él.

Intrigada ahora, Tate se recostó contra la mesada.

—Yo habría pensado que un hombre de tipo aventurero sería la pesadilla de toda madre.

—No cuando es una persona sólida debajo de esas características. —Marla puso la masa en un bol para que leudara y la cubrió con un repasador. Como se encontró de nuevo con las manos vacías, paseó la vista por esa cocina ya impecable. —Supongo que empezaré a preparar el desayuno.

—Te daré una mano. —Tate sacó de la heladera un paquete de salchichas. —Así les tocará a los hombres limpiar todo.

—Buena idea.

—De todos modos, yo no tendría tiempo de hacerlo. Después de desayunar tengo que hacer muchísimos llamados. A la universidad, a la Sociedad Cousteau, a National Geographic y a infinidad de otros lugares. —Feliz por estar atareada, Tate eligió una sartén. —¿Matthew te contó el plan que tiene de hacer público el descubrimiento antes de enfrentar a VanDyke?

—Sí. Anoche hablamos de eso después de que te quedaste dormida.

—Ojalá me pareciera suficiente —murmuró Tate—. Ojalá creyera que eso nos aseguraría que VanDyke se iría y se mantendría lejos.

—Ese hombre debería estar en la cárcel.

—Estoy completamente de acuerdo. Pero saber lo que hizo y poder probarlo son dos cosas diferentes. —Tan insatisfecha como su madre, Tate puso la sartén al fuego para que se calentara. —Debemos aceptar ese hecho y seguir adelante. Él nunca pagará lo que le hizo a Matthew, lo que nos hizo a todos. Pero tendremos el placer de asegurarnos de que tampoco tenga nunca el collar.

—Igual, ¿qué crees que hará para vengarse?

Tate levantó un hombro y puso las salchichas a cocinar.

—El collar estará fuera de su alcance y yo tendré que asegurarme de estarlo también. Junto con mi caballero andante.

Con aire ausente, Marla metió la mano en un recipiente y eligió algunas papas para prepararlas fritas.

—Tate, he estado pensando. Se me ocurrió una idea... sé que lo más probable es que tenga muchas fallas, pero...

—¿Una idea con respecto a qué?

—A VanDyke —respondió Marla y apretó los dientes mientras lavaba las papas.

—¿Incluye un cuchillo de cocina?

—No. —Marla rió y se encogió de hombros como para restarle importancia a su idea. —Lo más probable es que sea una estupidez.

—¿Por qué no me la cuentas? —Tate dio vuelta las salchichas con una espátula. —Nunca se sabe.

—Bueno, pensé que...

Diez minutos después, con las salchichas chisporroteando en la sartén, Tate sacudió la cabeza.

—Es algo tan sencillo.

Marla suspiró y revolvió las papas que estaban friéndose al fuego.

—Es una idea tonta. No sé cómo se me ocurrió ni si será factible.

—Mamá. —Tate tomó a su madre de los hombros y la hizo girar. —Es una idea brillante.

Sorprendida, Marla parpadeó.

—¿Te parece?

—Absolutamente. Sencilla y brillante. Sigue cocinando —dijo y le estampó un beso—. Voy a despertar a todos para que se enteren.

Encantada, Marla volvió a ocuparse de las papas fritas.

—Brillante —repitió para sí y se felicitó.

—Podría funcionar. —LaRue paseó la vista por el amplio lobby del hotel. —Pero, ¿estás seguro, Matthew, de que no prefieres volver a tu idea inicial de cortar a VanDyke en pedacitos y dárselos de comer a los peces?

—No se trata de lo que a mí me gustaría. —Matthew estaba de pie, fuera de la vista, en la biblioteca contigua al lobby. —Además, lo más probable es que resultaría venenoso para los peces.

—Es verdad. —LaRue suspiró. —Es el primer sacrificio del hombre casado, *mon jeune ami*. Renunciar a lo que le gusta.

—Creo que viviré con eso.

—Me parece que ella bien vale ese sacrificio.

—Ya lo creo que sí. ¿Todo listo, según tu punto de vista?

—Sí, todo está bien. —LaRue registró con la vista el lobby, con sus sillones, sus plantas y sus amplios ventanales. —Hace tan buen tiempo que son pocas las personas que están aquí adentro. Y creo que la hora elegida es perfecta —agregó—. Es tarde para almorzar y temprano para la hora del cóctel. Nuestro hombre es muy puntual, así que estará aquí dentro de diez minutos.

—Siéntate y pide algo de beber. No queremos que él elija la mesa.

LaRue levantó los hombros y se pasó la mano por el pelo.

—¿Estoy bien?

—Deslumbrante.

—*Bien sûr.* —Satisfecho, LaRue se puso en movimiento. Tomó una mesa junto al ventanal que daba al patio, frente a un sofá bien mullido. Miró hacia un bargueño que contenía una variedad de juegos de mesa para entretener a los huéspedes en los días de lluvia y después sacó su bolsa con tabaco.

Disfrutaba del último de sus cigarrillos con un espumoso *mai tai* y un capítulo de Hemingway delante, cuando entró VanDyke, seguido por su estoico criado.

—Ah, puntual como siempre. —Levantó la copa hacia VanDyke y miró de modo despectivo al otro hombre. —Veo que cree necesitar protección, incluso frente a un leal socio suyo, en un lugar público y para una reunión de negocios.

—Por precaución. —Con un movimiento de la mano, VanDyke le indicó a su hombre que tomara asiento en el sofá.

—Ajá. Por precaución —dijo LaRue, y marcó la página del libro antes de apartarlo. —¿Cómo está su huésped? —Preguntó como al pasar.

—Sus padres están terriblemente preocupados.

VanDyke entrelazó las manos y esperó a distenderse un poco. Después de descubrir la desaparición de Tate, había luchado toda la mañana por controlar su furia. Era evidente, entonces, que ella nunca había llegado a reunirse con su familia. Supuso que se había ahogado y miró a la camarera. Una lástima.

—Un cóctel de champaña. Mi huésped no es asunto suyo —agregó, dirigiéndose a LaRue—. Preferiría que entráramos directamente a lo nuestro.

—Yo no tengo apuro. —Para demostrarlo, LaRue inclinó hacia atrás su silla. —¿Pudo ver los fuegos artificiales que preparé anoche para usted?

—Sí. Supongo que no hubo sobrevivientes.

La sonrisa de LaRue fue helada.

—Usted no me pagó para que los hubiera, ¿no?

—No. —VanDyke suspiró con expresión casi reverente. —Matthew Lassiter está muerto. Te ganaste tu dinero, LaRue. —Le dedicó a la camarera su sonrisa más encantadora mientras le servía su copa.

"Tus órdenes eran destruir su barco, junto con él y su tío, y tengo entendido que tu precio eran doscientos cincuenta mil dólares.

—Una ganga —murmuró LaRue.

—Ese dinero te será transferido a tu cuenta antes de la finalización del horario bancario. ¿Te parece que habrá muerto en forma instantánea? —preguntó VanDyke con tono soñador—. ¿O habrá sentido la explosión?

LaRue contempló su vaso.

—Si hubiera querido que él sufriera, me lo debería haber aclarado en nuestro contrato. Por un poco más de dinero, se podría haber arreglado.

—Ya no tiene importancia. Doy por sentado que sufrió. ¿Y los Beaumont?

—Supongo que están transidos de dolor. Matthew era como un hijo para ellos, y Buck, un querido amigo. *Ils sont désolé.* Yo tuve que fingir culpa y sufrimiento. Si no hubiera decidido llevarme la lancha a St. Kitts para disfrutar de un poco de vida nocturna... —Se puso la mano sobre el corazón y sacudió la cabeza. —Ellos me tranquilizaron y me dijeron que yo no podría haber hecho nada.

—Qué espíritus tan generosos. —VanDyke los compadeció. —Son una pareja atractiva —murmuró. —En particular la mujer, es bastante bonita.

—Ah. —LaRue se besó los dedos. —Un verdadero pimpollo del sur.

—Sin embargo... —Pensativo, VanDyke bebió un sorbo de su copa. —Me pregunto si lo mejor no sería un accidente en el viaje de vuelta a casa.

Sorprendido, LaRue bebió su mai tai.

—¿Usted quiere que liquide a los Beaumont?

—Sería una manera de empezar de cero —murmuró VanDyke. Pensó que ellos habían tocado el collar. Su collar. Y ésa era una razón más que suficiente para que murieran. —Sin embargo, son presas menos importantes. Te pagaré cincuenta mil dólares por cada uno que liquides.

—Cien mil dólares por un doble asesinato. Oh, *mon ami*, qué tacaño es usted.

—Podría hacerlo yo mismo por nada —señaló VanDyke—. Son cien mil dólares para librarme del trabajo de hacer otros arreglos. Pero preferiría que esperaras una semana, o quizá dos. —"Para tener tiempo —pensó— para planear también cómo librarme de ti." —Ahora bien, solucionado esto, ¿dónde está el amuleto?

—En un lugar seguro.

Esa sonrisa fácil se desdibujó y se volvió pétrea.

—Debías traerlo.

—*Mais non*, el dinero primero.

—Tal como convinimos, ya transferí a tu cuenta lo que me pediste por el amuleto.

—Todo el dinero.

VanDyke se enfureció. Era la última vez, se prometió, que ese canadiense hijo de puta lo desangraba. En su mente apareció la idea de matarlo, una muerte que no fuera prolija ni práctica. Y que no fuera ejecutada por otra persona.

—Ya te dije que el dinero sería depositado antes de la finalización del horario bancario.

—Entonces, cuando quede acreditado, usted tendrá su tesoro.

—Maldito seas, LaRue. —Con las mejillas encendidas por la furia, se empujó hacia atrás de la mesa y logró sujetarse antes de que su silla se derribara. Son negocios, se repitió mentalmente. Sólo negocios. —Arreglaré todo enseguida.

LaRue lo tomó con filosofía.

—Como quiera. Por ese pasillo encontrará un teléfono. —Riendo para sí, observó a VanDyke alejarse. —Otro cuarto de millón —murmuró mientras paseaba la mirada por el lobby y se detenía un instante en la arcada que daba a la biblioteca. —Qué bien me va a venir.

Sintiéndose generoso, decidió subir la parte de Matthew al cincuenta por ciento, como regalo de casamiento. Después de todo, era lo justo.

—Hecho —dijo VanDyke cuando regresó algunos minutos más tarde—. El dinero está siendo transferido en este momento.

—Como siempre, es un placer hacer negocios con usted. Cuando haya terminado mi bebida yo también haré un llamado para comprobar que la transferencia se haya completado.

Los nudillos de VanDyke estaban de nuevo blancos sobre la mesa.

—Quiero el amuleto. Quiero lo que es mío.

—Sólo tiene que esperar unos minutos más —le aseguró LaRue—. Tengo algo para que se entretenga hasta entonces. —Del bolsillo de la camisa, LaRue sacó una hoja de papel de dibujo. Lo desdobló y lo puso sobre la mesa.

El dibujo era meticulosamente detallado y mostraba cada eslabón de la cadena, cada piedra preciosa, incluso las diminutas letras que tenía grabadas.

La cara de VanDyke fue palideciendo hasta quedar tan blanca como sus nudillos.

—Es magnífico.

—Tate tiene mucha habilidad para el dibujo. Captó bien la elegancia del collar, ¿no le parece?

—Su poder —susurró VanDyke al pasar los dedos sobre el dibujo. Casi le parecía sentir la textura de las gemas. —Se nota incluso en un dibujo. Se siente. Hace casi veinte años que busco esto.

—Y que también mató por esto.

—Las vidas no son nada comparadas con este collar. —La boca se le llenó de saliva y la champaña quedó olvidada. —Ninguna de las personas que lo codiciaron entendieron su significado. Lo que puede hacer. A mí me llevó años descubrirlo.

LaRue miró hacia la arcada.

—¿Ni siquiera James Lassiter lo sabía?

—Era un tonto. Sólo pensaba en su valor monetario y en la gloria que alcanzaría si lo encontraba. Creyó que podría ser más listo que yo.

—Así que, en cambio, usted lo mató.

—Fue tan sencillo. Él confiaba en que su hijo revisaría el equipo. Ah, sí, y el muchacho era cuidadoso, eficaz y hasta desconfiaba de mí. Pero era sólo un chico. Fue ridículamente fácil sabotear los tanques; tan fácil como anular un contrato.

LaRue resistió la tentación de mirar hacia la biblioteca y mantuvo la vista fija en la cara de VanDyke.

—Pero sin duda él se dio cuenta. Lassiter era un buzo experimentado, ¿no? Cuando empezó a sentir los efectos del exceso de nitrógeno, debería haber subido a la superficie.

—Sólo tuve que sujetarlo un rato para impedírselo. En ello no hubo ninguna violencia. Yo no soy un hombre violento. Él estaba desorientado, hasta contento. Cuando ese éxtasis de las profundidades hizo presa de él, todo fue felicidad. Sonrió cuando se sacó la boquilla. Se ahogó en pleno éxtasis... ése fue mi regalo para él.

La respiración de VanDyke se aceleró al observar con fijeza el dibujo del collar, al impregnarse de él.

—Pero en aquel momento yo no sabía, no podía estar seguro, de que había muerto sabiendo.

Al salir de su propio ensimismamiento, VanDyke buscó su copa. Esos recuerdos lo hicieron caer en la cuenta de que todo lo que había hecho a lo largo de los años no había sido una equivocación después de todo. Sólo uno de muchos pasos para llegar a ese punto.

—Durante todos estos años los Lassiter me han ocultado lo que es mío. Y ahora todos están muertos, y el amuleto vendrá a mis manos.

—Creo que está equivocado —murmuró LaRue—. Matthew, ¿no quieres acompañarnos con una copa?

Mientras VanDyke, boquiabierto, entraba en estado de shock, Matthew se dejó caer en una silla.

—Me vendría bien una cerveza. Es un collar increíble, ¿no le parece? —Comentó y levantó el dibujo en el momento en que VanDyke se ponía de pie de un salto.

—Vi cómo tu barco era consumido por las llamas.

—Yo mismo coloqué las cargas explosivas. —Miró hacia el criado que estaba de pie, atento. —Tal vez quiera despedir a su perro guardián, VanDyke. En un lugar elegante como éste no son bien vistos los altercados.

—Te mataré por esto, LaRue —dijo VanDyke y se sostuvo con fuerza de la mesa hasta sentir un dolor intenso en los huesos de los dedos. —Puedes considerarte hombre muerto.

—Nada de eso. Soy un hombre rico, gracias a usted. Mademoiselle. —LaRue le sonrió a la camarera que se acercó y lo miró. —Mi compañero es un hombre muy sediento, ¿Puede tener la bondad de traernos otra vuelta de bebidas y una Corona, con lima, para mi amigo?

—¿Acaso creen que pueden salirse con la suya? —Temblando de furia, VanDyke le gruñó a su guardaespaldas hasta que el hombre volvió a sentarse en el sofá. —¿Creen que pueden trampearme, divertirse a expensas mías y llevarse lo que me corresponde por derecho de sangre? Yo puedo aplastarlos.

No conseguía recuperar el aliento y sólo veía los ojos fríos y calmados de Matthew. Los ojos de James Lassiter.

Los muertos regresaban.

—Todo lo que tienes puede ser mío en el término de una semana. Sólo necesito susurrar las palabras adecuadas en los oídos adecuados. Y, una vez que lo haya hecho, perderán todo lo que poseen. Los haré perseguir y matar como animales.

—Esto es lo más cerca que estará nunca de la Maldición de Angelique. —Matthew dobló la hoja con el dibujo y se la metió en el bolsillo. —Y jamás me tocará a mí ni a los míos.

—Debería haberte matado cuando maté a tu padre.

—Ése fue su error. —Matthew creyó ver al muchacho que había sido, asqueado y temblando de tristeza, de rabia, de impotencia. Ahora, también ese muchacho había muerto. —Voy a hacerle una propuesta, VanDyke.

—¿Una propuesta? —Sólo le faltó escupir, mientras la cabeza estaba a punto de explotarle. —¿Crees que yo haría negocios contigo?

—Me parece que sí. Sal, Buck.

Con la cara roja por haber estado agazapado en medio de una jungla de palmeras decorativas junto al bargueño, Buck hizo su aparición en medio de bufidos.

—Te digo, Matthew, que esos japoneses son genios. —Sonrió hacia la videofilmadora del tamaño de la palma de la mano que sostenía y extrajo el diminuto casete. —Te juro que las imágenes que graba son de una claridad increíble, y para qué te voy a hablar del sonido. Si casi alcanzaba a oír cómo el hielo se derretía en esa bebida de maricas que pidió LaRue.

—Yo en realidad prefiero el de mi marca. —Marla se sacó un sombrero de ala ancha de la cabeza y se acercó a la mesa. —El zoom es superior. Desde el otro extremo del lobby yo le veía los poros de la piel. —También ella eyectó el casete. —Creo que no nos perdimos nada, Matthew.

—La tecnología actual es sorprendente. —Matthew hizo saltar el minicasete en su mano. —En estas pequeñas cintas tenemos registrado, en imagen y sonido, y desde dos ángulos distintos, a usted confesando. Confesando haberle pagado a alguien para que cometa un crimen.

Sonrió apenas mientras palmeaba las cintas.

—Supongo que lo arrestarían acusado, además, de conspiración para cometer un homicidio —dijo—. O sea, dos cargos. Además está el de asesinato, vale decir, el homicidio en primer grado de James Lassiter. Por lo que sé, no había proscripción en los casos de asesinato. Nadie olvida —agregó en voz baja.

Le pasó los casetes a LaRue.

—Gracias, socio.

—Fue un gusto, te aseguro —dijo y sonrió—. Un placer muy grande.

Matthew miró a su tío.

—Buck, tú y LaRue se ocuparán de llevar estos casetes.

—Ya estamos en camino. —Buck hizo una pausa y miró a VanDyke. —Creí que ese collar tenía poderes maléficos. Pensé que había liquidado a James y que nos acosaba al muchacho y a mí. Pero ahora nosotros lo atrapamos a usted, VanDyke, y supongo que James lo está disfrutando muchísimo.

—Nadie tomará en serio esas cintas. —VanDyke se cubrió la boca con un pañuelo y le envió una señal sutil a su criado.

—Creo que sí lo harán. Aguarde un minuto. —Porque no quería perderse el entretenimiento, Matthew giró en su silla, a tiempo para ver que LaRue se agachaba como para atarse el cordón de los zapatos y después se incorporaba con la velocidad de un rayo, directamente entre las piernas del guardaespaldas.

Ciento veinte kilos de puro músculo rebotaron contra el piso lustrado, casi sin un gemido, y después el hombre se curvó sobre sí mismo como un camarón hervido.

—Eso fue por Tate —le dijo LaRue y después levantó las manos y las agitó cuando varios integrantes del personal se acercaron corriendo. —Sólo se cayó —comenzó a decir LaRue—. Sin duda un ataque cardíaco. Alguien debería llamar a un médico.

—Ustedes siempre subestimaron al canadiense —dijo Matthew y volvió a su posición inicial. —Gracias —agregó cuando la ahora visiblemente

331

nerviosa camarera trajo las bebidas. —Marla, creo que beberás un mai tai.

—Me va a encantar, querido. —Se sentó a la mesa, se alisó la falda de su solero y después miró a VanDyke con expresión helada. —Realmente quiero que sepa que esto fue idea mía. Bueno, la idea básica. Después hubo que pulirla un poco. Lo veo muy pálido, señor VanDyke. Creo que le vendría bien un poco de queso, algo que le aumente el nivel proteico.

—¿No es maravillosa? —Como si estuviera locamente enamorado, Matthew tomó la mano de Marla y comenzó a besársela. —Bueno, ahora a los negocios. Habrá copias de esas cintas en varias cajas de seguridad, bóvedas y estudios jurídicos alrededor del mundo. Con las instrucciones clásicas, que sin duda usted conoce. "Si algo llegara a sucederme, etc." En esa primera persona estamos incluidos yo y mi fabulosa futura suegra.

—Oh, Matthew.

—Y también Ray —continuó Matthew después de guiñarle un ojo—. y Buck, LaRue y, desde luego, Tate. Y, hablando de Tate...

La mano de Matthew se disparó con la velocidad de una víbora y aferró el meticuloso nudo Windsor de la corbata de VanDyke. Y, con furia, lo convirtió en un nudo corredizo.

—Si vuelve a acercarse a ella, si alguna vez le pone un dedo encima, lo mataré... después de romperle todos los huesos del cuerpo y de desollarlo vivo con uno de los cuchillos de cocina de Marla.

—Se suponía que Tate no debía contarte eso. —Ruborizada, Marla bebió su mai tai con una pajita.

—Creo que nos entendemos. —Lejos de estar satisfecho, Matthew aflojó la corbata.

—Qué agradable. Todavía están aquí. —Tate entró en el lobby. A pesar del moretón, estaba resplandeciente. —Hola, mi amor. —Lo dijo casi como un canto y se agachó para besar a Matthew en la mejilla. —Llegamos un poco tarde —continuó—. El avión tuvo una demora. Quiero que conozcan a mis amigos y colegas, el doctor Hayden Deel y la doctora Lorraine Ross. —Les sonrió a los dos. —También se los conoce como el señor y la señora Deel. Papá. —Puso una mano sobre el brazo de su padre cuando vio que él le mostraba los dientes a VanDyke. —Compórtate.

—Un gusto conocerlos. —Matthew se puso de pie y le bloqueó el paso a VanDyke. —¿Tuvieron un buen viaje?

—Sí. Disfrutamos cada minuto —respondió Lorraine.

Tate se quitó los anteojos oscuros.

—Es todo muy romántico. El capitán del *Nomad* los casó hace apenas unos días.

—Pensamos combinar aquí la luna de miel con los negocios. —Hayden mantenía un brazo alrededor de los hombros de Lorraine como si tuviera miedo de que ella desapareciera sin ese contacto. —Cuando recibimos el mensaje de Tate nos preocupamos lo suficiente como para viajar enseguida.

—Fue fantástico poder sorprenderlos en el aeropuerto. Cuando esta mañana llamé a la universidad para echar a rodar el anuncio del descubrimiento del naufragio, me dijeron que Hayden y Lorraine ya se encontraban en camino.

—Esto nos da la oportunidad de ganarles de mano a los otros. —Lorraine se recostó contra el brazo de Hayden y se esforzó por no bostezar. En un par de días Nevis se llenará de científicos y reporteros. Estamos impacientes por examinar las reliquias del *Isabella* antes de que esto sea un loquero de gente.

—Éste es el plan —dijo Tate y le sonrió con amargura a VanDyke—. Creo que no conoce personalmente a mis asociados, VanDyke, pero sí los conoce de nombre. Ah, ¿y no era su criado el hombre que afuera metían en una ambulancia? Estaba terriblemente pálido.

Atragantado por la furia, VanDyke se puso de pie.

—Esto no termina aquí.

—Coincido con usted. —Tate puso una mano sobre el hombro de Matthew. —Esto es sólo el comienzo. Varias instituciones muy importantes van a enviar representantes para que observen el resto de nuestra operación y examinen los objetos rescatados del fondo del mar. De particular interés es cierto amuleto conocido como la Maldición de Angelique. La Revista del Smithsonian publicará un extenso artículo sobre su historia, su descubrimiento y su leyenda. El National Geographic está pensando en hacer un documental.

Cuando todas las piezas fueron cayendo en su lugar, ella sonrió.

—Ahora está muy bien registrado cuándo se encontró el amuleto, quién lo halló y a quién pertenece. Jaque mate, VanDyke.

—¿Quieres una cerveza, Red?

—Sí —contestó ella y oprimió el hombro de Matthew—. Me encantaría.

—Bébete el resto de la mía. No creo que la camarera vuelva. Bueno, me parece que esto pone punto final a nuestro negocio, VanDyke. Si se le ocurre cualquier otra cosa, póngase en contacto con nosotros. Por intermedio de nuestro abogado. ¿Cómo se llamaba, Red?

—Es el estudio jurídico Winston, Terrance y Blythe, de Washington D.C. Es posible que haya oído hablar de ellos. Creo que es una de las firmas más importantes de la Costa Este. Ah, mi amor, te cuento que el cónsul norteamericano se mostró muy entusiasmado cuando hablé con él hace un par de horas. Dijo que le gustaría visitar el lugar en persona.

"Dios —pensó Matthew—, Tate es una maravilla."

—Tendremos que encontrarle alojamiento. Ahora, si nos disculpa, VanDyke, tenemos muchos planes que hacer.

VanDyke observó los rostros que lo rodeaban. Vio en ellos triunfo y desafío. No podría reunirse allí con ninguno de ellos, a solas. Con el gusto amargo del fracaso en la garganta, se dio media vuelta y se fue.

Él todavía estaba en control de la situación.

—Bésame —pidió Tate y atrajo a Matthew contra su cuerpo—. Y que sea bueno.

—Ah... —Hayden se puso a juguetear con sus anteojos. —¿Podría alguien decirme que está pasando?

—Tengo la sensación de que entramos en el último acto —dijo Lorraine—. ¿Ése era Silas VanDyke, empresario, benefactor y amigo de los científicos marinos?

—Sí, ése era Silas VanDyke. —Tate le dio un fuerte apretón a Matthew. —Un perdedor. Estoy loca por ti, Lassiter. Busquemos a la camarera y pongamos al día a los recién casados.

# Capítulo Veintinueve

—Es una historia increíble —dijo Lorraine.

En la cubierta de ese barco que se mecía con suavidad, observó las estrellas y la hermosa luna plateada. Era más de la medianoche y las explicaciones, las exclamaciones, la cena de la victoria y los brindis habían terminado.

Había dejado a su flamante marido contemplando los tesoros con los otros y se había deslizado a cubierta para compartir un momento tranquilo con su antigua compañera de barco.

—El final es la mejor parte. —Feliz de hacerse la rabona, Tate se demoraba con la última copa de la última botella de champaña.

—No sé. Tiene asesinato, codicia, lujuria, sacrificio, pasión, sexo...

—De acuerdo, quizá el sexo es la mejor parte.

De pie entre las dos sillas y riendo, Lorraine trató de extraer algunas gotas más de la botella.

—Omití la brujería. ¿Crees que Angelique Maunoir era una bruja en realidad?

—Caramba, una pregunta como ésa en labios de una científica. —Pero Tate suspiró. —Creo que era una mujer fuerte y poderosa, y que el amor puede obrar toda clase de magias.

—Quizá debería preocuparte la idea de poseer ese amuleto, por hermoso que sea.

—Me gusta pensar que ella habría aprobado a quien lo encontró y también lo que nos proponemos hacer con él. Podremos contar su historia. Y, hablando de historias... —Tate vertió la mitad del contenido de su copa en la de Lorraine. —¿Qué me dices de la tuya con Hayden?

—No es tan legendaria, pero me gusta. —Lorraine levantó la mano para observar su alianza matrimonial. Había suficiente claro de luna como para hacerla brillar. —Yo lo pesqué de rebote.

—No seas ridícula.

—Bueno, tal vez no fue tan así. ¿Sabes?, cuando tú y yo trabajábamos juntas, en realidad nunca entendí tu conducta. Allí estaba Hayden, observando cada movimiento tuyo con esos maravillosos ojos de carnero degollado, y tú ni le prestabas atención. Por supuesto que ahora, al conocer a Matthew, todo me resulta claro.

"Espero que no lo tomes a mal, pero me alegré muchísimo cuando te llamaron y tuviste que abandonar el *Nomad*. Lorraine, me dije, ya no hay moros en la costa. Ahora, manos a la obra.

—Y trabajaste muy rápido.

—Es que lo adoro. Te juro, Tate, que él me hacía sentir un cachorrito torpe que suplicaba que le dieran las sobras durante todo el tiempo en que trabajamos juntos. Yo siempre había sido la que estaba en control con los hombres. Pero, con Hayden, no era así en absoluto. Finalmente tuve que tragarme el amor propio. Una noche que él trabajaba hasta tarde, lo acorralé en el laboratorio y lo seduje.

—¿En el laboratorio?

—Así es. En realidad yo ya le había dejado caer algunas indirectas, tanto como para atraer su atención. Y, bueno, le dije que lo amaba y que lo iba a seguir dondequiera fuera.

"Y él me miró muy serio y dijo que en ese caso le parecía mejor que nos casáramos.

—¿Dijo eso?

—Exactamente eso. —Lorraine suspiró. —Y entonces sonrió, y yo me eché a llorar como una criatura. —Lorraine se bebió el resto de la champaña. —Y si no me controlo, volveré a llorar ahora.

—No lo hagas; tengo miedo de que me contagies. Supongo que las dos tuvimos suerte.

—Me llevó treinta y ocho años ser afortunada. Mierda. —Se encogió de hombros y trató de beber las últimas gotas que quedaban en la copa. —Creo que estoy suficientemente borracha como para admitirlo. En realidad, son cuarenta y tres años. Soy una maldita cuarentona especializada en química marina que se enamoró por primera vez en la vida. Maldición, voy a llorar.

—Está bien. ¿Estás en condiciones de ser madrina de boda dentro de unos días?

—Sí —contestó Lorraine, levantó la vista con una leve sonrisa y ojos húmedos, en el momento en que Hayden y Matthew salían a cubierta.

—¿Qué está pasando aquí? —preguntó Hayden.

—Estamos borrachas y felices —le respondió Lorraine—. Y enamoradas.

—Eso es muy agradable. —Hayden la palmeó en la cabeza. —No olvides preparar algún brebaje para curarte la resaca que tendrás por la mañana. Nos espera un día muy ajetreado.

—Él es tan... —Lorraine se puso de pie, se tambaleó y se sujetó de su marido. —Organizado. Me derrite.

—Lorraine, dentro de uno o dos días, varias personas importantes volarán hacia aquí desde distintas partes del mundo. Debemos prepararnos. —Cuando ella sólo siguió mirándolo arrobada, Hayden miró a Matthew. —¿Puedo pedirte que me lleves de vuelta a Nevis? Creo que Lorraine necesita recostarse un rato.

—Buck y LaRue te ayudarán a subirla a la lancha y te llevarán de vuelta. —Le extendió una mano. —Es bueno tenerte en nuestro equipo.

Cuando la lancha inició el trayecto hacia la isla, Tate se recostó contra Matthew.

—Forman una linda pareja.

—Ahora entiendo por qué no hacías más que nombrarlo. Él pesca las cosas con mucha rapidez y se enfoca en lo que es más importante.

Con la cabeza apoyada en el hombro de Matthew, Tate observó cómo la lancha se alejaba.

—Él es el mejor en su campo, y su nombre tiene mucho peso. Lorraine no le va en zaga. El hecho de tenerlos a los dos a bordo le confiere eficacia, respeto e importancia científica a toda la operación. —Dejó escapar un suspiro de satisfacción. —Y, cuantas más personas de influencia sepan todo lo relativo al *Isabella* y al amuleto, más imposible le será a VanDyke interferir de alguna manera.

—Igual, no bajemos la guardia todavía. Estamos mucho mejor anclados aquí, cerca de la isla y a kilómetros del lugar del hallazgo.

—VanDyke no tuvo más remedio que irse con el rabo entre las piernas. Y aunque recurra a cuanto político, institución o funcionario tenga en el bolsillo, no logrará cambiar nada. —Tate giró y le echó los brazos al cuello. —Sé que preferirías haber manejado las cosas de manera diferente, pero así es mejor para nosotros.

—Hacerlo de esta manera me resultó más satisfactorio de lo que pensé. Nosotros ganamos, él pierde. En todo sentido. —Metió la mano en el bolsillo y sacó el amuleto. —En realidad, ahora es tuyo.

—Nuestro.

—Son las reglas de la recuperación de objetos de un barco hundido —murmuró él y le puso el collar alrededor del cuello—. Creo que cuando Etienne lo mandó hacer para Angelique, eligió que la piedra central fuera un rubí para significar pasión. Los diamantes que lo rodean, resistencia. El oro, fuerza. —Con suavidad le besó las cejas, la mejilla, los labios. —El amor necesita todas esas cosas.

—Matthew —dijo ella y cerró la mano alrededor del rubí—. Qué hermosas palabras.

—Pensé que a lo mejor te gustaría usarlo para la boda.

—Me gustaría, sí, si no tuviera otra joya que atesoro todavía más. Un pequeño relicario de oro con una perla.

Absurdamente conmovido, él le deslizó un dedo por la mejilla. Tuvo que carraspear antes de poder confiar en su voz.

—¿Lo conservaste?

—Traté de tirarlo como una docena de veces, pero nunca pude. Nada que he subido del fondo del mar fue más precioso para mí. Ni siquiera este collar.

—Haremos que nuestro matrimonio funcione. —La besó. —Tú eres mi amuleto de la buena suerte, Red. ¿Por qué no entramos? Hayden tiene razón con respecto al día que nos espera.

—Enseguida voy. Primero quiero repasar mis registros y asegurarme de que todo está bien. No me llevará más de media hora.

—¿Piensas ponerte práctica cuando yo planeaba volverte loca?

—Resérvate para dentro de veinte minutos. De veras necesito comprobar si todos mis documentos están en orden. De ninguna manera quiero tener las cosas a medio hacer cuando se presente aquí el representante de la Sociedad Cousteau.

—Ambiciosa y sexy —dijo él y le mordisqueó el labio inferior—. Te esperaré.

—Quince minutos —le gritó ella cuando Matthew se iba.

Todo lo que ella había deseado estaba a apenas un paso. El hombre que amaba y una vida con él, una carrera de pronto realzada, el museo que exhibiría el trabajo de ambos.

Cerró la mano alrededor del amuleto y cerró también los ojos. Después de cuatrocientos años, tal vez Angelique encontraría por fin la paz.

Se dio cuenta de que nada era imposible.

Fue a recoger las copas y las botellas que ella y Lorraine habían dejado atrás. Las pisadas que oyó a sus espaldas la hicieron reír por lo bajo.

—Te dije que quince minutos, Lassiter. O quizá diez si no me distraes.

La mano que se apretó contra su boca era húmeda y lisa. Su propia mano subió de golpe para clavarle las uñas incluso antes de que ella se alarmara realmente.

—Tiene una pistola apuntándole a la espalda, Tate. —El fuerte *jab* que le asestaron encima de los riñones la hizo quedarse inmóvil. —Con silenciador. Nadie oirá si le disparo ya mismo. Si llega a gritar o a llamar a alguien la mataré, lo mismo que a cualquiera que corra en su ayuda. ¿Me ha entendido?

La voz y la amenaza le eran repugnantemente familiares. Tate sólo pudo asentir con la cabeza.

—Tenga mucho cuidado. —VanDyke le sacó la mano de la boca pero enseguida le apretó la garganta. —Puede estar muerta en un instante. —Podría romperle el cuello. Lo pensó, barajó esa idea, pero la desechó. El asesinato podía esperar. —Y un instante después yo estaría en el agua y lejos de aquí.

—¿Qué espera probar con esto? —Las palabras eran débiles y le costó pronunciarlas por lo fuerte que él le tenía apretado el cuello. —El *Isabella* y todo lo que contenía ya no está a su alcance. Puede matarme, matarnos a todos, y eso no cambiará. Lo perseguirán y lo meterán en la cárcel por el resto de su vida.

—¿Acaso no sabe que nadie podrá tocarme cuando tenga el amuleto? Usted conoce el poder que tiene, lo ha sentido.

—Usted está loco... —Su grito fue involuntario y apenas si llegó a treinta centímetros de allí cuando los dedos de VanDyke se le clavaron con brutalidad en la tráquea.

—Es mío. Siempre fue mío.

—Nunca se saldrá con la suya. Sabrán que fue usted. Todo su dinero y sus influencias no podrán protegerlo esta vez. —Tate respiró hondo cuando él aflojó un poco la presión de su mano.

—El amuleto bastará.

—Tendrá que esconderse por el resto de su vida.

Mientras lo decía, Tate buscó con la mirada alguna clase de arma. La botella de champaña, con su vidrio grueso y pesado estaba fuera de su alcance.

—Tenemos las cintas grabadas, ya anunciamos el hallazgo —se apresuró a decir—. Hayden y Lorraine lo saben, lo mismo que decenas de otras personas. Usted no puede matarlas a todas.

—Yo puedo hacer cualquier cosa y nada ni nadie me tocará. Deme el amuleto, Tate y les perdonaré la vida a sus padres.

Se sintió desfallecer al recordarlo y cerró la mano sobre la piedra a manera de protección. El rubí parecía pulsar con suavidad contra la palma de su mano.

—No le creo. Me matará, nos matará a todos, ¿y todo por qué? ¿Por alguna idea descabellada de que el collar le conferirá poder e impunidad?

—Y, tal vez, inmortalidad. —Sí, había empezado a creerlo. —Otros lo creyeron, pero eran débiles, incapaces de controlar lo que tenían en las manos. Como ve, yo soy diferente. Estoy acostumbrado a dar órdenes, a aprovechar el poder en mi beneficio. Por eso ese collar me pertenece. ¿Se imagina lo que sería vivir con cada deseo hecho realidad? Ganar siempre. Vivir eternamente, si uno lo deseara.

Su respiración se aceleró contra el oído de Tate.

—Sí, la mataré por eso. Los mataré a todos ustedes por eso. ¿Quiere que primero la haga sufrir?

—No. —Tate cerró los ojos y mantuvo el oído alerta al ruido de la lancha que regresaba. Si de alguna manera pudiera hacerles una señal, a ellos o a Matthew, podría haber una manera de impedir que VanDyke los matara a todos. —Se lo daré y rogaré a Dios que le dé la vida que se merece.

—¿Dónde está el amuleto?

—Aquí. —Levantó la piedra que tenía en la mano. —Aquí mismo.

Azorado, el disminuyó la presión de sus manos lo suficiente como para que ella pegara un salto y se alejara. No había ningún lugar hacia donde correr. En cambio, ella lo enfrentó, con mirada helada y desafiante, los dedos todavía alrededor de la gema brillante del centro del medallón. Vio que la cara de VanDyke se relajaba, se ablandaba como vidrio caliente. Pero la pistola no se movió.

—Es una hermosura, ¿no? —dijo ella en voz baja. No podía apelar a su cordura, así que apelaría a su locura. Tal vez, sólo tal vez, ella tenía un arma después de todo.

—Durante siglos ha esperado que alguien lo sostuviera, lo usara, lo admirara de nuevo. ¿Sabe que no tenía ni un rasguño cuando lo levanté de la arena?

Tate hizo girar la piedra para que recibiera la luz blanca de la luna. La luz y las sombras bailotearon. De pronto reinó un silencio tan total que ella pudo oír cada susurro separado de las olas que besaban el casco del barco.

—Ni el tiempo ni el agua lo tocaron. Sin duda tenía el mismo aspecto la última vez que ella lo usó alrededor del cuello.

Cuando él siguió mirando fijo el amuleto, como hipnotizado, ella retrocedió algunos centímetros, pero sin dejar de sostener el amuleto con la mano extendida.

—Creo que ella lo usó aquella mañana. La mañana en que fueron a buscarla para ejecutarla. Y él, el hombre responsable de condenarla, esperó afuera de la celda y se lo quitó.

Su voz era suave, casi sedante.

—No podía tenerla a ella, así que se apoderó del último eslabón físico que la unía al hombre que amaba. Al menos eso pensó él. Pero le resultó imposible quebrar esa conexión tan íntima que existía entre ellos. Tampoco pudo hacerlo la muerte. Ella pronunció mentalmente su nombre mientras el humo le llenaba los pulmones y las llamas le lamían los pies. El nombre de Etienne. Si me parece oírlo, ¿usted no, VanDyke?

Fascinado como una rata por la mirada de una serpiente, él siguió con la vista clavada en el amuleto. Su lengua se asomó para lamerle los labios.

—Es mío.

—Oh, no, sigue siendo de ella. Siempre lo será. Ése es el secreto, VanDyke, allí residen la magia y el poder. Los que no lo entendieron y codiciaron el collar para sus propios fines son los que atrajeron la maldición sobre sus propias cabezas. Si usted se lo lleva —dijo ella en voz baja y con repentina certeza—, estará condenado.

—Es mío —repitió él—. Soy la única persona a la que estaba destinado. He gastado una fortuna para encontrarlo.

—Pero yo lo encontré. Usted sólo me lo está robando. —Ahora Tate ya casi estaba junto a la barandilla. Se preguntó si ese ruido era el de un motor o si sólo era su deseo de que lo fuera. Si gritaba ahora, ¿salvaría a las personas que amaba o las mataría?

VanDyke ahora la miró a los ojos y a Tate se le cayó el alma a los pies. Una vez más esos ojos estaban despejados, calmos, sin ese aspecto vidrioso de la locura.

—¿Cree que no me doy cuenta de lo que está haciendo? Ganar tiempo hasta que su héroe de hombros anchos venga en su ayuda. Una lástima que él no lo haya hecho para que los dos puedan morir juntos, de un modo romántico. Ya la esperé suficiente tiempo, Tate. Quítese el amuleto y démelo o le meteré la primera bala en las tripas en lugar de en el corazón.

—Está bien. —Sus dedos estaban extrañamente livianos y firmes cuando se quitó la cadena del cuello. Era casi como si no le pertenecieran, como si ella flotara en alguna parte más allá de su propio cuerpo. —Si tanto lo desea, búsquelo y pague el precio.

Preparada para recibir la bala, lo arrojó hacia arriba y hacia el mar.

Él aulló. El sonido era inhumano, como el de una bestia que prueba sangre. Y, como una bestia, corrió hacia la barandilla y se arrojó al agua oscura. Antes de que VanDyke hubiera desaparecido de la superficie, ella se lanzó tras él.

Al hender el agua, parte de su cerebro registró lo peligroso y descabellado de lo que estaba haciendo. Sin embargo, no podía evitarlo.

La razón le dijo que él jamás encontraría el amuleto en plena noche, sin visor, tanques ni tiempo. Ella tampoco lo encontraría a él ni el tesoro que había arrojado por la borda.

Incluso cuando la lógica comenzó a equilibrar el impulso, vio la sombra de un movimiento. Una furia que ni siquiera sabía que había acumulado adentro se liberó y Tate se lanzó sobre él como un tiburón.

Allí, en ese mundo sin aire, la fuerza superior de VanDyke se veía contrarrestada por la juventud y habilidad de Tate. La codicia ciega de él, por la furia de ella. Ya no había ningún arma, sólo manos y dientes. Y ella usó los suyos con ferocidad.

Él la arañó, desesperado por subir a la superficie y respirar de nuevo. Con un dolor terrible en sus propios pulmones, ella lo arrastró hacia abajo, hasta que una patada la alejó.

Volvió a subir por entre esa agua oscura, casi desesperada por llegar a la superficie.

Él la esperaba allí y la atacó en forma salvaje mientras ella se esforzaba por llenarse de aire los pulmones vacíos. La cara de VanDyke estaba distorsionada por el agua y la sal que Tate tenía en los ojos. Lucharon en un silencio terrible quebrado sólo por jadeos y el ruido del agua.

Él puso los ojos en blanco cuando ella lo empujó hacia abajo y el mar los abrazó a ambos con avidez.

Tate tragó agua y se atoró. La sal le ardía en los ojos cuando él la sostuvo abajo. Las manos de ella se aflojaron y soltaron el traje de neoprene de VanDyke. El zumbido en sus oídos se convirtió en un rugido. Frente a sus ojos vio una serie de reflejos que estallaron en su cabeza.

No, pensó ella, y luchó por liberarse. Una luz. Una única luz que brillaba contra la arena. Él se zambulló y nadó rápido por entre esa agua oscura hacia la arena blanca donde el amuleto yacía como una estrella ensangrentada.

Tate lo vio tomarlo, vio cómo su mano se cerraba con voracidad alrededor del medallón. Por entre sus dedos se filtró una suave luminosidad rojiza que se hizo más profunda. Como si fuera sangre.

Él giró la cabeza y la miró con expresión triunfal. Las miradas de ambos se cruzaron y se sostuvieron.

Entonces él gritó.

—Ya está recobrando el conocimiento. Así, Red, tose, larga el agua.

Por entre el ruido de sus propias arcadas, Tate oyó la voz de Matthew y advirtió un temblor en ella. Sentía la madera sólida de la cubierta debajo de sus pies, las manos grandes de Matthew que le sostenían la cabeza, el agua que caía sobre su piel.

—Matthew.

—No trates de hablar. Por Dios, ¿dónde está la maldita manta?

—Aquí, aquí está. —Con serena eficiencia, Marla cubrió a su hija con la manta. —Todo está bien, querida, ahora sólo quédate quieta.

—VanDyke...

—Está bien. —Matthew miró hacia donde el hombre se encontraba sentado bajo el arpón con cabeza explosiva con el que LaRue lo apuntaba. Estaba semiahogado y reía entre dientes.

—El amuleto.

—Por Dios, si todavía lo tiene alrededor del cuello. —Matthew se lo sacó con mano temblorosa. —No me había dado cuenta.

—Bueno, estabas un poco ocupado salvándole la vida. —Ray cerró los ojos con fuerza y sintió un enorme alivio. Cuando Matthew había sacado a Tate del agua, él estaba seguro de que su única hija estaba muerta.

—¿Qué pasó? —Tate por fin reunió la fuerza necesaria para abrir los ojos. Sobre ella había un círculo de caras preocupadas. —Dios, me duele todo el cuerpo.

—Quédate quieta un minuto. Sus pupilas parecen normales. Y ya no tiembla.

—Podría haber un shock tardío. Creo que deberíamos sacarle esa ropa mojada y meterla en la cama. —Marla se mordió el labio y, aunque sabía que era tonto, le puso la mano en la frente para ver si tenía fiebre. —Te prepararé un rico té de manzanilla.

—Está bien. —Un poco mareada, Tate sonrió. —¿Ahora puedo levantarme?

Mascullando una imprecación, Matthew la alzó con manta y todo.

—Yo la acostaré. —Hizo una breve pausa para lanzarle una mirada a VanDyke. —LaRue, será mejor que tú y Buck lleven lo que queda de él a Nevis y se lo entreguen a la policía.

Vagamente curiosa, Tate lo miró fijo.

—¿Por qué ríe?

—No ha hecho otra cosa desde que Ray lo trajo. Ríe y murmura cosas sobre brujas que arden en el agua. Vamos, te meteré en un baño caliente.

—Sí, hazlo.

Matthew era paciente. Le preparó el baño, le masajeó los hombros, hasta le lavó el pelo. Después la secó, le puso un camisón y la metió en la cama.

—Podría acostumbrarme a esto —murmuró ella y apoyó la cabeza sobre la mullida almohada mientras bebía el té que su madre le había preparado.

—Tú quédate quieta —le ordenó Marla y se puso a arreglarle la manta. Miró a Matthew. —Ray se fue a Nevis. No quería perder de vista a VanDyke hasta verlo encerrado en una celda. ¿Quieres que te avise cuando vuelven?

—Yo iré en un momento.

Marla levantó una ceja. Tenía la sensación de que Tate debía enfrentar aún una crisis.

—Creo que iré a preparar café. Tú descansa, querida. —Besó la frente de su hija y cerró la puerta después de salir.

—¿No es la mejor? —preguntó Tate—. Nada parece turbar jamás su desenvoltura sureña.

—Estás a punto de averiguar lo que sacude a un temperamento yanqui. ¿Qué demonios pensabas que estabas haciendo?

Ella hizo una mueca por el volumen de voz con que se lo preguntó.

—No lo sé con exactitud. Todo sucedió tan rápido.

—No respirabas. —Le tomó el mentón con dedos tensos y temblorosos. —No respirabas cuando te saqué del agua.

—No recuerdo nada. Todo lo ocurrido después de que me zambullí tras él me resulta confuso e irreal.

—De modo que te zambulliste detrás de él —repitió Matthew, espaciando cada palabra.

—No fue mi intención —se apresuró a decir ella—. Lo que pasa es que arrojé el amuleto al agua. Tenía que correr el riesgo de que él se lanzara a buscarlo en lugar de dispararme.

El corazón de Matthew, que ya había sufrido mucho, volvió a detenerse.

—¿Él tenía un arma?

—Sí. Sin duda la perdió en el agua. Yo estaba por entrar cuando él se apareció detrás de mí y me clavó el cañón del arma en la espalda. Debió de haber subido a bordo por estribor. Lo más probable es que su equipo siga allí, en la escalerilla. Yo no podía gritar y llamarte porque nos habría matado a todos.

Con la mayor tranquilidad posible, le contó lo que había ocurrido en cubierta.

—Me quité el collar —murmuró Tate y cerró los ojos para tratar de verlo todo de nuevo.

El juego de luces, las sombras que se movían. La forma en que la piedra parecía latir en su mano como si fuera un corazón.

—No tuve que pensarlo. Sólo la arrojé. VanDyke pasó corriendo junto a mí; ni siquiera me miró. Sólo se zambulló.

—¿Por qué fuiste tras él? Yo estaba aquí, Red.

—Ya lo sé. No puedo explicarlo. Pensé que correría a buscarte y al minuto siguiente estaba en el agua. Incluso mientras me zambullía pensaba que lo que hacía no tenía sentido. Pero no pude detenerme. Lo pesqué y luchamos.

Para recordar la escena con mayor claridad, Tate volvió a cerrar los ojos.

—Recuerdo haber forcejeado con él en la superficie y también bajo el agua. Recuerdo haber perdido aire y sabido que él me ahogaría. Entonces vi esa luz.

—Dios. —Matthew se pasó una mano por el pelo. —¿Me estás diciendo que viviste una experiencia cercana a la muerte? ¿La luz blanca, el túnel, todo eso?

Tan desconcertada como él, Tate abrió los ojos.

—No, pero fue algo igual de extraño. Debo de haber estado alucinando. Vi ese resplandor, y era el collar. La arena era perfectamente blanca y vi el collar con tanta claridad como te veo ahora. Sé que no es posible, pero fue así. Y a él le pasó lo mismo.

—Te creo —dijo Matthew en voz baja—. Continúa.

—Lo vi zambullirse hacia el collar. Yo estaba allí, sólo flotando en el agua. —Sus cejas se juntaron y formaron una leve línea. —Fue como si yo tuviera que estar allí, tuviera que verlo. Sé que no estoy explicando esto bien.

—Lo haces muy bien.

—Yo miré y esperé —prosiguió Tate—. Él lo levantó y lo sostuvo en las manos y me pareció verlo sangrar por entre sus dedos, como si la piedra se hubiera derretido. Él levantó la vista y me miró. Vi sus ojos. Entonces...

Porque ella temblaba, Matthew le acarició el pelo. Tuvo ganas de abrazarla fuerte, de decirle que lo olvidara todo. Pero sabía que Tate debía terminar.

—¿Entonces, qué?

—Él gritó y yo lo oí. El sonido no estaba amortiguado por el agua. Fue un chillido agudo y aterrador. VanDyke no hacía más que mirarme y gritar. Había fuego por todas partes. La luz y el color del fuego, pero sin su calor. Yo no estaba para nada asustada. Así que le quité el amuleto y lo dejé ir.

Calló un momento y su risa fue nerviosa.

—No sé... supongo que perdí el sentido. Debe de haberme pasado eso. Con seguridad estuve inconsciente todo el tiempo porque no es posible que las cosas hayan sucedido así.

—Tenías puesto el collar, Tate. Cuando te saqué del agua, lo tenías alrededor del cuello.

—Debo de haberlo encontrado.

Él le apartó el pelo de la cara.

—¿Y eso tiene sentido para ti?

—Sí, por supuesto. No —reconoció y buscó la mano de Matthew—. No lo tiene.

—Déjame decirte lo que yo vi. Cuando oí que me llamabas corrí a cubierta. VanDyke estaba en el agua dando brazadas y, sí, gritaba. Yo sabía que tenías que estar en el agua, así que me tiré.

No tenía sentido decirle que se zambulló hasta que sus pulmones casi explotaron, pero que en ningún momento pensó en subir a la superficie hasta tenerla a ella al lado.

—Cuando te descubrí tendida de espaldas en el fondo, como sueles dormir, y con una sonrisa en los labios, casi esperé que abrieras los ojos y me miraras. Cuando empecé a subirte me di cuenta de que no respirabas. No pueden haber pasado más de tres o cuatro minutos desde el momento en que me gritaste pidiendo ayuda, pero no respirabas.

—De modo que me trajiste de nuevo a la vida. —Tate se inclinó hacia adelante y apartó la taza para tener las manos libres con que rodearle la cara. —Mi caballero andante personal.

—Bueno, no fue precisamente como el Príncipe Azul. La reanimación cardiopulmonar con respiración boca a boca no tiene nada de romántico.

—En estas circunstancias, es mejor que un ramo de azucenas. —Tate lo besó con suavidad. —Matthew, una cosa. Yo en ningún momento grité tu nombre. —Sacudió la cabeza antes de que él pudiera protestar. —No te llamé. Pero sí pronuncié tu nombre en mi cabeza cuando creí que me ahogaba. —Apoyó una mejilla sobre la suya y suspiró. —Supongo que me oíste.

# CAPÍTULO TREINTA

A través de los barrotes de la pequeña celda, Matthew observó a Silas VanDyke. Allí —pensó— estaba el hombre que lo había atormentado, que mató a su padre, planeó matarlo a él y casi mata a la mujer que él amaba.

Había sido un hombre poderoso, de enorme poder financiero, social y político.

Y ahora estaba encerrado en una jaula como un animal.

Le habían dado una camisa y pantalones de algodón, las dos cosas desteñidas y demasiado grandes. No usaba cinturón, ni cordones para zapatos y, por cierto, ninguna camisa de seda con monograma.

Sin embargo, se encontraba sentado en el angosto jergón como si ocupara un sillón hecho a medida; como si esa celda inmunda fuera su oficina decorada con elegancia. Como si él estuviera todavía a cargo de todo.

Pero a Matthew le pareció que de alguna manera se había encogido, que su cuerpo parecía frágil dentro de esa ropa carcelaria de tamaño exagerado. Los huesos de su cara se habían afilado y apretaban contra la piel, como si la carne se hubiera derretido de la noche a la mañana.

Estaba sin afeitar, con el pelo pegoteado por el agua de mar y la transpiración. Una serie de arañazos le cubrían la cara y las manos y le recordaron a Matthew la lucha desesperada de Tate por su vida.

Sólo por eso tuvo ganas de atravesar los barrotes y oír cómo los huesos de VanDyke se quebraban en sus manos.

Pero se obligó a permanecer allí y a estudiar a ese hombre.

Y vio que la dignidad y la apariencia de poder que VanDyke se esforzaba por mantener se extendían sobre él como un cristal delgado y frágil. El odio seguía allí —comprendió Matthew—, maduro y vivo en sus ojos. Se preguntó si bastaría para mantener a ese hombre vivo, si él podría alimentarse con ese odio a lo largo de todos los años que permanecería encerrado.

Esperaba que así fuera.

—¿Qué se siente —se preguntó Matthew en voz alta— al perderlo todo?

—¿Crees que esto me detendrá? —La voz de VanDyke era apenas un murmullo que se deslizaba por entre los barrotes como una serpiente. —¿Crees que dejaré que te lo quedes?

—Vine aquí a decirle que usted ya no tiene importancia.

—¿Ah, no? —Parpadeó. —Debería haberla matado. Debería haberle metido una bala en el cuello y permitido que la vieras morir.

Matthew saltó hacia los barrotes y casi trató de romperlos hasta que la expresión de satisfacción que apareció en los ojos de VanDyke lo detuvieron. No, no así, se dijo Matthew.

—Ella lo venció. Es la que finalmente lo derrotó. Usted lo vio, ¿verdad? El fuego en el agua. Y vio que ella lo miraba —continuó, basándose en la escena que Tate le había descripto—. Ella era tan hermosa, tan atractiva bajo esa luz increíble. Y usted chilló como una criatura con una pesadilla.

VanDyke tenía las mejillas blancas como el papel.

—Yo no vi nada. ¡Nada! —Su voz subió de intensidad cuando saltó del jergón. En su mente, una serie de imágenes borrosas y aterradoras nadaban, tomaban forma y amenazaban con quebrar su cordura como garras afiladas.

Los gritos pugnaban por brotar, salvajes y feroces, de su garganta.

—Usted lo vio. —Matthew de nuevo estaba calmado. —Y lo verá una y otra vez. Cada vez que cierre los ojos. ¿Cuánto tiempo podrá vivir con ese miedo?

—Yo no le tengo miedo a nada. —El terror era una bola helada en su estómago. —Ellos no podrán mantenerme en prisión. Tengo una posición. Tengo dinero.

—Usted no tiene nada —murmuró Matthew— sino muchos años por delante encerrado para pensar en lo que hizo y en lo que al final no pudo hacer.

—Saldré de aquí y te encontraré, Matthew.

—No. —Esta vez, Matthew sonrió. —No lo hará.

—Yo ya gané. —Se acercó y rodeó los barrotes con los dedos hasta que quedaron tan blancos como su cara. Su respiración era rápida y los ojos que miraban con odio a Matthew exhibían el brillo de la locura. —Tu padre está muerto, tu tío es un inválido. Y tú no eres más que un animal carroñero.

—Usted es el que está enjaulado, VanDyke. Y yo soy el que tiene el amuleto.

—Ya me ocuparé de ti. Terminaré con los Lassiter y tomaré lo que es mío.

—Ella lo derrotó —repitió Matthew—. Una mujer empezó esto y otra mujer lo terminó. Usted tuvo el collar en las manos, ¿no? Pero no pudo conservarlo.

—Lo recuperaré, James —dijo VanDyke y mostró los dientes—. Y me ocuparé de ti. ¿Acaso crees ser más listo que yo?

—Protegeré lo que es mío.

—Siempre tan seguro de ti mismo. Pero yo ya gané, James. El amuleto es mío. Siempre fue mío.

Matthew se alejó de los barrotes.

—Cuide su salud, VanDyke. Quiero que viva muchos, muchos años.

—Yo gané. —La voz furiosa y estridente siguió a Matthew mientras se iba de allí. —Yo gané.

Porque necesitaba un poco de sol, Matthew salió del cuartel de policía. Se frotó la cara con las manos y confió en que Tate no tardaría mucho en prestar su testimonio.

El aire estaba caluroso e inmóvil y sintió un anhelo profundo de mar, de algo fresco y aromático. De Tate.

Tate salió casi veinte minutos más tarde. Matthew la notó exhausta, pálida y con una expresión de zozobra en los ojos. Sin decir nada, le extendió un ramo de flores rosadas y azules.

—¿Qué es esto?

—Se llaman flores. Las vende un florista calle abajo.

Eso la hizo sonreír y, cuando sepultó la cara en ellas, su estado de ánimo mejoró.

—Gracias.

—Pensé que nos vendría bien a los dos. —Deslizó una mano por la trenza de Tate. —¿Fue una mañana difícil?

—Bueno, las he tenido mejores. Sin embargo, los policías se mostraron muy comprensivos y pacientes conmigo. Con mi testimonio, el tuyo, el de LaRue y los casetes, tienen tantos cargos contra VanDyke que no sé qué harán primero. —Ella levantó un hombro. Ya no tenía importancia. —Supongo que a la larga será extraditado.

Con su mano entrelazada con la de ella, Matthew la llevó al auto alquilado.

—Creo que pasará lo que le queda de vida en una celda acolchada. Acabo de estar con él.

—Ah. —Tate esperó a que él se hubiera instalado detrás del volante. —Me preguntaba si lo harías.

—Quería verlo encerrado. —Matthew encendió el motor y arrancó el vehículo. —Supongo que, puesto que no podía darme el gusto de romperle la cara de un puñetazo, al menos quería disfrutar de ese espectáculo.

—¿Y?

—Está al borde de la locura y me parece que estaría más cerca aún si yo le hubiera dado un empujoncito. —Matthew la miró. —Trató de convencerme, o quizá de convencerse a sí mismo, de que había ganado.

Tate levantó las flores para frotarse esos fragantes pimpollos contra la mejilla.

—Pues no es así. Lo sabemos y es lo único que importa.

—Un momento antes de que yo me fuera, me llamó por el nombre de mi padre.

—Matthew. —Preocupada, apoyó una mano sobre la que Matthew tenía sobre la palanca de velocidades. —Lo siento.

—No. Está bien. Fue algo así como un cierre, un círculo que se completaba. Durante casi toda mi vida he querido retrasar el reloj a aquel día, hacer algo para cambiar lo que sucedió. Yo no pude salvar a mi padre y no pude ser él. Pero hoy, por algunos minutos, sentí que ocupaba su lugar.

—Justicia en lugar de venganza —murmuró ella—. Es algo con lo que resulta más fácil vivir.

Cuando él dobló hacia el mar, ella dejó caer la cabeza hacia el respaldo del asiento.

—Matthew, cuando hablaba con la policía recordé algo. Anoche, cuando estaba en cubierta con VanDyke, tenía el amuleto en la mano y le dije que esperaba que le diera la vida que se merecía.

—Veinte o treinta años encerrado, lejos de todo lo que más quiere. Bien dicho, Red.

—Pero, ¿quién lo dijo? —Tate soltó un prolongado suspiro. —Él no tiene el amuleto, Matthew, pero sí la Maldición de Angelique.

Era maravilloso estar de nuevo en el mar, de nuevo en el trabajo. Después de desechar todas las sugerencias en el sentido de que se tomara el resto del día para descansar, Tate se encerró con Hayden para mostrarle los catálogos que había preparado.

—Hiciste un trabajo excelente, Tate.

—Tuve un buen maestro. Pero todavía me queda tanto por hacer. Tengo kilómetros de película para hacer revelar. Ya tenemos los vídeos, desde luego, y mis dibujos.

Deslizó un dedo por una de sus listas.

—Necesitamos desesperadamente lugar para almacenar todo —continuó—. Más tanques y soluciones para preservar objetos. Y ahora que hicimos el anuncio, podemos empezar a levantar del fondo el cañón. Antes no podíamos correr el riesgo de utilizar grúas y flotadores.

Suspiró y se echó hacia atrás en el asiento.

—Necesitamos equipos para manejar el resto y, desde luego, para preservar y reconstruir lo que podamos del *Isabella*.

—Tienes el trabajo muy bien organizado.

—Tengo un gran equipo. —Extendió el brazo en busca de la taza de café y sonrió al ver el recipiente con flores junto al monitor. —Que es incluso mejor ahora que tú y Lorraine decidieron incorporarse a él.

—Ninguno de los dos nos lo perderíamos por nada del mundo.

—Creo que necesitaremos un barco más grande, sobre todo hasta que Matthew se construya otro.

Pero no era eso lo que le rondaba la mente mientras Hayden leía sus notas. Tate se abrazó y tomó coraje.

—Dime algo con toda sinceridad, Hayden. Cuando los representantes y otros científicos lleguen, ¿estoy preparada para ellos? ¿Mis notas y trabajos están bien organizados y son suficientemente detallados? Sin poder echar mano de otras fuentes, he tenido que adivinar frente a tantos objetos rescatados del naufragio que yo...

—¿Lo que necesitas es una calificación, una nota? —la interrumpió él.

—No. Bueno, tal vez. Me siento nerviosa.

Él se sacó los anteojos, se frotó el puente de la nariz y volvió a ponérselos.

—Pasaste la noche luchando con un loco, toda la mañana hablando con la policía, ¿y hacer una presentación frente a tus colegas te pone nerviosa?

—He tenido más tiempo para pensar en los colegas —dijo en forma seca—. Soy codiciosa, Hayden. Quiero dar un golpe con esto. Será la fundación para el Museo Beaumont-Lassiter de Arqueología Marina.

Tate tomó el collar que estaba sobre la mesa. Por razones que ya no sentía que requerían análisis, necesitaba tenerlo cerca.

Ahora estaba frío en sus manos. Hermoso, de valor incalculable y, pensó, por fin en paz.

—Y yo... bueno, quiero que la Maldición de Angelique tenga el hogar que se merece después de cuatrocientos años de espera.

—Entonces, mi opinión profesional es que tienes motivaciones muy fuertes.

Con mucha suavidad, depositó el collar en su estuche acolchado.

—¿Pero crees que...? —Se interrumpió y se acercó a la ventana al oír un ruido metálico y una especie de hipo motorizado. —¿Qué demonios es eso?

—Lo que sea, no suena nada bien.

Salieron juntos a cubierta y encontraron a Matthew y a Lorraine ya junto a la barandilla. Ray y Marla se precipitaron de la cocina.

—Qué ruido tan espantoso —dijo Marla con los ojos muy abiertos—. Dios mío, ¿qué es esa cosa?

—Creo que se supone que es un barco —murmuró Tate—. Pero no tomen mi palabra por ello.

Estaba pintado de color rosado violento que contrastaba con la herrumbre. El puente superior se sacudía cada vez que el motor eructaba. Cuando se les puso a la par, Tate calculó que consistía en doce metros de madera alabeada, vidrio rajado y metal oxidado.

Buck estaba al timón y saludaba muy entusiasmado con la mano.

—¿No es fantástico? —Gritó. Paró los motores, que le demostraron su agradecimiento vomitando una nube de humo. —Soltar anclas.

Se oyó un espantoso sonido rechinante y el barco se estremeció y chirrió.

—Lo vamos a bautizar *Diana*. LaRue dice que es un espléndido cazador.

—Buck —Matthew tosió y movió la mano para alejar el humo traído por la brisa. —¿Me estás diciendo que compraste esa cosa?

—Nosotros compramos esta cosa —anunció LaRue y salió a esa cubierta inclinada. Buck y yo somos socios.

—Ustedes van a morir —decidió Matthew.

—Sólo necesita un poco de pintura, de lijado, algún trabajo mecánico. —Buck bajó por la escalerilla a cubierta. Por fortuna, fue el segundo peldaño contando desde abajo el que cedió bajo su peso. —Y un poco de trabajo de carpintería —agregó sin dejar de sonreír.

—¿Ustedes pagaron dinero por eso? —preguntó Tate.

—Era una pichincha —dijo LaRue y dio unos golpecitos cautelosos a la barandilla. —Cuando el barco esté en forma y nuestro trabajo esté terminado aquí, enfilaremos hacia Bimini.

—¿Bimini? —repitió Matthew.

—Siempre hay otro naufragio, muchacho —le dijo a Matthew con una gran sonrisa—. Han pasado demasiados años desde que tenía un barco propio debajo de mis pies.

—¿Cómo estar seguros de que seguirá estando debajo de sus pies? —murmuró Tate en voz muy baja—. Buck, ¿no sería mejor que...

Pero Matthew le apretó la mano.

—Tú lo harás brillar, Buck.

—Subo a bordo para inspección —gritó Ray. Se sacó los zapatos y la camisa y se zambulló al agua.

—A ellos les encantan sus juguetes —decidió Marla—. Estoy preparando tartas de limón por si alguien quiere un tentempié.

—Entonces la sigo —dijo Lorraine y se llevó a Hayden de la mano.

—Matthew, ese barco es una ruina. Van a tener que reemplazar cada tabla.

—¿Y?

Tate se sopló el flequillo de los ojos.

—¿No sería más práctico que pusieran su dinero en algo en mejores condiciones?

—Por supuesto. Pero no sería tan divertido. —La besó y, cuando ella empezó a hablar, volvió a besarla, y esta vez, con ganas. —Te amo.

—Yo también te amo, pero Buck...

—Buck sabe lo que hace. —Matthew sonrió y miró hacia donde los tres hombres reían y examinaban el peldaño roto. —Está trazando un nuevo derrotero.

Pensativa, ella sacudió la cabeza.

—Creo que te gustaría ir con ellos, achicando el agua todo el trayecto a Bimini.

—No. —Él la tomó en sus brazos y la hizo describir un círculo. —Yo tengo mi propio derrotero. Hacia adelante a toda máquina. ¿Quieres casarte conmigo?

—Sí. ¿Qué te parece mañana?

—Trato hecho. —En los ojos de Matthew apareció un brillo temerario. —Buceemos.

—Está bien. Yo... —Lanzó un grito cuando él la llevó alzada hacia la barandilla. —No te atrevas a arrojarme al agua. Todavía estoy vestida, Matthew, te lo digo en serio. No, no lo hagas...

Su grito fue de risa indefensa cuando él saltó hacia el agua.